刊印古籍今注新譯叢書緣起

劉振強

一個世代昌隆的門第，必有它賴以持家的寶訓；一個源遠流長的民族，也必有它賴以立國的優良傳統。中國五千年來，聖賢相繼、德慧相承，匯積而成的典籍浩如瀚海，這些典籍正是我中華民族傳統文化與智慧的結晶。

近數十年來，我國在政治、經濟、科技各方面雖均有長足的進步，但仍存在著一個隱憂，那就是：我們已逐漸失去中國人的氣質和自信；中國文化的氣息一代比一代淡弱。其中原因固然很多，而不能讀懂中國典籍，應該是最主要的因素。由於語言文字、生活環境、教育方式等種種的演變，古人容易瞭解的書籍，我們現在讀來，往往覺得艱深難解。而身為中國人，不去接觸或讀不懂中國典籍，自然無從認識自己的民族與文化，甚至會產生誤解，這就無異於切斷個人通往民族大生命的血脈，而導致個人的生命不能與民族的大動脈同其跳動。

因此，在二十多年前，本局即聘請學有專長的教授，著手古籍注譯的工作；並從四書做起，後來陸陸續續完成了八九種，頗受社會大衆及學生的喜愛，使我們得到很大的鼓勵。於是擬定了更多長程和短程的注譯計畫，準備一部一部地做下去。這期間因「大辭典」的編纂而告中斷；如今花費了十四年歲月的「大辭典」業已問世，注譯的工作乃得以繼續進行。

大凡每樣事業的草創階段都是艱難的。累積了多年的經驗之後，重新檢視早期的譯本，發現其中有些地方尚待加强和改進，且原來的版子也因多次再版而有了字體模糊的現象；因而決定廢棄舊版，請原注譯者重新注譯、考證、勘訂並補充資料，經過再三審校後，方排版付印，以期精益求精。古籍的整理是一件相當繁重的工作。本叢書由籌劃到刊印，雖力求盡善，諒難周全，如蒙博雅君子時賜教益，則不勝感激！

民國七十六年六月

新譯《顏氏家訓》目次

導論

李振興

八二、九、十
於三民書局

一、顏氏簡介

顏之推（西元五一三——？）單字介，北朝臨沂（今山東省臨沂縣）人。祖父名見遠，博學有志行，南齊和帝時，官至錄事參軍，兼御史中丞。父親名協（亦作勰），幼孤，依賴舅氏養育成人。博涉羣書，工於草隸飛白，荆楚之間的碑碣，都是他親手所寫。官至梁湘東王（蕭繹）鎭西府諮議參軍❶。世代攻治周官、左氏學。之推於梁武帝中大通三年生於江陵（今湖北省江陵縣），早傳家學。十二歲時，適遇湘東王自講莊、老，之推便預爲門徒，只因談玄說虛，並非所好，仍然歸習禮（《周官》）、傳（《左氏傳》），博覽羣書，無不該洽。性好飮酒，不修邊幅。初仕梁，爲湘東王參軍，後入北齊，任中書舍人。復因之推聰穎機悟，博識有才辯，應對閑明，又善長於文字，爲尚書左僕射祖珽所賞識，後官至黃門侍郎。齊亡入周，爲御史上士。隋開皇中，太子召爲文學，深爲禮重，不久因病終。著有文集三十卷，家訓二十篇，並行於世❷。顏氏在齊生有二子，長子名思魯，次子名敏楚，表示不忘本的意思。顏氏身處亂世，所更非一，見聞既多，感慨系之，乃就所悟所得，筆之以教家人。

二、成書年代

《顏氏家訓》，因過去均題北齊黃門侍郎顏之推撰，所以學者咸以為此書是顏氏仕齊時完成的。然就本傳所載，他是卒於隋開皇年間，而書中的用字，又每有所避諱❸，因此也就引起了學者的質疑。如〈序致篇〉說：「聖賢之書，教人誠孝。」〈勉學篇〉說：「見危授命，不忘誠諫。」〈省事篇〉說：「賈誠以求位，鬻言以干祿。」〈養生篇〉說：「行誠孝而見賊。」〈歸心篇〉說：「誠孝在心。」又說：「誠臣殉主而棄親。」以上所用的這些「誠」字，依文理言，都應該用「忠」字。如為仕齊時完成，就不應該有此避諱的現象。此其一。

〈風操篇〉說：「今日天下大同。」〈終制篇〉說：「今雖混一，家道罄窮。」這是明指隋代統一天下所發的言論（平陳以後）。此其二。

〈書證篇〉說：「《禮·王制》云：『贏股肱。』國子博士蕭該云……」考蕭該本南朝梁鄱陽王蕭恢之孫，少封攸侯。及梁荊州陷落，與何妥同至長安。開皇初，賜爵山陰縣公，拜國子博士❹。又說：「開皇二年五月，長安民掘得秦時鐵稱權。」開皇，為隋文帝年號，國子博士，乃隋封蕭該官名，由此可證，顏氏已仕隋。此其三。

文中引用書名，有當避諱而不避者。如〈勉學篇〉說：「孟勞者，魯之寶刀名，亦見《廣雅》。」又說：「得通俗，《廣雅》而不屑。」〈書證篇〉說：「《廣雅》云：『馬薤，荔也。』」又說：「《廣雅》云：『晷柱挂景。』」這種情形，不像後來的曹憲音釋《廣雅》，因避煬帝諱，而改為「博雅」

❺。由此可知此書的完成，不晚於隋煬帝卽位以前。此其四。

由以上四點所述，固然可以證明《顏氏家訓》完成於仕隋之時，但就全書內容說，可能有一部分是在北齊時代就已經脫稿寫就。如前所述，顏氏於文中避文帝父「忠」諱，但在〈勉學篇〉中，仍有兩次用「忠」字的地方。如「忠孝無聞，仁義不足。」「蠻夷童丱，猶能以學成忠。」這兩個「忠」字的用法，依照前例來看，也都可以改爲「誠」字，所以有這種現象，我們認爲，這一篇（其實不止這一篇）中的「忠」字，是在改而未盡的情況下出現的。也就如同唐代的衛包，奉命改《經典釋文》一樣。因此我們認爲這部《家訓》，是始作於北齊，而成書於隋代。

書既成於隋代，而又爲什麼題署「北齊黃門侍郎」？這可能與「黃門侍郎」官職的清高顯貴有關。如南朝《陳書·蔡凝傳》說：「高宗常謂凝曰：『我欲用義興主壻錢肅爲黃門郎，卿意何如？』凝正色曰：『帝鄉舊戚，恩由聖旨，則無所復問。若格以僉議，黃散之職，故須人門兼美，惟陛下裁之。』高宗默然而止。」就是因爲任此官職需要「人門兼美」，所以顏氏始用「黃門」自署其書名之上。在作品中可見者，如〈止足篇〉載：「吾近爲黃門侍郎，已可收退。」又〈觀我生賦〉載：「忝黃散於官謗。」不惟如是，就是後來的史學家、目錄學家，也都認爲「北齊黃門侍郎」爲顏氏所自署❻。

三、根據版本

我們根據的主要版本有二：一爲周法高先生撰輯的《顏氏家訓彙注》，爲臺聯國風出版社印行；一爲王利器先生編撰的《顏氏家訓集解》，爲漢京文化事業有限公司印行。這兩家都是以清代盧文弨「抱

經堂本」爲底本。這個本子，是先由趙曦明先生注解，再由盧氏校補，又經過錢大昕先生的補正，在周、王之前，最稱善本。自然我們也不會放棄參閱的機會。除此之外，我們也偶爾翻檢「四部叢刊」本，「四庫全書」手鈔本，以及「宋本《顏氏家訓》」。此版本收入世界書局「諸子集成」中，臺灣中華書局印行的「四部備要」，也是收的這個本子。前有序，作者不知是誰，後有跋，爲宋、沈揆所寫，不分卷，卻提行分段，趙曦明、盧文弨二先生就是根據這個本子注解、校補的。另外王叔岷先生撰寫的《顏氏家訓斠注》（藝文印書館印行），我們也參考取用了許多。

就以上各家來說，因周、王二家能「後出轉精」，是以帶給我們不少方便，也節省了不少的精力與時間。尤其是王本集解，引用了不少「前人所未見或未及徵引的資料」，如敦煌卷子本《勤讀書鈔》，劉清之《戒子通錄》，胡寅《崇正辨》，以及陶貞一的《退菴文集．讀顏氏家訓》等，這些都可以幫助我們對《顏氏家訓》的內容，作更深一層的了解。

四、目的步驟

既然有了以上許多校注精良的版本，似乎用不著我們再作「狗尾續貂」的嘗試了。我們的目的，則在使這部《家訓》通俗化，使人人都可以看得懂，所以我們採取了以下的步驟：

1. 注釋力求簡淺明確，易懂易解。儘量避免引用古書原句，而將之改爲口語式的說明。如果僅爲了保留線索，而在譯文中又有翻譯，則不在此限。
2. 對於典故的注解，有時必須將來龍去脈交代清楚，而不得不將字句拉長，同時也不憚煩地將出處

寫明，用意是給有心治學的人，在查考上的方便。

3.有關注譯部分，採分段式。即在一段之後，先注解字句，接著就是語譯，借收貫連之效，翻閱之便。

4.在譯文中能予以說明的字句，即不再在注解中解析，一則可以避免重複，同時也可節省篇幅。

5.當全篇注譯完畢之後，緊接著就是該篇文章的分析介紹。步驟是：先作文題剖析，再作段落大義說明；其次則作全文含義的探討。有時也會作文字運用技巧、布局安排順序、以及價值、影響等方面的解說。但，我們並不完全一成不變地採取這個方式，換言之，我們是就著文章內容，作適切的因應，儘量做到靈活不呆板。所以有時次序會顚倒，項目有增減，而介紹的文字，也會多寡不一。這一項我們稱之爲「文話」。這樣做，是否能帶給讀者一些啟示，了悟一些弦外之音，那就不是我們所能逆覩的了。

6.參與這項注譯工作的同仁，有臺灣大學的黃沛榮教授，負責寫本書的〈書證篇〉，師範大學的賴明德教授，負責寫本書的最後三篇——〈音辭〉、〈雜藝〉、〈終制〉。政治大學的李振興教授，負責寫全書的十六篇——〈序致〉至〈歸心〉。我們所以這樣做，一方面是爲了求時效，同時也是避免見解有所偏差，借收「三個臭皮匠」的集思效果。

五、內容述要

《顏氏家訓》，計七卷二十篇，每篇各具旨趣，茲分別簡述其要如次：

1.〈序致〉　即自序。表白寫《家訓》的用心，饒有意味。

2.〈教子〉　主張自胎教始。而幼兒時期的常規教導，使養成良好習慣，尤其重要。並提出嚴、狎、愛、簡四字為規範。所言至為深切，為人父母者，不可不看。

3.〈兄弟〉　主旨在論述兄弟相處之道。最要者，即兄當以恩待弟，弟當以敬事兄。兄弟本為同親所生，有如手足，血肉相連，同脈一命，怎可不相互敬愛？

4.〈後娶〉　即喪妻後再娶。篇中立言主旨，乃深感幼小子女，天眞無邪，無端飽受後母虐待，實為不仁道之事，如欲避免，則莫如不再娶。

5.〈治家〉　即治理家庭，所應遵守注意的事項。如篇中所示：家教、家規、奢、儉以及寬、嚴、仁、苛等問題，都是當時最適合時宜的。即以今日待人處事言，亦非常適切有用。

6.〈風操〉　即風範節操。篇中涉獵甚廣，由個人至社會，由南朝到北朝，從習俗到禮儀，幾乎無不言及。要之，不外當時世俗所應遵守的儀則。所言雖近於繁瑣，卻為日常生活不可一日或無。而世事之不違人情，當為此篇主旨所在。

7.〈慕賢〉　說明聖賢為國家、社會的重心及不易得之理。篇中並舉實例與所言相應，格外感人。

8.〈勉學〉　篇中所言，舉凡有關為學的道理、方法、字音字義的講求、校勘，以及求學所應抱持的態度等，無不涉獵。有的詳加分析，有的提示原則，更有的直指其錯誤。讀此篇，可得到意想不到的知識與啟示。

9.〈文章〉　作者就著一己的所見所感，以及應行注意的事項，告誡家人，以期明白為文的規範，文章的趨勢，乃至為文所應抱持的態度，庶幾可免再蹈覆轍，橫遭世人的訾議。所示非常翔實，不僅可見作者對為文的主張，同時亦深具啟發作用。

10.〈名實〉強調名與實要相符。當以「積善」、「行道」、「爲仁」而立名，不可以「欺詐」、「虛僞」、「奸邪」的手段蓄意立名。言近旨遠，諄諄之誥，感人至深。

11.〈涉務〉乃顏氏訓勉其家人應專心致力於某一世務，多吸取有關各方面的知識，進而詳察、細審、深思、熟慮，不僅要知其然，尤當知其所以然。篇中所涉及者尙多，特別是對南朝貴族子弟的作爲，所發的悲憫沈痛之言，這對今日的富家子弟來說，無異當頭棒喝，有發聾振聵的作用。

12.〈省事〉其義有二：一爲對本身的職責，要盡心盡力，不干預職責以外的事務；一爲不作無益、無意義的事情。篇中以此爲基點，上下陳言，透闢無似，不惟寓義深，而警惕作用亦遠。

13.〈止足〉就是知止知足的意思。作者就著正反兩面，作深入而詳盡的闡發，有令人倍感溫馨的提示，也有戒止顯明的警語，弦外之音，尤足以發人。

14.〈誡兵〉乃顏氏告誡子弟不可習武，應以「儒雅爲業」所作的深切勸勉。並歷述其先人，凡於載籍可考有造詣的人，惟在「儒雅」，而習武的人，多無成就，甚者且無事迹可考。

15.〈養生〉六朝人談養生，不是談「神仙」，就是講藥方。顏氏卻能擺脫舊習、窠臼，以「愼飲食、謹寒暑、養精神、調氣息、淸心寡欲」，爲養生之道。以今言之，亦能相合。顏氏力排世俗之習的見解，誠令人感佩不已。

16.〈歸心〉就字義說，乃爲心中歸附之意。引申言之，就是「心悅誠服」。篇中所言，全爲作者歸心佛教的自白。並借以勉其家人能服膺其言。於此亦可見顏氏對佛氏了解之深，信仰之堅。以其「非詆儒家」，致使傳統學者，對之表示極度不滿。

17.〈書證〉即考證載籍中文字音義的正誤，以及所根據的版本。就版本以論字形，就字形以說明

音義的究以何者爲是。文中所涉及的書籍頗多，約有：《詩》、《書》、「三禮」、《春秋左氏傳》、《離騷》、「兩漢書」、《莊子》、《孟子》、《山海經》、《廣雅》、《通俗文》、《晉中興書》等。黃叔琳謂：「此篇純是考據之學」，所言甚是。

18.〈音辭〉篇中所言，多爲音義的流變、優劣。或就南北字音的讀法，或就當時所見韻書，提出一己的見解，予以釐正。對字音的保存，提供了庇護所，於後人在古音的探討上，尤具參考價值。

19.〈雜藝〉篇中涉及甚廣，諸如眞草書迹，繪畫成就，北方文士的習射，卜筮之業，算術之技，醫方之術，音樂琴瑟，乃至博弈、投壺等，均曾言及。「此篇所述雖瑣細，然亦遊藝之所不廢。」[7]這大概就是命篇的原因了。

20.〈終制〉乃囑家人對其死後的喪葬、宜從簡便，不可豐厚。祭祀亦僅具素果即可。並望其子弟，「當以傳業揚名爲務。」所以王利器說：「終制，謂送終之制，猶今言遺囑。」是言得之。

六、影響價值

前文我們提到，《顏氏家訓》，成書於隋代統一之後，而此書亦即隨著南北的「混一」而流傳於民間。以致成爲一部普遍而影響深遠的著作。

就家訓這方面的作品說，《顏氏家訓》雖不能算是最早[8]，如就內涵說，無疑地，卻是一部最爲淹博的書。我們看，他從居家教子起，逐漸向外擴展，不僅建立了他的家庭倫理觀，同時接著就是個人的修養所應遵守的規範。如〈風操〉、〈慕賢〉、〈勉學〉諸篇的提出，就是最具體的說明。因爲是家

訓，是以在篇中所言，往往非一，由此也表現了這種文體的特色。因此也就確切地發揮了該書的影響作用：如《四庫全書總目提要》引晁公武《讀書志》說：「之推所著二十篇，述立身、治家之法，辨正時俗之謬，以訓子孫。」明、王三聘《古今事物考・卷二・家訓》條下說：「北齊顏之推《家訓》七卷，其書頗尙釋氏，然古今家訓，以此爲祖。」[9]明、袁衷兄弟所記《庭幃雜錄・卷下》說：「六朝顏之推家法最正，相傳最遠。」[10]到了清代的王鉞，著《讀書叢殘》，則大肆宣揚說：「北齊黃門顏之推《家訓》二十篇，篇篇藥石，言言龜鑑，凡爲人子弟，可家置一册，奉爲明訓，不獨顏氏。」[11]以致有後來盧文弨「抱經堂本」《顏氏家訓》的出現，大概就是在這種情勢下所產生的。其實有關這方面的著作，唐代的狄仁傑已有《家範》之目，惜已亡佚。宋、司馬光取其舊名亦著《家範》，雜採史傳可爲法則者別加甄輯，間亦有溫公自言，以作後學準繩[12]。之後，呂祖謙撰《少儀外傳》，其體例與溫公《家範》不殊[13]。而趙鼎則撰《家訓筆錄》[14]，大抵言居家、爲官、應世、處人之道。他如元代的鄭太和，則著《鄭氏規範》[15]，至明此類著作漸多，除前引各家，尚有吳麟徵的《家誡要言》[16]，王文祿的《庭聞述略》[17]，袁黃撰的《訓子言》[18]等。有清一代，首由雍正追述康熙庭訓撰《庭訓格言》開其端，乃至影響了王鉞在所著《讀書叢殘》中，對《顏氏家訓》的大肆宣揚。至此，其聲勢也就如日中天了。惟清人紀昀對《顏氏家訓》則稍有微辭。他說：「今觀其書，大抵於世故人情，深明利害，而能文之以經訓，故《唐志》、《宋志》俱列之儒家。然其中〈歸心〉等篇，深明因果，不出當時好佛之習，又兼論字畫音訓，並考正典故，品第文藝，曼衍旁涉，不專爲一家之言，今特退之雜家，從其類焉。」[19]近人王利器亦於《顏氏家訓集解・序錄》中，就紀氏之言，進一步摘錄顏氏語，借以指斥顏氏之失。此乃仁智之見，於《家訓》內容，並無損傷。

至於《顏氏家訓》之價值，除其中所述先聖先賢之道，人人應當遵守外，而對當時南北習俗、好尙的解析，朝儀制度的差異，以及流行俗語的使用等，在在都可作吾人研究此時文獻的有力參考。至於〈書證〉、〈音辭〉兩篇的記載，更是學術研究上難得的寶貴資料。借此所載，不僅可以探古，同時亦可窺今。

七、附錄目次

1. 〈顏之推傳〉（原載《北齊書・文苑傳》）。清、盧文弨注。
2. 《北史・文苑傳》載〈顏氏傳〉（白文。與《北齊書》所載，間有不同）。
3. 〈顏之推年譜〉（今人繆鉞撰。原載《眞理》雜誌一卷四期）。
4. 宋本序跋。
   ①宋本顏氏家訓序（佚名。此則後再附盧文弨說明及宋本校刊名銜、錢大昕題記等）。
   ②宋本沈揆跋。
5. 四部叢刊景印明遼陽傅氏（太平）刻本序。
6. 明萬曆顏嗣愼刊本序跋。
7. 明程榮漢魏叢書本序跋。
8. 清朱軾評點本序。
9. 清黃叔琳刻顏氏家訓節鈔本序。
10. 清盧文弨抱經堂刊本序跋。

11. 四庫全書本提要及辨證。
12. 關中叢書第三集本序。
13. 郝懿行顏氏家訓斠記序跋。
14. 李詳顏氏家訓補注序。
15. 嚴式誨顏氏家訓補注序。
16. 劉盼遂顏氏家訓校箋及補證題記。
17. 楊樹達讀顏氏家訓書後序。
18. 周祖謨顏氏家訓音辭篇注補序。
19. 王重民勤讀書抄題記（載《巴黎敦煌殘卷敍錄・第二輯・卷三》。以上一二～一九錄自周法高《顏氏家訓彙注・附錄三》）。
20. 王利器顏氏家訓集解敍錄。

以上所列序跋題記二十種，借此不惟可窺《顏氏家訓》刊本的流行，同時亦可見歷代學者對家訓的理念觀感，於此更可推知《顏氏家訓》的內容，是如何的豐富，價值影響，是如何的宏大、深遠，値今世風日下，倫理式微之際，研讀《顏氏家訓》，實可收振衰起敝的功效，凡我中華子孫，宜如何其勉！

【附注】

❶見《南史・文學傳・顏協》，及《北齊書・顏之推傳》。

❷見《北齊書》、《北史・文苑傳》。

❸避隋文帝父「忠」諱。見《隋書・帝紀・高祖上》。

❹見《隋書・蕭該傳》。

❺《四庫全書總目提要・經部・小學類・廣雅》下云：「隋秘書學士曹憲爲之音釋，避煬帝諱改名「博雅」。故至今二名並稱，實一書也。」

❻《隋書・音樂志》：「開皇二年，齊黃門侍郎顏之推上言，……。」又宋、晁公武《直齋書錄解題・卷一六》：「《稽聖賦》三卷，北齊黃門侍郎琅邪顏之推撰。」

❼王利器引黃叔琳語。

❽謂《顏氏家訓》爲最早的作品者，爲宋、陳振孫。其在《書錄解題》中說：「古今家訓，以此爲祖。」而李翺所稱《太公家教》，雖屬僞書，而晉之杜預所著《家誡》，則當早於顏氏。見《四庫總目提要・子部・家雜類・顏氏家訓・卷二》下。

❾見藝文版《百部叢書・續知不足齋叢書》。

❿見藝文版《百部叢書・學海類編叢書》。

⓫見《世德堂遺書》。

⓬見《四庫全書》六九六本六五七頁。

⓭見《百部叢書・守山閣叢書八函》。

⓮見《百部叢書・函海叢書》。

⓯見《百部叢書・學海類編叢書》。

⓰同注⓯。

⓱見《百部叢書・百陵叢書》。

⓲見《百部叢書・稗乘叢書》。

⓳見《四庫全書總目提要・子部・雜家類・一》（第三本，五五〇頁）。

卷一

序致第一

1. 夫聖賢之書，教人誠孝❶，愼言檢迹❷，立身揚名❸，亦已備矣。魏、晉已來，所著諸子，理重事複，遞相模斆❹，猶屋下架屋，牀上施牀耳。吾今所以復爲此者，非敢軌物❺範世也，業❻以整齊門內，提撕❼子孫。夫同言而信，信其所親；同命而行，行其所服。禁童子之暴謔，則師友之誡，不如傅婢❽之指揮；止凡人之鬬鬩，則堯、舜之道，不如寡妻❾之誨諭。吾望此書爲汝曹之所信，猶賢於傅婢寡妻耳。

【注釋】❶誠孝　即忠孝。隋代人避文帝父楊忠諱改忠爲誠。❷檢迹　行爲檢束不放縱。❸立身揚名　《孝經・開宗明義章》：「立身行道，揚名於後世，以顯父母，孝之終也。」❹斆　與效同。見盧文弨補注（以下簡稱盧補）。❺軌物　即軌轍，借以喻儀型模範。見盧補。❻業　事務，職業。引申有爲了、從事之意。❼提撕　提醒，振作。語出《詩・大雅・抑》。❽傅婢　擔任管理衣物或近身被寵

愛的侍女。❾寡妻 嫡妻。見《詩・大雅・思齊》。

【語譯】在聖賢所著的書中，教人忠誠、孝順、謹愼說話、行爲不可放縱，立身行道，揚名於後世的言論，已經很完備了。魏、晉以來，各家的著作，說理言事，每多重複，相互模仿效法，有如疊牀架屋。我現在所以又這樣做的原因，並不敢儀型規範世人，是爲了告誡家人，提醒子孫。同樣的言語而使人相信，那一定是相信他所親近的人；同樣的命令而讓人執行，那一定是執行他所信服的人。禁止孩童的過度戲謔，那麼師友的告誡，不如照顧他衣食侍女的指使來得有效；禁止一般人的打鬭爭吵，那麼堯、舜的治民之道，不如自己妻室的勸說容易接受。我希望此書被你們信任的程度，能超過傳婢的對童子，妻子的對丈夫。

2. 吾家風教❶，素爲整密。昔在齠齔❷，便蒙誘誨；每從兩兄，曉夕溫凊❸，規行矩步❹，安辭定色❺，鏘鏘翼翼❻，若朝嚴君❼焉。賜以優言，問所好尚，勵短引長，莫不懇篤。年始九歲，便丁荼蓼❽，家塗❾離散，百口❿索然。慈兄鞠養，苦辛備至；有仁無威，導示不切。雖讀《禮傳》⓫，微愛屬文，頗爲凡人之所陶染，肆欲輕言，不脩邊幅。年十八九，少知砥礪，習若自然，卒難洗盪。二十已後，大過稀焉；每常心共口敵⓬，性與情競，夜覺曉非，今悔昨失，自憐無教，以至於斯。追思平昔之指，銘肌鏤骨，非徒古書之誡，經目過耳也。故留此二十篇，以爲汝曹後車耳。

【注釋】❶風教 門風教養。❷齠齔 七、八歲的兒童，垂髮換牙之時。引申指幼年。❸溫凊

古時事奉父母的禮節。即冬溫夏凊的簡稱。意謂溫以禦其寒，凊以致其涼。此謂早晚向父母問安，關心其冷暖。❹規行矩步　行止合於規矩。亦循規蹈矩之意。❺安辭定色　言辭和順安詳，儀態端正鎮定。❻鏘鏘翼翼　鏘鏘，猶蹌蹌，行走有威儀。翼翼，和敬的樣子。❼嚴君　謂父母。《易．家人》：「有嚴君焉，父母之謂也。」❽荼蓼　比喻苦辛。此用以比喻失去父母，家境困苦。❾塗　俗作徒。謂徒眾、家人。或謂家塗爲家道，是以塗爲途，衡諸文義，以作徒爲長。❿百口　家中的親屬。⓫禮傳　謂《大、小戴禮記》。⓬心共口敵　謂「口易放言，而心制之，使不出也。」見盧補。即心與口爲敵的意思。

【語譯】我家的家教與門風，一向嚴整周密。在幼童的時候，便接受誘導訓誨；往往跟隨著兩位兄長，早晚向父母請安，在言行上，循規蹈矩，言辭和順，儀態鎮定，亦步亦趨，敬謹異常，就好像朝拜父母一樣的謹愼。以優柔平和的言語來指示我，詢問興趣喜好，勉勵我去除缺點，引發我的所長，言語態度，都非常懇切篤誠。剛到九歲那年，不幸遭遇父母喪亡，家人離散，親屬各自東西。仁慈的兄長養育我，吃盡了人間的苦辛；有仁恩而無威嚴，所以在管教上不夠嚴切。雖然誦讀《禮傳》，心中卻暗自喜愛寫文章，受了凡庸人的薰陶漸染，放縱所欲，出言輕率，所以也就忽略了儀表衣著的整飭。直到十八、九歲時，才略知砥礪修行，只因習慣成了自然，終難盡改，二十歲以後，大過失才逐漸減少；所以心中常常想著不可以出言輕率，本性與情緒競賽爭勝，午夜清醒，覺察白天所爲的非是，今天悔恨昨天所犯的過失，自己哀憫沒有好好的接受教誨，以至於淪落到這種地步。回憶過去父兄的指點教誨，有如銘肌刻骨一般，永生難忘；不只是像古書中的告誡，看過聽過也就算了。所以才留下這二十篇，來作爲你們後日的鑑戒。

【文話】序致，就詞義說，就是用序來表達寫作這本書的用意。以現在的觀點看，就是自序。序文，已成爲一種文體的通稱，放在全書的前面爲序，擺在書的最後則爲跋。其用意不外敍述全書大旨、寫作此書的動機、經過、重點等。六朝以前的作品，自序大多放在全書的最後，如《史記・太史公自序》，劉勰《文心雕龍・序志》等，無不如是。但也有擺在全書之前的，如《孝經》的〈開宗明義第一章〉，就是很好的例證，本書也是這樣。

全文約可分爲兩段：作者首先點出作意，並不是不知道前賢告誡家人子弟的言論已經很完備，而所以甘冒「疊牀架屋」之譏的原因，「非敢軌物範世」，乃基於「同言而信，信其所親」的用心，所以才作此書。其次則剴切說明其家教門風的嚴整周密，素來如是。在幼童之時，即開始「誘誨」，言行舉止，都要「循規蹈矩」，乃可立身於世。只因其於童稚之時，即遭家喪，致使家人離散，各自東西；長兄的撫育，不忍苛責，使他在行爲上，有所「肆欲」，這時他才「追思平昔之指，銘肌鏤骨」，絕非古書中的告誡所可比擬，因此才留下這二十篇訓語，以作爲家人後輩們的前車之鑑。

就行文說，走筆既篤實又謹嚴，而用字下語，亦簡明切要，不僅可以朗朗上口，同時亦寓意深遠，關懷之情，長者之風，躍然紙上，令人嚮慕不已。遠非徒逞藻彩者，所可望其項背。

教子第二

1. 上智不教而成，下愚❶雖教無益，中庸之人，不教不知也。古者，聖王有胎教❷之法：懷子三月，出居別宮，目不邪視，耳不妄聽，音聲滋味，以禮節之。書之玉版❸，藏諸金匱❹。生子咳𠯆❺，師保❻固明孝仁禮義，導習之矣。凡庶縱不能爾，當及嬰稚，識人顏色，知人喜怒，便加教誨，使爲則爲，使止則止。比及數歲，可省笞罰。父母威嚴而有慈，則子女畏慎而生孝矣。吾見世間，無教而有愛，每不能然；飲食運爲❼，恣其所欲，宜誡翻❽獎，應訶反笑，至有識知，謂法當爾。驕慢已習，方復制之，捶撻至死而無威❾，忿怒日隆而增怨，逮于成長，終爲敗德。孔子云：「少成若天性，習慣如自然」是也。俗諺曰：「教婦初來，教兒嬰孩。」誠哉斯語！

【注釋】❶上智、下愚　謂絕頂聰明，資質最高爲上智；賦性魯鈍、資質最低爲下愚。《論語・陽貨》：「唯上知（同智）與下愚不移。」❷胎教　謂婦人懷孕後，思想行動謹守禮儀，可使胎兒受到良好的影響。語出《大戴禮記・保傅篇》。❸玉版　刊刻文字的白石板。卽今之書冊。❹金匱　用金屬

製造的藏書匱。也用以比喩密藏的書。❺咳啑　小孩笑啼。咳，小孩笑，一作孩。啑，同啼。蓋謂子生三月，則父名之，爲師保，父母教子之始。一作孩提。❻師保　古官名。專事輔導和協助太子。有如今之家庭教師。❼運爲　卽云爲。見盧補。❽翻　通反。有反而之意。庾信〈臥疾窮愁詩〉：「有菊翻無酒，無弦則有琴。」❾威　一作「而無改悔。」見盧補。

【語　譯】絕頂聰明的人，卽使不加教導，也能有所成就；資賦低下的人，就是予以教導，也不能有所助益；中才資質的人，不教導就不能明禮知道。在古代，聖明的君王，有胎教的成法：當君后懷孕三個月的時候，就遷居別宮，生活起居，都有一定的規範，眼睛不看邪惡的顏色，耳朵不聽淫亂的聲音，樂聲的彈奏，飲食的滋味，都要以禮加以節制，並把這種成法，記載下來，藏在金匱中，作爲後世的鑑戒。當生子三月會笑的時候，師保們就開始準備以孝仁禮義，來導引教習了。平民子弟，縱然不能如此，也當撫養到嬰孩期間，能辨識人的面孔，知道人的喜怒時，就要加以教誨，教他怎樣做就怎樣做，教他停止就停止。等到三、四歲以後，就可以省悟鞭笞責罰的意義。這時父母管教子女，不僅要有威嚴，而且也要有慈愛，子女對待父母，不僅敬畏愼行，而且在不覺中，也產生了孝心。我在人世間所看見的，多半是沒有管教而只有疼愛，往往不能恩威並重；在生活行動上，任意作爲，應當告誡的，反而嘉獎，應當訶責的，反而一笑了之。等到長大有識有知的時候，認爲一切法則本當如是。驕縱傲慢，已經成爲習慣，才來加以制止，就是將他打死，也不能樹立威嚴（也無法悔改），只有使忿怒一天天的上升而增加怨恨，等到長大成人，終將淪爲敗壞道德的人。孔子說：「在年少的時候，若養成一種癖，就如同天性，不易改變；一旦成爲習慣，也就如同自然的本性，是很難矯正的。」這話是不錯的。俗語說：「教導媳婦，要在她剛嫁過來的時候，教導兒子，要在嬰孩的時候。」這話是多麼地眞誠啊！

2. 凡人不能教子女者，亦非欲陷其罪惡；但重❶於訶怒，傷其顏色，不忍楚撻，慘其肌膚耳。當以疾病為諭，安得不用湯藥鍼艾❷救之哉？又宜思勤督訓者，可願❸苛虐於骨肉乎？誠不得已也。

【注釋】❶重　作難解。見盧補。❷鍼艾　一作鍼灸。見盧補。❸可願　一作豈願。見王利器注。

【語譯】所有不能教導子女的人，也並不是想陷害子女於罪惡之中；只是難於訶斥怒責，傷害了子女的顏面，不忍痛加鞭笞，傷到他們的肌膚罷了。像這種情形，應當拿疾病來作比喻，既然生了病，如何能不用湯藥鍼灸來加以救治呢？又應當想到對子女勤於督導訓誡的人，那裏願意苛刻、虐待自己的子女呢？實在是出於不得已啊！

3. 王大司馬母魏夫人❶，性甚嚴正；王在湓城❷時，為三千人將，年逾四十，少不如意，猶捶撻之，故能成其勳業。梁元帝❸時，有一學士，聰敏有才，為父所寵，失於教義：一言之是，徧於行路，終年譽之；一行之非，揜藏文飾，冀其自改。年登婚宦❹，暴慢日滋，竟以言語不擇，為周逖❺抽腸釁鼓云。

【注釋】❶王大司馬母魏夫人　王大司馬，卽王僧辯，字君才，南朝梁右衛將軍神念子。世祖（梁元帝）以僧辯為征東將軍，承聖三年，加太尉、車騎將軍，頃之，丁母太夫人憂，策謚曰貞敬太夫

人。夫人姓魏氏，性甚安和，善于綏接，家內外，莫不懷之。……謂為明哲夫人。貞陽侯既即位，仍授僧辯大司馬，領太子太傅、揚州牧。見《梁書．王僧辯傳》。❷湓城　即今江西省九江縣治。❸梁元帝　武帝第七子，名繹，字世誠，小字七符。初封湘東王，侯景既廢簡文帝，又廢豫章王而自立。帝命王僧辯平定侯景，遂即位於江陵（今湖北省江陵縣治）。見《梁書．元帝紀》。❹婚宦　即〈後娶篇〉所謂「宦學婚嫁」，為六朝人習用語。宦為仕宦，學為學習六藝之事。見盧補。❺周逖　無考。《陳書》有〈周迪傳〉，其人強暴無信義，當有此事。此學士，不知何人。見盧補。

【語　譯】王大司馬僧辯的母親魏夫人，性情莊嚴端正，王在湓城時，當時已為三千人的將領，年齡也超過四十歲，在行為上，少許不如意，尚且痛加鞭打責罰，所以能成就其偉大的功業。在梁元帝時，有一位學士，聰明又有才幹，甚能得到他父親的寵愛，竟然失去了教導的義方，只要他說對一句話，就格外的予以稱讚，甚至遍及行路的人，而且一年到頭不斷的誇獎；如有一件行事的錯誤，就想盡方法予以遮掩隱藏文飾，希望他能自己知所改正。直到婚嫁、仕宦的年齡，暴戾傲慢，反而日甚一日，後來竟然因為說話不知收斂，被周逖所殺，並且用他的血塗了戰鼓。

4. 父子之嚴，不可以狎；骨肉之愛，不可以簡。簡則慈孝不接，狎則怠慢生焉。由命士以上，父子異宮❶，此不狎之道也；抑搔❷癢痛，懸衾篋枕❸，此不簡之教也。或問曰：「陳亢喜聞君子之遠其子❹，何謂也？」對曰：「有是也。蓋君子之不親教其子也，《詩》有諷刺之辭❺，《禮》有嫌疑之誡❻，《書》有悖亂之事❼，《春秋》有衺僻之

譏❽，《易》有備物之象❾：皆非父子之可通言，故不親授耳❿。」

【注釋】❶命士異宮 《禮記・內則》：「由命士以上，父子皆異宮。」案：命士，據《漢書・王莽傳》中所載：食祿五百石的稱爲命士。異宮，命士父子各有寢門，故謂異宮。鄭注：「異宮，至敬也。」方氏愨謂：「尊卑之際，辨則敬，同則褻。」❷抑搔 卽按摩。❸懸衾篋枕 此《禮記・內則》文。孔疏：「懸其所臥之衾，以篋貯所臥之枕也。」卽整理衾被、枕頭的意思。❹君子之遠其子 《論語・季氏篇》：「陳亢退而喜曰：問一得三：聞《詩》、聞《禮》、又聞君子之遠其子也。」謂不私厚、不親狎其子。亦卽不十分親近自己的兒子。❺詩有諷刺之辭 《詩・大序》：「風、風也，教也。……上以風化下，下以風刺上，主文而譎諫，言之者無罪，聞之者足以戒，故曰風。」❻禮有嫌疑之誡 《禮記・曲禮上》：「夫禮者，所以定親疏，決嫌疑，別同異，明是非也。」同篇又說：「男女不雜坐，不同椸枷（衣架），不同巾櫛（手巾、梳子），不親授，嫂叔不通問。」蓋指此而言。❼書有悖亂之事 《書・大誥序》：「武王崩，三監及淮夷叛，周公相成王將黜殷，作大誥。」顏氏所謂「悖亂之事」，當指此而言。如以〈湯誓〉、〈泰誓〉來看，湯放桀，武王伐紂，乃以至仁伐至不仁，何能謂之悖亂？❽春秋有衺僻之譏 謂春秋中載有對邪惡不正的譏諷。《孟子・滕文公下》：「世衰道微，邪說暴行有作。臣弒其君者有之，子弒其父者有之，孔子懼，作《春秋》。」臣弒君，子弒父，非衺僻而何？又《穀梁・隱公元年傳》：「《春秋》貴義而不貴惠，信（申）道而不信邪。先君之欲與桓，非正也，邪也。」❾易有備物之象謂《易經》中有備物致用的封象。《易・繫辭上》：「備物致用，立成器以爲天下利。」孔疏：「謂備天下之物，招致天下所用，建立成就天下之器，以爲天下之利。」❿故不親授

《白虎通・辟雍篇》：「父所以不自教子何？爲其渫瀆（輕慢、不恭敬）也。又授受之道，當極說陰陽夫婦變化之事，不可以父子相教也。」

【語譯】父子之間要莊嚴，不可以輕忽隨便；骨肉之間要敬愛，不可以鬆懈怠慢。鬆懈怠慢，那麼慈愛孝順的關係，就難以接續；輕忽隨便，那麼就會產生放蕩冒犯的心態。從命士以上，父子就不居住在同一宮室中，這是父子免除不拘禮貌親近的好方法；爲父母搔癢止痛，整理衾被枕頭，這是不致簡慢隨便的常規。有人詢問說：「孔子的弟子陳亢很高興聽到君子的遠其子，是指那方面來說的？」我回答說：「是有這樣的記載。這是指君子不親自教導他的兒子這方面所講的話，就《詩》來說，其中有諷刺的言論，就《禮》來說，其中有避嫌疑的告誡，就《書》來說，其中有悖亂的事情，就《春秋》來說，其中有對於邪惡行爲的譏評，就《易》來說，其中有備物致用的形象規律，都不是父子之間可以通徹談論的，所以父親不教授兒子。」

5. 齊武成帝子琅邪王，太子母弟也❶，生而聰慧，帝及后並篤愛之，衣服飲食，與東宮相準。帝每面稱之曰：「此黠兒也，當有所成。」及太子即位，王居別宮❷，禮數優僭❸，不與諸王等；太后猶謂不足，常以爲言。年十許歲，驕恣無節，器服玩好，必擬乘輿❹；常朝南殿，見典御❺進新冰，鉤盾❻獻早李，還索不得，遂大怒，訽曰：「至尊已有，我何意無？」不知分齊，率皆如此。識者多有叔段❼、州吁❽之譏。後嫌宰相，遂矯詔斬之❾，又懼有救❿，乃勒麾下軍士，防守殿門⓫；既無反心，受勞而罷，後竟坐此幽

甍⑫。

【注釋】❶齊武成帝子琅邪王二句 《北齊書・武成紀》：「世祖武成皇帝諱湛，神武皇帝（高歡）第九子，孝昭皇帝之母弟也。」又《武成十二王傳》：「琅邪王儼，字仁威，武成第三子也。初封東平王，……武成崩，改封琅邪。」太子，即後主高緯，字仁綱，武成皇帝之長子。母為胡皇后。琅邪王，為其同母弟。❷別宮 正宮以外的宮殿。❸禮數優僭 在一切禮節上享有優待，所以不嫌僭越。❹乘輿 本指國君、諸侯所乘坐的車子。此處託言北齊皇帝。❺典御 掌管皇帝飲食的官員。《隋書・百官志》：「中尚食局，典御二人，總知御膳事。」❻鉤盾 掌管園囿、上林、遊獵、柴草、果實的官員。《隋書・百官志》：「司農寺，掌倉市薪菜、園池果實，統平準、太倉、鉤盾等署令丞；而鉤盾又別領大囿、上林、遊獵、柴草、池藪、苜蓿等六部丞。」鈎，當作鉤。❼叔段 即共（音恭）叔段，鄭莊公同母弟。其母為申國之女，名武姜，生莊公及共叔段。因莊公寤生（難產），驚姜氏，遂惡之。愛共叔段，欲立之。遂造成共叔段的桀驁不馴，貪得跋扈，終不見容於國，出奔共國。見《左傳・隱公元年》。❽州吁 即衛公子州吁，莊公庶子，有寵而好兵，公弗禁，後弒桓公而自立。想討好於諸侯以和其民，石碏乃勸以拜見陳君，隨即又指斥其罪過，陳人將他逮捕。衛使右宰醜，蒞殺州吁於濮，迎桓公弟晉於邢而立之，是為宣公。見《左傳・隱公三、四年》。❾嫌宰相遂矯詔斬之 宰相，謂和士開，因大修第宅，而琅邪王心中甚為不平，因假傳命令，將他殺了。見《北齊書・武成十二王傳》。❿救 一作敕。⓫防守殿門 謂琅邪王儼率京畿軍士三千餘人，屯千秋門。見《北齊書・琅邪王儼傳》。⓬後竟坐此幽甍 此謂琅邪王儼終因此而被殺於大明宮。見《北齊書・琅邪王儼傳》。

【語譯】北齊武成皇帝子琅邪王儼，是太子緯的同母弟，天生聰明敏慧，武成帝及胡皇后都厚愛著他，所以無論是衣服上的穿著，或飲食上的享用，完全和太子一樣。武成帝常常當面稱讚他說：「這個聰敏的孩子，將來當有所成就。」等到太子緯當了皇帝，琅邪王儼居住在北宮，在一切禮數上都享有優待，也不認為是僭越，自然也就不和其他諸王一樣了。雖然如此，太后仍以為不够，所以常常這樣表示。年齡到了十多歲，任意驕縱不知節制，器物、服飾、玩好等，一定要仿照皇帝，常在南殿朝見皇帝，看見典御所進的新冰，鉤盾所獻的早李，回去索取，得不到，於是就大怒，罵道：「皇帝已有，我為什麼沒有？」他不知分際的作為，大多是這樣。有識見的人，多將他比作共叔段、州吁一類的人。後來和宰相有了嫌隙，遂假傳皇帝的命令把他殺了，又怕他獲救，竟然率領京畿軍士三千餘人，在千秋門外防守；在此以前，因他既然沒有反叛的心意，所以給他一些物質上的滿足也就作罷，沒想到後來竟因驕縱放恣而被殺。

6. 人之愛子，罕亦能均；自古及今，此弊多矣。賢俊者自可賞愛，頑魯者亦當矜憐，有偏寵者，雖欲以厚之，更所以禍之。共叔❶之死，母實為之。趙王之戮，父實使之❷。劉表之傾宗覆族❸，袁紹之地裂兵亡❹，可為靈龜明鑒❺也。

【注釋】❶共叔　見本篇第五段注釋❼。❷趙王之戮　父實使之　漢高祖為漢王時，得定陶戚姬，愛幸，生趙隱王如意。孝惠帝為人仁弱，高祖以為不類我，常欲廢太子（惠帝）立戚姬子如意，如意類我。戚姬幸，日夜啼泣，欲立其子代太子，幸賴大臣力爭及留侯策，太子得以不廢。高祖崩，呂后最怨戚夫人及其子趙王，乃令永巷囚戚夫人，而召趙王，使人持酖飲之而死。見《史記．呂太后本紀》。

❸劉表之傾宗覆族　表，字景升，東漢山陽高平（今山東省金鄉縣西北）人，魯共王餘之後，爲鎭南將軍、荊州牧。有二子，名琦、琮。表初以琦貌類己，甚愛之。後爲琮娶後妻蔡氏之姪，蔡氏遂愛琮而惡琦，毀譽日聞，表每信受。琦不自寧，求出爲江夏太守，表病，琦歸省病，竟爲人所阻而不得見，琦流涕而去，遂以琮爲嗣。琮以印授琦，琦怒投之地，將因喪作亂，會曹操軍至新野，琦走江南，琮後舉州降操。見《後漢書・劉表傳》。❹袁紹之地裂兵亡　紹，字本初，東漢汝南南陽（今河南省南陽縣）人，領冀州牧，有三子，名譚字顯思，名熙字顯雍，名尙字顯甫。譚長而惠，尙少而美。紹後妻劉氏有寵，而偏愛尙，紹乃以譚繼兄後，出爲青州刺史，中子熙爲幽州刺史。官渡之敗，紹病發死，未及定嗣，後因譚、尙失和，兄弟操戈，互相攻伐，卒爲曹操所攻殺。見《後漢書・袁紹傳》。❺靈龜明鑒　龜可以占事，鑒可以照形，故以此爲比。見盧補。

【語譯】一般人的疼愛子女，很少能做到均衡；從古到今，這種弊病非常多。對賢能俊秀的子女，自然要賞識愛護，對頑皮愚笨的子女，也應當矜憫憐愛，如果有所偏愛驕寵，雖然想著處處厚愛他，這樣做反而是害了他。像共叔段的死亡，實爲他的母親所促使，趙王如意的被殺，實爲他的父親所造成。再如劉表的傾覆宗族，袁紹的分地任官其子而兵敗身亡，這都可以作爲我們後人未卜先知的明鑒。

7. 齊朝有一士大夫，嘗謂吾曰：「我有一兒，年已十七，頗曉書疏❶，教其鮮卑語❷及彈琵琶，稍欲通解，以此伏事❸公卿，無不寵愛，亦要事也。」吾時俛❹而不答。異哉，此人之教子也！若由此業，自致卿相，亦不願汝曹爲之。

【注　釋】❶書疏　奏疏、信札、上書之類。《陶潛．祭程氏妹文》：「書疏猶存，遺孤滿眼。」❷鮮卑語　鮮卑，五胡之一，散居於我國遼東至河西、塞外地區。北朝拓跋魏以鮮卑族入主中原，歷北齊、北周，故當時漢人中有無恥之徒，競學胡語，交接胡人，以爲獵取富貴的捷徑。❸伏事　即服事、侍奉之意。伏，通服。❹俛　同俯。

【語　譯】北齊朝中有一位士大夫，曾對我說：「我有一個兒子，年齡已經十七歲，很能通曉書疏一類的文字，我想再教他說鮮卑話以及彈奏琵琶，漸將通達了解以後，用此來服事王公卿相，就沒有人不加寵愛，這也是很重要的事啊！」我當時低下頭來不作回答。心想，這個人的教子方法，是多麼的怪異啊！若用這種做法，就是自己能獲致卿相的高位，我也不願意你們去做。

【文　話】教養子女，使成爲有用的人，這是天下父母共有的意願。無如理念不齊，見解各異，環境、時勢、地位，在在都難能一致，而志趣、天賦的差別尤大，所以也就無法避免的形成各種不同類型的心態，惟有明察事理，了澈人生、世俗，具有深識遠見的人，能不爲時勢所迫，不爲環境所役，不爲地位所囿，毅然以超拔之情，遇亂世而不搖，出汚泥而不染。故能掌握方向，堅定意志，立不朽之言，以導當世，遺澤來兹。顏氏之推，實可當之而無愧。其子孫如顏師古、顏杲卿、顏眞卿等的彰顯唐代，眞可說是其來有自了。

本文約可分爲七段：作者首先指出教子不僅要注重胎教，而尤其要在嬰孩的時候，嚴加訓誨，導引孝仁禮義，使成習慣。不可「恣其所欲」，「逮于成長，終爲敗德」，那就悔之晚矣了。其次則說明管教子女兩種迥然不同的方法：一爲不忍苛責子女，反而傷害了子女，一爲乃出於愛之深責之切的心情，不稍假顏色。其利弊得失，不難推想。第三段則舉實例說明教子方法的正確與否，足以左右其子弟的成

敗，關係非常密切。第四段說明父子之間要嚴而不狎，愛而不簡，方可保持父慈子孝於不墜。同時更進一步指出君子所以不親授其子的原因，頗耐尋味。第五段以齊武成帝子琅邪王儼爲例，說明教導子弟，當循常規而行，不可有所偏袒，致使其驕縱妄爲，不知收斂，終以此喪命，實堪爲後人戒。第七段指出人之愛子，多有偏寵，鮮少此病，以致造成很多不幸，宜當作爲龜鑑。最後則說明人之教子，要導之於正途，不可爲貪求富貴，而一味取媚於人。

就行文說，全篇不僅層次分明，而所言教子之方，亦能理論與實例並重，兼顧之言，每能給人以眞實深切的感受。在教子方面，爲父母的人，不失之嚴，卽失之寬，很難寬嚴適中。然相形之下，寬則易使子女懈怠墮落，嚴則反而使子女每有所成，其間的取捨，那就全在父母的體認如何了。

在父子相處方面，作者主張要嚴守分際，換言之，卽當以嚴、狎、愛、簡爲規範，而常規的遵守，尤不可失。平日對待子女，更要公平，「賢俊者自可賞愛」，而「頑魯者亦當矜憐」。這樣做法，子女在身心方面，才能保持平衡。

通觀全文，自胎教以至成人，所言無不是身爲父母的人，所當注意而應了悟進而力行的。我們用言切意誠，純爲觀感所得論之，實無半點溢美之意。

兄弟第三

1. 夫有人民而後有夫婦，有夫婦而後有父子，有父子而後有兄弟❶：一家之親，此三而已矣❷。自茲以往，至於九族❸，皆本於三親焉，故於人倫爲重者也，不可不篤。兄弟者，分形連氣❹之人也，方其幼也，父母左提右挈❺，前襟後裾❻，食則同案，衣則傳服，學則連業，游則共方，雖有悖亂之人，不能不相愛也。及其壯也，各妻其妻，各子其子，雖有篤厚之人，不能不少衰也。娣姒❼之比兄弟，則疏薄矣，今使疏薄之人，而節量親厚之恩，猶方底而圓蓋，必不合矣。惟友悌深至，不爲旁人❽之所移者，免夫！

【注釋】❶夫有人民而後有夫婦三句　此三句句法仿自《易經・序卦傳》。❷此三而已矣　王叔岷斠注以爲此上應有盡字。王弼注《老子道德經》：「六親，父子、兄弟、夫婦也。」見盧補。❸九族　即九種親族。說法不一：《今文尚書》夏侯、歐陽以爲九族是異姓親族，即父族四、母族三、妻族二。《古文尚書》以九族爲同姓親族，指高、曾、祖、父、己、子、孫、曾、玄爲九族。明、清律例，直系親屬與《古文尚書》同，旁系親屬則自本身橫推兄弟、堂兄弟、再從兄弟、族兄弟爲止。此處應以

今文家說法為宜。❹分形連氣　謂兄弟同從父母的生命分化而來。❺左提右挈　當兄弟在年幼時，父母左右提攜著行走。❻前襟後裾　兄弟在年幼時，常牽引著父母的衣襟裙擺，圍繞在父母的前後。❼娣姒　兄弟之妻的互稱。年長的為姒，年幼的為娣。一說兄妻為姒，弟妻為娣。俗稱妯娌。❽旁人　一作傍人。指兄弟之妻。

【語譯】有人民以後就有夫妻，有夫妻以後就有父子，有父子以後就有兄弟，一個家庭的親族關係，也不過是這三種罷了。從此往外擴展，直到九族，都是以三親為本，所以在人倫來說是最重要的，不可以不篤厚。兄弟間的關係，是同從父母的生命分化而來，當他們在幼小的時候，父母左右提攜著行走，常常牽著父母的衣襟裙擺，圍繞在前後，吃飯的時候同桌，衣服當哥哥穿不下時，就傳給弟弟穿，讀書則弟弟沿用哥哥的書籍，遊玩則更是形影不離，就是有違背情理的人，也不能不相親愛。等到成年以後，各娶其妻，各愛其子，就是有再篤實忠厚的人，也不能不稍加衰減。妯娌之間和兄弟相比，親情就疏遠多了，現在讓疏薄的人，來節制量度（依照）兄弟的恩情去做，那就好比方底的器物，給它加上一個圓形的蓋子，一定是不能相合的。惟有兄友弟恭的親情至深，不被他們的妻室所移轉的，才能免除這種不相合的情形。

2. 二親既歿，兄弟相顧，當如形之與影，聲之與響；愛先人之遺體，惜己身之分氣，非兄弟何念哉？兄弟之際，異於他人，望深則易怨❶，地親則易弭❷。譬猶居室，一穴則塞之，一隙則塗之，則無頹毀之慮；如雀鼠之不卹❸，風雨之不防，壁陷楹淪❹，無可救矣。僕妾之為雀鼠，妻子之為風雨，甚哉！

【注　釋】❶望深則易怨　謂兄弟間，彼此希望、要求太高不能得到滿足，就易生怨恨。❷地親則易弭　謂關係親近，即使有所怨悱不滿，也容易止息。❸卹　憂慮。❹壁陷楹淪　謂牆壁坍塌，楹柱傾倒。

【語　譯】父母過世以後，兄弟相互憐恤，就像形體與身影，聲音與回響；愛護先人的遺體，珍惜己身為父母生命的分化，如非兄弟，何能有此感念呢？兄弟的關係，和外人不一樣，有時彼此要求過高而易生怨懟，但也因關係親近而容易息止。這就有如居室一樣，一發現有了洞穴就馬上堵塞，一看到有縫隙，就加以塗墁，這樣就沒有傾毀倒塌的顧慮了。如果像雀鼠的不知憂慮，對風雨的侵蝕也不知防可範，一旦牆壁塌了，楹柱倒了，那就無法挽救了。家中的僕妾，有如雀鼠，兄弟的妻室，有如風雨，能還要更甚呢！

3. 兄弟不睦，則子姪不愛；子姪不愛，則羣從❶疏薄；羣從疏薄，則僮僕為讎敵矣。如此，則行路❷皆踖❸其面而蹈其心，誰救之哉？人或交天下之士，皆有歡愛，而失敬於兄者，何其能多而不能少也！人或將數萬之師，得其死力，而失恩於弟者，何其能疏而不能親也！

【注　釋】❶羣從　謂族中的子弟們。非至親而同宗。❷行路　謂行路之人。指陌生人。❸踖　踐踏。

【語　譯】兄弟相處不能和睦，那麼子姪們就不能互相愛護，子姪們不能互相親愛，那麼族中的子

弟們就將彼此疏遠而無親情，族中子弟疏遠而無親情，那麼彼此間的僮僕就將相視如仇敵了。這樣一來，即使被陌生人欺凌踐踏或公然侮辱，又有誰來救助他呢？有人和毫不相干的士子接識交遊，都能相處歡洽而互相關愛，而失敬於兄長的人，又怎麼能增多其怨隙而不能一天天的減少呢！有人率領數萬之衆的軍隊，尚能深得人心願爲其出死力，而失恩於幼弟的人，又如何能忍心疏遠而不能相親呢！

4. 娣姒者，多爭之地也，使骨肉居之，亦不若各歸四海，感霜露而相思❶，佇日月之相望也❷。況以行路之人，處多爭之地，能無閒❸者鮮矣。所以然者，以其當公務而執私情，處重責而懷薄義也！若能恕己而行，換子而撫，則此患不生矣。

【注釋】❶感霜露而相思　感於季節的推移、變化，觸景生情，而相互思念。❷佇日月之相望　意謂因時光的流逝而相望期待著見面。佇，久立。日月，比喻時間。望，期待。❸閒　嫌隙。

【語譯】妯娌之間，爭議的地方最多，與其使她們像骨肉之親的居住在一起，還不如及早分開各謀所生，這樣反而會因歲月的推移，季節的變化，觸景生情而互相思念，或因相隔時間久了而相互期待著見面。這種事情，如用彼此毫不相關的行路人來比況，令他們處在多爭議的情境中，能不發生嫌怨的，那就很少了。所以會這樣，就是因爲他們遇到應當公平的事務，卻以偏私的心情衡量；處處重責於人，卻心懷刻薄沒有情義，如果能以「己所不欲，勿施於人」的恕道去行事，交換幼子來撫育，那就不會發生嫌隙的事情了。

5. 人之事兄，不可同於事父，何怨愛弟不及愛子乎？是反照而不明也。沛國❶劉

璡，嘗與兄瓛❷連棟隔壁，瓛呼之數聲不應，良久方答；瓛怪問之，乃曰：「向來❸未着衣帽故也。」以此事兄，可以免矣。

【注釋】❶沛國　西漢置沛郡，東漢改爲沛國。晉因之。在今安徽省宿縣西北。北齊廢。❷劉璡嘗與兄瓛　璡，字子瓛，沛郡相（今安徽省宿縣西北）人。爲人正直而有文采。瓛，字子圭，篤志好學，博通六經。兄弟齊名，並一時秀士。見《南史．劉瓛傳》。❸向來　先前，剛才。

【語譯】就一般人來說，侍奉兄長，不可與侍奉父親相同，那又爲什麼抱怨兄長的愛護弟弟不及愛護其子呢？這是由於不明自我反省所致。沛國的劉璡曾經和兄長住在連棟僅隔著一道牆的屋內，有一回兄瓛呼叫他好幾次都不答應，過了很久才回答；劉瓛感到很奇怪向他追問，於是回答說：「剛才沒有穿著衣帽，所以才未回答。」用這樣的態度侍奉兄長，那麼一切的抱怨都可以免除了。

6. 江陵❶王玄紹，弟孝英、子敏❷，兄弟三人，特相友愛，所得甘旨新異，非共聚食，必不先嘗，孜孜❸色貌，相見如不足者。及西臺陷沒❹，玄紹以形體魁梧，爲兵所圍；二弟爭共抱持，各求代死，終不得解，遂并命❺爾。

【注釋】❶江陵　地名。春秋時爲楚之郢都。漢置江陵縣。南朝梁元帝平建康，定都於此。清爲湖北省荊州府治，民國元年一月裁府改縣，仍隸湖北省。❷王玄紹弟孝英、子敏　無考。❸孜孜　和樂誠摯的樣子。也作勤勉不怠解。❹西臺陷沒　此謂西魏攻陷江陵。西臺，即指江陵，因在建康以西，故名。湘東王蕭繹，在侯景之亂以後，卽位江陵，年號承聖，是爲梁元帝。承聖三年（西元五五四年），

梁王蕭詧，引西魏兵攻陷江陵，元帝被殺。❺幷命 同時被殺。

【語　譯】江陵王玄紹，與弟孝英、子敏，兄弟三人，相處特別和洽友愛，對所得新異的美味，如不是共同食用，一定沒有人先吃，那種和樂誠敬的樣子，雖已表現無遺，可是相見以後，仍有做得不够的感覺。等到江陵被西魏攻陷，玄紹因為體形高大，被兵士所圍困，他的兩位弟弟，爭先恐後的抱持著他，兩個人都請求代替他死，始終不得解脫，於是就同時被殺。

【文　話】父慈子孝，兄友弟恭，是倫理道德的基礎，亦為我中華文化的傳統美德。而倫理之生，始於夫婦，以「有夫婦而後有父子，有父子而後有兄弟」。父子兄弟，乃血肉相聯、同脈一命的至親，而兄弟又為父母生命的延續，旣為同根生，而血親之近，情義之篤，當可想見。而共生、共存，共榮共辱的理念，也因之深植於兄弟的腦海之中。本篇主旨，卽在論述兄弟相處之道。復以兄弟成家之後，往往因妻子的介入，竟使兄弟難以和睦相處。是以作者提出「恕己而行，換子而撫」的構想，作為妯娌相處的準則。也惟有如此，始可去除「當公務而執私情，處重責而懷薄義」的心理。

文分六段：作者首先指出兄弟為同親所生，如手如足，食、衣、學、遊，無不與共，其親愛可知。及娶妻生子，而親愛之情，始行衰退。其次言兄弟旣為同根共生，無慮恩怨的發生，而僕妾妻子，則有如雀鼠風雨，不可不作周備的防範。第三段是說兄弟相處如不能和睦關愛，其影響所及，乃至背天理親情而不悟。第四段說明妯娌之間，所以會發生嫌隙，乃由於不能「恕己而行」所致。第五段言弟如以恭敬之心侍奉兄長，兄長自能以愛護其子之心愛弟。最後以江陵王玄紹兄弟三人、相處和融無間、兄友弟恭，而竟同時遇害的感人故事作結，實具深遠意義。

通篇採平鋪直陳的方式以抒其見，層次分明而深入，切理近情以淺出，不僅平正，亦且通達，說理

舉例，交互而行，尤能給人眞切理應如此的感覺。弟以敬事兄，兄以恩待弟，融洽無間，永保和睦歡愛，這難道不是兄弟相處的正道？不僅此也，衡諸「推己及人」、「將心比心」的古訓，亦能與之相合。擴而大之，如果人與人相處，摒除私心，蠲除成見，不失忠恕之道，試問還有什麼問題不能解決的呢？

後娶第四

1. 吉甫❶，賢父也，伯奇❷，孝子也，以賢父御孝子，合得終於天性，而後妻間之，伯奇遂放。曾參❸婦死，謂其子曰：「吾不及吉甫，汝不及伯奇。」王駿❹喪妻，亦謂人曰：「我不及曾參，子不如華、元❺。」並終身不娶，此等足以爲誡。其後，假繼❻慘虐孤遺，離間骨肉，傷心斷腸者，何可勝數。愼之哉！愼之哉！

【注釋】❶吉甫　即尹吉甫，周宣王賢臣。宣王中興，修文、武大業，時玁狁內侵，逼近京邑，尹吉甫奉命北伐，大敗玁狁，追至太原而還。❷伯奇　尹吉甫之子。母死，吉甫後妻譖伯奇，吉甫怒，放伯奇於野。伯奇自傷無罪見逐，乃作〈履霜操〉。吉甫感悟，求伯奇於野，射殺後妻。見《琴操．履霜操》。❸曾參　春秋魯人，曾點子，字子輿，孔子弟子，事親至孝。每日三省其身，悟一貫之旨，後世稱爲宗聖。其事跡散見《論語》各篇及《史記．仲尼弟子列傳》。❹王駿　漢王吉子，官至御史大夫，有能名。❺華、元　曾參二子名。《大戴禮．曾子疾病篇》及《說苑．敬愼篇》均謂：「曾子病，曾元抱首，曾華抱足。」❻假繼　謂假母，即繼母。

【語譯】尹吉甫，是一位好父親；伯奇，是一位孝子，以一位賢明的父親，統御孝子，按道理

說，應該相處和順，以盡其天性，然而不幸的是，由於尹吉甫的後妻，離間他們父子之間的感情，於是伯奇終於遭到被趕出家門的命運。當曾參的太太死後，他就對兒子說：「我的修養成就不如尹吉甫，你也不如他的兒子伯奇。」當王駿喪妻時，也對人說：「我不如曾參，兒子也趕不上曾華、曾元。」他們兩位都是終其一生不再續絃，這種作爲，是值得拿來當作鑑戒警惕的。像以後的那些繼母們，不擇手段的虐待前妻的遺孤，挑撥父子間的感情，令人傷心斷腸的事情，眞是多的無法盡數。要謹愼啊！千萬要謹愼啊！

2. 江左❶不諱庶孽❷，喪室之後，多以妾媵終❸家事；疥癬蚊虻❹，或未能免，限以大分，故稀鬭鬩之恥。河北鄙於側出，不預人流❺，是以必須重娶，至於三四，母年有少於子者。後母之弟，與前婦之兄，衣服飲食，爰及婚宦，至於士庶貴賤之隔，俗以爲常。身沒之後，辭訟盈公門，謗辱彰道路。子誣母爲妾，弟黜兄爲傭，播揚先人之辭迹，暴露祖考之長短，以求直己者，往往而有。悲夫！自古姦臣佞妾，以一言陷人者眾矣！況夫婦之義，曉夕移之❻，婢僕求容，助相說引❼，積年累月，安有孝子乎？此不可不子。

【注　釋】❶江左　六朝人謂江東爲江左。❷庶孽　在過去帝王時代（或謂封建社會），謂妾所生的子爲庶孽。❸終　一作主。見王利器注。❹疥癬蚊虻　此喻爲害輕微、不大。《國語．魯語》：「申胥進諫曰：『夫齊、魯譬諸疾疥癬也。』」韋注：「疥癬在外，爲害微也。」盧文弨補注：「疥癬比癰疽之患輕，蚊虻比蛇蝎之害小，以言縱有所失，不甚大也。」虻，一作蝱、虻。昆蟲名，愛吸人畜的血液。

寄生在牛身者，名「牛虻」。❺人流　謂人之出身、流派。偏重於家世、地位。王利器注：「人流之流，與士流、學流、文流、某家者流之流義同。」❻之　一作時。❼說引　猶言誘引。見王利器注。

【語譯】江東六朝人在家族的承繼上，不忌諱庶出的子弟，正妻死後，也多以侍妾主持家事；雖然像疥癬蚊虻的小毛病有時不能避免，可是大概說來，尚能遵守一定的限界，所以很少有鬩牆爭鬪可恥的事情發生。在河北對於側室所生的庶子，卻加以輕視，不考慮出身不正或地位低微的人主持家事，所以喪妻之後，一定要再娶，甚至三娶四娶，在這種情況下，後母的年齡，有的比前妻的兒子還小。後母所生的弟弟，和前妻所生的哥哥，在衣服飲食，以及婚娶仕宦方面，士庶貴賤的差別，相隔很遠，世俗以此為常規。一旦其人身死之後，訴訟的辭狀，充盈官府，毀謗侮辱的言論，很清楚的在道路上到處可以聽見，前妻的兒子，誣陷後母為媵妾，後母所生的弟弟，罷黜前妻所生的哥哥為傭僕，大肆宣揚先人的言行，毫不保留地暴露祖考的缺失，來表白自己正直的情事，可說到處都有。眞可悲啊！自古以來，那些姦邪的大臣，巧言善辯的媵妾，因一句話而使人遭到陷害的人眞是太多了！況且夫妻之間，又可以正大光明的勸說，或早或晚的適時遊說，再加上婢僕們的乞求容許，多方幫助，相互誘引，積年累月，時日一久，那裏還會有孝子呢？這等情事，是不可以不戒懼防範的。

3. 凡庸之性，後夫多寵前夫之孤❶，後妻必虐❷前妻之子；非唯婦人懷嫉妒之情，丈夫有沈惑之僻，亦事勢使之然也。前夫之孤，不敢與我子爭家，提攜鞠養，積習生愛，故寵之；前妻之子，每居己生之上，宦學❸婚嫁，莫不為防焉，故虐之。異姓寵則父母被怨，繼親虐則兄弟為讎，家有此者，皆門戶❹之禍也。

【注釋】❶孤 《倭名類聚鈔》作子。❷必虐 《倭名類聚鈔》作多惡。《合璧事類・後五》作又虐。❸宦學 宦，指學仕宦之事；學，指學習六藝之事。見《禮記・曲禮上・正義》引熊氏語。❹門戶 指家庭。

【語譯】就平常人的本性說，後夫多半寵愛前夫的孤兒，而後妻則多半虐待前妻的孩子；這種事情，不僅婦人懷有嫉妒的心思，就是做丈夫的也有沉溺迷惑的偏見，這是事勢所趨不得不如此。前夫的兒子，不敢和我親生的兒子爭家業，在憐憫照顧撫養教育的情形下，時間久了就難免產生疼愛之心，所以會寵愛他；前妻的兒子，每每佔先已生之子，不管仕宦、讀書，乃至婚嫁，都是如此，沒有一樣是不當防範的，所以才虐待他。異姓的孩子（前夫所生）被寵愛，那麼自己所生的孩子就會怨恨父母，後母虐待前夫的兒子，那麼這個家庭中的兄弟就會成為仇敵，家中如有這種情況，這都可說是家庭的不幸。

4. 思魯❶等從舅❷殷外臣，博達之士也。有子基、諶，皆已成立，而再娶王氏。基每拜見後母，感慕嗚咽，不能自持，家人莫忍仰視。王亦悽愴，不知所容，旬月求退，便以禮遣，此亦悔事也。

【注釋】❶思魯 顏之推子。之推有二子，一思魯，一敏楚。敏亦作愍。見王利器注。❷從舅 母之從兄昆弟。見《爾雅・釋親》。

【語譯】思魯、敏楚的堂舅殷外臣，是一位淵博明達的人。有二子，一名基，一名諶，都已成人自立，因而又娶了一位王氏。當基每次拜見後母的時候，總是感念思慕生母，悲泣不能成聲，無法控制自己，家人都不忍擡頭看他，就是王氏也哀傷不已，不知如何做才好，剛滿一個月，就請求回娘家，殷

外臣不得已，只好備禮將她遣送回去，說起來，這眞是令人感到悔恨的事。

5.《後漢書》曰：「安帝時，汝南❶薛包❷孟嘗，好學篤行，喪母，以至孝聞。及父娶後妻而憎包，分出之。包日夜號泣，不能去，至被毆❸杖。不得已，廬於舍外，旦入而洒埽❹。父怒，又逐之，乃廬於里門❺，昏晨不廢❻。積歲餘，父母慚而還之。後行六年服，喪過乎哀❼。既而弟子求分財異居，包不能止，乃中分其財：奴婢引❽其老者，曰：『與我共事久，若不能使也。』田廬取其荒頓❾者，曰：『吾少時所理❿，意所戀也。』器物取其朽敗者，曰：『我素所服⓫食，身口所安也。』弟子數破其產，還復⓬賑給。建光中⓭，公車特徵，至拜侍中。包性恬虛⓮，稱疾不起，以死自乞。有詔賜告⓯歸也。」

【注釋】❶汝南　郡名。漢置。治平輿，在今河南省汝南縣東南。晉移治縣瓠城，即今汝南縣治。❷薛包　包下應有「字」字。即薛包字孟嘗。❸毆　捶擊，擊打。《說文》：「毆，捶毄物也。」段注：「謂用杖擊中人物也。」❹埽　通掃。今作掃。❺里門　謂鄉里的門。古代聚族列里以居，里有里門。❻不廢　謂不廢晨昏定省的禮節。❼喪過乎哀　我國喪服制，父母死，服孝三年。而薛包行六年服，故云「喪過乎哀」。❽引　一作取。下文「田廬取其荒頓者」，即用取，互文以見義。❾荒頓　猶言荒廢。❿理　當作治。《後漢紀・十一》引《汝南先賢傳》即作治。王利器以爲傳鈔者避唐高宗李治諱

改。⑪服　使用，利用。《說文》：「服，用也。」⑫還復　同義複詞。《說文》：「還，復也。」還，亦有依舊、仍然之意。⑬建光　東漢安帝年號。⑭包性恬虛　《太平御覽·卷九七五·果部十二》引《汝南先賢傳》：「薛包歸先人冢側，種稻種芋，稻以祭祀，芋以充饑，耽道說禮，玄虛無爲。」恬虛，謂恬澹玄虛無爲。⑮賜告　舊時帝王准許官吏病假期滿後繼續請假。告，指官吏休假。漢律，吏二千石有賜告，表優賜之意。本當病滿三月不癒，卽予免官，天子優賜其告，使得帶印綬將官屬歸家治病。

【語　譯】《後漢書》記載說：「在安帝時，汝南郡薛包字孟嘗，喜愛讀書，言行篤實，不幸遭逢母喪，以至孝聞名鄉里。等到他的父親娶了後妻，就轉而憎恨薛包，將他從家中分出。薛包爲此事日夜號泣，不願意離去，及至被父親用木棒捶打，沒辦法，才移居於房舍以外的草屋內，天一亮，就到家中整理打掃。父親很生氣，又把他趕出來，這時只好搬到里門附近的草屋中居住，但是他仍不廢晨昏定時向父母親問候請安的禮節。就這樣過了一年多，由於父母深感慚愧，所以才讓他搬回來。父母死後，他服孝六年，超過了喪服期的一倍時間。沒多久，年輕的一輩，鬧著要分家產各自居住，薛包沒有辦法阻止，只好將產業作一公平的分配。可是他自己，卻選取年老的奴婢，理由是：「這些老奴婢，和我相處久了，你們無法指使他們。」田地廬舍，卻挑選破舊荒廢的，理由是：「這是我年少時住過、耕種過的，我捨不得它們。」在器物用具方面，選取腐朽敗壞的，理由是：「我向來都是使用它來飲食，只有使用它們，身口才會感到安適。」這些年輕的幼輩們，有的不止一次的破產，他也總是一而再、再而三的拿財物來幫助他們。安帝建光年間，官府特別派車徵召，到了朝中，卽拜授爲侍中。可是薛包天生恬澹虛靜，不願任官，就託稱有病不能爲國家服務，用死來乞求免官。皇帝不得已，才下詔准許他帶著印綬官爵回家休養。

【文話】「晚娘面孔」，這是社會上流行的一句俗話。多半指女性不和善、板著臉、沒有愛心而言。其實「晚娘」也不是沒有善良的，有的「晚娘」，視前妻子女如己出的也不少。只不過大多數的「晚娘」，都不疼愛前妻的子女，甚至想出種種辦法來虐待、陷害他們，所以才有「晚娘面孔」的流行。傳說中上古時代虞舜的繼母（晚娘），就是一個長舌婦，能說善道，把瞽瞍說動了，所以才多方加害帝舜。

顏氏就其所見，深感幼小的子女，天眞無邪，無緣無故的飽嘗後母的虐待，實在是一件不仁道的事情。欲去其弊，則莫如不再娶。這大概就是顏氏立論的重心了。至於應不應該再娶的問題，以時代不同，環境不一，習俗各異，那就很難說了。不過就顏氏那個時代來說，既爲大家庭制，而五代同堂的，往往而有，又何患年老無依，乏人照顧？這話就生理說也許不對，可是就環境說，是否値得考慮？父子之親，乃人倫之本，如因後娶而破壞了基本的倫理觀念，形成父不慈、子不孝的局面，其影響所及，那就非常値得商榷了。

文分五段敍述，作者首先指出喪妻後如果遺有子女，其父卽不宜再娶，以免遭後妻的離間而不子其子。其次則就着南北習俗的不同，說明江左喪妻之後，多以媵妾主持家事；而北方則多再娶，以致造成很多不必要的困擾。第三段，則說明後夫多寵前夫之子，而後妻則虐待前妻之子的原因，以及由此所引發的不良後果。第四段言其姻親殷外臣又娶，因其子拜候後母而思念生母，每悲痛不能自持，致使其後母哀傷無以自容，而自動求退，令人悔恨之事。最後，借薛包的至孝，說明不僅感動其父母，而且也感動了皇帝，乃至以「公車特徵，拜爲侍中」的情由。

就行文結構說，可說層次井然，雖言事，而亦未忘情於理。意念的表達，則由簡而繁，由淺而深，

先言不宜再娶，再以南北習俗作一比較，雖不言南勝於北，然就事例說，又何其明顯？而後夫寵愛前夫之子，後母虐待前妻之子，這種事例，就人情言，是無可避免的，所以才造成種種不幸的後果。要想避免，那就惟有不要再娶。這確是釜底抽薪之法。這也無異告誡結婚已有子女的男女，不可輕易再婚，當以子女爲重。

孝子固爲難得，然如表現過度或不得法，也往往會造成憾事，而殷外臣之子的作爲，就是一例。孝能感動天地，在我國古老的社會中，是深信不疑的，所以薛包能重返家庭終以「孝聞」。不過這種代價也實在太大了，常人是無法做到的。與其讓子女受這樣大的委屈，又何如不娶？文中雖也表揚孝子之行，在有意無意間，暗示天下無不是的父母，但畢竟像大舜、薛包者流不多。如以倫理爲重，那就莫如不再婚嫁。就現代言，如果子女已長大成人，各自獨立，自己爲了身心有所寄託，覓一良伴，彼此互相照扶，以減輕子女的負擔，來頤養天年，誰又能說不宜？

治家第五

1. 夫風化❶者，自上而行於下者也，自先而施於後者也。是以父不慈則子不孝，兄不友則弟不恭，夫不義則婦不順矣。父慈而子逆，兄友而弟傲，夫義而婦陵，則天之兇民，乃刑戮之所攝❷，非訓導之所移也。

【注釋】❶風化　謂教化。《毛詩・序》：「詩有六義焉，一曰風，……上以風化下，……。」又《漢書・薛宣傳》：「御史大夫內承本朝之風化。」❷攝　同懾，爲懾之借字。《左傳・襄公十一年》：「武震以攝威之。」楊注：「攝同懾。」《說文》：「懾，失氣也。一曰服也。」王引之《經義述聞》：「凡懼謂之懾，使人懼亦謂之懾。」

【語譯】論及教化，是從在上位的人施行於下民的，也是由前輩們施教於後輩的。所以父親如不慈愛，兒子就不孝順，兄長如不友愛，那麼弟弟就不會恭敬，丈夫如無情義，而妻子也就不會順從了。父親慈愛兒子不孝順，兄長友愛弟弟不恭敬，丈夫有情義妻子不順從，這就有如天生的兇民，必須用刑罰才能使他們畏懼，這不是教訓誘導所能轉變的。

2. 笞怒❶廢於家，則豎子❷之過立見；刑罰不中，則民無所措手足❸。治家之寬猛，

亦猶國焉。

【注釋】❶笞怒　謂懲罰。笞，擊。用鞭、杖、竹板抽打。怒，責罵，譴責。❷豎子　童子；僮僕。《廣韻》：「豎，童僕未冠者。」❸刑罰不中二句　見《論語·子路篇》。

【語譯】治理家庭，如果廢除了懲罰，那麼小孩們的過失馬上就會顯現出來；這也如同治國一樣，如果刑罰用得不適當，那麼人民就處處不能自安，好像手腳都沒有地方安置似的。治理家庭的寬嚴，也就有如治國，是沒有什麼不同的。

3. 孔子曰：「奢則不孫，儉則固；與其不孫也，寧固❶。」又云：「如有周公之才之美，使驕且吝，其餘不足觀也已❷。」然則可儉而不可吝已。儉者，省❸約為禮之謂也；吝者，窮急不卹之謂也。今有施❹則奢，儉則吝；如能施而不奢，儉而不吝，可矣。

【注釋】❶奢則不孫四句　語出《論語·述而篇》。奢，謂奢侈、豪華。孫，同遜，古同音假借。《說文》：「遜，順也。」不孫，謂表現驕慢過禮。儉，謂節約、儉省。固，謂固陋、鄙吝，亦即因陋就簡而不及於禮之意。❷如有周公之才之美三句　語出《論語·泰伯篇》。周公，名旦，文王子、武王弟，佐成王，制禮作樂，自古被譽為多才多藝。使驕且吝，謂假使驕傲而且鄙吝。其餘，謂其餘的善行、長處。❸省　當作媘。《說文》：「媘，減也。」徐鍇《說文繫傳》：「按顏之推《家訓》作此媘字。」❹施　謂施舍。即布施恩德、財物之意。

【語譯】孔子說：「就禮俗言，過與不及，都不合宜。太奢侈，就顯得不恭順，未免過分越禮；

太儉省，就顯得因陋就簡，也難合禮的分際。權衡得失，與其不恭順，破壞了禮俗，還不如因陋就簡，質樸少文的好。」又說：「一個人，如果有周公那樣美好的才華，假使他恃才傲物，而且又鄙吝自私，就算他還有其餘的長處，也不值得一看了！」由此就可以知道，依照禮俗，儉省是可以，但不可以鄙吝。所謂儉，就是省減儉約的合於禮俗；所謂吝，就是對窮困急切的人也不憐卹救助。而今卻有兩種不同的現象，有的施舍，則非常奢侈，有的節儉，則又非常鄙吝；如能施舍而不闊綽，儉約而不鄙吝，那才是恰到好處呢！

4. 生民之本，要當稼穡而食，桑麻以衣。蔬果之蓄，園場之所產；雞豚之善❶，塒圈❷之所生。爰及棟宇器械，樵蘇❸脂燭❹，莫非種殖❺之物也。至能守其業者，閉門而為生之具以足，但家無鹽井❻耳。今北土風俗，率能躬儉節用，以贍衣食；江南奢侈，多不逮焉。

【注釋】❶善 通作膳。謂珍膳、美食。《儀禮・燕禮・主人酌膳・注》：「膳之言善也。」《禮記・玉藻下・膳於君・注》：「膳，美食也。」❷塒圈 謂養禽、畜之所。塒，鑿垣為雞窩叫塒。《詩・王風・君子于役》：「雞棲于塒。」《爾雅・釋宮》：「鑿垣而棲為塒。」圈，畜欄。引申為飼養家畜的地方。如豬圈、圈牢。❸樵蘇 謂打柴割草。引申亦作薪草解。❹脂燭 猶今之蠟燭。古以麻蕡為燭，灌以脂，後世唯用牛羊之脂。又或以蠟，或以柏，或以樺。韋昭〈博弈論〉：「窮日盡明，繼以脂燭。」見《顏氏家訓彙注》。❺殖 盧文弨抱經堂本作植，古通。❻但家無鹽井 謂生活所需皆具，僅

無食鹽之井而已。左思〈蜀都賦〉：「家有鹽泉之井。」劉良注：「蜀都臨邛縣、江陽漢安縣，皆有鹽井。巴西充國縣鹽井數十。」杜預〈益州記〉：「州有卓王孫鹽井，舊常於此井取水煮鹽。」見清・趙曦明《顏氏家訓注》。

【語　譯】人民生活的根本，就是要靠耕種吃飯，要靠採桑績麻穿衣。像蔬菜水果的供應，就是園林場圃的產品；所享用的雞鴨豬羊的美食，也都是在雞窩、豬圈中所生長的畜禽。以至於所居住的房舍，所使用的器械，柴草脂燭，沒有一樣不是經由種植的產物。凡是能專心務農、保守其產業的人，就是關起門來，而養生的條件也已足備，只是有的家中沒有鹽井罷了。現在北方的風俗，多能躬身省儉節用，來維持衣食的贍足；江南由於奢侈成習，所以多半說來，不及北方。

5. 梁孝元世❶，有中書舍人❷，治家失度，而過嚴刻，妻妾遂共貨❸刺客，伺醉而殺之。

【注　釋】❶梁孝元世　謂南朝蕭衍所建之梁元帝蕭繹。❷中書舍人　官名。中書省屬官。西晉置，歷代名稱、職務不盡相同。南朝後，舍人實權甚大，從起草詔令，參與機密到決斷政務，往往代行宰相職務。❸貨　謂收買、買通。亦作賄賂解。

【語　譯】在南朝梁孝元帝的時候，有一位中書舍人，治家失去法度，而過於嚴厲苛刻，連妻妾都無法忍受，結果她們串通好共同收買刺客，等候中書舍人喝醉以後，將他殺掉。

6. 世間名士❶，但務寬仁；至於飲食饟饋❷，僮僕減損，施惠然諾，妻子節量，狎侮

❸賓客，侵耗❹鄉黨：此亦為家之巨蠹矣。

【注釋】❶名士　名人，知名之士。❷饟饋　謂以食物款待人。饟，一作餉。❸狎侮　輕慢戲侮。即玩弄、戲耍之意。❹侵耗　侵陵刻薄。

【語譯】社會上知名的人士，對家務的管理，大都採取寬容仁厚的態度；以至於在款待親朋的飲食方面，常遭到僮僕的減損，已經答應對人的施予，妻子也往往減少其數量，玩弄戲耍賓客，侵陵刻薄鄉里。這些行為，在無形中，也就成為破壞家庭的大蛀蟲了。

7. 齊吏部侍郎房文烈❶，未嘗嗔怒，經霖雨❷絕糧，遣婢糴米，因爾逃竄，三四許日，方復擒之。房徐曰：「舉家無食，汝何處來？」竟無捶撻。嘗寄人宅❸，奴婢徹屋為薪略盡，聞之顰蹙❹，卒無一言。

【注釋】❶房文烈　房法壽族子景伯，字良暉。其子文烈，位司徒左長史，文烈性溫柔，未嘗嗔怒。見《北史‧卷三九‧房法壽傳》。❷霖雨　謂連緜的雨。《左氏‧隱公九年傳》：「凡雨自三日以往為霖。」❸嘗寄人宅　謂以宅寄人之意。見《顏氏家訓彙注》。❹顰蹙　謂顰眉蹙額，表示愁慮之意。

【語譯】南齊吏部侍郎房文烈，平日不曾生過氣，有一次因陰雨連緜而缺了糧，就派一個女僕去買米，不料那個女僕竟趁機逃跑了，經過三、四天，才又把她抓回來。房文烈徐徐的問她說：「全家都在挨餓，你跑到那裏去了呢？」竟然沒有責打她。又有次，房文烈以宅舍暫時借人寄居，不料奴僕們幾

乎將那間房舍全部拆了當柴燒，房氏聽說後，只是緊緊地皺著眉頭，始終連一句責備的話都沒說。

8. 裴子野❶有疏親故屬飢寒不能自濟者，皆收養之；家素清貧，時逢水旱，二石米為薄粥，僅得遍焉，躬自同之，常無厭色。鄴下❷有一領軍❸，貪積已甚，家童八百，誓滿一千❹；朝夕每人肴膳，以十五錢為率，遇有客旅，更❺無以兼。後坐事伏法，籍其家產，麻鞋一屋，弊衣數庫，其餘財寶，不可勝言。南陽有人，為生奧博❻，性殊儉吝，冬至後女婿謁之，乃設一銅甌❼酒，數臠麞❽肉；婿恨其單率，一舉盡之。主人愕然，俛仰命益，如此者再；退而責其女曰：「某郎❾好酒，故汝常貧。」及其死後，諸子爭財，兄遂殺弟。

【注釋】❶裴子野 字幾原。南朝梁、山西聞喜人。曾祖裴松之，祖父裴駰。官至鴻臚卿，領步兵校尉。與兄黎、楷、綽，並有盛名，時稱四裴。見《梁書·本傳》。❷鄴下 地名。即春秋時齊桓公所築之鄴城以衛諸侯。漢置縣。北齊建都於此。在今河南省臨漳縣境。❸領軍 官名。曹操於建安四年為丞相時，相府自置領軍，後改為中領軍，與護軍同領禁軍。南朝宋置領軍將軍一人，掌內軍。梁領軍將軍管天下兵要，稱為禁司。陳襲梁制。北魏有領軍、護軍，又有領軍將軍、護軍將軍，與領護不並置。北齊置領軍府，凡禁衛官皆主之。見《宋書·百官志下》。案：此領軍乃指庫狄伏連。見《北齊書·慕容儼傳》。❹一千 一作千人。❺更 一作便。❻為生奧博 謂營生隱密而廣博。盧文弨以奧博

爲幽隱而廣博。❼甌　低淺大口的瓦器。如盆盂之類，可盛飲食，亦可用以飲酒。如《南齊書・謝超宗傳》：「飲酒數甌」，即爲明證。❽麞　即獐的本字。獐，動物名。形體略似鹿而較小，頭無角，皮毛黃黑色，四肢頗強勁，善疾跑。❾某郎　六朝人呼壻爲郎。見《顏氏家訓集解》。

【語譯】裴子野對於在遠親舊屬中，有飢寒不能自謀生活的人，便將他們全部予以收養；其實他的家庭向來就很清寒貧窮，當時又遭逢水旱的天災，只好每日以二石米煮成稀粥，這樣才能每個人都分得到，他自己也是一樣，而且沒有厭惡的表情。可是當時在鄴城有一位領軍，名庫狄伏連，他的作爲就不是這樣了。他非常貪財，甚至到了無饜的地步，當時已有家童八百，可是他發誓一定要到達一千人；每天每人所食用的菜飯，以十五錢爲限，即使遇有客人造訪，也不另外加錢。後來因罪被殺，把他的家產全部清點一下，麻鞋積藏了一屋，破舊衣服也有好幾倉庫，其他的金銀財寶，是無法說得清楚的。在南陽地方，也有一個人，平日營生，隱密廣博，可是他生性特別儉省吝嗇，有一年的冬至日過後，女壻來看望他，他僅準備一杯酒，幾片切好的獐肉；女壻嫌恨他單薄草率，舉起杯來，一口就把酒喝光了。主人一時之間，感到非常驚愕，趕快叫人添酒，像這樣的情形有好幾次。過後就責備他的女兒說：「女壻喜好喝酒貪杯，所以你們家才長久的貧窮。」等他死後，兒子們爭奪家財，結果哥哥把弟弟殺了。

9. 婦主中饋❶，惟事酒食衣服之禮耳，國不可使預政，家不可使幹蠱❷；如有聰明才智，識達古今，正當輔佐君子❸，助其不足，必無牝雞晨鳴❹，以致禍也。

【注釋】❶中饋　舊時謂婦人在家，負責煮飯、洗衣等家事。❷幹蠱　謂主其事。蠱，作事解。見

《易・序卦傳》。❸君子　謂丈夫。亦稱良人。❹無牝鷄晨鳴　本謂母鷄無在晨間鳴叫的。引申爲婦女不可以主家事或國政。《書・牧誓》：「牝鷄無晨。牝鷄之晨，惟家之索。」索，蕭條，衰敗。

【語　譯】婦人在家主要的工作，就禮俗說，也只不過是僅僅從事於酒食衣服方面的事務罷了。就國言，不可讓她干預政事，就家說，不可讓她主持家務。如果有聰明才智，通達古今的識見，正應該輔佐她的丈夫，幫助丈夫不足的地方。必不可讓她主持家政，做不應該做的事情，以招致無謂的禍災。

10. 江東婦女，略無交遊，其婚姻❶之家，或十數年間，未相❷識者，惟以信命❸贈遺，致殷勤焉。鄴下風俗，專以婦持門戶❹，爭訟曲直，造請逢迎，車乘塡街衢，綺羅盈府寺❺，代子求官，爲夫訴屈。此乃恆、代之遺風❻乎！南間貧素，皆事外飾，車乘衣服，必貴整齊；家人妻子，不免飢寒。河北人事❼，多由內政，綺羅金翠，不可廢闕，羸馬顇❽奴，僅充而已；倡和❾之禮，或爾汝❿之。

【注　釋】❶婚姻　謂親戚。《爾雅・釋親》：「壻之父爲姻，婦之父爲婚。」又：「婦之父母，壻之父母，相謂爲婚姻。」❷相　一作有。見《顏氏家訓集解》引《戒子通錄》。❸信命　謂使人慰問之意。信，使人也；命，問也。見《顏氏家訓集解》。❹持門戶　當家主其事。亦謂撐持門戶。❺府寺　官署。《廣韻》引《風俗通》：「府，聚也。公卿牧守道德之所聚也。」《釋名》：「寺，嗣也。治事者嗣續於其內也。」❻恆、代之遺風　拓跋魏都平城，在今山西省大同縣東。而恆爲恆州，孝文帝遷洛後改置。代爲代郡，亦魏置。其故治均在魏之舊都平城。此處的恆、代遺風，卽拓跋魏的舊有風俗。

❼人事　一作人士。❽顩頷　顩頷。也作憔悴。❾倡和　一作唱和。謂夫婦。❿爾汝　謂古代尊長對卑幼者的稱呼。也用爲輕賤對方的稱呼。《孟子．盡心下》：「人能充無受爾汝之實，無所往而不爲義也。」《正義》：「爾汝，爲尊於卑，上於下之通稱。」朱注：「爾汝，人所輕賤之稱。」

【語　譯】江東的婦女們，在平日生活中，並沒有什麼交遊應酬，對於親戚，有的十多年都不見一次面，只有派人問候、贈送一些禮物，來表達心中的懇切關懷。可是北方鄴城地區的風俗，卻專以婦人撐掌門戶，無論是對事理曲直的爭訟，或是奔走請託送禮；有時行走在塡滿車馬的街道中，也有時來往於充滿綺羅綢緞的官府裏，代替兒子求取官爵，也爲丈夫申訴寃屈，這可能就是恆、代地區遺留下來的風俗吧！在南方來說，即便是貧窮的人家，在外表的穿戴上，也非常講究，如所坐的車子，所穿的衣服，一定講求整齊、排場，可是他的家人妻子，說不定還在挨餓受凍。河北在人情事務上，多由家中婦人主政，像綺羅綢緞、金銀翡翠等，是不可以沒有的；至於馬瘦了，奴婢憔悴了，那沒關係，只不過充數罷了。至於夫婦的禮俗，有時卻會被看輕。

11. 河北婦人，織紝組紃❶之事，黼黻❷錦繡❸羅綺❹之工，大優於江東也。

【注　釋】❶紝組紃　紝爲繒帛。一作絍。組爲用絲織成具有文采的絲帶。紃爲圓形像繩的帶子。《禮記．內則》：「織紝組紃，學女事，以共衣服。」疏：「組、紃俱爲絛也。……薄闊爲組，似繩者爲紃。」❷黼黻　謂古代繪繡於衣裳上的花紋。黼，黑白相間，作斧形；黻，青黑相間，作亞形。❸錦繡　謂織錦，刺繡。指精緻華美的絲織品。❹羅綺　輕軟素底織花的絲織品。

【語　譯】河北地區的婦人們，對於織繒帛組紃的事情，或在錦帛上彩繪刺繡以及輕軟素底的綢

緞上、織花的精細，比起江東來，那實在是好得太多了。

12. 太公曰：「養女太多，一費也❶。」陳蕃曰：「盜不過五女之門❷。」女之爲累，亦以深矣。然天生蒸民，先人傳體，其如之何？世人多不舉女❸，賊行❹骨肉，豈當如此，而望福於天乎？吾有疏親，家饒妓❺媵，誕育將及，便遣閽豎守之。體有不安，窺窗倚戶，若生女者，輒持將去，母隨號泣，使人不忍聞也。

【注釋】❶太公曰養女太多一費也　謂姜太公以爲生養女兒太多，需要一筆龐大的費用。《藝文類聚・卷三五》、《太平御覽・卷四八五》引《六韜》：「太公對武王曰：養女太多，四盜也。」❷陳蕃曰盜不過五女之門　謂養女過多，因而家貧，故盜不過其家。陳蕃字仲舉，曾上疏說：「諺云：『盜不過五女之門。』以女貧家也。今後宮之女，豈不貧國乎？」見《後漢書・陳蕃傳》。❸世人多不舉女　謂世人多不喜撫育女子。舉，撫育，撫養。❹賊行　行，一作其。見《顏氏家訓集解》。❺妓　家妓。見《顏氏家訓集解》。

【語譯】姜太公說：「生養女孩太多，那是需要花費一筆龐大的費用的。」陳蕃也說：「盜賊是不會進入養有五個女兒的家門的。」女兒對家庭的連累，由此就可以知道有多深了。然而天生眾民，先人代代相傳的遺體，那又應當怎樣呢？世人大多不喜歡養育女兒，如生了女孩，甚至不惜殘害其骨肉，難道說就應當這樣做，來祈望上天降福嗎？我有一家遠房的親戚，家中頗多美麗的媵婢，每當快要生產的時候，便派遣僕人守候著。只要身體感到疼痛不安適，或發出呻吟的時候，就倚在窗戶旁邊窺探，假

如生的是女嬰，總是將她挾持而去，其母隨即號哅痛哭，使人不忍聽聞。

13. 婦人之性，率寵子壻而虐兒婦。寵壻，則兄弟之怨生焉；虐婦，則姊妹之讒行焉。然則女之行留，皆得罪於其家者，母實爲之。至有❶諺云：「落索❷阿姑餐。」此其相報也！家之常弊，可不誡哉！

【注釋】❶至有　一作至於。❷落索　有二義：一謂南北朝時語，大約是冷落蕭索之意。一謂緜聯不斷之意，今語猶然。就本文言，當以一說爲是。見《顏氏家訓彙注》。

【語譯】婦人的性情，大多都是寵愛女婿而虐待兒媳。寵愛女婿，就會產生兄弟之間的怨恨；虐待兒媳，那麼姐妹之間的讒言就將大行。這樣說來，那麼婦女的行止，無不得罪於其家的原因，完全是由母親造成的。至於俗諺所說：「婆母總有一天要飽餐冷落蕭索的滋味。」這種情景，可說是自然的報應啊！家庭中常常所發生的弊病，可不警惕告誡哪！

14. 婚姻素對❶，靖侯❷成規❸。近世嫁娶，遂有賣女納財，買婦輸絹，比量父祖，計較錙銖，責多還少，市井無異。或猥壻在門，或傲婦擅室，貪榮求利，反招羞恥，可不愼歟❹！

【注釋】❶素對　謂家世清白的配偶。❷靖侯　即顏含，字宏都。爲本文作者顏之推的九世祖。❸成規　謂婚姻切勿貪求權勢富貴之家。本書卷五〈止足篇〉，靖侯戒子姪曰：「汝家書生門戶，世無

富貴，自今仕宦不可過二千石，婚姻勿貪勢家。」靖侯，見《晉書・卷八八・孝友傳》。❹可不愼歟 此指婚姻貪榮求利而言。六朝以還，重門第氏族，甚至以祖父曾祖父的門第高，嫁子女而取財利，有如商賈的行爲。這種風氣，直到唐代，尚未止息。而所以有猥壻在門，傲婦擅室的結果，其因全出於不求佳對，而但求富貴啊！

【語譯】在婚姻嫁娶方面，但求對方的家世清白，人品端正，這是我家先祖靖侯的成規。可是近代的嫁娶，在女方，則無異於賣女收受錢財，在男方，也有如爲買婦而輸出絹帛，還得比較衡量父祖的門第高低，那怕是錙銖之微，也要計較，要價多，還價少（卽討價還價），和市井間做買賣的人沒有什麼不同。在這種風氣下嫁娶的結果，有的是嫁了個出身卑賤的女婿，也有的是娶了個傲慢無禮的媳婦，貪求虛榮財利，反而招致來羞恥，類似這種情事，眞是多的不勝枚舉，可不小心謹愼嗎？

15. 借人典籍，皆須愛護，先有缺壞，就爲補治，此亦士大夫百行❶之一也。濟陽❷江祿❸，讀書未竟，雖有急速，必待卷束整齊，然後得起，故無損敗，人不厭其求假焉。或有狼籍几案，分散部帙❹，多爲童幼婢妾之所點汙，風雨蟲鼠之所毀傷，實爲累德❺。吾每讀聖人之書，未嘗不肅敬對之；其故紙有五經詞❻義，及賢達❼姓名，不敢穢用❽也。

【注　釋】❶百行　謂各種品德行爲。《白虎通・考黜》：「孝道之美，百行之本也。」❷濟陽　晉置郡名。卽漢濟陰郡，治定陶。在今山東省定陶縣西北。❸江祿　江夷玄孫。祿，字彥遐，幼篤學有

文章，工書善琴。形貌短小，神明俊發，位太子洗馬，湘東王祿事參軍，後爲唐侯相，卒。見《南史・卷三六・江夷傳》。❹帙　一作秩。謂次第之意。❺累德　有二義：一謂積累德行，一謂有損於德性。衡諸文義，此處應指後者。❻詞　一作辭。❼賢達　一作聖賢。❽穢用　一作他用。穢，輕汙，褻瀆。

【語譯】向人借書閱讀，要格外愛護，先要檢查，如發現有缺壞的地方，就應該馬上加以修補，這也是士大夫各種品德中應有的行爲，濟陽郡有位江祿先生，當他正在讀書的時候，雖有急切的事情發生，也一定要將書卷收拾整理好，然後再起身，所以書籍不會有任何損壞，有書的人，也樂意將書借給他。有的人在這方面很不注意，几案上橫七豎八，部位卷帙散亂無序，很多書籍，不是被幼童婢女妻妾所亂畫弄髒，就是被風雨蟲鼠所損毀，這等情事，實在有損於自己的人格德性。我每讀聖人的書籍，從來不是不用嚴肅莊敬的心來對待它；就是舊紙片上寫有五經的詞義，或是賢達的姓名，也不敢移作他用。

16. 吾家巫覡❶禱請，絕於言議；符書❷章醮❸亦無祈焉，並汝曹所見也。勿爲妖妄之費。

【注釋】❶巫覡　謂古代以舞降神爲人祈禱的人。女曰巫，男曰覡。❷符書　符瑞之書，符信之書。即祥瑞符合取信之意。❸章醮　道士設壇伏地向神明陳奏祈禱。

【語譯】我家向來對於巫覡降神爲人祈禱的事情，絕口不談；也從不相信符瑞或是舉行過什麼請道士設壇伏奏祈福除災的儀式，這些都是你們所親眼看見的，以後，千萬不可爲怪誕不可信的事情有所

花費。

【文話】家，是我們出生、長養、棲身的地方，其重要性不言可喻。所以自古以來，先聖先賢們，無不強調家的重要。在古代，我國多採行大家庭制，上有父祖、叔伯、兄姐，下有弟妹、妻兒、侄孫，五代同堂的人家，所在多有。在這樣的一個大家族中，如無常規遵循，又如何能孕育出優良的倫理傳統？顏氏有見於此，所以特別提出如何治家的問題來告誡子弟，以期能使每一個家庭中的成員，都能做到父慈、子孝、兄友、弟恭的地步，進而使家庭永遠保持和睦，而萬事也就自然可以興盛了。

本文約可分為十六段：作者首先指出教化，所以收父慈、兄友、夫義之功。否則卽當被以刑戮，借收轉移之效。其次則言治家有如治國，不但要有家規，而且更要懲罰適當。第三段則說明奢、儉都要恰到好處，要依禮俗而為。第四段指出生民之本在耕稼。凡生活所需，莫不由種植而來，故應節儉以守業。第五段，言治家要合度，如過於嚴苛，反遭其害。第六段，指陳治家過於寬厚的弊病，以致使其僮僕、妻子狎侮賓客，侵耗鄉里。第七段，以實例說明社會上知名之士的治家寬仁，以與第六段相呼應。第八段，進一步指出有的存心寬厚，能與貧苦的人共貧苦；而吝嗇的人，有的不僅不得善終，反遺子孫以禍災。第九段則言家中婦人之職，「惟事酒食衣服之禮耳」，不可超出這個範圍以外，致生禍端。案：此於六朝時，或可如是言，於今則不合時宜。第十段，說明南北禮俗的差異，相較之下，甚有情趣。則今南北異轉，時俗之移人，不可謂不甚。第十一段，就所見指述河北與江東婦人在女功上的差異。第十二段，言生女過多，往往造成家累，使家道衰微，故世人多不願養育女兒。第十三段，則言家中兄弟的相怨，姐妹的相讒，皆由其母的偏寵而起。第十四段，論述當時嫁娶的風氣，只講門第財富，不論人品是否為佳偶。第十五段，言借書閱讀，要格外愛護，不可任意讓風雨蟲鼠毀損。最後，則叮囑

不可迷信，在祈福除災上有所花費。

通觀全文，我們認爲作者所言治家之道，在當時來說，可能是應該、或必須如此，卽使是現代，亦多不可改易。如第一段中所言的家教，二段中言及的家規，三、四段中的奢、儉問題，五、六、七、八段中所述治家寬嚴仁苛問題，這在現代，雖然已是小家庭制，但可以此擴及待人處事上，我們認爲仍然十分有用。第十、十一兩段，雖僅就當時習俗，指出南北的差異，與治家沒有必然關係，但也頗饒情趣。十三段中的母性描繪，可謂千古如出一轍。家庭的不和諧，也往往由此而起，鑑往可以知來，現在的小家庭制，成爲時代的新寵，可謂不爲無因。十四段中的嫁娶風習，所造成的悲劇，眞可說是怵目心驚。就是現在的社會，對於這種觀念，也並沒有完全摒棄，確實值得我們深戒。關於十五段中的借閱書籍，這是屬於個人道德的修養。假如我們處人處世，能以此爲念，將別人的東西，看作自己的一樣去愛護，那在彼此的相處上，還會不和諧愉快嗎？最後一段中的破除迷信的叮囑，著實使我們感到驚奇。孔老夫子固然「不語怪、力、亂、神」，然而就整個社會言，卻是不易辦到的。卽使是現在，尚未完全消弭，習俗的不易移轉，於此也就可見一般了。

然而時移世轉，以今日來看，有些觀點，也值得商榷：如九段中所說，婦女在家中的地位、職事，現代人雖有這種觀念，但事實上，「女子無才便是德」的思想，已從絕大多數人的心中逸出，而早就不復存在了。他如所言由於吝嗇而遭災禍的事故，我們視爲偶然則可，視爲常則，就很值得商榷。可是如果以之對待家中的傭僕，那就另當別論了。最後，我們仍想提出一談的，那就是十二段中所示重男輕女的描述，顏氏雖覺不當如此，但也只有「先人傳體，其如之何」的歎息，甚至發出「使人不忍聞」的感傷。這種表態，充其量，只能告誡家人不可如此，並沒有進一步提出解決的辦法。然而可悲的是這種觀

念，直到現在，在社會中，仍然沒有完全消除。由此也可以證明一個民族相沿成習的思想、觀念，是不容易改變的。

卷二

風操❶第六

1. 吾觀《禮經》，聖人之教：箕帚匕箸，咳唾唯諾，執燭沃盥❷，皆有節文，亦爲至矣。但既殘缺，非復全書；其有所不載，及世事變改者，學達君子，自爲節度，相承行之，故世號士大夫風操。而家門頗有不同，所見互稱長短；然其阡陌，亦自可知。昔在江南，目能視而見之，耳能聽而聞之；蓬生麻中❸，不勞翰墨。汝曹生於戎馬之閒，視聽之所不曉，故聊記錄，以傳示子孫。

【注釋】❶風操　謂風範節操。❷禮經聖人之教五句　此謂《禮記》所載教人灑掃、應對的禮儀。❸蓬生麻中　比喻環境對人影響的深遠，語見《荀子‧勸學篇》。

【語譯】當我閱讀《禮經》的時候，發現聖人的教導，眞可說是無微不至，卽使是爲長輩清掃、對箕帚的執持，吃黍飯時要待其涼，不可急著用湯匙、筷子，在父母舅姑的身旁，不可任意咳嗽吐口水，有所召喚，要立刻答應，以及夜晚執燭照明、早上進送盥洗用水等，都有應當遵守的禮節儀則，這

眞是再詳盡不過了。但卻已經殘缺不全，不再是一部完整的書。其中有的雖然沒有記載，就是世事有了改變，而學養通達的君子，也自能加以節制度量，相率承襲而行，所以世間就號稱爲士大夫的風範節操。然而由於家庭的頗不相同，對於所見所聞，儘管互有長短的說法，可是對其所應遵循的途徑，總是自己可以知道。從前我在江南的時候，像這種情景，只要眼睛願意看，就可以看到，耳朵願意聽，就可以聽到，生活在這種環境中，就如「蓬生麻中，不扶而直」，耳濡目染，根本無需多說。可是現在，你們生在戰亂的時代，就是看到了聽到了，也不能有所曉悟，所以姑且記錄下來，以傳示後代的子孫們。

2. 《禮》曰：「見似目瞿❶，聞名心瞿。」有所感瞿，惻愴心眼；若在從容平常之地，幸須申情耳。必不可避，亦當忍之；猶如伯叔兄弟，酷類先人，可得終身腸斷，與之絕耶？又：「臨文不諱，廟中不諱，君所無私諱❷。」益知聞名，須有消息❸，不必期於顚沛而走❹也。梁世❺謝舉❻，甚有聲譽，聞諱必哭，爲世所譏。又有臧逢世❼，臧嚴之子也，篤學修行，不墜門風；孝元❽經牧江州❾，遣往建昌❿督事，郡縣民庶，競修箋書，朝夕輻輳⓫，几案盈積，書有稱「嚴寒」者，必對之流涕，不省取記，多廢公事，物情怨駭，竟以不辦而還。此並過事也。

【注釋】❶見似目瞿聞名心瞿　謂遭親喪免喪以後，在道路上，看見容貌與己親相似的，則眼睛瞿然驚恐，聽到名字與己親相同的，則心中瞿然驚恐。《禮記・雜記》：「免喪之外，行於道路，見似目

瞿，聞名心瞿。」瞿，瞿瞿然驚懼貌。❷臨文不諱三句　謂在這三種情況下，不避諱親名。《禮記・曲禮上》：「君所無私諱。」鄭注：「臣言於君前，不辟家諱，尊無二也。」《曲禮》又云：「臨文不諱。」鄭注：「爲其失事正。」《曲禮》又云：「廟中不諱。」鄭注：「有事於高祖，則不諱曾祖以下，尊無二也。於下則諱上。」❸消息　謂酌情、斟酌。❹顛沛而走　謂一聞父名，即急於走避。顛沛，踉蹌、匆忙。走，走避、避匿。❺梁世　一作近世。❻謝舉　南朝梁人。字言揚，中書令覽之弟，幼好學，能清言，與覽齊名。見《梁書・謝舉傳》。❼臧逢世，臧嚴之子　《梁書・卷五〇・文學傳》：「臧嚴字彥威，東莞莒（今山東省莒縣）人也。嚴，幼有孝性，居父憂以毀聞。孤貧勤學，行止書卷不離於手。……」案：遍查《臧嚴傳》及《南史・臧燾傳》，並所附載諸臧，皆無逢世名。❽孝元　即梁元帝蕭繹。字世誠，小字七符，高祖（蕭衍）第七子。梁武帝大同六年，出爲使持節，都督江州諸軍事，鎮南將軍，江州刺史。見《梁書・卷五・元帝紀》。❾江州　今江西省九江縣。❿建昌　南朝梁置縣，故治在今湖南省辰溪縣西北。⓫輻輳　謂車輻由四面八方向中心的轂聚集。輳，一作湊。

【語譯】《禮記・雜記》說：「免除親喪以後，如在路上遇見容貌與己親相似的，眼睛就會瞿然驚恐；聽到名字與己親相同的，則心中就會瞿然驚恐。」因爲有所觸發感動，致使心、眼悽惻傷痛；這種情景，假如是在平常的環境中，又從容而有餘閒，偶然遇到，當然會情不自禁地表露出一己的悲戚之情。要是一定不可避免，也應當儘量忍耐控制自己；這就好比像伯叔兄弟，在形貌上非常類似先人，在這種情況下，你可能一輩子都痛不欲生，能和他們隔絕不見面嗎？又《禮記・曲禮上》也說：「在文章中不避親諱，在廟中尊祖前不避親諱，在國君的面前，也不避親諱。」由此更可以知道當聽到先人名字的時候，必須要有一番斟酌，不一定要匆忙的走避啊！如梁代的謝舉，非常有聲譽，只要一聽到他先人

的名字，就必然要哭泣，反為世人所譏笑。又有一位名叫臧逢世的，他是臧嚴的兒子，不僅好學而且品德修養也好，沒有隕墜他家的門風，非常值得稱許。當梁孝元帝奉命治理江州的時候，就派遣他前往建昌督察地方上的事務，地方上的民眾，大家都爭著給他寫信，因此每天信件就從四面八方聚集了來，几案上堆積的滿滿的，凡書信中有稱「嚴寒」的，他一定對著書信流眼淚，不再審視取記其他的事情，因而荒廢了大多數的公事，以致引起了人情的怨恨與驚擾，結果竟然以不能辨事而被調回來。這兩個例友，可說都是錯誤的事例。

3. 近在揚都❶，有一士人諱審，而與沈氏交結周厚，沈與其書❷，名而不姓，此非人情也。

【注釋】❶揚都 謂揚州的江都郡。見《隋書・地理志》。今為江蘇省江都縣。❷沈與其書 一作沈氏具書。

【語譯】近來在揚都地方，有一位士人避諱審字，可是他又和姓沈的朋友交情很篤厚，姓沈的朋友給他寫信時，就僅具名而不寫姓，這種行為，是違反人之常情的！

4. 凡避諱者，皆須得其同訓以代換之：桓公名白，博有五皓之稱❶；厲王名長，琴有修短之目❷。不聞謂布帛為布皓，呼腎腸為腎修也。梁武小名阿練❸，子孫皆呼練為絹；乃謂銷鍊物為銷絹物，恐乖其義。或有諱雲者，呼紛紜為紛煙；有諱桐者，呼梧桐樹為白鐵樹，便似戲笑耳。

【注　釋】❶桓公名白博有五皓之稱　桓公，即齊桓公，名小白，釐公子，襄公弟。即位後，以管仲爲相，尊周室，攘夷、狄，九合諸侯，一匡天下，終其身爲盟主，爲五霸之首。博，一作簙，《說文》：「局戲也。」有如今日的象棋。五皓，本稱五白，博具。爲避諱而稱五皓。《楚辭・卷九・宋玉招魂》：「成梟而牟，呼五白些。」梟，博采。分梟、盧、雉、犢、塞五種，簙頭梟形爲最勝。倍勝爲牟。五白，博具。唐李白詩有「連呼五白行六博」之句。❷厲王名長琴有修短之目　修短之目，即長短之名。修、長義同，故以修代長。❸梁武小名阿練　《梁書・卷一・武帝上》：「高祖武皇帝諱衍，字叔達，小字練兒。」

【語　譯】所有關於避諱的事情，在用字上都應該以意義相同的字來替代，如齊桓公名小白，所以博具之一的五白就改稱爲五皓；漢厲王名長，所以樂器中的琴瑟，就有修短的名目。但從沒有聽說過布帛稱呼爲布皓，把腎腸稱呼爲腎修的。南朝梁武帝蕭衍，小名阿練，之後，他的子孫都稱呼練爲絹；於是就把銷鍊物，說成爲銷絹物，恐怕就違背銷鍊一詞的意義了。有的避諱雲字，遂呼紛紜爲紛煙；也有避諱桐字的，竟然稱呼梧桐樹爲白鐵樹，像這種避諱所採取的態度，便好似兒戲嬉笑了。

5. 周公名子曰禽❶，孔子名兒曰鯉❷，止在其身，自可無禁。至若衛侯、魏公子❸、楚太子，皆名蟣蝨；長卿❹名犬子，王修❺名狗子，上有連及，理未爲通。古之所行，今之所笑也。北土多有名兒爲驢駒、豚子者，使其自稱及兄弟所名，亦何忍哉？前漢有尹翁歸❻，後漢有鄭翁歸，梁家亦有孔翁歸，又有顧翁寵。晉代有許思妣❼、孟少孤❽：如此名

字，幸當避之。

【注釋】❶周公名子曰禽　《史記・魯周公世家》：「周公卒，子伯禽，固已前受封，是為魯公。」❷孔子名兒曰鯉　《家語・本姓解》：「十九娶宋之亓官氏，一歲而生伯魚。魚之生也，魯昭公以鯉魚賜孔子；孔子榮君之賜，故因名曰鯉，而字伯魚，年五十，先孔子卒。」❸魏公子　《史記・韓世家》：「襄王十二年，太子嬰死，公子咎、公子蟣蝨爭為太子。」案：魏當作韓。❹長卿　漢、司馬相如字。《史記・司馬相如傳》：「蜀郡成都（今四川省成都縣）人也。字長卿。少時好讀書，學擊劍，故其親之曰犬子。」❺王修　晉王濛子，字敬仁，小字茍子。見《晉書・卷九三・王濛傳》。❻尹翁歸　漢平陽人，後徙杜陵（在今陝西省長安縣東南）。字子況。少孤，與季父居。為獄小吏，曉習文法。喜擊劍，人莫能當。見《漢書・卷七六》本傳。❼許思妣　許柳子，名永，字思妣。東晉成帝時人。見《世說新語・政事篇》。❽孟少孤　名陋，字少孤，晉武昌（今山西省臨汾縣）人。陋、少而貞立，清操絕倫，布衣蔬食，以文籍自娛。口不及世事，未曾交游，時或弋釣，孤興獨往，雖家人亦不知其所之。見《晉書・卷九四》本傳。

【語譯】從前周公為兒子取名叫禽，孔子為兒子取名叫鯉，僅及於他的自身，自然可以無所禁忌。至於像衛侯、魏公子、楚太子等，都取名蟣蝨；司馬長卿取名犬子，王修取名狗子，這樣的取名方式，就要連累到他的上一代（既名狗子，父親當然也是狗），在道理上是說不過去的。古人的這種做法，反令今人所恥笑。不過在北方來說，現在仍然有的為兒子取名驢駒（即驢子）、豚子的，在這種情況下，假使他自稱其名或兄弟有所稱名的時候，又如何能忍心呢？前漢有一位尹翁歸，後漢有一位鄭翁

歸，南朝梁家也有一位孔翁歸，後來又有一位顧翁寵。晉代有名許思妣、孟少孤的，像這樣的名字，希望要避免才好。

6. 今人避諱，更急於古。凡名子者，當為孫地。吾親識❶中有諱襄、諱友、諱同、諱清、諱和、諱禹，交疏❷造次，一座百犯，聞者辛苦，無憀賴❸焉。

【注釋】❶親識　即親朋。六朝人習用語。❷交疏　謂交情疏遠。❸憀賴　有所依託。同聊賴。

【語譯】現在的人避諱，比古人還要在意急切。為兒子取名字，應當避開地名。在我的親朋中，有的諱襄、諱友、諱同、諱清、諱和、諱禹，在他人來說，交情疏遠，倉猝之間，一座之中，要顧慮到各種禁忌，不僅聽的人很辛苦，同時也是一件非常無聊的事。

7. 昔司馬長卿慕藺相如，故名相如❶，顧元歎慕蔡邕，故名雍❷，而後漢有朱倀字孫卿❸，許暹字顏回，梁世有庾晏嬰❹、祖孫登❺，連古人姓為名字，亦鄙事也！

【注釋】❶相如　漢司馬長卿名。見《史記．司馬相如傳》，及本篇第五段注釋❹。藺相如，戰國時趙國大夫。趙惠文王時，得和氏璧，秦昭王得知，願以十五城交換。相如奉命携璧入秦，見秦王無誠意，遂運用智謀，使原璧歸趙，拜為上大夫。後又隨趙王至澠池，與秦王相會，使趙王不致受到屈辱，因功拜為上卿。最難得者，為能以容忍退讓的作為，使廉頗愧悟，終結為知己，合力共禦外侮。見《史記．廉頗藺相如列傳》。❷故名雍　顧元歎，名雍，吳郡吳（今江蘇省吳縣）人。雍從蔡伯喈學，專一清靜，敏而易教。伯喈貴異之，謂曰：「卿必成致，今以吾名與卿。」故雍與伯喈同名。又吳錄

曰：「雍字元歎，言爲蔡雍之所歎，因以爲字焉。」案：邕、雍，古通。見《三國志・卷五二・吳書》本傳。蔡邕，東漢河南陳留（今河南省陳留縣）人。字伯喈。博學多能，精通辭章、天文、術數、書畫、音樂。靈帝時拜郎中，與楊賜等奏請校定六經文字，熹平四年立碑太學門外，後稱熹平石經。見《後漢書・卷六十下・本傳》。❸朱倀字孫卿　《後漢書・卷六・順帝紀》：「永建元年二月，長樂少府九江朱倀爲司徒。」注：「朱倀，字孫卿，壽春（今安徽省壽春縣）人。」孫卿，即荀卿，趙人。名況。仕齊爲祭酒，仕楚爲蘭陵令。後亦謂之孫卿子，避漢宣帝諱改。見《史記・卷七四・孟子荀卿列傳》。❹庾晏嬰　南朝梁庾仲容子。見《梁書・卷五〇庾仲容傳》。案：晏嬰，見《史記・卷六二・管晏列傳》。❺祖孫登　南朝梁、陳間文士。見《南史・卷七二・文學・徐伯陽傳》。孫登，三國魏汲郡（今河南省汲縣）人。字公和。隱居北山土窟中，喜讀《易》，彈一弦琴，喜於吟嘯。見《晉書・卷九四》本傳。

【語譯】從前漢代的司馬長卿，仰慕戰國時藺相如的爲人，所以就取名相如，顧元歎仰慕蔡邕的博學多能，所以就取名雍，到了後漢，有一位姓朱名倀的人，以孫卿爲字，又有一位姓許名暹的人，以顏回爲字，南朝梁時，又有取名庾晏嬰、祖孫登的兩個人，連結古人的姓名作爲名字，這樣的心態，總不免爲一種鄙下的行事！

8. 昔劉文饒不忍罵奴爲畜產❶，今世愚人遂以相戲，或有指名爲豚犢者：有識傍觀，猶欲掩耳，況❷當之者乎？

【注釋】❶劉文饒句　《後漢書・劉寬傳》：「寬字文饒，嘗坐客，遣蒼頭市酒。迂久大醉而還；客不堪之，罵曰：『畜產！』寬使人視奴，疑必自殺，曰：『此人也，罵言畜產，故吾懼其死也。』」

畜產，猶言畜牲，爲痛責、辱罵語。❷況　俗本作名，誤。

【語譯】從前漢代的劉文饒不忍心責罵奴僕爲畜牲，今世不明是非、事理的人，遂拿這種名稱來互相戲謔，更有的指著名字叫豚兒（小豬），在一傍觀看的有識之士，尚且要掩起耳朵不想聽到，更何況是身當其事的人呢？

9. 近在議曹❶，共平章❷百官秩祿，有一顯貴，當世名臣，意嫌所議過厚。齊朝有一兩士族文學之人，謂此貴曰：「今日天下大同，須爲百代典式，豈得尚作關中舊意❸？明公❹定是陶朱公大兒❺耳！」彼此歡笑，不以爲嫌。

【注釋】❶議曹　謂議事局。盧補：「曹，局也。」❷平章　謂商議處理。唐代以後，即以之爲官名。❸今日天下大同三句　此云大同，乃指隋已滅陳，而天下統一，結束南北對峙時代。《終制篇》中有「今雖混一」一語，清趙曦明注謂：指開皇九年滅陳。此篇的天下大同，亦應指隋滅陳，天下混一而言。此云關中，趙注以爲：「魏都關中，齊承東魏都鄴。」案：鄴，即今河南省臨漳縣。顏氏寫定家訓之時，已進入隋代，而隋代的三公府，及諸王府，各有諮議參軍，正五品。北周官制，似未有議曹或諮議參軍。考議曹之設，兩漢公府已有（見《漢書．翟方進傳》、《漢舊儀．卷上》），晉代公府置諮議參軍事，宋、齊因之。梁、陳諸王府，及位從公開府者，並各有諮議參軍員（見《唐六典．卷二九》）。隋代置諮議參軍，蓋襲前朝制度，是以顏氏云：「近在議曹。」❹明公　謂賢明通達事理的人。王利器以爲：「漢、魏、六朝人，率以明字加於稱謂之上，以示尊重，如明公、明府、明將軍、明使君之等，

不一而足。」所言甚是。❺陶朱公大兒　陶朱公即春秋時代越國大夫范蠡。佐越王句踐滅吳後，即行退隱。去齊居陶，自謂陶朱公。此句意謂陶朱公致富後，因其中子殺人，被囚於楚，蠡於是備厚禮遣少子往視，可是長子卻執意前往，因長子目睹其父致富之艱難，看錢很重，所以不欲以厚禮與人，本可以此禮物使其弟得救，由於他的吝嗇，反使其弟遇害。此處顏氏用事之意，由於時勢不同，當有所興革，以豁達大度的心胸，處理一切業務，不應再局限於以往的舊意識之中。見《史記．越王句踐世家》。

【語譯】近來在議曹中，共同商議各級官員的俸祿，其中有一位顯達尊貴，當代的名臣，竟嫌所議定的俸祿太高。齊朝有一兩位世家大族曾做過文學官的人士，即席就對此顯貴說：「現在已經天下統一了，我們議事，應當為後世百代建立法典準則，那裏還能再照著過去的舊意識、舊見解去議事？明公您一定是陶朱公的大兒子再世吧！」一時引起彼此間的一場歡笑，沒有人為此事不愉快。

10. 昔侯霸之子孫，稱其祖父曰家公❶；陳思王❷稱其父為家父，母為家母；潘尼❸稱其祖曰家祖：古人之所行，今人之所笑也。今南北風俗，言其祖及二親，無云家者。田里猥人❹，方有此言耳。凡與人言，言己世父❺，以次第稱之，不云家者，以尊於父，不敢家也！凡言姑姊妹女子子：已嫁，則以夫氏稱之；在室，則以次第稱之。言禮成他族，不得云家也。子孫不得稱家者，輕略之也。蔡邕❻書集，呼其姑姊為家姑家姊；班固❼書集，亦云家孫：今並不行也。

【注釋】❶侯霸之子孫二句　霸，東漢河南密（今河南省密縣）人。字君房。相貌矜嚴有威儀，

家境富裕，平生好學，治《穀梁春秋》。光武帝拜爲尚書令，進至大司徒，封關內侯。見《後漢書》本傳。案：盧補，以爲此兩句中的孫、祖二字誤衍。❷陳思王　即曹植。三國魏沛國譙（今安徽省亳縣）人。字子建。曹操第三子，封陳王，諡思，故世稱陳思王。因富於才學，早年頗受曹操寵愛，一度欲立爲太子，所以深爲曹丕所嫉忌。及丕、丕子叡相繼稱帝，備受猜忌，鬱悶而死。見《三國志・魏志・陳思王植傳》。❸潘尼　西晉滎陽中牟（今河南省中牟縣）人。字正叔。官至太常卿。與叔父潘岳俱以文學著名，世稱兩潘。見《晉書・潘岳傳》。❹猥人　謂鄙俗之人。❺世父　謂伯父。❻蔡邕　見本文七段注❷。❼班固　漢史學家、辭賦家。字孟堅，東漢扶風安陵（今陝西省咸陽縣）人。著《漢書》，積二十餘年始成，爲我國第一部斷代史。又長於辭賦，著有〈兩都賦〉、〈幽通賦〉等，其所著〈典引〉、〈封燕然山銘〉，尤爲著名。又著《白虎通義》，論述當代博士儒生於白虎觀討論五經異同諸事，可視爲漢代儒家類的子書。見《後漢書》本傳。

【語譯】從前侯霸的子（孫），對人稱呼他們的父（祖）爲家公；陳思王植對人稱呼他的父親爲家父，母親爲家母；潘尼對人稱呼他的祖謂家祖。古人認爲所當行的，反爲今人認爲可笑。而今南北的風俗，凡是提到其祖及兩親，沒有用家字的。只有鄉野粗俗的人，才有這樣說的。凡是與人談論，要是提到伯父，就按照次第來稱呼，所以不用家字，因伯父尊於父親，不敢用家字啊！凡是提到姑姊妹的女兒，已經出嫁的，就用她的夫姓稱呼她，還沒有出嫁，就以次第稱呼她。這是說既然依禮成爲不同的族姓，就不能用家字了。對子孫不能用家稱呼的原因，這是由於他們的輩分低有輕略之意。蔡邕的書集中，稱呼他的姑姊爲家姑家姊，班固的書集中，也稱呼家孫，現在都不行用了。

11. 凡與人言，稱彼祖父母、世父母、父母及長姑，皆加尊字，自叔父母已❶下，則加賢字，尊卑之差也。王羲之❷書，稱彼之母與自稱己母同，不云尊字，今所非也。

【注釋】❶已　一作以。❷王羲之　晉瑯琊臨沂（今山東省臨沂縣）人。字逸少。王導的姪子。曾爲右軍將軍，習稱王右軍。精於書法，草書、隸書冠絕古今，尤以〈蘭亭集序〉、〈黃庭經〉爲最。世稱書聖。見《晉書》本傳。

【語譯】當與人言談的時候，稱呼對方的祖父母、伯父母、父母及長於父母的姑媽，都要加上一個尊字，從叔父母以下，則加一個賢字，這是爲了表示長幼尊卑的差別。晉王羲之書，稱呼對方的母親與稱呼自己的母親相同，而不用尊字，現在就不是這樣了。

12. 南人冬至歲首，不詣喪家；若不修書，則過節束帶❶以申慰。北人至歲❷之日，重行弔禮；禮無明文，則吾不取。南人賓至不迎，相見捧手而不揖，送客下席而已；北人迎送並至門，相見則揖，皆古之道也，吾善其迎揖。

【注釋】❶束帶　表示敬重之意。❷至歲　謂冬至、歲首兩個節日。

【語譯】南方人在冬至日或過年的時候，不到喪家去慰問。假如沒有寫信，就在過節以後束裝整齊到喪家以申明弔慰之意。北方人在冬至、歲首的日子裏，卻非常看重行弔的禮儀。由於禮書沒有明文記載，所以我不贊同。南方人賓客到時，不出門迎接，相見時只是用拱手來表示敬意，而並不作揖，送客的時候，只是走下席罷了。北方人迎客送客，都送到門前，相見時則用作揖表示敬意，這都是自古以

來的行禮方法，我認為對客人的迎送至門、相見作揖的做法，非常美善。

13. 昔者，王侯自稱孤、寡、不穀❶，自茲以降，雖孔子聖師，與門人言皆稱名❷也。後雖有臣僕之稱❸，行者蓋亦寡焉。江南輕重，各有謂號，具諸《書儀》❹；北人多稱名者，乃古之遺風，吾善其稱名焉。

【注釋】❶王侯自稱孤寡不穀　此謂人君對自己的謙稱。《老子》第三十九章：「是以侯王自謂孤、寡、不穀，此非以賤為本邪？」《淮南・原道篇》：「是故貴者必以賤為號。」注：「貴者，謂公王侯伯，稱孤、寡、不穀，故曰以賤為號。」❷孔子聖師二句　如《論語・公冶長篇》：「左丘明恥之，丘亦恥之。」「十室之邑，必有忠信如丘者焉，不如丘之好學也。」又《述而篇》：「吾無行而不與二三子者，是丘也。」❸臣僕之稱　謂對君上（人）自稱臣僕。如《史記・高祖本紀》，呂公語劉季自稱臣。《張耳陳餘傳》，餘對耳亦自稱臣。《漢書・司馬遷傳》所載〈報任安書〉則自稱僕。〈楊惲傳〉所載〈答孫會宗書〉，亦自稱僕。此例甚多，不勝枚舉。❹書儀　古代私家撰訂有關典禮儀注、書札體式的著述。《隋書・經籍志》載有《內外書儀》四卷，謝元撰。《書儀》二卷，蔡超撰。《書儀》十卷，王宏撰。《書儀》十卷，唐瑾撰。今僅存《司馬光書》共十卷。內容大抵本於《儀禮》，又參以通行於當時之禮儀，而稍加變通者。

【語譯】在從前，帝王、諸侯們，往往自稱孤家、寡人、不穀，從此以後，即使是聖師孔子，與學生說話的時候，也都自稱己名。後來雖然有稱臣稱僕的說法，而行用的人並不多。在江南，不論地位高低貴賤，各有稱號，這種禮式，很具體的載在《書儀》中；北方人所以多半稱名的原因，這是由於古

代的遺風所致，我認為稱名的風氣很好。

14. 言及先人，理當感慕，古者之所易，今人之所難。江南人事不獲已，須言閥閱❶，必以文翰❷，罕有面論者。北人無何便爾話說，及相訪問。如此之事，不可加於人也。人加諸己，則當避之。名位未高，如為勳貴所逼，隱忍方便，速報取了；勿使煩重，感辱祖父。若沒，言須及者，則斂容肅坐，稱大門中❸，世父、叔父則稱從兄弟門中，兄弟則稱亡者子某門中，各以其尊卑輕重為容色之節，皆變於常。若與君言，雖變於色，猶云亡祖亡伯亡叔也。吾見名士，亦有呼其亡兄弟為兄子弟子門中者，亦未為安貼也。北土風俗，都不行此。太山羊偘❹，梁初入南；吾近至鄴❺，其兄子肅❻訪偘委曲❼，吾答之云：「卿從門中在梁，如此如此。」肅曰：「是我親❽第七亡叔，非從也！」祖孝徵❾在坐，先知江南風俗，乃謂之云：「賢從弟門中，何故不解？」

【注釋】❶閥閱　本謂古代仕宦人家大門外用來榜貼功狀的左右柱子。引申指仕宦人家，或世家大族。一作伐閱。❷文翰　謂信札，公文書。❸門中　此謂族中已經死亡的人。門，一作家解。家族內，亦謂門中。❹羊偘　即羊侃。（偘，同侃。）字祖忻，泰山梁甫（今山東省泰安縣）人。祖規，父祉。侃少而瑰偉，身長七尺八寸，雅愛文史，博涉書記，尤好《左氏春秋》及《孫吳兵法》。弱冠之年，隨父祉即在梁州（今河南省臨汝縣）立功。自魏歸梁，授徐州（今江蘇省徐州市）刺史，累遷都官

尚書，卒贈侍中軍師將軍。見《梁書・卷三九》本傳。❺鄴　古地名。春秋齊邑，齊桓公築鄴城以衛諸侯。漢置縣。故城在今河南省臨漳縣西。❻其兄子肅　兄指侃兄羊深，字文淵，祉二子，任梁州刺史。學涉經史，好文章，兼長几案。侃爲其七弟。深子名肅，武定末年，儀同開府東閤祭酒。見《魏書・卷七七・羊深傳》。❼委曲　謂事情的原委、底細。❽親　此爲六朝時文人的習慣用法。往往於親戚稱謂上加一親字，來表示爲直系血親或是最近的親屬關係。如本篇下文「思魯等第四舅母，親吳郡張建女也。」《史記・淮南王傳》：「大王，親高皇帝孫。」等，都是這種用法。❾祖孝徵　名珽字孝徵。北齊范陽迺（今河北省淶水縣）人。父瑩，魏護軍將軍。珽神情機警，詞藻遒逸，少馳令譽，爲世所推。見《北齊書・卷三九》本傳。

【語譯】言談之間涉及先人，依常理應當流露出感動思慕之情，這在古人來說，非常容易，今人就很困難了。江南人如遇事不得了結，須向官宦世家有所申言，就一定要用書信，很少有面對面談論申說的。可是北方人就不這樣，過不了多久，他們便行說話，相互尋求查訪解決之道。像這樣處理事情的方式，是不可以勉強人去做的。如果有人要加在自己的身上，也應當避免去做。聲名地位不高的人，如被功臣權貴所逼迫，爲了權宜之計，也只好強加忍耐，迅速的裁決了結，千萬不要使事態擴大，橫生枝節，致使父祖感傷受辱。假如父祖已經過世，在言語中必須涉及時，那就要收斂儀容，敬肅的端坐，用大門中來稱呼，對伯父、叔父，則稱呼堂兄弟某家（門中），對兄弟，則稱呼死亡人的兒子某家，各就著他們輩分的尊卑，地位的輕重，作爲儀容表情的節制，都不同於平常。假如與國君講話，雖然表情有所不同，仍需稱呼亡祖、亡伯、亡叔父。我看到很多名人，也有稱呼他們已死的兄弟爲兒子某、弟子某家的，但我總覺得不太安穩妥貼。北地的風俗，都不行用這種稱呼。太山郡羊侃，在梁朝初年南來，我

最近到鄴縣去，羊侃兄長的兒子肅，向我訪詢侃的生活情狀，我回答他說：「您堂弟家中生活情景，還不錯，還不錯。」羊肅馬上說：「他是我的親七亡叔，不是堂兄弟啊！」當時祖孝徵正巧在坐，他早就知道江南的風俗，於是就對他說：「賢堂弟家中，這句話，何故不了解？」

15. 古人皆呼伯父叔父，而今世多單呼伯叔❶。從父兄弟姊妹已孤，而對其前，呼其母爲伯叔母，此不可避者也。兄弟之子已孤，與他人言，對孤者前，呼爲兄子弟子，頗爲不忍；北土人多呼爲姪。案：《爾雅》、《喪服經》、《左傳》，姪雖名通男女，並是對姑之稱❷。晉世已來，始呼叔姪；今呼爲姪，於理爲勝也。

【注　釋】❶單呼伯叔　父之兄弟，依次爲諸父。故應連父爲稱，不應單呼伯叔。❷姪雖名通男女二句　案《爾雅．釋親》：「女子稱兄弟之子爲姪。」《左傳．僖公十五年》：「姪其從姑。」此古人以姑姪爲對文之證。又《儀禮喪服子夏傳》：「姪者何也？謂吾姑者，吾謂之姪。」

【語　譯】古人對父親的兄弟都稱呼伯父叔父，可是現在多半只單呼伯或叔。伯父叔父所生的堂兄弟姊妹已經死了父親，而當著他的面，稱呼其母爲伯母叔母，這是不可避免的。如兄弟的子女已經死去父親，和他人說話的時候，又當著孤子的面，仍稱呼爲兄子、弟子，這就很難忍心了，北地人多半以姪某來稱呼他。根據《爾雅》、《喪服經》、《左傳》所載，姪字雖然可以男女通用，但都是對姑母而言，晉代以來，才有叔姪的稱呼。現在直呼爲姪，就道理說，是較爲適合的。

16. 別易會難，古人所重。江南餞送，下泣言離。有王子侯❶，梁武帝弟，出爲東

郡❷，與武帝別，帝曰：「我年已老，與汝分張❸，甚以❹惻愴。」數行淚下。侯遂密雲❺，赧然❻而出。坐此被責，飄颻舟渚，一百許日，卒不得去。北間風俗，不屑此事，歧路言離，歡笑分首❼。然人性自有少涕淚者，腸雖欲絕，目猶爛然❽。如此之人，不可強責。

【注釋】❶王子侯　謂帝王宗室的列侯。《漢書》有〈王子侯表〉。❷東郡　蓋指建康（今南京市）以東的郡，如吳郡、會稽之類。若秦、漢之東郡，不在梁版圖之內。見《顏氏家訓彙注》引錢大昕語。❸分張　猶分離之意。李白〈白頭吟〉：「寧同萬死碎綺翼，不忍雲間兩分張。」❹甚以「以」一作「心」。❺密雲　謂無淚。《易・小畜》：「密雲不雨。」❻赧然　謂因羞愧而臉紅的樣子。❼分首　謂離別。沈約〈襄陽白銅鞮詩〉：「分首桃林岸，送別峴山頭。」❽爛然　謂光彩明亮的樣子。同燦然。

【語譯】人生在世，別離容易，聚會很難，所以古人特別注重分離。在江南餞別送行時，總是淚眼相看，在悲泣中離去。當時有一位宗室列侯，梁武帝的弟弟，奉派治理東郡，臨行前向武帝告別。帝說：「我已經年老，和你分離，心中感到非常難過。」緊接著淚水也就無法自制的流了下來。而列侯竟然沒有流淚，只是脹紅著臉走出來。因此被人責備無情，他坐在船上，飄搖於洲渚間，經過一百多天，最後還是無法離去。北地的風俗，卻不屑於這種舉動，在岔路口告別，歡笑著分離。可是就人性來說，自然也有很少淚水的人，即使內心難過的肝腸欲斷，可是他的雙目，仍是光彩明亮，一點也看不出難過的樣子。像這樣的人，是不可以強行責難的。

17. 凡親屬名稱，皆須粉墨❶，不可濫也。無風教❷者，其父已孤，呼外祖父母與祖父母同，使人爲其❸不喜聞也。雖質於面，皆當加外以別之；父母之世叔❹父，皆當加其次第以別之；父母之世叔母，皆當加其姓以別之；父母之羣從世叔父母及從祖父母，皆當加其爵位若❺姓以別之。河北士人，皆呼外祖父母爲家公家母；江南田里間亦言之。以家代外，非吾所識。

【注釋】❶粉墨　謂修飾文詞，使其含義有所分別，如粉白墨黑之判然有別。❷風教　謂風俗教化。引申有教養之義。❸爲其　猶言代彼人。❹世叔　本指父親的弟弟。今也稱比父親年紀小的父輩朋友。❺若　作及解。

【語譯】對所有親屬的稱呼，都要分辨清楚，不可以濫用。缺乏教養的人，祖父已死，於是就用對祖父母的稱謂，來稱呼外祖父母，這是使做外祖父母的人所不喜歡聽聞的。就是對著面直接稱呼，都應當加一外字來作區分。對父母的叔父，稱呼時應將次第加上以示區別（如三叔、四叔）；對父母的叔母，稱呼時，應將她的姓氏加上以示區別；對父母的堂叔父母，及堂祖父母，稱呼時，也都應將他（她）們的爵位及姓氏加上以示區別。河北的人士，都稱呼外祖父母爲家公家母，在江南的鄉里間，也有這種說法。用「家」代替「外」字，其意義就不是我所能知悉的了。

18. 凡宗親❶世數，有從父❷，有從祖❸，有族祖❹。江南風俗，自茲已往，高秩❺

者，通呼為尊，同昭穆❻者，雖百世猶稱兄弟；若對他人稱之，皆云族人。河北士人，雖三二十世，猶呼為從伯從叔。梁武帝嘗問一中士人❼曰：「卿北人，何故不知有族？」答云：「骨肉易疏，不忍言族耳。」當時雖為敏對，於禮未通。

【注　釋】❶宗親　有二解：一謂同父同母的兄弟。一謂同宗的親屬。又名族親。此指後者。❷從父　謂伯父、叔父的通稱。父親的兄弟。❸從祖　父親的叔伯兄弟為從祖。見《爾雅・釋親》。❹族祖　謂己身祖父之從父昆弟。《儀禮・卷三三・喪服・小功服》：「族祖父母。」注：「族祖父者，亦高祖之孫。」疏：「族祖父母者，己之祖父從父昆弟也。」❺秩　謂官吏的職位。❻同昭穆　猶今言同一祖先。古時宗法制度，重視人倫尊卑次序，故宗廟之制，太祖廟在中，父廟在左為昭，子廟居右曰穆，天子之廟七，諸侯之廟五，大夫之廟三，士人之廟一。見《禮記・王制》。❼中士人　謂夏侯亶。字世龍，車騎將詳長子。亶為人有風彩、美容儀，寬厚有器量，涉獵文史，很會說話，能專對。宗人夏侯溢為衡陽內史，辭別時，亶侍御坐，高祖謂亶曰：「夏侯溢於卿疏近？」亶答曰：「是臣堂弟。」高祖知溢於亶已疏，乃曰：「卿傖人，好不辨族從。」亶對曰：「臣聞服屬易疏，所以不忍言族。」時以為能對。見《梁書・卷二八》本傳。

【語　譯】就宗親的世代說，有伯叔、有諸祖，也有族祖。江南的風俗，從族祖以上，對官職高的人，一律稱呼為尊祖，要是同一祖先，就是百代以後，仍稱呼為兄弟；假如對另外的人稱呼時，皆說族人。河北的人士，在稱呼上就不同了，即使相隔二三十代，仍然稱呼為堂伯堂叔。梁武帝曾經問過一中原人士說：「卿是北方人，為什麼不知道有宗族的稱呼？」那人回答說：「骨肉血親容易疏遠，我只不

過不忍心說宗族罷了。」當時雖然認爲是聰敏的回答，可是就禮俗說，卻不能算是通達。

19. 吾嘗問周弘讓❶曰：「父母中外❷姊妹，何以稱之？」周曰：「亦呼爲丈人。」自古未見丈人之稱施於婦人❸也。吾親表所行，若父屬者，爲某姓姑；母屬者，爲某姓姨。中外丈人之婦，猥俗呼爲丈母❹，士大夫謂之王母、謝母❺云。而陸機❻集有〈與長沙顧母書〉，乃其從叔母也，今所不行。

【注釋】❶周弘讓　弘正弟，性簡素，博學多通。天嘉初，以白衣領太常卿、光祿大夫，加金章紫綬。見《陳書・卷二四・周弘正傳》。❷中外　謂中表親。父親的姊妹之子爲外兄弟，母親的兄弟姊妹之子爲內兄弟。內即中，外即表，統稱中表。《後漢書・列女傳・董祀妻》：「既至家人盡，又復無中外。」又蔡邕〈貞節先生陳留范史雲碑〉：「閉門靜坐，九族中表，莫見其面。」❸丈人之稱施於婦人　謂婦人亦可稱爲丈人。顏氏所以謂婦人不得稱爲丈人，蓋一時失檢。❹中外丈人之婦　此本謂凡丈人輩之婦，均可稱爲丈母。而六朝舊俗，則謂妻母爲丈母，故顏氏云此。錢大昕《恒言錄・三》引《通鑑》云：「韓滉謂劉元佐曰：『丈母垂白，不可使更帥諸婦女往塡宮也。』注：『滉與元佐結爲兄弟，視其父爲丈人輩，故呼其母謂之丈母也。今則惟以妻母爲丈母矣。』」在古代，其行輩尊於我的人，則可通稱爲丈人。此蓋晉、宋以來的通語，所以母的兄弟，祖母兄弟之子，妻的父母，姑的丈夫，母親姊妹的丈夫，皆爲中外丈人之類。❺王母、謝母　或謂王姓母、謝姓母。此顏氏舉江左習俗爲例。❻陸機　字士衡，吳郡（今江蘇省吳縣）人。機，少有異才，文章冠世，伏膺儒術，非禮不動。年二十而吳

滅，退居舊里，閉門勤學，積有十年。至太康末，與弟雲俱入洛，造太常張華。華素重其名，如舊相識，曰：「伐吳之役，利獲二俊。」見《晉書・卷五四》本傳。案：陸機〈與顧母書〉已佚。

【語　譯】我曾向周弘讓請問說：「對父母的中表姊妹，如何來稱呼？」周回答說：「可以稱呼爲丈人。」從古到現在，尚未看見過用丈人的稱呼，施用於婦人的。在我親表中所有的行輩，若是屬於父輩的，就稱爲某姓姑母；屬於母輩的，就稱爲某姓姨母。中表丈人的妻，世俗呼爲丈母，對士大夫的妻子，則稱呼爲王母、謝母。而《陸機集》中，有〈與長沙顧母書〉，他所稱的顧母，其實就是他的堂叔母，這種稱呼，現在已不行用了。

20. 齊朝士子，皆呼祖僕射❶爲祖公，全不嫌有所涉❷也，乃有對面以相❸戲者。

【注　釋】❶祖僕射　謂祖珽。《北齊書・後主紀》：「武平三年二月，以左僕射唐邕爲尚書令，侍中祖珽爲左僕射。」僕射，官名。古代重武，以善射的人掌理各種事務，故稱僕射。❷全不嫌有所涉　案：祖父稱公，今連祖姓稱公，故云嫌有所涉。然則稱姓家者，亦不可云家公。見盧補。❸相　一作爲。

【語　譯】齊朝的官員們，都稱呼祖僕射爲祖公，完全不忌諱有所涉嫌，因此才有對面相戲弄的情事發生。

21. 古者，名以正體，字以表德，名終則諱之❶，字乃可以爲孫氏❷。孔子弟子記事者，皆稱仲尼；呂后微時，嘗字高祖爲季❸；至漢爰種❹，字其叔父曰絲；王丹與侯霸子

語，字霸為君房❺；江南至今不諱字也。河北士人全不辨之，名亦呼為字，字固呼為字❻。尚書王元景兄弟❼，皆號名人，其父名雲，字羅漢，一皆諱之❽，其餘不足怪也。

【注釋】❶名終則諱之　人死曰終。謂人死後則諱其名。語出《左傳·桓公六年》。❷字乃可以為孫氏　謂孫可以祖父字為氏。《左傳·隱公八年》：「無駭卒，羽父請諡與族。……公命以字為展氏。」注：「公孫之子，以王父（祖父）字為氏，無駭，公子展之孫也，故為展氏。」❸呂后微時嘗字高祖為季　此謂漢高祖劉邦字季，其妻呂氏在微賤時，嘗以季稱呼他。見《史記·卷八·高祖本紀》。❹爰種　一作袁種。種，爰盎姪。盎，字絲，遷升為齊相，又徙為吳相。辭行時，種對盎說：「吳王驕縱日久，國多姦佞，今（你）絲（稱字）欲要嚴加治理，他若不上書告發你，即將以利劍刺殺你。」盎采用種計，吳王厚待盎。見《漢書·卷四九·爰盎傳》。❺王丹與侯霸子語二句　王丹，字仲回，京兆下邽（今陝西省渭南縣）人。時大司徒侯霸欲與交友，……遣子昱候於道。……昱曰：「家公欲與君結交，何為不見？」丹曰：「君房有是言，丹未之許也。」見《後漢書·卷二七》本傳。❻名亦呼為字字固呼為字　本謂以呼字為尊、為貴之意。此處顏氏之意，謂北方不僅諱名，亦且諱字。❼王元景兄弟　王元景，名昕，字元景，北海劇（今山東省壽光縣。一說為昌樂縣。實則一地。）人。父雲，仕魏朝有名望。昕少篤學，太尉汝南王悅辟騎兵參軍。昕母清河崔氏，學識有風訓，生九子，並風流蘊藉，世號王氏九龍。弟晞，字叔朗，小名沙彌。幼而孝謹，淹雅有器度，好學不倦，美容儀，有風則。見《北齊書·卷三一·王昕傳》。❽一皆諱之　王利器引《賓退錄·一》云：「又有父祖既死，子孫不忍稱說其字的，這是古代所沒有的。北齊王元景兄弟，避諱他們父親的字，被顏之推所譏諷。然父死後不能讀父

親的書，母死後不能用母親用過的杯子喝水，況且稱呼其字嗎？以情理來推，也不為過分。古代，以祖父字為氏，雖僅為一字，好似也不能心安。江南雖不諱字，也對兒子稱父字為不恭。說見《續家訓》。」

【語　譯】在古代，名是用來表示一個人的本身，而字是用來表示一個人的德業操守的，所以人死後就不再稱呼他的名，字竟然可以作為子孫的姓氏。孔子的學生記載事情的時候，都稱呼他們的老師為仲尼；呂后微賤時，也曾稱呼高祖的字為季；到漢代爰種，稱呼他叔父的字為絲；王丹和侯霸的兒子談話時，稱呼霸為君房；在江南來說，直到現在，是仍不避諱稱字的。可是河北的士人們，完全不加辨別，連名也呼為字，字、那就一定呼為字了。如尚書王元景兄弟，都是號稱有名望的人，他們的父親名雲，字羅漢，父死後，名、字全都避諱不言，有名望的人尚且如此做法，其他人的名、字俱諱，當然也就不值得奇怪了。

22. 《禮．閒傳》❶云：「斬縗❷之哭，若往而不反；齊縗❸之哭，若往而反；大功❹之哭，三曲而偯❺；小功緦麻❻，哀容可也。此哀之發於聲音也。」《孝經》云：「哭不偯。」皆論哭有輕重質文之聲也。禮以哭有言者為號；然則哭亦有辭也。江南喪哭，時有哀訴之言耳；山東❼重喪，則唯呼蒼天，期功以下，則唯呼痛深，便是號而不哭。

【注　釋】❶禮閒傳　《禮》、謂《禮記》。〈閒傳〉，為《禮記》篇名。閒、今《禮記》十三經注疏本作間。鄭云：「名〈間傳〉者，以其記喪服之間輕重所宜也。」❷斬縗　古時五種喪服中最重的一種。喪服上叫衰，下叫裳。斬是不縫邊的意思。用最粗麻布做成，左右衣旁和下邊都不縫合，是最粗糙

如奴隸穿的衣服，表示對至親的哀痛。兒子和未嫁女對父母，媳婦對公婆，嫡長孫對祖父母，妻對夫，都穿斬衰。服期爲三年。縗，本作衰。❸齊縗　五服中次於斬衰的喪服，以粗麻布製成，因其緝邊縫齊，故稱齊衰。服期爲一年。❹大功　喪服名。爲五服之一。以熟麻布做成，麻線比齊衰爲細，比小功爲粗，服期爲九月。❺偯　痛哭後的餘聲。哭不偯，爲《孝經・喪親章》文。❻小功緦麻　喪服名。均爲五服之一。小功服是用較粗的熟布裁製而成，比大功爲細，比緦麻爲粗，服期五個月。緦麻，爲五服中最輕的一種。用細麻布製成的孝服。服期三個月。❼山東　指河北。王利器引胡三省《通鑑》一二一注：「山東，謂太行、恒山以東，即河北之地。」

【語譯】《禮記・閒傳篇》說：「服斬衰孝服的人，哭起來竭盡氣力呼喊，聲氣一發而盡；服齊衰孝服的人，哭起來還會留些氣力，換氣後再哭；服大功孝服的人，哭起來更可以轉折幾下而且留有餘音；至於服小功、緦麻孝服的人，哭的時候，只要表現出悲哀的樣子就可以了。這是哀痛從哭聲中所能表現的方式。《孝經・喪親章》說：「痛哭不留餘音。」這是說在哭的時候，有質重、文輕的不同聲音表現。就禮俗說，在痛哭的時候，夾帶著言語的訴說稱爲號；這樣說來，那麼即使在痛哭時也是有用言辭表達的。江南喪親痛哭，時有哀痛訴說的言語；河北遭逢重喪，只是痛呼蒼天，服期服、大功、小功以下的人，就僅呼喊悲痛的聲音，這只能說是呼號，而不是哭泣。

23. 江南凡遭重喪，若相知者，同在城邑，三日不弔則絕之；除喪，雖相遇則避之，怨其不己憫也。有故及道遙者，致書可也；無書亦如之。北俗則不爾❶。江南凡弔者，主人之外，不識者不執手❷；識輕服而不識主人，則不於會所而弔，他日修名詣其家。

【注　釋】❶爾　猶如此之意。❷不識者不執手　王利器引劉盼遂語云：「按：此謂弔客對認識的眾主人握手，不識的不握手，要是主人，不管認識不認識，都要握手。《世說新語．傷逝篇》，張季鷹哭顧彥先，不執孝子手而出，王東亭弔謝太傅，不執末婢手而退（末婢，謝琰小字，安之少子也），一以顯其狂誕，一以紀其凶嫌，不與主人執手，皆失禮也。」

【語　譯】在江南凡是遭逢重喪，若是相互知己的朋友，又住在同一城邑中，三日內不去喪家弔慰，就斷絕往來；以後就是相互遭遇也避不招呼，爲的是怨恨他不同情憐憫自己的不幸。如果因爲有其他事故或是道路遙遠，寫一封信表示哀悼也就可以了；假如不寫信慰問，仍然也要絕交。北方的習俗就不如此。在江南，凡來弔喪的人，除去主人以外，對不認識的人就不握手，只認識服輕喪服的人而不認識主人，就不在相會的地方弔慰他，但是事後要寫張名片寄到他家去。

24. 陰陽說❶云：「辰爲水墓，又爲土墓❷，故不得哭。」王充❸《論衡》云：「辰日不哭❹，哭則重喪。」今無教者，辰日有喪，不問輕重，舉家清謐，不敢發聲，以辭弔客。道書又曰：「晦歌朔哭，皆當有罪，天奪其算❺。」喪家朔望，哀感彌深，寧當惜壽，又不哭也？亦不諭❻。

【注　釋】❶陰陽說　《羣書類編．故事．二》，「說」、作家。❷辰爲水墓又爲土墓　趙曦明注：「水土俱長生於申，故墓俱在辰。」此爲陰陽家說，不可信。❸王充　字仲任，東漢上虞（今浙江省上虞縣）人。師事班彪，通諸子百家書，其思想偏於自然論，反對迷信，富有批評精神。著有《論衡》八

十五篇。見《後漢書‧卷四九》本傳。❹辰日不哭　謂在辰日這天，不宜哭泣。此為陰陽家說，不可信。❺道書又曰四句　道書，謂道家之書。算，謂壽命。❻亦不諭　案：《羣書類編‧故事‧一二》無此三字。諭，一作論。

【語譯】陰陽家說：「辰為水墓，又為土墓，所以不可以哭泣。」王充《論衡‧辯祟篇》說：「辰日遭逢喪事不哭泣，如哭泣就要再遭喪事。」現在誰也沒有教誰，如在辰日有喪事，不問輕重，全家清靜，不敢發出哭泣的聲音，而且辭謝弔喪的人。道家的書也說：「月末唱歌，初一哭泣，都是有罪的，上天要剝奪他的壽命。」照此說法，假如喪家適逢初一十五，心中又特別哀痛感傷，在這種情況下，還寧珍惜壽命，而不敢哭泣嗎？眞是使人無法理喻。

25. 偏傍之書❶，死有歸殺❷。子孫逃竄，莫肯在家；畫瓦書符，作諸厭勝❸；喪出之日，門前然火，戶外列灰❹，祓送家鬼，章斷注連❺：凡如此比，不近有情❻，乃儒雅❼之罪人，彈❽議所當加也。

【注釋】❶偏傍之書　謂非正書。有俗稱旁門左道之意。❷死有歸殺　謂人死後八九日，有煞神伴隨魂魄歸返故宅。殺，俗本作煞，道家多用。周法高引錢大昕《恒言錄‧五》謂：「今俗喪家於八九日後，謂之煞回，子孫親戚都出避外舍。或有請僧做道場，具牲酒祠鬼，謂之接煞。煞字讀如去聲。蓋用道家言，謂人死後數日，魂魄來返故宅，有煞神隨之，犯者必有災咎。」❸厭勝　謂用咒詛的法術來壓伏人。《漢書‧王莽傳》下：「威斗者，以五石銅為之，若北斗，長二尺五寸，欲以厭勝眾兵。」❹戶外列灰　《藝文類聚‧卷八六‧菓部上‧桃》：「《莊子》：揷桃枝於戶，連灰其下，童子入不畏，而

鬼畏之，是鬼智不如童子也。」」❺章斷注連 章為上章，即上請老君（道家所敬重的太上老君）的奏章。注連，為避邪之物。❻凡如此比不近有情 《少儀外傳》引比作者，有作人。❼儒雅 謂博學之士。❽彈 謂糾劾，制裁。

【語 譯】那些旁門左道的書，則記載著人死八九日後，其魂魄就有煞神伴隨著返回故宅。因之子孫多所逃避，沒有願意留在家中的；他們並且在瓦片上畫圖像、書寫符咒，作出種種的法術來鎮邪避凶，喪葬的那一天，即在門前燃火，在戶外散布灰燼，用以除去送走家中的鬼魂，並上章祈求斷絕亡人及其子孫的災殃。所有諸如此類的舉措，均不近人情，本來就是知識界的罪人，是應該受到評議制裁的。

26. 已孤❶，而履歲❷及長至❸之節，無父，拜母、祖父母、世叔父母、姑、兄、姊，則皆泣；無母，拜父、外祖父母、舅、姨、兄、姊，亦如之：此人情也！

【注 釋】❶已孤 一作若孤。此孤字就文中之意，乃指無父或無母。❷履歲 謂一年的開端。即元旦。本為履端於始之意。見《左傳．元公元年》。故亦稱履端。盧文弨以為歲下疑當有朝字。❸長至 謂冬至日。亦即履長。古代於冬至之日，有祝賀履長的習俗。其起源有兩種說法：一、冬至時，太陽軌道到最南，晷影（日影）最長，樂律屬黃鐘，其管也最長，故有履長之賀。見《初學記．歲時部．冬至．二》。冬至過後，白晝從此漸長，婦女在此日獻履（鞋）襪給舅姑，以示女工開始。見《五雜俎．天部二》。

【語 譯】若已喪親，而在元旦的早晨以及冬至這一天，要是無父的話，當叩拜母親、祖父母、伯

叔父母、姑母、兄、姊的時候，難免都要哭泣；要是無母的話，當叩拜父親、外祖父母、舅父、姨母、兄、姊的時候，也是如此；這是人的常情啊！

27. 江左朝臣，子孫初釋服，朝見二宮❶，皆當泣涕❷；二宮為之改容。頗有膚色充澤，無哀感者，梁武薄其為人，多被抑退。裴政❸出服，問訊❹武帝，貶瘦枯槁，涕泗滂沱，武帝目送之曰：「裴之禮❺，不死也。」

【注釋】❶二宮　謂帝與太子。一謂天子、太子。❷皆當泣涕　《少儀外傳》下引作涕泣。❸裴政　字德表，河東聞喜（今山西省聞喜縣）人。父，之禮。政幼聰明，博聞強記，達於從政，為當世所稱。後仕隋，出為襄州總管，妻子不隨之赴任所，所得薪俸，散給僚吏。令行禁止，稱為神明。著有《承聖實錄》十卷。見《北史・卷七七》本傳。❹問訊　謂拜見。王利器引《僧史略》上：「如比丘相見，曲躬合掌，……謂之問訊。」由於梁武帝信佛，所以裴政以僧禮拜見。❺裴之禮　裴邃子，字子義，美容儀，能言玄理。為西豫州刺史。母憂居喪，唯食麥飯。邃廟在光宅寺西，堂宇弘敞，松柏鬱茂。范雲廟在三橋，蓬蒿不翦。梁武帝南郊，道經二廟，顧而歎曰：「范算真的死去，裴卻可長留人間。」見《南史・卷五八・裴邃傳》。

【語譯】在江南，朝臣喪亡，子孫喪期屆滿，初除喪服的時候，依禮要朝見皇帝及太子，在朝拜時都要哭泣。同時皇帝、太子也為他的悲泣而感動的改變了容顏。但是其中也不乏膚色潤澤，看不出有什麼哀感的，梁武帝對這種人就加以輕薄，多被抑止斥退。當裴政初除喪服，去拜見梁武帝的時候，形體瘦損憔悴，痛哭失聲，涕泗橫流，梁武帝目送他離去時說：「其父裴之禮的廟，將永留世間，不會荒

蕪了。」

28. 二親既沒，所居齋寢❶，子與婦弗忍入焉。北朝頓丘❷李構❸，母劉氏，夫人亡後，所住之堂，終身鏁閉，弗忍開入也。夫人，宋廣州❹刺史纂之孫女，故構猶染江南風教。其父奬，爲揚州刺史，鎭壽春❺，遇害。構嘗與王松年❻、祖孝徵數人同集談讌。孝徵善畫，遇有紙筆，圖寫爲人。頃之，因割鹿尾，戲截畫人以示構，而無他意。構愴然動色，便起就馬而去。舉坐驚駭，莫測其情。祖君尋悟，方深反側，當時罕有能感此者。吳郡陸襄❼，父閑被刑，襄終身布衣蔬飯，雖薑菜有切割，皆不忍食；居家惟以掐摘供廚。江寧姚子篤❽，母以燒死，終身不忍噉炙。豫章熊康父以醉而爲奴所殺，終身不復嘗酒。然禮緣人情，恩由義斷，親以噎死，亦當不可絕食也！

【注釋】❶齋寢　即齋舍、齋屋。爲讀書、休息、思過、齋戒的房舍。❷頓丘　地名。漢置縣。晉爲頓丘郡治，故城在今河北省清豐縣。❸李構　北齊李平孫，奬子（奬爲平長子，字遵穆，有當世才度。平爲李崇從弟），字祖基，少以方正見稱，襲爵武邑郡公。構早有名譽，歷官清顯，常以雅道自居，甚爲名流所重。見《北史．卷四三．李崇傳》。❹廣州　春秋戰國時爲百粵地。秦置南海郡。漢初爲南越國。三國吳改置廣州，領有今廣東廣西二省地，治番禺，即今廣州市。晉曰廣州南海郡，宋、齊因之。❺壽春　今安徽省壽縣。❻王松年　北齊遵業子。少年知名。文襄臨幷州（今山西省太原市），辟

爲主簿。孝昭擢爲給事黃門侍郎。與論政事，甚善之。孝昭崩，護梓宮還鄴，哭甚流涕，武成雖忿松年戀舊情切，亦雅重之，以本官加散騎常侍，食高邑縣侯。見《北齊書・卷三五》本傳。❼陸襄　本名哀，字趙卿。痛父兄遇禍之慘酷，喪過於禮。弱冠後，終身蔬食布衣，不聽音樂，口不言殺害者五十餘年。見《南史・卷四八・陸慧曉傳》。❽江寧姚子篤　寧，一作陵。篤，一作爲。

【語　譯】雙親謝世以後，所居住的寢舍，兒子與媳婦就不忍心入居其中。北朝頓丘地方的李構，母親劉氏，老夫人死後，她所住的堂舍，就一直鎖閉著，終其一生，都不忍心打開進去。這位老夫人，原本是南朝宋時廣州刺史纂的孫女，所以李構好似習染了江南的風俗教化。他的父親獎，當過揚州的刺史，鎮守壽春時，不幸遇害。後來李構有一次和王松年、祖孝徵多人共同聚集在一起談論宴飲，孝徵善於繪畫，只要遇有紙筆，就執筆在紙上畫成人物。不一會，因切割珍餚鹿尾，就以好玩的心情截斷所畫的人物給李構觀看，根本沒有其他的意思。不料李構立時臉色大變，表現出非常悲傷的樣子，隨卽跳上馬就離去了。所有在座的人，都感到驚駭，不知究竟爲什麼。可是祖孝徵不久卽悟，深深爲他的舉動而難過不安，而當時在座的人，卻少有這種感悟的。還有吳郡的陸襄，其父名閑，因慘遭殺害，所以陸襄終其一生都是布衣蔬食，就是薑菜經過切割的，也不忍心食用；平常在家所食用的菜蔬，只是用手掐摘來烹調。江寧的姚子篤，因母親被燒死，一生不忍吃用火烤的食物。再來就是豫章的熊康，因父親喝醉酒被奴僕所殺，所以終身也就不再喝酒。然而我卻認爲禮儀是因人情而設，報親恩應從是否合於義理以爲斷，如果父母因食物梗塞於喉致死，很顯然地，也就不應當絕食啊！

29. 《禮經》：父之遺書，母之杯圈，感其手口之澤，不忍讀用❶。政❷爲常所講

習，讐校繕寫，及偏加服用❸，有迹可思者耳。若尋常墳典，爲生什物❹，安可悉廢之乎？既不讀用，無容散逸，惟當緘保，以留後世耳。

【注　釋】❶禮經四句　此節《禮記・玉藻》文。圈同棬，屈木製成的盂。❷政　同正。《論語・顏淵篇》：「政者，正也。」❸服用　二字同義。《說文》：「服，用也。」❹什物　日常應用的器物。同什器。

【語　譯】《禮記・玉藻》說：「父親遺留下來的書籍，母親用過的杯盂，爲感念雙親手口的澤迹，就不忍心再讀再用。」正因爲父親的書籍，是他平常所用來講習的，有些地方曾加以校正重寫，特別講習使用過，所以遺有手迹可令追思呢！若是尋常的書籍，或是日常生活應用的器物，如何可以全部廢棄不用呢？既然不再讀用父親的遺書，就應該妥善地封存保留，不容許散失亡佚，以留傳給後世的子孫。

30. 思魯❶等第四舅母，親吳郡張建女❷也，有第五妹，三歲喪母，靈牀❸上屏風，平生舊物，屋漏沾溼，出曝曬之，女子一見，伏牀流涕。家人怪其不起，乃往抱持；薦席淹漬❹，精神傷怛，不能飲食。將以問醫，醫診脈云：「腸斷矣❺！」因爾便吐血，數日而亡。中外憐之，莫不悲歎。

【注　釋】❶思魯　顏之推長子。見《北齊書・卷四五・文苑傳・顏之推》。❷親吳郡張建女　意卽吳郡張建之親生女兒。親字置句首，自古卽有此用法。如《春秋繁露・竹林篇》：「齊頃公，親齊桓

公孫。」《史記・淮南王傳》：「大王，親高帝孫。」〈梁孝王世家〉：「李太后，親平王之大母也。」六朝人亦習用之。❸靈牀 即靈座。《世說新語・傷逝篇》：「顧彥先（顧榮，字彥先）平生好琴，及喪，家人常以琴置靈牀上。」《晉書・卷六八》本傳作靈座。❹淹漬 《太平御覽・四一五》引作淚漬。❺腸斷矣 《御覽・四一五》引腸上有女字。

【語譯】思魯等的第四舅母，是吳郡張建的女兒，她的第五妹，在三歲時母親就去世了。靈座上的屏風，是母親生前的舊物，因屋漏被雨水沾濕，拿出來曝曬，五妹一見，就伏在靈座上哭泣，一直不起來，家人感到很奇怪，於是就前往抱持她；不料放置祭品的席位，早被淚水浸濕，由於傷心悲痛過度，已經不能飲食。於是馬上就帶她去看醫生，經把脈診斷後說：「腸子已經斷了！」因此便口吐鮮血，沒有過幾天就死了。凡是知道的人，沒有不為她的死亡，而哀憫悲歎的。

31.《禮》云：「忌日不樂❶。」正以感慕罔極，惻愴無聊❷，故不接外賓，不理眾務耳。必能悲慘自居，何限於深藏也？世人或端坐奧室❸，不妨言笑，盛營甘美，厚供齋食；迫有急卒❹，密戚至交，盡無相見之理：蓋不知禮意乎！

【注釋】❶忌日不樂 謂父母親去世的日子，不可以飲酒作樂。《禮記・祭義》：「君子有終身之喪，忌日之謂也。」顏氏蓋用此義。❷聊 樂。王逸〈九思・逢尤〉：「心煩憒兮意無聊。」注：「聊，樂也。」❸奧室 謂深祕暗隱的房間。❹卒 同猝。倉猝、急遽的樣子。

【語譯】《禮經》說：「父母的忌日，不可以飲酒作樂。」這正是由於懷念思慕父母無盡的恩

德，而悲傷無以自樂，所以才不接見尋常的客人，不治理一切的事務。在這種情況下，一定是心情悲哀慘痛的自處，何必非要深居隱祕不可呢？世人爲此，有的竟端坐在深祕暗隱的房屋中，但卻言笑自若，在飲食方面，卻講求甘美的供享。如猝然有急迫的事情發生，即使是至親好友，也全都不予接見，這實在是不知「忌日不樂」之禮的眞正意義啊！

32. 魏世王修❶母以社日❷亡；來歲社日，修感念哀甚，鄰里聞之，爲之罷社。今二親喪亡，偶值伏臘❸分至❹之節，及月小晦後，忌之外，所經此日❺，猶應感慕，異於餘辰，不預飲讌、聞聲樂及行遊也。

【注釋】❶王修　字叔治，北海營陵（今山東省昌樂縣）人。年七歲喪母，母以社日亡，來歲鄰里社，脩感念母，哀甚。鄰里聞之，爲之罷社。見《三國志．魏書．卷一一．王脩傳》。修，本傳作脩。❷社日　祭祀社神的日期。立春後第五戊日爲春社，立秋後第五戊日爲秋社。漢以前，只有春社。見《太平御覽．卷三》。❸伏臘　農曆節候名。伏謂伏日，臘謂臘日。夏至後第三庚日起，三十日內，稱爲伏日。是夏季最熱的時日。又在三伏（初伏、中伏、終伏）中祭祀的一日，也稱伏日。農曆十二月初八，謂之臘日。即冬至後第三戌日。因於此日行臘祭而得名。又稱臘八。❹分至　分指春分、秋分；至指夏至、冬至。❺及月小晦後三句　晦，爲農曆每月的最後一天。月小晦，指農曆小月（二十九日）的最後一天。若爲大月晦日親亡，而小月之晦日，當爲親忌日之所經。王利器引鄭珍語說：「六朝時，更有忌月之說。……忌月三旬不聽音樂。……相沿至唐不廢。黃門此云『月小晦後』，正謂忌月之晦前後三日，月小則二十七八九也；此與伏臘分至，皆在忌日之外，故黃門自言：『己喪親後值如此，於忌

之外，所經等日，猶感慕於餘辰，不必正忌日也。』」

【語譯】魏代王修的母親，因在社日去世，所以到了第二年的社日，王修特別感念他的母親而哀痛異常，鄰里知道以後，就為他罷除社日的祭祀之禮。現在雙親喪亡，偶然遇到伏臘分至的節日，以及忌月小晦後三日，雖均在忌日以外，所經過的這些日子，仍當感念思慕，異於其餘的時日，不歡愉宴飲、聽歌唱演奏及行樂遨遊。

33. 劉縚、緩、綏❶，兄弟並為名器❷，其父名昭，一生不為照字，惟依《爾雅》火旁作召❸耳。然凡文與正諱相犯，當自可避；其有同音異字，不可悉然。劉字之下，即有昭音❹。呂尚❺之兒，如不為上；趙壹❻之子，儻不作一：便是下筆即妨，是書皆觸❼也。

【注釋】❶劉縚緩綏　縚，字言明，好學，通三禮。梁武帝大同中，為尚書祠部郎，尋去職，不復仕。弟緩，字含度，少知名。歷官安西湘東王記室，時西府盛集文學，緩居其首。綏，為衍文。縚、緩為劉昭子。昭，字宣卿，平原高唐（今山東省禹城縣）人。父彪，齊征虜晉安王記室。昭，幼清警，七歲通《老》、《莊》義。既長，勤學善屬文。梁武帝天監初，起家奉朝請，累遷征北行參軍，尚書倉部郎，尋除無錫令。後遷通直郎，出為剡令，卒官。著有《集注》後一百八十卷，《幼童傳》十卷，《文集》十卷。見《梁書・卷四九・劉昭傳》。❷名器　謂知名之器。義同名人。古以人才為器，故有是稱。❸爾雅火旁作召　《爾雅・釋蟲》：「熒火即炤。」炤，《玉篇》同照。❹劉字之下即有昭音　此謂劉字的下半為釗字，釗、昭同音，如諱嫌名，劉字亦不可寫。王利器引鄭珍語說：「此下言不諱嫌名也。劉字下半是釗字，釗與昭同音，如諱嫌名，即姓亦不可寫也。」又引吳承仕語說：「劉字上從丣，

下從釗，釗音正與昭同。意謂同音異字，悉須避忌，卽劉字下體亦觸昭音，不可得書也。」❺呂尙　卽太公望、姜子牙。世稱姜太公。《史記・齊世家》：「太公呂尙者，東海上人。」❻趙壹　字元叔，漢陽西縣（今甘肅省天水縣）人。體貌魁梧，身長九尺，美鬚豪眉，望之甚偉。見《後漢書・卷八〇・下》本傳。❼是書皆觸　王利器引劉淇《助字辨略・三》：「是書之是，猶凡也。言凡是書札，皆觸忌諱也。」

【語譯】南朝劉縚、劉緩、劉綏兄弟，同是當時知名之士，由於他們的父親取名昭，一輩子都不寫照（照字疑誤，當作昭）字，僅依照《爾雅》寫火旁的炤字。然而話又要說回來，凡是文字相同與正諱相犯，那自然應當避諱，如果只是異字同音，就不必完全忌諱了。如劉字的下半是釗，就與昭同音，呂尙的兒子，如不寫上字，趙壹的兒子，若不寫一字，便會一下筆就有妨礙，凡是書札，都可能觸犯忌諱了。

34. 嘗有甲設讌席，請乙爲賓；而旦於公庭見乙之子，問之曰：「尊侯早晚❶顧宅？」乙子稱其父已往。時以爲笑。如此比例，觸類❷愼之，不可陷於輕脫。

【注釋】❶早晚　謂時日。猶今言什麼時候。王利器引劉盼遂語說：「此甲問乙子，乙將以何時可以枉過，乙子不悟，答以其父已往，遂成笑柄。蓋六朝、唐人通以早晚二字爲問時日遠近之辭。《洛陽伽藍記・瓔珞寺》：『李澄問趙逸曰：太尉府前甎浮圖，形製甚古，猶未崩毀，未知早晚造？逸曰：晉義熙十二年，劉裕伐姚泓，軍人所作。』」❷觸類　謂觸及類似的事物。《易・繫辭上》：「觸類而長之。」正義：「謂觸逢事類而增長之，若觸剛之事類，以次增長於剛，若觸柔之事類，以次增長於柔。」

【語　譯】過去曾有某甲準備擺設筵席，宴請某乙，於早晨在公庭上見到某乙的兒子，向他詢問說：「令尊什麼時候可以光臨敝宅？」某乙的兒子隨即稱說他的父親已經去過了。當時被引以爲笑柄。像這樣的例子，應該觸類旁通，隨時隨地都要小心謹慎，不可陷於輕薄佻脫，有失檢點。

35. 江南風俗，兒生一期，爲製新衣，盥浴裝飾。男則用弓矢紙筆，女則刀尺鍼縷，並加飲食之物，及珍寶服玩，置之兒前，觀其發意所取，以驗貪廉愚智，名之爲試兒❶。親表聚集，致讌享焉。自茲已後，二親若在，每至此日，嘗有酒食之事耳。無教之徒，雖已孤露❷，其日皆爲供頓❸，酣暢聲樂，不知有所感傷❹。梁孝元❺年少之時，每八月六日載誕❻之辰，常設齋講；自阮修容❼薨殁之後，此事亦絕。

【注　釋】❶試兒　子生周年謂之晬，其試兒之物，今人謂之晬盤。見盧補。❷孤露　謂幼失父母，無所蔭庇。又稱偏露。❸供頓　謂宴飲親朋。呂祖謙《少儀外傳・下》引「供頓」作「燕飲」。❹不知有所感傷　謂於生日當懷生我劬勞之父母，不應更爲宴樂。王利器引《愛日齋叢鈔・五》：「梁元帝當載誕之辰，輒齋素講經。唐太宗謂長孫無忌曰：『是朕生日，世俗皆爲懽樂，在朕翻爲感傷：今君臨天下，富有四海，而欲承顏膝下，永不可得，此子路有負米之恨也。《詩》云：「哀哀父母，生我劬勞。」奈何以劬勞之日，更爲宴樂乎！』泣數行下，羣臣皆流涕。則前世人主未以生日爲重，而慶賀成俗已久矣。」❺梁孝元　元下宋本有帝字。❻載誕　謂生日。載，作生解。《文選・嵇叔夜・琴賦》：「披重壤以誕載兮」，李善注：「載，生也。」❼阮修容　梁武帝（蕭衍）妃，名令嬴，本姓石，會稽餘

姚（今浙江省餘姚縣）人。初，齊、始安王遙光納之，遙光敗，入東昏宮。建康城平，高祖（梁武帝）納為綵女。天監七年八月，生世祖（元帝蕭繹），尋拜為脩容，常隨世祖出蕃。大同六年六月，薨于江州內寢，時年六十七。見《梁書・卷七・高祖阮脩容》。修，《梁書》作脩。脩容，為女官名。魏文帝置，為九嬪之一。

【語譯】江南的風俗，嬰兒生滿周歲，就為他縫製新衣，準備盥洗器具和裝飾等物品了。要是男孩，就用弓箭紙筆，女孩則用刀尺針線，另外再加上飲食的器物以及珍寶玩賞一類的物品，放置在嬰兒的前面，觀看他的舉動以及所抓取的物品，來測驗是貪是廉是愚是智，這種舉措，就叫做「試兒」。當周歲這天「試兒」的時候，親戚朋友，均來聚會，借此時機，飲酒作樂。從周歲以後，雙親若還健在，每到這天，就常有置酒宴飲親朋以示慶祝的事情。至於那些沒有教養的人，父母雖已謝世，在這一天，仍皆置酒宴飲，盡情作樂，不知為生已劬勞的父母，有所感傷。梁元帝在年少的時候，每年都在八月六日誕生的這天，常設齋素講經，自從阮修容死了以後，這件事情也就不再舉辦了。

36. 人有憂疾，則呼天地父母，自古而然❶。今世諱避，觸途急切❷。而江東士庶，痛則稱禰❸。禰是父之廟號，父在無容稱廟，父歿何容輒呼？《蒼頡篇》❹有倄❺字，《訓詁》❻云：「痛而謼❼也，音羽罪反❽。」今北人痛則呼之。《聲類》❾音于耒反，今南人痛或呼之。此二音隨其鄉俗，並可行也。

【注釋】❶人有憂疾三句　《史記・卷八四・屈原列傳》：「夫天者，人之始也；父母者，人之

本也。人窮則反本，故勞苦倦極，未嘗不呼天也；疾痛慘怛，未嘗不呼父母也。」顏氏蓋本此立說。❷觸途急切　謂今世以呼天呼父母為觸忌，蓋嫌於有怨恨祝詛之意，所以不可用。說見盧補。觸途，同觸處。謂處處、到處之意。❸痛則稱禰　禰，當為嬭之訛。王利器引劉盼遂語云：「按江東人痛呼禰，當是呼嬭，嬭者，母之俗字，人窮則呼母，古今不異。顏氏誤以為呼禰，實緣嬭、禰同音而致疏失。《廣雅・釋親》：『嬭，母也。』《宋書・何承天傳》：『承天年老，荀伯子嘲呼為嬭母。承天曰：「卿當云鳳皇將九子，嬭母何言邪？」』《北齊書・穆提婆傳》：『後主繈褓之中，令陸令萱鞠養，謂之乾阿嬭。』李商隱作〈李賀小傳〉，稱賀臨終，呼其母曰阿嬭。此六朝、唐人呼母為嬭之徵也。顏氏誤嬭音為禰，遂難於自解矣。」❹蒼頡篇　古字書名。秦李斯作。與趙高的〈爰歷篇〉，胡母敬的〈博學篇〉，合稱為「三蒼」。見《漢書・藝文志》。❺倄　當為侑字之訛。王利器引任大椿〈蒼頡篇考逸〉下云：「侑，痛而嘑（呼）也。」云云，《通俗文》云：「侑，痛聲曰侑。」王念孫云：「倄，乃侑字之訛。」❻訓詁　詁亦作故。漢揚雄作〈蒼頡訓纂〉一篇，杜林亦作〈蒼頡訓纂〉一篇，又作〈蒼頡故〉一篇。見《漢書・卷三〇・藝文志》。此處的〈訓詁〉云，或指杜林所作的〈蒼頡故〉。❼謼　謂號呼。通作呼。《廣韻》：「謼，號謼，亦作呼。」❽音羽罪反　此為韻書中的注音方法，用二字拼出一字的讀音。反，即反切的簡稱，亦單稱切。反也可為作翻。❾聲類　韻書名。魏李登撰，十卷，收字一萬一千五百二十，為韻書之始。

【語譯】當人煩憂或生病時，往往呼天喚地，再不就是號呼父母，這種情形，自古即已如此。可是今世卻忌諱不再如此呼號，而且到處都非常在意。然江東的人士，在痛苦的時候，則呼稱禰。要知禰是父親的廟號，當父親在世時，固不可以稱廟號，父死之後又如何可以總是這樣稱呼呢？字書《蒼頡

篇》中有一俙字，《蒼頡故》說：「作痛苦而號呼解，音羽罪反。」而今北方人有了痛苦就如此呼號。《聲類音》于耒反，現在南方人痛苦時有的就發出這樣的呼號。這兩種字音，隨著鄉里的習俗，是同時可以行用的。

37. 梁世被繫劾❶者，子孫弟姪，皆詣闕三日，露跣陳謝；子孫有官，自陳解職。子則草屩麤衣，蓬頭垢面，周章❷道路，要候執事，叩頭流血，申訴冤枉。若配徒隸，諸子並立草庵❸於所署門，不敢寧宅❹，動經旬日，官司驅遣，然後始退。江南諸憲司彈人事，事雖不重❺，而以教義見辱者，或被輕繫而身死獄戶者，皆為怨❻讎，子孫三世不交通矣。到洽❼為御史中丞，初欲彈劉孝綽❽，其兄溉先與劉善，苦諫不得，乃詣劉涕泣告別而去。

【注釋】❶繫劾　謂揭發罪行，加以拘捕繫禁。❷周章　倉惶驚懼貌。❸草庵　圓形草舍。《風俗通義．卷三．衍禮》：「唯喪者、訟者，露首草舍。」❹不敢寧宅　謂不敢安居。❺江南二句　其中二事字，誤衍其一。❻怨　讀若寃。見趙曦明注。❼到洽　字茂沿，彭城武原（今江蘇省邳縣）人。少知名，清警有才學士行。累遷給事黃門侍郎，領尚書左丞，準繩不避貴戚，尚書省賄賂莫敢通。軍國容禮，多自洽出。後遷御史中丞，彈糾無所顧望，號為勁直，當時肅清。大通元年卒，時年五十一，贈侍中。見《梁書．卷二七．到洽傳》。❽劉孝綽　字孝綽，彭城（今江蘇省銅山縣）人，本名冉。孝綽幼聰敏，七歲能屬文。舅、齊中書郎王融深賞異之，常與同載適親友，號曰神童。孝綽少有盛名，而仗

氣負才，多所陵忽，有不合意，極言詆訾。其辭藻為後進所宗，世重其文，每作一篇，朝成暮遍，好事者，咸諷誦傳寫，流聞絕域。見《梁書．卷三三．劉孝綽傳》。

【語　譯】南朝梁代，凡被揭發罪狀因而拘禁的，其子孫弟姪，都要親自到達宮廷，接連三天，去冠露髻，光著腳，向皇上謝罪。如子孫居官，也要自動陳請解去官職。稍後，兒子更應穿著草鞋粗布衣，蓬頭垢面，倉惶驚懼地跪在路旁，等候著路過的官員，以至叩頭流血，來申述訴說父親的冤枉。若被充軍流放為徒隸，諸子就都要在其父原先官署的門外，搭蓋草舍暫時作為留身之所，不敢很安適的居住在家中，這樣一住就是十日半月，必待有司驅遣，然後才肯退去。江南諸御史彈劾人事，雖不重，但因禮教不周受到屈辱的，有的僅被拘禁不幸身死獄中的，也都會成為冤仇，子孫三代也就不再交往了。當時到洽為御史中丞，初欲彈劾劉孝綽，他的兄長溉與劉孝綽是好朋友，苦苦勸說洽不要彈劾他，但沒有得到允諾，最後只好到劉家哭泣著告別分手。

38. 兵凶戰危❶，非安全之道。古者，天子喪服以臨師，將軍鑿凶門而出❷。父祖伯叔，若在軍陣，貶損自居，不宜奏樂讌會及婚冠吉慶事也。若居圍城之中，憔悴容色，除去飾玩，常為臨深履薄❸之狀焉。父母疾篤，醫雖賤雖少，則涕泣而拜之，以求哀也。梁孝元在江州，嘗有不豫❹；世子方等❺親拜中兵參軍❻李猷焉。

【注　釋】❶兵凶戰危　謂兵，是凶器；戰爭，是危險的事。《漢書．卷四九．鼂錯傳》：「兵，凶器；戰，危事也。以大為小，以彊為弱，在俛卬之間耳。」❷將軍鑿凶門而出　謂以喪禮處之，示其

必死之心。《淮南子・兵略訓》：「主親操斧鉞授將。將辭而行，乃爪鬋設明衣，鑿凶門而出。」王利器引許慎注云：「凶門，北出門也；將軍之出，以喪禮處之，以其必死也。」❸臨深履薄　謂戒慎恐懼之意。《詩經・小雅・小旻》：「如臨深淵，如履薄冰。」《毛傳》：「如臨深淵，恐墜；如履薄冰，恐陷也。」❹不豫　謂天子（皇帝）有病的諱稱。❺方等　字實相，爲世祖（梁元帝）長子，母，徐妃。少聰敏，有俊才，善騎射，尤長巧思。性愛林泉，特好散逸。見《梁書・卷四四・忠壯世子方等傳》。❻中兵參軍　官名。其職掌，爲管理都城的軍隊。《隋書・百官志》：「皇弟皇子府，置功曹史、錄事、記室、中兵等參軍。」

【語譯】兵是凶器，戰爭是危險的事，絕不是維護安全的好方法。在古代，天子身穿喪服率軍征伐，將軍在出發前，也以喪禮預處，來表示必死的決心。父祖伯叔，如在軍中，平居也都自我壓抑以權宜行事，不當奏樂宴會賓朋，以及舉辦結婚加冠等吉祥慶賀的事情。若是居住在被圍困的危城中，就應面帶煩憂，把那些裝飾玩好的器物，全部除去，常常表現出戒慎恐懼的情狀。要是父母得了重病，醫生地位雖賤，年齡雖輕，也應哭泣著向他下拜，來哀求他多施憐憫之心。梁孝元帝在江州時，曾不幸生病，他的嗣子方等，就親自向中兵參軍李猷下拜。

39. 四海之人，結爲兄弟，亦何容易。必有志均義敵❶，令終如始者，方可議之。一爾❷之後，命子拜伏，呼爲丈人❸，申父友之敬；身事彼親，亦宜加禮。比見北人，甚輕此節，行路相逢，便定昆季，望年觀貌，不擇是非，至有結父爲兄，託子爲弟者❹。

【注釋】❶志均義敵　謂志節均等義行相匹。❷爾　如此。❸丈人　對年輩較長、或老人的尊稱。❹至有結父爲兄二句　王利器注：「如此結義兄弟，實從當時亂倫之過房制度相應而產生者。自唐、五代以來，降弟爲兒，升孫爲子之現象，頗爲普遍；宗法制度且如此，則交朋結友更無論矣。唐德宗以順宗子諒爲第六子，則以孫爲子。《五代史・晉家人傳》：『重允，高祖弟，高祖愛之，養以爲子。』」

【語譯】與四海不同姓的人，結爲義兄弟，並不是一件容易的事。必須意志見解相投，而且始終如一的人，方可議論此事。一旦如此之後，卽命己子，伏地叩拜，稱呼爲丈人，以申明對父友的尊敬；而本身對於對方的雙親，也應加以敬禮。近來看見北人，在這方面甚爲輕率，偶然在路上相遇，說話投緣，就隨卽結爲兄弟，只看年齡外貌，不考慮對錯，甚至有結交父輩爲兄長，以子輩爲幼弟的情事發生。

40. 昔者，周公一沐三握髮，一飲三吐餐❶，以接白屋❷之士，一日所見者七十餘人。晉文公以沐辭豎頭須，致有圖反之誚❸。門不停賓❹，古所貴也。失敎之家，閽寺❺無禮，或以主君寢食嗔怒，拒客未通，江南深以爲恥。黃門侍郎❻裴之禮❼，號善爲士大夫，有如此輩❽，對賓杖之；其門生❾僮僕，接於他人，折旋俯仰，辭色應對，莫不肅敬，與主無別也。

【注釋】❶周公二句　此謂周公勤勞國事，敬愛賢人之意。《史記・魯周公世家》：「我一沐三

握髮，一飯三吐哺，起以待士，猶恐失天下之賢人。」❷白屋　謂古代平民的住屋，係由白茅覆蓋而成，並未施采，故稱白屋。❸晉文公二句　此謂晉文公以洗頭爲由辭謝他原先的小跟班頭須的求見，以致有洗頭時心就倒過來，心倒了而意圖就與原先相反的譏誚。事見《左傳·僖公二十四年》原文爲：「初，晉侯之豎頭須，守藏者也，其出也，竊藏以逃，盡用以求納之。及入，求見。公辭以沐。謂僕人曰：『沐則心覆，心覆則圖反，宜吾不得見也。』」❹門不停賓　謂對來訪的賓客，敬謹接納，不使稍留門外。《晉書·王渾傳》：「渾撫循羈旅，虛懷綏納，座無空席，門不停賓，故江東之士，莫不悅附。」❺閽寺　官名。閽人、寺人的合稱。閽人管理內廷的門禁，寺人掌管內寺及女宮的戒令。此處泛指守門人。❻黃門侍郎　官名。屬門下省。《隋書·百官志》：「門下省置侍中給事，黃門侍郎各四人。」❼裴之禮　見本文27段注❺。❽號善爲士大夫有如此輩　呂祖謙《少儀外傳·下》引作「好待賓客，或有此輩。❾門生　謂門客。卽依附在世家豪族的人。顧炎武以爲《南史》所稱門生，乃今之門下人。見《日知錄·卷二四·門生條》。王利器引趙翼《陔餘叢考·三六》云：「唐以後始有座主門生之稱，六朝時所謂門生，則非門弟子也。其時仕宦者，許各募部曲，謂之義從；其在門下親侍者，則謂之門生，如今門子之類耳。」案：此處門生、僮僕並言，則門生亦執僕隸之役，供奔走，顯而可見。

【語　譯】從前，周公勤勞國事，敬愛賢人，往往在洗頭的時候，三次握著頭髮，或是正在吃飯的時候，三次將口中的飯吐出來，以接待天下的賢士，在一日之內，要接見七十多人。晉文公以洗頭來推辭侍豎頭須的求見，致有心倒而意圖相反的譏誚。殷勤的接待賓客，不使在門前稍留，向爲古人所嘉許。沒有教養的人家，看門的人，蠻橫無禮，有的竟以主人正在睡覺、吃飯、或發怒，來拒絕客人，不給通報，這種事情，在江南是深以爲恥的。如黃門侍郎裴之禮，他在平日就非常喜好接待賓客，假如守

門人蠻橫無禮，他就當著客人的面，痛加責打；因此他的門下、僮僕，接待客人的時候，即使是行走一俯一仰的舉動，表情言辭間的對答，無不端莊敬謹，和服侍主人，沒有任何差別。

【文話】善良的風俗，固有賴於全體國民的遵守與維護，而知識分子的倡導、力行，發揮一己的影響力，也實爲不可或缺的關鍵因素。漢代風俗的所以美，在於士大夫的知廉恥，守分際，上以諫君，下以規民，影響所及，有如雲之從龍，風之從虎，所向無不披靡。而應劭《風俗通義》之作，或有感於此吧！明、鄭曉於《策學・卷二・論風俗》說：「夫世之所謂風俗者，施於朝廷，通於天下，貫於人心，關乎運氣，不可一旦而無焉。」清、黃中堅於《蓄齋文集・卷五・論風俗》也說：「天下之事，有視之無關於輕重，而實爲安危存亡所寄者，風俗是也。」我們看了鄭、黃兩家的言論，當可推知顏氏於《家訓》中，所以特別以風操名篇，實爲有得之見，有識之士，當如何其勉！

全文約可分爲四十段，茲簡述如次：

1. 首先申言聖賢教人，無微不至。書中所載雖然不全，可是士大夫卻仍能遵行，並借以勉其子弟。其主要意旨，在說明作〈風操篇〉的動機。
2. 申言孝子的避諱，要適時、適地、適情。否則，卽將遭到譏笑。
3. 指出因諱審字，而友人竟連沈姓亦不敢具書的尷尬事故，實有違反常情。
4. 言避諱，有的幾近兒戲，徒貽人笑柄，實無此必要。
5. 謂取名不雅，不可辱及父祖，如止在其身，自可無需禁止。
6. 言取名當避開地名，否則一座皆諱，甚爲無聊。
7. 指出以古人的姓名爲名字，其用心總不免可鄙。

8. 言不可以畜牲責罵奴僕，也不可以豚犢指稱於人。
9. 說明在議曹中所發生的一個小插曲。言外之意，在告誡子孫，爲人行事，要將眼光放遠，不可僅顧目前。
10. 指出由於古今習俗不同，所以對自己親屬的稱呼，也有所差別。
11. 以當時習俗言，與人談話，稱對方的長輩，當加尊字，稱自己的尊長，則加賢字。
12. 指出南北方當時在年節時，迎送賓客及相見時禮俗的差異，並表明一己取捨的態度。
13. 申言與人說話時，自稱稱名，爲古代遺風，習俗甚善。
14. 說明對已亡故的父祖、兄弟的稱呼，江南，北地有顯著的不同。顏氏認爲北地習俗較優。
15. 指出對從父及兄弟之孤的稱呼，以何者爲合理。
16. 申言人生別易會難，故爲人所重。而江南、北地亦各不相同。南人離別，多淚眼相看，北人送行，多歡笑以別。
17. 切指對祖父母、外祖父母、父母的世叔父母、從祖父母，應有的稱謂，不可濫用。
18. 指出江南、北土人士對宗族稱呼的不同。顏氏之意，禮，應當隨俗，不可不知。
19. 說明對中表親戚的稱謂，何者當遵從，何者已不行用。
20. 直指南齊不忌諱涉嫌之非。
21. 謂當時江南以稱字爲尊爲貴，北地則名、字俱諱。顏氏有以北地諱字爲非之意。
22. 就遭親喪，言其哀痛表現之情，不僅因服期有差，而南北亦有所不同。
23. 就南北習俗的不同，於遭重喪之際，亦各有應行遵守的成規。相較之下，南嚴而北寬。

24. 就陰陽、道二家的說法，指出其不合人情理則。
25. 指出旁門左道書籍的所載爲無稽，並提出嚴厲的批評。
26. 此言親喪之後，而在元旦冬至日，對長輩叩拜的禮節。
27. 言江南朝臣喪亡，其子孫除服後，卽當上朝拜見皇帝及太子，依禮均當痛哭，致使二宮動容。
28. 此言江南孝親之俗，相沿成習之事。顏氏就「禮緣人情，恩由義斷」的觀點以論，卻頗不爲然。
29. 言父親的遺書，要善加保存，以留後世子孫。
30. 敘述年僅三歲的女孩，因喪母而睹物思情，由於悲痛過度而死亡的感人故事，於此亦可證明孝乃天生。
31. 言忌日不樂的眞實意義，在感念親恩無窮，不忍作樂。非端坐奧室，飲食如常，而不接見賓客。
32. 言非但於雙親忌日感慕親恩，而於伏臘分至及忌月小晦後的這些日子，亦不當宴飲遊樂。
33. 此言避諱，凡與正諱相犯，自當避之，如係同音異字，則不必如是。
34. 指出說話要謹愼，不可隨便是非，以免落人口實，貽笑大方。
35. 此謂世人往往借嬰兒周歲以後的生日，設宴聚客陋習的當去。更進而指出有些人，父母過世後，不但於此日不知感傷，反而盡情歡樂，尤其不該。
36. 此段申言習俗的變遷，南北各異，可以並行。惟顏氏對禰義的解釋有誤，不可從。
37. 敍述當時南朝官員犯罪，其家人所循行的措施。言外之言，大有不以爲然之慨。
38. 此段又可分爲四小節：一是敍述古代君王、武將，對戰爭的謹愼態度。二是軍人家屬的權宜之行。三爲處危城應變的舉措。四爲父母病重，子女應有的作爲。

39. 言結交義兄弟，南人謹愼，北人輕忽。
40. 言對待賓客要有禮貌，要善予接待，尤需注意對僮僕的管教，在接待客人時，不可有絲毫的放縱行爲。

我們縱覽全文，不難發現顏氏所指出者，不外當時世俗所應遵行的儀則。言雖近於繁瑣，但就日常生活規範說，卻又不可一日或無。誠可謂爲「言雖近而旨遠，視似易而行難。」細玩顏氏此文，冥冥間卻表現出一個「中」的思想。凡事均不可太過，也不可不及，最好是要保持適中。如言避諱則可，但如果到達連姓氏都不敢具書的地步，那不是太過了嗎？又如在忌日，由於感慕親恩而不忍宴飲作樂，此亦人情之常，然如借此而「端坐奧室，飲食如常」，竟連重要的客人都不願與之見面，亦未免太過吧！

我們常說，世事不違人情，顏氏於文中所言，很能掌握此一原則。尤其是在習俗方面，不時就著南北相異之處，提出來作一比較，以見其優劣。並借言有些禮俗，雖今不同於古，然而「禮以時爲大」，亦不以古是今非。凡此種種，在在都可以看出顏氏見解的明達，思想的通徹，而徹頭徹尾地表現了讀書人的風範。

慕賢第七

1. 古人云：「千載一聖，猶旦暮也；五百年一賢，猶比髆也❶。」言聖賢之難得，疏闊如此。儻遭不世明達君子，安可不攀附景仰之乎？吾生於亂世，長於戎馬，流離播越，聞見已多；所值名賢，未嘗不心醉魂迷向慕之也。人在年少，神情未定，所與款狎❷，熏漬陶染，言笑舉動❸，無心於學，潛移暗化，自然似之；何況操履藝能，較明易習者也？是以與善人居，如入芝蘭之室，久而自芳也；與惡人居，如入鮑魚之肆，久而自臭也❹。墨子悲於染絲❺，是之謂矣。君子必慎交遊焉。孔子曰：「無友不如己者❻。」顏、閔之徒❼，何可世得！但優於我，便足貴之。

【注釋】❶千載一聖四句　此謂要經過千年才有一聖人，這情景就有如朝暮一樣的短暫；五百年才有一位賢人，這情景就好比比肩一樣的接近。盧文弨引《孟子外書性善辨》：「千年一聖，猶且暮也。」《戰國策．齊策．三》：「千里而一士，是比肩而立；百世而一聖，若隨踵而至也。」又《呂氏春秋．觀世篇》：「千里而有一士，比肩也；累世而有一聖人，繼踵也。」髆，說文：「肩甲也。」❷款

狎，謂親暱狎習。❸言笑舉動 動，一作對。❹如入芝蘭之室五句 語本《孔子家語》。《家語·卷四·六本篇》：「與善人居，如入芝蘭之室，久而不聞其香，即與之化矣。與不善人居，如入鮑魚之肆，久而不聞其臭，亦與之化矣。」❺墨子悲於染絲 此謂墨子見將染色之絲則悲。墨子，名翟，魯人。戰國初年思想家。曾為宋國大夫，後周遊列國，宣揚兼愛、非攻思想，為墨家的創始者。染絲之說，出自《墨子·所染篇》。其言云：「子墨子言，見染絲者而歎曰：『染於蒼則蒼，染於黃則黃，所入者變，其色亦變，五入必，而已則為五色矣。故染不可不慎也。』」❻無友不如己者 語出《論語·學而篇》。謂不結交仁德不如自己的人，以免無益而受損。❼顏、閔之徒 顏，謂顏回，字子淵，魯人，少孔子三十歲。閔，謂閔損，字子騫，少孔子十五歲。見《史記·仲尼弟子列傳》。

【語　譯】古人說：「要經過千年才有一位聖人，這情景有如朝暮樣的短暫；五百年才有一位賢人，這情景好比比肩似的接近。」這是說聖賢的難得一見，竟是如此的不容易。在這種情況下，倘若遇到一位不世出的明達君子，又怎麼可以不慕仰而依附他呢？我生於亂世，在戰爭中成長，由於常常流離失所，耳聞眼見的已經很多，凡所遇名賢，就不曾不聚精會神傾心的仰慕於他。人在年少時，心志情緒尚未穩定，凡所親暱狎習，無不受其熏炙、漸漬、陶冶、濡染，一言一笑，一舉一動，雖無心學習，可是時日一久，在不知不覺中，也就自然相似了。更何況是有心的去操持踐履其藝能，彰明較著的修治學習的呢？所以和善人居住在一起，就像進入芝蘭的屋中，時間一久，自然芳香；和惡人居住在一起，就像進入鮑魚的市場一樣，時間久了，也就自然腥臭。墨子看見將要染色的絲即感到悲痛，就是這個道理了。因此，君子一定要小心謹慎的交結朋友。孔子說：「不結交仁德不如自己的人。」像顏淵、閔子騫這樣的賢人，如何可能常得！只要能够比我好的人，他便值得尊重。

2. 世人多蔽，貴耳賤目，重遙輕近❶。少長周旋，如有賢哲，每相狎侮，不加禮敬；他鄉異縣，微藉風聲❷，延頸企踵，甚於飢渴。校其長短，覈其精麤，或彼不能如此矣！所以魯人謂孔子爲東家丘❸。昔虞國宮之奇❹，少長於君，君狎之，不納其諫，以至亡國，不可不留心也。

【注釋】❶貴耳賤目二句　此謂貴耳聞賤所見，重遠方輕近里。張衡〈東京賦〉：「若客所謂末學膚受，貴耳而賤目者也。」李善注：「世咸尊古卑今，貴所聞賤所見。」又《抱朴子・外篇・廣譬・卷二九》：「貴遠而賤近者，常人之用情也。信耳而疑目者，古今之所患也。」❷微藉風聲　猶今言稍有名聲。《僞古文尚書・畢命篇》：「樹之風聲。」傳：「立其善風，揚其善聲。」❸謂孔子爲東家丘　此言重遠輕近之意。今俗謂：「遠路的和尚會念經。」庶幾近之。《三國志・卷一一・魏書・邴原傳》裴注引〈原別傳〉云：「原欲遠遊學，詣安丘孫崧。崧辭曰：『君鄉里鄭君，君知之乎？』原答曰：『然。』崧曰：『鄭君學覽古今，博聞彊識，鉤深致遠，誠學者之師模也。君乃舍之，躡屣千里，所謂以鄭爲東家丘者也。君似不知而曰然者，何？』原曰：『先生之說，誠可謂苦藥良鍼矣；然猶達僕之微趣也。人各有志，所規不同，故乃有登山而採玉者，有入海而採珠者，豈可謂登山者不知海之深，入海者不知山之高哉！君謂僕以鄭爲東家丘，君以僕爲西家愚夫邪？』崧辭謝焉。」王利器注引蘇東坡〈代書答梁先詩〉施注引《家語》：「魯人不識孔子聖人，乃曰：『彼東家丘者，吾知之矣。』」顏氏蓋本此立說。❹宮之奇　春秋虞國大夫。自少長養於公宮，有遠見，明事理，先向虞君諫言拒絕晉大夫荀息的厚禮假

道伐虢，後又以虞、虢實為唇齒相關，說虞君拒晉軍通過虞國以伐虢，均不獲虞君的首肯。宮之奇不得已，乃率其族逃奔，虞遂為晉國所滅。見《左傳》僖公二、五年傳文。

【語譯】世人多不明通，往往貴耳聞而賤眼見，看重遠古而輕視近今。很多人，因於年少時在一起長大，言行舉止，毫不拘謹，其中如有賢明俊哲，也每相狎弄戲耍，不加敬重；如是他鄉異縣的人，只要稍具名聲，就會伸長脖子，提起腳後跟，比飢渴還要急切地仰望他。如果和「少長周旋」的賢哲比較其長短，考驗其優劣，或許「他鄉異縣」的人還不如少年一起長大的賢哲呢！所以魯國人稱呼孔子為東家丘。從前虞國的賢大夫宮之奇，因年少時長養於宮中，常和虞君生活在一起，所以虞君不採納他的諫言，以至於亡國，類似這種情事，不可以不注意留心。

3. 用其言，棄其身❶，古人所恥。凡有一言一行，取於人者，皆顯稱之，不可竊人之美，以為己力❷；雖輕雖賤者，必歸功焉。竊人之財，刑辟之所處；竊人之美，鬼神之所責。

【注釋】❶用其言棄其身　語本《左傳・定公九年》：「鄭駟歂殺鄧析，而用其竹刑。君子謂子然（駟歂字）於是不忠，用其道，不棄其人。詩云：『蔽芾甘棠，勿翦勿伐，召伯所茇。』思其人，猶愛其樹，況用其道，而不恤其人乎！」❷以為己力　語出《左傳・僖公二十四年》：「竊人之財，猶謂之盜，況貪天之功以為己力乎？」又《文心雕龍・指瑕篇》：「若掠人美辭，以為己力，寶玉大弓，終非其有。」

【語譯】引用人的言論，而又懲罰這個人，這是古人所感到羞恥的。即使是一言一行的取用於

人，都應明顯的加以稱述，不可竊取他人的美辭，當作自己的言論。雖是地位輕賤，也一定要歸功於他。偷竊別人的財物，尚且要受刑法的處罰，如是竊取他人的美辭，是要受到鬼神所譴責的。

4. 梁孝元前在荊州❶，有丁覘❷者，洪亭民耳，頗善屬文，殊工草隸；孝元書記，一皆使之。軍府❸輕賤，多未之重，恥令子弟以為楷法❹。時云：「丁君十紙，不敵王褒數字❺。」吾雅愛其手迹，常所寶持。孝元嘗遣典籤❻惠編，送文章示蕭祭酒，祭酒❼問云：「君王比賜書翰，及寫詩筆❽，殊為佳手，姓名為誰？那得都無聲問？」編以實答。子雲歎曰：「此人後生無比，遂不為世所稱，亦是奇事。」於是聞者稍復刮目。稍仕至尚書儀曹郎❾，末為晉安王❿侍讀⓫，隨王東下。及西臺⓬陷歿，簡牘湮散，丁亦尋卒於揚州。前所輕者，後思一紙，不可得矣。

【注釋】❶在荊州　（今湖北省江陵縣）謂出使持節都督荊州刺史。《梁書．元帝紀》：「普通（武帝蕭衍年號）七年，出為使持節，都督荊、湘、郢、益、寧、南梁六州諸軍事、西中郎將、荊州刺史。」❷丁覘　王利器引李詳語云：「張彥遠《法書要錄》：『丁覘與智永同時人，善隸書，世稱丁真永草。』此人與永師齊名，則亦非不為世所知者矣。」又引劉盼遂語云：「按：日本《見在書目》載丁覘注《千字文》一卷。考《千文注釋》，率皆梁、陳之士，則丁覘殆即顏氏此文所舉者。」所見甚是。❸軍府　謂元帝為湘東郡王時，出使持節都督六州軍事的官署。❹楷法　猶言習字人的模範。《梁書．

卷二一・王志傳》：「志善草隸，當時以爲楷法」。❺王褒數字　一作「王君一字」。《周書・卷四一・王褒傳》：「王褒字子淵，琅邪臨沂（今山東省臨沂縣）人也。褒，美風儀，善談笑，博覽史傳，尤工屬文。梁國子祭酒蕭子雲，褒之姑夫也，特善草隸。褒少以姻戚，去來其家，遂相模範。俄而名亞子雲，並見重於世。」❻典籤　官名。本爲掌理文書的小吏。南朝時諸王國置典籤帥，威權甚重。當時職此官者爲惠編。❼祭酒　官名。漢平帝設六經祭酒，秩上卿，後又設博士祭酒，爲五經博士之首。晉爲國子祭酒，隋、唐以後，稱國子監祭酒，至清廢。見《歷代官職表・國子監》。❽詩筆　謂詩與散文。王利器注云：「六朝人以詩、筆對言，筆指無韻之文。」《梁書・卷四九・庾肩吾傳》載當時太子與湘東王書曰：「詩既若此，筆又如之。」又《文心雕龍・總術篇》：「今之常言，有文有筆，以爲無韻者筆也，有韻者文也。」❾儀曹郎　官名，屬尚書省。掌管吉凶禮制，魏置，至唐廢。見《隋書・卷二六・百官上》。❿晉安王　即梁簡文帝蕭綱。於天監五年，封晉安王。見《梁書・卷四・簡文帝紀》。⓫侍讀　官名。南朝宋有侍讀博士，教授諸王經書。唐有侍讀、侍講等學士，掌理撰集文章、校理經籍。明改爲伴讀、教授。⓬西臺　地名。江陵的別稱。王利器引《通鑑・一四四・湖注》：「江陵在西，故曰西臺。」

【語譯】梁孝元帝以前都督荊州時，有一位名叫丁覘的，他是洪亭人，擅長撰寫文章，特別精於草書和隸書。於是孝元帝就將書記的工作，全部由他來掌管。由於他在軍府官位輕賤，並沒有得到多數人的重視，因此恥令子弟作爲習字的模式。當時的人說：「丁君寫了十張紙，還敵不過王褒的幾個字。」我卻非常喜愛他的手迹，常當作寶物看待。孝元帝曾派遣典籤官惠編，送文章給蕭祭酒（即蕭子雲）看，祭酒問說：「君王近來所賜書信，及所寫的詩文，眞是一把好手，姓名是誰？怎麼一點聲望都

沒有？」惠編據實回答。子雲慨歎著說：「此人的造詣，後生難以比及，竟然得不到世人的稱許，眞是一件奇怪的事情。」於是聽到的人，才又逐漸地予以刮目相看。漸累官至尚書儀曹郎，後來爲晉安王侍讀，跟隨晉安王順江東下。及江陵淪陷，簡冊書牘湮沒散落，丁覘也不久死於揚州。先前被人所輕視的，後來就是想得到一紙，也不可能了。

5. 侯景初入建業❶，臺門❷雖閉，公私草擾，各不自全。太子左衛率❸羊侃❹坐東掖門❺，部分❻經略，一宿皆辦，遂得百餘日抗拒兇逆。於時，城內四萬許人，王公朝士，不下一百，便是恃侃一人安之，其相去如此。古人云：「巢父、許由，讓於天下❼；市道小人，爭一錢之利。」亦已懸矣。

【注　釋】❶侯景初入建業　侯景字萬景，魏懷朔鎭（今蒙古烏喇特茂明安二旗之地）人。魏末北方大亂，乃事邊將爾朱榮，甚見器重。及高歡誅爾朱氏，景以眾降，仍爲歡所用。使擁兵十萬，專制河南。及高歡疾篤，乃以太清元年二月上表求降。武帝於是封景爲河南王、大將軍、使持節、董督河南南北諸軍事、大行臺。及與魏通和，二年八月，景遂發兵反。」見《南史・卷八〇・賊臣傳》。建業，即今南京市。❷臺門　南朝稱朝廷禁省爲臺，因此稱禁城的城門爲臺門。亦稱臺城門。❸衛率　官名。秦置，漢因之，爲太子屬官，主掌門衛。晉初設中衛率，後又增置左、右、前、後衛率，是爲五率。南北朝及唐，只設左右衛率。見《文獻通考・職官考・一六》。❹羊侃　字祖忻，泰山梁甫（今山東省泰安縣）人。少博涉書記，尤好《左氏春秋》及《孫吳兵法》。自魏歸梁，授徐州（今江蘇省徐州市）刺史，

後果遷爲尙書。見《梁書・卷三九・羊侃傳》。❺掖門　古時宮殿中的旁門。《漢書・高后紀八年》：「入未央宮掖門。」注：「非正門而在兩旁，若人之臂掖也。」❻部分　謂部署分配。❼巢父許由讓於天下　巢、許，皆上古高士。相傳堯欲以天下讓之，皆不受。巢以山居不出，以樹爲巢，故時人稱爲巢父。見《高士傳》。許隱居沛澤，死葬於箕山頂，堯號爲箕山公神，以配食五岳。見《史記・伯夷傳》。又《晉書・卷五二・華譚傳》：「或問譚曰：『諺言人之相去，如九牛毛，寧有此理乎？』譚對曰：『昔許由、巢父讓天子之貴，市道小人爭半錢之利，此之相去，何啻九牛毛也！』聞者稱善。」

【語譯】當侯景反叛、率兵剛進入建業的時候，臺城門雖已緊閉，而上上下下，倉皇擾攘，人各自危，難以保全。惟有太子左衞率羊侃，坐鎭東掖門，從容部署配置、規謀擘畫，一夜之間，就將所有應急事務，辦理妥當，遂能抗拒兇殘叛逆的敵人達一百多天之久。這時候，城內有四萬多人，王公大臣，不下一百，便是仗恃著羊侃一個人來安身的，其差別相去竟是如此。古人說：「高士巢父、許由，將天下讓給他都不接受，而市井間的小人，爲一個小錢的利益，卻往往爭持不休。」這種懸殊，確實太大了。

6. 齊文宣帝❶即位數年，便沈湎縱恣，略無綱紀；尙能委政尙書令楊遵彥❷，內外清謐，朝野晏如，各得其所，物無異議，終天保之朝。遵彥後爲孝昭❸所戮，刑政於是衰矣。斛律明月❹齊朝折衝之臣，無罪被誅，將士解體，周人始有吞齊之志，關中至今譽之。此人用兵，豈止萬夫之望❺而已哉！國之存亡，係其生死。

【注　釋】❶齊文宣帝　卽高洋。北齊第一位皇帝。《北齊書・卷四・文宣紀》：「顯祖文宣皇帝諱洋，字子進，高祖（高歡）第二子，世宗（高澄）之母弟也。受東魏禪，卽皇帝位，改武定（東魏靜帝年號）八年爲天保元年。六七年間，以功業自矜，縱酒肆欲，昏邪殘暴，近世未有。」❷楊遵彥　名愔，小名秦王，字遵彥，弘農華陰（今陝西省華陰縣）人。天保初，領太子少傅，遷尙書右僕射。十年，封開封王。文宣帝崩，百僚莫有下淚，愔悲不自勝。乾明元年二月，爲孝昭帝所誅，時年五十。自天保五年以後，文宣喪德，維持匡救，實有賴焉。每天子臨軒，公卿拜授，施號發令，宣揚詔册，愔辭氣溫辯，神儀秀發，百僚觀聽，莫不悚動。遵彥死，仍以中書令趙彥深代總機務。鴻臚少卿陽休之私謂人曰：「將涉千里，殺騏驥而策蹇驢，可悲之甚。」見《北齊書・卷三四・楊愔傳》。❸孝昭　卽高演，字延安，神武（高歡）皇帝第六子，文宣皇帝之母弟。文宣崩，幼主卽位（廢帝殷，文宣長子），除太傅、錄尙書，朝政皆決於帝。乾明元年，從廢帝赴鄴，居於領軍府。時楊愔等，以帝威望既重，內懼權逼，請以帝爲太師、司州牧、錄尙書事，解除京畿大都督職。帝乃與長廣王謀，執愔等斬於御府之內。見《北齊書・卷六・孝昭紀》。❹斛律明月　斛律金之子，名光，字明月。少工騎射，以武藝知名。北周將軍韋孝寬忌光英勇，乃作謠言，令間諜漏其文於鄴（北齊國都），祖珽、提婆相與協謀，以謠言啟帝。遣使賜其一駿馬，光來謝，引入涼風堂，劉桃枝自後拉而殺之，時年五十八。於是下詔稱光謀反，今已伏法。尋又發詔，盡滅其族。周武帝聞光死，大喜，後入鄴，追贈上柱國、崇國公。指詔書曰：「此人若在，朕豈能至鄴。」見《北齊書・卷一七・斛律金傳》。❺萬夫之望　謂爲萬人所仰望。語出《易・繫辭下》。

【語　譯】北齊文宣帝卽位不幾年，便沈迷於酒色，任意作爲，行動一點紀律也沒有。所幸，尙能

將政令大權委託給尚書楊遵彥，所以國家上下清靜平安，每人都能得到適當的安置，刑政措施，大家都沒有話說，這種情形，一直保持到天保的末年。後來遵彥被孝昭帝所殺，刑政於是就敗廢了。斛律明月，本是齊朝一位勇武退敵的大臣，無罪被殺，將士離散，以致引起北周吞噬齊朝的意圖。關中一帶，到現在還在稱讚他。這個人用起兵來，那裏只是萬人所仰望的呢？國家的生存與滅亡，就全在於他的生死了。

7. 張延雋❶之為晉州❷行臺❸左丞，匡維主將，鎮撫疆場，儲積器用，愛活黎民，隱若敵國矣❹。羣小不得行志，同力遷之；既代之後，公私擾亂，周師一舉，此鎮先平。齊亡之迹，啟於是矣。

【注釋】❶張延雋　史書無考。嚴式誨《顏氏家訓補校》注：「《通鑑‧百二七》：『先是晉州行臺左丞張延雋，公直勤敏，儲偫有備（豫先儲備器物），百姓安業，疆無虞。諸嬖幸惡而代之，由是公私煩擾。』似即據《家訓》文。」偫音ㄓˋ，作具解。❷晉州　地名。即今山西省臨汾縣治。❸行臺　官名。王利器引《雲麓漫鈔‧二》：「南史，凡朝廷遣大臣督諸軍於外，謂之行臺。」❹隱若敵國矣　謂威重有如敵國。《後漢書‧吳漢傳》：「隱若一敵矣。」注：「隱，威重之貌。」

【語譯】當張延雋出為晉州行臺左丞的時候，匡輔主帥，安慰撫恤邊疆的人民，儲蓄聚集各種器物備用，關愛人民的生活，當時所建立的威望，儼然就像一個敵國。因眾小人不得隨行其志，所以就共同致力於他的遷謫。等到代理他的職務以後，才知力不從心，以致上下擾攘紛亂，北周的軍隊才一舉

踵，晉州就先被平定了。北齊的滅亡，就是從這裏開始的。

【文話】聖賢立德，足以範世，形成淳樸的民風；使人與人相處，不再有「爾詐我虞」的顧慮。聖賢立言，足以醒世，形成砥礪的共識，使人與人交往，不再排斥「他人有善，若己有之」的理念。聖人立功，足以救世，形成仁愛的觀念，使人與人共生，不再有「弱肉強食」的慘行。聖賢的所以為聖賢，聖賢的所以為世人所仰慕，率皆由此而生。所可令人惋惜的是「千年一聖」，「五百年一賢」，這大概就是顏氏作「慕賢」的用意吧！

全文約可分為七段：作者首先指出聖賢不世出，難得一見，當以「心醉魂迷」之情，依附景仰。並據此引發，借明作此篇的意旨。其次言貴耳賤眼見，重遠方輕近里，為世人通病，不可不留心注意。第三段言若引用他人的言論，或效法他人的善行，就不當再批評、懲罰其人。即使有一言一行的取用，亦應予以稱述。第四段言丁覘工於草隸，不為時人所稱，作者反獨有所鍾。言外之意，一般人多不識優劣，必待有眞知灼見或德高望重的稱許表揚，方能得其應得的評價。第五段言羊侃於臨危之際，從容擘畫，故能抗拒兇逆，使四萬人，暫得以安身的可佩事蹟。第六段繼又指出楊愔、斛律明月，對北齊的貢獻，一人繫國家的安危，無罪被殺，因而政衰國亡的慘事。第七段痛言張延雋的被取代，遂導致北齊的滅亡。

就行文言，五、六、七三段，特別強調賢人的重要，在表面上看，雖然只是說明他們對國家的重要性，其實由於他們的凸顯，越發使我們覺得，賢人的確難得。所謂慕賢，其主旨大約也就在這裏了。賢才的不可多得，已足可令人惋歎，或得之而不能用，遂使國亡種滅，其不哀哉！

文中所涉及的人物，雖非一時之聖，而稱之為賢，洵非溢美。如顏、閔的德行，為孔聖所稱，丁覘

的草隸，為後人所重；羊侃的臨危鎮靜壁畫，楊遵彥的治國清謐晏如，斛律明月的折衝敵陣，張延雋的鎮撫疆場，均可謂為一身繫國家的安危，戛戛獨造，非所世出，誠足以令人仰慕啊！

至於顏氏所示「世人多蔽，貴耳賤目，重遙輕近」，乃至以「魯人謂孔子為東家丘」的傳聞，尤足以發人深省。而「但優於我，便足貴之」的叮囑，更是易爲一般人所忽視，如能切記此言，所可尚者，那就不為不多了。如不知「慕賢」，只一味地我行我素，而聖者益聖，愚者益愚的情事，也就無可避免了。我想，這不僅不是作者所欲看到的，而且也不是我們所欲看到的。

卷三

勉學第八

1. 自古明王聖帝，猶須勤學，況凡庶乎！此事遍於經史，吾亦不能鄭重❶，聊舉近世切要，以啟寤❷汝耳。士大夫子弟，數歲已上，莫不被教，多者或至《禮》、《傳》，少者不失《詩》、《論》。及至冠婚，體性❸稍定；因此天機❹，倍須訓誘。有志尚者，遂能磨礪，以就素業❺；無履立❻者，自茲墮慢❼，便爲凡人。人生在世，會當❽有業：農民則計量耕稼，商賈則討論貨賄❾，工巧則致精器用，伎藝則沈思❿法術，武夫則慣習弓馬，文士則講議經書。多見士大夫恥涉農商，羞務工伎，射則⓫不能穿札⓬，筆則纔記姓名，飽食醉酒，忽忽無事，以此銷日，以此終年。或因家世餘緒，得一階半級，便自爲足，全忘修學；及有吉凶大事，議論得失，蒙然張口，如坐雲霧；公私宴集，談古賦詩，塞默低頭，欠伸⓭而已。有識旁觀，代其入地⓮。何惜數年勤學，長受一生愧辱哉！

【注釋】❶鄭重　謂一再反覆之意。《漢書・王莽傳》：「然非皇天所以鄭重降符命之意，故是日天復決以勉書。」注：「鄭重，猶言頻煩也。」今多用作審愼、殷勤解。❷啟寤　謂開悟。寤，通悟。❸體性　猶言體質。《國語・楚語上》：「且夫制邑若體性焉，有首領股肱，至於手拇毛脈。」又《呂氏春秋・壅塞篇》：「牛之性不若羊，羊之性不若豚。」注：「性，猶體也。」❹天機　謂天所賦之悟性。《莊子・大宗師》：「其耆欲深者，其天機淺。」疏：「夫耽耆諸塵而情欲深重者，其天然機神淺鈍故也。」❺素業　舊業，清素之業。《三國志・魏書・徐邈傳評》：「徐邈清尙弘通，胡質素業貞粹。」❻履立　謂以行動舉止表明其操守。盧文弨以爲：「操履樹立。」❼墮慢　謂怠惰，怠慢。墮，通惰。懈怠之意。❽會當　謂合當、應當之意。劉淇《助字辨略・卷四》：「會，《廣韻》云：『合也。』愚案：合也者，應也。言應當也。本是會合之會，轉爲應合耳。《顏氏家訓》：『人生在世，會當有業。』會，卽當也。會當，重言也。」❾貨賄　謂金玉布帛。卽財物之意。《周禮・天官・大宰》：「以九職任萬民，六曰商賈，阜通貨賄。」注：「金玉曰貨，布帛曰賄。」❿沈思　亦作深思。⓫射則　亦作射既。⓬穿札　謂射穿鎧甲。札，鎧甲上用皮革或金屬製成的葉片。《韓詩外傳・八》：「景公得弓而射，不穿二札。」⓭欠伸　謂疲倦時打呵欠、伸懶腰。也作欠申。《儀禮・士相見禮》：「君子欠伸。」注：「志倦則欠，體倦則伸。」⓮代其入地　此語顏氏蓋在譏誚許惇。《北齊書・卷四三・許惇傳》：「許惇，字季良，高陽新城人。雖久處朝行，歷官清顯，與邢邵、魏收、陽休之、崔劼、徐之才之徒比肩同列，諸人或談說經史，或吟詠詩賦，更相嘲戲，欣笑滿堂，惇不解劇談，又無學術，或竟坐杜口，或隱几而睡，深爲勝流所輕。」

【語　譯】自古以來，聖明的帝王，尙且必須努力學習，更何況是平凡的眾人呢！有關這類事情的

記載，在經史中，到處都可看見，我也不必一再反覆地列舉，姑且就近代最關切要的說出來，來開悟你們。士大夫們的子弟，從幼小的年歲開始，就沒有不受教育的，往多處說，有的讀完《禮記》和《左傳》，往少處說，也不會錯過《詩經》和《論語》。及至二十歲婚娶的年齡，身體各方面的發育成長，已稍爲穩定，就要趁著此時天所賦予的悟性，加倍地給他誘導和訓誨。有志向上的人，就能禁得起磨礪，以就清素的學業；不能踐履樹立操守的人，也就從此怠惰下去，成爲平凡的人。人活在世上，應當有個正業：如農民就要計畫衡量如何耕種稼穡，商賈就當討論貨財，工匠就該盡力製造精巧的器用，從事技藝工作，就應深思法術，武士就要熟練引弓騎射，文人就當講解經書的義理。近世以來，多見士大夫們以務農、經商爲恥辱，羞於從事工匠技藝的工作，論武事，連甲葉都無法射穿，講文筆，也只不過纔能書寫姓名，終日吃得飽飽的，喝得醉醉的，悠悠忽忽，什麼事也不做，就這樣來打發時日，也就這樣過一輩子。有的因先人世代留下的功業，得到一官半職，便自以爲滿足，竟將學習的事情，全不放在心上，等到遇有吉凶大事，議論對錯優劣的時候，便蒙然一無所知的翹起舌頭發不出聲音，就好像坐在雲霧中一樣。如遇公私宴會，大家談論古事，吟誦詩篇，他便低著頭，默不作聲，好似口被塞住，只有打呵欠、伸懶腰的分。有識之士在一旁看到這種情形，恨不能代替他鑽入地中。既然受辱如此，又爲什麼吝惜短暫數年的努力學習，長久地忍受一輩子的羞辱愧咎呢！

2. 梁朝全盛之時，貴遊子弟❶，多無學術，至於諺云：「上車不落則著作，體中何如則祕書❷。」無不熏衣剃面，傅粉施朱❸，駕長簷車❹，跟高齒屐❺，坐棊子方褥❻，憑斑絲隱囊❼，列器玩於左右，從容出入，望若神仙。明經❽求第，則顧人答策；三九公

讌❾，則假手賦詩。當爾之時，亦快士❿也。及離亂之後，朝市遷革，銓衡⓫選舉，非復曩者之親；當路秉權，不見昔時之黨。求諸身而無所得，施之世而無所用。被褐而喪珠，失皮而露質⓬，兀若枯木，泊若窮流⓭，鹿獨⓮戎馬之間，轉死溝壑之際。當爾之時，誠駑材也。有學藝者，觸地而安。自荒亂已來，諸見俘虜。雖百世小人，知讀《論語》、《孝經》者，尚為人師；雖千載冠冕⓯，不曉書記者，莫不耕田養馬。以此觀之，安可不自勉耶？若能常保⓰數百卷書，千載終不為小人也。

【注釋】❶貴遊子弟　謂無官職的王公貴族子弟。《周禮・地官・師氏》：「掌國中失之事以教國子弟，凡國之貴遊子弟學焉。」注：「貴遊子弟，王公之子弟。遊，無官司者。」❷上車不落則著作二句　此謂當時貴遊子弟，無其才實，而竟充任著作郎或祕書郎，僅能為一般問候起居的書信而已。《太平御覽・卷二三三・職官部・三一》引《後魏書》：「祕書郎，自齊、梁之末，多以貴遊子弟為之，無其才實。」唐、徐堅《初學記・卷一二》：「祕書郎，此職與著作郎自置以來，多起家之選，在中朝或以才授，歷江左多仕貴遊，而梁世尤甚。當時諺曰：『上車不落為著作，體中何如則祕書。』言其不用才也。」體中何如，蓋為當時書信中問候的套語。王利器引王筠與長沙王別書：「筠頓首，高秋淒爽，體中何如？」即作如是解。❸熏衣剃面二句　此謂男子外出時所作的修飾打扮。自漢歷魏至南北朝，率多如是。《後漢書・卷六三・李固傳》：「固獨胡粉飾貌，搔頭弄姿。」《三國志・魏書・卷九・曹爽傳》注引《魏略》：「何晏性自喜，動靜粉白不去手，行步顧影。」又《北齊書・卷四・文宣紀》：「帝或袒

露形體，塗傅粉黛，散髮胡服，雜衣錦綵。」❹長簷車　謂長形車蓋，上覆車之前後，猶屋之有簷。王利器引《晉書・輿服志》：「通幰車，駕牛，猶如今犢車制，但其幰通覆車上也。」長簷，蓋通幰異名。❺跟高齒屐　跟，一作蹋。屐，即木鞋，其底部有齒，齒高者雨天可用以踐泥。著高齒屐，自晉以降，士大夫多喜爲之。❻棊子方褥　王利器注：「即以織成方格圖案之綺，製成之方形坐褥。」猶今方形的坐墊。❼斑絲隱囊　即外部裹以雜色絲織品的靠枕。❽明經　科第名。自漢以來，即有此稱。《漢官舊儀・卷上》：「丞相考召，取明經一科，明律令一科，能治劇一科，各一人。」王利器引《文選・永明九年策秀才文》李周翰注：「高等明經，謂德行高遠，明於經國之道，第一者也。」而唐代的明經，則以經義取士，與六朝不同。❾三九公讌　謂公卿的宴集。讌，與宴通。《後漢書・卷三〇下・郎顗傳》：「陛下踐祚以來，勤心庶政，而三九之位，未見其人。」注：「三公九卿也。」劉盼遂云：「三者，三公；九者，九卿；簡稱三九，此實爲漢以後之習語。」❿快士　美士、佳士。⓫銓衡　謂評選人才的事或職位。⓬被褐而喪珠二句　謂外表貧困內在亦無賢德，忘卻表面的威嚴而露出內在的劣質。此顏氏反用老子、揚雄之言。《老子・七〇章》：「是以聖人被褐懷玉。」此語意謂外披粗衣，內懷寶玉。指有賢德的人，才不外露，不求世知。也用來比喻出身貧寒而懷有眞才實學的人。被，通披。褐，爲貧賤的人所穿的粗布衣服。又揚雄《法言・吾子篇》：「羊質而虎皮，見草而說，見豺而戰，忘其皮之虎矣。」後人多以此語比喻外彊內弱，虛有其表。⓭兀若枯木二句　謂一無所知像朽木一樣的癡呆，又像已經斷流的淺水。泊，當作洦，淺水貌。⓮鹿獨　謂鹿鹿無所依之意。就上下文氣言，作流離顛沛解較洽。盧文弨引《禮記王制》正義引《釋名》：「無子曰獨，獨，鹿也，鹿鹿無所依也。」郝懿行則謂：「鹿獨或當時方言，流離顛沛之意。」⓯冠冕　冠和冕，都是帽子，今多用以作仕宦的代稱，或世代顯貴的家

族。在古代，凡命士以上，皆有冠冕，故又稱爲冠族。⑯保　王利器引《類說》作「飽」。

【語譯】當梁朝全盛的時候，那些王公貴族子弟，多半不學無術，以致於形成諺語說：「只能乘坐高車享受不做事的就是著作郎，掌管文書，在書信中僅能問候近來如何的就是祕書郎。」當他們外出時，無不刻意修飾打扮，先熏香衣服，再剃光臉面，然後傅白粉塗胭脂，乘著長簷的華麗車子，腳穿高齒的木屐，坐在方格形的坐墊上，坐累了，就依靠在用彩色的絲織品套著的靠枕上，左右擺設著供玩賞的器物，出入時的態度舉止，從容大方，遠遠望去，就像神仙一樣。當他們參加明經科第的時候，就雇賃人代爲對策，參加公卿宴會時，就假手他人代作詩賦。當這個時候，所表現的，果然稱得上是佳士。等到國家荒亂離析以後，朝廷經過播遷變革，從事評選才士的人，不再是昔日的親戚故舊，在位秉執大權的人，也看不見過去的朋友戚黨。這時反求之於己一無所有，施行於世，也無處能排上用場，身穿粗布衣而毫無才德，失去了往日的尊嚴而露出了粗劣的本質，癡呆呆地就像朽木一樣，又像淺水一灘，已經斷流，在兵荒馬亂之間，顛沛流離，轉屍在溝壑之中。當這個時候，所展現的，則是道道地地的駑下之才。如果是有學問有技藝的人，反而可以隨地而安。自戰亂以來，很多被俘虜的人，雖然有的歷代都是平民，如能知讀《論語》、《孝經》，尚且可以爲人師；然而有的卻是歷代的貴族子弟，可惜的是這些人連起碼的書記工作都無法勝任，那也只好淪爲耕田養馬的工作了。就以上這種情況來看，人生在世，如何可以不自我勉勵呢？若能常常保持熟讀百卷書的情景，即使是過一千年以後，也終不會淪爲小人的。

3. 夫明六經①之指，涉百家之書，縱不能增益德行，敦厲風俗，猶爲一藝②，得以

自資。父兄不可常依，鄉國不可常保，一旦流離，無人庇廕，當自求諸身耳。諺曰：「積財千萬，不如薄伎❸在身。」伎之易習而可貴者，無過讀書也。世人不問愚智，皆欲識人之多，見事之廣，而不肯讀書，是猶求飽而嬾營饌，欲暖而惰裁衣也。夫讀書之人，自義、農❹已來，宇宙之下，凡識幾人，凡見幾事，生民之成敗好惡，固不足論，天地所不能藏，鬼神所不能隱也！

【注釋】❶六經　謂《詩》、《書》、《禮》、《樂》、《易》、《春秋》。也稱六藝。❷一藝　王利器指爲一經，並引《漢書．藝文志．六藝略》以實其說。衡諸此段文字，作技藝解較洽。❸伎　技藝，才能。通技。❹義、農　謂伏羲、神農。皆古帝名。傳說伏羲畫八卦，教民漁牧、耕種。神農教人民造耒耜，從事農耕，又嘗百草爲醫藥，來治疾病，因此被認爲是我國農業、醫藥的始祖。

【語譯】如能通曉六經的意旨，涉獵諸子百家的書籍，縱然不能增多一己的德行，而能敦厚世風，改良民俗，就可算作一種技藝，得以托身自助了。父兄不可能依靠一輩子，鄉國也不可能常保平靜無事，一旦發生戰亂，流離失所，無人保護，就當自己求之於本身。俗語說：「積蓄財產千萬，不如微薄的技藝在身。」就是這個道理。技藝的容易學習而最可寶貴的，沒有什麼能勝過讀書的。世人不管愚笨、聰明，都想多認識人，增廣事理的見聞，如不願意讀書，這就好比需要吃飽卻不願去做飯，想要穿暖卻懶得去裁衣是一樣的道理。談到讀書的人，從伏羲、神農以來，普天之下，所認識的那幾個人，所見聞的那幾件事，以及人民的成功、失敗、喜好、厭惡，本來就不值得一談，然而這些人、事、成敗、

好惡的事例，卻是天地所不能藏匿，鬼神所不能隱瞞的啊！

4. 有客難主人❶曰：「吾見彊弩長戟，誅罪安民，以取公侯者有矣；文義習吏，匡時富國，以取卿相者有矣；學備古今，才兼文武，身無祿位，妻子飢寒者，不可勝數，安足貴學乎？」主人對曰：「夫命之窮達，猶金玉木石也；脩以學藝，猶磨瑩雕刻也。金玉之磨瑩❸，自美其鑛璞❹，木石之段塊，自醜其雕刻；安可言木石之雕刻，乃勝金玉之鑛璞哉？不得以有學之貧賤，比於無學之富貴也！且負甲爲兵，咋筆爲吏❺，身死名滅者如牛毛，角立傑出者❻如芝草；握素披黃❼，吟道詠德，苦辛無益者如日蝕，逸樂名利者如秋荼❽，豈得同年而語矣！且又聞之：生而知之者上，學而知之者次❾。所以學者，欲其多知明達耳。必有天才，拔羣出類，爲將則闇與孫武、吳起❿同術，執政則懸得管仲、子產⓫之教，雖未讀書，吾亦謂之學矣⓬。今子即不能然，不師古之蹤跡，猶蒙被而臥⓭耳。

【注釋】❶主人　顏之推自稱。❷文義習吏　謂學習禮樂儀法制度而爲吏。吏，一作史。❸磨瑩　謂磨治美玉，使益顯現其光潔。❹鑛璞　金玉未經鍊冶成器謂鑛，玉石未經磨瑩謂璞。❺咋筆爲吏　謂小吏的常態。咋，咬，齧。《北齊書・卷三三・徐之才傳》：「以小史好嚼筆，故嘗執管就元文遙口曰：『借君齒。』」❻角立傑出　謂如角的特立。《後漢書・卷五三・徐穉傳》：「角立傑出，宜當

為先。」注：「如角之特立也。」❼握素披黃　謂日與書册為伍，有勤勉不倦之意。盧文弨補注：「古者書籍，以絹素為之。《太平御覽・六百六》引《風俗通》曰：『劉向為孝成皇帝典校書籍十餘年，皆先書竹，改易刊定可繕寫者，以上素也。』黃者，黃卷也。古者書並作卷軸，可卷舒。用黃者，取其不蠹。」❽苦辛二句　謂辛苦無益讀書的人少，貪圖逸樂名利的人多。盧文弨補注：「日蝕，喻不常有也。《鹽鐵論・刑德篇》：『秦法繁於秋荼。』荼至秋而益繁，喻其多也。」❾生而知之者二句　謂天生聰明的人，自然懂得許多道理，這是最上等的資質。其次是賦性穎悟的人，一經學習，就能通曉事理，這是次等的資質。語見《論語・季氏篇》。❿孫武、吳起　為我國古代名軍事家。孫武字長卿，齊國人。以善於用兵著稱，吳王闔閭任用為將，西破強楚，北威齊、晉，於是稱霸諸侯。著有《孫子》十三篇。吳起，衛人，好用兵，初為魯將，聞魏文侯賢，而投歸之。擊秦，陷五城，屢建戰功，拜西河守。著有《吳子》四十八篇。並見《史記・孫子吳起列傳》。⓫管仲、子產　為我國古代名政治家。管仲，名夷吾，字仲，春秋齊潁上人。事齊桓公為相，通貨積財，富國強兵，尊周室，攘戎狄，九合諸侯，一匡天下，使桓公為五霸之首，卒諡敬。見《史記・管晏列傳》。子產，春秋鄭大夫。名僑，字子產，又字子美，諡成子。為政寬猛並濟，自鄭簡公時當國，歷相定公、獻公、聲公。時當晉、楚爭霸，鄭處兩大國之間，子產內以禮法馭強宗，外以口舌折強國，使鄭得免兵革而和平數十年。見《史記・循吏傳・子產》。⓬雖未讀書二句　謂雖說沒有讀書，我總以為他已經學習了。語本《論語・學而篇》：「雖曰未學，吾必謂之學矣！」而稍加更動。⓭蒙被而臥　謂其一物無所見。見盧補。

【語　譯】有人向之推問難說：「就我所見，用強弓長戟，誅討有罪、安定人民，以取得公侯顯位的大有其人；以禮樂儀法典則為吏，匡救時勢，使國家富強，以取得卿相高官的也大有其人；只有那些

學術兼備古今，才能既文又武，反而無法謀得俸祿官位，致使妻子飢寒交迫的人，不可盡數，由此看來，學習又有什麼值得可貴的呢？」之推回答說：「提到命運的窮困通達，就好比金玉木石一樣；以學術技藝來修養自己，也有如磨瑩金玉、雕刻木石。金玉經過磨治所煥發出來的光潔明麗，自然要比粗質的鑛璞好看得多，木石的一段一塊，當然也比雕刻的物品來得醜陋；但如何可以說木石本質的雕刻，竟然能勝過金玉之質的鑛璞呢？不能用有學養的貧賤，來和沒學養而富貴的相比啊！況且穿著鎧甲拿著兵器作戰，以及那些常用牙齒咬筆桿的小吏，一旦他們身死之後，聲名也就隨著消滅的人，多得就像牛毛，反而不如傑出特立之人的德操潔美，供人欣賞；日與書册為伍，不停地吟詠道德，刻苦辛勤不求利益的人，就像日蝕樣的不常見，而貪圖逸樂名利的人，卻有如秋荼樣的繁多，這兩種情形，那能相提並論呢！況且我又聽說：天生聰明的人，自然懂得許多道理，這是最上等的資質，一經學習就能通曉事理，這是次等的資質。所以要努力學習的原因，就是要多方面獲取知識明通各種事理。一定要有天生的大才，智能超出一般人，為武將，卽能和孫武、吳起的戰術不謀而合，執行政令，卽可預期能達到管仲、子產的教化，這樣的人，就是沒有讀過書，我也認為他已經學習了。現在你就不能有這樣的作為，還不師法古人的言行，那就好比蒙著被子睡覺，難能看到一物了。」

5. 人見鄰里親戚有佳快❶者，使子弟慕而學之，不知使學古人，何其蔽也哉？世人但見跨馬被甲，長稍❷彊弓，便云我能為將；不知明乎天道，辨乎地利❸，比量逆順，鑒達興亡之妙也。但知承上接下，積財聚穀，便云我能為相；不知敬鬼事神❹，移風易俗，

調節陰陽❺，薦舉賢聖之至也❻。但知私財不入，公事夙辦，便云我能治民；不知誠己刑物❼，執轡如組❽，反風滅火❾，化鴟爲鳳之術也❿。但知抱令守律，早刑晚捨，便云我能平獄；不知同轅觀罪⓫，分劍追財⓬，假言而姦露⓭，不問而情得之察也⓮。爰及農商工賈，廝役奴隸，釣魚屠肉，飯牛牧羊，皆有先達，可爲師表⓯，博學求之，無不利於事也。

【注釋】❶佳快　謂佳人美士，不同於流俗的人。引申有名位通顯之意。盧文弨補注：「佳快，言佳人快士，異乎庸流者也。」王利器引胡三省《通鑑・一一一・注》：「江東人士，其名位通顯於時者，率謂之佳勝，名勝。」佳快與佳勝義近。❷長矟　兵器，矛類，長丈八尺，馬上所持。矟或作槊、鎙。《釋名・釋兵》：「矛長丈八尺曰矟，馬上所持。」《集韻》：「矟，長矛。或作槊，或从金。」❸不知明乎天道二句　謂不知探明天時的陰陽寒暑變化，地理的遠近險易廣狹。盧文弨補注引《孫子・始計篇》：「天者，陰陽寒暑時制也。地者，遠近險易廣狹生死也。」❹不知敬鬼事神　謂不據古禮祭祀山川神祇。盧文弨引《漢書・郊祀志》：「元帝好儒，貢禹、韋玄成、匡衡等建言，祭祀多不應古禮，乃多所更定。」❺調節陰陽　謂據天時變化，作適度的調節。盧文弨引書《周官》：「三公燮理陰陽。」又引《漢書・陳平傳》：「文帝以平爲左丞相，對上曰：『主臣！宰相佐天子，理陰陽，調四時，理萬物，撫四夷。』」❻薦舉賢聖之至　謂惟以賢聖之士是薦。盧文弨補注：「案：漢之三公，得自辟舉士，士之有行義伏巖穴者，常徵上公車，賢者多出其中。」❼刑物　謂爲人之模範。刑，趙曦明注：「刑與型

同。」物，謂人物。❽執轡如組　謂治理人民，能使之柔順聽命。此語出自《詩・邶風・簡兮》毛傳：「組，織組也。武力比於虎，可以御亂，御眾有文章。言能治眾動於近成於遠也。」箋云：「碩人有御亂御眾之德，可任為王臣。」❾反風滅火　謂止風降雨以滅火災。此漢劉昆治理地方所發生之故事。《後漢書・卷七九上・劉昆傳》：「劉昆字桓公，陳留東昏（今河南省蘭封縣）人。建武五年，舉孝廉，光武除為江陵令。時縣連年火災，昆輒火叩頭，多能降雨止風。遷弘農太守，先是崤、黽驛道多虎災，行旅不通，昆為政三年，仁化大行，虎皆負子度河。帝聞而異之。詔問曰：『前在江陵，反風滅火，後守弘農，虎北度河，行何德政而致是事？』昆對曰：『偶然耳。』帝歎曰：『此乃長者之言也。』」❿化鴟為鳳之術　謂化兇惡為祥和的方術。鴟，是一種猛禽。多用以比作兇殘。鳳，為神鳥名，古代認為是祥瑞的象徵。顏氏乃用漢仇覽故事。《後漢書・卷七六・循吏列傳・仇覽傳》：「仇覽字季智，一名香，陳留考城（今河南省考城縣）人。少為書生淳默，鄉里無知者。年四十，縣召補吏，選為蒲亭長。勸人生業，朞年稱大化。覽初到亭，人有陳元者，獨與母居，而母詣覽告元不孝。覽乃親到元家，與其母子飲，因為陳人倫孝行，譬以禍福之言。元卒成孝子。鄉邑為之諺曰：『父母何在在我庭，化我鳲梟哺所生。』時考城令河內王渙，聞覽以德化人，署為主簿，謂覽曰：「主簿聞陳元之過，不罪而化之，得無少鷹鸇之志邪？」覽曰：「以為鷹鸇，不若鸞鳳。」」⓫同轅觀罪　謂雖同繫車轅，而能觀察出誰屬無罪。王利器引朱亦棟語云：《左傳・成公十七年》：『郤犨與長魚矯爭田，執而梏之，與其父母妻子同轅。』杜注：『繫之車轅。』之推此句本此。然此事非明察類，不解之推何以用之？抑別有所本耶？」⓬分劍追財　謂得遺辭、睹遺物，而知其意，使寃屈得以平反。趙曦明引《太平御覽・六百三九》引《風俗通》語云：「沛郡有富家公，貲二千餘萬。子纔數歲，失母，其女不賢。父病，令以財

盡屬女，但遺一劍，云：『兒年十五，以還付之。』其後又不肯與兒，乃訟之。時太守大司空何武也，得其辭，顧謂掾吏曰：『女性強梁，壻復貪鄙，畏害其兒，且寄之耳。夫劍者所以決斷；限年十五者，度其子智力足聞縣官，得以見伸展也。』乃悉奪財還子。⑬假言而姦露　謂虛假的言辭，而奸詐之情，往往會不自覺的敗露出來。趙曦明引《魏書．李崇傳》：「崇為揚州刺史。先是，壽春縣人苟泰有子三歲，遇賊亡失，數年，不知所在，後見在同縣人趙奉伯家，泰以狀告，各言己子，並有鄰證。郡縣不能斷。崇曰：『此易知耳。』令二父與兒各在別處，禁經數旬，然復遣人告之曰：『君兒遇患，向已暴死。』苟泰聞，即號咷，悲不自勝；奉伯咨嗟而已，殊無痛意。崇察知之，乃以兒還泰。」⑭不問而情得之察　謂僅察其表態，即可得其實情。趙曦明引《晉書．陸雲傳》：「雲為浚儀令。人有見殺者，主名不立，雲錄其妻而無所問。十許日遣出，密令人隨後，謂曰：『不出十里，當有男子候之與語，便縛來。』既而果然。問之，具服，云：『與此妻通，共殺其夫，聞其得出，故遠相要候。』於是一縣稱其神明。」⑮爰及農商工賈六句　趙曦明注謂：「古聖賢如舜、伊尹皆起於耕，後世賢而躬耕者多，不能以徧舉。尸子曰：『子貢，衛之賈人。』《左傳》載鄭商人弦高及賈人之謀出荀罃而不以為德者，皆賢達也。工如齊之斲輪及東郭牙；廝役僕隸如兒寬為諸生都養，王象為人僕隸而私讀書；釣魚屠牛，皆齊太公事；飯牛、甯戚事；卜式、路溫舒、張華，皆嘗牧羊。史傳所載，如此者非一。」

【語　譯】一般人如果看見鄰里親戚中有佳美之士，便認為是子弟嚮慕的對象而使之跟他學習，卻不知使子弟學習古人，這是多麼昏昧而不明智的舉措啊？世人只要看見騎在馬上，穿著鎧甲，手執長矛，拉開強弓的武士，便說我也能當大將；卻不知要探明天時寒暑陰晴的變化，地理遠近險易廣狹的崎嶇，來比較考量其逆順，明識通達勝敗的奧妙。僅知承奉旨意，交好屬下，積聚財貨穀物，便說我能做

宰相；卻不知敬事山川鬼神，改良風俗，根據天時的變化，來作適度的調節，以及薦舉賢聖的人士。只知道廉潔不貪財，對公事儘早辦理，便說我有能力治理人民；卻不知要以誠己無欺來作爲典範，以德化民，使能柔順聽命，進而爲人民消除災殃，化兇殘爲祥和的方術。只知守抱著律令，早上判刑，晚上就予以釋放，便說我能平治獄政；卻不知進一步對同被拘繫的人，觀察出誰屬無罪，得其遺言，睹其遺劍，而能爲人追回遺產，而識破其虛假的言辭，使姦奸敗露，不需審問而就能明察其實情。就是從事農工商賈，賤役奴隸，漁人屠夫，餵牛牧羊的人中，也都有先賢，可以作爲師表的，要是能多方面的學習尋求，沒有不利於一己事業的。

6. 夫所以讀書學問，本欲開心明目，利於行耳。未知養親者，欲其觀古人之先意承顏❶，怡聲下氣❷，不憚劬勞，以致甘腝❸，惕然慚懼，起而行之也；未知事君者，欲其觀古人之守職無侵，見危授命，不忘誠諫，以利社稷，惻然自念，思欲效之也；素驕奢者，欲其觀古人之恭儉節用，卑以自牧，禮爲教本，敬者身基，瞿然自失，斂容抑志也；素鄙吝者，欲其觀古人之貴義輕財，少私寡慾，忌盈惡滿，賙窮卹匱，赧然❹悔恥，積而能散也；素暴悍者，欲其觀古人之小心黜己❺，齒弊舌存❻，含垢藏疾❼，尊賢容眾❽，苶然沮喪❾，若不勝衣也；素怯懦者，欲其觀古人之達生委命❿，彊毅正直，立言必信，求福不回⓫，勃然奮厲，不可恐懾也：歷茲以往，百行皆然。縱不能淳，去泰去甚⓬。學之

所知，施無不達。世人讀書者，但能言之，不能行之，忠孝無聞，仁義不足；加以斷一條訟⑬，不必得其理；宰千戶縣，不必理其民；問其造屋，不必知楣橫而梲豎也；問其爲田，不必知稷早而黍遲也；吟嘯談謔，諷詠辭賦，事既優閑，材增迂誕⑭，軍國經綸，略無施用：故爲武人俗吏所共嗤詆，良由是乎！

【注釋】❶先意承顏　揣摩父母的心意，恭順奉承，以博得歡顏。《禮記．祭義》：「先意承志，諭父母於道。」盧文弨補注引《晉書．孝友傳》：「柔色承顏，怡怡以樂。」❷怡聲下氣　謂聲氣和悅。《禮記．內則》：「下氣怡聲，問衣燠寒。」❸甘腝　謂可口的食物。美味。盧文弨補注：「腝，宋本作㬉。注云：『一本作旨。』案：《廣韻》：『腝，肉腝。』讀若嫩。㬉與暖同，非其義。」案：肉腝，卽爛熟的肉。腝，與臑、胹同。❹赧然　謂因羞愧而臉紅。❺黜己　謂貶抑自己。《說文》：「黜，貶下也。」❻齒弊舌存　謂柔弱勝剛強之意。趙曦明引《說苑．敬愼篇》云：「常摐有疾，老子往問焉，張其口而示老子曰：『吾舌存乎？』老子曰：『然。』曰：『吾齒存乎？』老子曰：『亡。』常摐曰：『子知之乎？』老子曰：『夫舌之存也，豈非以其柔耶？齒之亡也，豈非以其剛耶？』常摐曰：『嘻，是已。天下之事已盡，無以復語子哉！』」❼含垢藏疾　此謂包含隱忍，寬宏大量之意。趙曦明引《左傳．宣公十五年》云：「川澤納汙，山藪藏疾，瑾瑜匿瑕，國君含垢，天之道也。」傳文意謂：川澤之水，亦容納汚濁。山林藪澤多草木，毒害者居之，故曰藏疾。美玉雖其質地甚美，而亦不無疵瑕藏匿其間。國君宜以社稷爲重，不當小不忍而危害國家。這是自然的道理。❽尊賢容眾　謂尊重賢人並容

納一般平庸的人。語出《論語・子張篇》。❾苶然沮喪　謂意氣頹廢，疲頓不堪的樣子。苶，與薾同。❿達生委命　謂能參透、了悟人生，任憑命運支配。⓫求福不回　謂求福不違正道。回，作邪解。語出《詩・大雅・旱麓》。⓬去泰去甚　謂去除過甚的行為使合於中道。泰、甚，均為過甚之意。語見《老子・二九章》及《韓非子・外儲說・左下》。⓭斷一條訟　謂僅據法律某一條文斷訟。王利器引胡三省《通鑑・二七・注》：「顏師古曰：『凡言條者，一一疏舉之，若木條然也。』」⓮迂誕　謂迂遠荒誕之言。

【語　譯】談到所以要讀書求學這件事，本來就是要人能開啟心智，明察事理，便利於一切行為的。不知奉養父母的人，要是看了古人的那種揣摩父母的心意，恭順奉承，以博得歡顏，並能用和悅的聲氣，不怕勞苦，來供養甘食美味的情景，也就會油然感到慚愧驚懼，立刻起來實行了；不知事奉國君的人，要是看了古人的那種嚴守職分，絲毫無侵，當面臨國家有危難時不惜犧牲自己的生命，又能時刻不忘竭誠進諫忠言，以利於社會國家的情景，也就會感到悲痛而自我思念，不知不覺地要效法他了；一向驕傲奢侈的人，要是領悟了古人的那種恭敬儉樸節用，謙卑以自養，以禮作為立身的根本，以敬作為行事基礎的情景，也就會感到恐懼不安茫然若有所失，不自覺地收斂儀容按捺自己的意圖了；一向鄙嗇貪吝的人，要是閱讀了古人的那種看重正義輕視財物，少偏私寡慾念，畏忌豐盈厭惡充足，賙濟窮困憐憫貧乏的情景，也就會感到羞慚臉紅悔悟過去的行為可恥，進而散發自己的積蓄了；素來橫暴兇悍的人，要是看了古人的那種小心謹慎貶抑自己，柔順自適，寬宏大量，尊重賢士容納平庸眾人的情景，也就會自然地意氣頹廢表現出疲頓不堪好像連衣服都不能負荷的樣子了；向來膽怯懦弱的人，要是深明古人的那種參透了悟人生任憑命運支配，堅決剛毅端正直率，說話一定信實，求福不違正道的情景，也就會立即激勵振作，不怕一切外力的恐嚇威脅了。以上這些道理，如能徹底了悟，所有的行事準則，也無

不如是。縱然不能純一相符，但總是可以去除過甚的行爲使合於中道的。然後再就學習所體悟的，施於行事，就可無所不達了。世間一般讀書的人，只是能說道理，卻不能實行，以致沒有忠孝的聲譽，而對仁義的表現，也顯得不够；如果讓他斷獄理訟，也只能僅以律條爲準，未必能深得法理的所以然；即使讓他主宰一千戶的小縣邑，也未必能把人民治理好；如果問他建造房屋的事情，也未必知道門楣是橫的，梁上的短柱是豎的；問他耕田的事，更是未必知道那些穀物該早種，那些穀物該晚種；只知吟詠嘯傲說笑調弄，諷誦詠唱一些詩辭歌賦，既然不管事，所以也就顯得優閑自得，以至於徒增一些迂遠荒誕的言論，這對於軍務國政大計方面的治理，是排不上用場的。所以被那些武人俗吏一同來譏笑詆毀，實在是由於這種原因啊！

7. 夫學者所以求益耳。見人讀數十卷書，便自高大，凌忽長者，輕慢同列；人疾之如讎敵，惡之如鴟梟❶。如此以學自損❷，不如無學也。

【注釋】❶鴟梟　鴟和梟。相傳梟食母，鴟爲猛禽，因此用以比喻兇殘的惡人。❷自損　自我貶抑。

【語譯】說到學習這件事，本來是用以求取知識的。常見世人才讀數十卷書，便高傲自大起來，凌犯忽略尊長，對同輩輕視傲慢；以至一般人對他的疾恨，就像仇敵，厭惡的有如鴟梟。像這樣用求知來自我貶損，還不如不學的好。

8. 古之學者爲己，以補不足也；今之學者爲人，但能說之也❶。古之學者爲人，行

道以利世也；今之學者為己，脩身以求進也。夫學者猶種樹也，春玩其華，秋登其實；講論文章，春華也，脩身利行，秋實也。

【注釋】❶古之學者為人，今之學者為己　語出《論語・憲問篇》。漢儒孔安國釋「為己」、「為人」說：「為己、履而行之；為人、徒能言之。」「徒能言之」，即顏氏「但能說之也」的所本。

【語譯】古時候的人求學，是為了充實自己的學問、道德，來彌補這方面的不足；現在的人求學，對所講習的學問、道德，不能躬行實踐，只能空口說說，來求知於人。古時候的人求學，是為了行道來為社會上廣大人羣謀福利；現代的人求學、是為了自身的進修借以求取高官厚祿。說到求學這件事，就好比種樹一樣，在春天賞玩它的花朵，在秋天收穫它的果食；當講解討論文章的時候，有如在欣賞春天的花朵，當身修以後，行為能為廣大人羣謀取福利的時候，也就有如秋天收穫果實了。

9. 人生小幼，精神專利，長成已後，思慮散逸，固須早教，勿失機也。吾七歲時，誦〈靈光殿賦〉❶，至於今日，十年一理，猶不遺忘；二十之外，所誦經書，一月廢置，便至荒蕪矣。然人有坎壈❷，失於盛年，猶當晚學，不可自棄。孔子云：「五十以學《易》，可以無大過矣❸。」魏武❹、袁遺❺，老而彌篤，此皆少學而至老不倦也。曾子七十乃學❻，名聞天下；荀卿❼五十，始來遊學，猶為碩儒；公孫弘❽四十餘，方讀《春秋》，以此遂登丞相；朱雲❾亦四十，始學《易》、《論語》；皇甫謐❿二十，始受《孝

經》、《論語》：皆終成大儒，此並早迷而晚寤也。世人婚冠未學，便稱遲暮，因循面牆，亦為愚耳。幼而學者，如日出之光，老而學者，如秉燭夜行，猶賢乎瞑目而無見者也。

【注釋】❶靈光殿賦　東漢王延壽作。《後漢書‧卷八〇上‧文苑傳》：「王逸子延壽，字文考，有儁才，少遊魯國，作〈靈光殿賦〉。」《昭明文選》錄載此賦。❷坎壈　謂困窮不得志。同坎廩。❸五十以學易二句　見《論語‧述而篇》。❹魏武　即曹操。字孟德，沛國譙（今安徽省亳縣）人。《三國志‧魏書‧武帝紀》：「二十五年二月丁卯，葬高陵。」注二：「御軍三十餘年，手不捨書，晝則講武策，夜則思經傳，登高必賦，及造新詩，被之管絃，皆成樂章。」又《吳書‧呂蒙傳》：「遂拜蒙母，結友而別。」注引《江表傳》：「權曰：光武當兵馬之務，手不釋卷。孟德亦自謂『老而好學。』」❺袁遺　後漢人，袁紹從兄，字伯業。為長安令，紹後用之為揚州刺史。為袁術所敗。曹操嘗說：「長大而能勤學者，惟吾與袁伯業。」見《三國志‧魏武帝紀》注引《英雄記》。❻曾子七十乃學　即曾參。字子輿，春秋時武城（今山東省費縣）人。孔子弟子，事親至孝。關於曾子七十乃學之說，見解紛紜，難有確證。王利器據類說，以七十，當為十七。再驗之《大戴禮記‧保傅篇》、《白虎通‧辟雍篇》、《漢書‧食貨志》及《藝文志》，以及《說文解字‧敍》等所載，均言年十七始試，而曾年十七乃學，較之八歲入小學之年，已遲九年，故亦可謂晚學。此蓋顏氏行文活用之法，似乎不必刻舟以求。❼荀卿　名況，戰國時趙人。時人尊稱為荀卿，漢人避宣帝諱，改稱孫卿。《史記‧孟荀列傳》：「荀卿，趙人。年五十，始來遊學於齊。」❽公孫弘　漢、薛（今山東省滕縣）人。字季。年四十始學《春秋》。武帝初年為博士。元朔中為丞相，封為平津侯。弘待客寬厚，自奉節儉，武帝因此更加尊重他。

見《史記・公孫弘傳》。❾朱雲　漢・魯人，字游。少時任俠，年四十，折節從師，通《易》及《論語》。見《漢書・朱雲傳》。❿皇甫謐　晉・朝那（今甘肅省平涼縣）人。字士安，自號玄晏先生。皇甫嵩曾孫。年二十餘始力學，師事鄉人席坦，遂博通百家之言。見《晉書・皇甫謐傳》。

【語譯】人在幼小的時候，精神最利於專一集中，長大成年以後，思慮就容易分散難以聚會，所以要儘早的加以教導，不可失去良好的時機。我在七歲的時候，誦習〈靈光殿賦〉，直到今天，每隔十年，複習一次，仍不會遺忘；二十歲以後，所誦讀的經書，如隔一個月不加複習，就要忘記了。然而有的人因爲生活環境困窮，即使在壯年時失去學習機會，仍當在晚年努力學習，不可自甘墮落，不求上進。孔子說：「我到五十歲的時候研習《易經》，以參透宇宙間人生的哲理，這樣就可以避免犯大的過失了。」曹操、袁遺，到了老年，卻更加篤好學習，這些都是在少年時已開始學習直到年老仍不倦怠的好例子。曾子七十歲開始學習，聲名宏揚天下；荀卿五十歲，始來齊國從人學習，尚能成爲大儒；公孫弘直到四十多歲，才開始讀《春秋》，因此終於登上丞相的高位；朱雲也是到四十歲，開始學習《易經》、《論語》的；皇甫謐二十歲，開始誦習《孝經》、《論語》，最後都成了大學者，這些人都是早年迷失到晚年才醒悟的。世間一般人，在二十歲的時候不學習，就說已經晚了，因而也就遷延時日，不知振作，一無所見的有如面對著牆壁，這眞是一種愚昧的行爲。在幼年開始學習的人，就像太陽剛出現時的光芒，到老年開始學習的人，就有如秉持著蠟燭在夜間行走，雖是這樣，但仍比閉起眼睛一無所見要好得多啊！

10. 學之興廢，隨世輕重。漢時賢俊，皆以一經弘聖人之道❶，上明天時，下該人事，用此致卿相者多矣❷。末俗❸已來不復爾，空守章句❹，但誦師言，施之世務，殆無

一可。故士大夫子弟，皆以博涉為貴，不肯專儒。梁朝皇孫以下，總丱❺之年，必先入學，觀其志尚，出身❻已後，便從文史❼，略無卒業者。冠冕❽為此者，則有何胤❾、劉瓛❿、明山賓⓫、周捨⓬、朱异⓭、周弘正⓮、賀琛⓯、賀革⓰、蕭子政⓱、劉縚⓲等，兼通文史，不徒講說也。洛陽亦聞崔浩⓳、張偉⓴、劉芳㉑，鄴下又見邢子才㉒：此四儒者，雖好經術，亦以才博擅名。如此諸賢，故為上品，以外率多田野間人，音辭鄙陋，風操蚩拙㉓，相與專固㉔，無所堪能，問一言輒酬數百，責其指歸㉕，或無要會㉖。鄴下諺云：「博士買驢，書券㉗三紙，未有驢字。」使汝以此為師，令人氣塞。孔子曰：「學也祿在其中矣㉘。」今勤無益之事，恐非業也。夫聖人之書，所以設教，但明練經文，粗通注義，常使言行有得，亦足為人；何必「仲尼居」即須兩紙疏義，燕寢講堂㉙，亦復何在？以此得勝，寧有益乎？光陰可惜，譬諸逝水。當博覽機要㉚，以濟功業；必能兼美，吾無間㉛焉。

【注釋】❶以一經弘聖人之道　西漢學者治經，往往範圍僅及一經，而僅就此一經，弘揚聖人的抱負主張。王利器說：「如平當以禹貢治河（見《漢書》本傳），夏侯勝以洪範察變（見《漢書》本傳），董仲舒以春秋決獄（《漢書·藝文志·六藝略》有《公羊董仲舒治獄》十六篇，《後漢書·應劭傳》：『董仲舒作春秋決獄二百三十二事』），王式以三百五篇當諫書（見《漢書·儒林傳》），皆其例證。」❷用此致卿相者多矣　如公孫弘以治《春秋》為丞相，平當、孔光以治《尚書》為丞相，韋賢

以治《詩》、《禮》為丞相，翟方進以治《春秋傳》為丞相。其事例具載於《漢書》本傳。❸末俗　謂後世衰敗頹弊的習俗。❹章句　謂分析經典章節句讀並作訓解的著作。❺總丱　謂束髮為兩角的形狀。古代小孩和未成年男女所結的髮型。引申指童年、幼年。也作總角。❻出身　謂作官委身事君。❼便從文史　史，當作吏。此謂便從學於文職事務的官吏。如為文史，則上下文氣不暢。盧文弨謂：「《漢書・東方朔傳》：『三冬文史足用。』史謂史書也，但此亦兼文章三史而言，舊本作『吏』字，非。」王利器引唐晏《憪庵隨筆・上》：「盧抱經校《顏氏家訓》，最稱善本，然亦有不足者。如〈勉學篇〉：『出身以後，便從文吏。』此言梁朝貴游子弟，多不向學，故云：『總丱之年，必先入學，出身已後，便從文吏，略無卒業者。』其文義甚明。而盧氏改為『文史』，而引《漢書・東方朔傳》：『文史足用』為注，失本義矣。」就上下文義言，唐晏所說為是。❽冠冕　此謂官宦、士大夫。亦即衣冠之族。❾何胤　南朝梁人。字子季，點之弟。好學，師事沛國劉瓛，受《易》及《禮記》、《毛詩》。又入鍾山定林寺聽內典，其業皆通。注《周易》十卷，《毛詩總集》六卷，《毛詩隱義》十卷，《禮記隱義》二十卷，《禮答問》五十五卷。見（《梁書・卷五一・處士傳》）。❿劉瓛　南朝齊人。字子珪，少篤學，博通五經，聚徒教授。高帝踐阼，拜彭城郡丞，當世推為大儒。所著文集，皆為禮義，並行於世。見《南齊書・卷三九・劉瓛傳》。⓫明山賓　南朝梁人。字孝若。七歲能言玄理，十三歲博通經傳，累官東宮學士、兼國子祭酒。著有《吉禮儀注》二百二十四卷，《禮儀》二十卷，《孝經喪服義》十五卷。見《梁書・卷二七・明山賓傳》。⓬周捨　南朝梁人。字昇逸。博學多通，尤精義理。武帝時拜尚書祠部郎，禮儀損益，多自捨出。而常留省內，預機密二十餘年，稱為賢相。見《梁書・卷二五・周捨傳》。⓭朱异　南朝梁人。字彥和。遍治五經，尤明《禮》、《易》，涉獵文史，

兼通雜藝，博弈書算，皆其所長。甚爲武帝所重，累遷散騎常侍，加侍中。朝儀國典，詔誥敕書，並爲所掌。撰有《禮》、《易講疏》及《儀注》，文集百餘篇。見《梁書·卷三八·朱异傳》。⓮周弘正　南朝陳人。周捨從子，字思行。年十歲，通老子、周易。後，累遷國子博士。時於城西立士林館，弘正居中講授，聽者傾動朝野。入陳，累官尚書右僕射，卒謚簡子。所著有《周易講疏》十六卷，《論語疏》十一卷，《莊子疏》八卷，《老子疏》五卷，《孝經疏》兩卷，集二十卷行世。見《陳書·卷二四·周弘正傳》。⓯賀琛　南朝梁人。字國寶，賀瑒從子。幼受經於瑒，一聞便通義理，尤精三禮。歷官尚書通事舍人，通直散騎常侍，並參禮儀事，郊廟諸儀，多所創定。撰有《三禮講疏》，《五經滯義》及《諸儀法》，凡百餘篇。見《梁書·卷三八·賀琛傳》。⓰賀革　南朝梁人。賀瑒子，字文明。少通三禮，及長，遍治《孝經》、《論語》、《毛詩》、《左傳》。起家晉安王國侍郎、兼太學博士。稍遷湘東王府行參軍，轉尚書儀曹郎，遷國子博士。王以革領儒林祭酒，講三禮，荆楚衣冠，聽者甚眾。見《梁書·卷四八·儒林·賀瑒傳》。⓱蕭子政　南朝梁人。官至都官尚書。撰有《周易義疏》十四卷，《周易繫辭義疏》二卷，《古今篆隸雜字體》一卷。見《隋書·卷三二·經籍志一》。⓲劉縚　南朝梁劉昭子，字言明。好學，通三禮，位尚書祠部郎。著有《先聖本記》十卷行世。見《南史·卷七二·文學·劉昭傳》。⓳崔浩　北朝魏人。字伯淵。少好文學，博覽經史，研精義理，時人莫及。初爲博士祭酒，常與經國大計。後拜太常卿，遷司徒，凡軍國大計所不能決者，皆諮浩然後行，寵遇爲一時冠。見《魏書·卷三五·崔浩傳》。⓴張偉　北朝魏人。字仲業。學通諸經，講授鄉里，受業者常數百人。偉告喻殷勤，曾無慍色。常依附經典，教以孝悌，門人感其仁化，事之如父。累官平東將軍，營州刺史。見《魏書·卷八四·儒林傳》。㉑劉芳　北朝魏人。字伯文，聰敏過人，篤志墳典，晝則傭書以自

資給，夜則讀誦，終夕不寢。著〈窮通論〉以自慰，尤長音訓，辨析無疑，時人號爲劉石經。宣武帝時，官至中書令，轉太常卿，定律令及朝儀。撰有《諸儒所注周官》、《儀禮音》、《尚書音》、《穀梁音》、《國語音》、《毛詩箋音義證》、《禮記義證》、《周官》、《儀禮證》等書。見《魏書・卷五五・劉芳傳》。㉒邢子才　北朝齊人。名邵，字子才。十歲能屬文，雅有才思，日誦萬言，五行俱下，一覽便記。文章典麗，既贍且速，年未二十，名動衣冠。初仕魏，官中書侍郎，國子祭酒。晚年尤以五經章句爲意，窮其旨要。著有文集三十卷。見《北齊書・卷三六・邢邵傳》。㉓蚩拙　謂無知愚拙。㉔專固　謂專一固守。㉕指歸　謂意旨之歸嚮。即意向。㉖要會　謂綱領、要點。㉗書券　謂書寫的文字。券，作契解。㉘學也祿在其中矣　謂只要發奮讀書，努力學習道藝，一旦學成致用，俸祿就自然可以獲得。語出《論語・衛靈公篇》。㉙燕寢講堂　謂本指閒居之處，講習之所。由於講解《孝經》的人，對「仲尼居」句中的居字，說解不一，有的謂燕居之處，有的說是講堂的所在，各持一端，相爭不下。㉚機要　謂機微精要。㉛間　謂間隙，可議之處。

【語譯】學術的興盛或頹廢，是隨著時代的看輕和看重所致。漢代的賢人俊士，都以研治一部經書來弘揚聖人的道術，上明天時的變化，下統人事的樞要，以此登上卿相之位的人非常多。末世以來，就不再如此了，空守著章句，只是誦習老師的言論，如將所學施用在世務上，沒有一個地方能排上用場。所以士大夫的子弟們，都以廣博的涉獵爲可貴，不願意僅跟著儒生學習經義。梁朝皇孫以下的子弟，一到總角的童年，就必須先入學讀書，來觀察他的志向崇尚，出仕以後，便再隨從文職事務的官員學習，幾乎沒有不能畢業的。士大夫們在這方面有成就的，就有何胤、劉瓛、明山賓、周捨、朱异、周弘正、賀琛、賀革、蕭子政、劉縚等人，他們並且兼通文史的義理，不光是講說就算了的。在洛陽也聽

說有崔浩、張偉、劉芳，鄴下又出了一位邢子才，這四位大學者，雖然喜好經術，同時也是以才學淵博獨具名望的。像以上這些賢人，都可以稱得上一時之選，除此以外，大多都是屬於田野間不足稱道的人，他們言辭鄙俚陋劣，行爲愚昧無知，而且相偕頑固地妄自裁決，其實一點能耐也沒有。向他請問一字，往往酬答幾百個，如果再進一步的向他詢求意旨的歸向，有的根本說不出要點來。因此，鄴下的俗諺說：「有一位博士要買驢，寫滿了三張紙，還沒有見到一個驢字。」假使你們以這樣的人爲老師，那眞要令人連氣都無法喘息了。孔子說：「只要努力學習，一旦學成致用，俸祿自然就可獲得。」現在辛勤於無益的事情，恐怕不是眞正的學業。聖人的書籍，用來作爲設校教學的標準，只求能明達熟練經文，粗略地通曉注解的意義，常使我們的言行，能與經書的義理相應、暗合，也就足以處世爲人了；爲何一定要將《孝經》首句「仲尼居」三字的意義寫滿兩張紙，而對於其中的「居」字，有的說是指「燕寢」，有的說是指「講堂」，究竟是何所指，而又爭持不下呢？卽使在這方面得到勝利，又能得到什麼益處呢？光陰是最值得珍惜的，就像流水一樣，一去永不復返。讀書應當博覽，並能掌握最精要的部分，才可以用來完成我們的功業；這兩方面果能做得好，那我就無話可說了。

11. 俗間儒士，不涉羣書，經緯❶之外，義疏而已。吾初入鄴，與博陵❷崔文彥❸交遊，嘗說《王粲❹集》中難鄭玄❺《尚書》事。崔轉爲諸儒道之，始將發口，懸❻見排蹙❼，云：「文集只有詩賦銘誄，豈當論經書事乎？且先儒之中，未聞有王粲也。」崔笑而退，竟不以《粲集》示之。魏收❽之在議曹，與諸博士議宗廟事，引據《漢書》，博士

笑曰：「未聞《漢書》得證經術。」收便忿怒，都不復言，取〈韋玄成❾傳〉，擲之而起，博士一夜共披尋之，達明，乃來謝曰：「不謂玄成如此學也！」

【注釋】❶經緯　謂經書與緯書。所謂緯書，乃西漢末年牽合經義而作的一類古書。其所以名為緯書，係對經書而言。為世人所熟知者有：易緯、書緯、詩緯、禮緯、樂緯、春秋緯、孝經緯七種。其書以儒家經義，附會人事吉凶禍福，預言治亂興廢。大都為怪誕無稽之談。❷博陵　地名。今河北省安平縣治。❸崔文彥　未詳。❹王粲　三國時魏、文學家。字仲宣，高平（今山東省金鄉縣）人。文思敏銳，以短賦名於時，頗得蔡邕賞識。《隋書・經籍志・四》，載有《後漢侍中王粲集》十一卷。❺鄭玄　東漢經學、數學家。字康成，高密（今山東省）人。所注書有：《易》、《詩》、《書》、《周禮》、《禮記》、《儀禮》、《論語》、《孝經》、《尚書大傳》等。又著有《天文七政篇》、《六藝論》、《毛詩譜》等百餘萬字。見《後漢書・鄭玄傳》。關於《王粲集》中難鄭玄《尚書》事，盧文弨引《困學紀聞二》云：「粲集中難鄭玄《尚書》事，今僅見於唐元行沖釋疑。王粲曰：『世稱伊雒以東，淮漢以北，康成一人而已。咸言先儒多闕，鄭氏道備。粲竊嗟怪，因求所學，得《尚書注》。退思其意，意皆盡矣，所疑猶未喻焉。』凡有二篇。」❻懸　預先。❼排蹙　謂窘迫。通排迮。❽魏收　北齊史學家。字伯起，小字佛助。鉅鹿（今河北省平鄉縣）人。歷官中書令，兼著作郎。喜屬文，著有《魏書》。見《北齊書・魏收傳》。❾韋玄成　漢、鄒（今山東省鄒縣）人。字少翁。韋賢少子。少好學，明經典，承修父業。元帝時，官至丞相。見《漢書・韋賢傳》。

【語譯】俗世間的讀書人，不知廣博地涉覽各方面的書籍，經書、緯書以外，也只不過再讀一些

疏解經義的義疏罷了。我剛到鄴地時，和博陵的崔文彥相交往，曾經談到《王粲集》中不滿意鄭玄注解《尚書》的言論。崔氏正想向諸位學者轉述說明，才將要開口，就已預見迫不及待的人說：「文集中只有詩、賦、銘、誄這一類的文字，那裏可以討論經書的事呢？況且在先儒當中，沒有聽說有王粲這位學者。」崔氏聽了之後，含笑不答，竟連《王粲集》也沒有拿出來讓他看。另外還有一件事，就是當魏收為議曹時，和諸位博士議論宗廟禮制的事情，引據《漢書》來作證明，博士們用譏笑的口氣說：「從沒有聽說《漢書》能夠證明經書中的道術。」魏氏雖然很生氣，卻不再辨說，拿出〈韋玄成傳〉，投擲給他們就起身而去，博士們費了一夜的時間共同來翻閱查尋，一直到天亮，才來致謝說：「沒有料到玄成竟是這樣的博學啊！」

12. 夫老、莊之書❶，蓋全眞養性，不肯以物累己也。故藏名柱史，終蹈流沙❷；匿跡漆園❸，卒辭楚相，此任縱❹之徒耳。何晏❺、王弼❻，祖述玄宗，遞相誇尚，景附草靡❼，皆以農、黃❽之化，在乎己身，周、孔之業，棄之度外。而平叔以黨曹爽❾見誅，觸死權之網也；輔嗣以多笑人被疾，陷好勝之穽❿也；山巨源以蓄積取譏，背多藏厚亡之文也⓫；夏侯玄以才望被戮，無支離臃腫之鑒也⓬；荀奉倩喪妻，神傷而卒，非鼓缶之情也⓭；王夷甫悼子，悲不自勝，異東門之達也⓮；嵇叔夜排俗取禍，豈和光同塵之流也⓯？郭子玄以傾動專勢，寧後身外己之風也⓰？阮嗣宗沈酒荒迷，乖畏途相誡之譬也⓱；謝

幼輿贓賄黜削，違棄其餘魚之旨也⑱：彼諸人者，並其領袖，玄宗所歸。其餘桎梏塵滓⑲之中，顛仆⑳名利之下者，豈可備言乎！直取其清談雅論㉑，剖玄析微，賓主往復㉒，娛心㉓悅耳，非濟世成俗之要也。洎於梁世，茲風復闡，《莊》、《老》、《周易》，總謂三玄。武皇、簡文㉔，躬自講論。周弘正㉕奉贊大猷，化行都邑，學徒千餘，實為盛美。元帝在江、荊㉖間，復所愛習，召置㉗學生，親為教授，廢寢忘食，以夜繼朝，至乃倦劇愁憤，輒以講自釋。吾時頗預末筵，親承音旨㉘，性既頑魯，亦所不好云。

【注釋】 ❶老莊之書　老謂老子，姓李名耳，字聃。一說姓李名耳，字伯陽，諡聃。周·楚、苦縣人。曾為周守藏室之史。其所著書亦名《老子》，又稱《道德經》，內容主要在闡發無為思想。莊謂莊子，名周，戰國時宋蒙縣人。曾為漆園吏，一生隱於田園，不慕名利。其所著書亦名《莊子》，又稱《南華經》。內容主要在闡明道德，一生死，齊是非。主張虛無恬澹，寂寞無為。以逍遙為樂，而保養生命之真。和老子可說是道家中最重要的人物。見《史記·老莊申韓列傳》。❷終蹈流沙　謂最後遊於流沙而不知去向。趙曦明引《列仙傳》云：「老子，為周柱下史。關令尹喜者，周大夫也，善內學，常服精華，隱德脩行，後與老子俱遊流沙，莫知所終。」❸漆園　地名。其地有三說：一、在今山東省荷澤縣北；二、在今河南省商丘縣東北；三、在今安徽省定遠縣東。相傳皆謂莊子為吏處。❹任縱　順著自然情性而為。❺何晏　三國魏人，字平叔，好老莊言，和夏侯玄、王弼等倡玄學，競尚清談，少以才秀知名。著有《道德論》、《論語集解》等書。見《三國志·魏志·何晏傳》。❻王

弼　三國魏人，字輔嗣。好論儒、道，注《易經》，黜象而言義理；又注《老子》，得虛無之妙，開玄學之風。見《三國志・魏志・鍾會傳》。趙曦明引何劭王弼傳云：「弼論道，傅會文辭，不如何晏自然，頗以所長笑人，故時爲士君子所疾。」❼景附草靡　謂如影的附形，像草的從風。景同影。❽農黃　謂神農、黃帝。言道德的人，以之爲宗主。❾曹爽　三國魏人。字昭伯，曹操族孫。明帝崩，子齊王芳嗣位，爽與司馬懿同受遺詔輔政，封武安侯。後驕奢遊佚，與何晏、鄧颺等欲謀奪懿權，反爲懿所殺，夷三族。顏氏所言指此。見《三國志・魏志・曹眞傳》。❿陷好勝之穽　謂好勝的人，終將入人陷穽。穽，同阱。盧文弨引《家語・觀周篇》云：「強梁者不得其死，好勝者必遇其敵。」⓫山巨源二句　謂山濤寧因多蓄積財物爲當世所譏笑，也不理會藏貨過多，亡失一定很重的明文古訓。案：山濤，字巨源，晉河內懷(今河南省武陟縣)人。晉武帝時，長期擔任吏部尚書，喜甄拔人才，各爲品題，奏於武帝，時人稱爲「山公啟事」。愛好老莊，喜飲酒談玄，祿賜俸秩，散之親故，並無蓄積取譏事。劉盼遂以爲山巨源疑當是王濬沖(王戎字)，此乃由於顏氏筆誤所致。並舉《世說新語・儉嗇篇、排調篇》所載王戎事，及王隱《晉書》爲證。盧文弨則以爲是陳郡袁毅。未知孰是，錄此存參。山濤，見《晉書・山濤傳》。王戎，見《晉書・王戎傳》。⓬夏侯玄二句　謂夏侯玄因爲才氣名望大，慘遭殺戮，反不如支離疏的宿疾殘障、樗樹的擁腫不中繩墨(不合世用)而能終其天年。案：夏侯玄，字太初，三國魏人。曹爽輔政，官散騎常侍中護軍，並以征西將軍假節出督雍、涼諸軍事。以司馬師權重，玄欲奪之以輔政，事洩，被司馬師捕殺，並夷三族。見《三國志・魏志・夏侯尚傳》。支離疏，謂形體支離不全貌。疏，其名。見《莊子・人間世篇》。擁腫，此謂樗樹爲不材之木，不僅盤曲不直，而且外表長滿像瘤的疙瘩。見《莊子・逍遙遊》。⓭荀奉倩三句　謂荀粲的太太死了，因傷心過度，也相繼死去，這是由於沒有像莊子太

太死時敲打著瓦盆唱歌的心情所致。案：趙曦明注：「奉倩，名粲。」並引《世說新語・惑溺篇》注：「粲別傳曰：『粲常以婦人才智不足論，自宜以色爲主。驃騎將軍曹洪女有色。粲於是聘焉，專房燕婉。歷年後，婦病亡，粲不哭而神傷，歲餘亦亡。』」莊子喪妻事，見《莊子・至樂篇》。⑭王夷甫三句　謂王衍哀傷兒子的死亡，悲不自盡，迥異於東門吳喪子的心胸曠達。案：王夷甫，卽王衍，王戎的堂弟。事見《晉書・王戎傳》。東門，卽東門吳。其事見《列子・力命篇》。⑮嵇叔夜二句　謂嵇康因拒絕徵召爲人所誣害，難道這也算是隱藏光耀，混同塵俗的流輩嗎？案：嵇康，字叔夜，三國魏人。性格曠達，博洽多聞，爲竹林七賢之一。因拒絕司馬氏的徵召，被鍾會所誣害。見《晉書・嵇康傳》。和光同塵，謂隱藏光耀，混同塵俗。見《老子・第四章》。⑯郭子玄二句　謂郭象以任職太傅主簿，傾動當時的權勢，這那裏是處處謙讓後退，事事不計較利害得失，捨己爲人的作風呢？案：專，一作權。郭象，晉河南（今河南省洛陽縣）人。字子玄。好老、莊之學，初，不受召任官，閒居論文。後爲東海王越太傅主簿。永嘉末病卒。見《晉書・郭象傳》。後身外己，先人後己爲後身，忘我、薄己後人爲外己。《老子・七章》：「聖人後其身而身先，外其身而身存。」顏氏卽用此義。⑰阮嗣宗二句　謂阮籍常常酣飲沈醉迷途荒野，卻違背了前人險難道路可畏、相互告誡的明喻。案：阮籍，字嗣宗，三國魏思想家、文學家。生性豪放不羈，崇尚自由。魏晉之際，天下多故，名士多不能自全，籍因此不問世事，只用喝酒來麻醉自己。率意獨往，不由徑路，輒以途窮慟哭而返。見《晉書・阮籍傳》。畏途相誡，謂道路有劫賊，險難可畏，必須結伴同行，相互告誡。《莊子・達生篇》：「夫畏塗者，十殺一人，則父子兄弟相戒也。」顏氏卽用此義。⑱謝幼輿二句　謂謝鯤因貪取財貨而遭罷黜削職，這是由於不了解莊子捨棄其餘魚的用意啊！案：謝鯤，字幼輿，晉、陽夏（今河南省太康縣）人。少卽知名，有高識，放任曠達，

好《老》、《易》，能歌善鼓琴。時東海王越聞其名，召舉爲掾佐，尋坐家僮取官稾，除名。鯤，不徇功名，無砥礪行，居身於可否之間，雖自處若穢，而動不累高。見《晉書·謝鯤傳》。棄其餘魚，語出《淮南子·齊俗訓》。原文爲：「惠子從車百乘以過孟諸。（注：惠子名施，仕爲梁相，從車百乘，志尚未足。孟諸，宋澤。）莊子見之，弃其餘魚。」注：「見惠施之不足，故弃餘魚。」意謂：人不可貪心不知足。顏氏即用此義。⑲塵滓　謂塵俗穢滓。指世間的名利。⑳顛仆　謂仆倒。引申爲顛覆，傾敗。㉑雅論　一作高論。㉒往復　謂問答。㉓娛心　一作怡心。㉔武皇簡文　謂梁武帝，簡文帝。武帝少而篤學，洞達儒玄。曾著《制旨孝經義》，《周易講疏》，《春秋答問》，《老子講疏》等，計二百餘卷。簡文帝，幼而敏睿，識悟過人，讀書十行俱下，故能博綜儒書，善言玄理。著有《五經講疏》，《老子義》，《莊子義》等書行於世。見《梁書·本紀》。㉕周弘正　字思行，年十歲，即通《老子》、《周易》。後累官國子博士，啟梁武帝《周易》疑義五十條。見《陳書·卷二四·周弘正傳》。㉖江荊　謂江陵、荊州。㉗召置　一作故置。㉘親承音旨　謂親自聆聽梁元帝的講解說義。

【語譯】談到老子、莊子二位聖哲的著作，實以歸眞反樸、保養生命的本質爲主旨，因此不願意讓身外的事物來連累自己。所以老子隱藏姓名爲周朝的柱下史，最後遊於流沙而不知去向；莊子寧願隱匿在漆園中，過著貧困的生活，也不願做楚國的宰相，這是順著自己的情性，放任而爲的人。後來何晏、王弼，開始闡述玄理的宗旨，相繼誇張崇尚，一時有如影的附形，草的從風，都以推行神農、黃帝的教化，責無旁貸，將周公、孔子的德業，棄置不加理會。而何晏因阿比曹爽被殺，這是由於觸犯權勢的法網致死的；王弼因好譏笑人被士君子所疾恨，這是由於好勝人，終不免入人陷阱。山濤寧願因多蓄積財物爲當世譏笑，也不理會藏貨過多、亡失一定很重的明文古訓；夏侯玄因才氣名望過大慘遭殺戮，

反不如支離疏的宿疾殘障、樗樹的盤曲長滿疙瘩而能終其天年。荀粲因太太的死亡而傷心過度，也相繼死去，這是由於沒有像莊子太太死時，他敲打著瓦盆唱歌的心情所致；王衍哀傷兒子的死亡，悲不自盡，這和東門吳喪子的曠達表現，有迥異的差別。嵇康因拒絕徵召爲人所誣害，難道這也算是隱藏光耀，混同塵俗的流輩嗎？郭象以任職太傅主簿，傾動當時的權勢，這那裏是處處謙讓，事事不計得失，捨己爲人的作風呢？阮籍常常酣飲沉醉迷途荒野，卻違背了前人險難道路可畏、相互告誡的明喻，謝鯤因貪取財貨而遭罷黜削職，這是由於不了解莊子捨棄其餘魚的用意啊！以上所列舉的這些人，都是學術界的領袖，玄理宗主的歸宿。其餘那些有的被纏繞、困惑在塵世俗務之中，有的殞滅、毀敗在好名貪利之下的人，那裏是可以備舉說清的呢？但取其談玄高論，剖析精微，賓主間的答問，可作怡心悅耳之用的，這都不是救助世人化成美俗的急要事務。到了梁代，這種風氣再加以闡揚《老子》、《莊子》、《周易》，合稱爲三玄。梁武帝、簡文帝，親自講解析論。周弘正又從旁輔助，提供意見，一時教化普行於京都，從學的有一千餘位，實在是一件美盛的事。梁元帝在江陵、荊州間，更爲愛好，竟然招收學生，親自教授，甚至忘記睡覺和吃飯，日夜不停的講解。甚至在極度疲倦、心中感到憂鬱的時候，往往也以講解玄理來自我怡悅。我當時大都參與其間，敬陪末席，親自聆聽講解，只因生性頑鈍愚魯，總是無法理解愛好罷了。

13. 齊孝昭帝❶侍婁太后❷疾，容色顦悴，服膳減損。徐之才❸爲灸兩穴，帝握拳代痛，爪入掌心，血流滿手。后既痊愈，帝尋疾崩，遺詔恨不見太后山陵❹之事。其天性至孝如彼，不識忌諱如此，良由無學所爲。若見古人之譏欲母早死而悲哭之❺，則不發此言

也。孝為百行之首，猶須學以脩飾之，況餘事乎！

【注釋】❶齊孝昭帝　即北齊第五位皇帝高演，字延安。高歡第六子，高洋同母弟。性至孝，友愛諸弟，無君臣之隔。見《北齊書·孝昭紀》。❷婁太后　神武帝高歡皇后，姓婁氏，諱昭君，司徒內干的女兒。見《北齊書·列傳一·婁后》。❸徐之才　北齊人。大善醫術，兼有機辯。累官尚書令，卒謚文明。見《北齊書·徐之才傳》。❹山陵　即冢墓。《廣雅·釋丘》：「秦名天子冢曰山，漢曰陵。」❺古人譏欲母早死而悲哭之　事見《淮南子·說山》。其文云：「東家母死，其子哭之不哀，西家子見之，歸謂其母曰：『社何愛速死，吾必悲哭社。』（注：江、淮謂母為社。）夫欲其母之死者，雖死亦不能悲哭矣。」

【語譯】北齊孝昭皇帝侍奉婁太后病的時候，面色黃瘦，服侍飲食，身體日漸瘦損。當名醫徐之才為太后針灸兩穴時，帝緊握拳頭代后疼痛，指甲竟然深入掌心，鮮血流得滿手都是。太后的病痊癒以後，帝不久反因病駕崩，臨死留言說：「遺憾的是不能親眼看到為太后修築陵墓的事。」他至孝的天性既然是那樣，不知忌諱又是如此，實在是由於不學無知所造成。假如他看到古人譏笑想要母親早死而好讓自己悲痛哭泣的記載，就不會說出這種話了。孝順固然是「百行之首」，仍然須要學習來加以修飾，更何況是其餘的事情呢？

14.　梁元帝嘗為吾說：「昔在會稽❶，年始十二，便已好學。時又患疥，手不得拳，膝不得屈。閑齋張葛幃避蠅獨坐，銀甌貯山陰甜酒❷，時復進之，以自寬痛。率意自讀史

書，一日二十卷，既未師受❸，或不識一字，或不解一語，要自重之，不知厭倦❹。」帝子之尊，童稚之逸，尚能如此，況其庶士，冀以自達者哉？

【注釋】❶會稽　地名。即今浙江省紹興縣。❷銀甌貯山陰甜酒　謂銀製的酒器，盛著紹興酒。山陰，即今紹興。❸師受　謂受學於師。盧文弨注：「或改受為授。」❹不知厭倦　此謂梁元帝少年讀書時的情景。盧文弨引梁元帝《金樓子・自序》云：「五年十三，誦百家譜，雖略上口，遂感心氣疾。」又云：「吾小時夏夕中，下絳紗蚊幮，中有銀甌一枚，貯山陰甜酒，臥讀，有時至曉，率以為常。又經病瘡，肘膝盡爛。比來三十餘載，泛玩眾書。」甜酒一作橘酒。

【語譯】從前梁元帝曾經對我說過：「前在會稽時，年齡剛滿十二歲，就已經喜好讀書。當時又罹患疥瘡，手不能握拳，膝不能屈伸。在閑靜的書房中，張掛著葛帳，防避蚊蠅的侵擾，自己獨坐在裏面，銀杯中貯有山陰甜酒，不時的拿來飲用，借以減輕自己的疼痛。隨意閱讀史書，一天讀二十卷，既然沒有老師教授，所以有時遇到一個字不認識，或是一句話不了解，就要全靠自己一再重複的思考，從來不知道厭倦。」以皇太子的尊貴，正在童稚只知貪玩的時候，尚且能夠如此，何況是凡庶的士子，希望自我鴻達的人呢？

15. 古人勤學，有握錐❶投斧❷，照雪❸聚螢❹，鋤則帶經❺，牧則編簡❻，亦為勤篤❼。梁世彭城劉綺，交州刺史勃之孫，早孤家貧，燈燭難辦，常買荻尺寸折之，然明夜讀。孝元初出會稽❽，精選寮寀❾，綺以才華，為國常侍兼記室❿，殊蒙禮遇，終於金紫

光祿⑪。義陽⑫朱詹，世居江陵，後出揚都⑬，好學，家貧無資，累日不爨，乃時吞紙以實腹。寒無氈被，抱犬而臥。犬亦飢虛⑭，起行盜食，呼之不至，哀聲動鄰，猶不廢業，卒成學士，官至鎭南錄事參軍⑮，爲孝元所禮。此乃不可爲之事，亦是勤學之一人⑯。東莞⑰臧逢世，年二十餘，欲讀班固《漢書》，苦假借不久，乃就姊夫劉緩乞丐客刺書翰紙末⑱，手寫一本，軍府服其志尙，卒以《漢書》聞。

【注釋】❶握錐　謂蘇秦勤奮讀書，以錐刺股。《戰國策・秦策》：「蘇秦讀書欲睡，引錐自刺其股，血流至足。」❷投斧　謂文黨有意遠學，投斧受經以見志。《北堂書鈔》作「投斧受經。」注：「盧江七賢傳云：『文黨字翁仲，未學之時，與人俱入叢木，謂侶人曰：吾欲遠學，先試投斧高木上，斧當掛，乃仰投之，斧果上掛，因之長安受經。』」見《北堂書鈔・卷九七・藝文部三・好學》。❸照雪　謂晉、孫康家貧，常在夜晚，映雪讀書。《蒙求》孫康映雪：「康家貧無油，常映雪讀書；少小清介，交遊不雜，後至御史大夫。」見《畿輔叢書》五函。❹聚螢　謂東晉車胤，字武子。少時勤學家貧，夏夜便用袋子收集螢火蟲照明讀書。後官至吏部尙書，封臨湘侯。見《晉書・車胤傳》。❺鋤則帶經　謂西漢兒寬，家貧無所資用，爲傭工，帶著經書在田間鋤草，休息時取出誦讀。武帝時爲左內史，深得吏民信愛，後拜爲御史大夫。見《漢書・兒寬傳》。❻牧則編簡　謂西漢路溫舒，字長君，父使牧羊，溫舒取澤中蒲，裁截成小簡，然後加以編次，用來寫書。見《漢書・路溫舒傳》。❼亦爲勤篤　爲，一作云。❽孝元初出會稽　謂元帝初出仕爲會稽太守。時在天監十三年（西元五一四年）封湘東郡王，邑二

千戶。見《梁書·元帝紀》。❾寮寀 謂百官。同僚寀。寀，音ㄘㄞˇ。❿常侍兼記室 均官名。常侍，乃隨侍皇帝之官。又稱散騎常侍，掌管規諫、文書、詔令，因親近帝后，權力甚大。記室，掌管書記的官。⓫金紫光祿 一作金紫光祿大夫。爲尊崇的散官，多禮贈有德望的文武官員。⓬義陽 地名。即今河南省桐柏縣。⓭揚都 地名。王利器以爲即今江蘇南京市。⓮飢虛 謂腹中空虛飢餓之意。飢，一作饑。⓯錄事參軍 官名。晉置。本爲公府官，掌管文簿，舉彈善惡。隋以後爲郡官。宋制，在州爲錄事參軍。⓰勤學之一人 人，一作又，屬下句讀。⓱東莞 地名。即今山東莒縣。⓲乞丐客刺書翰紙末 此謂乞求客人的名帖書翰空白邊幅。刺，是名帖。類似今日名片。不過名帖空餘邊幅較多。宋本刺下有「或」字。書翰，即書信。王利器引郝懿行語云：「古之客刺書翰，邊幅極長，故有餘處，可容書寫，非如今時形制殺削之比也。」

【語譯】古人勤苦力學有成就的太多了，有的用錐刺股，有的投斧受經，有的以雪照明，有的聚螢發光，更有的即使是鋤草時也帶著經書，牧羊時也不忘編次蒲簡來書寫，這都可算是勤學篤實的人。梁代彭城劉綺，他是交州刺史劉勃的孫子，幼年喪父，家中貧窮，連燈燭的照明都難辦到，常買荻草折成一段一段的，用來照明夜讀。孝元帝剛出仕會稽太守時，精選官吏，劉綺因才華出眾，被選爲國家的常侍兼記室，蒙受特殊的優厚待遇，最後以金紫光祿大夫致仕。義陽有一位朱詹，世代居住江陵，後來出居揚都，非常好學，因家貧無助，一連數日都無法舉火燒飯，就只好時常吞食紙屑來充飢。天寒沒有被褥，只好抱著狗睡覺。狗也饑餓得難以忍耐，竟不顧一切地跑出去盜取食物，不管怎麼樣呼叫牠都不肯回來，聲音的哀痛，連鄰居都被感動了，但仍然不廢棄學業，終於成爲一位很有學問的人，後來官位昇到鎮南錄事參軍，孝元帝非常禮遇他。這是一般人不可能做到的事，但不管怎麼說，總算是一位勤學

的人。東莞的臧逢世，在二十歲剛出頭，就想讀班固所著的《漢書》，苦惱的是不能向人久借，於是就向姊夫劉緩乞求客人的名帖、書信空餘邊幅，親手抄寫了一本，軍府的官員，無不佩服他的志氣好尚，終以研讀《漢書》聞名於世。

16. 齊有宦者內參田鵬鸞❶，本蠻人也。年十四五，初為閽寺❷，便知好學，懷袖握書，曉夕諷誦。所居卑末，使彼苦辛，時伺閒隙，周章❸詢請。每至文林館❹，氣喘汗流，問書之外，不暇他語。及覩古人節義之事，未嘗不感激沈吟❺久之。吾甚憐愛，倍加開獎❻。後被賞遇，賜名敬宣，位至侍中開府❼。後主之奔青州❽，遣其西出，參伺❾動靜，為周軍所獲。問齊主何在，紿❿云：「已去，計當出境。」疑其不信，毆捶服之，每折一支⓫，辭色愈厲，竟斷四體而卒。蠻夷童丱⓬，猶能以學成忠⓭，齊之將相，比敬宣之奴不若也⓮。

【注釋】❶齊有宦者內參田鵬鸞　齊，謂北齊。宋本有下有「主」字。就句意衡之，有「主」字較優。內參，即宦官，太監。田鵬鸞，《北齊書．卷四一．傅伏傳》作：「田敬宣，本字鵬，蠻人也。」鵬下無「鸞」字。❷閽寺　官名。即閽人、寺人的合稱。閽人管理內廷的門禁，寺人掌管內寺及女宮的戒令。此謂守門的人。掌守王宮中門的啟閉。❸周章　謂進退、周旋。引申有往來行走之意。❹文林館　齊後主（高緯）三年立，召引文學之士入館，謂之待詔文林館。見《北齊書．文苑傳》。❺沉

吟 謂沉思、低聲吟詠。❻開獎 謂開導獎勵。❼侍中開府《北齊書·傅伏傳》作「開府、中侍中」。開府，謂成立府署，選用僚屬。中侍中，掌管出入門閤。《隋書·百官志》：「中侍中省，掌出入門閤，中侍中二人。」❽後主之奔青州 後主，指北齊帝高緯，在位十一年。青州，此謂後魏所置，當時府治安樂。卽今山東省廣饒縣治。後移治東陽，卽今山東省益都縣治。❾參伺 謂窺伺，參候。❿紿 欺騙。⓫支 通肢。⓬丱 孩童束髮成兩角的樣子。引謂幼稚之童。⓭以學成忠 王利器引龔道耕語謂：「《家訓》忠字皆作誠，避隋諱，序致篇：『聖賢之書，教人誠孝。』是其證。此當作『以學著誠』。」謂因學而顯揚其忠誠之意。⓮齊之將相二句 謂開府儀同三司賀拔伏恩、封輔相、慕容鍾葵等宿衛近臣三十餘人西奔投降周師事。見《北齊書·卷八·幼主紀》。顏氏爲《家訓》，實慨乎言之。

【語譯】北齊有一位主管太監田鵬，原本是蠻夷人。十四、五歲時，剛開始掌守宮中的門戶，便知道好學，衣袖中藏著書籍，早晚不停的背誦研讀。因地位卑微，所以讀起書來，格外辛苦，只好趁著空閒的時候，往來奔走向人請問。每次跑到文林館時，總是喘得上氣不接下氣，汗流滿臉，除請問書中的問題外，沒有時間說其他的話。若或看到古人風節義行的記事，就不曾不久久地感動沉思吟詠。我非常喜愛他，所以也就加倍的予以開導獎勵。後來被皇上賞識禮遇，於是就恩賜他一個「敬宣」的名字，官居侍中開府的高位。當後主要逃奔青州時，派遣他出使西方，來窺伺敵人的動靜消息，不幸被北周俘虜。追問他齊主在什麼地方，馬上欺騙北周說：「已經遠去，如以時間計算，應當逃出國境了。」北周懷疑他的話不可信，於是就毆打捶擊他使之屈服，每折斷他一個肢體，他的言辭表情就愈加嚴厲，最後直到四肢全被砍斷才死去。一個蠻夷的幼童，尚且能因學而顯揚其忠誠，北齊的相將大員，反而相繼投降，這種行爲，連敬宣的奴僕還不如呢！

17. 鄴平之後，見徙入關❶。思魯❷嘗謂吾曰：「朝無祿位，家無積財，當肆筋力，以申供養。每被課篤❸，勤勞經史，未知爲子，可得安乎？」吾命之曰：「子當以養爲心，父當以學爲教❹。使汝棄學徇財，豐吾衣食，食之安得甘？衣之安得暖？若務先王之道，紹家世之業，藜羹縕褐❺，我自欲之。」

【注釋】❶鄴平之後見徙入關　謂北齊被北周滅亡後，北齊的後主、幼主，並太后、諸王，俱被送至長安，封溫國公，後皆賜死事。見《北齊書卷八·後主、幼主紀》。鄴，爲北齊國都，即今河南省臨漳縣。關，當指函谷關，或謂潼關。因長安在「關」西，故云入關。❷思魯　顏之推長子名。《北齊書·文苑·顏之推傳》：「之推在齊有二子，長曰思魯，次曰敏楚，不忘本也」。❸課篤　謂課試督責學業。《說文》：「課，試也。」篤，通督。《說文通訓定聲》：「篤，叚借爲督。」❹以學爲教　一作「以教爲事」。❺藜羹縕褐　謂粗劣的飯，破舊的衣。案：《漢書·司馬遷傳》：「墨者，糲粱之食，藜藿之羹。」又《禮記·玉藻》：「縕爲袍。」注：「謂今纊及舊絮也。」褐，粗毛、粗麻所製的衣服。縕褐，在古代，是賤者所穿的衣服。《說苑·立節篇》：「曾子布衣縕袍未得完，糟糠之食，藜藿之羹未得飽，義不合則辭上卿，不恬貧窮，安能行此。」顏氏蓋取義於此。

【語譯】北齊被平定以後，後主、幼主以及太后均被送入長安。長子思魯曾對我說：「父親現在朝中沒有祿位，家中又無積蓄的財貨，應當讓我們善盡所有的力量，來表示奉養的心意。但因每被課試督責學業，需要勞心盡力於經史，您反而沒有顧慮到這樣做，使我們爲人子的人，可能安心嗎？」我告

訴他們說：「做兒子的，當以奉養為心念，做父親的，當以教導為職事。假使讓你們放棄學業去追求財富，即使能供養我豐美的衣食，那麼我又如何能吃得下？穿得暖？假如你們能專心一意地去研習先代聖王的道統，繼承我家世世代代的德業，那怕是吃粗劣的飯菜，穿破舊的衣服，這正是我想要求得的。」

18. 《書》曰：「好問則裕❶。」《禮》云：「獨學而無友，則孤陋而寡聞❷。」蓋須切磋❸相起明也。見有閉門讀書，師心自是❹，稠人廣坐❺，謬誤差失❻者多矣。《穀梁傳》稱公子友與莒挐相搏，左右呼曰「孟勞」❼。「孟勞」者，魯之寶刀名，亦見《廣雅》。近在齊時，有姜仲岳謂：「『孟勞』者，公子左右，姓孟名勞，多力之人，為國所寶。」與吾苦諍。時清河郡守邢峙❽，當世碩儒，助吾證之，赧然而伏。又《三輔決錄》❾云：「靈帝殿柱題曰：『堂堂乎張❿，京兆田郎⓫。』」蓋引《論語》，偶以四言，目⓬京兆人田鳳也。有一才士，乃言：「時張京兆及田郎二人皆堂堂耳。」聞吾此說，初大驚駭，其後尋媿悔焉。江南⓭有一權貴，讀誤本〈蜀都賦〉注，解「蹲鴟，芋也」，乃為「羊」字⓮；人饋羊肉，答書云：「損惠⓯蹲鴟。」舉朝驚駭，不解事義，久後尋迹⓰；方知如此。元氏⓱之世，在洛京⓲時，有一才學重臣，新得《史記音》⓳，而頗紕繆⓴，誤反「顓頊」字㉑，頊當為許錄反㉒，錯作許緣反，遂謂朝士言㉓：「從來謬音『專旭』，

當音『專翾』耳。」此人先有高名，翕然信行；期年之後，更有碩儒，苦相究討，方知誤焉。《漢書．王莽贊》云：「紫色蠅聲㉔，餘分閏位㉕。」謂以偽亂眞耳。昔吾嘗共人談書，言及王莽形狀，有一俊士，自許史學，名價甚高，乃云：「王莽非直鴟目虎吻，亦紫色蛙聲㉖。」又《禮樂志》云：「給太官挏馬酒㉗。」李奇注：「以馬乳爲酒也，揰挏乃成。」二字並從手。揰挏，此謂撞擣挺挏之，今爲酪酒亦然㉘。向學士又以爲種桐時，太官釀馬酒乃熟。其孤陋遂至於此。太山羊肅㉙，亦稱學問，讀潘岳㉚賦：「周文弱枝之棗㉛」，爲杖策之杖；《世本》㉜：「容成㉝造歷。」以歷爲碓磨之磨㉞。

【注釋】❶好問則裕　謂喜好向人請教，因有所得，故能充足。語出《尚書．仲虺之誥》。❷獨學而無友則孤陋而寡聞　謂獨自學習、不和志同道合的朋友研討，便會學識淺陋，見聞不廣。語出《禮記．學記》。❸切磋　謂相互討論學問。❹師心自是　謂固執己見，自以爲是。❺稠人廣坐　謂眾人聚集在一起。❻差失　一作「羞慼」。❼穀梁傳二句　見僖公元年傳文。❽邢峙　字士峻，北齊人。少好學，通三禮、《左氏春秋》。峙，方正純厚，有儒者風範。官至清河太守，有惠政，民吏愛之。見《北齊書．儒林．邢峙傳》。❾三輔決錄　書名。一卷，漢、趙岐撰，晉、摯虞注。書已佚，清人有輯本。見《五朝小說．第六册》。❿堂堂乎張　謂子張的儀表堂皇，容貌美盛。張，即子張。孔子弟子。語出《論語．子張篇》。⓫京兆田郎　京兆，即京兆尹。漢置，今陝西長安以東至華縣之地。與右扶風、左馮翊爲三輔。田郎，即田鳳，東漢人，字季宗，爲尚書郎，容儀端正，每入奏事，靈帝皆目送之，並題

柱曰：堂堂乎張，京兆田郎。⑫目 謂品評。《世說新語·賞譽》：「世目周侯，嶷如斷山。」即與此用法同。⑬江南 一作「梁」。⑭讀誤本蜀都賦三句 左思作〈三都賦〉、〈蜀都賦〉，乃其中之一。篇中有「蹲鴟所伏」句。注：「蹲鴟，大芋也。其形類蹲鴟。」其所讀誤本，則以「芋」為「羊」。見《文選·三都賦·蜀都賦》。⑮損惠 謂人饋贈物品於己的敬辭。是說對方減損所有而加惠自己。⑯尋迹 考察推究，反覆探討。⑰元氏 即北魏拓跋氏。亦稱元魏、或拓跋魏。孝文帝太和二十年正月，下令改拓跋姓為元氏。見《魏書·高祖孝文皇帝紀》。⑱洛京 即洛陽。我國古都之一。在今河南省西部。⑲史記音 書名。梁輕車錄事參軍鄒誕生撰。見《隋書·經籍志·二八》。⑳紕繆 錯誤。㉑誤反「顓頊」字 反，即反切。即今之注音。此謂將「顓頊」的頊字音讀注錯。頊，音旭。㉒許錄反 合許錄二字的切音，即為「頊」字的讀音。㉓遂謂朝士言 亦作「遂一一謂言」。㉔紫色鼃聲 紫為間色，即不正之色。鼃即蛙字。鼃聲，謂邪音，淫聲，淫邪的樂聲，非正曲。見《漢書·應劭、顏師古注》。㉕餘分閏位 謂夏曆（農曆）的閏月。積歲月的餘分為閏月，故閏位引申為不正之位。㉖王莽非直鴟目虎吻，亦紫色蛙聲 案：《漢書·王莽傳中》：「莽為人侈口蹷顄，露眼赤精，大聲而嘶。……或問以莽形貌，待詔曰：『莽所謂鴟目虎吻，豺狼之聲者也。』」師古注：「侈，大也。蹷，短也。顄，頤也。嘶，聲破也。」㉗給太官挏馬酒 太官，官名，少府屬官，主膳食。挏馬酒，是用馬奶釀酒之法。應劭注：「主乳馬，取其汁挏治之，味酢可飲，因以名官也。」如淳注：「主乳馬，以韋革為夾兜，受數斗，盛馬乳，挏取其上肥（把），因名曰挏馬。」（並見《漢書·百官公卿表上》）㉘今為酪酒亦然 謂亦用造挏馬酒之法造酪酒。挏馬，官名。漢武帝太初元年更名家馬為挏馬。見《漢書·百官公卿表上》。《說文》：「挏，推引也。漢有挏馬官作馬酒。」王利器引鄧廷楨《雙研齋筆記·四》：「此法至今

西北兩路蓄俗猶然，其法以革囊盛馬乳，一人抱持之，乘馬絕馳，令乳在囊中自相撞動，所謂挏也。往復數十次，即可成酒。」㉙羊肅　深子。東魏武定末年，儀同開府東閤祭酒。入北齊，累官武德郡守，以學尚知名。見《魏書·羊深傳》。㉚潘岳　（西元二四七——三〇〇）西晉文學家。字安仁。榮陽中牟（今河南省中牟縣）人。美容儀，官至給事黃門侍郎，人稱潘黃門。工詩賦駢文，文辭綺麗，著有《閑居賦》，今載《文選》。㉛周文弱枝之棗　語出潘岳《閑居賦》。李善注：「《西京雜記》：『上林苑有弱枝棗。』《廣志》曰：『周文王時，有弱枝棗樹，味甚美。』」㉜世本　書名。為古史官記載黃帝以來到春秋時，帝王、諸侯譜牒、都邑、制作等的一本重要史料。《漢志》有《世本》十五篇，是劉向所編集的《古世本》，司馬遷寫《史記》，曾用作參考資料，至南宋時亡佚。㉝容成　人名。相傳為黃帝時史官。是發明曆法最早的人，世稱容成公。《世本·作篇》：「容成作曆。」㉞以歷為碓磨之磨　案：歷、磨，古通用。段氏玉裁云：「古書字多假借，世本假磨為歷，致有此誤。古書歷磨通用，同郎擊切。碓，都內切，舂具。磨，模臥切，說文作礳，石磑也。」

【語　譯】《尚書》說：「喜好向人請教，因有所得，故能充足。」《禮記·學記篇》說：「獨自學習，不和志同道合的朋友研討，便會學識淺薄，見聞不廣。」老實說，讀書求學問，必須互相切磋研討，才能徹底的明通。曾見有人只知閉門讀書，自以為是，當大家聚集在一起談論的時候，言談之間的謬誤差失，可就多了。如《穀梁傳》記載，當公子友與莒挐相搏鬭時，左右的人大聲呼叫「孟勞」來提醒公子友。「孟勞」是魯國的寶刀名，在《廣雅》中也有記載。最近在北齊時，有一位叫姜仲岳的人說：「孟勞」，是公子的侍衛，是一位大力士，魯國人把他當寶貝一樣的看待。」極力地和我爭辯。那時清河郡守邢峙，是當代的大儒，也幫助我來證明確實是寶刀名，姜仲岳才羞慚地脹紅著臉表示佩服。

又《三輔決錄》記載說：「漢靈帝殿柱上寫著：『孔子弟子子張，與今京兆尹田尚書郎，均容貌端正堂堂。』」實引《論語》，偶以四字爲句，來品評京兆人田鳳。有一位才智之士，竟然說：「當時張京兆及田郎二人都相貌堂堂。」聽我這樣說，起初，極爲驚訝，後來經過思考探究，才愧悔不已。江南有一位世族有權勢的人，讀了誤本〈蜀都賦注〉，把「蹲鴟，作芋字解」的「芋」字，誤爲「羊」字，有人饋贈羊肉，回信答謝說：「饋贈蹲鴟」。全朝中的人，都感到驚異，不解所指是何事類，後來經過很久一段時間的反覆探討，才知原來如此。北魏時代，遷都洛陽以後，一位有才學的大臣，新購得一本《史記音》，頗多錯誤，把「顓頊」的頊字的音注錯了，頊、當爲許錄（ㄒㄩˋ）二字相拼，卻錯作許緣（ㄒㄩㄢ）相拼，於是對朝中的官員說：「向來錯音『專旭』，當音『專翾』才對。」這位大臣，一向名聲很高，所以大家無不信從。一年以後，另有一位大學者，辛勤的研究探討，才知道音「專翾」是錯誤的。《漢書．王莽傳贊》說：「以紫爲正色，以淫聲爲正曲，以閏月爲月的正位。」這是說以假亂眞的意思。從前我曾和人談論《漢書》，說到王莽相貌的時候，有一位才俊之士，自稱對史學很有研究，名譽身價非常高，竟然說：「王莽不但突眼濶嘴，同時也是紫色蛙聲。」又〈禮樂志〉說：「給太官挏馬酒。」李奇注：「用馬奶造酒，裝在皮囊中，上下引動擣撞就可以成酒。」兩字都是手旁。挏，是說將馬奶裝入皮囊中，使上下撞擊，現在釀造酪酒也是用這種方法。先前那位學士又以爲必待種桐時，太官釀造的馬酒才能成熟。其孤陋寡聞竟然到達這種地步。太山地方的羊肅，也被稱爲有學問的人，閱讀潘岳寫的〈閑居賦〉，把其中「周文弱枝之棗」，讀爲杖策之杖。《世本》：「容成造歷。」把歷當作碓磨的磨。

19. 談說製文，援引古昔，必須眼學，勿信耳受。江南閭里閒，士大夫或不學問，羞為鄙朴❶，道聽塗說❷，強事飾辭❸：呼徵質為周、鄭❹，謂霍亂為博陸❺，上荊州必稱陝西❻，下揚都言去海郡❼，言食則餬口❽，道錢則孔方❾，問移則楚丘❿，論婚則宴爾⓫，及王則無不仲宣⓬，語劉則無不公幹⓭。凡有一二百件，傳⓮相祖述，尋問莫知原由，施安⓯時復失所。莊生有乘時鵲起之說⓰，故謝朓詩曰：「鵲起登吳臺⓱。」吾有一親表，作〈七夕詩〉云：「今夜吳臺鵲，亦共往填河⓲。」〈羅浮山記〉⓳云：「望平地樹如薺。」故戴暠⓴詩云：「長安樹如薺㉑。」又鄴下有一人〈詠樹詩〉云：「遙望長安薺。」又嘗見謂矜誕為夸毗㉒，呼高年為富有春秋㉓，皆耳學之過也！

【注釋】❶鄙朴　樸實粗俗。同鄙樸。❷道聽塗說　在道路上聽說的事情，不追問真假、是非，便在道路上轉告給別人。指沒有根據的傳說。語出《論語・陽貨篇》。❸強事飾辭　想盡辦法將言辭說得文雅合於故實。事，亦作辦。❹呼徵質為周、鄭　以周、鄭代徵質。案：《左氏・隱公三年傳》：「周、鄭交質。」質，謂人質，以人為抵押品。❺謂霍亂為博陸　以博陸代霍亂。案：《漢書・霍光傳》：「光字子孟，封博陸侯。」故強以博陸作為霍亂的代稱。❻上荊州必稱陝西　案：《太平御覽・一六七・州郡部・一三》：「盛弘之〈荊州記〉：『元嘉中以京師根本之所寄，荊楚為重鎮，上流之所總，擬周之分陝，晉、宋以降，此為西陝。』」又胡三省《資治通鑑・一百三〇・宋紀一二、二一注》：「蕭子顯曰：

『江左大鎮，莫過荊、揚，弘農郡陝縣，周世二伯主諸侯：周公主陝東，召公主陝西，故稱荊州爲陝西。』❼下揚都言去海郡　案：考漢初的廣陵，本兼臨淮在內，枚乘〈七發〉曾言及廣陵潮。至於漢至六朝的揚州，更領有三吳，均爲濱海的地區，不得說揚州不濱海。見《顏氏家訓彙注》。❽言食則餬口　以薄粥供口食爲餬口。《說文》：「餬，寄食也。」左氏・隱公十一年傳》：「而使餬其口于四方。」又昭公七年傳正考父鼎名：「饘於是，鬻於是，以餬余口。」餬，本爲以薄粥塗物之意，引申爲寄食。❾道錢則孔方　晉、魯褒〈錢神論〉：「親愛如兄，字曰孔方。」見趙曦明《顏氏家訓注》。❿問移則楚丘　此謂問候遷移、遷居，則以楚丘爲代稱。《左氏・閔公二年傳》：「齊桓公遷刑于夷儀，封衛于楚丘。刑遷如歸，衛國忘亡。」⓫論婚則宴爾　宴爾，同燕爾。本意爲安樂的樣子。後世用作新婚的代詞。《詩・邶風・谷風》：「宴爾新昏，如兄如弟。」⓬及王則無不仲宣　王粲，字仲宣，三國時魏文學家。文思敏銳，以短賦名於時，很得蔡邕的賞識。⓭語劉則無不公幹　劉楨，字公幹，東漢文學家。曾任丞相掾。有文才，長於五言詩，作品古樸，曹丕稱其妙絕詩人，爲「建安」七子之一。⓮傳　此處借作轉。《呂氏春秋・必己篇》：「若夫萬物之情，人倫之傳則不然。」高誘注：「傳，猶轉。」⓯施安　王利器《顏氏家訓集解》：「《少儀外傳》作『施行』，《戒子通錄》作『文翰』。」⓰莊生有乘時鵲起之說　案：《困學紀聞・卷一〇・諸子》，載有《莊子》逸篇，文作：「鵲上高城之垝，而巢於高榆之顛，城壞巢折，淩風而起，故君子之居世者，得時則義行，失時則鵲起。」《太平御覽・卷九二一・羽族》引《莊子》此文，垝，作「絕」；榆，作「樹」；淩，作「陵」。文選謝玄暉和伏武昌登孫權故城詩，在「鵲起登吳山」句下注亦引此文。並引司馬彪注：「垝，最高危限之處；起，飛也。」⓱故謝朓詩句　謝朓，字玄暉，南朝齊詩人。高宗時，以中書郎出爲宣城太守。文章清麗，工五言詩。有《謝宣城集》。鵲起，

六朝人以此二字爲美詞，如謝靈運〈述征賦〉：「初鵲起於富春，果鯨躍於川湄。」謝玄詩「鵲起」句並同。吳臺，卽吳山，顏氏所見，謝朓原本或如此。⑱亦往共塡河　往共，一作共往。河，謂天河。趙曦明引《白帖》：「烏鵲塡河成橋而渡織女。」又《歲華紀麗》引《風俗通》：「織女七夕當渡河，使鵲爲橋。」見盧注。⑲羅浮山記　書名。晉袁彥伯撰。見《元和郡縣圖志．卷三四．嶺南道》引。袁宏，字彥伯，《晉書．卷九二》有傳。⑳戴暠　南朝梁人。㉑遙望長安薺　顏氏以此詩句擬古不化，義亦欠通。薺，卽薺菜，味甘。古人多用以詠遠樹之比。明、楊愼《升庵集．五六》：「《羅浮山記》云：『望平地樹如薺。』自是俊語。梁、戴暠詩：『長安樹如薺。』用其語也。後人翻之益工，薛道衡詩：『遙原樹若薺，遠水舟如葉。』孟浩然詩『天邊樹若薺。』」㉒矜誕爲夸毗　案：《爾雅．釋訓》：「夸毗，體柔也。」義與矜誕相反。㉓呼高年爲富有春秋　案：《後漢書．卷四三．樂恢傳》：「上疏諫曰：『陛下富於春秋。』」注：「春秋，謂年也。言年少，春秋尙多，故稱富。」義與高年相反。

【語　譯】當彼此交談或寫作文章時，如果要援引從前的典故，就必須親身閱讀學習，不可輕信耳朵所聽到的話。在江南(梁)閭里中，有的士大夫不願實地的去學習，又羞於用樸實粗俗的言詞，所以只好運用沒有根據的傳說，想盡辦法生硬地將言詞說得文雅合於故實。如將抵押說爲周、鄭，說霍亂爲博陸，到荆州去一定要說上陝西。往揚州要說去海郡，吃飯則說餬口，講到錢，則用孔方來代替，慰問遷居，則用楚丘表示祝賀，說到婚嫁，就用宴爾予以搪塞，一涉及王姓，無不用仲宣來代替，語及劉姓，更是非公幹不可。總共有一、二百件之多，輾轉傳說，如果追問爲什麼這樣說，沒有知道原因的，而且運用的時候也時常發生錯誤。如《莊子》中有「乘時鵲起」的說法（案：鵲起，爲六朝時美詞，有凌空高舉之意），所以謝朓詩說：「鵲起登吳臺。」我有一位表親，作〈七夕詩〉說：「今夜吳臺鵲，亦共

往塡河。」《羅浮山記》說：「望平地樹如薺。」所以戴暠詩說：「長安樹如薺。」又鄴下有一人詠樹詩說：「遙望長安薺。」又曾見把「矜誕」誤為「夸毗」的同義詞，稱呼高年為富有春秋，這都是以耳朵所聽聞為學問的過失啊！

20. 夫文字者，墳籍根本。世之學徒，多不曉字：讀五經者，是徐邈而非許愼❶；習賦誦者，信褚詮而忽呂忱❷；明《史記》者，專徐、鄒而廢篆籀❸；學《漢書》者，悅應、蘇而略蒼、雅❹。不知書音是其枝葉，小學乃其宗系。至見服虔、張揖音義則貴之❺，得《通俗》❻、《廣雅》而不屑。一手之中，向背如此，況異代各人乎？

【注　釋】❶是徐邈而非許愼　以徐邈所撰《五經音訓》為是，以許愼所撰《五經異義》、《說文解字》為非。案：徐邈，晉、東莞姑幕（今山東諸城縣）人。永嘉之亂，南渡江，家于京口。邈，姿性端雅，勵學勤行，博涉多聞，以愼自居，下帷讀書，不游城邑。撰《正五經音訓》，學者宗之。見《晉書・卷九一・儒林本傳》。許愼，東漢汝南召陵（今河南省郾城縣）人。字叔重。性情淳篤，博學而精通經籍，時人稱為「五經無雙許叔重」。撰有《五經異義》十卷、《說文解字》十四卷，集古人經學、訓詁的大成，為後代小學研究的人所宗。見《後漢書・儒林傳》。❷信褚詮而忽呂忱　案：《隋書・經籍志・四》：「《百賦音》十卷。」注：「宋御史褚詮之撰。」又〈經籍志・一〉：「《字林》七卷。」注：「晉弦令，呂忱撰。」❸專徐、鄒而廢篆籀　案：《隋書・經籍志・二》：《史記音義》十二卷。「注：「宋中散大夫徐野民撰。」校勘記：「《廿二史考異》：『徐野民卽徐廣。隋人諱「廣」，稱徐氏

字，唐人諱「民」，稱徐氏名。』」又「《史記音》三卷。」注：「梁輕車錄事參軍鄒誕生撰。」劉盼遂《顏氏家訓校箋》：「《漢書·司馬相如傳上》顏注：『近代之讀相如賦者，多皆改易義文，競爲音說，徐廣、鄒誕生、褚詮之、陳武之屬是也。今於彼數家，並無取焉。』」篆籀，卽小篆、籀文（大篆）。❹悅應、蘇而略蒼、雅 應，爲應劭，東漢人，字仲遠。博學多聞，靈帝時舉孝廉，拜泰山太守。《隋書·經籍志·二》，載其所撰《漢書集解音義》二十四卷。蘇，謂蘇林，三國魏外黃人。字孝友，博學多通古今《字指》。凡諸書傳文間危疑，林皆釋之。黃初中，爲博士給事中。見《三國志·魏書·卷二一·劉劭傳》。蒼，謂三蒼，亦作三倉。漢初合秦李斯作《倉頡篇》、趙高作《爰歷篇》、胡母敬作《博學篇》爲一，稱爲三倉。到魏晉間，又把《倉頡篇》和西漢末揚雄的《訓纂篇》、東漢賈魴的《滂喜篇》合稱爲三倉。雅，謂《廣雅》，魏博士張揖撰，以及《小爾雅》，孔鮒撰。❺見服虔、張揖音義則貴之 服虔，南朝梁人（非漢服虔）有《杜預音》三卷、《魏高貴鄉公春秋左氏傳音》三卷。見《隋志·卷三二·春秋左氏傳音三卷》下注。張揖，後魏、清河人，字稚讓。太和中官博士，撰有《埤蒼》、《古今字詁》，已佚。今存有《廣雅》三卷。見《隋書·經籍志·一》。❻通俗 卽《通俗文》。《隋書·經籍志·一》：「《通俗文》一卷。」注：「服虔撰。」案：此應爲南朝梁人服虔。王利器引宋本原注：「世人皆以《通俗文》爲服虔造，未知非服虔而輕之，猶謂是服虔而輕之，故此論從俗也。」

【語譯】識字，是讀書的根本。世間一般讀書人，大多不明白識字的重要：讀五經的人，以徐邈所撰《五經音訓》爲是，以許慎所撰《五經異義》、《說文解字》爲非；學習賦誦的人，只知信守褚詮之的《百賦音》，反而輕忽了呂忱撰的《字林》；研讀《史記》的人，專門注重徐廣撰著的《史記音義》和鄒誕生撰著的《史記音》，而卻廢棄大小篆不加探究；學習《漢書》的人，只喜歡參閱應劭所撰

的《漢書集解音義》，以及蘇林對書傳文間危疑處的解釋，卻忽略了三蒼、《廣雅》對字體的根本了解。不知道各種音義只是次要的枝葉，文字的正確了解，才是最重要的。甚至一見到服虔、張揖有關音義方面的著作，就寶貴的了不得，看到他們的《通俗文》、《廣雅》有關文字方面的著作，反而不屑一顧。手中所掌握的同一人的著作，好惡尚且如此，更何況是不同時代每一個人的著作呢？

21. 夫學者貴能博聞也。郡國山川，官位姓族，衣服飲食，器皿制度，皆欲根尋，得其原本；至於文字，忽不經懷❶，己身姓名，或多乖舛，縱得不誤，亦未知所由。近世有人為子制名：兄弟皆山傍立字，而有名峙者❷；兄弟皆手傍立字，而有名機者❸；兄弟皆水傍立字，而有名凝❹者。名儒碩學，此例甚多。若有知吾鍾之不調❺，一何可笑！

【注釋】❶經懷　經心，注意，留心。❷而有名峙者　峙字本從止作峙，從山作峙者，乃俗訛字。故顏氏譏之。見《說文》。❸而有名機者　王利器引龔道耕語謂：「顏時俗書『機』作『機』，而『機』字本不從手，與上『峙』字同。」❹而有名凝者　凝，顏氏時俗誤作凝，故譏之。❺若有知吾鍾之不調　吾，疑為晉字之訛。鍾，即鐘，古通用。此句意謂：若有知道以上「名峙」、「名機」、「名凝」者與其制名「山傍」、「手傍」、「水傍」不相調和的人。案：《呂氏春秋．仲冬紀．長見篇》：「晉平公鑄為大鐘，使工聽之，皆以為調矣。師曠曰：『不調。請更鑄之。』平公曰：『工皆以為調矣。』師曠曰：『後世有知音者，將知鐘之不調也。』」《淮南子．脩務篇》亦引此文。鐘，作鍾。文句稍有不同。

【語譯】讀書人最重視的就是要能廣博地吸取知識。如郡國的區劃、山川的形勢名稱、官位的高低職守、姓氏族屬的來歷，以及衣服飲食、器皿制度的沿革等，都想著從根本上去尋求，了解它們的原始本末，來龍去脈；至於文字方面，卻不甚講求，往往輕忽不加留意，即使是自己的姓名，有時也會出現很多錯誤，縱然能不錯誤，也不知道所以如此的原因。近代有人為兒子取名：如兄弟的名都是從山傍的字，然而卻有以峙為名的；兄弟的名都是從手傍的字，竟有以機為名的；兄弟的名都是從水傍的字，仍有以凝為名的。一些名儒大學者，這種例子非常多。假如有人知道以上「名峙」、「名機」、「名凝」與「山傍」、「手傍」、「水傍」不調和的，那又是多麼可笑的事！

22. 吾嘗從齊主❶幸并州❷，自井陘關❸入上艾縣❹，東數十里，有獵閭村❺。後百官受馬糧在晉陽❻東百餘里亢仇城側。並不識二所本是何地，博求古今，皆未能曉。及檢《字林》、《韻集》❼，乃知獵閭是舊䜲餘聚，亢仇舊是𧯃䜪亭，悉屬上艾。時太原王劭❽欲撰鄉邑記注，因此二名聞之，大喜。

【注釋】❶齊主 謂北齊文宣帝（高洋）。作齊王者誤。❷并州 即漢之太原郡，治晉陽，即今山西省太原縣。❸井陘關 在今河北省井陘縣東北井陘山上。與獲鹿縣接界，亦名土門關。❹上艾縣 漢置。故城在今山西省平定縣東南。❺獵閭村 在今山西省平定縣東。❻晉陽 漢置縣名。故城即今山西省太原縣治。❼字林、韻集《隋書・經籍志・一》：「《字林》七卷。」注：「晉弦令呂忱撰。」又「《韻集》六卷。」注：「晉安復令呂靜撰。」又「《韻集》八卷。」注：「段弘撰。」又「《韻集》

十卷。」❽王劭　字君懋，晉陽（今山西省太原縣）人。父松年，齊、通直散騎侍郎。劭年少時，沈默好讀書，弱冠，齊、尚書僕射魏收，舉爲開府軍事，累遷太子舍人，待詔文林館。時祖孝徵、魏收、陽休之等嘗論古事，有所遺忘，討閱不能得，因呼劭問之。劭具論所出，取書驗之，一無舛誤。自是大爲時人所許，稱其博物。後遷爲中書舍人。」見《隋書・卷六九》本傳。

【語　譯】我曾經跟隨著北齊文宣帝到幷州去，從井陘關進入上艾縣，在縣東數十里處，有一個獵閭村。後來朝廷的官員收受馬的糧草在晉陽東百多里亢仇城附近。大家都不知道這兩處是什麼地方，於是便古今不遺的多方面去查尋求證，還是沒有人能知道。後來翻檢不被注意的《字林》、《韻集》，才知道獵閭就是過去的𦇧餘聚，亢仇就是從前的䅎䚋亭，全屬上艾縣管轄。那時太原的王劭，想撰寫鄉邑記注，也因此聽到了這兩個名稱的來歷，非常高興。

23. 吾初讀《莊子》「螝二首❶」，《韓非子》曰：「蟲有螝者，一身兩口，爭食相齕，遂相殺也。」茫然不識此字何音，逢人輒問，了無解者。案：《爾雅》諸書，蠶蛹名螝，又非二首兩口貪害之物。後見《古今字詁》❷，此亦古之虺字，積年凝滯，豁然霧解。

【注　釋】❶螝二首　螝，通虺。蛇的一種。❷古今字詁　書名。計三卷。後魏張揖撰。見《隋書・經籍志一》。

【語　譯】我開始閱讀《莊子》讀到「螝二首」時，雖然記得《韓非子》中說：「蟲中有一種名螝

的，一身生有二口，起初由於爭食相咬，最後互相殘殺」，卻始終無法知道這個字的讀音，遇到人就向他請問，竟然沒有人了解的。後查《爾雅》及其他書籍，僅有「蠶蛹名螝」的記載，又不是二頭兩口貪食相害的動物。後來見到《古今字詁》解釋：「此字卽古虺字」，多年積在心中的困惑，才忽然得到清晰的了解。

24. 嘗遊趙州❶，見柏人城❷北有一小水，土人亦不知名。後讀城西門徐整❸碑云：「洦流東指❹。」眾皆不識。吾案《說文》此字古魄字也。洦，淺水貌。此水漢來本無名矣，直以淺貌目之，或當卽以洦爲名乎！

【注　釋】❶趙州　今河北省趙縣。❷柏人城　《括地志》：「柏人故城在邢州柏人縣西北十二里。漢、柏人屬趙國。」案：邢州，卽今河北省邢臺縣。❸徐整　字文操，三國豫章（今江西南昌縣）人，仕吳爲太常卿。❹洦流東指　案：《說文》：「洦，淺水也。」段注：「洦，隸作泊，亦古今字也。……上下文皆水名，此字次第不應在此。」今《說文》無「洦，古魄字」，郝氏懿行謂：「今本《說文》魄下無洦字，蓋闕脫也，當據補。」

【語　譯】我曾宦遊趙州，見柏人城北，有一條小水，當地人也不知道這條水名。後來閱讀城西門徐整碑，有這樣的記載說：「洦流東指。」大家都不認識這個「洦」字。我翻檢《說文》，始知此字是古魄字。洦，淺水的樣子。這條水自漢代以來，根本就沒有名稱了，只不過把它當作淺水來看待，或許應當用洦作爲水名吧！

25. 世中書翰，多稱勿勿❶，相承如此，不知所由，或有妄言此忽忽之殘缺耳。案：《說文》：「勿者，州里所建之旗也，象其柄及三斿之形，所以趣民事❷。故悤遽者稱為勿勿❸。」

【注釋】❶勿勿 蓋古語，故顏氏謂：「相承如此。」案：《禮記‧禮器篇》說：「勿勿乎其欲其饗之也。」注：「勿勿，猶勉勉也。」又《大戴記‧曾子立事篇》：「君子終身守此勿勿也。」注同。❷趣民事 今《說文》無「事」字。趣，段注：「疾也。」❸故悤遽者稱為勿勿 今《說文》作「故遽稱勿勿。」悤遽，急速、急遽的樣子。悤，一作匆、怱、忩。

【語譯】世間來往的書信中，多使用「勿勿」二字，相承就是如此，不知道由來，有人亂說這是「忽忽」二字的殘缺。我閱《說文》：「勿的解釋是在州里中所建立的一種旗幟，象有旗柄及三個下垂的飾物，表示用來促使人民從事工作。所以『急速』稱說為勿勿。」

26. 吾在益州❶，與數人同坐，初晴日晃❷，見地上小光，問左右：「此是何物？」有一蜀豎❸就視，答云：「是豆逼❹耳。」相顧愕然，不知所謂。命取將來，乃小豆也。窮訪蜀士，呼粒為逼，時莫之解。吾云：三蒼、《說文》❺，此字白下為匕❻，皆訓粒，《通俗文》音方力反。」眾皆歡悟。

【注釋】❶益州 漢置。今四川省地。❷晃 明亮，閃耀。❸豎 童僕。❹豆逼 小豆。四川方

言。❺三蒼　字書名，也作三倉。❻白下爲匕　即皀字，意爲一粒穀。《說文·皀部》：「皀，一粒也。」《廣韻·職韻》：「皀，皀粒。」

【語　譯】我在益州時，一天與數人同坐閒聊，初晴的日光特別明亮，見地上發出小光，便向左右請問說：「這是什麼東西？」有一個當地的童僕看了以後回答說：「是豆逼。」大家聽了相視感到驚奇，不了解所說是什麼意思。讓他拿來看看，竟是一粒小豆。盡訪蜀中人士，把粒稱呼爲逼，當時沒有人了解。於是我說：「在三蒼、《說文》中，這個字的結構是上白下匕，二書都解釋爲粒，《通俗文》的注音是方力反（反切）。」大家聽後，皆欣然悟解。

27. 愍楚友壻❶竇如同從河州❷來，得一青鳥，馴養愛翫，舉俗呼之爲鶡。吾曰：「鶡出上黨❸，數曾見之，色並黃黑，無駁雜也。故陳思王❹〈鶡賦〉云：『揚玄黃之勁羽。』」試檢《說文》：「鴧雀似鶡而青，出羌中。」《韻集》音介。此疑頓釋。

【注　釋】❶友壻　今稱連襟。姊妹的丈夫，彼此相稱爲連襟。《釋名》：「兩壻相謂曰亞，又曰友壻，言相親友也。」❷河州　今甘肅省臨夏、寧定、永靖、和政縣地。清屬蘭州府。❸上黨　古郡名。秦置。北魏時上黨治壺關，在今山西省長治縣東南。❹陳思王　即曹植。字子建。曹操第三子，封陳王，諡思，世稱陳思王。富於才學，亦善辭賦，有《曹子建集》。〈鶡賦〉即在集中。

【語　譯】愍楚的連襟竇如同從河州回來，帶來一隻青色的鳥，餵養的很柔馴，令人喜愛賞玩，習俗都以鶡來稱呼牠。我卻不以爲然的說：「鶡鳥出在上黨，我見過很多次，都是黃黑色，沒有其他駁雜

的顏色。所以陳思王《鶡賦》說：『舉起黑黃色的強勁羽翼。』」又檢查《說文》，得到的結論是：「鳻雀似鶡而青，出羌中。」《韻集》：「鳻，音介。」這種疑慮，也就頓時消失了。

28. 梁世有蔡朗者諱純，既不涉學，遂呼蓴為露葵❶。面牆之徒，遞相倣效。承聖❷中，遣一士大夫聘齊，齊主客郎李恕❸問梁使曰：「江南有露葵否？」答曰：「露葵是蓴，水鄉所出。卿今食者綠葵菜耳。」李亦學問，但不測彼之深淺，乍聞無以覈究。

【注釋】❶遂呼蓴為露葵　蓴，即蓴菜，又名水葵。生淺水中，嫩葉可食，質滑味美，秋日更生新葉。露葵有二解：其一，即蓴菜。其二，即葵菜，又名冬寒菜。《古文苑・宋玉・諷賦》：「烹露葵之羹。」又《本草綱目・草部・葵》：「古人採葵，必待露解，故曰露葵。」又菜部：「露葵，今人呼為滑菜。」據此，南人稱蓴為露葵，蓋亦不誤。❷承聖　梁元帝（蕭繹）年號。❸主客郎李恕　《隋書・百官志・中》：「後齊制官，……尚書省置令、僕射……六尚書。祠部統祠部、主客。」注：「掌諸蕃雜客等事。」是主客郎為官名。王利器引李慈銘語說：「案：李恕之『恕』當作『庶』。李庶為李階子，《北史》附李崇傳，歷位尚書郎，以清辯知名，常攝賓司，接對梁客，梁客徐陵深歎美焉。」

【語譯】梁代有一位蔡朗諱名純的人，平時既然不涉獵學問，於是就強不知以為知的稱蓴菜為露葵。一些不學無術的人，也就相互不加探究地倣效。梁元帝承聖年間，派遣一位士大夫到齊國訪問，齊主客郎李恕向梁使請問說：「江南有露葵嗎？」梁使回答說：「露葵就是蓴菜，生長在淺水中。您現在所吃的就是綠葵菜。」李氏雖然也是一位學者，但是一時之間，不能測得對方的高深，忽然間聽到這樣

的說法，也無法查驗究竟是對是錯。

29. 思魯等姨夫彭城❶劉靈，嘗與吾坐，諸子侍焉。吾問儒行、敏行曰：「凡字與諮議名同音者❷，其數多少，能盡識乎？」答曰：「未之究也，請導示之。」吾曰：「凡如此例，不預研檢，忽見不識，誤以問人，反為無賴❸所欺，不容易❹也。」因為說之，得五十許字。諸劉歎曰：「不意乃爾！若遂不知，亦為異事。」

【注釋】 ❶彭城　春秋宋邑。秦置彭城縣。即今江蘇省銅山縣。❷凡字與諮議名同音者　諮議，官名。指劉靈。《隋書・百官志上》：「皇弟、皇子府，置師，長史，……諮議參軍。」顏氏不便直呼劉靈的名，所以稱呼他的官號。❸無賴　指強橫無恥、放刁撒潑、品行不良的人。❹易　忽視，輕視。通敭。

【語譯】 思魯等的姨夫彭城人劉靈，曾和我閒坐聊天，他的幾個兒子在傍陪侍著，我問儒行、敏行說：「就所有的字中，與你們父親的名字同音的，一共有多少？能全部認得嗎？」他們回答說：「沒有注意研究過，請教導指示。」我接著說：「像這樣的例子，不預先研究檢查，忽然間遇見不認識的字，誤向不當問的人請問，反被無品德的人所詐騙，是不容輕忽的。」因此順便向他們加以解說，一共檢得五十多個字。他們劉氏兄弟慨歎地說：「沒有想到竟然有這樣多！假如連這些字都無法確知其音讀，那真是一件不可思議的怪事情。」

30. 校定書籍，亦何容易，自揚雄❶、劉向❷，方稱此職耳。觀天下書未徧，不得妄下

雌黃❸。或彼以為非，此以為是；或本同末異；或兩文皆欠，不可偏信一隅也❹。

【注釋】❶揚雄 字子雲，漢、蜀郡成都人。成帝時為給事黃門郎。王莽時，校書天祿閣，後官大夫。見《漢書．揚雄傳》。❷劉向 字子政，漢、學術大家，沛（今江蘇省沛縣）人。長於經學、目錄學及文學。成帝時任光祿大夫，終於中壘校尉。對於漢代圖書的校讎及整理，貢獻極大。見《漢書．楚元王傳》。❸雌黃 指改易文字。❹一隅 偏於某一方面，未能統觀全部。在此有單辭孤證之意。

【語譯】校勘訂定書籍，非常不容易，自揚雄、劉向開始從事這種工作，才能說是勝任。在沒有遍觀天下同類的書籍以前，是不能隨便改易文字的。有的那一本書認為不對，而這本書卻認為是對的；有的出發點相同，只是說法稍異；更有的兩種本子、在文字的記載上都有所欠缺，在這種情形下，是不可以偏信單辭孤證的。

【文話】讀書、學問，往大處說，不僅是為了民族、歷史的充實和延續，抑且是為了傳統文化的進展與發揚；並可藉以促使社會的繁榮與安定，人生意義的富厚與價值的提昇；更可以化戾氣為祥和，化愚昧為靈智。往小處說，不僅可作為個人安身立命的基石，同時也是開創事功、建立偉業所必具；並可藉以影響人羣的效法與精進，使整個國家，展現出蓬勃奮發的朝氣。是以「勉學」的言論，不絕於史篇，不絕於聖哲賢傳。顏氏於本篇中，就其目之所及，心之所思，大小兼論，言必由衷，是以深刻獨造，對世人的啟發，可謂良多。「三復斯言」，當有銘心刻骨的體認。全文約可分為三十段，茲簡述其旨如次：

1. 說明人須勵志向學，方可立足社會，而士大夫子弟，尤當力學，否則將終身受辱。「明王聖帝，

猶須勤學，況凡庶乎！」提示學習的重要甚切。

2.言貴族子弟，因平日貪於玩樂，不學無術，一旦亂離，朝廷遷革，即淪爲小人。用此勉人不可不學。

3.指出人如欲自立自助，就莫如讀書，借以凸顯讀書的重要，告誡人不可不讀書。

4.進一步說明學習的重要。讀書吟咏道德，雖不得顯位，亦可爲人敬仰；不讀書而富貴，則必身死名滅。

5.指出學習，不僅要學今人，而尤其要學古人。惟有廣博的學習，始可有助於一己的事功。

6.指出學習可以破除一切的迷惘，明達事理，勇於作爲。膚淺的知識，不足濟事，惟有深求廣學，方可成己成物，而建事功。

7.言求學讀書，是爲了學習如何做人，如以學自損，反不如無學。

8.言求學的目的，是爲了彌補自己學識道德的不足，非爲徒託空言，而但求知於人。

9.此言學習固當及時，即便到了老年，仍當力學不倦，所舉例證，著實發人。

10.說明學術的流衍，隨世俗轉變，由簡而繁，遂失其要，致有「博士買驢，書券三紙，未有驢字」之譏，使學術失去應有的功用。必也博覽與機要兼美，方可有助事功。

11.強調讀書求學，當博涉羣籍，方可免固陋之譏。

12.說明老莊思想，何以衍爲六朝的玄學；不僅闡述其經過，亦借示一己的觀感，認爲「非濟世成俗之要」，可謂的評。

13.以孝爲例，說明爲人不可不學的道理。

14. 闡述梁元帝自幼卽好讀書的情景，借以鼓勵世人要努力向學，不可厭倦。
15. 列舉勤苦力學有成的人，用以誡勉後世。
16. 舉北齊內參田鵬，雖爲蠻夷之人，尚能因學以顯揚其忠誠。此言學習，不僅有其實用價值，亦可變化人的氣質。學之時義，豈不大哉！
17. 此言家居教子，當以先王之道是務，不當以奉養而追求財富。語義內斂，耐人尋味。
18. 敍說讀書要多向人請教，始可多方獲益。所謂「多問則裕」，就是這個道理。切不可閉門造車，自以爲是，這樣就難免「孤陋寡聞」之譏了。
19. 說明學問當以「眼學」爲先，必須親自閱讀，切己體會，明辨愼思，方爲學問。不可「道聽塗說」，轉相傳述，以「耳學」爲學問。
20. 強調識字的重要。惟有眞切了解字根字原，才是根本之圖。而音義之類的著作，只是枝葉而已，時人的捨本逐末，無異反應了當時音義的盛行。顏氏的發爲一慨，著實有其所見。
21. 說明當時學者多不重視文字的結構，習而不察。卽使己身姓名，亦屢見乖舛。爲子制名，更是隨俗從訛，不辨眞僞，實屬可笑。
22. 說明《字林》、《韻集》的記載翔實，非一般音義之類的著作可比，不可忽視不讀。
23. 以一己的經驗，證實博覽始可解除所遭遇的困惑，尤其是有關字書之類的撰著，更不可忽略。
24. 就眾人所不認識的字，翻檢《說文》，不僅了解洦、魄爲古今字，亦且悟出「洦」當爲水名。此亦讀書的一法—手到。
25. 說明勿勿二字的意義所以作悤遽、急速解釋的緣由，借以糾正一般人的妄言不經。

26. 作者進一步說明字音的讀法相去太遠，對方言俚語，莫之能解。因此應多翻檢字書，注意音讀，借收語言溝通的效果。

27. 顏氏就《說文》、《韻集》，以證世俗名鳥的錯誤。言外之意，無異告戒世人，遇事如有疑慮，卽應實事求是，不可人云亦云，習而不察。

28. 說明世間眞知灼見的人少，道聽塗說不問緣由的人多。讀書人但求眞知，不可人云亦云。

29. 此言子女對父親名諱的同音字，要確知熟記，以免爲「無賴」所詐欺。

30. 說明校讎的不易，非遍覽天下書籍，不可從事這種工作。此爲針對好改易文字的人，所發出的警語，並借以勉勵子弟惟有多讀書，方可融會貫通，辨別是非。

讀此文，可以使我們明顯地體認到：作者除強調讀書的重要外，最難能可貴的，就是提示了當時世俗的風尙，知識分子多習而不察，人云亦云，暴露了士大夫的不學無術，孤陋寡聞。其次則是在學術方面流行音義的撰著，而對於字書、韻集，反無人多加翻檢。再者就是可以彌補《說文》的脫漏，如第二十六段：「三蒼、《說文》，此字白下爲匕，皆訓粒。《通俗文》音方力反。」卽爲一例。再其次則是說明校讎的重要，不可任意妄言，隨便加以改易，貽人口實。在思想上，對於老莊的旨歸，表示極爲不滿。如十二段所言，可以使我們了解玄學興起的原因，而六朝玄風的大盛，於此亦可洞鑑。治玄學史的人，據此可窺其津梁。老莊之旨，旣爲全眞養性，不以物累己，而魏晉南北朝闡其說的人，卻往往因權勢貪貨財而殞其生，這那裏能算是老莊的信徒呢？再者，梁元帝因講授三玄而亡其國，魏晉亦由於清談不旋踵而傾覆社稷。如無眞知灼見，融貫其旨，焉能說出如此發人深省的言論？再其次，卽使是不爲人

注意的細節讀書法，如手到、目到、文字、韻集的講求，以及校讎的不易等問題，亦能不予遺漏，其治學的大小兼及，實亦足以爲我後人所惕勉。

卷四

文章第九

1. 夫文章者，原出五經：詔命策檄①，生於《書》者也；序述論議②，生於《易》者也；歌詠賦頌③，生於《詩》者也；祭祀哀誄④，生於《禮》者也；書奏箴銘⑤，生於《春秋》者也。朝廷憲章⑥，軍旅誓誥⑦，敷顯仁義，發明功德，牧民建國，施用多途⑧。至於陶冶性靈，從容諷諫，入其滋味⑨，亦樂事也。行有餘力，則可習之。然而自古文人，多陷輕薄⑩：屈原露才揚己⑪，顯暴君過；宋玉體貌容冶⑫，見遇俳優；東方曼倩⑬，滑稽不雅；司馬長卿⑭，竊貲無操；王褒過章〈僮約〉⑮；揚雄德敗美新⑯；李陵降辱夷虜⑰；劉歆反覆莽世⑱；傅毅黨附權門⑲；班固盜竊父史⑳；趙元叔抗竦過度㉑；馮敬通浮華擯壓㉒；馬季長佞媚獲誚㉓；蔡伯喈同惡受誅㉔；吳質詆忤鄉里㉕；曹植悖慢犯法㉖；杜篤乞假無厭㉗；路粹隘狹已甚㉘，陳琳實號麤疏㉙；繁欽性無檢格㉚；劉楨屈強輸作㉛；

王粲率躁見嫌[32]；孔融、禰衡，誕傲致殞[33]；楊修、丁廙，扇動取斃[34]；阮籍無禮敗俗[35]；嵇康凌物凶終[36]；傅玄忿鬭免官[37]；孫楚矜誇凌上[38]；陸機犯順履險[39]；潘岳乾沒取危[40]；顏延年負氣摧黜[41]；謝靈運空疏亂紀[42]；王元長凶賊自詒[43]；謝玄暉侮慢見及[44]。凡此諸人，皆其翹秀[45]者，不能悉記，大較如此。至於帝王，亦或未免。自昔天子而有才華者，唯漢武、魏太祖、文帝、明帝、宋孝武帝，皆負世議[46]，非懿德之君也。自子游、子夏[47]、荀況[48]、孟軻[49]、枚乘[50]、賈誼[51]、蘇武[52]、張衡[53]、左思[54]之儔，有盛名而免過患者，時復聞之，但其損敗居多耳。每嘗思之，原其所積，文章之體，標舉興會，發引性靈，使人矜伐，故忽於持操，果於進取。今世文士，此患彌切，一事愜當，一句清巧，神厲[55]九霄，志凌[56]千載，自吟自賞，不覺更有傍人。加以砂礫所傷，慘於矛戟，諷刺之禍，速乎風塵[57]，深宜防慮，以保元吉[58]。

【注釋】❶詔命策檄　以今言，均為命令類的文書。詔是詔書，古時上級給下級的命令文告。命是命令，教令。策是封策，為皇帝命令的一種，多用於封土授爵、任免三公。檄是古代官方文書所用的木簡，多作徵召、曉喻、申討等用。可參《文心雕龍．宗經》、〈詔策〉、〈論說〉等篇。❷序述論議　序為評介作品內容的文字。唐、宋以來，送別贈言的文字也稱序。述為申述，記述，陳述的文字。論為評論、辯論。亦為文體的一種。議亦為文體名。用以論事、說理或陳述意見。❸歌詠賦頌　歌詠互

辭義同。《尚書・堯典》：「詩言志，歌永言。」傳：「謂詩言志以道之，歌詠其義以長言。」歌，古爲詩體之一，後也稱詩爲歌詩或詩歌。詠爲曼聲長吟。亦作歌唱解。賦爲詩的六義之一。如風、雅、頌、賦、比、興。鋪敍其事爲賦。亦爲文體名。古詩的一種。如《文選》漢班孟堅（固）〈兩都賦序〉：「賦者，古詩之流也。」頌亦爲詩的六義之一，也是文體名。❹祭祀哀誄　祭祀爲同義複詞。祭神祭祖，統稱祭祀。此處當指祭文而言。哀誄，爲哀悼死者的文章。❺書奏箴銘　書謂書信、上書一類的文字。奏爲上奏、奏書、奏章。箴作規諫、告誡解。亦爲文體名，以規戒爲主題。銘亦爲文體名。多刻於鐘鼎碑石，以稱述平生功德，傳揚後世，或用以自警。❻朝廷憲章　《文章辨體總論作文法》引此句朝廷上，有「故凡」二字。憲章，謂記載典章制度的文字。❼誓誥　誓爲告誡將士或互相約束的言辭。誥爲誥戒。在這裏，誓誥，均爲號令之辭，而意有小別。❽施用多途　亦作「不可暫無」，「皆不可無」。❾入其滋味　謂體會其意味，領略其妙用。❿多陷輕薄　《楚辭・離騷後序補注》引此句「多」作「常」。⓫屈原露才揚己　屈原，戰國楚人。名平，字原；又名、正則，字靈均。做過左徒，三閭大夫。博古通今，具有遠大的政治理想，主張彰明法度，任用賢才，曾輔佐懷王內修政治，外抗強秦。後遭讒放逐，投汨羅江以屍諫。露才揚己，爲班固語，語見《班氏離騷序》。顏氏本之以說屈原，未免援說失察。⓬宋玉體貌容冶　宋玉，戰國楚郢（今河南省鄢陵縣）人。與唐勒、景差，同爲屈派南方辭賦家。曾爲頃襄王大夫。見《史記・屈原賈生列傳》。又宋玉〈諷賦序〉：「玉爲人身體容冶。」容冶，即冶容、姣美之意。⓭東方曼倩　東方朔，字曼倩，漢平原厭次（今山東省惠民縣）人。官至太中大夫。性詼諧滑稽，以奇計俳辭得親近，爲武帝弄臣。見《漢書・東方朔傳》。⓮司馬長卿　司馬相如，字長卿，漢蜀郡成都（今四川省）人。武帝時，因獻賦被任命爲郎。相如曾客遊於梁，梁孝王死後，因以返家，貧窮無以

自業，往依臨邛令王吉。縣有富人卓王孫，其女文君新寡，一日王孫宴客，請相如鼓琴，文君好音，從門隙中竊窺，心悅而好，相如復以琴心挑之。文君夜奔相如，與馳歸成都。因家徒四壁，復至臨邛賣酒。卓王孫不得已，分與財物，方回成都，買田宅，成爲富人。見《漢書．司馬相如傳》。⑮王褒過章僮約　王褒，字子淵，蜀資中人。漢辭賦家。宣帝時，被徵入朝，應詔作〈聖主得賢臣賦〉，擢爲諫議大夫。王利器引沈揆語說：「褒有〈僮約〉一篇，自言到寡婦楊惠舍，故言『過章〈僮約〉』，下對『揚雄德敗〈美新〉』。」又《南齊書．文學傳論》：「王褒〈僮約〉，……滑稽之流。」〈太公家教〉：「疾風暴雨，不入寡婦之門。」以子淵到寡婦楊惠家止宿，是以顏氏謂之「過章」。⑯揚雄德敗美新　揚雄，字子雲，漢蜀郡成都人。成帝時爲給事黃門郎。王莽時，校書天祿閣，後官大夫。著有〈劇秦美新〉論。載在《文選．卷四八》。劇，作甚解。劇秦，謂秦酷暴之甚。新，爲王莽篡漢後的國號。美新，即讚美新朝王莽的賢明。王莽篡漢，揚雄進不能抗言直議，退不能立說私室，保性全真，是以顏氏謂其德敗美新。見《漢書．揚雄傳》。⑰李陵降辱夷虜　李陵，字少卿，漢名將李廣的孫子。武帝天漢二年，率領步騎五千，深入胡地，與匈奴力戰，矢盡援絕而降。匈奴單于以女嫁陵。漢則殺陵老母妻子，自此李氏名敗，隴西之士，皆爲恥。見《史記．李將軍傳》。⑱劉歆反覆莽世　劉歆，爲向少子，字子駿。漢目錄學家。建平初改名秀，字穎叔。沛（今江蘇省沛縣）人。刪父向之別錄，按類區分成《七略》一書，爲我國目錄學之始。及莽篡位，爲國師。後歆怨莽殺其三子，與衛將軍王涉，大司馬董忠密謀殺莽。事洩，劉歆、王涉皆自殺。見《漢書．楚元王傳》及《漢書．王莽傳》。⑲傅毅黨附權門　傅毅字武仲，東漢扶風茂陵（今陝西省興平縣）人。文學家。章帝時爲蘭臺令史，拜郎中。大將軍竇憲征北匈奴，以毅爲記室，後遷爲司馬。致有「憲府文章之盛，冠於當世」之譽。見《後漢書．文苑傳．

傅毅》。⑳班固盜竊父史　班固字孟堅，東漢扶風安陵（今陝西省咸陽縣東）人。史學家、辭賦家。早年因續其父班彪《史記後傳》的著作，被人告發私改國史，下獄，經其弟班超上書力辯獲免。明帝時召爲蘭臺令史，典校祕書。奉詔續其父所著《漢書》，積二十餘年乃成，爲我國第一部斷代史。見《後漢書・班固傳》。子繼父業，應無盜竊之嫌。然《文心雕龍・史傳篇》謂其有「遺親攘美之罪，徵賄鬻筆之愆」。《周書・柳虯傳》，謂其有「受金之名」。六朝人於班固《漢書》，或有微辭，是以顏氏謂其「盜竊父史」。

㉑趙元叔抗竦過度　趙壹字元叔，東漢漢陽西縣（今甘肅省天水縣）人。辭賦家。耿直倨傲，爲鄉黨所擯斥。得罪，幾死，賴友人救助得免。後爲計吏入京，「見司徒袁逢，長揖而已。欲見河南尹羊陟，會其尙臥，哭之」。此卽顏氏所謂「抗竦過度」之意。抗，作高解，竦，作上解。謂高抗竦立之意。見《後漢書・文苑傳・趙壹》。

㉒馮敬通浮華擯壓　馮衍字敬通，東漢京兆杜陵（今陝西省西安市）人。幼有奇才，博通羣書，西漢末亡命河東，後從劉玄起兵。玄死，從光武帝，任曲陽令，以勾通外戚免官，潦倒而死。見《後漢書・馮衍傳》。此謂馮衍虛浮不實，雖能博通，終見擯斥而不爲當世所用。

㉓馬季長佞媚獲誚　馬融字季長，東漢扶風茂陵（今陝西省興平縣）人。經學家、文學家。曾任校書郎、南陽太守等職。《後漢書・馬融傳》：「融，才高博洽，爲世通儒，教養諸生，常有千數。……初，融懲於鄧氏，不敢復違忤勢家，遂爲梁冀草奏李固，又作〈大將軍西第頌〉，以此爲正直所羞。」顏氏所斥，實指此而言。

㉔蔡伯喈同惡受誅　蔡邕字伯喈，東漢河南陳留人。博學多能，精通辭章、天文、術數、書畫、音樂。獻帝時，董卓爲司空，強迫徵召他，封高陽侯。後董卓被殺，邕在司徒王允坐，殊不意言之而歎，有動於色。允勃然叱之曰：「董卓國之大賊，幾傾漢室。君爲王臣，所宜同忿，而懷其私遇，以忘大節！今天誅有罪，而反相傷痛，豈不共爲逆哉？」卽收付廷尉治罪。遂死獄

中。見《後漢書·蔡邕傳》。㉕吳質詆忤鄉里　吳質字季重，三國魏濟陰（今山東省定陶縣）人。以文才爲文帝所善，封列侯。裴注：「始質爲單家（孤寒人家），少游遨貴戚間，蓋不與鄉里沈浮，故雖已出官，本國猶不與之士名。」又注：「質先以怙威肆行，謚曰醜侯。質子應仍上書論枉，至正元中，乃改謚威侯。」見《三國志·魏書·王粲傳附·裴注》。據此，吳質所以「詆忤鄉里」，乃由於他仗勢橫行，是以爲鄉人所不滿，以致士名不立。顏氏所指卽此。㉖曹植悖慢犯法　曹植字子建，曹操第三子，封陳王，謚思，世稱陳思王。植，善屬文，性簡易，飲酒不節，任性而行。文帝卽位，植與諸侯並就國。黃初二年，監國謁者灌均希指，奏「植醉酒悖慢，劫脅使者。」有司請治罪，帝以太后故，貶爵安鄉侯。見《三國志·魏書·陳思王植傳》。㉗杜篤乞假無厭　杜篤字季雅，東漢京兆杜陵（今陝西省長安縣）人。少博學，不修小節，不爲鄉人所禮。居美陽時，與美陽令交遊，數從請託，不諧，頗相恨。令怒，收篤送京師。見《後漢書·文苑傳·杜篤》。乞假，卽請託。以私事請求拜託。㉘路粹隘狹已甚　路粹字文蔚，三國魏人。少學於蔡邕，建安初，以高才與京兆嚴像擢拜尚書郎。有文采。後爲軍謀祭酒，與陳琳、阮瑀等典記室。及孔融有過，太祖使粹爲奏，承指數致融罪。融誅之後，人覩粹所作，無不嘉其才而畏其筆。至十九年，粹轉爲祕書令，從大軍至漢中，坐違禁賤請驢，伏法。魚豢云：「文尉性頗忿鷙。」見《三國志·魏書·王粲傳·裴注引典略》。㉙陳琳實號麤疎　陳琳字孔璋，三國魏人。初爲何進主簿，後歸袁紹，嘗爲紹移書曹操，數其罪狀。紹敗，歸操。裴注引魚豢語說：「孔璋實自麤疏。」此爲顏氏所本。意謂陳琳性情粗略疎忽。見《三國志·魏書·王粲傳》。㉚繁欽性無檢格　繁欽字休伯，三國魏人。以文才機辯，少得名於汝、潁。長於書記，亦善詩賦。所與太子書，記喉轉意，率皆巧麗。爲丞相主簿，建安二十三年卒。裴注：「繁，音婆。」又引魚豢語說：「休伯無格檢。」格檢，

謂法式，準則。見《三國志・魏書・王粲傳・裴注》。

㉛劉楨屈強輸作　劉楨字公幹，三國魏人。有文才，與王粲、孔融、陳琳、阮瑀、應瑒、徐幹相友善，時號建安七子。曹操以爲丞相掾屬。嘗從太子（曹丕）飲，酒酣坐歡，丕命夫人甄氏出拜，坐中衆人皆伏，而楨獨平視。曹操聞之，乃收楨治罪，減死輸作。又《世說新語・言語篇・十》：「劉公幹以失敬罹罪。」注引〈文士傳〉：「楨性辯捷，所問應聲而答。坐平視甄夫人，配輸作部，使磨石。」屈強，卽倔強，直傲不肯屈服。輸作，謂因罪貶謫之意。見《三國志・魏書・王粲傳》裴注引《典略》。

㉜王粲率躁見嫌　王粲字仲宣，三國魏人。博物多識，文思敏銳，以短賦名於時，頗得蔡邕賞識。後避亂荆州，依劉表，以貌醜矮小而未被重用。其後仕魏，官侍中。爲建安七子之一。見《三國志・魏書・王粲傳》。又裴注引魚豢語說：「仲宣傷於肥戇」。《三國志・魏書・杜襲傳》：「粲性躁競」。《文心雕龍・程器篇》：「仲宣輕脆以躁競」。黃叔琳以爲「肥、脆」二字皆「銳」字之譌。並引〈體性篇〉「仲宣躁銳」爲證。王利器則以「輕脆」爲「輕侻」之譌，並引《三國志・魏書・王粲傳》：「貌寢而體弱通侻」爲證。裴注：「通侻者，簡易也。」凡此，皆可爲王粲「率躁」之證。

㉝孔融、禰衡誕傲致殞　孔融字文舉，漢末魯國人。曾任北海相，時稱孔北海。爲人恃才負氣，所作散文，鋒利簡潔，敢於嘲諷，後因觸怒曹操被殺。爲建安七子之一。見《後漢書・孔融傳》。禰衡字正平，東漢平原（今山東省平原縣）人。少有才辯，性剛傲物，與孔融友善，孔融薦於曹操。操召爲鼓史，禰衡當衆擊鼓罵操。操怒，本欲殺之，恐遭害賢之名，遣送荆州劉表。復不合，轉送江夏太守黃祖，終被殺，年二十六。見《後漢書・文苑傳・禰衡》。

㉞楊修、丁廙扇動取斃　楊修字德祖，東漢弘農華陰（陝西省華陰縣）人。好學能文，才思敏捷，建安中，舉孝廉，爲丞相曹操主簿，總管內外事務，與曹植友善，謀立植爲魏太子，後植失寵於操，操恐修有智謀，慮有後患，乃借

故予以殺害。見《後漢書・楊震傳》。丁廙字敬禮，漢末三國時沛郡人。廙及兄儀與曹植親近，曾勸操立植為太子。及曹丕為帝，藉故殺廙兄弟。又《三國志・魏書・陳思王植傳》：「植既以才見異，而丁儀、丁廙、楊修為之羽翼，幾為太子者數矣。」㉟阮籍無禮敗俗　阮籍字嗣宗，三國魏陳留尉氏（今河南省）人。瑀子，為當時思想家、文學家。竹林七賢之一。又阮籍遭母喪，飲酒食肉，不拘禮法。干寶《晉紀》：「何曾嘗謂阮籍曰：『卿恣情任性，敗俗之人也。』」見《晉書・阮籍》及《世說新語・任誕篇》。㊱嵇康淩物凶終　嵇康字叔夜，三國魏譙郡銍（今安徽宿縣）人。娶魏宗室長樂公主，賜中散大夫。自幼好學，博洽多聞，為竹林七賢之一。當時司馬氏掌權，康作〈太師箴〉、〈管蔡論〉，抨擊司馬氏的專橫與偽善，並拒絕徵召，作〈與山巨源絕交書〉，又箕踞不禮鍾會，終為司馬氏所殺。見《晉書・嵇康傳》。又余嘉錫《世說新語箋疏》：「嵇、阮雖以放誕鳴高，然皆狹中不能容物。如康之箕踞不禮鍾會（見〈簡傲篇・三〉），〈與山濤絕交書〉自言：『不喜俗人，剛腸疾惡，輕肆直言，遇事輒發。』又〈幽憤詩〉曰：『惟此褊心，顯明臧否。』皆足見其剛直任性，不合時宜。」見〈賢媛篇箋疏・二〉。㊲傅玄忿鬬免官　傅玄字休奕，晉北地泥陽（今陝西省耀縣）人。思想、文學家。博學善屬文，精通音律。然天性峻急，不能有所容。初，玄進皇甫陶，以事與陶爭，言語諠譁，為有司所奏，二人竟坐免官。見《晉書・傅玄傳》。㊳孫楚矜誇淩上　孫楚字子荊，晉太原中都（今山西省平遙縣）人。才藻卓絕，爽邁不羣，多所陵傲。以佐著作郎，參石苞軍事，自負材氣，於苞每多侮易，因此而嫌隙遂構。見《晉書・孫楚傳》。㊴陸機犯順履險　陸機字士衡，西晉吳郡華亭（今江蘇省松江縣）人。少有異才，文章冠世。吳亡後，於晉武帝太康末，與弟雲同至洛陽，文才大噪，時稱二陸。後事成都王穎，表為平原內史。太安初，穎與河間王顒，起兵討長沙王乂，以陸機為後將軍，河北大都督。及軍敗，宦

人孟玖等譖機有異志，穎使收機，遂遇害。見《晉書・陸機傳》。案：履，一作陵。㊵潘岳乾沒取危躁　潘岳字安仁，西晉滎陽中牟（今河南省中牟縣）人。文學家。官至給事黃門侍郎，人稱潘黃門。岳性輕躁，趨世利，其母責讓說：「爾當知足，而乾沒不已乎？」然而岳始終不改。見《晉書・潘岳傳》。㊶顏延年負氣摧黜　顏延之字延年，南朝宋琅邪臨沂人。官至金紫光祿大夫，文章冠絕當世，與謝靈運並稱顏、謝。好飲酒，不護細行。性激直。所言無忌諱，每犯權要，不能取容當世。以作〈五君詠〉觸怒劉湛及彭城王義康，欲黜爲遠郡。文帝與義康詔曰：「宜令思愆里閭，猶復不悛，當驅往東土，乃至難恕者，自可隨事錄之。」於是延之屏居不豫人間者七載。見《南史・顏延之傳》。㊷謝靈運空疏亂紀　謝靈運，小名客兒，南朝宋陽夏人。謝玄孫，襲封康樂公，故稱謝康樂。博學工書畫，詩文縱橫俊發，獨步江左。性豪侈，車服鮮麗，多改舊制。朝廷唯以文義處之，不以應實相許。自謂才能宜參權要，既不見知，常懷憤惋。文帝以爲臨川內史。在郡游放，不異永嘉，爲有司所糾。靈運興兵叛逸，遂有逆志。終被殺。見《南史・謝靈運傳》。案：《宋書・武三王・廬陵孝獻王義眞傳》：「義眞聰明愛文義，與陳郡謝靈運、琅邪顏延之、慧琳道人並周旋異常，……靈運空疏，延之隘薄。」㊸王元長凶賊自詒　王融字元長，南朝齊琅邪臨沂（今山東省臨沂縣）人。少時曾上書武帝求自試，官中書郎，融，文辭捷速，有所造作，援筆可待。與竟陵王蕭子良特相友善，子良以融爲寧朔將軍軍主。武帝病篤暫絕，子良在殿內，太孫未入，融戎服絳衫，於中書省閤口，斷東宮仗不得進，欲矯詔立子良。俄而帝崩，融乃以子良兵禁諸門，西昌侯聞訊，急馳到雲龍門，不得進，於是說：「有敕召我。」乃破門而入，奉太孫（即鬱林王）登殿，命左右扶出子良。鬱林深怨王融，即位十餘日，就收融下廷尉獄，賜死。見《南史・王弘傳・王融》。㊹謝玄暉侮慢見及　謝朓字玄暉，南齊陽夏人。少好學，有美名，文章清麗。善

草隸，長五言詩。沈約嘗云：「二百年來無此詩也。」初爲齊王子隆鎭西功曹，轉文學。明帝輔政，領記室，出爲宣城太守。東昏侯失德，江祏等謀立始安王遙光，謀於朓，朓不肯，祏於是白告遙光，遙光怒，使范岫奏收朓，下獄死。又以朓常輕祏爲人，屢加嘲弄，使江祏難堪，無法忍受，至是遂構而害之。見《南史・謝裕傳・謝朓》。㊺翹秀　高秀。喻人才出眾。㊻皆負世議　漢武帝即位，罷黜百家，表章六經，興學校，改正朔，定律曆，號令文章，煥然可觀，而窮兵黷武，致有巫蠱之禍。魏之三祖，雅好詩文，咸蓄盛藻，終難免於漢賊之譏。文帝刻薄於兄弟，明帝則侈於土木。宋世祖孝武帝駿，雅好文藻，即位後，荒淫酒色，納其叔父義宣女爲殷貴妃。此即所謂「負世議」（參王利器集解引各家言爲說）。㊼子游、子夏　皆孔子弟子。《論語・先進篇》：「文學：子游，子夏。」㊽荀況　戰國趙人。時人尊稱爲荀卿，漢人避宣帝諱，改稱孫卿。曾講學於齊國，三度爲稷下祭酒。著有《荀子》三十二篇及賦十篇。見《史記・孟子荀卿列傳》。㊾孟軻　字子輿，戰國鄒人。受業於子思的門人。學既成，遊歷諸侯，皆不合，退而與萬章等人敍詩、書，闡述孔子思想，作《孟子》七篇。見《史記・孟子荀卿列傳》。㊿枚乘　字叔，西漢淮陰（今江蘇省）人。辭賦家。著有賦九篇，大多亡佚，今存〈七發〉等三篇，近人輯有《枚叔集》。見《漢書・枚乘傳》。51賈誼　西漢洛陽人。爲一政論、辭賦家。十八歲時，即以能誦詩書、善寫文章聞名。文帝召爲博士，越級升遷爲太中大夫。著有〈鵩鳥賦〉、〈論時政疏〉、〈過秦論〉等著名的政論文賦。《漢書・藝文志》稱賈誼有《新書》五十六篇，原書已佚，後人輯爲十卷。見《漢書・賈誼傳》。52蘇武　字子卿，漢杜陵（今陝西省長安縣）人。武帝時，以中郎將身分出使匈奴。單于脅迫他投降，不屈，後送至北海（貝加爾湖）牧羊，留十九年始得歸漢。《文選》載有蘇武五言詩四篇。見《漢書・蘇建傳》。53張衡　字平子，東漢南陽西鄂（今河南省南陽縣）人。少

善屬文，通五經。長於辭賦，著有〈二京賦〉、〈四愁詩〉、〈同聲歌〉等篇。原有文集已佚，明人輯有《張河間集》。見《後漢書・張衡傳》。(54)左思　字太沖，西晉臨淄（今屬山東省）人。博學能文，構思十年，寫成〈三都賦〉，豪貴之家，競相傳寫，洛陽爲之紙貴。所作詩，今僅存十四篇，以詠史詩八首最爲有名。著有《左太沖集》。見《晉書・文苑傳・左思》。(55)厲　作「上」解。見《廣雅・釋詁卷一下》。(56)凌　應作淩。作「馳」解。見《廣雅・釋言卷五上》。(57)塵　一作霆。較塵義勝。(58)元吉　大吉。吉作「福」解。

【語譯】文章的本原，出自五經：如詔命策檄，是從《書經》中演化出來的；序述論議，是從《易經》中演化出來的；歌詠賦頌，是從《詩經》中演化出來的；祭祀哀誄，是從《禮經》中演化出來的；書奏箴銘，是從《春秋》中演化出來的。舉凡朝廷中典章制度的記載，誓師行軍的誥誡，敷布彰顯仁義的措施，宣揚表旌功德的可貴，以及治理人民、建設國家的大法宏規等各方面，施用的地方可說太多了。至於涵養性情，以從容的言辭來諷喻勸諫，如能體會其意味妙用，那也可說是一件快樂的事情了。如果還有多餘的心力，則可進一步的從事學習。然而自古以來的文人，在言行上，多陷於輕浮刻薄：如屈原的揚露一己的才華，來凸顯國君的過失；宋玉的冶容體貌，被人視爲伶人戲子；東方朔滑稽詼諧而不雅正；司馬相如行同竊人財物而無操守；王褒在〈僮約論〉中自稱違反世俗；揚雄由於作〈美新論〉而敗壞了德行；李陵投降匈奴而受辱名，劉歆爲莽國師反落得自殺的下場；傅毅以文才黨比附和有權勢的人；班固竊取其父史稿而著成《漢書》；趙元叔的行徑過於高亢竦立；馮敬通因虛浮不實，終被擯斥而不爲當世所用；馬融以不敢違忤有權勢的人而被譴責爲阿諛諂媚；蔡邕因同情董卓被殺而被指爲共逆，竟死獄中；吳質因仗勢橫行以致爲鄉人所不滿；曹植常以飲酒不節而違犯法紀；杜篤以私事向人請託無

鬣而被收押；路粹則心胸過於狹隘；陳琳實又號稱粗略疎忽；繁欽生性隨便不守法紀；劉楨因性情倔強而被貶謫；王粲則由於率性急躁而被嫌棄；孔融、禰衡皆因恃才傲物而被殺；楊修、丁廙因主謀立曹植爲魏太子而喪命；阮籍則由於恣情任性，不拘禮法，而傷風敗俗；嵇康又因剛直疾惡、不理權貴而被害；傅玄以天性峻急因事相爭遭到免官；孫楚則自負才氣，而凌侮上級；陸機卻以誣指反叛而遇害；潘岳則由於性趣世利、貪得不改而自取危亡；顏延年因負才傲物，每犯權要而遭罷黜；謝靈運因蒙空放粗略而違紀叛亂終被害；王融則由於擅自廢立無異於自己找死；謝朓因屢次嘲弄權貴使人難堪而見殺。以上所舉這些人，無不才能出眾，不能詳加記述，大略是這樣。至於帝王，也有的不免如此。自古以來，天子有才華的，唯有漢武帝、魏太祖、文帝、明帝、以及宋孝武帝等，都遭到世間的非議，不是具有美德的國君。從子游、子夏、荀況、孟軻、枚乘、賈誼、蘇武、張衡、左思這些人算起，享有盛大聲名而能免於過失禍患的，固然不時的可以聽到，但其中遭到傷害的卻佔了大多數。每想到這裏，就不免要追溯所積致的內蘊，文章的體制，就是要顯示情致趣味，引發一個人的性情神思，容易使人炫耀自誇，所以就忽略了固守節操，決然地勇於進取。今世的文人，這種毛病更爲深切，如對一事說得適切恰當，一句話講得清新奇巧，便會神彩飛揚，直上九霄，心志凌馳於千年以外，得意忘形，只顧自我吟咏欣賞，不覺還有別人的存在。在這種情況下，如稍加以輕微像砂礫樣的傷害，對方就會覺得比矛戟還要來得慘痛，諷刺所引來的災禍，比疾風雷霆還要快速，應該深加思慮防範，來保持大吉。

2. 學問有利鈍，文章有巧拙。鈍學累功，不妨精熟；拙文研思，終歸蚩鄙❶。但成學士，自足爲人。必乏天才，勿強操筆。吾見世人，至無才思，自謂淸華❷，流布醜拙，

亦以眾矣，江南號為詅癡符❸。近在并州，有一士族，好為可笑詩賦，誂撆❹邢、魏諸公❺，眾共嘲弄，虛相讚說，便擊牛釃酒❻，招延聲譽。其妻，明鑒婦人也，泣而諫之，此人歎曰：「才華不為妻子所容，何況行路！」至死不覺。自見之謂明❼，此誠難也！

【注釋】❶蚩鄙　拙陋粗野。❷清華　形容文詞清美華麗。❸詅癡符　本無才學，又好誇耀於人，適成為獻醜的標誌。❹誂撆　戲弄嘲笑。❺邢、魏諸公　邢謂邢邵，字子才，北齊河間鄚（今河北省任丘縣）人。十歲，便能為文，聰明強記，日誦萬餘言，五行俱下，無所遺忘。文章典麗，既有內容、文筆又快，每一文出，京師即為之紙貴。與濟陰溫子昇為文士之冠，世論謂之溫、邢。鉅鹿（今河北省平鄉縣）魏收，雖天才豔發，而年事在二人之後，故子昇死後，方稱邢、魏。魏謂魏收，字伯起，小字佛助，年十五即能屬文，以文華顯，辭藻富逸，撰《魏書》一百三十卷，有集七十卷。見《北齊書・邢邵、魏收傳》。❻擊牛釃酒　殺牛下酒。❼自見之謂明　即自知之明。《老子・三三章》：「知人者智，自知者明。」《韓非子・喻老篇》：「知之難，不在見人，在自見。故曰：自見之謂明。」

【語譯】讀書求學，有的聰明，有的魯鈍；提筆寫文章，有的精巧，有的笨拙。魯鈍的人讀書，只要能積累不斷地用功，就不會妨礙把書讀得精熟；笨拙的人寫文章，雖也深研覃思，最後還是逃不出粗野鄙陋。可是一旦學有所成，自然也就足可以處世為人了。如果缺乏寫作的天才，就不要勉強提筆為文。我看到世間有人，甚至連一點才思也沒有，卻自認為文詞清美華麗，適足以暴露其醜陋與笨拙的，真不知有多少，江南就號稱這種本無才學，又好誇耀於人，適成為獻醜標誌的情形為「詅癡符」。近來在并州，發現有一士族，喜歡作可笑的詩賦，用以戲弄譏嘲邢邵、魏收等諸前輩，大家不僅共同嘲弄，

還相互虛誇稱美嘲弄詩賦作的好，於是便進一步的殺牛下酒，呼朋引眾，以期招致聲譽的遠播。他的妻子，是一位明察事理的婦人，哭泣著來勸告他，這個人歎息著說：「我的才華竟不能被妻子所寬容，更何況是不相干的路人！」一直到死都不曾覺悟。能自己知道自己叫作明，這實在很難啊！

3. 學為文章，先謀親友，得其評裁，知可施行，然後出手；慎勿師心自任❶，取笑旁人也。自古執筆為文者❷，何可勝言。然至於宏麗精華，不過數十篇耳。但使不失體裁，辭意可觀❸，便稱才士；要須動俗蓋世，亦俟河之清❹乎！

【注釋】❶師心自任　剛愎任性，自以為是。❷執筆為文者　者，一作章。❸辭意可觀　意，一作義。❹俟河之清　本指等待黃河水清。比喻等待太平的到來不知甚麼時候。語出《左傳・襄公八年》。此處用以喻時間久遠，希望渺茫。

【語譯】要學習寫文章，就先要向親友請益計議，得到他們的評定裁可，知道可以寫了，然後再提筆為文；但是千萬不可任性自以為是，來取笑別人。自古以來，執筆寫文章的人，如何能夠說得完。然而至於內容能寫得宏富精當、文字華麗清暢的，也不過數十篇罷了。一般說來，只要能使文章不違失體制，文辭義理能有可觀，便可以稱為才士；一定要能轟動世俗，超過世間所有的文人，那眞不知要等到什麼時候呢！

4. 不屈二姓，夷、齊之節也❶；何事非君，伊、箕之義也❷。自春秋已來，家有奔亡，國有吞滅，君臣固無常分矣；然而君子之交絕無惡聲，一旦屈膝而事人，豈以存亡而

改慮？陳孔璋居袁裁書，則呼操爲豺狼❸；在魏製檄，則目紹爲虵虺❹。在時君所命❺，不得自專，然亦文人之巨患也！當務從容消息之❻。

【注 釋】❶夷、齊之節 即伯夷和叔齊。是殷代孤竹君的二子。初，兄弟二人讓國而逃亡於外，殷亡後，以恥食周粟隱居首陽山採薇果腹，最後餓死山中。後人以爲高尙守節的典型。見《孟子・萬章篇下》及《史記・伯夷傳》。❷伊、箕之義 即伊尹與箕子。均爲殷代賢臣。伊尹名摯，佐湯伐桀，被尊爲阿衡（宰相）。湯孫太甲無道，伊尹把他放逐到桐宮，改過後迎之復位。見《史記・殷本紀》。箕子名胥餘，封於箕，故稱箕子。爲紂的叔父。紂暴虐，箕子屢諫不聽，乃披髮佯狂爲奴，也不願去國來彰顯紂的罪惡以取悅於人民。見《史記・殷本紀》。❸呼操爲豺狼 《三國志・魏書・袁紹傳・裴注》引《魏氏春秋》陳琳（字孔璋）爲袁紹檄州郡文說：「而操豺狼野心，潛苞禍謀，乃欲撓折棟梁，孤弱漢室，除滅中正，專爲梟雄。」❹紹爲虵虺 《陳琳文集》不傳，此語無考。❺在時君所命 在，一作任。❻消息 斟酌。參〈風操篇〉注。

【語 譯】不屈臣二朝，伯夷、叔齊表現了高尙守節的典型；任何國君都可以去服事，伊尹、箕子表現了堅貞忠義的模範。從春秋以來，大夫之家，有奔逃的臣子，諸侯之國，有併呑滅亡的先例，君臣本來就沒有永久不變的名分。然而君子的交往，即使斷絕往來，彼此也都不會說出不好聽的話，一旦臣服而事奉人君，怎可因國家的存亡而改變一己的思慮？陳琳當居在袁紹帳下掌管文書裁製檄文時，就稱呼曹操爲豺狼，後來歸魏裁製檄文時，就指名袁紹爲蛇虺，完全聽任當時君主的命令，不能按照自己的意思去做，這就是文人的大患啊！應當好好的靜下來仔細的加以斟酌。

5. 或問揚雄曰：「吾子少而好賦？」雄曰：「然。童子雕蟲篆刻❶，壯夫不為也。」余竊非之曰：虞舜歌〈南風〉之詩❷，周公作〈鴟鴞〉之詠❸，吉甫、史克雅、頌之美者❹，未聞皆在幼年累德也。孔子曰：「不學《詩》，無以言❺。」「自衛返魯，樂正，〈雅〉、〈頌〉各得其所❻。」大明孝道，引詩證之❼。揚雄安敢忽之也？若論「詩人之賦麗以則❽，辭人之賦麗以淫❾」，但知變之而已，又未知雄自為壯夫何如也？著〈劇秦美新〉❿，妄投於閣⓫，周章怖慴⓬，不達天命，童子之為耳。桓譚⓭以勝老子，葛洪⓮以方仲尼，使人歎息。此人直以曉算術，解陰陽，故著《太玄經》⓯，數子為所惑耳；其遺言餘行，孫卿、屈原之不及，安敢望大聖之清塵⓰？且《太玄》今竟何用乎？不啻覆醬瓿而已⓱！

【注釋】❶雕蟲篆刻　蟲謂蟲書，刻謂刻符，為西漢學童所習秦書八體中的二體，纖巧難工。故用以比喻作賦為文，如同孩童的學習蟲書、刻符，是一種小道、小技而已。❷南風之詩　古詩名。相傳為虞舜所作。《禮記・樂記》：「昔者，舜作五弦之琴，以歌《南風》。」《孔子家語・辯樂解》：「昔者，舜彈五弦之琴，造南風之詩，其詩曰：『南風之薰兮，可以解吾民之慍兮；南風之時兮，可以阜吾民之財兮。』」❸鴟鴞之詠　這是周公東征時，自述其艱苦為國以表心志的詩篇。所以〈詩序〉說：「〈鴟鴞〉，周公救亂也。成王未知周公之志，公乃為詩以遺王，名之曰『鴟鴞』焉。」❹吉甫、史克

雅頌之美者　此言尹吉甫作詩以美宣王，史克作頌以美僖公。〈詩序〉說：「〈大雅〉、〈嵩高〉、〈蒸民〉、〈韓奕〉，皆尹吉甫美宣王之詩，駉，頌僖公也。僖公能遵伯禽之法，……而史克作是頌。」❺不學詩無以言　語出《論語．季氏篇》。朱子以為學《詩》則「事理通達，而心氣和平，故能言。」又因詩有興觀羣怨的旨趣，有溫柔敦厚的教化功用，而且委婉成章，為語言的寶典，當時與人交談，尤其是國際間的會盟聘問、酬酢對答，均必須引詩、賦詩，藉以表達心意，以別賢不肖。故云不學《詩》無以言。❻自衛返魯至各得其所　語出《論語．子罕篇》。此言孔子自述晚年整理魯國的音樂，使樂章雅、頌各有適當的歸趣。❼大明孝道引詩證之　此指《孝經》。孔子為曾子陳述孝道，於每章的末端，均引詩來加以證明。❽詩人之賦麗以則　賦，即詩六義之一之賦，就是詩。〈毛詩序〉：「詩有六義，二曰賦。」班固以為古詩之流。古詩，以發乎情止於義為美。則，作法解。此謂詩人所作的賦雖麗，而合於法則。❾辭人之賦麗以淫　此言當今文辭家所作的賦，以形容過度為美。淫，作過度解。❿劇秦美新　見本文第一段注⓰。⓫妄投於閣　此言揚雄不明就裡的隨便就從天祿閣跳下來。詳見《漢書．揚雄傳下》。⓬周章怖慴　倉惶驚懼的樣子。⓭桓譚　字君山，東漢相人。好音律，喜鼓琴，遍習五經，能文章，尤好古學，著有《新論》二十九篇。見《後漢書．桓譚傳》。桓譚以揚雄《太玄經》勝過《老子》。見《漢書．揚雄傳下》。⓮葛洪　字稚川，晉丹陽句容（今江蘇省句容縣）人。自號抱朴子。少好學，家貧，以樹枝代筆，博通經典。著有《抱朴子》、《神仙傳》等書。見《晉書．葛洪傳》。又《抱朴子．尚博篇》說：「世俗率神貴古昔而黷賤同時，……雖有益世之書，猶謂不及前代之遺文也。是以仲尼不見重於當時，《太玄》見蚩薄於比肩也。」⓯太玄經　書名。漢揚雄撰，十卷。為雄模擬《周易》而作。宋司馬光有《太玄集注》十卷。⓰清塵　車後揚起的灰塵。引申指尊貴者的車駕。後又用為對人的

尊稱。⑰不啻覆醬瓿而已 不啻，不止。瓿，盛醬醋之類的瓦器。

【語譯】有人向揚雄發問說：「先生在年少時就很喜歡作賦？」揚雄回答說：「是的。那只不過是像小孩子學習蟲書、刻符的小技巧，胸懷壯志的人，是不屑去做的。」我私下不以為然的說：「虞舜詠歌〈南風詩〉，周公作〈鴟鴞篇〉，尹吉甫、史克賦雅、頌來讚美君王，從沒有聽說都是在幼年時就能如此積累德行的（指作詩賦）。孔子說：『不學《詩》，就不能通達事理，心平氣和、從容不迫地應對說話。』『從衛國回到魯國，然後才把所有的樂章加以整理，使雅的音律歸於雅，頌的音律歸於頌，各有適當的歸趨。』大大地彰明孝道，並且援引詩句來加以證明。揚雄怎可敢輕忽詩賦是一種小技巧呢？假如說『詩人所作的詩，發乎情止於義，雖麗而合乎法則，辭人所作的詩，以形容過度為美的話』，這是僅知變通的說法罷了，又不知揚雄自己到了盛壯之年以後，作為是怎樣的哪？他著作〈劇秦美新論〉，又不明就裡地隨便就從天祿閣上跳下來，那種倉惶驚懼的表情，不通達事理的行為，就是小孩子的舉動。桓譚以為他勝過老子，葛洪拿他來比方孔子，這真教人感到悲歎。這個人（揚雄）也只不過通曉算術，稍解陰陽的道理（指《周易》），所以著作《太玄經》，這幾位先生才被他所迷惑；就他所遺留下來的言論、行事來看，連孫卿、屈原都趕不上，又怎敢將他和大聖人相比呢？況且《太玄經》以今日來說，究竟有什麼用處？恐怕還不止用來覆蓋醬醋的罐子吧！」

6. 齊世有席毗❶者，清幹之士，官至行臺尚書，嗤鄙文學，嘲劉逖云❷：「君輩辭藻，譬若榮華❸，須臾之翫，非宏才也；豈比吾徒千丈松樹，常有風霜，不可凋悴矣。」劉應之曰：「既有寒木，又發春華，何如也？」席笑曰：「可哉！」

【注釋】❶席毗 或作辛毗。曹魏時人。生平事迹不詳。❷劉逖 字子長，彭城（今江蘇省銅山縣）人。少聰敏，好弋獵騎射，愛交遊，善戲謔。後發憤讀書，在遊宴之中，也卷不離手，其好學如此。留心文藻，頗工詩詠。見《北齊書·文苑傳·劉逖》。❸榮華 或作朝菌。以文意言，朝菌固可喻時間短促，但少有以之作爲觀玩之物，且下文「又發春華」句，當與榮華相應。

【語譯】齊朝時有一位名席毗的人，淸明能幹，官做到「行臺尙書」，對文學抱著譏笑輕視的態度，以嘲弄的口吻對劉逖說：「你們寫文章的人，講求辭藻華美，就像花朵一樣，只可供短時間的玩賞，並稱不上什麼大才；怎能和我們像千丈高的松樹相比，常遭受寒風嚴霜的侵襲，也不可使它凋謝枯萎。」劉逖應聲回答說：「既有耐寒的松柏，又能在春天開花，怎麼樣呢？」席毗笑著說：「那當然可以啊！」

7. 凡爲文章，猶人乘騏驥❶，雖有逸氣，當以銜勒❷制之，勿使流亂軌躅❸，放意塡坑岸❹也！

【注釋】❶騏驥 喻駿馬。《莊子·秋水》：「騏驥驊騮。」釋文：「皆駿馬也。」❷銜勒 此用以喻節制。銜，裝在馬口中的橫鐵，用以控勒馬的行動。勒，馬頭絡銜。俗稱籠頭。❸軌躅 本作車子行過的痕迹解。此用以喻法則。❹坑岸 盧文弨解作：「猶坑塹。」《後漢書·朱穆傳》：「顚隊阬岸。」用法相同。

【語譯】當寫文章的時候，就好像人在騎駿馬，雖然有脫俗不羈的氣概，也應當用銜勒來控制牠，勿使亂跑而脫離軌迹，放縱肆意地塡塞坑塹啊！

8. 文章當以理致❶爲心腎，氣調❷爲筋骨，事義爲皮膚，華麗爲冠冕。今世相承，趨末棄本，率多浮豔。辭與理競，辭勝而理伏；事與才爭，事繁而才損。放逸者流宕而忘歸，穿鑿者補綴而不足。時俗如此，安能獨違？但務去泰去甚❸耳。必有盛才重譽❹，改革體裁者，實吾所希。

【注釋】❶理致　義理情致，思想情趣。❷氣調　文章的氣勢風格。❸去泰去甚　凡是改良事物，不求在根本上推翻，只去除奢靡不合於中道部分的，叫去泰去甚。❹重譽　隆重的聲譽。

【語譯】撰寫文章，應當以義理情致爲心腎，以氣勢風格爲筋骨，以事理情義爲皮膚，以華麗的辭藻爲冠冕。當代的文人，相互承襲，反而趨向末節而捨棄根本，爲文大多輕浮華豔。辭藻與義理相競爭，結果是辭藻勝利而義理隱伏，事情與才識相爭奪，結果是事情繁盛而才識受到損傷。在此情況下，放任自由的人，飄流放蕩而忘卻了歸趣，牽強附會的人，修補連綴而又不能充足。當時文風世俗是這樣，怎能獨自違背？只是要去除那些太過太甚的部分就可以了。一定要有盛大才識聲譽隆重，從事體裁改革的人，方能勝任愉快，這實在是我所希望的。

9. 古人之文，宏材❶逸氣❷，體度風格❸，去今實遠；但緝綴疏朴❹，未爲密緻耳。今世音律諧靡，章句偶對，諱避精詳，賢於往昔多矣。宜以古之製裁爲本，今之辭調爲末，並須兩存，不可偏棄也。

【注釋】❶宏材　材，一作才。❷逸氣　脫俗不羈的氣概。❸風格　風標格調。❹緝綴疏朴　編緝綴屬粗疏質朴。

【語譯】古人的文章，具有宏遠的才識和脫俗不羈的氣概，在體態風度、格調標識表現上，與現今的文章，相去實在很遠；僅作粗疏質朴的編組綴屬，尚未達到細密精緻的地步。當代的文章，在音律上，講求和諧靡麗，在章句方面，則講求對偶，在避諱上也很精確詳實，比往昔好多了。當以古代的文體裁製爲根本，以今世的辭采律調爲枝葉，兩者必須並存，不可偏廢遺棄任何一方。

10. 吾家世文章，甚爲典正，不從流俗；梁孝元在蕃邸時❶，撰《西府新文》❷，訖無一篇見錄者，亦以不偶於世，無鄭、衛之音❸故也。有詩賦銘誄書表啟疏二十卷，吾兄弟始在草土❹，並未得編次，便遭火盪盡，竟不傳於世。銜酷茹恨❺，徹於心髓❻！操行見於《梁史．文士傳》❼及孝元《懷舊志》❽。

【注釋】❶在蕃邸時　指梁元帝爲湘東王時。❷西府新文　西府，指江陵（今湖北省江陵縣），時荊州居分陝之要，故稱江陵爲西府。《西府新文》蓋梁孝元使蕭淑輯錄諸臣僚所作之文，時之推父協正爲鎮西府諮議參軍，其文未見收錄，所以之推引以爲憾。案：《隋書．經籍志》：「《西府新文》十一卷，並錄，梁蕭淑撰。」❸鄭衛之音　指當時浮華豔麗的文章。《南史．蕭惠基傳》：「宋、大明以來，聲伎所尚，多鄭、衛，而雅樂正聲，鮮有好者。」❹草土　謂居喪。居父母之喪，寢苫枕塊，所以說草土。❺銜酷茹恨　所含蘊的痛恨。❻徹於心髓　透入心扉骨髓。❼梁史文士傳　今《梁書．文學傳

下》載：「顏協（之推父）字子和，七代祖含，晉侍中，國子祭酒，西平靖侯。父見遠，博學有志行。協幼孤，養於舅氏，博涉羣書，工於草隸，官湘東王國常侍，又兼府記室。世祖（梁元帝）出鎭荊州，轉正記室。大同五年卒，世祖甚歎惜之，爲《懷舊詩》以傷之。」❽懷舊志　《隋書．經籍志》：「《懷舊志》九卷，梁元帝撰。」又《北周書．顏之儀傳》：「父協，以見遠（協父）蹈義忤時，遂不仕進。湘東王引爲府記室參軍，協不得已，乃應命。梁元帝後著《懷舊志》及詩，並稱讚其美。」

【語譯】我家世代文章，都非常典雅平正，不會跟著流行的習俗走；梁孝元帝在爲湘東王時，命蕭淑編撰《西府新文》，竟然沒有一篇被選錄，這也就是因爲不能偶合於世俗，行文又不浮華豔麗的原故。著有詩賦銘誄書表啟疏二十卷，我們兄弟先前在居喪時，並沒有能加以編次，不料遭遇火災全部燒光，竟不能流傳於世間。內中所含蘊的悲痛憾恨，已透入骨髓！關於節操美行，可見於《梁史．文士傳》及孝元帝所著《懷舊志》中。

11. 沈隱侯❶曰：「文章當從三易：易見事，一也；易識字，二也；易讀誦，三也。」邢子才❷常曰：「沈侯文章，用事不使人覺，若胸臆語也。」深以此服之。祖孝徵❸亦嘗謂吾曰：「沈詩云：『崖傾護石髓❹。』此豈似用事邪？」

【注釋】❶沈隱侯　即沈約。《梁書．沈約傳》：「沈約字休文，吳興武康（今浙江省武康縣）人。篤志好學，晝夜不倦，遂博通羣籍，能屬文。高祖（梁武帝蕭衍）受禪，爲尙書僕射，封建昌縣侯，謚曰隱。」❷邢子才　即邢邵。《北齊書．邢邵傳》：「邢邵，字子才，河間鄚（今河北省任邱縣）人。十歲便能屬文，雅有才思，博覽墳籍，無不通曉。邵率情簡素，內行修謹，兄弟親姻之間，稱

爲雍睦。初仕魏，官國子祭酒，中書監，入齊，授特進，卒。」❸祖孝徵　即祖珽。《北齊書・祖珽傳》：「祖珽，字孝徵，范陽迺（今河北省定興縣）人。珽神情機警，詞藻遒逸，少馳令譽，爲世所推。」❹崖傾護石髓　句義謂傾斜的山崖，護衛著石鍾乳。石髓，卽石鍾乳。亦作鐘乳。可以入藥。《晉書・嵇康傳》：「又康遇王烈，共入山，烈嘗得石髓如飴，卽自服半，餘半與康，皆凝而爲石。」

【語譯】沈隱侯說：「寫文章應當從三易入手：第一，就是容易讓人知道內容所指是什麼；第二，就是所用的字容易認識；第三，就是容易誦讀。」邢子才常說：「沈侯的文章，就是引用典故，也不會讓人發覺，就好像隱在胸中的話一樣。」並對他的這一點，非常佩服。祖孝徵也曾經對我說過：「沈約詩說：『傾斜的山崖，護衛著石鍾乳。』這那裡像是用典故呢？」

12. 邢子才、魏收❶俱有重名，時俗準的，以爲師匠。邢賞服❷沈約而輕任昉❸，魏愛慕任昉而毀沈約，每於談讌，辭色以之。鄴下❹紛紜，各有朋黨❺。祖孝徵嘗謂吾曰：「任、沈之是非，乃邢、魏之優劣也。」

【注釋】❶魏收　字伯起，小字佛助，鉅鹿下曲陽（今河北省晉縣）人。年十五，能屬文，初仕北魏，除太學博士。及節閔帝卽位，詔試收爲〈封禪書〉，收下筆便就，不立草稿。時黃門郎賈思同深以爲奇，向帝稱讚說：「雖七步之才，無以過此。」與溫子昇、邢邵齊名，世稱三才。見《北齊書・魏收傳》。❷賞服　一作常服。❸任昉　字彥昇，樂安博昌（今山東省博興縣）人。幼好學，早知名。昉雅善屬文，才思無窮，當世王公表奏，無不請他執筆。昉起草卽成，不加點竄。沈約一代詞宗，深所推挹。見《梁書・任昉傳》。❹鄴下　今河南省臨漳縣。東魏、北齊均曾建都於此。❺各有朋黨　有，一

作「爲」。

【語　譯】當時邢子才、魏收，都有盛大的聲名，無形中成爲世俗的標準，大家共尊的宗師大匠。邢子才讚賞佩服沈約而輕視任昉，魏收卻愛慕任昉而詆毀沈約，所以往往在宴會閒聊的時候，就爲此而爭得面紅耳赤。當時鄴下的士大夫，眾說紛紜，形成了各自的派別。祖孝徵曾對我說過：「任昉、沈約的對錯，就是邢邵、魏收的優點與缺點。」

13.《吳均集》❶有〈破鏡賦〉❷。昔者，邑號朝歌，顏淵不舍；里名勝母，曾子斂襟❸：蓋忌夫惡名之傷實也！破鏡乃凶逆之獸❹，事見《漢書》，爲文幸避此名也。比世往往見有和人詩者，題云敬同，《孝經》云：「資於事父以事君而敬同❺。」不可輕言也。梁世費旭❻詩云：「不知是耶非❼。」殷澐❽詩云：「颻颺❾雲母舟。」簡文曰：「旭既不識其父，澐又颻颺其母。」此雖悉古事，不可用也。世人或有文章引《詩》「伐鼓淵淵❿」者，《宋書》已有屢遊之誚⓫；如此流比，幸須避之。北面事親，別舅摛渭陽之詠⓬；堂上養老，送兄賦桓山之悲⓭，皆大失也。舉此一隅，觸塗⓮宜慎。

【注　釋】❶吳均集　吳均，字叔庠，吳興故鄣（今浙江省安吉縣）人。好學有俊才，沈約嘗見均文，頗相稱賞。均文體清拔有古氣，引起好事人的效法，稱爲「吳均體」。著作甚豐，有文集二十卷。見《梁書・文學傳上》。❷破鏡賦　今不傳。❸邑號朝歌四句　北齊劉晝《新論・鄙名》：「水名盜泉，尼父不漱，邑名朝歌，顏淵不舍，里名勝母，曾子還軔。」注：「軔，輪也。曾子欲往鄭而至勝母里礙

輪而不踐其里，旋車而迴也。」見《漢魏叢書．劉子．卷四》。❹破鏡乃凶逆之獸　案：《漢書．郊祀志上》：「有言古天子常以春解祠，祠黃帝用一梟、破鏡。」注：「孟康曰：『梟，鳥名，食母。破鏡，獸名，食父。黃帝欲絕其類，使百吏祠皆用之。破鏡如貙（貙似貍，大如狗，文如貍）而虎眼。』師古曰：『解祠者，謂祠祭以解罪求福。』」❺敬同　和人詩，當云敬和，云敬同乃當時習俗。直至唐朝初年，如駱賓王、陳子昂諸人集中，尚且如此。別有作奉和同云云者，和字乃後人所增入。見趙曦明注。❻費旭　當爲費昶之誤。《南史．文學傳．何思澄》：「王子雲，太原人，及江夏費昶，並爲閭里才子。昶善爲樂府，又作鼓吹曲。武帝重之。」又《樂府詩集．卷一七》載梁費昶〈巫山高〉云：「彼美巖之曲，寧知心是非。」下句當卽顏所引異文，或因顏氏譏評而改之？❼不知是耶非　句中耶字，顏氏以爲不當用。以「耶」爲父，蓋當時俗稱。如〈木蘭詩〉：「卷卷有耶名」。❽殷澐　當作殷芸。《梁書殷芸傳》：「芸，字灌蔬，陳郡長平人。勵精勤學，博洽羣書。永明中，爲宜都王行參軍。天監十年，遷國子博士，昭明太子侍讀。」❾飆颺　一作飄颺。❿引詩「伐鼓淵淵」　詩句出《詩．小雅．采芑》。淵淵，鼓聲。⓫宋書已有屢游之誚　案：梁元帝《金樓子．雜記篇上》：「宋玉戲太宰屢游之談，後人因此流遷反語至相習，至如太宰之言屢游，鮑照之伐鼓，孝綽步武之談，韋粲浮柱之說。」此顏氏以爲卽使用反切（語）亦當避免某些字詞的使用。如伐鼓、步武、浮柱，皆爲父字的反語，而屢游（游、遊古通）卽爲劉字的反語，游屢爲裕字的反語，宋書當避劉裕諱。當時《宋書》非止今傳沈約一家，《隋書．經籍志．正史類》卽載有徐爰《宋書》六十五卷，孫嚴《宋書》六十五卷，宋、文明中撰《宋書》六十一卷。故不可謂顏氏引《宋書》爲誤。⓬北面事親別舅摛渭陽之詠　此謂母親在堂，送別舅父，不可抒發渭陽的詠歎。《詩．秦風．渭陽序》：「渭陽，康公念母也。康公之母，晉獻公之女。文公（卽

晉文公重耳）遭麗姬之難，未反而秦姬卒。穆公納文公，康公時爲太子，贈送文公于渭之陽，念母不見也。」⑬堂上養老送兄賦桓山之悲　桓山之悲，喻父死賣子，以表永別之意。今父在堂，而送兄引用桓山之事，故顏氏謂爲「大失」。見《孔子家語．顏回篇》。⑭觸塗　處處，到處。

【語　譯】《吳均集》中載有一篇名〈破鏡〉的賦。從前，如有縣邑取名朝歌的，顏淵就不在這裡止息，如果鄉里取名勝母，曾子就不到這裡來。實在是畏忌惡劣的名字傷害到事實啊！破鏡，是凶惡食父的野獸，此事記載在《漢書．郊祀志》，寫文章希望能避免使用這種名字。近代往往看見和人詩的人，題目稱作「敬同」，《孝經．士章》說：「用事奉父親的態度來事奉國君，而敬謹是相同的。」因此是不可以隨便說「敬同」的。梁代費昶詩說：「不知是耶（父）非。」殷澐詩說：「飄颻雲母舟。」簡文帝說：「昶既不知有父，澐又使其母飄颻水中。」這雖說都是從前的事，仍是不可使用的。世間有人寫文章引用詩句「伐鼓（父）淵淵」的，這種情形在《宋書》中已有暗用屢游（劉）游屢（裕）遭到譴責，像是這一類的字詞使用，最好是要避開。如果母親在堂，送別舅父時，卻大詠渭陽的詩句；父親健在，送別兄長時，卻賦桓山令人悲痛的往事，都可說是非常失言。姑且舉出這一方面的事例，希望能觸類旁通，處處都應當小心謹慎。

14. 江南文制❶，欲人彈射，知有病累，隨即改之，陳王得之於丁廙❷也。山東風俗，不通擊難❸。吾初入鄴，遂嘗以此忤人，至今爲悔；汝曹必無輕議也！

【注　釋】❶文制　猶言製文。即寫文章。❷陳王得之於丁廙　陳王，謂陳思王曹植。丁廙，字敬禮，三國魏沛（今江蘇省沛縣）人。少有才姿，博學洽聞，漢建安中爲黃門侍郎，與曹植相善。見《三

國志·魏書·陳思王傳·裴注》。又《文選·曹子建與楊德祖書》：「僕嘗好人譏彈其文，有不善者，應時改之。昔丁敬禮常作小文，使僕潤飾之。僕自以才不能過若人，辭不為也。敬禮謂僕：『卿何所疑難，文之佳惡，吾自得之，後世誰相知定吾文者邪？』吾嘗歎此達言，以為美談。」❸擊難　攻擊責難。

【語譯】江南（梁）地區的士人寫文章，多欲請人批評指教，知道毛病出在那裡，隨時就加以改正，這是陳思王從丁廙那裡得來的。山東（北齊）的風俗，尚不通習請人批評指教，我剛到鄴都時，竟然曾因此冒犯了別人，直到現在還很懊悔，你們一定要切記不可輕意的議論啊！

15. 凡代人為文，皆作彼語，理宜然矣。至於哀傷凶禍之辭，不可輒代。蔡邕為胡金盈❶作〈母靈表❷頌〉曰：「悲母氏之不永，然委我而夙喪❸。」又為胡顥❹作其父銘曰：「葬我考議郎君。」袁三公頌曰：「猗歟我祖，出自有媯❺。」王粲為潘文則〈思親詩〉云：「躬此勞悴❻，鞠予小人；庶我顯妣，克保遐年。」而並載乎邕、粲之集，此例甚眾。古人之所行，今世以為諱。陳思王〈武帝誄〉，遂深永蟄之思❼；潘岳〈悼亡賦〉，乃愴手澤之遺❽：是方父於蟲，匹婦於考也。蔡邕〈楊秉碑〉云：「統大麓之重❾。」潘尼〈贈盧景宣詩〉云：「九五思龍飛❿。」孫楚王〈驃騎誄〉云：「奄忽登遐⓫。」陸機〈父誄〉云：「億兆宅心，敦敘百揆⓬。」〈姊誄〉云：「俔天之和⓭。」今為此言，則朝廷之罪人也。王粲〈贈楊德祖詩〉云：「我君餞之，其樂洩洩⓮。」不可妄施人子，況

儲君乎？

【注釋】❶胡金盈 東漢胡廣之女。胡廣，字伯始，在公臺（相當於三公宰相之位）三十餘年，歷事六帝，禮任甚優（任內甚得皇帝禮遇），累官太傅，諡文恭侯。見《後漢書・卷四四・胡廣傳》。❷靈表 文體名。墓表（碑）的一種。❸然委我而夙喪 然，也作倏。倏，即倐字，作快速、忽然解。義較優。委，棄。夙，早。❹胡顥 胡廣孫，其父議郎，名寧。見盧文弨《顏氏家訓注補》。❺袁三公三句 猗與，歎美詞。《元和姓纂・卷四》：「袁，嬀姓，舜後陳胡公滿之後。」❻勞悴 憂勞憔悴。悴，也作瘁。❼遂深永蟄之思 本謂哀痛父亡思念不已。因句中「永蟄」二字使用不當，致引後人以蟲相譏之誚。如《文心雕龍・指瑕篇》：「永蟄頗疑於昆蟲。」❽乃愴手澤之遺 本謂哀悼亡婦，而見其遺書，格外難過之意。因句中「手澤」二字，應指父親的遺作，今用以悼妻，故顏氏譏之。案：檢潘岳集中載悼亡賦，無此句，或顏氏另有所本。❾統大麓之重 本謂受命陟天子位，治理國事。楊秉、東漢楊震子，字叔節，累官太尉。既為人臣，似不宜以此語稱之。❿九五思龍飛 九五，《易經》用以喻君位。飛龍，謂聖人起而為天子。《易經・乾卦》：「九五，飛龍在天，利見大人。」此語不可泛用。⓫奄忽登遐 登遐一詞，多用於天子、國君的崩逝，人臣似不宜泛用。如《禮記・曲禮下》：「告喪曰天子登假。」注：「假，音遐。」⓬億兆宅心敦敍百揆 本謂天子以兆民居心，使百官敦睦有序。亦不宜用於臣民。⓭俔天之和 《詩・大雅・大明》作「俔天之妹」，謂殷國的女兒，好比天上的少女。俔，好比。似不宜借以形容自己的姊姊。⓮其樂洩洩 本謂鄭莊公在隧洞中會見其母，其母走出隧洞之外表示舒暢愉快的言詞。見《左傳・隱公元年》。

【語　譯】凡是替別人寫文章，全要說對方要說的話，這是理所當然的。至於悲哀、傷痛、凶耗、災禍方面的言辭，卻不可以動輒代替，免遭忌諱。如蔡邕替胡金盈作〈母靈表頌〉說：「悲痛母親的不永年，忽然拋棄我而早逝。」又替胡顥寫他父親的〈銘文〉說：「安葬我的父親議郎（官名）君。」在袁三公頌中說：「盛美的我祖，出自有嬀氏。」王粲替潘文則寫〈思親詩〉說：「您如此的憂勞憔悴，來撫養我成人；多麼希望我的母親，能享高壽。」這些作品，分別載在蔡邕、王粲的集子中，這種例子很多。古人的做法，現代以為忌諱。陳思王〈武帝誄〉中的遂深永蟄的思念；潘岳〈悼亡賦〉中的乃愴手澤的遺物，這是比方父親為蟄蟲，把妻子比作父考。蔡邕為楊秉寫碑文說：「統治國家的重任。」潘尼〈贈盧景宣詩〉說：「聖人思起而為天子，居九五之尊的君位。」孫楚在王驃騎中說：「忽然崩逝登天。」陸機在〈父誄〉中說：「以億兆人民居心，使百官敦睦有序。」在〈姊誄〉中說：「好比上天的女兒。」現在如果再這樣說法，就是朝廷的罪人了。王粲在贈楊德祖的詩中說：「我君設宴餞行，心情愉樂舒暢。」這種文句連人子都不可隨便亂用，何況是對於太子呢？

16. 挽歌辭者，或云古者〈虞殯〉❶之歌，或云出自田橫之客❷，皆為生者悼往告哀之意。陸平原❸多為死人自歎之言，詩格既無此例，又乖製作本意。

【注　釋】❶虞殯　挽歌名。送葬的歌曲。❷出自田橫之客　田橫，戰國時齊田氏的後代。從兄田儋自立為齊王，不久戰死，橫率領從屬五百人逃往海島。漢劉邦稱帝，遣使招降，橫與客二人往洛陽，未至二十里，羞為漢臣，自殺。見《史記》、《漢書》附田儋傳。又崔豹《古今注．音樂篇》：「薤露、蒿里，並喪歌也。出田橫門人。橫自殺，門人傷之，為之悲歌。」❸陸平原　即陸機。曾官平原內

史，故稱。

【語譯】送葬的曲辭，有人說就是古時的虞殯歌，也有人說出自田橫的門客，都是生存的人為哀悼悲告死亡者的意思。陸平原的挽歌詩，多半是為死人自歎的言辭，這在詩的格律中，既然沒有前例，在製作本意上說，就不免有所乖違人意。

17. 凡詩人之作，刺箴美頌，各有源流，未嘗混雜，善惡同篇也。陸機為〈齊謳篇〉❶，前敘山川物產風教之盛，後章忽鄙山川之情，殊失厥體。其為〈吳趨行〉❷，何不陳子光、夫差乎？〈京洛行〉❸，胡不述赧王、靈帝乎？

【注釋】❶齊謳篇　今《樂府詩集·卷六四》，《文選·卷二八·樂府下》，均作〈齊謳行〉。張銑注：「此為齊人謳歌國風也。其終篇亦欲使人推分直進，不可苟有所營。」沈揆則說：「備言齊地之美。(下同張注)」與顏氏所見異。❷吳趨行　趨，作步解。此為吳人謳歌土風之曲。崔豹《古今注》：「〈吳趨曲〉，吳人以歌其地也。陸機〈吳趨行〉曰：『聽我歌吳趨。』趨，步也。」❸京洛行　今《樂府詩集·卷三九》，載有魏文帝〈煌煌京洛行〉五首，獨不見陸機此作，蓋已亡佚。

【語譯】在所有詩人的作品中，舉凡刺、箴、美、頌之類，無不各有其起源和流別，未曾混淆雜亂，善、惡同在一篇的。陸機所作的〈齊謳篇〉，前半敘述山川物產風俗教化的盛美，後半則忽然鄙笑山川的情勢，非常不合詩的體制。既然如此，當他作〈吳趨行〉時，為何不同時陳述公子光和夫差呢？寫〈京洛行〉時，為什麼不並言周赧王和漢靈帝呢？

18. 自古宏才博學，用事誤者有矣。百家雜說，或有不同，書儻湮滅，後人不見，故未敢輕議之。今指知決紕繆者，略舉一兩端以為誡。《詩》云：「有鷕雉鳴❶。」又曰：「雉鳴求其牡❷。」《毛傳》亦曰：「鷕，雌雉聲。」又云：「雉之朝雊，尚求其雌。」鄭玄注〈月令〉❸亦云：「雊，雄雉鳴。」潘岳賦❹曰：「雉鷕鷕以朝雊。」是則混雜其雄雌矣。〈詩〉云：「孔懷兄弟❺。」孔，甚也；懷，思也，言甚可思也。陸機〈與長沙顧母書〉，述從祖弟士璜死，乃言：「痛心拔腦，有如孔懷。」心既痛矣，即為甚思，何故方言有如❻也？觀其此意，當謂親兄弟為孔懷。〈詩〉云：「父母孔邇❼。」而呼二親為孔邇，於義通乎？《異物志》❽云：「擁劍狀如蟹❾，但一螯❿偏大爾。」何遜⓫詩云：「躍魚如擁劍。」是不分魚蟹也。《漢書》：「御史府中列柏樹，常有野鳥數千，棲宿其上，晨去暮來，號朝夕鳥⓬。」而文士往往誤作烏鳶用之。《抱朴子》說項曼都詐稱得仙，自云：「仙人以流霞一杯與我飲之，輒不飢渴⓭。」而簡文詩云：「霞流抱朴椀。」亦猶郭象以惠施之辨為莊周言也⓮。《後漢書》：「囚司徒崔烈以鋃鐺鏁⓯。」鋃鐺，大鏁也；世間多誤作金銀字。武烈太子⓰亦是數千卷學士，嘗作詩云：「銀鏁三公腳，刀撞僕射頭。」為俗所誤⓱。

【注　釋】❶有鷕雉鳴　謂雉鳥鷕然鳴叫。鷕，雉鳴聲。有鷕，鷕然。雉，野雞。此句出自《詩・邶風・匏有苦葉》。❷雉鳴求其牡　牡，謂雄雉。出處同❶。❸月令　《禮記》篇名。記述每年農曆十二個月的時令、行政及相關事物。案：〈月令〉今本鄭注無雄字，惟《說文》：「雊，雄雉鳴。」或顏氏所見古本有雄字，而今本脫漏了。❹潘岳賦　岳有〈射雉賦〉。見趙曦明注。❺孔懷兄弟　《詩・小雅・常棣》作「兄弟孔懷」。❻方言有如　方字各本均脫漏。王利器集解據鮑本、及餘師錄補正。❼父母孔邇　謂父母為最親近的人。語出《詩・周南・汝墳》。❽異物志　記載珍奇物類的書籍。此類著作甚多。此指漢議郎楊孚撰《交州異物志》一卷。見《隋書・經籍志二》。❾擁劍狀如蟹　此謂有蟹其一螯偏大，謂之擁劍。見崔豹著《古今注・魚蟲第五》。❿螯　螯本字。蟹的大腳。⓫何遜　字仲言，南朝梁東海郯（今山東郯城縣）人。官至尚書水部郎。詩與陰鏗齊名，世稱陰何。《梁書・南史》有傳。⓬漢書五句　見《漢書・朱博傳》。鳥，本傳作烏。或顏氏所見本為鳥。見《通雅・卷二四》。⓭抱朴子二句　晉・葛洪著。洪自號抱朴子，因以名其書。自云以下二句，出《抱朴子・祛惑篇》。劉盼遂謂：「葛說又本王充《論衡・道虛篇》。」⓮郭象莊周句　出《莊子・天下篇》。今觀郭象注，固未以惠施之辨為莊周之言。而顏氏所用，乃郭注「嘗聞論者爭夫尺棰連環之意，而皆云莊生之言」之意，偶失檢耳。⓯《後漢書》二句　出《後漢書・崔駰傳》。《說文》：「鋃鐺，瑣也。」瑣，〈繫傳〉作鎖。鏁，同鎖。⓰武烈太子　梁元帝長子，名方等，字實相。少聰敏，有俊才，善騎射，尤長巧思。奉元帝命南征，軍敗溺水死，諡忠壯世子。元帝即位，改諡武烈世子。⓱為俗所誤　也作「蓋誤也」。見王利器注引《能改齋漫錄》。

【語　譯】自古以來，大才淵博的學者，寫文章用錯典故的人是有的。因各家的說法紛雜，難免有

所不同，假如書籍又被湮滅，後人無法看到，所以不敢隨意議論。現在所指是絕對知道錯誤的，大略舉出一兩端來作為誡惕。《詩・邶風・匏有苦葉》說：「雉鳥鷕然鳴叫。」又說：「雉鳥鳴叫，是為了尋求雄性的配偶。」《毛傳》也說：「鷕，是雌雉的叫聲。」又說：「野雞在早晨鳴叫，是希望找尋雌雉的配偶。」鄭玄注《禮記・月令篇》也說：「雊，是雄雉的鳴叫。」潘岳卻在賦中說：「野雞鷕鷕然在早晨鳴雊。」這種寫法，則是雌雄不分地混雜在一起了。《詩・小雅・常棣》說：「孔懷兄弟。」孔，作甚解；懷，是思念的意思，這是說非常想念之意。陸機與〈長沙顧母書〉，述說堂祖弟士璜的死，竟然說：「悲痛的心情，就像抽取腦漿，有如非常的思念。」心中既然悲痛了，就是甚為思念，為什麼還要說「有如」呢？看了他的這種表意，應當說親兄弟才是「永懷」。《詩・周南・汝墳》說：「父母是最親近的人。」而竟呼父母為「孔邇」，在義理上可以通嗎？《異物志》上說：「擁劍的形狀像蟹，只是其中的一隻腳偏大罷了。」何遜在詩中說：「跳躍的魚就像擁劍。」這是不能分辨魚蟹的說法。《漢書・朱博傳》：「御史府中有很多柏樹，常有野鳥幾千隻，在上面棲宿，早上飛去晚上歸來，因此就名為朝夕鳥。」可是文士們卻往往誤作烏鳶來運用。《抱朴子・祛惑篇》說項曼都詐稱得仙，自稱：「仙人拿一杯流霞給我，我喝了以後，就不飢渴了。」然而簡文在詩中卻說：「流霞盛在抱朴椀中。」這種用法，也就好比郭象注把惠施的辨解，當作莊周的言論一樣。《後漢書・崔駰傳》：「囚禁司徒崔烈用鋃鐺鎖。」鋃鐺，是大鎖，世間多把它誤作金銀字。梁武烈太子，也是讀書數千卷的學士，曾作詩說：「銀鎖鎖在三公的腳上，利刀抵著僕射的頭顱。」就是被世俗誤導所致。

19. 文章地理，必須愜當。梁簡文〈雁門太守行〉[1]乃云：「鵞軍攻日逐[2]，燕騎蕩康

居❸，大宛歸善馬❹，小月❺送降書。」蕭子暉❻〈隴頭水〉❼云：「天寒隴水急，散漫俱分瀉，北注徂黃龍❽，東流會白馬❾。」此亦明珠之類，美玉之瑕❿，宜慎之。

【注　釋】❶梁簡文雁門太守行　簡文帝名綱，字世纘，小字六通，高祖（蕭衍）第三子，即昭明太子的母弟。綱，幼年聰睿，識悟過人，讀書十行俱下，七歲時即有詩癖，長而不倦，然傷於輕豔，當時號曰「宮體」。見《梁書・簡文帝紀》。雁門，郡名，戰國趙置，秦、漢因之。行，是一種曲調。亦為樂府和古詩的一種體裁，如漢樂府有長歌行、短歌行、從軍行等皆是。❷鵞軍攻日逐　此謂率領大軍用以鵝為名的戰陣來攻打敵人。案：鵞為戰陣名。《左傳・昭公二十一年》：「鄭翩願為鸛，其御願為鵞。」注：「鸛、鵞皆陣名。」日逐，即匈奴官名日逐王。見《漢書・匈奴傳》。此指匈奴或敵人。❸燕騎蕩康居　此謂以強大的軍力，來蕩滅敵人。趙曦明引《戰國策・燕策》：「蘇秦說燕文侯曰：『燕軍七百乘，騎六千匹。』」康居，古國名。與大月氏同俗。領有今新疆北境至俄領中亞之地。❹大宛歸善馬　此謂大宛歸順願獻善馬。大宛，古國名，多善馬，馬汗血。見《漢書・西域傳》。❺小月　即小月氏國。為大月氏的遺裔。《漢書・西域傳》：「大月氏為單于攻破，乃遠去，其餘小眾不能去者，保南山羌，號小月氏。」案：今檢郭茂倩編撰《樂府詩集・卷三九》，《雁門太守行》，載有簡文帝二首，與本文所引不類。而所載褚翔一首，其中四句與本文所引同，唯「鵞軍」作「戎車」。或顏氏失檢，或郭氏誤刊，今不能定。❻蕭子暉　字景光，子恪弟，少涉書史，有文才。見《梁書・蕭子恪傳》。❼隴頭水　如以指地，則為今陝西省隴縣之隴山。西北跨甘肅省的清水縣，亦名隴坻、隴坂、隴首。山高而長，延綿數縣，隨地異名。《後漢書・郡國志五・漢陽郡・隴州》：「有大坂名隴坻。」注引《三

秦記》：「其坂九迴，不知高幾許，欲上者七日乃越。高處可容百餘家，清水四注下。」又引郭仲產《秦州記》：「隴山東西百八十里，山東人行役升此而顧瞻者，莫不悲思。故歌曰：『隴頭流水，分離四下，念我行役，飄然曠野。登高遠望，涕零雙墮。』」❽黃龍 趙曦明引《宋書·朱脩之傳》：「鮮卑馮宏稱燕王，治黃龍城。」❾白馬 即白馬津。又名黎陽津，在今河南省滑縣北。《史記正義》：「黎陽，一名白馬津。」❿明珠之纇二句 此謂明珠的缺點，美玉的瑕疵。纇，缺點毛病。瑕，玉的斑點、疵病，也指裂痕。

【語譯】在文章中如涉及地理名稱，一定要很適當。梁簡文帝在〈雁門太守行〉中卻說：「用驚名的戰陣攻打日逐王，以燕國的強大軍力來蕩滅康居，大宛歸順獻善馬，小月氏投誠送來降服的奏章。」蕭子暉在〈隴頭水〉中說：「天氣寒冷隴水湍急，不停地向四處分散漫衍狂瀉，往北注入黃龍城，向東流會白馬津。」這種在地理上不太協調的用法，也可以說是明珠上的缺點，美玉上的瑕疵，應當小心謹慎才好。

20. 王籍❶〈入若耶溪〉詩云：「蟬噪林逾靜，鳥鳴山更幽。」江南以為文外斷絕❷，物無異議。簡文吟詠，不能忘之，孝元諷味❸，以為不可復得，至〈懷舊志〉載於籍傳。范陽盧詢祖❹，鄴下才俊，乃言：「此不成語，何事於能？」魏收亦然其論。《詩》云：「蕭蕭馬鳴，悠悠旆旌❺。」《毛傳》曰：「言不諠譁也。」吾每歎此解有情致，籍詩生於此耳。

【注釋】❶王籍　字文海，南朝梁琅邪臨沂（今山東省臨沂縣）人。七歲能屬文，及長，好學博涉，有才氣。天監初年，除安成王主簿，歷餘姚、錢塘二縣令，後爲湘東王諮議參軍，兼領作塘令，不理縣事，日飲酒，未幾卒。見《梁書·文學傳下》。❷斷絕　《梁書·文學傳下》作「獨絕」。斷絕，疑誤。❸諷味　誦讀玩味。❹盧詢祖　北齊時人。恭道子，文偉孫，襲祖爵大夏男。有學術，文章華美，舉秀才入京（鄴），歷司徒記室卒。范陽，郡名。三國魏置，治涿，即今河北省涿縣。❺詩二句　語出《詩·小雅·車攻篇》。意謂：馬兒蕭蕭地鳴叫，旌旗悠悠地飄蕩。

【語譯】王籍在〈入若耶溪〉詩中說：「蟬噪林逾靜，鳥鳴山更幽。」此爲描繪山林幽靜的最佳寫照，所以江南文士，都以爲這是文外獨有的絕唱，沒有人有不同的議論。簡文帝讀了之後，竟不能忘懷，孝元帝誦讀玩味之餘，以爲不可再得，至於〈懷舊志〉，則載在〈王籍傳〉中。范陽盧詢祖，是鄴下的才俊，卻說：「這詩句並不成話，怎能算是有才能？」魏收也以爲這評論是對的。《詩·小雅·車攻》說：「馬兒蕭蕭地鳴叫，旌旗悠悠地飄蕩。」《毛傳》說：「是言不諠譁的意思。」我每每讚歎這種解釋具有情趣意致，王籍的詩就是得之於此的。

21.　蘭陵蕭慤❶，梁室上黃侯之子，工於篇什。嘗有〈秋詩〉云：「芙蓉露下落，楊柳月中疏。」時人未之賞也。吾愛其蕭散❷，宛然在目。潁川荀仲舉❸、琅邪諸葛漢❹，亦以爲爾。而盧思道❺之徒，雅所不愜。

【注釋】❶蘭陵蕭慤　今山東省嶧縣東五十里，爲蘭陵故址所在地。《北齊書·文苑傳》：「蕭

愨，字仁祖，梁上黃侯曄之子。天保中入中國，武平中太子洗馬。」《隋書・經籍志四・集部》載有「記室參軍蕭愨集九卷」。❷蕭散　冷落，離散。案：《古詩紀》引此詩，在「秋」字下有「思」字。❸潁川荀仲舉　今河南禹縣治，卽潁川郡治。晉移置，治許昌，在今河南省許昌縣東北。《北齊書・文苑傳》：「荀仲舉，字士高，潁川人。仕梁爲南沙令，從蕭明於寒山被執。長樂王尉粲非常禮遇他，後以年老家貧，出爲義寧太守。其弔趙郡李概五言詩，詞甚悲切，世稱其美。」❹琅邪諸葛漢　諸葛潁，字漢，丹楊（卽丹陽）建康（今南京市）人。八歲能屬文，性褊急，初仕梁，侯景亂，奔齊。入隋，很得煬帝親倖，有集二十卷。琅邪，一作瑯邪，顏氏云琅邪，蓋舉郡望。見《北史・文苑傳》。❺盧思道　字子行，范陽涿（今河北省涿縣）人。盧玄孫。才學兼著，好輕侮人物，仕齊爲散騎常侍。文宣帝崩，令朝士各作輓歌，擇其善者用之，惟思道獨有八首，是以時人稱爲八米盧郎。見《北史・盧玄傳》。

【語譯】蘭陵蕭愨，是梁朝上黃侯曄的兒子，善於寫詩。曾有〈秋詩〉說：「露自芙蓉滴滴落，月中楊柳更蕭疎。」當時的人不欣賞這種詩句，我獨喜愛它的那種冷落、離散的意境，好像浮現在眼前似的。潁川荀仲舉，琅邪諸葛漢，也以爲是這樣。只有盧思道一類的人，才非常不滿意。

22. 何遜❶詩實爲清巧，多形似之言；揚都❷論者，恨其每病苦辛，饒貧寒氣，不及劉孝綽❸之雍容也。雖然，劉甚忌之，平生誦何詩，常云：「『蘧車響北闕❹』，懂懂不道車。」又撰《詩苑》❺，止取何兩篇，時人譏其不廣。劉孝綽當時既有重名，無所與讓；唯服謝朓❻，常以謝詩置几案間，動靜輒諷味❼。簡文愛陶淵明❽文，亦復如此。江南語

曰：「梁有三何，子朗最多。」三何者，遜及思澄⑨、子朗⑩也。子朗信饒清巧。思澄遊廬山，每有佳篇，亦爲冠絕。

【注釋】❶何遜　字仲言，東海郯（今山東省郯城縣）人。八歲即能作詩，文章與劉孝綽並稱，世謂之何劉。沈約愛其文，每謂：「一日三復，猶不能已。」世祖（元帝蕭繹）愛其詩，每謂：「詩多而能者，沈約；少而能者，謝朓、何遜。」見《梁書‧文學傳上》。❷揚都　指建業（今南京市）而言。見本書〈終制篇〉。劉盼遂、王利器均主是說。❸劉孝綽　字孝綽，彭城（今江蘇徐州）人。本名冉，小字阿士，七歲能屬文，母舅王融稱爲神童。嘗侍武帝（蕭衍）宴，賦詩七篇，帝歎賞，累遷祕書丞。孝綽仗氣負才，有不合意，極言詆辱。然其辭藻，爲後進所宗，世重其文，每作一篇，朝成暮遍，有文集行世。見《梁書‧劉孝綽傳》。❹蘧車響北闕　此爲何遜〈早朝詩〉中的一句，乃用春秋時衛國賢大夫蘧伯玉乘車的典故，劉氏以爲何遜用事失當，故以「懽懽不道車」相譏。蘧伯玉事，見《列女傳‧仁智篇》。懽懽，謬戾的意思，亦作乖戾解。案：《列女傳》所載蘧伯玉乘車事，本謂伯玉之車，至闕而無聲，此詩謂「蘧車竟響於北闕」，是用事之不當，是以顏氏譏之。❺詩苑　今史志不見錄，蓋佚。❻謝朓　字玄暉，南齊陳郡陽夏（今河南省太康縣）人。少好學，有美名，文章清麗，善草書，長五言詩。沈約常說：「二百年來無此詩。」見《南齊書‧謝朓傳》。❼動靜輒諷味　《太平御覽‧五九九‧歎賞條》引作「動輒諷吟味其文。」❽陶淵明　一名潛，字元亮，東晉潯陽柴桑（今江西省九江縣）人。作品以五言詩爲主，也擅長辭賦、散文，多描寫自然樸實的農耕生活，山川田園之美，間有嫉世之作。著有《陶淵明集》。見《晉書‧隱逸傳‧陶潛》。❾何思澄　字元靜，梁東海郯（今山東省郯城縣）

人。少勤學，工文辭，起家爲南康王侍郎，累遷安成王左常侍，兼太學博士，平南安成王行參軍，兼記室。隨府江州，爲遊廬山詩，沈約見之，大相稱賞，自以爲不如。見《梁書．文學傳下》。⑩何子朗字世明，早有才思，工清言，周捨每與共談，服其精理。初，何思澄、何遜及子朗俱擅文名，時人語云：「東海三何，子朗最多。」又云：「人中爽爽何子朗。」歷官員外散騎侍郎，卒年二十四，有文集。見《梁書．文學傳下》。

【語譯】何遜的詩實在稱得上清雅巧妙，多外貌相似的辭句。南朝評論的人，卻怨恨他往往毛病是出在辛苦的鍛鍊上，十足貧寒氣味，不及劉孝綽的閑雅和順。雖是如此，劉卻非常忌恨他。平時誦讀何詩，常說：「像『蘧伯玉的坐車，響於宮闕的北門樓』，這說法是乖戾不合道理的。」又編撰了一部《詩苑》，只選取何遜兩篇，時人譏評他不作廣泛地選錄。劉孝綽當時既已享有盛名，沒有誰的作品能超過他，唯獨佩服謝朓，常將謝詩放置在几案間，不時地吟誦玩味。簡文帝喜愛陶淵明的詩文，也是這樣。江南人常說：「梁朝有三何，子朗的才氣最多。」所說的三何，是指遜及思澄、子朗三人。子朗詩確實富於清新奇巧的特質，思澄的遊廬山詩，每有好的作品，也能遠遠地超過一般人。

【文話】文章一文，乃顏氏專就所見所感，以及所當注意的事項，告誡其家人子弟，使其明白爲文的規範，文章的趨勢，乃至爲文所應抱持的態度等，庶幾可免再蹈前人的覆轍，橫遭世人的訾議。全文約可分爲二十二段，茲就其內容，簡述大義如次：

1. 說明文章的來源及其用途。而後之文人，由於才情卓越，每陷輕薄。往往因「一事愜當，一句清巧」，則「神厲九霄，志凌千載」，目空一切，恃才傲物。故其結果，輕則遭逢世議，重則難逃殺戮之慘，是以「深宜防慮」，以保元吉。

2.指出讀書求學，不問利鈍，只要有恒心不間斷，都可以成學，足以處世爲人。然如無天才，則不可勉強提筆爲文，徒自獻醜，以免貽笑大方。而自知之明，尤爲此段主旨。

3.述說爲文切忌師心自用，取笑他人。亦不可自期過高，以至終不能及。如能「辭義可觀，不失體制」，也就可以稱得上才士了。

4.言文人當有堅貞高尚的節操，不應隨俗浮沉，以免遭受不測的大患。顏氏身處亂世，此意實可發人深省。

5.作者首先評論揚雄「少而好賦，壯夫不爲」的錯誤觀念，進而指出桓譚、葛洪爲其《太玄經》所迷惑，甚至以雄勝過《老子》，比美仲尼的非是，以「劇秦美新」，來論述其人品的不足取。所言尚稱公允。

6.顏氏借席毗、劉逖二人的對話，說明文章不僅要講求辭藻華美，而且還要有充實的內容，經得起考驗。

7.說明寫文章，當循法則而爲，不可肆意放縱，自毀聲譽。

8.述說文章所應具備的條件，以及當時的文人所犯的毛病。過與不及，均非所望。

9.分析古人與當時文章的差異，各有所長，宜予並存，不可偏棄。

10.指陳其家，世代爲文，平正典雅，不爲流俗之言，故未被選入《西府新文》。所深惜者，乃其先祖所爲之詩賦銘誄等作品，遇火盪盡，不能傳世。

11.直指寫文章，當從三易入手。不僅內容所指易曉，而且用字易識、文辭易讀。並舉沈約詩爲例，以爲寫作的規範。

12.指出由於愛好不同，卽使極負盛名、被尊爲宗師大匠的邢、魏，亦難免爲人所論評。

13.言從事寫作，不可濫用文字，尤其不可任意使用不合於事實的典故，以免遭人物議。

14.教誨子弟，千萬不可輕意議論、批評別人的文章，以免無意中忤犯而不自知。

15.說明替人捉刀爲文，於哀傷凶禍之辭，不可輒代之見。時有古今，風習亦異，古不爲忌，今則爲諱，希望於提筆爲文之際，要多所留意。

16.言挽歌原爲哀悼死亡者之意，在製作上，不可有所乖違。

17.此戒作詩，不可於一篇之中，於一人或一物，善、惡共陳，自相矛盾，以免破壞詩的體制。

18.此謂在執筆爲文時，卽使是大才博淹之士，援用典故的時候，也難免發生錯誤，或被誤導的可能。所以要小心謹愼，不可人云亦云，習而不察，援譌引謬。

19.指出在撰寫詩文時，如涉及地理，一定要適切地配合內容，不可任意援用，胡亂湊合。

20.讚美王籍的詩爲文外獨絕、不可多得的作品。至於盧詢祖、魏收對王籍的評論，顏氏則以爲乃文人相輕的鄙見，有失公允。

21.稱許蕭慤詩所表現的意境甚爲難得，然亦有人不以爲然。於此卽可看出、由於欣賞者觀點、喜好、素養的不同，而見解也就難能一致。

22.此段專論詩人得失。對於三何雖持讚賞態度，然亦不諱言其缺失。對於劉孝綽卻以師心自用，恃才傲物相責。言語之間，隱隱地表現了劉氏的剛愎習性。

由以上分析，我們不僅仰慕顏氏的學養富厚淹博，而尤其歎賞他的知深見遠。對魏、晉以來文人的造詣、得失，侃侃言之，如數家珍，有所指陳，多能釐然得所。對於文德、辭藻、內容並重的見解，卽

使時至今日，我們仍然無可置喙，良由眞知灼見之言，「先立於不可敗也」。

曹丕《典論．論文》說：「蓋文章經國之大業，不朽之盛事，年壽有時而盡，榮樂止乎其身，二者必至之常期，未若文章之無窮。」（《文選．五二》）由於顏氏深明此理，故能於文中諄諄告誡，詳陳前賢往事，文壇興替，一則以明文章的流行趨勢，一則以明文章的傳延無窮，借以提醒家人於提筆為文之際，知所取捨，知所堅持。「文人相輕」，雖則「自古而然」，而終非定律鐵則。仍舊難逃陋習的譏誚。要知文體非一，如非通才，自難兼備，以一己所長，譏人之所不逮，自非公允之論，適足以暴露心胸的褊狹，見聞的不廣。是以文人不可恃才流於輕薄，而當培養一己寬厚的胸襟，包容的雅量，有所創作，稱情度理，執著於公是公非，當不失為可行之道。

我們拜讀顏氏此文，除仰慕歎賞外，亦有不敢苟同之處。如第十五段中所言代人為文，應避諱哀傷凶禍之辭。既代人撰寫，當以所代人的際遇是務，以情理言，愈貼切則愈眞實。如不能寫出其人心中想表達的意願，就當事人來說，是為不切題。如替人寫哀誄的文字，而不敢表示哀痛之情，自難合於體制。王利器《顏氏家訓集解》引郝懿行的話說：「此論亦未盡然，如《詩》之〈小弁〉，宜臼（周平王）之傅（師傅）所作，卽是哀傷凶禍之辭，可得代為也。」我們認為這見解是對的。其次如第十七段中所言：「詩人之作，不可善惡同篇。」並以陸機〈齊謳篇〉為例，並譏其「殊失厥體。」其實事有優劣，人有短長，似不當以此為定制。何況陸詩自「惟師」以下，為「刺景公據形勝之地，不能修尚父、桓公之業，而但知戀牛山之樂，思及古而無死也。」（趙曦明語）王利器亦以〈齊謳行〉「鄙哉牛山歎，未及至人情」之句，為「鄙景公耳，非鄙山川也。」是以我們認為顏氏的評論，似有未逮。再如第十九段中對「文章地理，必須愜當」的評論，如就實地推敲，或為「美玉之瑕」，如以詩人誇張手法視之，也

許不當以「明珠之纇」歸之。何況詩中所表現的那種氣魄、雄肆的神情，亦甚爲難得，我們認爲，描述軍威，應當如是。

至如顏氏對王籍〈入若耶溪〉詩——蟬噪林逾靜，鳥鳴山更幽。而評以「文外獨絕」，對蕭愨〈秋詩〉——芙蓉露下落，楊柳月中疎。評以「吾愛其蕭散，宛然在目」之語，我們認爲都非常確當。宋許顗《彥周詩話》說：「六朝詩人之詩，不可不熟讀，如『芙蓉露下落，楊柳月中疎』，鍛鍊至此，自唐以來，無人能及也。」此語當可與顏氏並觀。

名實第十

1. 名之與實，猶形之與影也。德藝周厚，則名必善焉；容色姝麗，則影必美焉。今不脩身而求令名於世者，猶貌甚惡而責妍影於鏡也。上士忘名，中士立名，下士竊名。忘名者，體道合德，享鬼神之福祐，非所以求名也；立名者，脩身慎行，懼榮觀❶之不顯，非所以讓名也；竊名者，厚貌深姦❷，干浮華之虛稱，非所以得名也。

【注　釋】❶榮觀　本指華美豐富的物質享受。見《老子．二十六章》。此指聲譽地位。❷厚貌深姦　《意林》引《魯連子》：「人皆深情厚貌以相欺。」又《莊子．列禦寇篇》：「人者厚貌深情。」見王叔岷《顏氏家訓斠注》。

【語　譯】人的聲望與實際修養，就好像形體的與身影。德行文藝周備篤厚，那麼聲名一定美善；容貌豔麗，那麼影像就一定秀美。而今不從事身心的修養，竟想在世間求得美名的，這就好比像貌甚爲醜惡，竟想在鏡中求得出現美豔的影像是一樣的。高明的士人忘懷於聲名，中等的士人要建立聲名，下等的士人要竊取聲名。忘名的人，融合道德於一體，可享鬼神的賜福與護祐，這並不是有意去求取聲名；欲建立聲名的人，修養身心謹慎行爲，這是恐怕榮譽地位的不能顯揚，並不是有意不求名聲；竊取

聲名的人，外表厚重卻深藏姦詐，干求浮華不切實際的虛名，這也不能算是得到了聲名。

2. 人足所履，不過數寸，然而咫尺之途❶，必顛蹶於崖岸，拱把之梁❷，每沈溺於川谷者，何哉？爲其旁無餘地故也。君子之立己，抑亦如之。至誠之言，人未能信，至潔之行，物或致疑，皆由言行聲名，無餘地也。吾每爲人所毀，常以此自責。若能開方軌之路❸，廣造舟之航❹，則仲由之言信，重於登壇之盟❺，趙熹之降城，賢於折衝之將矣❻。

【注釋】❶咫尺之途　喻狹窄的路。❷拱把之梁　俗謂獨木橋。兩手合圍叫拱，隻手所握叫把。❸方軌之路　謂兩車並行的道路。車兩輪間的距離爲軌。❹廣造舟之航　謂將橋梁加寬。造舟，連船爲橋，卽今之浮橋。航，方舟，兩船相並。❺仲由之言信二句　仲由，卽季路，又稱子路，孔子弟子。此謂子路重然諾，所答應的話，比登壇的盟誓還要受人尊重。事見《左傳·哀公十四年》。❻趙熹之降城二句　趙熹（《後漢書》作憙）字伯陽，東漢南陽宛（今河南省南陽縣治）人。少有節操，以信義著名。此謂趙熹的使據城不下的李氏投降，勝於擊退敵軍的大將。事見《後漢書·趙憙傳》。

【語譯】人的腳一次所能踩踏的，不過幾寸大小，然而走在狹窄的路上，一定會仆倒在岸邊，走在獨木橋上，也往往會掉落在川谷中，爲什麼呢？因爲其旁沒有多餘空地的緣故。君子的樹立己身，也是這樣。最眞誠的言論，世人不能相信，最高潔的行爲，有人也會產生懷疑，這都是由於信言潔行美好的聲名，無伸縮餘地的關係。我每每被人所詆毀，也常常因此自己責備自己。假如在這方面，能開闢二車並行的道路，增廣橋梁的寬度，那麼仲由的言論信用，比登壇的盟誓還要受人尊重，趙熹的使李氏降

城的功勞，就能勝於擊退敵軍的大將了。

3. 吾見世人，清名登而金貝❶入，信譽顯而然諾虧，不知後之矛戟，毀前之干櫓❷也。虙子賤❸云：「誠於此者形於彼。」人之虛實眞僞在乎心，無不見乎迹，但察之未熟耳。一爲察之所鑒，巧僞不如拙誠，承之以羞大矣。伯石讓卿❹，王莽辭政❺，當於爾時，自以巧密；後人書之，留傳萬代，可爲骨寒毛豎也。近有大貴，以孝著聲，前後居喪，哀毀踰制，亦足以高於人矣。而嘗於苫塊❻之中，以巴豆❼塗臉，遂使成瘡，表哭泣之過。左右童豎❽，不能掩之，益使外人謂其居處飲食，皆爲不信。以一僞喪百誠者，乃貪名不已故也！

【注釋】❶金貝 謂錢財、貨幣。《漢書・食貨志上》：「金刀龜貝，所以分財布利，通有無也。」❷干櫓 小盾爲干，大盾爲櫓。《禮記・儒行》：「禮義以爲干櫓。」❸虙子賤 即虙不齊，字子賤，孔子弟子，少孔子三十歲，虙、俗作宓，誤。見《史記・仲尼弟子列傳》及本書〈書證篇〉。❹伯石讓卿 伯石即公孫段，字子石，鄭穆公孫，與子產爲同輩兄弟。當子產爲政之時，欲使伯石完成一項任務，伯有既死，就派大史命伯石爲卿，伯石故辭不受，大史回來之後，伯石就請大史再命己爲卿，如是者三次，才接受策命。所以子產非常厭惡他的爲人。見《左傳・襄公三十年》。❺王莽辭政 莽之辭政，一在哀帝卽位時，太后詔莽就第，避帝外家。莽上疏乞骸骨。一爲觸怒哀帝祖母傅太后，重怨恚

於莽。莽復乞骸骨。見《漢書・王莽傳上》。莽之辭政，採以退爲進的手法，在傳中表露甚明。唐白居易〈放言詩〉，甚能洞悉其所用心。詩云：「周公恐懼流言日，王莽謙恭未篡時，向使當時身便死，一生眞僞復誰知。」❻苫塊　卽寢苫枕塊的省稱。古人居父母喪，以草墊爲席，以土塊爲枕。此乃泛指居父母之喪。❼巴豆　植物名。因產於巴、蜀而形如菽豆，故名。一名巴菽。果實陰乾後，可供藥用。有毒性。❽童豎　卽童僕。

【語譯】我看到世人，清高的聲名大了，金錢就會源源的進入，誠信的美譽顯著，就不再將答應的話全部實現，這是由於不知後面的矛戟，可以摧毀前面的干櫓所致。虙子賤說：「在這方面誠信，就可以表現在那方面。」人的虛實眞假存在心中，沒有不能見於行迹的，只是察看的不詳細罷了。一旦被觀察清楚，巧詐虛僞，就遠不如笨拙誠實，那就必須要承受大的羞辱了。如伯石的禮讓卿位，王莽的謙辭執政，當在那時，自以爲計巧嚴密，被後人記載下來，可以留傳千年萬代，這眞可讓人毛骨悚然了。近來有一位大官，在孝道上著有聲譽，前在居喪期間，哀痛瘦損異常，逾越了制度，這表現足可超過一般人。然而卻在守喪期中，用巴豆塗在臉上，竟使成瘡，表示由於哭泣過甚所致。可是這種行爲，並不能遮掩左右的童僕，因此更加讓外人認爲他在平居生活上的行爲，都是不可相信的。因一件事情虛僞，竟喪失了所有的誠信，乃是由於貪圖聲名不知適可而止的緣故啊！

4. 有一士族，讀書不過二三百卷，天才鈍拙，而家世殷厚，雅自矜持，多以酒犢珍玩，交諸名士，甘其餌者，遞共吹噓。朝廷以爲文華，亦嘗出境聘。東萊王韓晉明❶篤好文學，疑彼製作，多非機杼❷，遂設讌言❸，面相討試。竟日歡諧，辭人滿席，屬音賦

韻，命筆為詩，彼造次即成，了非向韻❹。眾客各自沈吟，遂無覺者。韓退歎曰：「果如所量！」韓又嘗問曰：「玉珽杼上終葵首❺，當作何形？」乃答云：「珽頭曲圜，勢如葵葉耳。」韓既有學，忍笑為吾說之。

【注釋】❶東萊王韓晉明　北齊韓軌子，天統（後主高緯的年號）中，封東萊王。晉明有俠氣，在諸勳貴子孫中，最留心學問。見《北齊書・韓軌傳》。❷機杼　比喻詩文創作中構思和布局的新巧。❸遂設讌言　謂設宴言說。❹了非向韻　謂一點也不合乎向來的體韻。❺玉珽杼上終葵首　謂玉圭的頂端，削成椎形。《周禮・考工記・玉人》：「大圭長三尺，杼上終葵首，天子服之。」注：「王所搢（插）大圭也。或謂之珽。終葵，椎也。杼，閷也。（卽殺字。作削、剡解）」

【語譯】有一位世家大族的子弟，讀書也不過兩三百卷，資質魯鈍笨拙，然而卻仗著家世殷實富厚，自己又喜歡裝模作樣，常常以牛酒珍玩，來結交當時的名士，甘願受他引誘的人，就遞相交互的加以宣揚。朝廷以為他的文章具有華采，也嘗派他出國聘問。東萊王韓晉明，非常喜好文學，懷疑他的作品，多半不是出於自己的構思，於是設宴敍談，面對面的探討訪試。一整天都在歡愉和諧中度過，滿席都是長於詩文的人，當大家還在連綴音韻，提筆寫詩之際，他卻很快的就完成了，但卻一點也不合乎向來的體制。由於眾客們尚在各自沉吟思考，以致無人發覺。韓氏回去感歎的說：「果真如我所度量！」韓氏又曾問他說：「玉珽杼上終葵首，當作何形？」竟然回答說：「珽（圭）頭曲圜，形勢像葵葉。」韓氏既為有學養的人，所以才強忍著笑為我解說。

5. 治點❶子弟文章，以為聲價❷，大弊事也。一則不可常繼，終露其情；二則學者有憑，益不精勵❸。

【注釋】❶治點　謂理亂潤飾。點，將字塗去之意。《爾雅·釋器》：「滅，謂之點。」注：「以筆滅字為點。」❷聲價　謂聲名和身分地位。❸精勵　勉力精進。

【語譯】修改潤飾子弟的文章，來作聲名身價的評量依據，這是非常不好的事情。一則是不可能經常持續不斷，最後一定會露出實情；二則是從學的人有了依憑，就更加不勉力精進了。

6. 鄴下有一少年，出為襄國❶令，頗自勉篤。公事經懷，每加撫卹，以求聲譽。凡遣兵役，握手送離，或齎梨棗餅餌，人人贈別，云：「上命相煩，情所不忍；道路飢渴，以此見思。」民庶稱之，不容於口。及遷為泗州❷別駕，此費日廣，不可常周，一有偽情，觸塗❸難繼，功績遂損敗矣。

【注釋】❶襄國　古邢國。春秋屬晉。秦置信都縣，項羽改為襄國，後魏為襄國縣。故城在今河北省邢臺縣西南。❷泗州　北周置，隋廢，唐復置，治宿預。故城在今江蘇省宿遷縣東南。❸觸塗　隨處，到處。

【語譯】北齊都城有一少年，奉命出任襄國令，頗能自勉篤行。對公事著意盡心辦理的，就每加以安撫救助，借以求得好的聲譽。凡是遇有遣派兵役，就一一握手送行，有時致送梨、棗、糕、餅，每

人皆得贈別，並且說：「上級命令煩勞你們，心中有所不忍；行走在路上，難免會有飢渴的時候，千萬不要忘記食用。」民眾對他的稱讚，實在不是用口所能說盡的。後來遷升為泗州別駕，這方面的費用一天天的多了起來，不可能常常辦理得很周到，一旦有了虛假的情懷，不管那一方面都難繼續下去，以前的功績，因此也就喪失敗壞了。

7. 或問曰：「夫神滅形消，遺聲餘價，亦猶蟬殼虵❶皮，獸迒❷鳥迹耳，何預❸於死者，而聖人以為名教乎❹？」對曰：「勸也。勸其立名，則獲其實。且勸一伯夷❺，而千萬人立清風矣；勸一季札❻，而千萬人立仁風矣；勸一柳下惠❼，而千萬人立貞風矣；勸一史魚❽，而千萬人立直風矣。故聖人欲其魚鱗鳳翼，雜沓❾參差，不絕於世，豈不弘哉？四海悠悠❿，皆慕名者，蓋因其情而致其善耳。抑又論之，祖考之嘉名美譽，亦子孫之冕服牆宇也，自古及今，獲其庇廕者亦眾矣。夫修善立名者，亦猶築室樹果，生則獲其利，死則遺其澤。世之汲汲者，不達此意，若其與魂爽⓫俱昇，松柏偕茂者，惑矣哉！」

【注釋】❶虵　蛇的俗字。❷迒　獸迹、車迹。❸預　參與。通與。《華嚴經音義．三》：「得預，……凡事相及曰預。預字古作與也。」❹名教　此謂正名定分的禮教。《晉書．阮瞻傳》：「聖人貴名教，老莊明自然。」❺伯夷　商代孤竹君之子。與弟叔齊，為逃避君位，隱居首陽山，採薇而食，遂餓死。他目不視惡色，耳不聽惡聲，治則進，亂則退，當紂之時，居北海濱，以待天下的清平。見

《孟子・萬章下》。❻季札 即吳季札。春秋時吳公子。吳王壽夢的季子，壽夢欲傳以位，謙讓不受。後歷聘魯、齊、鄭、衛、晉等國，當時以多聞著稱。見《史記・吳太伯世家》。❼柳下惠 即春秋魯大夫展禽。因食邑柳下，諡惠，故稱柳下惠。他「不羞汙君，不辭小官，進不隱賢，必以其道，遺佚而不怨，阨窮而不憫，……故聞其風者，鄙夫寬，薄夫敦。」見《孟子・萬章下》。❽史魚 即史鰌。春秋時衛國大夫，以正直敢諫著名。《論語・衛靈公篇》：「直哉史魚，邦有道如矢，邦無道如矢。」❾雜沓同雜遝。眾多紛雜的樣子。❿悠悠 此謂眾多的人民。⓫魂爽 魂魄精爽。人的精靈。《左傳・昭公二十五年》：「心之精爽，是謂魂魄。」

【語譯】有人向我詢問說：「一個人的精神形體消滅以後，他所遺留下來的聲名和評價，也就好像蟬、蛇所脫落的殼、皮，鳥獸所走過的痕迹一樣，與死去的人有什麼關係，然而聖人為何還要拿來當作正名定分的禮教呢？」我回答說：「這是為了勸勉人向善。勸勉人建立好名聲，就可獲得向善的果實。況且勸勉一人成為伯夷，而成千上萬的人就會建立清廉的風範；勸勉一人成為吳季札，而成千上萬的人就會建立仁愛的風範；勸勉一人成為柳下惠，而成千上萬的人，就會建立堅貞不移的風範；勸勉一人成為史魚，而成千上萬的人，就會建立正直的風範。所以聖人希望這些前人鱗次櫛比難得的美名善譽，能夠在人間承傳，永遠不致斷絕，這種做法，眼光又是多麼地弘遠呢？普天下所有的人民，沒有不愛慕美名的，聖人也只不過就著人民的實情而導致他們向善罷了。可是話又要說回來，父祖的嘉名美譽，也確實無異於給子孫遺留的冕服屋宇，從古到今，獲得這種庇蔭保護的已經很多了。說到行善建立美名這件事，也就好比蓋房子種果樹，當活著的時候，固可獲得它的利益，就是死後，也還可以遺留下恩澤。世間一些急於求名的人，不明白這個道理，好像有了美名，就可與靈魄同時昇天，和松柏並茂似的，這種

想法，是多麼地使人疑惑不解呢！」

【文話】稱名於世，爲人所頌，爲人所敬，可以說是任何人都想，無人不欲的事情。然而君子修德以自處，懷仁持恕以待人，如有其實，名亦隨之。是以孔子說：「君子疾沒世而名不稱焉。」（《論語・衛靈公篇》）善名令譽，君子尚且好之，何況常人？可是君子的好名，必先貴實，如捨實而務名，這是君子所不屑一顧的。如《易經・繫辭傳下》說：「善不積，不足以成名。」《孝經・開宗明義章》說：「立身行道，揚名於後世。」《論語・里仁篇》說；「君子去仁，惡乎成名？」凡此，皆足以說明君子的立名、稱名於世，必先有其實，也就是由「積善」、「行道」、「爲仁」而立名，方可爲人所頌所敬。如不務此，而竟欲尋求一時的虛名，圖人稱揚，那就勢必要造假、作僞，以售其欺了。顏氏有鑑於此，故作「名實」以誡家人。

全文約可分爲七段，茲簡述大義如次：

1.首先指出名實二者關係的密不可分，以及忘名、立名、竊名的差異。勉人忘名，從事於身心的修養。如能「體道合德」，而美名自來，何需外求？這對竊名者言，無異當頭棒喝，暮鼓晨鐘，有醒腦作用。

2.言爲人處世，固應信言潔行，然僅以個人的行事如此，未免過於狹隘，難能發揮宏大的作用，若能廣爲推闡，使世人都能言行如此，就自可收效深遠了。

3.警諭家人不可名譽立而起貪念，聲望顯而有虧誠信。更不可爲求得美名而不惜造假作僞，終致「以一僞喪百誠」的境地，那就難逃不智之譏了。

4.告誡家人不可強不能以爲能，以酒肉珍玩交結名士，亦不可爲此所誘，替人作義務宣傳。

5.說明不可修改潤飾子弟的文章，作爲他們聲名身價評量的依據。指陳的言論，足以使人油然而生「愛之適足害之」的聯想。

6.指出蓄意求取聲譽，必定失敗的道理。於點明的同時證應理驗，格外具有警惕作用。

7.分析聖人所以用前人的「遺聲餘價」，作爲名教，旨在勸勉，建立良好的社會風範。不僅可以實獲其益，抑且可遺澤人間，其用意至爲深遠。

顏氏以其所見所聞，所感所思，就著與人生關係密切的名實問題，條分縷析，諄諄勸勉，這不禁使我們想起孔老夫子在《論語・子罕篇》中所說的話來，他說：「法語之言，能無從乎？改之爲貴；巽語之言，能無說乎？繹之爲貴。說而不繹，從而不改，吾末如之何也已矣！」我們放眼今世，這種名實不符的情形，可說到處都是。甚者，以投機爲聰明，以詐欺爲才幹，以狡辯爲善言，以瞞天過海爲神通，只要能獲得聲名，任何心機、手段都可使用得出來。長此以往，社會風氣的敗壞，眞不知要淪於胡底了！讀顏氏此文，我們在心情上，倍感沉痛。

涉務❶第十一

1. 士君子之處世，貴能有益於物耳，不徒高談虛論，左琴右書，以費人君祿位也。國之用材，大較不過六事：一則朝廷之臣，取其鑒達治體，經綸❷博雅；二則文史之臣，取其著述憲章❸，不忘前古；三則軍旅之臣，取其斷決有謀，強幹習事；四則藩屏❹之臣，取其明練風俗，清白愛民；五則使命之臣，取其識變從宜，不辱君命；六則興造❺之臣，取其程功節費，開略❻有術。此則皆勤學守行者所能辦也。人性有長短，豈責具美於六塗哉？但當皆曉指趣，能守一職，便無媿耳。

【注　釋】❶涉務　集中心志，致力於某種事務。❷經綸　整治絲縷，理出頭緒叫經，編絲成繩叫綸。引申為籌劃治理國家大事。❸憲章　此謂憲法章明文王、武王的仁德。《中庸》：「仲尼祖述堯舜，憲章文、武。」正義：「憲，法也；章，明也，言夫子法明文、武之德。」❹藩屏　保衛。❺興造　指土木建築方面的事務。❻開略　一作開悟。

【語　譯】士人君子的居處於世間，最可貴的就是能做對於人羣社會有益的事，不光是說一些好聽而不切實際的話，左邊擺着琴，右邊放着書，來耗費國家的俸祿職位的。國家任用人才，大略的說，不

過六方面的事務：第一是在朝廷中的大臣，選取的對象要能鑒識明達治國的體要，而且淵博雅正又能籌劃治理國家大事的人；第二是有關文書記事方面的大臣，要選取擅長撰寫文章，取法彰明文、武仁德，不忘古代聖王的人；第三是軍旅方面的大臣，要選取果斷堅定有謀略，強力能幹熟習軍事的人；第四是保衛治理地方的大臣，要選取明曉熟悉風俗習慣，清廉愛民的人；第五是銜命出使聘問的大臣，要選取有見識，隨機應變從事得宜，達成君命的人；第六是土木建築方面的大臣，要選取依循規程而有功效並能節省用費，能使國君領悟有方術的人。凡此，皆需勤苦力學守正行端的人才能辨別得出來。人的天性有長有短，那裏能責求在這六方面都美好呢？但也應當通曉各方面的宗旨大義，能篤守一個職位，便無愧疚了。

2. 吾見世中文學之士，品藻❶古今，若指諸掌❷，及有試用，多無所堪。居承平之世，不知有喪亂之禍；處廟堂之下❸，不知有戰陳❹之急；保俸祿之資，不知有耕稼之苦；肆吏民之上，不知有勞役之勤，故難可以應世經務❺也。晉朝南渡，優借❻士族；故江南冠帶❼，有才幹者，擢爲令僕❽已下尚書郎中書舍人已上，典掌機要。其餘文義之士，多迂誕浮華，不涉世務；纖微過失，又惜行捶楚，所以處於清高，蓋護其短也。至於臺閣❾令史，主書❿監帥，諸王籤省⓫，並曉習吏用，濟辦時須，縱有小人之態，皆可鞭杖肅督，故多見委使，蓋用其長也。人每不自量，舉世怨梁武帝父子愛小人而疏士大夫，此

亦眼不能見其睫⑫耳。

【注釋】①品藻 鑒定等級。②若指諸掌 像指著手掌心一樣的容易。③處廟堂之下 廟堂，一作廊廟。下，一作中。④戰陳 謂作戰的陣法，也指兩軍陣地。陳，陣本字。⑤應世經務 適應時世，治理事務。⑥優借 優假、寬待。⑦冠帶 此借指士族、官吏。⑧令僕 官名。此指尚書令與尚書僕射。⑨臺閣 卽尚書。令史，爲其屬官。⑩主書 官名。主管文書。南齊和北魏，均在中書省設主書令史。⑪籤省 官名。籤謂籤帥，卽典籤。南朝時置於諸王國，常以皇帝近侍充之，名爲典領文書，實則監制諸王行動，其權甚大，故稱籤帥。省，卽辦事的官吏名。在南朝宋，爲尚書省屬吏。北周爲傳令之吏。⑫眼不能見其睫 謂眼睛不能自見睫毛。此喻人常被周圍的小人所蒙蔽。

【語譯】我常看到世間能文章博學的人士，品評鑒定古今，就像用指頭指著手掌心一樣的容易，等到有所試用的時候，大多數的事務都無法承擔。生活在太平已久的國度裏，不知道有死喪戰亂的災禍；居處在朝廷之中，不知道有戰事的急切；安享著國家俸祿的資給，不知道有耕種收穫的辛勞；位列在吏民的上頭，不知道從事勞役的勤苦，所以也就很難適應時世治理事務了。晉朝播遷江南以後，寬待世家大族；所以江南的縉紳士族，有才幹的人，就被拔擢爲尚書令、僕射以下尚書郎、中書舍人以上的官吏，讓他們掌理機要的事務。其他那些能文章探義理的人士，多半迂闊荒誕虛浮不切實，因平時不涉及世間事務；細微的過失，又予以憐惜而不加處罰，所以他們始終處於淸貴高潔的地位，實在說來，這就是掩護他們短處的舉措。至於尚書令史，主書監帥，諸王的籤帥省事，卻都能通曉熟悉官吏的功用，又能幫助辦理時務的所需，縱然有小人的作態，也都可以用鞭杖來嚴加督責，所以多半能被委任以使命，

這是任用他們的長處。可是一般人往往不知自量，舉世都怨恨梁武帝父子寵愛小人而疏遠士大夫，這也可能是由於眼睛不能自見其睫毛的關係。

3. 梁世士大夫，皆尚褒衣博帶❶，大冠高履❷，出則車輿，入則扶侍，郊郭之內，無乘馬者。周弘正為宣城王所愛❸，給一果下馬❹，常服御之，舉朝以為放達❺。至乃尚書郎乘馬，則糺劾❻之。及侯景之亂，膚脆骨柔，不堪行步，體羸氣弱，不耐寒暑，坐死倉猝❼者，往往而然。建康令王復性既儒雅，未嘗乘騎，見馬嘶歕❽陸梁，莫不震懾。乃謂人曰：「正是虎，何故名為馬乎？」其風俗至此。

【注釋】❶褒衣博帶　寬衣大帶。謂古代儒生的服式。見《漢書．雋不疑傳》。❷大冠高履　謂高冠與高齒屐。❸周弘正為宣城王所愛　周弘正，無考。宣城王，梁簡文帝蕭綱長子，名大器，字仁宗，中大通四年，封宣城郡王，食邑二千戶。見《梁書．哀太子傳》。❹果下馬　矮小的馬，高三尺，乘之可在果樹下行走，故名。見《三國志．魏書．東夷．濊國》。❺放達　縱放曠達，不拘禮俗。❻糺劾　彈劾。糺同糾。❼倉猝　此謂事變，亂離。猝，一作卒。❽歕　同噴。

【語譯】南朝梁代的士大夫們，都習尚寬衣闊帶，戴高冠穿高齒屐，出外卽坐車，回來卽有人服侍，郊外城內，沒有人騎馬的。周弘正當時為宣城王所喜愛，送給他一匹矮小的果下馬，常常騎乘，全朝的官員都以為他很曠達。至於尚書郎乘馬，就要遭到彈劾糾正。到侯景作亂時，有的人竟是皮膚容易破碎，骨頭變得柔軟，不能步行走路，身體羸弱沒有氣力，既不耐寒，又不耐暑，事變發生只好坐著等

死的，往往就是這樣。當時有一位建康令王復，性情既然是溫文爾雅，所以也就不曾騎過馬，一看見馬的嘶叫噴吐跳躍，沒有不是被嚇得屏息顫抖的。於是對人說：「這正是虎，爲什麼取名馬呢？」梁代的風俗，竟然到達這種地步。

4. 古人欲知稼穡之艱難，斯蓋貴穀務本❶之道也。夫食爲民天，民非食不生矣，三日不粒❷，父子不能相存❸。耕種之，茠鉏❹之，刈穫之，載積之，打拂❺之，簸揚❻之，凡幾涉手，而入倉廩，安可輕農事而貴末業哉？江南朝士，因晉中興，南渡江，卒爲羈旅❼，至今八九世，未有力田，悉資俸祿而食耳。假令有者，皆信❽僮僕爲之，未嘗目觀起一墢土❾，耘一株苗；不知幾月當下，幾月當收，安識世間餘務乎？故治官則不了，營家則不辦，皆優閑❿之過也！

【注釋】❶務本　此謂農業。與下文「末業」謂商賈相對而言。❷不粒　謂不吃飯。《尚書・益稷》：「烝民乃粒。」偽孔傳：「米食曰粒。」❸相存　相互慰問。❹茠鉏　刈除田間雜草。茠，同薅。《說文》：「薅，拔田艸也。薅，或从休。」❺打拂　擊打或過擊使穀與稃分離。即脫穀。❻簸揚　謂搖動揚去穀類中的糠粃、雜物。❼羈旅　寄居在外作客。❽信　依靠，任憑。❾一墢土　謂一耜所翻起的土。《集韻・末韻》：「墢，發土也。」《耒耜經》：「耕之土曰墢。」《國語・周語上》：「王耕一墢。」❿優閑　閑逸不作事。

【語　譯】古人所以要了解耕作農事的艱難，這可能是由於穀物太重要而採取的務本做法。要知道，食物是人民一日不可或缺的，人民如無食物，就不能維持生命，三天不吃飯，即使親如父子也不能相互慰問。因此，要耕種，要除草，要收割，要運集，要打穀，要簸揚，要經過好多道手續，始能納入倉庫，怎麼可以看輕農事而重視商賈呢？南朝的士大夫，因東晉中興，南渡江左，終爲寄居他鄉的客人，到現在八九代，從不致力田事，完全依靠俸祿來生活。假如有的話，也都是任憑僕役去做，不曾看著他們翻起一耒的土，在一株禾苗旁除草；不知道在那個月當下種，那個月當收穫，又如何能知道世間其他的事務呢？所以讓他治理政務，各階層的官吏就不曉得如何去做，請他經營、謀畫一家的生計，也不知道如何料理，這都是由於平日太過閑逸所致啊！

【文　話】涉務一文，乃顏氏勉其家人，應專心致力於某一世務，多吸取有關各方面的知識，進而詳察、細審、深思、熟慮，不僅要知其然，尤當知其所以然。能如是，則不惟可以「治官」，抑且可以「營家」。這是因爲人受天賦所限，固不可以責其凡事皆能精通，凡理皆能明達啊！我們都知道，讀書的目的，在於明理，在做人，在處世。如僅知專務文章，而於國家當爲之事，一無所能，甚至其他世務，亦一無所了解，只知養尊處優，而不知稼穡的艱難，只競尚於習俗流風，而竟「坐死於倉猝」事變之中，此與行屍走肉何異？如此的士大夫，又焉能治國、成事？顏氏有鑑於此，是以提出涉務之篇以誡家人，借以警悟世之不「涉務」者，其所用心，良可謂爲旣深且遠了。

全文約可分爲四段，茲將其大義，略誌如次：

1. 首先指出士人君子的處世，其言行作爲，最要者，當有益於人羣社會。能篤守一職，便可免於愧疚。

2.說明世間一般文學之士，既不涉世事，是以難能擔當治官之職。品古今則有餘，遇事籌謀則莫展，此卽被疏遠的主因所在。顏氏於此，有提醒世人，宜多深思、自量的雅意。

3.痛指南朝梁世風俗的敗壞。世家大族，文人學士，無不喜闊綽享受，講溫文爾雅之態，連騎馬都被視爲粗野，不合官宦常規。以致落得「體羸氣弱，不耐寒暑」，其結果也只好「坐死倉猝」了。尤有甚者，竟至視馬爲虎，聞馬嘶，見馬躍，卽膽寒股慄，士大夫體弱如彼，膽怯又如此，國家又焉能不亡？

4.此言南朝士官大族，自晉中興，南渡江左，卽全資俸祿過活，世間餘事，一蓋不知，此皆「優閑之過」，所謂養尊處優，莫此爲甚。

本篇言簡義明，所論皆切於人生所需，且爲當爲當知者。我們生於世，長於世，既不能離世獨立，那就勢必要入世、涉世，講求生命的意義與價值。如果一味我行我素，只作世間的消費者，而絲毫無所貢獻；或是僅作飯來張口，茶來伸手的固定動作，其「坐死倉猝」者，那也就難逃理之所必然，事之所必至的惡運了。

顏氏此文，尤其是最後一段，批評南朝官宦世家子弟，平日好逸惡勞，遊手好閒，既不事生產，亦不涉世事，是以爲官不足以治官，營家不足以料理，徒具形骸之軀，淪爲純粹的消費者，不徒可恥，尤其可悲。我們今日讀顏氏此文，能不倍加惕勉嗎？

卷五

省事第十二

1. 銘金人❶云：「無多言，多言多敗；無多事，多事多患。」至哉斯戒也！能走者奪其翼，善飛者減其指❷，有角者無上齒，豐後者無前足❸，蓋天道不使物有兼焉也。古人云：「多爲少善，不如執一；鼫鼠五能，不成伎術❹。」近世有兩人，朗悟士也，性多營綜❺，略無成名，經不足以待問，史不足以討論，文章無可傳於集錄，書迹❻未堪以留愛翫，卜筮射❼六得三，醫藥治十差❽五，音樂在數十人下，弓矢在千百人中，天文、畫繪❾、棊博❿，鮮卑語、胡書⓫，煎胡桃油，鍊錫爲銀⓬，如此之類，略得梗槩，皆不通熟。惜乎，以彼神明，若省其異端，當精妙也。

【注釋】❶銘金人　謂金屬人像背後所鑄刻的銘文。《說苑·敬愼篇》：「孔子之周，觀於太廟

右陛之前，有金人焉，三緘其口，而銘其背曰：『古之愼言人也，戒之哉！戒之哉！無多言……多事多患。』」❷指　當讀爲脂，乃脂的假借字。案：郝懿行斠記：「指，當爲趾字之譌。」王叔岷斠注：「指，乃脂之借字。」並引《淮南子．地形篇》、《孔子家語．執轡篇》以證。今從王說。❸有角者無上齒二句　此蓋謂獸類有角的多無上齒，如牛卽是。鳥類皆前小後大，僅二足，無前後之分，故云無足。案：《大戴記．易本命》：「四足者無羽翼，戴角者無上齒。」《漢書．董仲舒傳》：「夫天亦有所分予，予之齒者去其角，傅其翼者兩其足，是所受大者不得取小也。」師古注：「謂牛無上齒則有角，其餘無角者則有上齒。」❹鼫鼠五能二句　案：《爾雅．釋獸》：「鼫鼠。」注：「形大如鼠，頭如兎，尾有毛，青黃色，好在田中食粟豆。」《說文》：「鼫，五技鼠也。能飛不能過屋，能緣不能窮木，能游不能渡谷，能穴不能掩身，能走不能先人。」伎術，卽技術。伎，通技。❺營綜　謂所欲致力、辦理的事情很多。❻書迹　謂字體筆迹。❼射　猜度，投合。❽差　呂祖謙《少儀外傳．上》引作「瘥」。《說文》：「瘥，瘉也。」病除爲瘥。❾畫繪　王利器以爲乃北朝時尚之胡畫。並引《北史．平鑒傳》：「夜則胡畫以供衣食」以爲證。❿棊博　謂圍棊，六博。博通簙，古代的一種棋戲。⓫胡書　王利器以爲是鮮卑文字。⓬煎胡桃油二句　此皆當時所尚。

【語　譯】金屬人像背後的銘文說：「不要多說話，多說話就多破綻；不要多事，多事就多憂患。」這警戒對極了！善於走的就不生翅膀，善於飛的就少有肥肉，頭上長角的就沒有上齒，後部豐滿的前面就不長腳，這是天理不使生物有所兼備的。古人說：「多方面去做就少有專長，反不如執守一事容易精良；鼫鼠有五種能耐，但都不能成爲專門技術。」近代有兩個人，都非常聰敏，生性很多方面都喜歡去做，但均粗略而無特殊成就，經書不足以答問，史書不足以應對，文章平平沒有可以集錄傳世

的，書體筆迹不能使人保留賞玩，在卜筮方面，六次只能猜中三次，醫藥方面，治療十次只有五次可癒，音樂的造詣，在好幾十人以下，拉弓射箭，和千百人沒有分別，其他像天文、畫繪、弈棋，鮮卑語、鮮卑文，煎胡桃油，鍊錫爲銀，如此多的種類，只能大略知道一些皮毛，都不能精通熟悉。眞可惜，以他們的聰敏，若能省去其他不必要的小道異端，應該可以達到精妙的境地。

2. 上書陳事，起自戰國❶，逮於兩漢，風流彌廣❷。原其體度：攻人主之長短，諫諍之徒也；訐羣臣之得失，訟訴之類也；陳國家之利害，對策之伍也；帶私情之與奪，遊說之儔也。總此四塗，賈誠❸以求位，鬻言以干祿。或無絲毫之益，而有不省❹之困，幸而感悟人主，爲時所納，初獲不貲之賞❺，終陷不測之誅，則嚴助、朱買臣、吾丘壽王、主父偃❻之類甚眾。良史所書，蓋取其狂狷一介❼，論政得失耳，非士君子守法度者所爲也。今世所覩，懷瑾瑜而握蘭桂❽者，悉恥爲之。守門詣闕，獻書言計，率多空薄，高自矜夸❾，無經略❿之大體，咸粃糠⓫之微事，十條之中，一不足採，縱合時務，已漏先覺，非謂不知，但患知而不行耳。或被發姦私，面相酬證，事途迴穴⓬，翻懼愆尤⓭；人主外護聲教⓮，脫⓯加含養，此乃僥倖之徒，不足與比肩⓰也。

【注釋】❶起自戰國　案：《文心雕龍．章表篇》：「降及七國，未變古式，言事於主，皆稱上書。」趙曦明並列舉蘇秦、蘇厲、范睢、韓非、黃歇諸人以爲證。❷風流彌廣　此謂上書陳事的名稱便

多了起來。如章、奏、表、議，均為漢代所定。「章以謝恩，奏以按劾，表以陳請，議以執異。」見《文心雕龍・章表篇》。❸賈誠　出賣忠誠。賈，音古。作售解。❹不省　不被省察、見用。❺不貲之賞　形容賞賜非常多，難以資財計算。貲，亦作訾。❻嚴助至主父偃　嚴助，西漢會稽吳人，嚴忌子，一說為忌從子。武帝即位，郡舉賢良對策，擢為中大夫，常與大臣等辯論政事，和東方朔、司馬相如等同為帝所親幸。後遷會稽太守，復歸長安，為侍中。淮南王劉安謀反時，助因與劉交好，竟被殺。見《漢書・嚴助傳》。朱買臣，字翁子，西漢會稽吳人。官至丞相長史，因與丞相張湯傾軋，發湯陰事，湯自殺，武帝怒，誅殺買臣。見《漢書・朱買臣傳》。吾丘壽王，字子贛，西漢趙人。從董仲舒受《春秋》，高材通明，遷侍中中郎，後為光祿大夫侍中，丞相公孫弘請禁民不得挾弓弩，帝下其議，壽王對善，帝以難弘，弘於是屈服。後坐事被殺。見《漢書・吾丘壽王傳》。主父偃，西漢齊國臨菑人。初學縱橫術，晚乃學《易》、《春秋》百家之言。武帝元光中，上書言事，拜郎中。一歲四遷為中大夫。大臣畏其口，賂遺累千金。或謂偃太橫。偃回答說：「丈夫生不五鼎食，死即五鼎烹耳。吾日暮，故倒行逆施之。」後以告齊王與姊奸事，被殺。見《漢書・主父偃傳》。❼狂狷一介　謂進取於善道與守節無為的耿介之士。❽懷瑾瑜而握蘭桂　此喻懷才抱德高潔之士。瑾瑜，即美玉。蘭桂，即蘭花與桂花。均具異香。❾矜夸　即矜誇。驕傲自大。❿經略　籌劃，治理。⓫粃糠　癟穀和米糠。此喻瑣碎無價值之物。⓬迴穴　紆曲、變化無定。亦作邪僻解。⓭僁尤　即愆尤。作過失解。⓮聲教　聲威和教化。⓯脫　倘或，或許。⓰比肩　並肩。引申有同朝、同時之意。

【語　譯】上書國君陳述事理，從戰國就開始了；及至兩漢，這種風習的流行就更加廣泛。它的原本體制限度是：指責人君的是非得失，就類別說，則屬於諫諍；揭發羣臣的優劣、成敗，則屬於訴訟一

類；陳述國家施政的利害，則屬對策的一伙；話中夾帶著私情的政策利益，則屬於遊說的徒輩。總結以上四種方術，不外出賣忠誠以求得爵位，鬻售政論來干求俸祿。卻有的得不到絲毫的利益，反而遭到誤解的困擾，有的很幸運，感動人主使之領悟，爲時君採納任用，一開始上任，就獲得非常豐厚的賞賜，可是到最後卻難免不測的殺戮，像嚴助、朱買臣、吾丘壽王、主父偃等就非常多。優秀史官的記載，僅取其中合於進取於善道與守節無爲的耿介之士，議論政治的得失罷了，並不是一般士君子遵守法度的作爲。當今所看到的那些懷才抱德高潔之士，全都恥於去做。守候在宮庭門外，獻書論政，放言策計，大多都是空文無識，卻誇大自己的見解超出世人之上，其實並不具有治國的大則大法，都是一些瑣碎無價值的細微小事，十條當中，沒有一條是值得採用的，縱然是合於當世的要務，也已失去先覺的時機，這不是說朝中的大臣不知道，只是憂慮著知道而不能實行罷了。有的被揭發出姦邪私心，面對著人證物證，事情的倫次變化無定，反怕招惹禍端；人主爲了維護外面的聲威教化，有時也會加以包容，這些意外獲得倖進的徒輩，是不能和他們同朝共事的。

3. 諫諍之徒，以正人君之失爾，必在得言之地，當盡匡贊之規，不容苟免偷安，垂頭塞耳；至於就養有方❶，思不出位❷，干非其任，斯則罪人。故〈表記〉云：「事君，遠而諫，則諂也；近而不諫，則尸利也❸。」《論語》曰：「未信而諫，人以爲謗己也❹。」

【注釋】❶就養有方　此謂服事國君，在左在右，各有定位，各有職司。故鄭氏云：「不可侵官

也。」見《禮記・檀弓上》。❷思不出位　此言所思慮的，不超出自己職務以外的事情。亦即不越其職之意。見《論語・憲問篇》。❸〈表記〉諸句　〈表記〉，爲《禮記》篇名。事君，與君疏遠，沒有上諫言的責任，強欲諫諍，故謂諂。近君有諫諍的責任，反而不以忠言相勸，故謂尸利。孫希旦《禮記集解》引呂大臨語說：「既無言責，又遠於君，非其職而諫之，凌節犯分以求自達，故曰諂。有言責之臣，不諫則曠厥官，懷祿固寵，主於利，故曰尸利。」❹《論語》二句　見〈子張篇〉。人，今本作「則」。

【語譯】負責諫諍的大臣，在於匡正人君的過失，所以一定要站在說話的地位，善盡匡正贊助的規勸職責，不容許苟且避免，只顧眼前的安樂，低頭故不見，塞耳裝不聞；至於服事國君，應各有司職，不可侵官，不可超越自己的職位，假如干涉非己職司以內的事務，這就是罪人了。所以《禮記・表記》說：「事奉國君，本無言責，遠而強諫，就是諂媚；本有言責，近君而不諫，就是受祿而不盡職責。」《論語》說：「尚未取得信任就去勸諫，別人還以爲是在毀謗自己呢。」

4. 君子當守道崇德，蓄價待時，爵祿不登，信由天命。須求❶趨競，不顧羞慚，比較材能，斟量功伐❷，厲色揚聲，東怨西怒；或有劫持宰相瑕疵，而獲❸酬謝，或有諠聒時人視聽，求見發遣❹；以此得官，謂爲才力，何異盜食致飽，竊衣取溫哉！世見躁競得官者，便謂❺「弗索何獲」；不知時運之來，不求亦至也。見靜退❻未遇者，便謂「弗爲胡成❼」；不知風雲不與❽，徒求無益也。凡不求而自得，求而不得者❾，焉可勝算乎！

【注釋】❶須求　《少儀外傳・下》引作「干求」。❷功伐　同義複詞。《左傳・莊公二十八年》：

「且旌君伐。」是伐亦作功解之證。❸而獲 《少儀外傳·下》引作「覬獲」。❹發遣 猶今分發、派任。有強迫行使之意。❺便謂 一作「便爲」。❻靜退 謂本性沈靜退讓不爭。❼弗爲胡成 謂不做何能有成。語出《僞古文尚書·太甲下》。❽不與 《少儀外傳·下》引作「不興」。❾凡不求而自得，求而不得者 《少儀外傳·下》引作「凡不求而得者」。

【語譯】有學養的君子，應當遵守常道崇尚德操，蓄養聲價以等待時機，不能居官享有爵位俸祿，實由天命所致。干求競爭趨走，不顧羞恥慚愧，給人比較才能的高下，計較功勞的多少，以嚴厲的表情高聲叫喊，不是恨這個就是氣那個；有的劫持著宰相的過失，想非分獲得報酬，有的諠譁叫嚷擾亂時人的視聽，來要求分發派遣；用這種手段求得官職，就說是有才能，這和偷盜食物塡飽肚子，竊取衣服使身體溫暖有什麼不同呢！世間常見急於和人爭權勢得官的人，便以爲「不去索求怎麼可以獲得」；卻不知當運氣來的時候，即使不索求也會到臨。看見性情沈靜退讓不被賞識的人，便以爲「不去求那能成功」；卻不知時勢不到（不成熟），一味去索求是沒有用的。凡是不去索求而自然得到，或是索求而不能得到的，如何可以盡數呢！

5. 齊之季世，多以財貨託附外家，諠動女謁❶。拜守宰者，印組❷光華，車騎輝赫，榮兼九族❸，取貴一時。而爲執政所患，隨而伺察，既以利得，必以利殆，微染風塵，便乖肅正，坑穽殊深，瘡痏❹未復，縱得免死，莫不破家，然後噬臍❺，亦復何及？吾自南及北，未嘗一言與時人論身分❻也，不能通達，亦無尤焉。

【注釋】❶女謁　謂透過宮廷中受寵愛的女子，進行干求請託。❷印組　印，官印。組，絲帶。古代佩印用組。組，即綬。後用以喻官位、官爵。❸九族　有二說：一謂父族四、母族三、妻族二。二謂自本身算起，上至高祖，下至玄孫為九族。今多採二說。❹瘡痏　謂創傷，瘢痕。❺噬臍　比喻後悔已晚。❻身分　謂社會地位、經歷等。

【語譯】齊朝的末年，多把財貨委託給外家，勸說打動宮中深受寵愛的妃嬪，進行干求請託。幸而弄到一個地方官職，即披掛著華麗的印綬，乘坐著車馬向世人炫耀，連九族的親戚都感到光榮，取得了一時無上尊貴。這種風習，卻為執政的人所憂慮，於是就暗中跟蹤查察，既然是用錢買得的官職，也必定會因貪財而遭到危害，只要稍微沾染上一些不廉潔，便乖違了持事嚴敬公正的準則，宦途中，到處是深坑陷穽，創傷尚未復原，縱然能免一死，也沒有不家道破敗的，此時再悔不當初，這那裏還能來得及？我從南到北，不曾有一句話和時人討論過官位、經歷，即使不能亨通顯達，也不會有什麼怨尤的。

6. 王子晉❶云：「佐饔得嘗，佐鬭得傷。」此言為善則預❷，為惡則去，不欲黨人非義之事也。凡損於物，皆無與焉。然而窮鳥入懷❸，仁人所憫；況死士歸我，當棄之乎？伍員之託漁舟❹，季布之入廣柳❺，孔融之藏張儉❻，孫嵩之匿趙岐❼，前代之所貴，而吾之所行也，以此得罪，甘心瞑目。至如郭解❽之代人報讎，灌夫之橫怒求地❾，游俠❿之徒，非君子之所為也。如有逆亂之行，得罪於君親者，又不足卹焉。親友之迫危難也，家財己力，當無所吝；若橫生圖計，無理請謁⓫，非吾教也。墨翟⓬之徒，世謂熱腹，楊朱⓭

之侶，世謂冷腸；腸不可冷，腹不可熱，當以仁義爲節文⑭爾。

【注釋】❶王子晉　即王子喬，周靈王太子，名晉。以直諫廢爲庶人。一說晉好吹笙作鳳鳴，在嵩山修煉二十年，乘鶴仙去。見《列仙傳・王子喬》。案：王子晉語，今《國語・周語下》作「佐饍者嘗焉，佐鬬者傷焉。」注：「饍，烹煎之官也。」❷預　通「與」。參與。❸窮鳥入懷　喻窮途末路之人的請求庇護。事見《三國志・魏書・邴原傳》及裴松之注。❹伍員之託漁舟　此謂伍子胥奔吳事。因當時追者在後，至江，江上有一漁父乘船，知伍員之急，乃渡之過江。見《史記・伍子胥傳》。❺季布之入廣柳　此謂季布因急迫藏匿濮陽周氏家，周氏因截其髮，並以鐵束頸，將之置入廣柳車中，賣與魯、朱家，終得爲漢所用之事。見《史記・季布傳》。❻孔融之藏張儉　張儉，山陽高平人，爲中常侍侯覽所怨，下令捕儉，儉與孔融兄褒爲舊交，逃亡至褒家，不遇。融時年十六，張儉見融年少，不告。融見其有窘迫之情，因留儉居，後張儉終得逃脫之事。見《後漢書・孔融傳》。❼孫嵩之匿趙岐　趙岐字邠卿，京兆長陵人。先是中常侍唐衡兄玹爲京兆虎牙都尉，因其進不以德，趙岐多次出言貶譏，玹深以爲恨。及爲京兆尹，岐懼禍及身，遂逃難四方，自匿姓名，賣餅北海市中。時安丘孫嵩年二十餘，遊市見岐，察非常人，停車呼與共載，遂以俱歸，藏岐於複壁中。見《後漢書・趙岐傳》。❽郭解　字翁伯，漢軹（今河南省濟源縣）人。爲人短小精悍，不飲酒，以軀借交報仇。見《史記・游俠列傳》。❾灌夫之橫怒求地　灌夫字仲孺，漢潁陰（今河南省許昌縣）人。武帝時，拜淮陽太守，徙燕相，坐法免歸。爲人剛直任俠，重然諾，與魏其侯相交相歡。丞相田蚡使籍福請魏其城南田，魏不許。灌夫聞之，大怒，罵籍福，不畏懼權勢，此正游俠之作風。見《史記・魏其武安侯例傳》。❿游俠　古代指好交遊，勇於急人

之難的人。⑪無理請謁　理，《少儀外傳下》作禮。⑫墨翟　戰國初年思想家。魯人。曾為宋國大夫，後周遊列國，宣揚兼愛、非攻思想。並以苦行耐勞的精神，感召羣眾，組織團體，支援弱國，為墨家的創始者。⑬楊朱　字子居，又稱楊子，戰國衛人。後於墨翟，前於孟軻。其學說主張為我，重生，貴己，不拔一毛以利天下，與墨子兼愛思想相對立。⑭節文　謂節制修飾。

【語譯】周靈王太子晉說：「幫烹飪官做事，可得品味食物，幫助鬬毆，就要遭到傷害。」這話的意思是做善事就參與，做壞事就離去，不希望自己的親族鄉黨做不合道義的事情。凡是有損於人、事的，都不參與。然而當無處可飛的鳥投入懷中，這是具有仁愛之心的人所憐恤的，更何況是勇敢不畏死的人投靠於我，當棄之不理嗎？像伍員的投身漁舟渡江，季布的棲身廣柳車中，孔融的藏匿張儉，孫嵩的隱匿趙岐，前代所敬重的，也就是我所當行的，因此遭到罪咎，也是心甘情願死而無憾的。至於像郭解的替人報仇，灌夫的怒罵求田的籍福，這是游俠的徒輩，不是君子的所當為。如有違逆叛亂的行為，獲罪於君親的，這就更不值得顧惜了。親戚朋友的遭逢危險困難，出錢出力，盡量幫助，不當有所吝嗇；若要不擇手段地圖謀詭計，毫無道理地請求謁拜，這絕不是我所要效法的。像墨翟的徒輩，世人都說是過於熱心，楊朱的徒眾，世人都說是過於薄情；過於薄情固不可以，過於熱心也不可以，應當以仁義作為合理的節制才是。

7. 前在修文令曹❶，有山東學士與關中太史競歷，凡十餘人，紛紜累歲，內史牒付議官平之❷。吾執論曰：「大抵諸儒所爭，四分并減分兩家爾❸。歷象之要，可以晷景測之；今驗其分至薄蝕❹，則四分疏而減分密。疏者則稱政令有寬猛，運行致盈縮❺，非算

之失也；密者則云日月有遲速，以術求之，預知其度，無災祥也。用疏則藏姦而不信，用密則任數而違經。且議官所知，不能精於訟者，以淺裁深，安有肯服？既非格令所司，幸勿當❻也。」一舉曹貴賤，咸以為然。有一禮官，恥為此讓，苦欲留連，強加考覈。機杼❼既薄，無以測量，還復採訪訟人，窺望長短，朝夕聚議，寒暑煩勞，背春涉冬，竟無予奪，怨誚滋生，赧然而退，終為內史所迫：此好名之辱❽也！

【注釋】❶前在修文令曹　此蓋指顏氏在北齊後主（高緯）武平三年時，在修文殿撰寫御覽事。見《北齊書・顏之推傳・觀我生賦》「待詔崇文裡」句下注。又《北齊書・文苑傳・序》：「後主三年，祖珽奏立文林館，於是更召引文學士，謂之待詔文林館焉。珽又奏撰御覽，……並敕(蕭)放、(蕭)慤、顏之推等同入撰例。」令曹，謂太史曹，置有令、丞各二人。❷內史句　內史，官名。即內史省。牒，謂書札，猶後世官府中的公文。平，謂平議。❸四分並減分兩家爾　此謂在曆法的爭論上，有的主張四分曆，有的則主張依四分曆而予以減損。《後漢書・律曆志中》：「章帝元和二年，太初曆失天益遠，故召治曆編訢、李梵等，綜校其狀。改行四分，以遵於堯。靈帝熹平四年，蒙人公乘（爵名）宗紺孫誠上書，言受紺法術，當復改。誠術：以百三十五月二十三食為法，乘除成月，從建康（順帝年號，僅一年）以上減四十一，建康以來減三十五，以其俱不食。」❹分至薄蝕　分謂春分、秋分，至謂夏至、冬至。日月相掩謂之薄蝕。薄，作迫解。❺盈縮　謂歲星運行超前、退後之意。《漢書・天文志》：「歲星超舍而前為贏，退舍為縮。」王先謙補注：「舍，所止宿也。超舍而前，過其所當舍之宿以上一舍二

舍三舍，謂之贏，退舍以下一舍二舍三舍，謂之縮。」盈縮，即贏縮。❻當　謂判處其罪。《字彙・田部》：「當，斷罪曰當，言使罪法相當。」❼機杼　謂胸中的經緯、識見。❽好名之辱　好名下俗本多「好事」二字。

【語　譯】從前在修文殿撰寫御覽任職太史曹令時，有山東的學者和關中太史爭論曆法，不下十多人，大家互不相讓地爭吵了好幾年，後來內史只好行文交付議官平議。我執持的論點是：「大概諸儒所爭議的，不過是四分曆和依此曆減損日分兩家罷了。曆象的要領，可以就著日影來測量。現在驗證曆法的春分、秋分，夏至、冬至，以及日月蝕等，則四分疏遠而減分近密。主張疏遠的人則說政令有寬緩威猛，而歲星運行致有超前退後的現象，並不是計算上有什麼差失。主張密近的人則說日月運行有慢有快，用方術來推行，可以預先知道它運行的分度，避免災禍的發生。用疏遠的四分，則包藏著姦僞而不信實，用密近的減分，則憑藉方術而違背常法（今言經緯度）。況且議官所知道的，不能比爭訟的人來得精確，以膚淺來裁定高深，那有願意服從的？既然不是律令所掌管的範圍，希望就不要判決定罪。」全曹中不論高官賤役，都以爲我的見解是對的。僅有一位職司禮的官員，恥於爲這種見解讓步，苦苦不肯罷休，強加稽考核驗。因心中的經緯、識見不够深厚，以致無法測量，仍然還得走訪探詢爭訟的人，來觀察優劣，從早到晚聚會議論，煩勞的忘記了寒暑，從春天到冬天，竟然毫無增損，埋怨責備的聲音四起，只好羞愧的知難而退，最後被內史所迫脅：你這是由於好名所惹來的羞辱啊！

【文　話】郝懿行斠（校）記說：「省事，言不費事也。」所謂「費事」，非世俗所說的麻煩，曠時費日，乃指所為之事為浪費、不當做。換言之，就是為之非僅無益，反會招惹無謂的困擾、譏誚，乃至於羞辱。「不費事」，就是不要做無意義的事或職務以外的事。如為職責所在，不僅不當省，反要竭

盡所能地去完成。或面臨善舉、義行、仁德之事，雖非職責所在，亦應義無反顧地去做。如爭名損人利己之舉，卽當省其事而不為。再如學問、知識不足，卽不可強不知以為知，強不能以為能；既不知就不可多言，既不能，尤不可逞強。凡事皆當量力而為，尤當力圖專精。千萬不可貪多好名，以不能為能，結果不僅徒然一無所成，反而還要遭到羞辱。凡此均爲作者在當時感受甚切深有所悟的，是以提出「省事」之訓，以誡家人。

全文約可分為七段，茲略舉大意如次：

1. 作者首先指出凡所從事，均應就天賦之能，慎選一己之所善，執一而為，精益求精，方可達其妙境；如貪多務得，又為才力所限，致將一無所成，卽難免鼫鼠之譏。

2. 說明上書陳事種類的流行，以及說客的倖進無恥，這種行為，是懷才抱德高潔之士，「悉恥為之」的。言外之意，似在勉勵世人，應從事於士君子的修為，做一個為世所尊敬的人。

3. 言事君食祿，當負責盡職。既「不容苟免偷安」，亦不可「干非其任」。此戒人嚴守分際之言，值得三思。

4. 強調士君子當修德待時，不應不顧一切地躁競索求。於此道盡世間不講修德、不知廉恥為何物，而僅知不擇手段索求官職小人的嘴臉。以古鑑今，如出一轍，怎不令人慨歎！

5. 痛陳齊朝末年，地方官買爵炫耀的風習。其結果縱得免死，也難逃破家敗名之悲。噬臍之悔，其又何及！

6. 告戒家人當參與為善，遠離罪惡；當急人之困，救人之難。然亦不應過當，應以仁義爲依歸。

7. 借修訂曆法一事，烘托世事之所以有紛爭，多由於不明事理之眞相，惟有眞知灼見，方可排難解

紛，寓義甚為深遠。

本篇就行文言，布局、結構，層次井然。每言一事，均能深切著明，給人以切膚的感受。而文中的義蘊，亦非常豐厚。如第一段所言，幾無字不具戒惕作用。世事萬物，無不有其天限，決非逞強之輩所能突破。而「鼫鼠五能，不能成技」之喻，尤能發人深省。

在用字上亦能生動靈活，不拘一格。如第二段：「賈誠以求位，鬻言以干祿。」賈誠對鬻言，求位對干祿，不僅句子簡潔工整，相對成趣，而表義更是淺顯明白，讀起來甚具意味。而下文的「守門詣闕，獻書言計，……但患知而不行耳。」或四言，或六言，文氣隨字音起伏跌宕，不僅道盡了小人說客的嘴臉，而文字的安排運用，亦饒富情趣。其次，如第六段「當以仁義為節文」的處事準則，其寓義尤為深遠，洵可作為永世法。而最後一段所言曆法之事，由此可使我們領悟顏氏的博通廣識。尤其可貴者，乃惟有眞知灼見，方可排難解紛，如一知半解，即使「苦欲留連，強加考覈」，但也會終因「機杼既薄」，而「無以測量」了。這種寓義，給人的警惕，還不夠大嗎？

止足第十三

1. 《禮》云：「欲不可縱，志不可滿❶。」宇宙❷可臻其極，情性不知其窮，唯在少欲知足，爲立涯限❸爾。先祖靖侯❹戒子姪曰：「汝家書生門戶，世無富貴；自今仕宦不可過二千石，婚姻勿貪勢家。」吾終身服膺❺，以爲名言也。

【注釋】❶禮云二句　見《禮記·曲禮上》。❷宇宙　時間與空間的總稱。上下四方爲宇，古往來今爲宙。❸涯限　界限。❹靖侯　爲顏之推九世祖，名含。見〈治家篇〉。❺服膺　記在心裏。

【語譯】《禮記·曲禮上篇》說：「欲望不可以放縱，心志不可以自滿。」宇宙雖大，可以到達它的極限，而人的欲望情性，卻是無窮盡的，唯一的方法，就是減少欲望知道滿足，並立下一個界限。先祖靖侯告戒子姪說：「你們的家世，是讀書門第，處世不求富貴；從現在起，做官不可使俸祿超過二千石的顯位，婚嫁也不可貪圖權勢之家。」我一生都把這話記在心裏，當作格言準則。

2. 天地鬼神之道，皆惡滿盈。謙虛沖損，可以免害❶。人生衣趣❷以覆寒露，食趣以塞飢乏耳。形骸之內，尚不得奢靡，己身之外，而欲窮驕泰❸邪？周穆王、秦始皇、漢

武帝，富有四海，貴為天子，不知紀極❹，猶自敗累，況士庶乎？常以二十口家，奴婢盛多，不可出二十人，良田十頃，堂室纔蔽風雨，車馬僅代杖策，蓄財數萬，以擬❺吉凶急速，不啻❻此者，以義散之❼；不至此者，勿非道求之。

【注　釋】❶天地鬼神四句　《易・謙卦・彖傳》說：「天道虧盈而益謙，地道變盈而流謙，鬼神害盈而福謙，人道惡盈而好謙。」這意思是說：「天道的規律是虧損盈滿而增益謙虛，地道的規律是變動盈滿而流入謙下，鬼神的道理是損害滿盈而福祐謙讓，人的心理是厭惡盈滿而喜愛謙恭。」顏氏蓋用其義。❷趣　通取。盧文弨注：「趣者，僅足之意，與孟子『楊子取為我』之取同。」❸驕泰　傲慢奢侈。❹紀極　終極，限度。❺擬　打算，預料，估量。❻不啻　同不翅。過多，超過。❼以義散之　宋本以上有皆字。見王利器注。

【語　譯】無論是天地的規律或是鬼神的道理，全都厭惡自滿傲驕。惟有謙讓、虛心、沖淡、損挹，才可以避免危害。人生所需，只不過衣服僅足以遮蔽寒露，食物僅足以充塞飢乏而已。形體以內，尚且不能奢侈浪費，自身以外，還想盡情不惜一切地享樂奢侈嗎？像周穆王、秦始皇、漢武帝三人，享有四海的財富，身居天子的尊位，不知終極的限度，尚且不免自取敗亡的危難，更何況士庶人呢？平常以二十口的人家來說，男女僕最多，也不可超出二十人；良田一千畝，廳堂居室僅能遮蔽風雨，車馬只用以代替扶持的拐杖，積蓄財產達到數萬時，就要趕快預估可能遭遇的吉凶禍福，超過這個數目，便要以合於正義的方法把它散發出去；還沒有達到這個數目，也不可以用不合理的方法求取。

止足第十三

1. 《禮》云：「欲不可縱，志不可滿❶。」宇宙❷可臻其極，情性不知其窮，唯在少欲知足，爲立涯限❸爾。先祖靖侯❹戒子姪曰：「汝家書生門戶，世無富貴；自今仕宦不可過二千石，婚姻勿貪勢家。」吾終身服膺❺，以爲名言也。

【注釋】❶禮云二句　見《禮記‧曲禮上》。❷宇宙　時間與空間的總稱。上下四方爲宇，古往來今爲宙。❸涯限　界限。❹靖侯　爲顏之推九世祖，名含。見〈治家篇〉。❺服膺　記在心裏。

【語譯】《禮記‧曲禮上篇》說：「欲望不可以放縱，心志不可以自滿。」宇宙雖大，可以到達它的極限，而人的欲望情性，卻是無窮盡的，唯一的方法，就是減少欲望知道滿足，並立下一個界限。先祖靖侯告戒子姪說：「你們的家世，是讀書門第，處世不求富貴；從現在起，做官不可使俸祿超過二千石的顯位，婚嫁也不可貪圖權勢之家。」我一生都把這話記在心裏，當作格言準則。

2. 天地鬼神之道，皆惡滿盈。謙虛沖損，可以免害❶。人生衣趣❷以覆寒露，食趣以塞飢乏耳。形骸之內，尚不得奢靡，己身之外，而欲窮驕泰❸邪？周穆王、秦始皇、漢

武帝，富有四海，貴為天子，不知紀極❹，猶自敗累，況士庶乎？常以二十口家，奴婢盛多，不可出二十人，良田十頃，堂室纔蔽風雨，車馬僅代杖策，蓄財數萬，以擬❺吉凶急速，不啻❻此者，以義散之❼；不至此者，勿非道求之。

【注釋】❶天地鬼神四句 《易・謙卦・彖傳》說：「天道虧盈而益謙，地道變盈而流謙，鬼神害盈而福謙，人道惡盈而好謙。」這意思是說：「天道的規律是虧損盈滿而增益謙虛，地道的規律是變動盈滿而流入謙下，鬼神的道理是損害滿盈而福祐謙讓，人的心理是厭惡盈滿而喜愛謙恭。」顏氏蓋用其義。❷趣 通取。盧文弨注：「趣者，僅足之意，與孟子『楊子取為我』之取同。」❸驕泰 傲慢奢侈。❹紀極 終極，限度。❺擬 打算，預料，估量。❻不啻 同不翅。過多，超過。❼以義散之 宋本以上有皆字。見王利器注。

【語譯】無論是天地的規律或是鬼神的道理，全都厭惡自滿傲驕。惟有謙讓、虛心、沖淡、損挹，才可以避免危害。人生所需，只不過衣服僅足以遮蔽寒露，食物僅足以充塞飢乏而已。形體以內，尚且不能奢侈浪費，自身以外，還想盡情不惜一切地享樂奢侈嗎？像周穆王、秦始皇、漢武帝三人，享有四海的財富，身居天子的尊位，不知終極的限度，尚且不免自取敗亡的危難，更何況士庶人呢？平常以二十口的人家來說，男女僕最多，也不可超出二十人；良田一千畝，廳堂居室僅能遮蔽風雨，車馬只用以代替扶持的拐杖，積蓄財產達到數萬時，就要趕快預估可能遭遇的吉凶禍福，超過這個數目，便要以合於正義的方法把它散發出去；還沒有達到這個數目，也不可以用不合理的方法求取。

3. 仕宦稱泰❶，不過處在中品，前望五十人，後顧五十人，足以免恥辱，無傾危也。高此者，便當罷謝，偃仰❷私庭。吾近爲黃門郎❸，已可收退；當時羇旅，懼罹謗讟，思爲此計，僅未暇❹爾。自喪亂已來，見因託風雲❺，徼倖富貴，旦執機權，夜填坑谷，朔歡卓、鄭❻，晦泣顏、原❼者，非十人五人也！慎之哉！慎之哉！

【注　釋】❶泰　通暢；安適，康寧。❷偃仰　俯仰。❸黃門郎　卽黃門侍郎的省稱。秦官名，漢因之。因給事於黃門，故名。❹未暇　猶未有機會。〈終制篇〉謂：「計吾兄弟，不當仕進；但以門衰，骨肉單弱，五服之內，傍無一人，播越他鄉，無復資廕，使汝等沈淪廝役，以爲先世之恥；故靦冒人間，不敢墜失。兼以北方政教嚴切，全無隱退者故也。」觀此，卽可知顏氏「未暇」之意。❺風雲　謂時勢際遇。❻卓、鄭　謂卓氏與程鄭。《史記・貨殖列傳》說：「蜀、卓氏之先，趙人也，用鐵冶富。……程鄭，山東遷虜也，亦冶鑄，富埒卓氏，俱居臨邛。」❼顏、原　謂顏淵、與原思。皆孔子弟子。

【語　譯】做官，職位最好能稱適中，就是處在不超過中等的品級，往前望有五十人，往後看也有五十人，這樣就足可以避免恥辱，沒有傾危的顧慮了。高過這個職位，就應當辭謝罷官，在家中過俯仰自如的生活。我近來官做到黃門侍郎，已經應該收場退隱；因當時寄身在外，恐怕遭到批評非議，早想爲此作打算，只是沒有適當的時機罷了。自從南北戰亂以來，所見依託風雲際會，徼倖得到富貴，白天執掌機要大權，夜晚卽被填入坑谷，月初像卓氏、程鄭樣的富貴而歡喜，月末有如顏淵、原思一般貧賤而悲泣，這種情形，並非十人五人如此啊！要謹慎哪！要謹慎哪！

【文話】止足，就是知止、知足的意思。如能知其所當止，則不致越行犯分，無由而不中；如能知所滿足，則不致貪得無厭，無由而不和。能「致中和」，那也就可無不得所了。顏氏深感斯理，故以「止足」爲題，發其義蘊，以誥誡其子弟，期能止所當止，足所當足，那就可庶無差失了。

全文約可分爲三段，玆略述大義如次：

第一段，作者首先指出爲人處世，要少欲知足，不可貪圖富貴，攀附權勢，尤其不可忘懷世傳的家規。

第二段，說明人生在世，要循理而爲，謙沖自牧，不可高傲自大，尤不可奢靡無度，以自取滅亡。

第三段，言如果日後爲官，有個中等職位，就當滿足；過此，卽應退隱。絕不可戀棧，致遭敗亡。

就全文布局說，層次非常顯明，在義理的表達上，亦能契合人情世事的常態，其簡而深入的文筆，在溫馨中提示了當守應爲的爲人處世的道理。我們所以說層次顯明，你看，他先從個人的修爲，到傳世家訓，再到終不可違反的天地鬼神自然之理，最後以仕宦爲終結，猶念念於以守「中」爲訓勉，這種自然流露的關愛，確實能使人倍感溫馨。俗語說：「知足不辱，知止不殆。」顏氏所闡明的，不正是這個道理？《周易．乾卦．文言》說：「亢之爲言也，知進而不知退，知存而不知亡，知得而不知喪；知進退、存亡、而不失其正者，其惟聖人乎！」於此，更可看出「止足」的不易做到，顏氏的以此訓勉家人，實寓有深遠的意義。

英與漁陽王平、顏忠等造作圖書，有逆謀。英因被廢自殺，而因案坐死者以千數。見《後漢書・楚王英傳》。⑮顏俊　三國時，武威顏俊，張掖和鸞，酒泉黃華，西平麴演等同時舉羣反叛，自稱將軍，互相攻擊。俊遣使護送其母及子到太祖（曹操）處爲人質，請求援助。太祖問司空張既，既回答說：「俊等外假國威，內生傲悖，計定勢足，後卽反耳。」後遂見殺。見《三國志・魏書・張既傳》。⑯衣冠　指士大夫，官紳。⑰身手　謂武藝。⑱寘　止，息。⑲孔子二句　翹，舉起。孔子力舉城門事，除唐劉知幾《史通・雜說上》：「昔孔子力可翹關，不以力稱」的記載外，他如《列子・說符篇》、《呂氏春秋・愼大篇》、《淮南子・主術篇》、《道應篇》、《論衡・效力篇》，均載孔子力大可舉城關事。蓋傳聞如此。⑳此聖證也　蓋本曹魏時王肅所作〈聖證論〉立言。㉑氣幹　猶言才幹。盧文弨以爲「氣力強幹」。㉒微行險服　盧文弨補注：「微行，易爲姦也；險服，如曼胡之纓，短後之衣是。」此蓋謂暗中穿著練武的衣冠，以耍拳腳。㉓掔　手腕。通腕。《說文》：「掔，手掔也。」

【語　譯】我們顏家的祖先，本是鄒、魯地方人，後來有的分支遷入齊國，世代都是以儒素大雅爲業，普遍地載在書籍中。孔子的門弟子，有成就的七十二人中，顏氏就有八人。從秦、漢、魏、晉以來，下及齊、梁，沒有統兵作戰以取得顯位的。春秋時代，像顏高、顏鳴、顏息、顏羽這些人，都不過是一好鬪的勇夫罷了。倒是齊國有一位顏涿聚，趙國有一位顏聚，漢末有一位顏良，宋時有一位顏延之，都曾做到將軍的職位，但不幸的是竟然遭到敗亡的慘禍。漢代的郎官顏駟，自稱喜好武術，卻沒有事迹的記載。顏忠因阿附楚王英被斬，顏俊因據武威反叛被殺，自有顏姓以來，沒有清高操守的，僅有這二人，也都遭到慘禍敗亡的命運。近世以來，由於戰亂動蕩不安，士大夫們，雖然沒有武藝，有的也聚集黨徒眾人，違棄向來的德業，竟想獲得意外的戰功。我既然羸弱，上思前代，所以將心願表白止息

於此，希望後代的子孫能牢牢記住。孔子的力氣能將城門舉起，卻不以力大聞名於世，這是聖人修為的明證。我看到現代的士大夫們，僅僅具有一些氣力，便以為可以倚賴，卻不能穿上鎧甲拿著兵器，來保衛國家，只是暗中穿著練武的衣服，玩弄一下拳腳功夫，這往大處說，則將陷自身於危亡之境，往小處說，則將給子孫遺留下羞恥侮辱，終沒有能避免的。

2\. 國之興亡，兵之勝敗，博學所至，幸討論之。入帷幄❶之中，參廟堂之上，不能為主盡❷規以謀社稷，君子所恥也。然而每見文士，頗讀兵書，微有經略❸。若居承平之世，睥睨❹宮閫，幸災樂禍，首為逆亂，詿誤❺善良；如在兵革之時，構扇❻反覆，縱橫說誘，不識存亡，強相扶戴❼：此皆陷身滅族之本也。誡之哉！誡之哉！

【注釋】❶帷幄　本指軍中的帳幕。此謂在室內謀畫。如《漢書．高帝紀》：「夫運籌帷幄之中，決勝千里之外，吾不如子房（張良）。」❷盡　當作「畫」。❸頗讀兵書二句　王利器以為「頗」與「微」對文。亦微少義。可從。《廣雅．釋詁》：「頗，少也。」❹睥睨　窺伺，占察。也作俾倪、辟倪、埤堄。❺詿誤　貽誤，連累。《廣雅．釋詁》：「詿，欺也。」❻構扇　連結搧動。❼扶戴　謂扶翼擁戴。即推奉以為君主之意。

【語譯】國家的興盛與滅亡，戰爭的勝利與失敗，這都是博雅的學者所至表關切的，所以也希望能參與討論國家的大計方針。如果入議帷幄之中，參謀朝廷之上，竟不能替人主規畫出一套完整可行的策略來治理國家，這是君子所感到羞恥的。可是卻往往看到一些文士，兵書讀的並不多，治理的策略，也知道的很有限。若在平安無事的年代，便刻意窺伺宮中，看到有人遭遇災禍，不但不同情，反而感到

高興，率先違逆叛亂，貽誤、連累善良；如果是在戰亂的時候，就不斷地連結搧動，毫無顧忌地大肆遊說引誘，不明白了解存亡的道理，強行推奉以為人主，這都是陷溺自身滅亡家族本源。要警戒啊！要警戒啊！

3. 習五兵❶，便乘騎，正可稱武夫爾。今世士大夫，但不讀書，即稱武夫兒❷，乃飯囊酒甕❸也。

【注釋】❶五兵　五種兵器：1.軍車的五兵為戈、殳、戟、酋矛、夷矛。2.兵卒的五兵，則無夷矛而有弓矢。見《周禮．夏官．司兵》及鄭司農（眾）注。❷即稱句　即字下宋本有「自」字。❸飯囊酒甕　俗作「酒囊飯袋」。一作「酒瓮飯囊」。王充《論衡．別通篇》：「腹為飯坑，腸為酒囊。」義並同。諷刺人的無用。

【語譯】熟習五種兵器，擅長騎馬，僅可稱為武夫罷了。現今的士大夫，只是不讀書，就自稱為武夫，其實也只不過是一個飯袋酒罈、沒有用的人。

【文話】這一篇為顏氏警戒子弟不可習武，應以「儒雅為業」所作的深切勸勉。作者就其先人於載籍中可考者，歷述有造詣的人，惟在「儒雅」，而習武弄拳之輩，多無成就，甚者，竟無事迹可考。有的竟因無「清操」而被殺。同時更以孔子「力翹門關」竟「不以力聞」為證，說明其所以作如是的誡勉，並非事出無因。

全文約可分為三段：第一段作者首先指出顏氏自得姓以來，皆以「儒雅為業」，少有習武顯達者，即有，亦不過「一鬬夫」罷了。且多遭「顛覆」之禍，甚或遺羞後代。故表白其心願，勸子孫當以戒兵

爲尚，銘誌勿違。第二段是說君子所關切者爲國家的興亡，戰爭的勝負。進而爲人主規畫治國安邦可大可久之策。而文士則以一己的淺識卑見，動輒違逆，游說扇誘，終致身亡族滅，可不深戒！第三段則痛陳當時士大夫不讀書，反稱自己爲武夫的可恥行爲，其實乃爲一「飯囊酒甕」無用之人。

我們綜觀全文，乃作者以當時所見之實情，發爲深切著明的言論，一則以戒子弟，一則以警世人，其用意不可謂不宅心仁厚了。而尤其可稱者，乃其在第二段中所提出的君子、文士之辨，我們認爲最能發人深省。君子以不能面臨國家興亡、轉危爲安是恥是憂，而文士則以「幸災樂禍」、「構扇反覆」爲得意。這使我們可以體悟到，惟有修君子「儒雅之業」，方可大可久，纔是人生惟一正途；利用小聰明，投機取巧，乘人之危，扇風點火，「縱橫說誘」，終不免「陷身滅族」之悲，可不深誡哉！

顏氏所處的時代，爲一亂世，所見當代大夫的好尚，大概如文中時士言。其實「兵」非不可爲，《論語》「足食、足兵」〈顏淵篇〉之載，卽為明證。兵，卽武備、國防，如無武備、國防，社稷則難以幸存，此爲任人皆知的道理。是以《穀梁傳・襄公二十五年》說：「古者雖有文事，必有武備。」〈定公十年〉亦載此言。驗諸先民之見，卽可解顏氏的用意了。

養生第十五

1. 神仙之事，未可全誣；但性命在天，或難鍾值①。人生居世，觸途牽縶②：幼少之日，既有供養之勤；成立之年，便增妻孥之累。衣食資須，公私驅役；而望遁跡山林，超然塵滓，千萬不遇一爾。加以金玉之費，鑪器所須，益非貧士所辦。學如牛毛，成如麟角③。華山之下，白骨如莽④，何有可遂之理？考之內教⑤，縱使得仙，終當有死，不能出世，不願汝曹專精於此。若其愛養神明，調護氣息，愼節起臥，均適寒暄⑥，禁忌食飲，將餌藥物⑦，遂其所稟，不爲夭折者，吾無間然。諸藥餌法，不廢世務也。庾肩吾常服槐實，年七十餘，目看細字，鬚髮猶黑⑧。鄴中朝士，有單服杏仁、枸杞、黃精、朮、車前⑨得益者甚多，不能一一說爾。吾嘗患齒，搖動欲落，飲食熱冷，皆苦疼痛。見《抱朴子》牢齒之法⑩，早朝叩齒⑪三百下爲良；行之數日，即便平愈，今恆持之。此輩小術，無損於事，亦可脩也。凡欲餌藥，陶隱居《太清》方中總錄甚備⑫，但須精審，不可輕脫⑬。近有王愛州⑭在鄴學服松脂⑮，不得節度，腸塞而死，爲藥所誤者甚多。

【注釋】❶鍾値　適逢，相遇。❷觸途牽縶　到處都是羈絆；牽拘，制約。❸學如牛毛二句　形容學的人非常多，有成就的人卻非常少。見《北史·文苑傳序》。❹華山之下二句　五嶽之一，世稱西嶽。在今陝西省華陰縣南。又名太華山。此謂凡欲學道合藥或避亂隱居的人，無不入山，然如不得法，則多遇災禍。故俗諺說：「太華之下，白骨狼藉。」見《抱朴子·登涉篇》。言外有不可相信之意。❺內教　道家、佛家均以內教稱其經文。然以下文「得仙」之意衡之，應指道教。❻寒暄　也作暄寒。❼將餌藥物　以藥品作爲滋養的食物。將，養。餌，食物。凡所食之物皆可稱餌。❽庾肩吾四句　南朝梁文學家。卽庾信的父親。字子愼，一字愼之。擅長詩賦，多寫景、詠物之作。又工書法，著有《書品》。見《南史·庾易傳》。槐實，久服明目通神，白髮還黑。有痔及下血者，尤宜服之。見《本草綱目·槐實·發明》。王利器引《事類賦·二五》：「七」作「九」。❾有單服杏仁句　杏仁，有潤肺、消食積、散滯氣、老而健壯、心力不倦等功效；因其性熱降氣，亦非久服之藥。枸杞，常服能除邪熱，明目輕身。黃精，主治補中益氣，除風濕，安五臟。久服輕身延年不飢。肌肉充盛，骨髓堅強，可延年益壽。朮，味甘，主治風寒濕痹死肌。止汗除熱消食。作煎餌（餅），久服輕身延年不飢。車前，味甘，主治氣癃上痛，利尿除濕痹。久服輕身耐老。見《本草綱目》。❿牢齒之法　案：《抱朴子·內篇·雜應·卷一五》：「或問堅齒之道。抱朴子曰：『能養以華池，浸以醴液，清晨建齒三百過者，永不搖動。』」華池，口、舌下。建，叩。⓫叩齒　叩，一作建。⓬陶隱居句　卽陶弘景。字通明，南朝梁秣陵（今南京市）人。後隱居於句容句曲山，自號華陽隱居。見《梁書·陶弘景傳》。又《隋書·經籍志·三》：「太清草木集要二卷。陶隱居撰。」⓭不可輕脫　脫，一作服。⓮王愛州　此蓋以所官之地爲稱。愛州，南朝梁於九眞郡置。故治在今安南北境。⓯松脂　別名松膏、松肪。味苦甘。主治癰疽惡

瘡。安五臟、除熱。久服輕身、不老、延年。見《本草綱目》。

【語　譯】有關神仙的事情，不可認爲全部都是誣罔不可信的；只不過性命的長短，全在於天命，是可遇而不可求的。人生在世，可說到處都是羈絆：如年少的時候，卽有奉養父母的勤勞；到了成人自立的年齡（三十而立），便又要增添妻子的連累。其他尚有衣食方面的資金所需，公私方面的驅遣勞役，而還能希望隱居山林，離世脫俗，忘懷一切繁瑣的事務，在千萬人中也遇不到一個。再加上黃金美玉的費用，丹鑪器物的所需，更非貧窮的人士所能辦到。因此，從事學道的人，雖然多如牛毛，可是有成就的人，卻少如麟角；太華山的下面，白骨遍布如草莽，世間那有盡如人意的道理？經查考驗證道教的修練，就是能够成仙，最後也免不了一死，並不能超出塵世，所以不希望你們專精於這方面。假如你們喜愛愼養精神，調護氣力呼息，小心調節日常生活，對氣候的冷暖，作適度的調和，在飲食上作適量的禁忌，食用藥物作爲滋養品，要能順遂天性的稟賦，以避免短壽夭折的作爲，我是無話可說的。因爲像這樣對各種藥物的服用方法，並不致廢棄世間的一切事務。像庾肩吾平常服用槐實，年齡到了九(七)十多歲，眼睛能看細小的字體，鬍鬚頭髮都還是黑的。鄴下朝中的士大夫，有單獨服用杏仁、枸杞、黃精、朮、車前的，得到實際效益的很多，無法一一地說出來。我曾經患有齒病，搖動得將要掉下來，飲食如稍熱稍冷，都非常疼痛。後來看到《抱朴子》中所載牢固牙齒的方法，在早晨敲擊牙齒三百下就會有良好的療效，這樣做了幾天，就恢復正常了，直到現在仍然保持著這種做法。這種小技術，對於正當的事務，並沒有損害，是可以從事修爲的。凡是想著服用藥物，在陶隱居的太淸方中，記載得非常完備，但必須精密確實，不可隨便服用。近來有一位王愛州在鄴地學習服用松脂，沒有能調節得適度，竟然因腸塞致死，被藥物所誤害的人非常多。

2. 夫養生者先須慮禍，全身保性，有此生然後養之，勿徒養其無生也。單豹養於內而喪外，張毅養於外而喪內❶，前賢所戒也。嵇康著〈養生〉之論，而以傲物受刑❷；石崇冀服餌之徵，而以貪溺取禍❸，往世之所迷也。

【注釋】❶單豹二句　姓單名豹，春秋時魯國的隱者。居巖穴飲清泉，不爭名利，雖年齒長老而形色不衰，久處山林，忽遇餓虎，爲其所食。張毅，姓張名毅，也是魯人。他是一位流俗人物，追奔世利，高門甲第，朱戶垂簾，莫不馳驟參謁，趨走慶弔，形勞神弱，困而不休，於是內熱發背而死。見《莊子・達生篇》。❷嵇康二句　字叔夜，三國魏譙郡（今安徽省亳縣）人。少孤，爲魏宗室婿，仕魏爲中散大夫。後遭鍾會誣陷，爲司馬昭所殺，年四十。著有〈養生論〉等，收入《文選》中。李善注：「嵇喜爲康傳曰：『康，性好服食，常采御上藥，以爲神仙稟之自然，非積學所致。至於導養得理，以盡性命，若安期彭祖之倫，可以善求而得也。著〈養生論〉。』」見《晉書・嵇康傳》。❸石崇二句　字季倫，晉南皮（今河北省南皮縣）人。石苞子。少敏惠，勇而有謀，任俠無行檢。歷任散騎常侍、荊州刺史等職。在荊州刧遠使商客，致富不貲。在河陽置金谷園，奢靡成風，與貴戚王愷、羊琇等以豪侈相尚。永康元年，趙王倫廢殺賈后，崇以附事賈后免官。又遭趙王倫嬖人孫秀所譖，終被殺。見《晉書・石苞傳》。又石崇〈思歸引序〉：「又好服食咽氣，志在不朽，傲然有凌雲之操。」注：「服食，求神仙。向曰：服食咽氣，志在不朽，謂長生也。操，猶志也。」見《文選・卷四十五》。服餌，即服食。徵，一作「延年」。

【語譯】說到養生，首先必須顧慮到災禍，保全性命，有生命然後才有所修養，不要只顧修養而

不注意生命的安危。像單豹只顧體內的修養而竟被餓虎所吞噬，張毅只顧追奔世利竟至內熱發背而死。嵇康雖著《養生論》，而竟因自負、輕視他人被殺；石崇雖希冀服食求仙延年，而竟因溺於貪得遭到禍害，這是前代所迷惘的先例。

3. 夫生不可不惜，不可苟惜。涉險畏之途，干禍難之事，貪欲以傷生，讒慝而致死，此君子之所惜哉！行誠孝而見賊，履仁義而得罪，喪身以全家，泯軀而濟國，君子不咎也。自亂離已來，吾見名臣賢士，臨難求生，終為不救，徒取窘辱，令人憤懣。侯景❶之亂，王公將相，多被戮辱，妃主姬妾，略無全者。唯吳郡太守張嵊❷，建義不捷，為賊所害，辭色不撓；及鄱陽王世子謝夫人❸，登屋詬怒，見射而斃。夫人，謝遵女也。何賢智操行若此之難？婢妾引決❹若此之易？悲夫！

【注釋】❶侯景　字萬景，南朝梁朔方（今綏遠省南境）人。善騎射，原為北魏爾朱榮將領，叛歸高歡，歡死歸梁，武帝封他為河南王，不久即舉兵反，武帝被圍餓死，景自立為漢帝，在長江下游為亂，後為王僧辯討平。史稱侯景之亂。見《梁書．侯景傳》。❷張嵊　字四山，少有志操，父稷，在青州為士民所害，嵊感家禍，終身蔬食布衣，手不執刀刃。後果官為吳興太守，舉兵討伐侯景，兵敗被執，遇害。謚忠貞。見《梁書．張嵊傳》。❸鄱陽王句　即蕭恢，字弘達，太祖第九子。性孝恕，輕財好施，凡歷四州，所得俸祿，隨即散之。世子範，字世儀，溫和有器識。世子嗣，字長胤，性驍果有膽略，能傾身養士，皆得其死力。侯景叛，嗣據守晉熙，城中食盡，景遣任約來攻，嗣出壘抵拒，中流

矢，卒於陣。見《梁書．太祖五王傳》。其妻子爲任約所擒。見《南史．梁宗室下》。❹引決 自殺，自裁。

【語 譯】生命不可不加珍惜，但不可爲苟且偷生而加以珍惜。行走危險的道路，干犯禍難的事件，貪得的欲望足以傷害生命，說人壞話，惡意傷人，亦足以招致死亡，這是君子所惋惜的！實行忠誠孝悌而被害，踐履仁愛正義而得罪，喪亡性命來保全家族，泯滅身軀來拯救國家，這是君子所不追究責備的。自戰亂以來，我曾見到一些名臣賢士，面臨災難求取苟生，最後仍不得救，所得到的，只是困窘與侮辱，實在令人感到憤恨難過。侯景的叛亂，一時王公將相，大多都遭殺戮，那些妃嬪公主姬妾，幾乎沒有不被汚辱或仇殺的。只有吳郡太守張嵊，能樹立義旗，卻不幸失敗，被賊首所殺害，而言辭、表情絲毫沒有屈服；以及鄱陽王世子嗣的謝夫人，在屋中憤怒的詬罵，被射而死。這位夫人，是謝遵的女兒。爲什麼那些有智慧的賢士在操守品行的表現上竟如此的困難？婢妾的自殺、了斷，竟如此的容易？眞是可悲啊！

【文 話】所謂養生，今多指調養身心，以期保持健康，延年益壽的意思。莊子的養生見解，則以爲：「應善、惡兩忘，順著自然的中道以爲常法。如是卽可保全自身，養護眞君（精神），享盡天賦的壽命。」質言之，卽順應自然以養生之義。曹魏時代的嵇康著有〈養生論〉。《文選》注引嵇喜所作〈嵇康傳〉說：「康，性好服食，常采御上藥，以爲神仙稟之自然，非積學所致。至於導養得理，以盡性命，若安期、彭祖之倫，可以善求而得也。」晉葛洪《抱朴子．極言篇》也說：「養生之方，唾不及遠，行不疾步，耳不極聽，目不久視，坐不至久，臥不及疲，先寒而衣，先熱而解，不欲極饑而食，食不過飽，不欲極渴而飲，飲不過多，……不欲甚勞甚逸，不欲起早起晚，不欲汗流，不欲多睡，不欲奔

車走馬，不欲疾目遠望，……不欲廣志遠願，……冬不欲極溫，夏不欲窮涼，不露臥星下，……大寒大熱、大風大霧，皆不欲冒之，五味入口，不欲偏多。……忍怒以全陰氣，抑喜以養陽氣，然後先將服草木以救虧缺，後服金丹以定無窮，長生之理，盡於此矣。」果如此言，雖得長生，亦形同廢人，顏氏所說「單豹養於內而喪於外」者，蓋謂此也。然六朝人有關養生的言論，大抵如是。

顏氏養生的見解，卻能遠離六朝人的窠臼，與近世相較，差距不大，這在當時來說，見解不可謂不新，所慮不可謂不切，所言不可謂不實，體驗不可謂不眞。而行文的由近及遠，由親而疏，由社會而國家，無不爲作者躬親歷練體察所得；是以言溫而旨深，語巽而義遠，洵爲養生立身行事的良方。

全文約可分爲三段：在第一段中，作者所表露的意念非一，又可分爲五個小層次：

1. 言神仙之事，雖不可全誣，然當視自然的稟賦而定，此事可遇而不可求。
2. 修道學仙，非一般寒士所能爲。況人生「觸途牽縶」，世間亦無盡如人意之理。
3. 愼飲食，謹寒暑，養精神，調氣息，清心寡欲，才是眞正的養生之道。
4. 陶隱居太清方中備錄一切藥方，可據作參考，但務必精審，千萬不可隨便服用。
5. 示以服藥不知節度致死之害，以警家人不可爲藥所誤傷。

第二段，言養生要內外兼顧，切忌迷網偏失。

第三段，指出生命固當珍惜，但不可偷生苟活。無如動亂以來，一些王公將相，臨難徒受屈辱，而終不得救的慘痛下場，旣可恥又可悲。反不若「婢妾」的慷慨自裁，令人敬佩。

養生固當有生，方可以將養，然養之以常道則可，養之以非常道則不可。生命固當珍惜，然卻不可苟惜。如以非常道養生，不徒無益，反而有害。王公將相，如苟惜其生命，則何以救亡圖存？甚至其一

己的生命亦不得免。生命固可貴，端視其當死與不當死耳！顏氏之訓，發人至深，千百年之後，吾人讀其文，有如面對其人。反觀今世，誠令人不能不為之一慨。

歸心❶第十六

1. 三世❷之事，信而有徵，家世歸心，勿輕慢也。其間妙旨，具諸經論❸，不復於此，少能讚述；但懼汝曹猶未牢固，略重勸誘爾。

【注釋】❶歸心　從心中歸附。引申有心悅誠服之意。❷三世　謂佛教所指：過去、現在、未來爲三世。❸經論　此謂佛經中的經論。趙曦明注：「內典經、律、論各一藏，謂之三藏。」

【語譯】佛經所說：「過去、現在、未來」三世的事情，是信實而有徵驗的，我家世代都心悅誠服，不可輕忽怠慢。這中間的奧妙旨趣，很具體地載在內典經論中，在此如不復加說明，就很少再能有機會解釋陳述了；可是又怕你們尚未能很牢固地記得，只是大略地將重點提出來，權作規勸誘導罷了。

2. 原夫四塵五廕❶，剖析形有；六舟三駕❷，運載羣生。萬行歸空，千門❸入善，辯才智惠❹，豈徒七經❺、百氏之博哉？明非堯、舜、周、孔所及也。內外兩教❻，本爲一體，漸極爲異❼，深淺不同。內典初門，設五種禁❽；外典仁義禮智信，皆與之符。仁者，不殺之禁也；義者，不盜之禁也；禮者，不邪之禁也；智者，不酒之禁也；信者，不

妄之禁也。至如畋狩軍旅，燕享刑罰，因民之性，不可卒除，就爲之節，使不淫濫爾。歸周、孔而背釋宗，何其迷也！

【注　釋】❶四塵五廕　佛教稱色、香、味、觸爲四塵。見《楞嚴經．一》。稱色、受、想、行、識爲五廕。廕，一作陰。五陰，舊譯作「五蘊」。見《楞嚴經．二》。❷六舟三駕　佛教語。六舟，卽六波羅蜜。波羅蜜，卽度過到彼岸之意。也稱六度。以布施、持戒、忍辱、精進、禪定、智惠（慧）爲宗。佛教以羊車比喻聲聞乘，鹿車比喻緣覺乘，牛車比喻菩薩乘，稱爲三駕。也稱三乘、三車。用以喻佛法能運載衆生使各到他們的果地（成佛之位）。❸千門　千家。形容人戶衆多。千門萬戶的省稱。❹智惠　惠通慧。《世說新語．夙惠》：「何晏七歲，明惠若神。」❺七經　東漢一字石經以《易》、《詩》、《書》、《儀禮》、《春秋》、《公羊》、《論語》爲七經。顏氏所稱七經，當指此。❻內外兩教　佛教謂內教，儒學爲外教。❼漸極爲異　王利器集解：「漸謂漸教，指佛理。極謂宗極，指儒學。」可從。❽五種禁　卽五戒。佛教的五種戒律是：不殺生、不偷盜、不邪淫、不妄語、不飲酒食肉。也作五誡。

【語　譯】推求本原，四塵五陰，可以辨析形體的存在；六舟三駕，可以運載衆生使各達其果地。所有的行爲終歸於空虛，千門萬戶，人人入於善緣，雄辯的才能和智慧，那能僅限於七經、百家的淵博呢？分明是堯、舜、周公、孔子所不及的。佛、儒兩教，本是一體，只是佛理與儒學的主張有所差異，深淺有所不同。內典於入門之初，卽設有五種禁忌，外典的仁義禮智信，皆能和內典的五禁相符合。儒學所說的仁，卽佛教不殺生的禁忌；義，卽不盜竊的禁忌；禮，卽不邪惡的禁忌；智，卽不飲酒的禁

忌；信，卽不虛妄的禁忌。至於像畋獵軍旅之事，宴享（以酒食祭神）刑罰之爲，這是根據人民的習性，不可猝然除去，只能就著這些行爲的節制，使不越軌邪惡罷了。以此就歸向周公、孔子，而背棄佛教，是多麼地迷惘啊！

3. 俗之謗者，大抵有五：其一，以世界外事及神化無方爲迂誕❶也，其二，以吉凶禍福或未報應爲欺誑也，其三，以僧尼行業❷多不精純爲姦慝也，其四，以糜費金寶❸減耗課役爲損國也，其五，以縱有因緣❹如報善惡，安能辛苦今日之甲，利益後世之乙乎？爲異人也。今並釋之於下云。

【注釋】❶迂誕　謂荒唐遠出事理以外。❷行業　謂操行事業。❸金寶　金錢、貨幣。❹因緣　佛教語。指產生結果的直接原因及促成這種結果的條件。

【語譯】世俗對佛教毀謗的言論，大概可以分爲五種：第一，認爲世間以外的事情和神奇變化沒有極限爲荒唐遠離情理。第二，認爲吉凶禍福有時得不到報應是一種欺騙，第三，以和尚、尼姑的操行事業大多不能精粹純一、是一種奸邪不當行爲，第四，以浪費金錢減少賦稅徵收、徭役服行、對國家有損害，第五，以縱然有因果報應如善有善報、惡有惡報，又怎可讓現世的甲辛苦，使後世的乙享受利益呢？這是有異於尋常人的。現在一併解釋如下：

4. 釋一曰：夫遙大之物❶，寧可度量？今人所知❷，莫若天地。天爲積氣，地爲積塊❸，日爲陽精，月爲陰精❹，星爲萬物之精，儒家所安也。星有墜落，乃爲石矣❺；精

若是石，不得有光⑥，性又質重，何所繫屬⑦？一星之徑，大者百里，一宿首尾，相去數萬；百里之物，數萬相連，闊狹從斜⑧，常不盈縮。又星與日月，形色同爾⑨，但以大小爲其等差⑩；然而日月又當石也⑪？石既牢密，烏兔⑫焉容？石在氣中，豈能獨運？日月星辰，若皆是氣，氣體輕浮，當與天合，往來環轉，不得錯違⑬，其間遲疾，理宜一等⑭；何故日月五星二十八宿⑮，各有度數⑯，移動不均？寧當氣墜，忽變爲石？地既滓濁，法應沈厚，鑿土得泉，乃浮水上⑰；積水之下，復有何物？江河百谷，從何處生？東流到海，何爲不溢？歸塘尾閭，渫何所到⑱？沃焦⑲之石，何氣所然？潮汐去還，誰所節度⑳？天漢懸指，那不散落㉑？水性就下，何故上騰？天地初開，便有星宿；九州未劃㉒，列國未分，翦疆區野，若爲躔次㉓？封建㉔已來，誰所制割？國有增減，星無進退，災祥禍福，就中不差；乾象之大㉕，列星之夥，何爲分野，止繫中國㉖？昴爲旄頭，匈奴之次㉗；西胡、東越㉘，彫題、交阯，獨棄之乎㉙？以此而求，迄無了者，豈得以人事尋常，抑必宇宙外也㉚？

【注釋】❶遙大之物　大，一作「天」。見《法苑珠林・卷四》及《廣弘明集・卷三》。❷今人所知　所，《法苑珠林》作「難」。❸天爲地爲二句　見《列子・天瑞篇》。❹日爲月爲二句　《說文》：

「日，實也，太陽之精。月，闕也，太陰之精。星，萬物之精，上爲列星。」❺星墜乃爲石　古有是說。《左傳・僖公十六年》：「隕石于宋五，隕星也。」❻不得有光　得，《法苑珠林》，《廣弘明集》作「可」。❼何所繫屬　屬，一作「焉」。見王利器《顏氏家訓集解》。❽闊狹從斜　從，《法苑珠林》作「縱」。❾形色同爾　形，《法苑珠林》作「光」。❿但以大小爲其等差　《法苑珠林》此句作「但以小大差別不同。」⓫又當石也　也，《法苑珠林》作「耶」。王利器引《凝齋筆語》以爲「當」下有「是」字。⓬烏兎　古代神話，以爲日中有烏，月中有兎，因稱太陽爲金烏，月亮爲玉兎，合稱日月爲烏兎。⓭不得錯違　錯，《法苑珠林・四》作「背」。⓮理宜一等　宜，《法苑珠林・四》作「寧」。⓯五星二十八宿　五星，謂金、木、水、火、土五大行星。也稱五曜、五緯。二十八宿，古人爲觀測或推算日、月五星的運行，選擇沿天球赤道兩側範圍內的恆星，劃分爲二十八個星官，以作標誌，稱爲二十八宿。自西向東依次排列，與日、月運行的方向相同。東方七宿爲：角、亢、氐、房、心、尾、箕，象蒼龍；北方七宿爲：斗、牛（牽牛）、女（婺女）、虛、危、室（營室）、壁（東壁），象玄武（蛇與龜）；西方七宿爲：奎、婁、胃、昴、畢、觜（觜巂）、參，象白虎；南方七宿爲：井（東井）、鬼（輿鬼）、柳、星（七星）、張、翼、軫，象朱鳥（朱雀）。⓰各有度數　趙曦明引《尚書・堯典・正義》說：「六歷諸緯與周髀皆云：『日行一度，月行十三度十九分度之七。』《漢書・律歷志》：『金、水皆日行一度，木日行千七百二十八分度之百四十五，土日行四千三百二十分度之百四十五，火日行萬三千八百二十四分度之七千三百五十五。又二十八宿所載黃赤道度各不同。』」⓱乃浮水上　趙曦明引《晉書・天文志》說：「天在地外，水在天外，水浮天而載地者也。」⓲歸墟二句　歸墟，見《列子・湯問篇》。注：「或作歸塘。莊子云尾閭。」案：尾閭，見《莊子・秋水篇》。相傳爲泄海水的地方。在

碧海之東，其處有石，闊四萬里，厚四萬里，居百川之下尾而為閭族，故名尾閭。渫同泄。作漏解。⑲沃焦　傳說為東海南部的一座火山。趙曦明引《玄中記》說：「天下之強者，東海之沃焦焉。沃焦者，山名也。在東海南三萬里，海水灌之而卽消。」⑳潮汐二句　海水定時漲落叫潮。早曰潮，晚曰汐。誰，王利器引《崇正辨》作「何」。㉑天漢二句　天漢，卽銀河。又稱天河。那，王利器引《崇正辨》作「何」。㉒九州未劃　《廣弘明集・三》、《法苑珠林・四》劃，均作「畫」。㉓若為躔次　若為，猶云如何。見劉淇《助字辨略五》。躔次，謂日月星辰運行的軌迹。㉔封建　謂古代帝王把爵位、土地賜給諸侯，在封定的區域內建立邦國。相傳黃帝建萬國，為封建之始。至周制度始備，至秦而廢。㉕乾象之大　《廣弘明集・三》、《法苑珠林・四》乾，均作「懸」。㉖止繫中國　此謂止有中國各分封的區域才繫屬於上天的星象。《周禮・春官・保章氏》：「掌天星以志星辰日月之變動，以觀天下之遷，辨其吉凶，以星土辨九州之地所封，封域皆有分星，以觀妖祥。」㉗昴為旄頭二句　昴，為白虎七星之一，又名髦頭。《史記・天官書》：「昴曰髦頭，胡星也。」又說：「昴，畢間為天街。」正義：「天街二星，在畢、昴間，主國界也。街南為華夏之國，街北為夷狄之國。」此謂昴星以北，為匈奴之意。㉘東越　《法苑珠林・四》越，作「夷」。㉙彫題句　南方蠻族習俗。《後漢書・南蠻傳》：「《禮記》稱南方曰蠻。雕題、交阯，其俗男女同川而浴，故曰交阯。」盧文弨注補謂：「雕題、交阯，《禮記・王制》文。雕，謂刻也，題，謂額也，非惟雕額，亦文身也。雕、彫，趾、阯，俱通用。」案：見《禮記・王制・一三》。㉚抑必句　《廣弘明集・三》、《法苑珠林・四》均作「抑必宇宙之外乎。」

【語譯】第十一：那遙遠廣大的物體，豈是可以測量的？今人所熟知的，沒有什麼能像天地了。大家都知道，天是積聚的大氣，地是積聚的土塊，日稱為陽精，月稱為陰精，星辰稱為萬物之精，這是儒

家認爲沒有問題的。可是有的星宿墜落下來，就成爲石塊，爲萬物之精的星，若是石頭，就不能有光，本身的性質又重，能繫屬在那裏？再說，一個星球的直徑，大的有百里，一羣星宿從頭到尾，相距數萬里；一個百里大的物體，又數萬里相連屬，寬、窄、縱、斜，也是永不伸屈的。再者，星宿和日月，形體、顏色又相同，只不過有大小不等的差別；這樣說來日月又當是石頭了？石頭既然堅硬牢固，日月何能相容？石頭在大氣中，怎能獨自運行？日月星辰，假如都是氣體，氣體輕而上浮，應當與天體相合，往來循環運轉，不可能有錯雜相違的現象，這中間的快慢，照理說應該一樣；爲什麼日月五星二十八宿，都有各自的運行度數，移動的速度並不相同？難道是說當大氣墜落時，忽然變成了石頭？地既然污濁，依法理應該因厚重而沈沒，可是當鑿深土壤反能得泉，乃知地竟浮在水的上面；積水的下面，又有什麼物體？那江河和山谷，從那裏生出？向東一直流到海中，爲什麼總是不會滿而外流？那海底的洩水口歸墟、尾閭，又將水洩到什麼地方？沃焦山的石頭，是什麼氣體所形成？潮汐的漲落，是誰在調節控制？天河中懸掛的一條像手指的繁星，爲什麼不會散落？水的本性是向低處流，是什麼緣故上騰的？天地初分開的時候，就有了星宿；當九州尚未闢劃，各國尚未分封，而開始區別疆域劃分原野的時候，以什麼作爲軌迹？封土建國以來，又是如何裁斷分割的？國的數目有增有減，星宿的本身並沒有進退，而所顯現的災祥禍福，這中間也沒有差別；天象的廣大，列星的眾多，爲什麼地上的分野，列星止繫屬於中國？昴星又名旄頭，其北爲匈奴所居；而對西胡、東越，以及雕題、交趾的南蠻，就獨獨地摒棄了嗎？用這種道理來推求，那就會沒完沒了，豈能以尋常的人事，一定要合於宇宙以外的事理？

5. 凡人之信[1]，唯耳與目；耳目之外，咸致疑焉。儒家說天，自有數義：或渾或

蓋，乍宣乍安❷。斗極所周，管維所屬❸，若所親見，不容不同；若所測量，寧足依據？何故信凡人之臆說，迷❹大聖之妙旨，而欲必無恆沙❺世界、微塵數劫❻也？而鄒衍亦有九州之談❼。山中人不信有魚大如木，海上人不信有木大如魚❽；漢武不信弦膠❾，魏文不信火布❿；胡人見錦，不信有蟲食樹⓫吐絲所成；昔在江南⓬，不信有千人氈帳，及來河北，不信有二萬斛船：皆實驗也。

【注釋】❶凡人之信　「之」字，《法苑珠林．四》作「所」。❷或渾二句　渾天說：謂天地的形狀像鳥卵，天包地像卵包黃。天半在地上，半在地下，南北兩極，固定在天的兩端，日月星辰，繞兩極軸而旋轉。蓋天說：謂天像無柄的傘，地像無蓋的盤子。《晉書．天文志上》：「天似蓋笠，地法覆盤，天地各中高外下。」宣夜說：謂眾星自然地飄浮在無邊的虛空之中，氣體構成無限的宇宙。《晉書．天文志上》：「天了無質，仰而瞻之，高遠無極，日月眾星，自然浮生虛空之中，其行其止，皆須氣焉。」安天說：謂天高無窮，地深不測；天在上，有常安之形，地在下，有居靜之體。」見《晉書．天文志上》。乍，作或解。❸斗極二句　謂北斗繞北極周行，其樞紐所繫屬的地方。斗謂北斗星。極謂北極星，又名北辰。管維，謂樞紐。管，一作筦。❹迷　《法苑珠林．四》作「疑」。❺恆沙　乃恆河沙數的省稱。謂至多不可勝數。❻微塵數劫　謂微塵的數目與劫數相等。劫，佛經指天地的形成到毀滅為一劫。趙曦明引《法華經》說：「如人以力摩三千大千土，復盡末為塵，一塵為一劫，如此諸微塵數，其劫復過是。」❼鄒衍句　戰國時齊國臨淄（今山東省臨淄縣）人。《史記》作騶衍。為陰陽家的先

騶。倡大九州說，以爲小九州的中國，僅爲世界的一州。見《史記．孟子荀卿傳》。❽山中海上二句　此釋氏戒世人，不可以耳目不及，便爲虛誕。見《記纂淵海．五四．聞見淺狹條》。❾漢武不信弦膠　漢武下有「帝」字。見《記纂淵海．五四》。弦膠，謂有一種膠汁，黏著力非常強，可使已斷的弓弦復合而不會自此黏合處再斷裂。見《雲笈七籤．二六．鳳麟洲條》。❿魏文不信火布　魏文下有「帝」字。見《記纂淵海．五四》。火布，卽火浣布。用石綿織成的布，火不能毀。見《列子．湯問篇》及《抱朴子．內篇．論仙》。⓫不信有蟲食樹　樹，一作「葉」。《太平御覽．八二五．蠶．引玄中記》：「吾國有蟲大小如指，名爲蠶，食桑葉，爲人吐絲。外國人不復信。」⓬昔在江南　《法苑珠林．四》引作「吳人身在江南。」或謂南下有「人」字。

【語譯】一般人所相信的，僅限於耳聽與眼見；至於不曾聽聞與目所未見的事物，大都抱持著懷疑的態度。儒家對天的說法，向來就有數種意義：有的主張渾天說，有的主張蓋天說，也有的主張宣夜說，更有的主張安天說。北斗星繞著北極星周行，而其所繫屬的樞紐，假如是親眼所見，就不容許有什麼不同；假如是猜測估量所得，怎可作爲依據？爲什麼相信一般人猜測無根據的說法，而懷疑大聖人具有精深含義的言論，意想一定沒有像恆河沙數的世界，像微塵數目的劫數呢？而且鄒衍就有談論大九州的話。一向住在山中的人，不相信有魚大的像樹木，久居海上的人，也不相信有樹木大的像魚；漢武帝不相信有強力黏合斷弦的膠汁，魏文帝也不相信火浣布不怕火燒；胡人見了錦繡，不相信是有一種蟲吃桑葉吐絲所織成；過去江南人，不相信有可以容納一千人的氈帳，等我來到河北，發現又有人不相信有可以載重二萬斛的大船：這都是實有其事的。

6\. 世有祝師及諸幻術❶，猶能履火蹈刃，種瓜移井❷，倏忽之間，十變五化❸。人力所為，尚能如此；何況❹神通感應，不可思量，千里寶幢，百由旬座，化成淨土，踊出妙塔乎❺？

【注釋】❶世有句 「世」上有「如」字。見《法苑珠林・四》。祝師，古司祝祈的官。幻術，幻化的法術。❷履火二句 此皆方士幻化的法術。趙曦明引《列子・周穆王》：「穆王時，西極之國有化人來，入水火，貫金石，反山川，移城邑，乘虛不墜，解石不硋。」又《文選・二》載張平子〈西京賦〉說：「奇幻儵忽，易貌分形，吞刀吐火，雲霧杳冥，畫地成川，流渭通涇。」又《太平御覽・九七八・菜茹部三・瓜》：「《搜神記》曰：吳時有徐光，常行幻術於市里，從人乞瓜，其主弗與，便從索瓣種之，俄而瓜蔓延生花實，乃取食之，因賜觀者。」其他如《洛陽伽藍記・一》、《抱朴子・內篇・論仙篇》等亦均有記載。❸十變五化 《法苑珠林・四》作「千變萬化」。❹何況 《法苑珠林・四》作「何妨」。❺千里以下四句 《法苑珠林・四》作「寶幢百由旬座，化成淨土，踊生妙塔乎？」案：寶幢，佛家語。指佛寺中的幢幡。以上置如意珠，故名寶幢。幢幡，均為旌旗。由旬，佛家語。古代印度計量長度的單位。為軍行一日的路程。也作俞旬、由延、踰繕那。有四十里、三十里、十六里等不同的說法。踊，也作涌。王利器引《妙法蓮華經・見寶塔品・第一一》說：「爾時，佛前有七寶塔，高五百由旬，縱廣二百五十由旬，從地涌出，住在空中，種種寶物而莊校之。」踊出妙塔事出此。

【語譯】世間有專司祝祈的官吏以及許多幻化的法術，尚能踩著炭火而走，踏著刀刃而行，種瓜馬上蔓生花實，移動市井立時改變位置，轉眼間，就可展現出各種不同的變化。僅憑人力的作為，尚能

這樣，更何況是佛教菩薩，具備各種神祕莫測的能力而相互感應，令人無法想像，可使千里的幢幡，無數的蓮花寶座，轉化爲莊嚴潔淨的極樂世界，湧現出神妙的寶塔呢？

7. 釋二曰：夫信謗之徵❶，有如影響。耳聞目見，其事已多，或乃精誠不深，業緣❷未感，時儻差闌❸，終當獲報耳。善惡之行，禍福所歸。九流百氏❹，皆同此論，豈獨釋典爲虛妄乎？項橐、顏回之短折❺，伯夷、原憲之凍餒❻，盜跖、莊蹻之福壽❼，齊景、桓魋之富強❽，若引之先業，冀以後生，更爲通耳❾。如以行善而偶鍾禍報，爲惡而儻值福徵，便生怨尤，即爲欺詭；則亦堯、舜之云虛，周、孔之不實也，又欲安所依信而立身乎？

【注釋】❶夫信謗之徵 「徵」，《廣弘明集·卷三》作「與」。❷業緣 佛教指善業生善果，惡業生惡果的因緣。謂一切衆生的境遇、生死都由前世業緣所決定。❸時儻差闌 此謂報應在時間上或有差互遲晚。儻，倘若、或者。闌，作晚解。❹九流百氏 即九流百家。九流，謂儒、道、陰陽、法、名、墨、縱橫、雜、農爲九流。加小說爲十家。見《漢書·藝文志》。❺項橐顏回之短折 橐，《廣弘明集·三》作「託」。王利器引《弘明集·正誣論》：「顏、項夙夭。」又引黃瑜《雙槐歲鈔·六·先聖大王》云：「保定滿城縣南門有先聖大王祠，神姓項，名託，周末魯人。年八歲，孔子見而奇之，十歲而亡，時人尸而祝之，號小兒神。」顏回，字子淵，孔子弟子。不幸短命而死。見《論語·雍也篇》。《孔子家語·弟子解》：「顏回二十九而髮白，三十一早死。」❻伯夷原憲之凍餒 伯夷，殷代

孤竹君之子，周武王滅殷後，恥食周粟，逃到首陽山，採薇而食，餓死在山中。見《史記・伯夷傳》。原憲，春秋魯人，一說宋人。字子思，又叫原思，孔子弟子。傳說他蓬戶、褐衣、蔬食，非常貧窮，然而並不因此減低樂道的精神。見《韓詩外傳・卷一》。❼盜跖、莊蹻之福壽　盜跖，相傳為春秋末期人，名跖（一作蹠），柳下屯（今山東西部）人。為一大盜，日殺不辜，暴戾橫行，竟以壽終。見《史記・伯夷傳》。莊蹻，戰國時人，楚莊王之後，頃襄王時，使蹻將兵循江上略巴、蜀、黔中以西，至滇池，以兵威定屬楚。見《史記・西南夷傳》。又《淮南子・主術訓》：「明分以示之，則跖、蹻之姦止矣。」高注：「蹻，楚威王之將軍，能大為盜也。」此跖、蹻連言並舉，蓋為顏氏所本。❽齊景桓魋之富強　齊景，即齊景公杵臼，莊公異母弟。景公好治宮室，聚狗馬，奢侈，厚賦。是以《論語・季氏篇》說：「齊景公有馬千駟，死之日，民無德而稱焉。」此亦證其富而不仁。桓魋，即向魋。春秋宋大夫。孔子去曹適宋，與弟子習禮大樹下，魋欲殺孔子，拔其樹，孔子去。《禮記・檀弓上》：「桓司馬自為石槨，三年而不成。」由此亦可證其甚為富強。❾更為通耳　「通」，《廣弘明集・三》作「實」。

【語譯】第二：至於誠信毀謗的徵驗（興起），就好像影的隨形，響的應聲，感應是非常快捷的。親耳聽到親眼看見，這樣的事情已經很多，有的因為貞誠不够深厚，善惡的因緣未能及時感應，在時間上或者會差互遲緩一些，最後總會得到報賞（應）的。善惡的行為，是禍福的歸宿。九流百家，都認同這種說法，難道只是佛經是虛妄的嗎？如項橐、顏回的短命夭折，伯夷、原憲的挨餓受凍，盜跖、莊蹻的福壽雙全，齊景公、桓魋的富有強橫，若能引證這些前代的事故，來期望後輩（作一合理的選擇），就更為通達（實際）了。如因行善而偶然遭逢禍報，為惡而或者遇到福應，就心生怨恨，便認為

是一種欺騙詭詐；那麼也就等於堯、舜所說的話爲虛假，周公、孔子的不誠實，這樣以來，我們賴以安身立命的誠信，又將何所依據呢？

8. 釋三曰：開闢已來❶，不善人多而善人少，何由悉責其精絜❷乎？見有名僧高行，棄而不說；若覩凡僧流俗，便生非毀。且學者之不勤，豈教者之爲過？俗僧之學經律，何異世人之學《詩》、《禮》？以《詩》、《禮》之教，格朝廷之人，略無全行者；以經律之禁，格出家之輩，而獨責無犯哉？且闕行之臣，猶求祿位；毀禁之侶，何慚供養乎？其於戒行，自當有犯。一披法服，已墮僧數，歲中所計，齋講誦持，比諸白衣，猶不啻山海也❸！

【注釋】❶已來 即以來。已、以，古通用。❷精絜 精純高潔。絜，一作潔。古通用。❸比諸白衣二句 白衣，謂世人。山海，喻高深。盧文弨說：「僧衣緇，故謂世人爲白衣。山海以喻比流輩爲高深也。」

【語譯】第三：自開天闢地以來，就是不善良的人多而善良的人少，有什麼理由來悉數責求他們（僧侶）精純高潔呢？看到有名的和尚高潔的行爲，就放在一邊不提；假如看到普通凡俗的僧侶，就要批評詆毀。況且學習的人不勤奮，這豈是教的人所造成的過錯？凡俗的僧侶學習佛經戒律，與世人的學習《詩》、《禮》有什麼不同？用《詩》、《禮》的教化標準，來裁度朝廷中的士人，幾乎沒有行爲是完備的；用佛經戒律的禁忌，來裁量出家的僧侶，竟可獨獨責求沒有犯戒律的嗎？況且行爲有缺失的大

臣，仍能求取祿位，而不遵守禁律的和尚，享有世人所設飯食的招待，有什麼不應該？他們對於戒律的行為，自然會有違犯的。一穿上法衣（袈裟），便已落入僧人之中，一年中所打算要做的，無非是齋戒誦經的講求，與一般世人相比較，尚不止山高海深吧！

9. 釋四曰：內教多途，出家自是其一法耳。若能誠孝❶在心，仁惠為本，須達、流水❷，不必剃落鬚髮❸；豈令罄井田而起塔廟，窮編戶以為僧尼也？皆由為政不能節之，遂使非法之寺，妨民稼穡，無業之僧，空國賦算❹，非大覺❺之本旨也。抑又論之：求道者，身計也；惜費者，國謀也。身計國謀，不可兩遂。誠臣❻徇主而棄親，孝子安家而忘國，各有行也。儒有不屈❼王侯高尚其事，隱有讓王辭相避世山林；安可計其賦役，以為罪人？若能偕化黔首❽，悉入道場❾，如妙樂之世❿，穰佉之國⓫，則有自然稻米⓬，無盡寶藏，安求田蠶之利乎？

【注釋】❶誠孝　即忠孝。王利器以為「之推避隋諱改。」❷須達流水　二長者名。王利器引嚴式誨語說：「須達為舍衛國給孤獨長者之本名，祇園精舍之施主也，見《經律異相》。」又引向楚先生語說：「《金光明經》：『流水長者，見涸池中有十千魚，遂將二十大象，載皮囊，盛河水置池中，又為稱祝寶勝佛名。』」❸剃落鬚髮　剃，也作鬄。鬚，也作髦。見《廣弘明集．三》。❹賦算　即賦稅。❺大覺　即佛之代稱。盧文弨引《佛地論》：「佛者，覺也，覺一切種智，復能開覺有情。」又趙曦明引僧肇語說：「佛者何也？蓋窮理盡性，大覺之稱也。」❻誠臣　即忠臣。避隋諱改。❼不屈

盧文弨引《易・蠱卦・上九爻辭》：「不屈」作「不事」。❽偕化黔首　偕，《廣弘明集・三》作「皆」。黔首，百姓。❾道場　本謂佛、道二教誦經禮拜成道修道的場所。後轉指佛寺。隋煬帝大業中，改天下寺爲道場，至唐復名爲寺。此指佛寺。❿妙樂之世　即佛教所稱的極樂世界。⓫禳佉之國　趙曦明引《佛說彌勒成佛經》說：「其先轉輪聖王名儴佉，有四種兵，不以威武，治四天下。」⓬自然稻米　不需耕種自然而生的稻米。

【語譯】第四：信仰佛教，有很多途徑，出家當和尚（尼姑）只是其中的一種方式罷了。假如能够心存忠孝，以仁惠爲根本，像須達、流水二位長者一樣，不一定就要把頭髮鬍子剃掉；又那裏需把所有的田地用來建寶塔修寺廟，將全部百姓讓他們出家當和尚、尼姑呢？這都是由於在施政上不能作適當的節制，以致讓那些非法的寺廟，妨礙了人民的耕種，沒有正業的僧侶，使國家的賦稅空虛，這並不是佛經教義的原有宗旨。再進一步說：求道的人，是爲自身作打算；愛惜經費的人，是爲國家來設想。要知道身計、國謀，是無法兩全的。忠臣爲主上犧牲而無法奉養雙親，孝子爲了安養父母而無法顧及到國家，各有他們自己行爲的考量。有學養的大儒，有的不願屈事王侯而高尚其志節，喜歡歸隱的人，有的不惜辭讓王侯將相而避世居於山林；在這種情況下，又怎麼可以僅考量他的賦稅勞役，就認爲是罪人？假如能够教化所有的百姓，全部到佛寺中來，進入極樂世界，禳佉所治理的國度，就會有不用耕種而自然生產的稻米，無窮盡的寶藏，爲什麼還要求取種田養蠶的利益呢？

10. 釋五曰：形體雖死，精神猶存。人生在世，望於後身似不相屬；及其歿後，則與前身似猶老少朝夕❶耳。世有魂神，示現夢想，或降童妾，或感妻孥，求索飲食❷，徵須

福祐，亦為不少矣。今人貧賤疾苦，莫不怨尤前世不修功業❸；以此而論，安可不為之作地❹乎？夫有子孫，自是天地間一蒼生耳，何預身事❺？而乃愛護，遺其基址，況於己之神爽❻，頓欲棄之哉？凡夫蒙蔽，不見未來，故言彼生與今非一體耳❼；若有天眼❽，鑒其念念隨滅，生生不斷，豈可不怖畏邪？又君子處世，貴能克己復禮❾，濟時益物。治家者欲一家之慶，治國者欲一國之良，僕妾臣民，與身竟何親也，而為勤苦修德乎？亦是堯、舜、周、孔虛失愉樂耳。一人修道，濟度幾許蒼生？免脫幾身罪累？幸熟思之！汝曹若觀俗計❿，樹立門戶，不棄妻子，未能出家⓫；但當兼修戒行⓬，留心誦讀，以為來世津梁⓭。人生難得⓮，無虛過也！

【注釋】 ❶似猶老少朝夕　《廣弘明集·三》無「似」字。❷世有魂神五句　王利器引《崇正辨》：「魂神」作「神魂」。案：魂，古人認為人能離開身體而存在的精神。示，《廣弘明集·三》作「亦」。「童」，作「僮」。「求」，一作「取」。❸不修功業　「功」，《廣弘明集·三》作「德」。❹不為之作地　《廣弘明集·三》作「不為之作福地」。❺何預身事　「預」，《廣弘明集·三》作「以」。❻神爽　即精爽，精神。《左傳·昭公七年》：「用物精多，則魂魄強，是以有精爽，至於神明。」疏：「精亦神也，爽亦明也，精是神之未著，爽是明之未昭。」❼故言彼生與今非句　《廣弘明集·三》「今」字下有「生」字。❽若有天眼　趙曦明引《金剛經》：「如來有天眼者。」又引《涅槃

經》:「天眼通非礙,肉眼礙非通。」❾克己復禮　謂克制自己的私慾,使一言一行,都能復歸於禮。語見《論語·顏淵篇》。❿汝曹若觀俗計　「觀」,《廣弘明集·三》作「顧」。⓫不棄妻子二句　《廣弘明集·三》作「不得悉棄妻子,一皆出家。」⓬兼修戒行　「戒行」,《廣弘明集·三》作「行業」。⓭來世津梁　「津梁」,《廣弘明集·三》作「資糧」。⓮人生難得　「人生」,《廣弘明集·三》作「人身」。

【語譯】第五:人的形體雖然是死了,精神仍舊是存在的。人活在世上,對於身後的事情,看來好似沒有什麼關聯,等到死了以後,就和生前的身軀,好像仍與家人老少早晚相處一樣。世間有的靈魂,能在人的夢中示現其想像,有的降託給家僮女奴,有的感應妻子,索取飲食,祈求福祐的事例,也不能算少了。今人對貧窮、鄙賤、疾病、痛苦,沒有不怨恨前一輩子不修德業的;以此來說,怎麼可以不預爲來生修安樂之地呢?人有了子孫,自然算是天地間的一個百姓,與一己的身事有什麼關係?而尙且加以愛護,並遺留給他基業,何況是自己的精神,頓時就要把他拋棄了呢?一般人的眼睛都被蒙蔽,看不見未來,所以才說彼生(靈魂)與今生不是一體;假如能具有我佛如來的天眼,看到他那、剎那,剎那連續起滅,生生世世不間斷,怎可以不畏懼呢?再說,一位有修養的君子居處世上,最可貴的就是能克制自己的私慾,言行一歸之於禮,匡濟時勢嘉惠人羣。理家的人希望一家幸福,治國的人希望一國良善,男僕女奴官吏人民,與自身究竟有什麼關係,而值得替他們勤苦修德嗎?這也就是唐堯、虞舜、周公、孔子白白地失去歡樂的原因了。一個人修道,能濟助多少百姓使度過生死海?能免脫幾個人的罪過?希望能作周密的思考!你們假如有顧及世俗的打算,想樹立門戶,那就不能捨棄妻子,什麼都不管地出家;但當兼顧修習戒律善行,注意誦讀,以作爲來世到達極樂世界的橋梁。人生短暫可貴,千萬不

要白白地度過啊！

11. 儒家君子❶，尚離庖廚，見其生不忍其死，聞其聲不食其肉❷。高柴❸、折像❹，未知內教，皆能不殺，此乃仁者自然用心❺。含生❻之徒，莫不愛命；去殺之事，必勉行之。好殺之人❼，臨死報驗，子孫殃禍，其數甚多，不能悉錄❽耳，且示數條於末。

【注　釋】❶自此段以下至篇末，《廣弘明集·三〇》引作〈誡殺家訓〉。❷見其生二句　見《孟子·梁惠王篇上》。❸高柴　字子羔。受業孔子，少孔子三十歲。《孔子家語·弟子行》：「柴，啟蟄不殺，方長不折。」注：「春分當發蟄蟲，啟戶咸出，於此時不殺生也。春夏生長養時，草木不折。」❹折像　字伯式，東漢廣漢雒（今四川省廣漢縣）人。自幼即有仁愛之心，不殺昆蟲，不折萌芽。通京氏易，好黃老言。見《後漢書·方術列傳》。❺自然用心　「心」下《廣弘明集·三〇》有「也」字。❻含生　指有生命的。❼好殺之人　「好」字上《廣弘明集》有「見」字。❽不能悉錄　「悉」，《廣弘明集》作「具」。

【語　譯】儒家有學養的君子，希望能遠離廚房，因為看見飛禽走獸活著，就不忍心讓牠們死，聽到牠們悲鳴哀號的聲音，就不再吃牠們的肉。如高柴、折像，並不知道有佛經，卻都能不殺生，這就是具有仁愛之心的人自然的表露。凡是具有生命的，莫不倍加愛惜其生命，對去除殺生的事情，一定會勉力的去做。看見喜好殺生的人，在臨死時得到報應的證驗，這數目非常多，無法全部記載下來，姑且提示幾條在後面。

12. 梁世❶有人，常以雞卵白和沐，云使髮光❷，每沐輒二三十枚❸。臨死，髮中但聞啾啾數千雞雛聲❹。

【注　釋】❶梁世　「世」，《法苑珠林．七三》作「時」。❷云使髮光　此句《翻譯名義集》無「云」字，「光」下有「黑」字。見周法高《顏氏家訓彙注》引。❸每沐輒句　《廣弘明集．三〇》「輒」下有「破」字。《法苑珠林．七三》「枚」下有「卵」字。❹臨死髮中但聞句　臨死，《法苑珠林》作「臨終」。髮中但聞，《法苑珠林》、《廣弘明集》均作「但聞髮中」。雛下有「之」字。

【語　譯】南朝梁時有一位人士，常用雞蛋清和水洗髮，據說這樣可使頭髮光亮烏黑，每次洗髮時往往要打破（用掉）二三十枚雞蛋。所以當他臨死時，在他的髮中似乎可以聽到好幾千隻啾啾的小雞叫聲。

13. 江陵劉氏❶，以賣鱓羹❷爲業。後生一兒頭是鱓❸，自頸以下，方爲人耳❹。

【注　釋】❶江陵句　《法苑珠林．七三》「江陵」上有「梁時」二字。❷鱓羹　即用鱓（鱔）魚所燒的糊狀羹湯。如今市面上的肉羹、魷魚羹。《法苑珠林》、《廣弘明集》引均無「羹」字。❸頭是鱓　頭下，《法苑珠林》、《廣弘明集》均有「具」字。❹方爲人耳　「耳」字，王利器引《崇正論注》作「身」。

【語　譯】梁時江陵有一位姓劉的人，以賣鱔魚羹爲職業。後來生了一個兒子，頭部和鱔魚完全一樣，從脖子以下，才是人身。

14. 王克爲永嘉郡守❶，有人餉羊，集賓欲醼❷。而羊繩解，來投一客，先跪兩拜，便入衣中。此客竟不言之，固無救請。須臾，宰羊爲羹，先行至客。一臠入口，便下皮內，周行徧體，痛楚號叫；方復說之。遂作羊鳴而死。

【注釋】❶王克句　《法苑珠林·七三》「王克」上有「梁時」二字。「郡」下無「守」字。《廣弘明集·三十》同。❷有人餉羊二句　餉，一作「饟」。醼，一作「讌」。

【語譯】梁時王克爲永嘉郡太守，有人饋贈一羊，便邀集賓客宴飲。而繫羊的繩子自行解脫，羊來投向一位客人，先行跪下，然後拜了兩拜，便進入此客的衣中，這位客人竟然一句話不說，也不爲這隻羊請求解救。不一會，就把宰的這隻羊做成羹湯，先送到這位客人面前，一塊肉剛入口，便落進皮內，在他的全身繞行，痛苦地大聲叫喊，方要把原因說出來時，竟作了一聲羊叫就死了。

15. 梁孝元在江州時，有人爲望蔡縣❶令，經劉敬躬亂❷，縣廨被焚，寄寺而住。民將牛酒作禮，縣令以牛繫剎柱，屏除形像，鋪設牀坐，於堂上接賓。未殺之頃，牛解，徑來至階而拜，縣令大笑，命左右宰之。飲噉醉飽，便臥簷下。稍醒而覺體痒，爬搔隱疹，因爾成癩，十許年死。

【注釋】❶望蔡縣　即今江西省上高縣。❷劉敬躬亂　梁武帝蕭衍大同八年正月，有安成郡（故治在今廣西省賓陽縣）人劉敬躬造反，據郡治，攻廬陵，取豫章，妖黨遂至數萬，並前逼新淦、柴桑。

三月，爲曹子郢大敗，擒敬躬，送京師，斬於建康市。見《梁書・武帝紀下》。

【語　譯】梁元帝做江州刺史的時候，有一位望蔡縣令，因經過劉敬躬的叛亂，縣府的官舍被燒毀，只好臨時寄居在寺廟中，人民送牛酒作爲禮物，縣令把牛拴在寺中的柱子上，將神像遮蔽起來，設置牀鋪坐椅，就在廳堂上接待賓客。在尚未宰殺前的片刻，牛忽然解脫，直至階前下拜，縣令見狀大笑，就叫侍候的人牽去宰了。等到喝醉吃飽以後，便睡臥在簷下。待稍微清醒時，竟然覺得全身發癢，抓搔以後，在皮膚上出現了一些癮疹，結果竟成了惡瘡，十多年便死去。

16. 楊思達爲西陽郡守❶，值侯景❷亂，時復旱儉，飢民盜田中麥。思達遣一部曲❸守視，所得盜者，輒截手擘❹，凡戮十餘人❺。部曲後生一男，自然無手。

【注　釋】❶楊思達句《廣弘明集・三〇》「郡」下無「守」字。《法苑珠林・七三》「楊」上有「梁時」二字。西陽郡，晉置，隋廢。故城在今湖北省黃岡縣東。❷侯景　南朝梁朔方（今綏遠省五原縣）人。字萬景。善騎射，初爲北魏爾朱榮將，叛歸高歡，歡死，歸梁，武帝封他爲河南王，不久舉兵反，自立爲漢帝，在長江下游爲亂，後爲王僧辯討平。史稱侯景之亂。見《梁書・侯景傳》。❸部曲　此指家僕或私人的保鏢。❹擘　同腕、捥。❺凡戮句　王利器引《辨正論・注》：「戮」作「截」，「人」下有手字。

【語　譯】梁時楊思達爲西陽郡大守，正當侯景作亂，又逢旱災，飢民盜取田中的麥禾。思達便派遣家僕守候監視，將所捉盜麥的人，往往將手從手腕截掉，總共截掉了十餘人。後來這個家僕生一男孩，一生下來就沒有手。

17. 齊有一奉朝請❶，家甚豪侈，非手殺牛，噉之不美。年三十許，病篤，大見牛來❷，舉體如被刀刺，叫呼而終。

【注釋】❶奉朝請　古官名。至漢，對退職大臣、將軍及皇室、外戚，多給以奉朝請名義，使得以參加朝會。晉以奉車、駙馬、騎三都尉爲奉朝請。南朝則爲安置閒散官員的措施，奉朝請一度增至六百餘人。❷大見牛來　王利器引《辨正論・注》：「大」作「便」。

【語譯】齊國有一位奉朝請，家中非常豪華奢侈，不是親手殺的牛，吃起來便覺味道不美。年齡才三十多歲，染患了重病，便見一頭牛奔來，這時他的全身就如同被刀刺一般，竟然呼叫著死去。

18. 江陵高偉❶，隨吾入齊，凡數年，向幽州❷淀中捕魚。後病，每見羣魚齧之而死。

【注釋】❶江陵句　《法苑珠林・七三》「江」上有「齊時」二字。江陵，今湖北省江陵縣。❷幽州　古十二州之一。周置九州，東北爲幽州。漢武帝置十三州，幽州爲其一。東漢州治在薊，即今河北省大興縣。晉州治在涿，即今河北省涿縣。地區包括今河北省北部及遼寧省一帶。

【語譯】江陵的高偉，隨我到北齊來，有好多年的時間，他都在幽州的一個淺水湖中捕魚。後來不幸生病，每每看見一羣魚將他活生生的咬死。

19. 世有癡人，不識仁義，不知富貴並由天命。爲子娶婦，恨其生資❶不足，倚作舅

姑之尊❷，虺其性，毒口加誣❸，不識忌諱，罵辱婦之父母，卻成教婦不孝己身。不顧他恨，但憐己之子女，不愛己之兒婦。如此之人，陰紀其過，鬼奪其算❹。慎不可與為鄰，何況交結❺乎？避之哉❻！

【注釋】❶生資 《事文類聚．後集一三．人倫部．舅姑虐婦》引作：「奩資」。❷舅姑之尊 《事文類聚》「尊」作「大」。❸毒口加誣 《事文類聚》「毒」作「惡」。❹鬼奪其算 謂鬼奪其年壽。王利器引臧琳《拜經日記．九》說：「紀算，謂年壽也，十二年謂紀，百日為算。」❺交結 《事文類聚》作「結交」。❻避之哉 《事文類聚》重此句。

【語譯】世間有一種癡人，不知道仁義為何物，也不知道富貴全由天命注定。為兒子娶媳婦，怨恨她陪嫁的粧奩太少，卽仗著做公婆的是尊長，性情就像蛇虺樣的凶殘狠毒，用惡毒的話加以誣害，根本就不知道應該避忌而有不能說的話，辱罵兒媳婦的父母，卻成了教導媳婦不孝順自己。不顧她的怨恨，只是疼愛自己的子女，不憐惜自己的兒媳婦。像這樣的人，上天就會默記他的過惡，鬼神也會奪取他的壽命。千萬要小心不可和這樣的人作鄰居，何況是結交朋友呢？要避開他啊！要避開他啊！

【文話】〈歸心篇〉雖為《家訓》之一，實為顏氏歸心佛教的自白。歸心一詞，如就字面意義說，乃為心悅誠服、心嚮往之，打心眼裏歸附的意思。僅就此篇名，卽可推知顏氏歸心佛教的篤誠了。由此亦可窺顏氏對佛教了解的大概，其信仰的堅定，自然也就不在話下。

我們推原顏氏所以歸心於佛，與他當時所處的時代、環境不能無關。就其所見所聞而論，可說是擾攘之日多，殺伐紛爭時起，人民離析，生計無著。凡此，在在都可讓他不得不作深思熟慮的抉擇。佛所

講者，固爲「皆空」，然由於可使信徒在心靈上得到寧靜，故而煩惱盡除，可得到有所依託的安慰。這大概就是顏氏以此訓示家人的用意吧！再者，當他仕梁之時，目覩武帝好佛，耳聞元帝談玄，耳濡目染，其所受影響，也就不言可喻了。

全文約可分爲十九段，茲略述其義如次：

1.作者首先指出，佛經三世之說，信而有徵，其家世代歸心，不可輕慢。於此可見顏氏皈依佛教，其來有自，故而以此勉其家人。案：此篇所言，以其推崇佛氏，而輕視儒家，是以北平黃崑圃梓此書，而刪去此篇。

2.言佛教可使人人歸善，非儒學所及之理，並強調「歸周、孔而棄釋宗」的迷惘不智。案：此段有強行說理之嫌，不能自圓其說。

3.針對世俗於佛教的批評，歸納成五點，並爲之一一作解。

4.以自然現象多不可解釋，亦不能與尋常人事相合，用以反襯佛理，並無可議之處。案：以顏氏之時代，能有如是之見解，已屬難得，如以今日觀之，多爲常識，不足爲奇。

5.指出實有其事的事物，不一定要耳所聞，目所見，才值得信賴。顏氏借此以證佛說之可信，反射一般所相信者，僅限於耳目所及，未免過於狹隘。以顏氏之意而論，此亦儒不及佛之見解。

6.作者借世間祝祈之吏，幻化之術，來說明釋氏的「神通感應，爲不可思量」，是毋需置疑的。於此，盧文弨氏評論說：「顏氏以幻術相比況，然則釋氏之說，亦盡皆幻術耳，而乃篤信之，何哉？」此以顏氏之意不可從。尤不可捨儒從佛也。

7.作者指出，信謗的徵驗，耳聞目見的事件已多，爲人們所不疑，而善惡之行，爲福禍所歸，亦爲

九流百家所共認。不可以此獨責佛經爲虛妄。案：此段顏氏止欲將佛氏與我儒置之平等地位，並未有抑儒揚佛之意。

8.言自天地初開以來，就是善人少而不善人多。僧侶中雖有犯禁的人，然猶超出世人甚多，不必過責。案：王利器引朱軾的話說：「良由儒行不興，致此譏議。然顏公何得爲墮行僧解嘲？恐並爲佛教罪人耳。」

9.指出世有各種行業，人各有志，信佛求道，非爲空國賦的主因，不足以爲罪。案：此段最後，卻以佛國有極樂世界，甚至有不需耕種而自然產生稻米，有無盡寶藏。此說無異鼓勵人民好逸惡勞，冥想不切實際，洵爲一失之見。

10.以佛理說明人身與靈魂爲一體，生滅輪廻不已。行善得善報，可度生死海，到達極樂世界。文中強調修佛爲個人之事，與他人無涉。此種觀念，有商榷必要，王利器引胡寅《崇正辨》說：「轉化之說，佛氏所以恐動下愚，使之歸其教也。破其說者，因事而言，不一而足；同志之士，宜共思其非，以趨於正，勿爲所惑也。世傳死人附語，大抵多是婦人及愚夫，……未聞有得道正人死而附語，亦未聞剛明之士爲鬼所憑，此理灼然易見也。至於求索飲食，徵須福祐，此何等鬼耶？之推愛護神爽，爲之作地，亦可笑矣。」以今言之，我們同意這種見解。

11.舉出儒家的君子亦不忍殺生的實例，借明內教所言好殺生得報應不爽的不虛。

12.此明告人不可殺生，亦佛教中的一戒。於此可見顏氏深信輪廻報應之說。案：自此段以下，均言戒殺。並舉所聞報應之事例，以證所言不虛。

13.因賣鱔魚羹，致生子其頭爲鱔。案：此例我們認爲荒唐無稽，焉能使人信服？此乃怪胎耳。

14. 以羊求救不得其請，卽爲報應致死。
15. 以牛求救不得其請，致乃竟遭不幸。
16. 言報應不爽，爲人處世，不可仗勢欺人。截人手者，其生子亦自然無手。
17. 喜食親手所殺之牛肉，病篤時，見羣牛來，全身痛如刀刺，呼叫而死。
18. 言江陵高偉捕魚幽州淀，後病，竟被魚咬死。
19. 戒家人不可與惡毒、凶狠、貪人財物的人作鄰居，交朋友。案：此段《廣弘明集》不載，因其言報應，不言戒殺。故有人主張不當附此，亦有人認為當附於此。今依盧文弨本仍附此篇末。

有關顏氏此文，有毀有譽，不一而足。譽之者，以爲「詞彩卓然，迥張物表。」（《廣弘明集・序》）「雲開日朗。」（《辨僞錄・二》）而毀之者，則以爲「先師不肖之子孫，忝辱厥祖，無以加矣。」（王利器引胡寅《崇正辨》）這種兩極端的言論，我們認爲均不足取，要之，則以清人陶貞一《退菴文集・讀顏氏家訓》之說最爲平實、中肯，茲錄之於後，借供參考。他說：

「予讀《顏氏家訓》，歎其處末流之世，傾側擾攘，猶能以正訓於家，庶幾乎道矣。其論文體，固不能無溺於時；而識正誤謬，考據得失，亦可謂卓乎大雅者歟！信哉，其能以訓也。獨其〈歸心〉一篇，我不可以無辨。夫所謂內典者，吾誠不知其何如。如或好之，則亦同於《老》、《莊》之書，備其爲一家言已矣。之推乃引而合之於儒，爲之疏通而證明之，甚之曰『是非堯、舜、周公所及也』。嘻，是豈可以爲訓乎？之推之謂不可及者，剖析形有，運載羣生，萬行歸空，千門入善，辨才智慧，是爲極矣。吾則以爲聖人之道，莫載莫破，天地且不能加也，何有於形有？何況於羣生？彼法未來，其所以運載者未嘗息，而剖析者未嘗晦，曾未有以增益於其際也。且夫旣已空矣，亦復何歸？所歸旣空，何門之樹？何善之入？以此爲智，適見其愚；以此爲辨，未爲無礙。仁義

禮智信者，吾儒之所謂道也。之推曰：『內典初門，設五種禁，而仁義禮智信皆與之符。』庸詎知夫有以必殺爲仁者乎？以殺爲不仁，庸詎知夫有以不殺爲不仁者乎？五常之道，至粗至精；其行之也，有經有權。彼五禁者，以爲仁義禮智信之一端焉斯可耳，以是爲極，不若是淺也。之推旣從而稱之，又慮其負謗於世，而爲之釋；則吾亦將因其所釋而釋之。釋一曰：『夫遙大之物，寧可度量，今人所知，莫如天地。』而迄無了者。若將以天地之變化，驗彼佛之神通，何其謬也。天地之變者，時也，運也；其不變者，道也。聖人知其不變者而已。就如所云，則夫宇宙之內，智有所不及，明有所不睹，而又遑知其他。海外九州，鄒衍之妄誕；恆沙一粒，彼法之元虛，相提而論，其敝正同。談海外者，其身固未嘗至海外也，鄒衍何從而知之？言恆沙者，其身固未嘗至恆沙也，之推何從而信之？以天地有象之疑，猶爲未盡，而欲於無象者，以擬議其象，其亦惑矣。釋二曰：『信謗之徵，有如影響，時儻差闌，終當獲報。』此尤惑也。聖人言善惡，不言禍福，言禍福，不言報應。善有餘慶，惡有餘殃，禍福無不自己求之者，其理固然也。禮樂以導於前，條律以驅於後，猶不能使天下之人，皆懷刑畏罪，以就於善，而欲以泯泯不可知之報應，以整齊其民，亦見其疎矣。惟庸夫庸婦，深信其說而趨之如歸，乃其信而趨之者，其身固嘗蹈於現在之禍而不知，甚矣其疎也。爲賢者之不可不明其理也，賢者擇於善惡而禍福有計者矣。爲庸愚之不可不知其說也，庸愚溺於報應而善惡有不審者矣。兩者俱無益焉，而又安所取諸？釋三曰：『俗僧之學經律，何異士人之學《詩》、《禮》。士於全行有闕，則僧於戒行有玷，士猶求祿位，而僧何慚供養。』此言可以媿吾儒，而不可以爲是也。士之不才，猶得什取其一以爲用。民食其力，士食其業，廢力而失業，則固王者之所不容也。今天下羣僧，無慮數萬，無事而教之，不得而教也，有事而使之，不得而使也，是上之人常失數十萬人之用也。不才之臣之居於祿位也，以其位之不可闕也，王者易其人，而不必易其位。毀禁之侶之慚於供養也，非謂其養之不可闕也，王者禁其養，而安得不禁其人？是固不可同年而語也。釋四曰：『儒有不屈王侯，隱有讓王辭相，安可計其賦役，以爲罪人？』而內教亦猶是矣。此又不通之論也。夫儒之所謂隱者，必其道誠有過人，足以當朝廷之辟命，而志有不屑焉，故隱也，豈今林林者之盡謂之隱也？且彼隱者，亦自有其職業，不聞以山林之客

而受供養之資，而烏得而議之？甚矣，之推之惑也！世名妙樂，國號穰佉，其地如何？自然稻米，無盡寶藏，其物如何？必如之推之說，舉一世之人，盡舍其業，以歸於無何有之鄉，而後乃合大覺之本旨也。釋五曰：『今人貧賤勞苦，莫不怨尤前世不修，以此而論，安可不爲之地？』是故形體可死而有不可死，神爽可棄而有不可棄也。此尤惑之甚者矣。貧賤者，命之受也，勞苦者，時之爲也，皆不足爲道累。其有怨尤，此則婦人女子之所爲，之推儒者，不宜有是言也。且彼以貧苦者宿世之愆，曾不知怨尤者今世之累，不思泯怨尤於今，而欲絕貧苦於後，其亦計於遠而忽於近矣。彼其所爲修者何也？爲善焉耳。佛法有靈，何不報爲善之益於身，令天下昭然共曉，而必曰以俟後世也？生乎今之世者，既不能知其後，生乎後之世者，復不能知其前。於是則從而愚之曰，此其爲前之功，此其後之福，而當其身毫無與焉，是直舉其身而棄之也。嗚呼！尙何形神之有哉？君子但知修其身，是故愛其神而保其形。愛之奚爲？曰，將以有爲也。保之奚爲？曰，欲以全歸也。可以朽，可以無朽，可以昭於天，可以歿於地者，此物此志也。若舍其身而求之，兀然而生，寂寂然而處，是其形固已死，而其神固已離，雖其身之存，亦所謂尸居餘氣者耳。之推欲援儒以入佛，而復以君子之克己復禮，濟時益物者爲比，以爲衍慶於天下，猶其延福於將來，而不知其說之鄙且倍也。嘻！佛之爲書，昌黎闢之！東坡、樂天之徒，未嘗不好之。闢之，非謗也，好之，非諂也；之推則諂矣。之推雖諂佛，而實無以窺其微，大氐皆俗僧福田利益之說，而又欲調停於儒釋，以自掩其跡，是固不可以垂訓也。闢之與好之者，不妨兩存；若之推之說，固不可以無辨也。」（王利器引）

卷六

書證第十七

1.《詩》云：「參差荇菜❶。」《爾雅》云：「荇，接余也。」字或爲莕❷。先儒解釋皆云：水草，圓葉細莖，隨水淺深。今是水❸悉有之，黃花似蓴❹，江南俗亦呼爲猪蓴❺，或呼爲荇菜。劉芳具有注釋❻。而河北俗人多不識之，博士皆以參差者是莧菜❼，呼人莧❽爲人荇，亦可笑之甚。

【注釋】❶參差荇菜　謂水中荇菜長短不齊。語出《詩經．關雎》。荇，一種叢生水中的植物，開黃花，葉圓，長在莖端，浮於水面，可食。❷字或作莕　《爾雅．釋草》：「莕，接余，其葉苻。」《釋文》：「莕，音杏。本亦作荇。《詩》云：『參差荇菜。』」❸是水　謂凡有水處。❹蓴　多年生水生草本植物。亦稱蒓菜。❺猪蓴　蓴菜到秋冬時可用來餵豬，故稱。盧文弨說：「《政和本草》：『鳧葵，即莕菜也。一名接余。』。唐本注云：『南人名猪蓴，堪食。』」❻劉芳具有注釋　劉芳，後魏彭

城人，字伯文，官太常卿，著有《毛詩箋音證》十卷。《隋書・經籍志》著錄。❼莧菜　莧，一年生草本植物，其嫩莖葉可供食用；全草亦可入藥，能解毒。❽人莧　莧菜的一種。盧文弨曰：「《本草圖經》：『莧有六種：有人莧、赤莧、白莧、紫莧、馬莧、五色莧。』」

【語譯】《詩經・關雎》說：「長短不齊的荇菜。」《爾雅》說：「荇即是接余。」也可寫作莕字。前代學者的注解都說是一種水草，葉圓而莖細，莖的長度因水的深淺而有不同。現在凡是有水的地方都有生長，開黃色花，外形似蓴菜，江南一般人士也稱爲豬蓴，又稱作荇菜。在劉芳的《毛詩箋音證》中有詳細解釋。但是黃河以北一般民眾多半不知，甚至連博士都認爲《詩經》所說「參差不齊」的是莧菜，故把人莧叫作人荇，眞是可笑極了！

2.《詩》云：「誰謂荼苦？」❶《爾雅》、《毛詩傳》❷並以荼，苦菜也。又《禮》云：「苦菜秀。」❸案：《易統通卦驗玄圖》❹曰：「苦菜生於寒秋，更冬歷春，得夏乃成。」今中原苦菜則如此也。一名游冬❺，葉似苦苣❻而細，摘斷有白汁，花黃似菊。江南別有苦菜，葉似酸漿❼，其花或紫或白，子大如珠，熟時或赤或黑，此菜可以釋勞。案：郭璞注《爾雅》，此乃「蘵，黃蒢」❽也。今河北謂之龍葵❾。梁世講《禮》者，以此當苦菜，既無宿根，至春方生耳，亦大誤也。又高誘注《呂氏春秋》曰：「榮而不實曰英❿。」苦菜當言英，益知非龍葵也。

【注釋】❶《詩》云誰謂荼苦　語出《詩經・邶風・谷風》。❷毛詩傳　即《毛詩故訓傳》，漢

毛亨所撰。❸禮云苦菜秀 語出《禮記・月令》。秀，不開花而結實。《爾雅・釋草》：「不榮而實者謂之秀。」❹易統通卦驗玄圖 書名，作者不詳，《隋書・經籍志》著錄。案：統當作緯。《通卦驗》爲《易經》緯書之一。《爾雅・疏》引《釋文》正作《易緯通卦驗玄圖》。❺游冬 《爾雅・釋草》「荼，苦菜」，《釋文》引《名醫別錄》：「一名游冬，生山陵道旁，冬不死。」❻苦苣 趙曦明注：「《本草》：『白苣，似萵苣，葉有白毛，氣味苦寒。又苦菜一名苦苣。』」❼酸漿 多年生草本植物，花冠黃白色，漿果紅熟，可入藥。❽蘵黃蒢 《爾雅・釋草》：「蘵，黃蒢。」注：「蘵草葉似酸漿，花小而白，中心黃，江東以作菹食。」❾龍葵 一年生草本植物。花白色，漿果黑熟，可入藥。❿榮而不實曰英 《爾雅・釋草》：「榮而不實者謂之英。」即高注所本。

【語譯】《詩經・谷風》「誰說荼菜是苦的」一句，《爾雅》、《毛詩故訓傳》都以爲「荼」是苦菜。又《禮記・月令》也有「苦菜秀」的說法。案：《易緯通卦驗玄圖》說：「苦菜生長在深秋，經過冬季、春天，到夏天才成熟。」現在中原地區的苦菜就是如此。這種苦菜別名游冬，葉似苦苣而較細，折斷後有白色液體流出，花黃色，與菊花相近。江南地區另有一種苦菜，葉子像酸漿草，它的花有紫的，也有白的，種子像珍珠般大小，成熟時有的紅色，有的黑色。這種苦菜可以使人消除疲勞。案：郭璞注釋《爾雅》，以爲就是所謂的「蘵，黃蒢」。現在黃河以北地區的人稱之爲龍葵。梁代講《禮記》的人，把它當作〈月令〉中的「苦菜」；他們認爲這種苦菜沒有舊根，到了春天才生的。這也是嚴重的錯誤。此外，高誘注解《呂氏春秋・孟夏紀》說：「草本植物，開花而不結實的稱爲英。」這樣說來，〈月令〉中的「苦菜」應該說「英」而不能說「秀」，更可證明這種苦菜絕非「龍葵」了。

3.《詩》云：「有杕之杜❶。」江南本並木傍施大，《傳》曰：「杕，獨皃也。」徐仙民❷音徒計反❸。《說文》❹曰：「杕，樹皃也。」在木部。《韻集》❺音次第之第，而河北本皆為夷狄之狄，讀亦如字，此大誤也。

【注釋】❶有杕之杜　謂有一棵孤特地赤棠樹。此句在《詩經》中出現三次，見《唐風・杕杜》、《有杕之杜》和《小雅・鹿鳴・杕杜》。❷徐仙民　即徐邈，晉人，《晉書・儒林傳》有傳。撰有《毛詩音》十六卷，《隋書・經籍志》著錄。❸徒計反　反即反切。是我國古代的一種標音方式。「徒計反」即利用「徒」、「計」二字來拼注「杕」字的音讀，「徒」字取聲母，「計」字取韻母及聲調。❹說文　《說文解字》的簡稱。東漢許慎撰。❺韻集　書名。晉呂靜撰。《隋書・經籍志》著錄。今已亡佚。

【語譯】《詩經》：「有杕之杜。」「杕」字在江南地區的傳本中都是在「木」旁加上「大」字，《毛傳》說：「杕，孤獨的樣子。」徐邈在《毛詩音》中用「徒」、「計」兩字來拼注「杕」字的音。《說文解字》說：「杕，樹立的樣子。」收在木部。《韻集》把它讀如「次第」的「第」，而河北地區的傳本都將「杕」字寫成「夷狄」的「狄」，讀音也是狄，這是十分嚴重的錯誤。

4.《詩》云：「駉駉牡馬❶。」江南書皆作牝牡之牡，河北本悉為放牧之牧。鄴下❷博士見難云：「〈駉頌〉既美僖公牧于坰野之事，何限騲騭❸乎？」余答曰：「案：《毛傳》云：『駉駉，良馬腹幹肥張也。』其下又云：『諸侯六閑四種❹：有良馬，戎馬，田

馬，駑馬。』若作放牧之意，通於牝牡，則不容限在良馬獨得駉駉之稱。良馬，天子以駕玉輅❺，諸侯以充朝聘郊祀，必無騲也。《周禮·圉人職》：『良馬，匹一人。駑馬，麗❻一人。』圉人所養，亦非騲也；頌人舉其強駿者言之，於義爲得也。《易》曰：『良馬逐逐❼。』《左傳》云：『以其良馬二。』❽亦精駿之稱，非通語也。今以《詩·傳》良馬通於牧騲，恐失毛生之意，且不見劉芳《義證》乎？」

【注釋】❶駉駉牡馬　謂肥壯的雄馬。語出《詩經·魯頌·駉》。❷鄴下　指京城。北齊建都於鄴，故城在今河南省臨漳縣西。❸騲騭　騲，牝馬；騭，牡馬。《爾雅·釋畜》：「牡曰騭。」郭注：「今江東呼駁馬爲騭。」❹諸侯六閑四種　閑，馬廄。《周禮·夏官·校人》：「天子十有二閑，馬六種；邦國六閑，馬四種；家四閑，馬二種。」❺玉輅　以玉爲飾的車。天子所乘坐。❻麗　謂兩匹。❼良馬逐逐　逐逐，兩馬並馳。語出《周易·大畜·九三》。❽以其良馬二　語出《左傳·宣公十二年》。

【語譯】《詩經·魯頌·駉》：「駉駉牡馬。」江南地區的傳本都作「牝牡」的「牡」，河北地區的傳本都作「放牧」的「牧」。鄴下博士質問我說：「〈魯頌·駉〉既然是歌頌僖公在坰野放牧的事，爲何拘限於馬的性別呢？」我回答說：「《毛傳》說：『駉駉，指良馬的體形壯盛。』下文又說：『諸侯有六個馬廄，養有良馬、戎馬、田馬、駑馬四種。』如果照河北傳本解爲『放牧』的意思，則包括牝馬、牡馬在內，那就不限於稱爲駉駉的良馬了。良馬，天子用它來駕玉輅，諸侯用它擔任朝聘、郊祀的任務，所以一定不會使用牝馬的。《周禮·圉人》在敘述養馬的人力分配時，說：『良馬，每匹一人；

駑馬，兩匹一人。』可見國人所養的，也不包括牝馬。讚美他人的時候，往往只強調其強駿的一面，因此在意義上，是比較合適的。《周易．大畜》說：『良馬並馳。』《左傳．宣公十二年》：『用兩匹良馬。』都是指精壯的駿馬，而不是牝馬、牡馬的通稱。如果把《詩經．毛傳》的良馬包括放牧牝馬在內，恐怕違背了毛氏的本意。況且，劉芳的《毛詩箋音義證》已經交代得很清楚了，難道你們沒有看過嗎？」

5. 〈月令〉❶云：「荔挺出。」鄭玄注云：「荔挺，馬薤❷也。」《說文》云：「荔，似蒲而小，根可為刷。」《廣雅》❸云：「馬薤，荔也。」《通俗文》❹亦云馬藺。《易統通卦驗玄圖》云：「荔挺不出，則國多火災。」蔡邕《月令章句》云：「荔似挺。」高誘注《呂氏春秋》❺云：「荔草挺出也。」然則〈月令〉注荔挺為草名，誤矣。河北平澤❻率生之。江東頗有此物，人或種於階庭，但呼為旱蒲，故不識馬薤。講《禮》者乃以為馬莧❼；馬莧堪食，亦名豚耳，俗名馬齒。江陵❽嘗有一僧，面形上廣下狹；劉緩幼子民譽，年始數歲，俊悟善體物❾，見此僧云：「面似馬莧。」其伯父縚因呼為荔挺法師。縚親講《禮》名儒，尚誤如此。

【注釋】❶月令　指《禮記．月令》。❷馬薤　草名。可入藥，能去熱。也作馬韭。❸廣雅　字書名。魏博士張揖撰。❹通俗文　書名。漢伏虔撰。❺高誘注呂氏春秋　指《呂氏春秋．仲冬紀．注》。《呂氏春秋》「十二月紀」與《禮記．月令》略同，故《呂氏春秋．仲冬紀》亦有「荔挺出」之句。

❻平澤　普通沼澤；一般沼澤。❼馬莧　草名。葉青，梗赤，花黃，根白，子黑，俗稱五行草。又名馬齒莧。❽江陵　縣名。在今湖北省潛江縣西。❾俊悟善體物　俊悟，聰穎過人。善體物，長於體會事物。體謂掌握事物的情狀。

【語　譯】《禮記・月令》：「荔挺生。」鄭玄注：「荔挺，即是馬薤。」《說文》說：「荔，外形像蒲而較小，根可用來做刷子。」《廣雅》說：「馬薤就是荔。」《通俗文》也說是馬藺。《易統通卦驗玄圖》說：「荔挺不長出來，則國家多火災。」蔡邕《月令章句》說：「荔像挺。」高誘注《呂氏春秋・仲冬紀》說：「荔草挺直長出。」由此說來，鄭玄〈月令・注〉把「荔挺」二字連讀，釋爲草名，是錯誤的。這種「荔」，黃河北岸一般沼澤大多有生長，江東一帶也有不少。有人把它種在臺階或庭院，只是稱它爲旱蒲，卻不知就是馬薤。教授《禮記》的學者竟以爲荔就是馬莧。馬莧可食，也稱爲豚耳，俗名馬齒。江陵曾有一個僧人，面形上闊下窄，劉緩的小兒子民譽當時年紀很小，只有幾歲，但生性聰穎，善於掌握事物的特徵，他見到這個僧人便說：「面形如同馬莧。」他的伯父劉緍於是稱僧人爲「荔挺法師」，便將荔挺與馬莧混爲一談了。劉緍本人是講《禮記》的專家，尚且犯了這種錯誤。

6.　《詩》云：「將其來施施。」❶《毛傳》云：「施施，難進之意。」《鄭箋》云：「施施，舒行皃也。」《韓詩》亦重爲施施。河北《毛詩》皆云施施。江南舊本，悉單爲施，俗遂是之，恐爲少誤。

【注　釋】❶詩云將其來施施　語出《詩經・王風・丘中有麻》。

【語　譯】《詩經・王風・丘中有麻》：「將其來施施。」《毛傳》說：「施施是難進的意思。」

《鄭箋》說：「施施，舒行的樣子。」《韓詩》也是「施施」重文。河北地區的《毛詩》傳本，都說「施施」。江南地區的古本，都單作「施」字，一般人就認為它是對的，在我看來，恐怕有些錯誤。

7. 《詩》云：「有渰萋萋，興雲祁祁。」❶《毛傳》云：「渰，陰雲皃。萋萋，雲行皃。祁祁，徐皃也。」《箋》云：「古者，陰陽和，風雨時，其來祁祁然，不暴疾也。」案：渰已是陰雲，何勞復云「興雲祁祁」耶？「雲」當為「雨」，俗寫誤耳。班固〈靈臺詩〉云：「三光宣精❷，五行❸布序，習習祥風❹，祁祁甘雨❺。」此其證也。

【注釋】❶詩云有渰萋萋興雲祁祁 語出《詩經．小雅．大田》。❷三光宣精 三光，日、月、星。宣，周遍。精，光明。❸五行 指水、火、木、金、土。❹習習祥風 習習，和煦貌。祥風，和風。❺祁祁甘雨 祁祁，假借為祈祈，舒緩貌。甘雨，甘霖，指及時雨。

【語譯】《詩經．小雅．大田》：「有渰萋萋，興雲祁祁。」《毛傳》說：「渰，陰雲的樣子。萋萋，雲飄動的樣子。祁祁，舒緩的樣子。」《鄭箋》說：「古時陰陽調和，風雨應時，風雨都是舒徐而生，不會暴急。」我認為：「渰」已經有「陰雲」的意思，何必再費事說「興雲祁祁」呢？「雲」當作「雨」字，世俗傳抄致誤而已。班固〈靈臺詩〉說：「三光普照大地，五行宣明時序，惠風和煦地吹，甘霖舒緩地降。」這就是證據。

8. 《禮》云：「定猶豫，決嫌疑。」❶〈離騷〉曰：「心猶豫而狐疑。」先儒未有釋者。案：《尸子》❷曰：「五尺犬為猶。」《說文》云：「隴西謂犬子為猶。」吾以

為人將犬行，犬好豫在人前，待人不得，又來迎候，如此返往，至於終日，斯乃豫之所以為未定也，故稱猶豫。或以《爾雅》曰：「猶如麂，善登木❸。」猶，獸名也，既聞人聲，乃豫緣木，如此上下，故稱猶豫。狐之為獸，又多猜疑，故聽河冰無流水聲，然後敢渡❹。今俗云：「狐疑，虎卜。」❺則其義也。

【注釋】❶禮云定猶豫決嫌疑　語出《禮記・曲禮上》。❷尸子　書名。《隋書・經籍志》著錄二十卷，題尸佼所作。❸爾雅曰猶如麂善登木　語出《爾雅・釋獸》。麂，動物名。哺乳綱，偶蹄目，鹿科。體色灰褐或深褐，因種類而異。❹狐之為獸四句　《水經注・河水》：「《述征記》曰：『盟津，河津，恆濁；方江為狹，比淮、濟為闊，寒則冰厚數丈。冰始合，車馬不敢過，要須狐行，云此物善聽，冰下無水乃過，人見狐行方渡。』」❺虎卜　《虎苑》：「虎知衝破，每行，以爪畫地卜食，觀奇偶而行。今人畫地卜曰虎卜。」

【語譯】《禮記》說：「定猶豫，決嫌疑。」《離騷》說：「心猶豫而狐疑。」先儒對「猶豫」都沒有解釋。《尸子》說：「五尺的犬稱為猶。」《說文》說：「隴西一帶稱小犬為猶。」我認為：人帶著犬走路時，犬喜歡走在主人的前面，在前面等不到主人，又會跑回來迎接等候。像這樣來來去去，往往整天如此。這就是「豫」字有「未定」之意的原因，所以說「猶豫」。有人根據《爾雅》說：「猶像麂，擅長爬樹。」猶是獸名，聽到了人聲，會先爬到樹上防備，像這樣上上下下，所以稱為猶豫。狐這種動物，又生性多疑，所以等到河水結冰了，聽不到水流的聲音，然後敢過河。俗語說：「狐善疑，

虎善卜。」即是此義。

9.《左傳》曰：「齊侯痎，遂痁①。」《說文》云：「痎，二日一發之瘧。」「痁，有熱瘧也。」案：齊侯之病，本是間日②一發，漸加重乎故③，為諸侯憂也。今北方猶呼痎瘧，音皆。而世間傳本多以痎為疥，杜征南④亦無解釋，徐仙民音介，俗儒就⑤為通云：「病疥，令人惡寒，變而成瘧。」此臆說也。疥癬小疾，何足可論，寧有患疥轉作瘧乎？

【注釋】①左傳曰齊侯痎遂痁　謂齊侯得了隔日發作一次的瘧疾，而且有發燒的症狀。語出《左傳·昭公二十年》，今本「痎」字作「疥」。②間日　隔日。③故　指原來的病情。④杜征南指杜預。杜氏曾任征南大將軍，故稱。⑤就　即。

【語譯】《左傳》說：「齊侯痎，遂痁。」《說文》說：「痎是兩天發作一次的瘧疾。」「痁是會有發燒症狀的瘧疾。」案：齊侯的病本來是隔日發作的，漸漸比原有的病情嚴重，使諸侯擔憂。現今北方還把這種病稱為痎瘧，痎音皆。而世間傳本多半把「痎」字寫作「疥」，杜預注也沒有解釋，徐邈音介，一般的學者就把二字附合為一，說：「患了疥病，使人怕冷，變而成為瘧疾。」這是臆測之說。疥癬是小毛病，不值得一提，那有患疥病而轉為瘧疾的呢？

10.《尚書》曰：「惟影響①。」《周禮》云土圭測影，影朝影夕②。《孟子》曰：「圖影失形③。」《莊子》云：「罔兩問影④。」如此等字，皆當為光景之景。凡陰景

者，因光而生，故即謂為景。《淮南子》呼為景柱，《廣雅》云：「晷柱挂景❺。」並是也。至晉世葛洪《字苑》❻，傍始加彡，❼音於景反。而世間輒改治《尚書》、《周禮》、《莊》、《孟》從葛洪字，甚為失矣。

【注釋】❶尚書曰惟影響　謂（吉凶的報應）如影的隨形，如響的應聲。語出《尚書》偽《大禹謨》。❷周禮云三句　謂用土圭測日影，東方先得日，西方後得日，東方的夕影，即為西方的朝影。此為隱栝《周禮》之語。《周禮・地官・大司徒》：「以土圭之法測土深，正日景以求地中，日南則景短多暑，日北則景長多寒，日東則景夕多風，日西則景朝多陰。」❸孟子曰圖影失形　語出《孟子外書・孝經》，非《孟子》之言。❹莊子云罔兩問影　語出《莊子・齊物論》。罔兩，指似影而非影的東西。❺晷柱挂景　趙曦明說：「《釋天》：『晷柱，景也。』無『挂』字，此疑衍。」❻字苑　晉葛洪撰，《舊唐書・經籍志》、《新唐書・藝文志》皆著錄葛洪《要用字苑》一卷，即此。原本已佚，今有任大椿輯本。❼傍始加彡　王利器《集解》：「《佩觿》：『葛洪《字苑》，景字加彡。』」《楚辭・九章》：「入景響之無應兮。」洪興祖《補注》：「景，於境切，物之陰影也。葛洪始作影。」

【語譯】《尚書》說：「惟影響。」《周禮》說：「土圭測影，影朝影夕。」《孟子》說：「圖形失影。」《莊子》說：「罔兩問影。」像這些「影」字，都應該是「光景」的「景」。凡是陰影，都因光線而產生，所以稱為「景」。《淮南子》中稱為「景柱」，《廣雅》說：「晷柱，景也。」都很正確。及至晉代葛洪《字苑》，才加上「彡」的偏旁，成為「影」字，讀音為「於」、「景」兩字的切音。而世人卻將《尚書》、《周禮》、《莊子》、《孟子》等書中的「景」字，都改用葛洪的「影」

字，這是很嚴重的錯誤。

11.《太公六韜》❶，有天陳、地陳、人陳、雲鳥之陳。《論語》曰：「衛靈公問陳於孔子❷。」《左傳》：「爲魚麗之陳❸。」俗本多作阜傍車乘之車。案諸陳字並作陳、鄭之陳。夫行陳之義，取於陳列耳，此六書爲假借也，《蒼》、《雅》❹及近世字書，皆無別字；唯王羲之《小學章》❺，獨阜傍作車，縱復俗行，不宜追改《六韜》、《論語》、《左傳》也。

【注釋】❶六韜　書名。《隋書．經籍志》著錄《太公六韜》五卷，云：「周文王師姜望撰。」所謂六韜，是指文韜、武韜、龍韜、虎韜、豹韜、犬韜。❷衛靈公問陳於孔子　語出《論語．衛靈公》。❸爲魚麗之陳　語出《左傳．桓公五年》。魚麗，陣勢名，又見張衡《東京賦》。❹蒼雅　指《蒼頡篇》及《爾雅》。❺王羲之小學章　趙曦明說：「《隋書．經籍志》：『《小學篇》一卷，晉下邳內史王義撰。諸本並作王羲之，乃妄人謬改，而《佩觿》及《唐志》皆從之，失考之甚。』」

【語譯】《太公六韜》中，有「天陳」、「地陳」、「人陳」、「雲鳥之陳」；《論語》說：「衛靈公問陳於孔子。」《左傳》說：「爲魚麗之陳。」俗本多將「陳」字寫成「阜」字旁邊加個「車乘」的「車」，成爲「陣」字。案：諸「陣」字都應作陳國、鄭國的「陳」字。「行陳」的意義是由「陳列」而來，在六書中屬於假借。《蒼頡篇》、《爾雅》及近代字書，都沒有收錄另外的寫法，只有王羲的《小學章》，獨作「陣」字。縱使俗字已經通行，也不應該用它來追改《六韜》、《論語》及《左傳》呀！

12.《詩》云：「黃鳥于飛，集于灌木❶。」《傳》云：「灌木，叢木也。」此乃《爾雅》之文❷，故李巡注❸曰：「木叢生曰灌。」《爾雅》末章又云：「木族生為灌。」族亦叢聚也❹。所以江南《詩》古本皆為叢聚之叢，而古叢字似冣字❺，近世儒生，因改為冣，解云：「木之冣高長者。」案：眾家《爾雅》及解《詩》無言此者，唯周續之《毛詩注》❻，音為徂會反，劉昌宗《詩注》❼，音為在公反，又祖會反：皆為穿鑿，失《爾雅》訓也。

【注釋】❶黃鳥于飛集于灌木　語出《詩經．周南．葛覃》。❷此乃爾雅之文　《爾雅．釋木》：「灌木，叢木。」❸李巡注　《經典釋文．敘錄》：「《爾雅》，李巡注三卷，汝南人，後漢中黃門。」❹族亦叢聚也　《爾雅．釋木．郭璞注》：「族，叢。」王利器說：「《詩．正義》引孫炎云：『族，叢也。』《呂氏春秋．辯士篇》高注：『族，聚也。』《莊子．養生主》郭注：『交錯聚結為族。』」❺而古叢字似冣字　《漢書．東方朔傳》：「飾文采，菆怪珍。」顏師古注：「菆，古藂字。」藂為叢之俗字，而菆亦即叢字，故云「古叢字似冣字」。「冣」字不見於字書，疑為「取」字之誤，「取」即「最」字，下文云「徂會反」、「祖會反」，即為「最」字之反切。❻周續之毛詩注　《宋書．隱逸傳》：「周續之字道祖，雁門廣武人也。……通《毛詩》六義及《禮》、《論》、《公羊傳》，皆傳於世。」❼劉昌宗詩注　劉昌宗，年世不詳，或為晉人。著有《周禮音》、《儀禮音》、《禮記音》、《毛詩音》、《尚書音》、《左傳音》等，俱不存。

【語譯】《詩經》:「黃鳥于飛,集于灌木。」《毛傳》說:「灌木,叢木也。」這是《爾雅·釋木》的說法,所以李巡注說:「樹木叢生稱爲灌。」《爾雅·釋木》的末章又說:「木族生爲灌。」族也是叢聚的意思。所以江南流傳的古本《詩經》都作「叢聚」之「叢」,而古「叢」字與「冣」字形似,近代的讀書人,於是改爲「冣」(最)字,解釋說:「長得最高大的樹木。」案:各家《爾雅》以及對《詩經》的注解都沒有這種說法,只有周續之的《毛詩注》,讀如「徂」、「會」兩字的切音,劉昌宗的《詩注》,讀如「在」、「公」兩字的切音,又讀如「祖」、「會」兩字的切音,可見都誤作「最」字,這都是穿鑿附會,不符《爾雅》的解釋。

13. 「也」是語已❶及助句❷之辭,文籍備有之矣。河北經傳,悉略此字,其間字有不可得無者,至如「伯也執殳❸」,「於旅也語❹」,「回也屢空❺」,「風,風也,教也❻」,及《詩傳》云:「不戢,戢也;不儺,儺也❼。」「不多,多也❽。」如斯之類,儻削此文,頗成廢闕。《詩》言:「青青子衿❾。」《傳》曰:「青衿,青領也,學子之服。」按:古者,斜領下連於衿,故謂領爲衿。孫炎、郭璞注《爾雅》,曹大家注《列女傳》❿,並云:「衿,交領也。」鄴下《詩》本,既無「也」字,羣儒因謬說云:「青衿、青領,是衣兩處之名,皆以青爲飾。」用釋「青青」二字,其失大矣!又有俗學,聞經傳中時須⓫也字,輒以意加之,每不得所,益成可笑。

【注　釋】❶語已　卽句末、句終、語末的意思。❷助句　卽語助詞。❸伯也執殳　語出《詩經・衛風・伯兮》。❹於旅也語　語出《儀禮・鄉射禮》。❺回也屢空　語出《論語・先進》，云：「回也其庶乎！屢空。」❻風風也教也　語出《詩經・大序》。❼不戢戢也不儺儺也　語出《魏經・小雅・桑扈・毛傳》，但今本「儺」作「難」。❽不多多也　語出《詩經・小雅・卷阿・毛傳》，又見《桑扈・毛傳》。❾詩言青青子衿　語出《詩經・鄭風・子衿》。❿曹大家注列女傳　曹大家，卽班昭，東漢安陵（今陝西咸陽東）人，班固之妹，博學高才。家音ㄍㄨ。《列女傳》十五卷，劉向撰，《隋書・經籍志》著錄。⓫須　用。

【語　譯】「也」字是句末及句中語助詞，在典籍中使用得很普遍。但是河北地區的經傳本子，「也」字都全部省略，其中有些是絕對不該省略的，像「伯也執殳」、「於旅也語」、「回也屢空」、「風，風也，教也」，及《詩・傳》：「不戢，戢也；不儺，儺也。」「不多，多也。」像這些例子，倘若刪去了「也」字，就變成文義不全了。《詩經・鄭風》：「青青子衿。」《毛傳》：「青衿，就是青領，求學讀書的人所穿的衣服。」古時候的衣服，斜領下面與衣衿相連，所以稱衣領爲衣衿。孫炎和郭璞的《爾雅・注》，班昭的《列女傳・注》，都說：「衿，就是交領。」而鄴下（當時的京城）的《詩經・毛傳》傳本既刪去「也」字，成爲「青衿、青領，學子之服」，學者於是錯解文義，說：「青衿、青領，是衣服的兩處部位，都是青色的。」用「青衿」、「青領」來解釋「青青」兩字，錯誤十分嚴重。又有些讀書人，知道經傳中時常使用「也」字，卽任意增添，往往加在不對地方，變得更加可笑。

14. 《易》有蜀才注❶，江南學士，遂不知是何人。王儉《四部目錄》❷，不言姓

名，題云：「王弼後人。」謝炅、夏侯該❸，並讀數千卷書，皆疑是譙周❹；而《李蜀書》一名《漢之書》❺，云：「姓范名長生，自稱蜀才。❻」南方以晉家❼渡江後，北間傳記，皆名爲僞書，不貴省❽讀，故不見也。

【注釋】❶易有蜀才注　《隋書·經籍志》：「《周易》十卷，蜀才注。」❷王儉四部目錄　王儉，南朝宋人。《隋書·經籍志》：「宋元嘉八年，祕書監謝靈運造《四部目錄》，大凡六萬四千五百八十二卷。元徽元年，王儉又造目錄，大凡一萬五千七百四卷。」❸謝炅夏侯該　謝炅，南朝梁中書郎。炅音ㄐㄩㄥˇ。夏侯該，當作夏侯詠，南朝梁人。❹譙周　三國時西充國人。字允南。通經學，善於書札，兼曉天文。見《三國志·蜀書·譙周傳》。❺而李蜀書一名漢之書　《李蜀書》，當作《蜀李書》。《史通·古今正史》：「蜀初號曰成，後改稱漢。李勢散騎常侍常璩撰《漢之書》十卷。後入晉祕閣，改爲《蜀李書》。」❻自稱蜀才　《經典釋文·敘錄》：「（《周易》）蜀才注十卷。《蜀李書》云：『姓范，名長生，一名賢，隱居青城北，自號蜀才。李雄以爲丞相。』」❼晉家　晉室。❽省　察看。

【語譯】《易經》有蜀才的注本。江南地區的讀書人，就不知道「蜀才」是誰。王儉的《四部目錄》，沒有提及他的姓名，題說：「王弼以後的人。」謝炅、夏侯該二人，讀書甚多，見識豐富，都懷疑卽是譙周，而《蜀李書》（一名《漢之書》）說：「（蜀才）姓范名長生，自稱爲『蜀才』。」南方人士自從晉室南渡以後，凡是北方的傳注，都稱之爲僞書，不重閱讀，因此沒有察覺。

15. 《禮·王制》云：「臝股肱❶。」鄭注云：「謂揎衣❷出其臂脛。」今書皆作擐

甲❸之擐。國子博士蕭該❹云：「擐當作揎，音宣，擐是穿著之名，非出臂之義。」案《字林》❺，蕭讀是，徐爰❻音患，非也。

【注釋】❶贏股肱　露出雙臂及小腿。贏音ㄌㄨㄛˇ，赤身露體。❷揎衣　拉起衣服。揎音ㄒㄩㄢ。❸擐甲　穿著盔甲。❹蕭該　南朝梁鄱陽王蕭恢的孫子。生性好學，通《詩》、《書》、《春秋》、《禮記》諸經大義，尤其精通《漢書》。隋文帝開皇初，賜爵山陰縣公，拜國子博士。撰有《漢書音義》、《文選音義》。見《隋書·七五》、《北史·八二》。❺字林　字書名。南朝宋呂忱撰。《隋書·經籍志》著錄。❻徐爰　南朝宋中散大夫，著有《禮記音》二卷，《隋書·經籍志》著錄。

【語譯】《禮記·王制》「贏股肱」，鄭注說：「指拉起衣服露出雙臂及小腿。」現傳的本子「揎」字都作「擐甲」的「擐」。國子博士蕭該說：「擐當作揎，音宣。擐字的意義是穿著，並非露出雙臂的意義。」根據《字林》，蕭該的讀法很正確，徐爰把「擐」字音患，是不對的。

16.《漢書》：「田肎賀上❶。」江南本皆作「宵」字。沛國劉顯❷，博覽經籍，偏精班《漢》，梁代謂之漢聖。顯子臻❸，不墜家業。讀班史，呼爲田肎。梁元帝嘗問之，答曰：「此無義可求，但臣家舊本，以雌黃❹改『宵』爲『肎』。」元帝無以難之。吾至江北，見本爲「肎」。

【注釋】❶漢書田肎賀上　語出《漢書·高帝紀》。田肎，人名。肎即肯的本字。❷劉顯　南朝梁沛國（梁時故治在今江蘇省蕭縣西北）人，字嗣芳，博學多聞，官至潯陽太守。《隋書·經籍志》：

「梁時明《漢書》有劉顯、韋稜，陳時有姚察，隋代有包愷、蕭該，並爲名家。」並著錄其《漢書音》二卷。❸顯子臻　劉臻，劉顯少子，早負盛名。見《北史·文苑傳》、《隋書·文學傳》。❹雌黃　古代塗改錯字用的染劑，呈黃綠色或黃棕色。古人以毛筆在黃紙上書寫，有錯字時，卽用雌黃塗染後改正。

【語譯】《漢書》「田肎賀上」，江南地區的傳本「肎」字多作「宵」。沛國人劉顯，博覽羣書，尤其精於《漢書》，在梁代被稱爲研究《漢書》最傑出的專家。他的兒子劉臻，承繼家學，讀《漢書》時，讀成「田肎」。梁元帝曾經問過他，他回答說：「這個字沒有證據可以證明，不過我家所藏的古本，用雌黃把『宵』字改爲『肎』字。」梁元帝也無法反駁他。我到了江北後，見到的本子正作「肎」字。

17. 《漢書·王莽贊》云：「紫色鼃聲❶，餘分閏位❷。」蓋謂非玄黃❸之色，不中律呂之音❹也。近有學士，名問❺甚高，遂云：「王莽非直❻鳶髆虎視❼，而復紫色鼃聲❽。」亦爲誤矣。

【注釋】❶紫色鼃聲　古人以爲朱是正色，紫是間（音ㄐㄧㄢˋ）色，王莽篡漢，所以稱爲「紫色」。鼃，蛙字的古文；鼃聲卽「蛙聲」。❷餘分閏位　指曆法上以歲月的餘分來置閏月，比喻王莽篡位稱帝並不是常態的事。❸玄黃　黑色與黃色，都是正色；也是天地之色。亦可作爲中央之帝的別稱。王逸《九思·守志》：「謁玄黃兮納贄。」注：「玄黃，中央之帝也。」❹律呂之音　指正音。律呂，古代正樂律的器具。❺名問　同名聞，指名聲。❻非直　非但，非特。❼鳶髆虎視　鳶，鷙鳥，鴟類。髆，肩髆。謂人肩聳如鳶，目凶如虎，比喻奸惡的形貌。❽紫色鼃聲　謂其皮膚紫色，聲音如蛙。

【語　譯】《漢書．王莽傳．贊》說：「王莽並非眞命天子，就如紫色不是正色，䵷聲不是正聲一樣；也好像曆法上的閏月一樣，只是暫時性的，不會長久。」是說王莽不是玄黃等正色，不合律呂的正音而已。最近有個名氣很大的學者，就說：「王莽不但肩聳似鳶，目凶如虎，而且更是皮膚發紫，聲音像蛙。」也是錯誤的。

18. 簡策字，竹下施朿，末代隸書，似杞、宋之宋，亦有竹下遂爲夾者；猶如刺字之傍應爲朿，今亦作夾。徐仙民《春秋》、《禮音》❶，遂以筴爲正字，以策爲音，殊爲顚倒。《史記》又作悉字，誤而爲述，作妬字，誤而爲姤，裴、徐、鄒❷皆以悉字音述，以妬字音姤。既爾，則亦可以亥爲豕字音，以帝爲虎字音乎❸？

【注　釋】❶徐仙民春秋禮音　《隋書．經籍志》：「《春秋左氏傳音》三卷，《禮記音》三卷，並徐邈撰。」❷裴徐鄒　指裴駰、徐廣、鄒誕生。《隋書．經籍志》：「《史記》八十卷，宋南中郎外兵參軍裴駰注。《史記音義》十二卷，宋中散大夫徐野民撰。《史記音》三卷，梁輕車錄事參軍鄒誕生撰。」❸可以亥爲豕字音，以帝爲虎字音乎　豕爲亥字之誤，見《孔子家語．弟子》，虎爲帝字之誤，見《抱朴子．遐覽》。

【語　譯】「簡策」的「策」字，是在「竹」字下加上「朿」，後世的隸書，似「杞宋」的「宋」；也有在「竹」下寫成「夾」的，就如同「刺」字的偏旁應爲「朿」，現在也寫作「夾」。徐邈的《春秋音》、《禮音》，於是以爲「筴」是正字，讀成「策」的音，眞是不分是非！《史記》另有本作「悉」

字的，誤以為「述」；本作姤字的，誤以為姤，裴駰、徐廣、鄒誕生等都認為「悉」字的讀音與「述」字同，「姤」字的讀音為「姤」。既然如此，也可以說「亥」字音「豕」，「帝」字音「虎」嗎？

19. 張揖❶云：「虙，今伏羲氏也。」孟康《漢書》古文注亦云❷：「虙，今伏。」而皇甫謐❸云：「伏羲或謂之宓羲。」按諸經史緯候❹，遂無宓羲之號。虙字從虍，宓字從宀，下俱為必，末世傳寫，遂誤以虙為宓，而《帝王世紀》因更立名耳。何以驗之？孔子弟子虙子賤❺為單父宰❻，即虙羲之後，俗字亦為宓，或復加山。今兗州❼永昌郡城，舊單父地也，東門有子賤碑，漢世所立，乃曰：「濟南伏生，即子賤之後。」是知虙之與伏，古來通字，誤以為宓，較可知矣。

【注釋】❶張揖　三國魏清河（今河北省清河縣一帶）人，一說河間（今河北省河間縣西南）人，字稚讓，太和中官太中博士。著有《廣雅》四卷，《埤蒼》三卷，《三蒼訓詁》三卷，《雜字》一卷，《古文字訓》三卷，《舊唐書·經籍志》、《新唐書·藝文志》著錄。今僅存《廣雅》一書。❷孟康漢書古文注亦云　嚴式誨《顏氏家訓補校注》說：「案『古文』二字，疑當在『亦云』二字下。」孟康，三國魏安平廣宗（今河北省威縣）人，字公休，黃初中，拜散騎侍郎，正始中，出為弘農，領典農校尉。……嘉平末，徙勃海太守，徵入為中書令，後轉中書監。（見《三國志·魏書·杜恕傳》引《魏略》。）著有《漢書音》九卷，《隋書·經籍志》著錄。❸皇甫謐　晉安定郡朝那縣（今甘肅平涼縣西北）人。字士安。博綜典籍百家之言，以著述為務，所著詩賦誄頌論難甚多，著有《帝王世紀》、

《高士傳》、《逸士傳》、《列女傳》等，見《晉書》本傳。❹緯候　泛指緯書。候即《尚書．中候》，是《尚書》緯書的一種。❺虙子賤　孔子門人。《史記．仲尼弟子列傳》：「宓不齊，字子賤，少孔子三十歲。」❻單父　春秋時魯邑。在今山東省單縣南。單音ㄕㄢˋ。❼兗州　古九州之一，在今河北省西南部與山東省西北部。後世沿置，但疆域頗有異同。

【語譯】張揖說：「虙，就是現在伏羲氏的伏。」孟康《漢書注》也說：「古文虙字，今作伏。」而皇甫謐《帝王世紀》卻說：「伏羲也稱爲宓羲。」根據經史及緯書，都沒有「宓羲」的名號。虙字從虍，宓字從宀，下面都是「必」，後世傳寫，便誤把虙字寫成宓字，《帝王世紀》據此更立「宓羲」的名號而已。何以證明呢？孔子門生虙子賤做過春秋時魯國單父的邑宰，他就是虙羲的後代，俗字也作「宓」，或更加山作「密」。現在兗州永昌郡城，就是古時單父故地，東門有子賤碑，是漢代所立，碑文說：「濟南伏生，就是虙子賤的後人。」因此可知「虙」、「伏」二字，古來可以通用，誤作「宓」字，明白可見。

20.《太史公記》❶曰：「寧爲雞口，無爲牛後❷。」此是刪《戰國策》耳❸。案：延篤❹《戰國策》音義❺曰：「尸，雞中之主。從，牛子。」然則，「口」當爲「尸」，「後」當爲「從」，俗寫誤也。

【注釋】❶太史公記　即司馬遷《史記》。❷寧爲雞口無爲牛後　見《史記．蘇秦傳》。張守節《正義》：「雞口雖小，猶進食；牛後雖大，乃出糞也。」❸此是刪戰國策耳　《戰國策．韓策．一》蘇秦說：「臣聞鄙語曰：『寧爲鷄口，無爲牛後。』」❹延篤　後漢南陽郡犨縣（今河南省魯山縣）人，

字叔堅，受業於馬融，博通經傳及百家之言，官至京兆尹。撰有《戰國策論》等。見《後漢書》本傳。❺戰國策音義　此書已不可考。《隋書．經籍志》僅著錄其《戰國策論》一卷。

【語　譯】《史記．蘇秦傳》：「寧可作爲雞的喙口，也不願作爲牛的後臀。」這是刪節《戰國策．韓策》而成的。後漢延篤《戰國策音義》說：「尸是雞羣中的領袖。從是小牛。」據此，則「口」當作「尸」字，「後」當作「從」字，世俗傳抄致誤。

21.　應劭《風俗通》❶云：「《太史公記》❷：『高漸離變名易姓，爲人庸保❸，匿作於宋子❹，久之作苦，聞其家堂上有客擊筑❺，伎癢，不能無出言。』」案：伎癢者，懷其伎而腹癢也。是以潘岳〈射雉賦〉❻亦云：「徒心煩而伎癢。」今《史記》並作「徘徊」，或作「傍徨不能無出言」，是爲俗傳寫誤耳。

【注釋】❶應劭風俗通　應劭，東漢汝南郡南頓縣（今河南省商水縣北）人，字仲遠。撰有《風俗通義》，見《後漢書》。下文所引，見《風俗通義．聲音》。❷太史公記　見《史記．刺客列傳．荆軻》。❸庸保　受僱爲人做工的人。即傭工。❹宋子　古縣名，在今河北省趙縣北。❺筑　古絃樂器名。似琴而頭大，有五弦、十三弦、二十一弦之別。奏時以竹擊弦，故名爲筑。❻潘岳射雉賦　潘岳，西晉滎陽中牟（今河南省中牟縣）人，字安仁，官至黃門侍郎，工詩賦駢文，尤擅長哀誄之體。〈射雉賦〉，見《昭明文選》。

【語　譯】應劭《風俗通義》說：「《史記．刺客列傳》：『高漸離改名換姓，替人做庸工，躲藏

在宋子工作，過了很久，覺得工作很苦。聽到主人廳堂上有客擊筑，由於他是擊筑能手，便覺得伎癢，非有所評論不可。』」所謂「伎癢」，是指擁有某種技能而心裏躍躍欲試。所以潘岳的〈射雉賦〉也說：「徒心煩而伎癢。」今本《史記》都作「徘徊」，或作「徬徨不能無出言」，這是世俗傳寫致誤而已。

22. 太史公論英布❶曰：「禍之興自愛姬，生於妬媚，以至滅國。」又《漢書．外戚傳》亦云：「成結寵妾妬媚之誅。」此二「媚」並當作「媢」，媢亦妬也，義見《禮記》、《三蒼》❷。且〈五宗世家〉亦云：「常山憲王后妬媢。」王充《論衡》云❸：「妬夫媢婦生，則忿怒鬭訟。」益知媢是妬之別名。原英布之誅爲意賁赫耳，不得言媚。

【注　釋】❶英布　漢六縣（今安徽省六安縣）人。早年曾受黥刑，故又稱黥布。秦末，從項羽破秦軍，受封爲九江王；後降漢擊楚。漢平定天下，被封爲淮南王。因造反事敗被殺。見《史記．黥布列傳》。❷義見禮記三蒼　盧文弨曰：「《禮記．大學》：『媢疾以惡之。』鄭注：『媢，妬也。』」《史記．五宗世家．索隱》：「郭璞注《三蒼》云：『媢，丈夫妒也。』又云：『妒女爲媢。』」❸王充論衡云　《論衡．論死》：「妒夫媢妻，同室而處，淫亂失行，忿怒鬭訟。」此處蓋隱栝其義。

【語　譯】司馬遷評論英布說：「災禍是由愛姬而起，由妬媚而生，終於到了滅國的地步。」《漢書．外戚傳》也說：「演變成寵妾妬媚的死罪。」這兩個「媚」字都應該作「媢」，「媢」與「妬」同義，見《禮記》及《三蒼》。而《史記．五宗世家》也說：「常山憲王后妬媢。」王充《論衡．論死

篇》說：「妒夫媢婦會導致家庭吵鬧爭鬥。」更可知「媢」是「妬」的別稱。而英布被殺的原因是在於妒忌賁赫而已，不能用「媢」字。

23. 《史記．始皇本紀》：「二十八年，丞相隗林、丞相王綰等，議於海上❶。」諸本皆作山林之「林」。開皇二年❷五月，長安民掘得秦時鐵稱權❸，旁有銅塗鐫銘二所。其一所曰：「廿六年，皇帝盡并兼天下諸侯，黔首❹大安，立號為皇帝，乃詔丞相狀、綰，灋度量𠟭不壹歉疑者❺，皆明壹之。」凡四十字。其一所曰：「元年，制詔丞相斯、去疾，灋度量，盡始皇帝為之，皆□刻辭焉❻。今襲號而刻辭不稱始皇帝，其於久遠也，如後嗣為之者，不稱成功盛德，刻此詔□左，使毋疑。」凡五十八字，一字磨滅，見有五十七字，了了分明。其書兼為古隸。余被敕寫讀之，與內史令李德林❼對，見此稱權，今在官庫；其「丞相狀」字，乃為狀貌之「狀」，爿旁作犬；則知俗作「隗林」，非也，當為「隗狀」耳。

【注釋】❶海上　指東海之濱。❷開皇二年　即西元五八二年。開皇，隋文帝楊堅的年號。❸稱權　稱同秤。權，秤錘。❹黔首　百姓，黎民。❺灋度量𠟭不壹歉疑者　灋，古法字。𠟭，籀文則字。壹，即壹字。壹字小篆作壹，壹字即由此衍生。歉，當作嫌。❻皆□刻辭焉　王謨漢魏叢書覆刊顏志邦本。百子全書本並無空格。如此，全文為五十八字，與顏說合。❼李德林　《隋書．李德林傳》：「李

德林字公輔，博陵安平人也。……齊主留情文雅，召入文林館，又令與黃門侍郎顏之推二人同判文林館事。……高祖登阼之日，授內史令。……」

【語譯】《史記・秦始皇本紀》說：「二十八年，丞相隗林、丞相王綰等，在海邊商議。」「隗林」，各本都作山林的林。開皇二年五月，長安的百姓從地下掘出秦時的鐵製秤錘，四周塗銅，上有二處刻銘，有一處說：「二十六年，皇帝盡并兼天下諸侯，黔首大安，立號為皇帝，乃詔丞相狀、綰，灋度量則壹歉疑者，皆明壹之。」共四十個字。有一處說：「元年，制詔丞相斯、去疾，灋度量，盡始皇帝為之，皆刻辭焉。今襲號而刻辭不稱始皇帝，其於久遠也，如有嗣為之者，不稱成功盛德，刻此詔□左，使毋疑。」共五十八個字，其中一字已經磨滅，可見到的有五十七字，清楚明顯。書法兼有古隸書的風格。我與內史令李德林同受皇命寫讀這些銘文，親眼見過這個秤錘，現藏在官庫之中。「丞相狀」的「狀」字，是「狀貌」的「狀」，爿旁加犬字，可知俗作「隗林」，是錯誤的，當作「隗狀」才對。

24. 《漢書》云：「中外禔福。」字當從示。禔，安也，音匙匕之匙，義見《蒼》、《雅》、《方言》❶。河北學士皆云如此。而江南書本，多誤從手，屬文者對耦，並為提挈之意，恐為誤也。

【注釋】❶方言　字書名。漢揚雄編撰。

【語譯】《漢書・司馬相如傳》：「中外禔福。」「禔」字當從示，義為「安」，音如「匙匕」的「匙」，字義見於《蒼頡篇》、《爾雅》及《方言》。河北地區的學者都說應該如此，但是江南地區的本子，多誤從手，撰寫文章的人用這字來對耦，都是「提挈」的意思，這恐怕是錯誤的。

25. 或問：「《漢書》注❶：『為元后父名禁，故禁中❷為省中❸。』何故以『省』代『禁』？」答曰：「案：《周禮・宮正》：『掌王宮之戒令糾禁❹。』鄭注云：『糾，猶割也，察也。』李登云：『省，察也。』張揖云❺：『省，今省詧也。』然則小井、所領二反，並得訓察。其處既常有禁衛省察，故以『省』代『禁』。詧，古察字也。」

【注釋】❶漢書注　《漢書・昭帝紀》：「帝姊鄂邑公主，益湯沐邑為長公主，共養省中。」注：「伏儼曰：『蔡邕云：本為禁中。……孝元皇后父名禁，避之，故曰省中。』」❷禁中　《史記・秦始皇本紀》：「於是二世常居禁中，與高決諸事。」《集解》引蔡邕曰：「禁中者，門戶有禁，非侍御者不得入，故曰禁中。」❸省中　段玉裁《說文解字・注》：「省者察也，察者覈也。漢禁中謂之省中。師古曰：『言入此中者，皆當察視，不可妄也。』」❹糾禁　指所應督察之禁令。糾即糾字。❺李登云　王利器《集解》：「此蓋出《聲類》，今佚。《隋書・經籍志》：『《聲類》十卷，魏左校令李登撰。』」❻張揖云　王利器《集解》：「段玉裁曰：『此蓋出《古今字詁》，謂「𡕯」今字作「省」。』器案：《古今字詁》今佚，任大椿《小學鉤沈・古今字詁》收此文，王念孫校云：『案上「省」字當作「𡕯」，《說文》：「𡕯，古文省字。」』」

【語譯】有人問我：「根據《漢書》的注，孝元帝皇后的父親名禁，所以改稱『禁中』為『省中』。但是為何用『省』字來代『禁』字呢？」我回答說：「《周禮・宮正》：『掌王宮之戒令糾禁。』鄭注說：『糾，等於割、察的意思。』李登說：『省是察的意思。』張揖說：『𡕯，即今省詧的省字。』由此說來，唸『小』與『井』、『所』與『領』切音的字，都可以解釋為『察』。宮中既常有

衛士監察巡視，所以用『省』字代『禁』。詧，是古察字。」

26.〈漢明帝紀〉：「為四姓小侯立學校❶」；桓帝加元服❷，又賜四姓及梁、鄧小侯帛，是知皆外戚也。明帝時，外戚有樊氏、郭氏、陰氏、馬氏為四姓❸。謂之小侯者，或以年小獲封，故須立學耳。或以侍祠猥朝❹，侯非列侯❺，故曰小侯。《禮》云：「庶方小侯。」❻則其義也。

【注釋】❶為四姓小侯立學　《後漢書‧明帝紀》：「（永平）九年……為四姓小侯開立學校，置五經師。」❷桓帝加元服　加元服，卽舉行冠禮。元卽首。《後漢書‧桓帝紀》：「（建和）二年春正月甲子，皇帝加元服。賜……公主、大將軍、三公、特進、侯、中二千石、二千石、將、大夫、郎官、從官、四姓及梁、鄧小侯、諸夫人以下帛，各有差。」❸外戚有樊氏郭氏陰氏馬氏為四姓　《後漢書‧明帝紀》「為四姓小侯開立學校」李賢注：「袁宏《漢紀》曰：『永平中崇尚儒學，……又為外戚樊氏、郭氏、陰氏、馬氏諸子弟立學，號四姓小侯，置五經師。』」❹侍祠猥朝　侍祠，指侍祠侯。猥朝，謂總雜於朝中。❺侯非列侯　以下本於袁宏《漢紀》，同❸。❻禮云庶方小侯　語出《禮記‧曲禮》。

【語譯】《後漢書‧明帝紀》說：「為四姓小侯立學校。」桓帝行冠禮時，又賜帛給四姓及梁、鄧等小侯，可知「四姓」及「小侯」都是外戚。明帝時，外戚有樊氏、郭氏、陰氏、馬氏，稱為四姓。稱之為「小侯」的原因，有些是由於年幼就獲封，所以需要替他們立學校；有的則受封為侍祠侯，總居

於朝中，與列侯不同，所以稱為小侯。《禮記·曲禮》說：「庶方小侯。」就是這種意思。

27. 《後漢書》云：「鸛雀銜三鱓魚。」❶多假借為鱣鮪之鱣；俗之學士，因謂之為鱣魚❷。案：魏武《四時食制》❸：「鱣魚大如五斗匳❹，長一丈。」郭璞注《爾雅》：「鱣長二三丈。」安有鸛雀能勝一者，況三乎？鱣又純灰色，無文章也。鱓魚長者不過三尺，大者不過三指，黃地黑文；故都講云：「蛇鱓，卿大夫服之象也。」❺《續漢書》及《搜神記》❻亦說此事，皆作「鱓」字。孫卿云：「魚鼈鰌鱣。」❼及《韓非》、《說苑》皆曰：「鱣似蛇，蠶似蠋。」❽並作「鱣」字。假「鱣」為「鱓」，其來久矣。

【注釋】❶後漢書云鸛雀銜三鱓魚 語出《後漢書·楊震傳》。鸛雀，鳥名，體形似鶴，長頸，嘴筆直，捕食魚、蝦、昆蟲等為食。鸛音ㄍㄨㄢˋ。鱓魚，體圓長似鰻，尾部側扁，產於淡水中。鱓音ㄕㄢˋ。❷鱣魚 體略呈圓筒狀，有硬鱗，背部綠褐色，腹部白色，一般長約一·五公尺。鱣音ㄓㄢ。❸四時食制 書名。《隋書》及兩《唐書》皆不載，僅見於唐人類書中所稱引。❹五斗匳 容積五斗的鏡盒。匳，奩的或體。音ㄌㄧㄢˊ。❺都講云蛇鱓卿大夫服之象也 《後漢書·楊震傳》：「震……常客居於湖，不答州郡禮命數十年。……後有冠雀銜三鱣魚，飛集講堂前，都講取魚進曰：『蛇鱣者，卿大夫服之象也。數三者，法三台也。先生自此升矣。』」都講，主講。此處指為楊震主講的門生高弟。❻續漢書及搜神記 《續漢書》八十三卷，晉祕書監司馬彪撰。《搜神記》三十卷，晉干寶撰。《隋書·經籍志》並有著錄。王利器《集解》說：「案：今《搜神記》無此文，《能改齋漫錄·四》引此文，『搜神

記』作『謝承書』，《楊震傳・李賢注》亦云：『案續漢及謝承書。』而《御覽・九三七》引謝承《後漢書》正有此文，疑當作『謝承書』爲是。」❼孫卿云魚鼈鰌鱣 語出《荀子・富國》。❽韓非說苑皆曰鱣似虵蠶似蠋 《韓非子》二十卷，戰國韓非撰。《說苑》二十卷，漢劉向撰。《隋書・經籍志》並有著錄。《韓非子・內儲說上》：「鱣似蛇，蠶似蠋。」虵，蛇的俗字。《說苑・叢談》：「鱓欲類蛇。」

【語譯】《後漢書・楊震傳》：「鸛雀銜三鱓魚。」鱓字大多假借爲鱣鮪的鱣字，社會上的讀書人，於是就認爲是鱣魚。根據魏武的《四時食制》：「鱣魚像容積五斗的鏡盒一般大，長一丈。」郭璞的《爾雅・注》說：「魚長二三丈。」鸛雀那有能力銜起一條，何況說三條呢？鱣魚又是純灰色，並無文采。鱓魚長的不超過三尺，大的也不超過三隻手指，魚體黃色，上有黑色的花紋，所以楊震的主講弟子說：「蛇與鱓，是卿大夫服色的象徵。」司馬彪的《續漢書》及《搜神記》也提到這件事，都作「鱓」字。《荀子・富國篇》說：「魚鼈鰌鱣。」以及《韓非子》、《說苑》都說：「鱣魚似蛇，蠶蟲似蠋。」這幾個「鱣」字原都應作「鱓」，可見假借「鱣」字用作「鱓」字，是很久以前的事。

28. 《後漢書》❶：「酷吏樊曄爲天水郡❷守，涼州❸爲之歌曰：『寧見乳虎❹穴，不入冀府寺❺。』」而江南書本「穴」皆誤作「六」。學士因循，迷而不寤❻。夫虎豹穴居，事之較❼者；所以班超云：「不探虎穴，安得虎子❽？」寧當論其六七耶？

【注釋】❶後漢書 見《後漢書・酷吏傳》。❷天水郡 漢郡名，武帝元鼎三年置。屬縣十六，其中有冀縣。見《漢書・地理志》。❸涼州 州名。漢武帝時置。爲十三刺史部之一，在今甘肅、寧夏和

青海一帶。❹乳虎 《後漢書・酷吏傳》李賢注：「乳，產也。猛獸產乳，護其子，則搏噬過常，故以為喻。」❺寺 官署。即衙門。《說文》：「寺，廷也。有法度者也。」❻寤 從睡中醒覺。引申為覺悟。❼較 明顯。❽不探虎穴安得虎子 見《後漢書・班超傳》。虎子，小老虎。

【語譯】《後漢書・酷吏傳》說：「樊曄做天水郡太守的時候，涼州一帶有民謠說：『寧願冒險去察看母虎的洞穴，也不願進入冀縣的衙門。』」而江南地區的傳本「穴」字都錯成「六」，讀書人因循沿用，迷而不悟。虎豹棲於洞穴，本來是很明顯的事，所以班超曾說：「不探老虎的洞穴，豈能抓到小老虎呢？」哪裏是要計較老虎的數目是六是七呢？

29. 《後漢書・楊由傳》云：「風吹削肺。」❶此是削札牘之柿耳❷。古者，書誤則削之，故《左傳》云「削而投之」是也❸。或即謂札為削，王褒〈童約〉❹曰：「書削代牘。」蘇竟書云：「昔以摩研編削之才。」❺皆其證也。《詩》云：「伐木滸滸❻。」《毛傳》云：「滸滸，柿貌也。」史家假借為肝肺字，俗本因是悉作脯腊❼之脯，或為反哺之哺。學士因解云：「削哺❽，是屏障之名。」既無證據，亦為妄矣！此是風角占候❾耳。《風角書》❿曰：「庶人風者，拂地揚塵轉削。」若是屏障，何由可轉也？

【注釋】❶後漢書楊由傳云風吹削肺 《後漢書・方術傳》：「楊由字哀侯，蜀郡成都人也。……又有風吹削哺，太守以問由。由對曰：『方當有薦木實者，其色黃赤。』頃之，五官掾獻橘數包。」李賢注：「哺當作柿。」柿，柹之俗體。《說文》：「柹，削木朴也。」即削木材而脫下的木皮，俗稱鉋

花。柿音ㄈㄟˋ。❷此是削札牘之柿耳　古人用木札、木牘來書寫，有錯則用刀削去木皮，以便重寫，所以會有木皮留下。❸故左傳云削而投之是也　語出《左傳・襄公二十七年》。❹王褒童約　王褒，西漢蜀資中（今四川資陽縣）人，字子淵。長於辭賦，有〈聖主得賢臣頌〉、〈甘泉宮頌〉、〈洞簫賦〉、〈僮約〉等作品。〈僮約〉，辭賦名，是王氏與奴僕名「便了」的工作契約，但是卻用詼諧的語氣、辭賦的體裁寫成（見《全上古三代秦漢三國六朝文》）。❺蘇竟書云昔以摩研編削之才　見《後漢書・蘇竟傳》。摩研，即磨硯。編削，即編次簡牘。泛指處理一般文書。❻詩云伐木滸滸　語出《詩經・小雅・伐木》。今本作「許許」。❼脯腊　脯，乾肉。腊，整隻曬乾的小動物。腊音ㄒㄧˊ。❽削哺　削柿之誤。參上引《後漢書・方術傳》「風吹削哺」李賢注。❾風角占候　謂以風角之術以占斷吉凶。風角，古占候法，以四方之風候占吉凶。《後漢書・郎顗傳》：「父宗，……善風角星算六日七分。」李賢注：「風角，謂候四方四隅之風以占吉凶也。」占候，根據日月及星象的變異來推測吉凶的方法。❿風角書已佚。《隋書・經籍志》著錄《風角要占》十二卷，未知是否即此書。

【語譯】《後漢書・方術傳・楊由》說：「風吹削柿。」這是指木札、木牘削下的木皮而已。古代用毛筆寫在木簡上，寫錯則用刀刮去木皮，重新書寫，所以《左傳・襄公二十七年》說：「削而投之。」就是這個意思。有人也把木札稱爲削，王褒〈僮約〉說：「書札代牘。」蘇竟寫給劉龔的信也說：「當初我只是個磨硯寫字、編次簡牘的普通人才。」都是證據。《詩經・小雅・伐木》說：「伐木滸滸。」《毛傳》說：「滸滸，木材被削皮的樣子。」史家把「柿」假借爲「肝肺」的「肺」，俗本也跟著全錯成爲「脯腊」的「脯」，有些錯成「反哺」的「哺」。學者於是解釋說：「削哺，是屏風的名稱。」既然沒有證據，也就是亂說了！這是利用風角之術來占斷吉凶。《風角書》說：「庶人風吹起來

拂過地面的時候，把灰塵都飄揚起來，把木片吹得翻轉。」如果「削柹」是屏風，怎麼可能轉動呢？

30. 《三輔決錄》❶云：「前隊❷大夫范仲公，鹽豉蒜果共一筩❸。」「果」當作魏顆❹之「顆」。北土通呼物一凷❺，改為一顆❻，蒜顆是俗間常語耳。故陳思王〈鷂雀賦〉❼曰：「頭如果蒜❽，目似擘椒❾。」又《道經》❿云：「合口誦經聲璅璅，眼中淚出珠子碟。」其字雖異，其音與義頗同。江南但呼為蒜符，不知謂為顆。學士相承，讀為裹結之裹，言鹽與蒜共一苞裹⓫，內⓬筩中耳。《正史削繁》⓭音義又音蒜顆為苦戈反，皆失也。

【注釋】❶三輔決錄　書名。後漢趙岐撰，《隋書・經籍志》著錄。今已佚，清張澍、茆泮林有輯本。❷前隊　郡名。《漢書・地理志》：「南陽郡，莽曰前隊。」❸前隊二句　《太平御覽・九七七》引《三輔決錄》：「平陵范氏，南陵舊語曰：『前隊大夫范仲公，鹽豉蒜果共一筩。』言其廉儉也。」筩，筒狀的器具，音ㄊㄨㄥ。❹魏顆　趙曦明《顏氏家訓注》：「魏顆，晉大夫，見《左傳・宣公一五年》。」❺凷　塊的本字。《說文》：「凷，墣也。……塊，俗凷字。」❻顆　《漢書・賈山傳》：「曾不得蓬顆蔽冢而託葬焉。」顏注：「顆謂土塊。」❼陳思王鷂雀賦　陳思王，即曹植。〈鷂雀賦〉，一作〈雀鷂賦〉。見《藝文類聚・九一》。❽果蒜　成塊的蒜。❾擘椒　剖開的椒。《廣雅・釋言》：「擘，剖也。」《玉篇》：「擘，裂也。」❿道經　泛指道書。敦煌唐寫本《老子化胡經・老君十六變詞》（伯二〇〇四）云：「一變之時，生在南方亦如火，出胎墮地能獨坐，合口誦經聲璅璅

（音ㄙㄨㄛˇ），眼中淚出珠子䂯。父母世間驚怪我，復畏寒凍來結果，身著天衣誰知我。」疑即顏氏所據。䂯䂯，細小貌。⓫苞裹　同包裹。⓬內　同納。⓭正史削繁　書名。《隋書・經籍志》：「《正史削繁》九十四卷，阮孝緒撰。」

【語　譯】《三輔決錄》說：「前隊郡的大夫范仲公，把豆豉、蒜果（蒜頭）同放在一個竹筒之中。」「蒜果」的「果」字當作「魏顆」的「顆」，北地通稱一塊東西爲一顆，「蒜顆」是社會上的慣用語。因此曹植的《鷂雀賦》說：「頭像一顆蒜，眼似半邊椒。」又《道經》說：「口中低誦經文，眼中淚水成顆。」前者用「果」字，後者用「䂯」字，雖有不同，但音義則頗爲相同。江南人士只知道把蒜頭稱爲「蒜符」，不曉得稱它爲「顆」。學者相沿，便把「蒜果」的「果」讀爲裹結的裹，說鹽與蒜包在一起，放入筒中。《正史削繁》音義又把「苦」、「戈」兩字的切音來注「蒜顆」的「顆」字，都是不對的。

31. 有人訪吾曰：「魏志蔣濟上書❶云『弊攰之民』，是何字也？」余應之曰：「意爲攰即是⿰危皮倦❷之⿰危皮耳。張揖、呂忱❸並云：『支傍作刀劍之刀，亦是剞字。』不知蔣氏自造支傍作筋力之力，或借剞字，終當音九僞反。」

【注　釋】❶魏志蔣濟上書　《三國志・魏書・蔣濟傳》：「蔣濟字子通，楚國平阿人也。……景初中，外勤征役，內務宮室，怨曠者多，而年穀饑儉。濟上疏曰：『……弊攰之民，儻有水旱，百萬之眾，不爲國用。』」❷⿰危皮倦　⿰危皮同疲。盧文弨說：「⿰危皮，《集韻》作攱。」王利器說：「《集韻・五寘》：『攱，⿰危皮，疲極也，或作攰。』」❸呂忱　晉任城（今山東省濟寧縣）人，字伯雍。著有《字林》

七卷。已佚。清任大椿、陶方琦有輯本。

【語譯】有人來問我說：「《三國志．魏書．蔣濟傳》載蔣濟上書有『弊攰之民』的話語，這個『攰』是甚麼字呢？」我回答說：「我認為『攰』就是『𢾥倦』的『𢾥』字。張揖、呂忱都說：『支字邊加上刀劍的刀，也是「剞」字。』不知蔣氏自造『攰』字，或是借用『剞』字，都應該讀如『九』、『偽』兩字的切音。」

32.《晉中興書》❶：「太山羊曼，常頹縱任俠❷，飲酒誕節，兗州號為䵬伯❸。」此字皆無音訓。梁孝元帝常❹謂吾曰：「由來不識。唯張簡憲見教，呼為嚃羹之嚃❺。自爾便遵承之，亦不知所出。」簡憲是湘州刺史張纘謚也❻，江南號為碩學。案：法盛世代殊近，當是耆老相傳；俗間又有䵬䵬語，蓋無所不施，無所不容之意也。顧野王《玉篇》❼誤為黑傍沓。顧雖博物，猶出簡憲、孝元之下，而二人皆云重邊。吾所見數本，並無作黑者。重沓❽是多饒積厚之意，從黑更無義旨。

【注釋】❶晉中興書　《隋書．經籍志》：「《晉中興書》七十八卷，起東晉，宋湘東太守何法盛撰。」❷任俠　任使氣力，以打抱不平。❸兗州號為䵬伯　兗州，〈禹貢〉九州之一，卽今河北省西南部及山東省北部一帶。《晉書．羊曼傳》：「羊曼字祖延，……少知名，本州禮命，太傅辟，皆不就。……曼任達穨縱，好飲酒。溫嶠、庾亮、阮放、桓彝同志友善，並為中興名士。時州里稱陳留阮放為宏伯，高平郗鑒為方伯，泰山胡母輔之為達伯，濟陰卞壼為裁伯，陳留蔡謨為朗伯，阮孚為誕伯，高平劉

綏爲委伯，而曼爲𨤲伯，凡八人，號兗州八伯，蓋擬古之八儁也。」❹常 假借作嘗。❺嚃羹之嚃 盧文弨說：「《禮記·曲禮上》：『毋嚃羹。』音他合切。」音ㄊㄚˋ。❻簡憲是湘州刺史張纘諡也 《梁書·張緬傳》：「纘字伯緒，緬第三弟也。……纘好學，兄緬有書萬餘卷，晝夜披讀，殆不輟手。……元帝承制，贈纘侍中、中衞將軍、開府儀同三司。諡簡憲公。」❼顧野王玉篇 顧野王，南北朝吳郡（今江蘇省吳縣）人。字希馮。初仕梁，陳氏官左將軍，至光祿卿。博貫經史，著有《玉篇》三十卷。見《陳書·顧野王傳》。❽重沓 王利器《集解》說：「《兩漢刊誤補遺》作『𨤲者多饒積厚之貌』，《學林》作『𨤲者多饒積厚』，都作『𨤲』，不作『重沓』。」

【語譯】何法盛《晉中興書》：「泰山的羊曼，常常疏略放縱，好打抱不平，喜歡飲酒，而不拘小節，兗州一帶稱他爲「𨤲伯」。這個「𨤲」字都沒有音讀和解釋。梁孝元帝曾經對我說：「這個字從來就不認識。只有張簡憲曾經告訴我，讀爲「嚃羹」的「嚃」。此後大家便沿用這種說法，也不知有何根據。」「簡憲」是湘州刺史張纘的諡號，江南地區稱他爲博學之才。何法盛的時代距今很近，當是長輩代代相傳世俗又有「𨤲𨤲」的話語，大概是無所不施、無所不容的意思。顧野王《玉篇》誤作「⿰黑沓」字。顧氏雖然見多識廣，還是比不上張纘及梁元帝，他們二位都說左傍从「重」，據我看到的幾種本子，都沒有从「黑」的。「𨤲」字是豐多富厚的意思，从「黑」是沒有意義的。

33. 古樂府歌詞❶，先述三子，次及三婦❷，婦是對舅姑❸之稱。其末章云：「丈人且安坐，調絃未遽央❹。」古者，子婦供事舅姑，旦夕在側，與兒女無異，故有此言。丈人亦長老之目，今世俗猶呼其祖考爲先亡丈人。又疑「丈」當作「大」，北間風俗，婦呼舅

為大人公。「丈」之與「大」，易為誤耳。近代文士，頗作三婦詩❺，乃為匹嫡並耦己之羣妻之意，又加鄭、衛之辭，大雅君子❻，何其謬乎？

【注釋】❶古樂府歌詞　《樂府詩集．相和歌辭．相逢行》：「相逢狹路間，道隘不容車。……兄弟兩三人，中子為侍郎。五日一來歸，道上自生光。黃金絡馬頭，觀者盈道傍。入門時左顧，但見雙鴛鴦。鴛鴦七十二，羅列自成行。音聲何噰噰，鶴鳴東西廂。大婦織綺羅，中婦織流黃。小婦無所為，挾瑟上高堂。丈人且安坐，調絲方未央。」末句一作「調絲未遽央」。❷婦　媳婦。❸舅姑　翁姑，即丈夫的父母。❹未遽央　未完。即未渠央、未央。《詩．小雅．庭燎》：「夜未央。」鄭箋：「夜未央，猶言夜未渠央。」❺三婦詩　盧文弨說：「宋南平王鑠，始仿樂府之後作三婦豔詩，猶未甚猥褻也。梁昭明太子、沈約，俱有『良人且高臥』之句。王筠、劉孝綽尚稱『丈人』，吳均則云『佳人』，至陳後主乃有十一首之多，如『小婦正橫陳，含嬌情未吐』等句，正顏氏所謂鄭、衛之辭也。」❻大雅君子　王利器《集解》說：「《文選．西都賦》：『大雅宏達，於茲為羣。』李善注：『大雅，謂有大雅之才者，《詩》有大雅，故以立稱焉。』」

【語譯】古樂府歌詞〈相逢行〉中，先敍述三個兒子，再敍述三個媳婦。「婦」是與公婆相對的稱呼。詩中最後兩句說：「丈人安坐堂上，正在調絃。」古代媳婦事奉公婆，朝夕都在旁邊侍候，與兒女相同，所以歌詞才這樣說。「丈人」也是長者的稱呼，現代社會上還稱先祖、先父為「先亡丈人」。而且「丈」字很可能原為「大」字。北方習俗，媳婦稱公公為「大人公」。「丈」與「大」是很容易訛誤的。近代的文人，很多都作過「三婦詩」，竟然把「三婦」寫成是與自己匹配的眾妻，還加上靡曼的

文辭，這些有學問的先生們，爲甚麼竟會生產這種錯誤呢？

34. 古樂府歌百里奚詞❶曰：「百里奚，五羊皮。憶別時，烹伏雌❷，吹扊扅❸；今日富貴忘我爲！」「吹」當作炊煮之「炊」❹。案：蔡邕《月令章句》❺曰：「鍵，關牡❻也，所以止扉，或謂之剡移。」然則當時貧困，并以門牡木作薪炊耳！《聲類》❼作扊，又或作扂❽。

【注 釋】❶古樂府百里奚詞 王利器說：「黃山谷〈戲書秦少游壁詩〉任淵注、陳後山〈和黃預久兩詩〉任淵注引此都作『樂府載百里奚妻辭』。」❷伏雌 指孵卵的母雞。❸扊扅 門閂。音一ㄢˇ 一ˊ。❹吹當作炊煮之炊 王利器說：「案：吹、炊古通，《荀子・仲尼篇》：『可炊而僥也。』楊倞注：『炊與吹同。』《莊子・在宥篇》：『而萬物炊累焉。』《釋文》：『炊本作吹。』是其證。」❺蔡邕月令章句 《隋書・經籍志》：「《月令章句》十二卷，漢中郎將蔡邕撰。」今佚，清人有輯本。❻關牡 門閂的木條。❼聲類 《隋書・經籍志》：「《聲類》十卷，魏左校令李登撰。」今佚，清人有輯本。❽又或作扂 趙曦明說：「《玉篇》：『扂同扊。』」

【語 譯】古樂府有百里奚妻的歌詞說：「百里奚，價值五張羊皮。想起離別的時候，家裡窮得很，連孵蛋的母雞都要煮來吃，連門門的木條都要燒(吹)了。今天你做了大官，爲何竟把我忘了呢？」「吹」字當作炊煮的「炊」。蔡邕的《月令章句》說：「鍵，是門閂用的木條，用來閂門的。也稱爲剡移。」這樣說來，是由於當時貧困，連門閂的木條都要拿來當柴燒啊！《聲類》作「扊」，又或作

「启」。

35. 《通俗文》，世間題云：「河南服虔字子慎造❶」。虔既是漢人，其敘乃引蘇林❷、張揖；蘇、張皆是魏人。且鄭玄以前，全不解反語❸，《通俗》反音，甚會❹近俗。阮孝緒又云「李虔所造❺」。河北此書，家藏一本，遂無作李虔者。《晉中經簿》及《七志》❻，並無其目，竟不得知誰制。然其文義允愜，實是高才。殷仲堪《常用字訓》❼，亦引服虔俗說，今復無此書，未知即是《通俗文》，為❽當有異？或更有服虔乎？不能明也。

【注釋】❶河南服虔字子慎造 《隋書・經籍志》：「《通俗文》一卷，服虔撰。」《後漢書・儒林傳》：「服虔，字子慎，初名重，又名祇，後改名虔，河南滎陽（今河南省滎澤縣）人也。」❷蘇林 王利器說：「宋景祐校刊本漢書附祕書丞余靖奏文內云：『蘇林，字孝友（一云彥友），陳留外黃人。魏給事中、領祕書監、散騎常侍、永安衛尉、太中大夫，黃初中，遷博士，封安成侯。』」❸反語 即反切。反音ㄈㄢ，今多唸ㄈㄢˇ。❹會 合。❺阮孝緒又云李虔所造 阮孝緒，南朝梁學者，字士宗，陳留尉氏（今河南省開封縣朱仙鎮西南）人。曾把宋、齊以來之公私藏書，編成《七錄》。見《梁書・處士傳》。李虔，即李密。《晉書・孝友傳》：「李密字令伯，犍為武陽人也，一名虔。」❻七志 《隋書・經籍志》：「元徽元年，祕書丞王儉又造目錄，大凡一萬五千七百四卷。儉又別撰《七志》：一曰〈經籍志〉，紀六藝、小學、史記、雜傳；二曰〈諸子志〉，紀今古諸子；三曰〈文翰志〉，紀詩賦；四曰

《軍書志》，紀兵書；五曰《陰陽志》，紀陰陽圖緯；六曰《術藝志》，紀方技；七曰《圖譜志》，紀地域及圖書。」❼殷仲堪常用字訓《隋書・經籍志》：「梁有《常用字訓》一卷，殷仲堪撰。……亡。」

❽爲王利器說：「爲，抑辭也。」

【語譯】《通俗文》這本書，世俗都題爲河南服虔字子愼所撰。服虔既是漢朝人，他的序文竟引蘇林、張揖的話語，蘇、張都是魏人。況且鄭玄以前的人，都不懂得反切，《通俗文》中的切音，與近代的讀法十分接近。阮孝緒《七錄》又說是李虔所撰。在河北地區，這本書家家都有，全沒有題作李虔撰的。《晉中經簿》及《七志》都沒有著錄，竟然不能斷定是誰作的。然而書中的文義十分恰當，作者的學養實在很高。殷仲堪的《常用字訓》，也引過服虔的《俗說》，這本書現已失傳，不知是否即是《通俗文》？抑或是兩本書？也許另外還有一個服虔，實在很難確定。

36. 或問：「《山海經》，夏禹及益所記❶，而有長沙、零陵、桂陽、諸暨❷，如此郡縣不少，以爲何也？」答曰：「史之闕文❸，爲日久矣；加復秦人滅學❹，董卓焚書❺，典籍錯亂；非止於此，譬猶《本草》神農所述❻，而有豫章、朱崖、趙國、常山、奉高、眞定、臨淄、馮翊等郡縣名❼，出諸藥物；《爾雅》周公所作❽，而云『張仲孝友❾』；仲尼修《春秋》，而《經》書孔丘卒❿；《世本》左丘明所書，而有燕王喜、漢高祖⓫；《汲冢瑣語》⓬，乃載〈秦望碑〉⓭；《蒼頡篇》李斯所造⓮，而云『漢兼天下，海內并廁，豨黥韓覆，畔討滅殘⓯』；《列仙傳》⓰劉向所造，而贊云七十四人出佛經；

《列女傳》亦向所造，其子歆又作《頌》⑰，終于趙悼后⑱，而傳有更始韓夫人⑲、明德馬后⑳及梁夫人嫕㉑：皆由後人所羼，非本文也。」

【注釋】❶夏禹及益所記　王利器說：「《博物志・六》文籍考亦謂：『《山海經》或云禹所作。』」梁玉繩《史記志疑・三五》：「劉秀〈上山海經奏〉、《吳越春秋・無余外傳》、《論衡・別通》、《路史・後紀》並謂《山海經》益作。」❷而有長沙零陵桂陽諸暨　趙曦明說：「《漢書・地理志》：『長沙國，秦郡。零陵郡，武帝元鼎六年置。桂陽郡，高帝置。會稽郡，秦置，有諸暨縣。』」❸史之闕文　王利器說：「《論語・衛靈公篇》：『子曰：「吾猶及史之闕文也。」』《集解》：『包曰：「古之良史，于書字有疑則闕之，以待知者。」』」❹秦人滅學　指秦始皇焚書。見《史記・秦始皇本紀》。❺董卓焚書　趙曦明曰：「《後漢書・董卓傳》：『遷天子西都長安，悉燒宗廟官府居家，二百里內，無復孑遺。』」王利器《集解》引徐鯤曰：「《風俗通》逸文：『……卓又燒燔觀閣，經籍盡作灰燼，所有餘者，或作囊帳。先王之道，幾湮滅矣。』」❻本草神農所述　《隋書・經籍志》：「《神農本草》八卷。《神農本草》四卷，雷公集注。」❼而有豫章朱崖趙國常山奉高眞定臨淄馮翊等郡縣名　趙曦明說：「《漢書・地理志》：『豫章郡，高帝置。合浦郡，武帝元鼎六年開，縣五，有朱盧（《續志》作朱崖）。趙國，故秦邯鄲郡，高帝四年爲趙國。常山郡，高帝置。泰山郡，高帝置，縣二十四，有奉高。眞定國，武帝元鼎四年置。齊郡，縣十二，有臨淄，師尚父所封。左馮翊，故秦內史，武帝太初元年更改。』」❽爾雅周公所作　張揖〈上廣雅表〉：「昔在周公，纘述唐虞，宗翼文武，克定四海，勤相成王。……六年制禮，以導天下，著《爾雅》一篇，以釋其意義。」❾張仲孝友　王利器說：「《西

京雜記・上》：「郭威，字文偉，茂陵人也。好讀書，以謂：『《爾雅》，周公所制，而《爾雅》有「張仲孝友」，張仲，宣王時人，非周公之制明矣！』」⑩而經書孔丘卒　《春秋・哀公十六年》：「夏四月己卯，孔丘卒。」⑪而有燕王喜漢高祖　王利器說：「之推詆《世本》載燕王喜、漢高祖事，當出宋衷補綴，《隋志》載《世本》四卷，宋衷撰。蓋衷既爲之注，又加綴續也。《史記・燕召公世家・索隱》：『案：今《系本》無燕代系，宋衷依《太史公書》以補其闕。』顏氏所謂『後人所羼』是也。」⑫汲冢瑣語　《晉書・束晳傳》：「太康二年，汲郡人不準盜發魏襄王墓，或言安釐王冢，得竹書數十車。……《瑣語》十一篇，諸國卜夢妖怪相書也。」⑬秦望碑　王利器說：「《墨池編》曰：『斯善書，自趙高以下，或見推伏，刻諸名山碑璽銅人，並斯之筆。斯書《秦望紀功石》云：『吾死後五百三十年間，當有一人，替吾跡焉。』」⑭蒼頡篇李斯所造　〈蒼頡篇〉有廣、狹兩義。《漢書・藝文志》：「〈蒼頡〉七章者，秦丞相李斯所作也；〈爰歷〉六章者，車府令趙高所作也；〈博學〉七章者，太史令胡母敬所作也。……漢興，閭里書師合〈蒼頡〉、〈爰歷〉、〈博學〉三篇，斷六十字以爲一章，凡五十五章，並爲〈蒼頡篇〉。」此處是指前者。⑮豨黥韓覆畔討滅殘　豨，指陳豨；黥，指黥布；韓，指韓信。盧文弨說：「陽湖孫淵如定作『殘滅』，以顏氏爲非。」⑯列仙傳　書名。二卷。舊題劉向撰。《漢志》無著錄。記載傳說中的古代神仙七十人，篇末有總贊。蓋爲東漢末人所僞託。⑰列女傳亦向所造，其子歆又作頌　《隋書・經籍志》：「《列女傳》十五卷，劉向撰，曹大家注。……《列女傳頌》一卷，劉歆撰。」⑱趙悼后　指戰國時趙悼襄王之后，亦即趙王遷之母。《史記・趙世家》「趙王遷，其母倡也」，《集解》引徐廣曰：「《列女傳》曰邯鄲之倡。」⑲更始韓夫人　指東漢劉聖公的寵姬。見《後漢書・劉聖公傳》。⑳明德馬后　指東漢明帝馬皇后。見《後漢書・皇后紀》。㉑梁夫人嫕

指東漢章帝梁貴人（後追封爲恭懷皇后）之姊，亦即和帝之姨母。見《後漢書·皇后紀》。嫕音ㄧˋ。

【語譯】有人問我說：「《山海經》是夏代的禹及益所記述，卻有『長沙』、『零陵』、『桂陽』、『諸暨』等後代郡縣的名稱，而且屢見不鮮，您認爲是甚麼原因呢？」我回答說：「自古以來，文獻的記載就常有不足，再加上秦始皇禁止詩書百家語，董卓焚毀經籍，造成圖書文獻的散亂，而且情況比你所說的還要嚴重，例如《本草》是神農所作，卻有『豫章』、『朱崖』、『趙國』、『常山』、『奉高』、『眞定』、『臨淄』、『馮翊』等郡縣名，及其所出產的各種藥物；《爾雅》是周公所作，卻說『張仲孝友』；孔子修《春秋》，而《春秋》中卻記載孔子逝世的事；《世本》是左丘明所作，卻記載燕王喜、漢高祖；《汲冢瑣語》，竟載有〈秦望碑〉；〈蒼頡篇〉是李斯所作，竟說『漢朝統一天下，海內同列爲臣；陳豨、黥布、韓信造反，這些兇猛的叛將，都被平定了』；《列仙傳》是劉向所撰，而贊語卻說其中七十四人出佛經，其實當時佛教尚未流行，更無佛經傳世；《列女傳》也是劉向所撰，他的兒子劉歆又作《列女傳頌》，記事應到戰國趙悼襄王的皇后爲止，但卻有更始韓夫人、明德馬皇后以及梁夫人嫕的傳，這都是後人所摻雜，不是各書的原文。」

37. 或問曰：「《東宮舊事》❶何以呼鴟尾❷爲祠尾？」答曰：「張敞者，吳人❸，不甚稽古，隨宜❹記注，逐❺鄉俗訛謬，造作書字耳。吳人呼祠祀爲鴟祀，故以祠代鴟字；呼紺爲禁，故以糸傍作禁代紺字；呼盞爲竹簡反，故以木傍作展代盞字；呼鑊字爲霍字，故以金傍作霍代鑊字；又金傍作患爲鐶字，木傍作鬼爲魁字，火傍作庶爲炙字，既下

作毛爲髫字；金花則金傍作華，窗扇則木傍作扇：諸如此類，專輒❻不少。」

【注釋】❶東宮舊事 王利器說：「《東宮舊事》，《隋志》不著撰人，《唐書・經籍志》：『《東宮舊事》十卷，張敞撰。』《新唐書・藝文志》：『張敞《晉東宮舊事》十卷。』《說郛》卷五十九收一卷，題晉張敞撰。」❷鴟尾 屋脊上的獸形飾物。原作蚩尾。蚩尾是一種海獸，古人取其形作爲屋脊上的裝飾，希望能免除火災。❸張敞者吳人 《晉書・張茂度傳》：「張茂度，吳郡吳人，張良後也。……父敞，侍中、尙書、吳國內史。」❹隨宜 隨著時宜、時機。❺逐 追隨，隨從。❻專輒 專斷妄爲。

【語譯】有人問我說：「《東宮舊事》一書中，爲甚麼把『鴟尾』稱爲『祠尾』呢？」我回答說：「張敞是吳人，不太研究古代的學術，他隨著時宜記述史事，沿襲當地的錯誤，創造許多新字出來。吳地的人把『祠祀』唸成『鴟祀』，因此用『祠』字代替『鴟』字；把『紺』唸成『禁』，因此用『襟』字代替『紺』字；把『盞』讀成『竹』、『簡』二字的切音，因此用『棖』字代替『盞』字；把『鑊』唸成『霍』字的音，用此用『鑺』字代替『鑊』字；又把『鍶』作爲『鐶』字；『槐』爲『魁』字，『熫』爲『炙』字，『髦』爲『髫』字；又把『鏵』字作爲『金花』的專用字，『槅』字作爲『窗扇』的專用字，像這些單憑著個人或習俗的用法來胡亂造字的情形，爲數不少。」

38. 又問：「《東宮舊事》『六色罽緵』❶，是何等物？當作何音？」答曰：「案：《說文》云：『莙，牛藻也❷，讀若威。』《音隱》❸：『塢瑰反。』即陸機所謂『聚

藻，葉如蓬』者也❹。又郭璞注《三蒼》❺亦云：『蘊，藻之類也，細葉蓬茸然生❻。』今水中有此物，一節長數寸，細茸如絲，圓繞❼可愛，長者二三十節，猶呼為莙。又寸斷五色絲，橫著線股間繩之，以象莙草，用以飾物，即名為莙；於時當紺六色罽，作此莙以飾緄帶，張敞因造糸旁畏耳，宜作隈❽。」

【注釋】❶罽緄　散開而下垂，用來裝飾布邊的絲線。音ㄐㄧˋ　ㄨㄟ。❷莙牛藻也　莙，即大葉藻。為多年生沉水草本植物，生於寒帶淺海中。莙音ㄐㄩㄣ，又音ㄐㄩㄣˋ。❸音隱　書名，即《說文音隱》。《隋書・經籍志》著錄四卷，作者不詳。其書已亡佚，清人畢沅有輯本。❹即陸機所謂聚藻葉如蓬者也　《隋書・經籍志》：「《毛詩・草木蟲魚疏》二卷，烏程令吳郡陸機撰。」《詩・召南・采蘋》「于以采藻」《正義》：「陸機云：藻，水草也，生水底，有二種：其一種葉如雞蘇，莖大如箸，長四五尺；其一種莖大如釵股，葉如蓬蒿，謂之聚藻。」❺三蒼　指〈蒼頡〉、〈爰歷〉、〈博學〉等三篇。見本文36段注⓮。❻細葉蓬茸然生　原作「細葉蓬茸生然」，據《太平御覽》改。❼圍繞　原作圓繞，據朱本改。❽緄帶　用色絲織成的束帶。❾隈　盧文弨說：「『隈』字似當作『莙』。」

【語譯】又問我說：「《東宮舊事》所提到的『六色罽緄』，是甚麼東西？應該唸甚麼音？」我回答說：「《說文》說：『莙，就是牛藻。讀如威字的音。』《說文音隱》：『讀如「塢」、「瑰」兩字的切音。』這種植物，就是陸機所說『葉如蓬蒿』的『聚藻』。而且，郭璞注《三蒼》也說：『蘊是藻類的植物，葉子很細而茸毛叢生。』現在水中也有這種植物，每節有數寸長，長滿像絲一般的小茸

毛，圍繞而生，模樣可愛，長的有二三十節，還是叫做『莙』。此外，把各種顏色的絲線剪成一寸的長度，再用較粗的絲線從橫的把線緒固定起來，就像莙草一樣，用作織物的裝飾，就稱為『莙』。在當時應該使用六色的織物，便造出這種莙飾來裝飾束帶，張敞於是造出『⿰糸畏』字，其實應該作『莙』才對。」

39. 柏人城❶東北有一孤山，古書無載者。唯闞駰《十三州志》❷以為舜納於大麓，即謂此山，其上今猶有堯祠焉；世俗或呼為宣務山，或呼為虛無山，莫知所出。趙郡士族有李穆叔、季節兄弟❸、李普濟❹，亦為學問，並不能定鄉邑此山。余嘗為趙州❺佐，共太原王邵讀柏人城西門內碑。碑是漢桓帝時柏人縣民為縣令徐整所立，銘曰：「山有巏嵍❻，王喬❼所仙。」方知此巏嵍山也。巏字遂無所出。嵍字依諸字書，即旄丘❽之旄也；旄字，《字林》一音亡付反，今依附俗名，當音權務耳。入鄴，為魏收說之，收大嘉歎。值其為〈趙州莊嚴寺碑銘〉，因云：「權務之精。」即用此也。

【注釋】❶柏人城 柏人縣的縣城，即縣治所在。柏人為漢縣，見《漢書·地理志》。故城在今河北省唐山縣西。❷闞駰十三州志 《隋書·經籍志》：「《十三州志》十卷，闞駰撰。」其書已佚，有清人張澍輯本。王利器說：「闞駰，字玄陰，敦煌人，《魏書》有傳。」❸李穆叔季節兄弟 《北史·李公緒傳》：「公緒，字穆叔，性聰敏，博通經傳。……公緒弟槩，字季節，少好學。……」❹李普濟 《北史·李雄傳》：「映子普濟，學涉有名，性和韻，位濟北太守，時人語曰：『入麤入細李普

濟。』」❺趙州　趙曦明說：「《通典》：『趙國，後魏為趙郡，明帝兼置殷州，北齊改殷州為趙州。』」❻巏嵍　王利器說：「段玉裁曰：『嵍』當作『嵍』。」盧文弨曰：「案：《隋書・地理志》作『巏嵍山』，然正字當作『嵍』。」❼王喬　即王子喬。周靈王太子，名晉。好吹笙作鳳鳴，在嵩高山修煉二十年，乘鶴而仙去，見《列仙傳》。❽旄丘　地勢前高後低的小山。語出《詩經・邶風》。旄音ㄇㄠˊ。

【語譯】柏人縣的縣治東北方有一座孤山，古書都沒有提及。只有闞駰的《十三州志》認為《尚書・堯典》記載舜被放置在大山下茂密的森林，就是這座山。山上至今還有祭祀堯的祠堂。社會上有些人稱之為宣務山，有的稱為虛無山，不知有何根據。趙郡的士人中有李公緒、李檗兄弟以及李普濟，也是見多識廣，都不能定出此山的歸屬。我曾經做過趙州的僚屬（指趙州功曹參軍），與太原王邵一同閱讀柏人城西門內的碑石。碑是漢桓帝時柏人縣的百姓為縣令徐整所立的，銘文說：「縣內有巏嵍山，是王子喬成仙的地方。」才知道這是巏嵍山。巏字在經典、字書中全無依據，嵍字根據各字書所載，即「旄丘」的「旄」字。旄字《字林》一讀為「亡」、「付」兩字的切音，現在按照一般的讀法，應當唸成「權務」。我到鄴城去，對魏收說解此事，他大為贊賞而歎服。當時他撰寫〈趙州莊嚴寺碑銘〉，便在文中說：「權務之精。」就是用了這個典故。

40.　或問：「一夜何故五更❶？更何所訓？」答曰：「漢、魏以來，謂為甲夜、乙夜、丙夜、丁夜、戊夜❷，又云鼓，一鼓、二鼓、三鼓、四鼓、五鼓，亦云一更、二更、三更、四更、五更，皆以五為節。〈西都賦〉亦云：『衛以嚴更之署❸。』所以爾者，假

令正月建寅❹，斗柄夕則指寅，曉則指午矣；自寅至午，凡歷五辰。冬夏之月，雖復長短參差❺，然辰間遼闊，盈不過六，縮不至四，進退常在五者之間。更，歷也，經也，故曰五更爾。」

【注　釋】❶更　音ㄐㄧㄥ，下同。❷謂爲甲夜乙夜丙夜丁夜戊夜　盧文弨說：「《文選》陸佐公〈新刻漏銘〉：『六日無辨，五夜不分。』李善注引衛宏《漢舊儀》：『晝漏盡，夜漏起，省中用火，中黃門持五夜：甲夜、乙夜、丙夜、丁夜、戊夜也。』」❸西都賦亦云衛以嚴更之署　〈西都賦〉，班固所作，見《昭明文選》。嚴更，嚴格執行晚上巡更放哨的措施。❹正月建寅　夏曆以昏時斗柄指向寅位的月分作爲一年的第一個月。❺冬夏之月雖復長短參差　由於冬季晝短夜長，夏季晝長夜短，所以冬夜較長，夏夜較短。

【語　譯】有人問我說：「一個夜晚爲何分爲五更？更字作甚麼解？」我回答說：「從漢、魏以來，稱爲甲夜、乙夜、丙夜、丁夜、戊夜，也稱鼓：一鼓、二鼓、三鼓、四鼓、五鼓，也稱一更、二更、三更、四更、五更，都把一夜分爲五段。〈西都賦〉也說：『以嚴密的巡更措施來保衛。』所以如此之故，是因爲若以夏曆的正月來說，在天黑時斗柄指向寅位，天快亮時則指向午位了。由寅到午，共經歷五個時辰。冬季、夏季之中，雖然晚上的長短會有參差，但是時辰與時辰間相隔甚久，所以冬夜不會長到六個時辰，夏夜也不會短到四個時辰，無論是長是短，都在五個時辰左右。『更』是『歷』的意思，『經』的意思，所以才稱爲五更。」

41.《爾雅》云：「朮，山薊也❶。」郭璞注云：「今朮似薊而生山中。」案：朮葉其體似薊，近世文士，遂讀薊為筋肉之筋，以耦地骨❷用之，恐失其義。

【注釋】❶爾雅云朮山薊也　語出《爾雅・釋草》。朮即白朮，音ㄓㄨˊ。❷地骨　枸杞的別名。見《本草綱目》。

【語譯】《爾雅》說：「朮，就是山薊。」郭璞注：「現在朮長得很像薊而生在山中。」朮葉的形體像薊，近代的讀書人，於是把薊讀為筋肉的筋，來配合枸杞（地骨）使用，恐怕與事實不符。

42. 或問：「俗名傀儡子❶為郭禿，有故實乎？」答曰：「《風俗通》云：『諸郭皆諱禿❷。』當是前代人有姓郭而病禿者，滑稽戲調❸，故後人為其象，呼為郭禿，猶〈文康〉象庾亮耳❹。」

【注釋】❶傀儡子　《通典・一四六》：「窟礧子，亦曰魁礧子，作偶人以戲，善歌舞。本喪樂也，漢末始用之嘉會。北齊後主高緯尤所好。」❷風俗通云諸郭皆諱禿　王利器引龔向農說：「《玉燭寶典・五》引《風俗通》云：『俗說：五月蓋屋，令人頭禿。謹案：《易》、〈月令〉，五月純陽，姤卦用事，齊麥始死。夫政趣民收穫，如寇盜之至，與時競也。』又云：『除黍稷，三豆當下，農功最務，間不容息，何得晏然除覆蓋室寓乎？今天下諸郭皆諱禿，豈復家家五月蓋屋耶？』」❸戲調　戲謔調弄。❹猶文康象庾亮耳　〈文康〉，戲劇名，因晉人庾亮而得名。《晉書・庾亮傳》：「庾亮字元規，……咸康六年薨，時年五十二。追贈太尉，謚曰文康。」

【語　譯】有人問我說：「世俗將《傀儡子》稱為郭禿，有甚麼典故嗎？」我回答說：「《風俗通》說：『姓郭的都怕提到禿頭。』應該是前代有姓郭而為禿頭所苦惱的人，詼諧善辯，喜歡開玩笑，因此後人扮演他的樣子，稱為郭禿，就好像〈文康〉戲扮演庾亮一樣。」

43. 或問曰：「何故名治獄參軍為長流乎❶？」答曰：「《帝王世紀》云：『帝少昊崩❷，其神降于長流❸之山，於祀主秋❹。』案：《周禮．秋官》司寇主刑罰❺，長流之職，漢、魏捕賊掾❻耳。晉、宋以來，始為參軍，上屬司寇，故取秋帝所居為嘉名焉。」

【注　釋】❶何故名治獄參軍為長流乎　《宋書．百官志上》：「今諸曹則有錄事、記室、戶曹、倉曹、中直兵、外兵、騎兵、長流賊曹、刑獄賊曹、城局賊曹、法曹、田曹、水曹、鎧曹、車曹、士曹、集右戶、墨曹，凡十八曹參軍，不署曹者無定員。江左初，晉元帝鎮東丞相府有錄事記室，……其後又有直兵、長流、刑獄、城局、水曹、右戶、墨曹七曹，高祖為相，合中兵、直兵置一參軍，曹則猶二也。今小府不置長流參軍者，置禁防參軍。」❷少昊　傳說中的古帝名。也作少皞。黃帝之子，名摯。昊音ㄏㄠˋ。❸長流　也作長留。《山海經．西山經》：「長留之山，其帝白神，少昊居之。」❹於祀主秋　據《禮記．月令》，春季「其帝太皞」，夏季「其帝炎帝」，秋季「其帝少皞」，冬季「其帝顓頊」。少昊之神既降於長流之山，故云。❺周禮秋官司寇主刑罰　《周禮》，書名，分為天、地、春、夏、秋、冬六官。〈秋官．司寇．疏〉引述鄭《目錄》云：「象秋所立之官。寇，害也；秋者，遒也。如秋義殺害收聚斂藏於萬物也。天子立司寇，使掌邦刑；刑者，所以驅恥惡納人於善道也。」❻掾　古代屬官的通稱。

【語　譯】有人問我說：「為甚麼把治獄參軍稱為長流呢？」我回答說：「《帝王世紀》說：『帝少昊死後，他的神降在長流山，是秋季時祭祀的對象。』」根據《周禮‧秋官》，「司寇」掌管刑罰，而長流的官職，在漢、魏時是掌管緝捕盜賊的小官。晉、宋以來，才變成參軍。從性質來說，是屬於《周禮‧司寇》的體系，因此取屬於秋季的少昊帝所居的山來作為美稱。」

44. 客有難❶主人曰：「今之經典，子皆謂非，《說文》所言，子皆云是，然則許慎勝孔子乎？」主人拊掌❷大笑，應之曰：「今之經典，皆孔子手迹耶？」客曰：「今之《說文》，皆許慎手迹乎？」答曰：「許慎檢以六文❸，貫以部分❹，使不得誤，誤則覺之。孔子存其義而不論其文也。先儒尚得改文從意，何況書寫流傳耶？必如《左傳》『止戈為武』❺，『反正為乏』❻，『皿蟲為蠱』❼，『亥有二首六身』❽之類，後人自不得輒改也，安敢以《說文》校其是非哉？且余亦不專以《說文》為是也，其有援引經傳，與今乖者，未之敢從。又相如〈封禪書〉❾曰：『導一莖六穗於庖，犧雙觡共抵之獸❿。』此導訓擇，光武詔⓫云：『非徒有豫養導擇⓬之勞』是也；而《說文》云：『䆃是禾名。』引〈封禪書〉為證；無妨自當有禾名䆃，非相如所用也。『禾一莖六穗於庖』，豈成文乎？縱使相如天才鄙拙，強為此語；則下句當云『麟雙觡共抵之獸』，不得云犧也。吾嘗笑許純儒，不達文章之體，如此之流，不足憑信。大抵服其為書，隱括⓭有條例，剖析窮根

源，鄭玄注書，往往引以為證⑭；若不信其說，則冥冥不知一點一畫有何意焉。」

【注釋】❶難　詰問。音ㄋㄢˋ。❷拊掌　拍手，拍掌。❸六文　指六書。即象形、指事、會意、形聲、轉注、假借。❹部分　部首的劃分。許慎《說文解字・後序》：「分別部居，不相雜廁。」分音ㄈㄣ。❺止戈為武　語出《左傳・宣公十二年》。❻反正為乏　語出《左傳・宣公十五年》。正音ㄓㄣ，箭靶。乏，古代射禮中報靶人用以掩蔽的屏障。❼皿蟲為蠱　語出《左傳・昭公元年》。❽亥有二首六身　語出《左傳・襄公三十年》。❾相如封禪書　《漢書・司馬相如傳》：「相如既病免，家居茂陵。天子曰：『司馬相如病甚，可往從悉取其書，若後之矣。』使所忠往，而相如已死，家無遺書。問其妻，對曰：『……長卿未死時，為一卷書，曰有使來求書，奏之。』其遺札書言封禪事。」❿導一莖六穗於庖犧雙觡共抵之獸　注引鄭玄曰：「導，擇也。一莖六穗，謂嘉禾之美，於庖廚以供祭祀也。」又引服虔曰：「犧，牲也。觡，角也。抵，本也。武帝獲白麟，兩角共一本，因以為牲也。」⓫光武詔　見《後漢書・光武帝紀》建武十三年。⓬豫養導擇　《後漢書・光武帝紀・李賢注》：「豫養謂未至獻時豫前養之，導亦擇也。」⓭隱括　組織剪裁。同櫽栝。《說文》：「櫽，栝也。」「栝，櫽也。」⓮鄭玄注書往往引以為證　如《禮記・雜記・注》、《儀禮・既夕禮・注》等。

【語譯】有個客人詰問主人說：「現在流傳的經典，你都說有問題，《說文》所記載的，你都相信。這樣說來，許慎比孔子更勝一籌嗎？」主人拍手大笑說：「現存的經典，都是孔子的手迹嗎？」客人反駁說：「今傳的《說文》，都是許慎的手迹嗎？」主人回答說：「許慎用六書的方法來規範文字，用部首來貫串全書，使文字的編排不致發生錯誤，縱使有誤也會被發現。孔子則只是把他的大義流傳下

來，而沒有撰成文章，所有的傳、記都是後人寫定的。所以前代的學者還可以按照自己的看法來改動傳、記的文字，更何況這些典籍經過歷代傳抄呢？要像《左傳》『止戈爲武』、『反正爲乏』、『皿蟲爲蠱』、『亥有二首六身』之類，在字形上有所佐證，後人自然不得任意改動。我豈敢拿《說文》來與經典相提並論，評定是非呢？況且我也不是一味以爲《說文》的說法就是對的，書中若有引用經傳而與今不同的地方，我也不敢信從。又司馬相如的〈封禪書〉說：『導擇一莖六穗的嘉穀於庖廚，獻祭兩角同本的犧牲。』這個『導』字當訓解爲『擇』，漢光武帝的詔書說：『非但有豫養導擇的辛勞。』即是這種意思；而《說文》卻說：『䆃是禾名。』並引〈封禪書〉。我不反對可能會有稱爲『䆃』的禾，但不會是司馬相如所用的意思。因爲『禾一莖六穗於庖』，那裏像一句話呢？縱使相如天資拙劣，硬要如此說，則下句應該說『麟雙觡共抵之獸』，不應說『犧』。我曾經譏評許慎只是一個學者，不了解文章的結構，像這些地方，都不足憑信。大致來說，我對於許慎的《說文》，是佩服他組織上條例分明，對於文字的本形、本義，也能探究分析，所以連鄭玄注解典籍，也往往引以爲據。如果我們捨棄《說文》的說法，而不予採信，則對於文字一點一畫的含義，就變成懵懵懂懂，一無所知了。

45. 世間小學者，不通古今，必依小篆，是正❶書記；凡《爾雅》、《三蒼》、《說文》，豈能悉得蒼頡本指哉？亦是隨代損益，互❷有同異。西晉已往字書，何可全非？但令體例成就，不爲專輒❸耳。考校是非，特須消息❹。至如「仲尼居」，三字之中，兩字非體，《三蒼》「尼」旁益「丘」❺，《說文》「尸」下施「几」❻：如此之類，何由可

從？古無二字，又多假借，以中爲仲，以說爲悅，以召爲邵，以閒爲閑：如此之徒，亦不勞改。自有訛謬，過成鄙俗❼，「亂」旁爲「舌」❽，「揖」下無「耳」❾，「黿」、「鼉」從「龜」，「奮」、「奪」從「雚」，「席」中加「帶」❿，「惡」上安「西」⓫，「鼓」外設「皮」，「鑿」頭生「毀」，「離」則配「禹」，「壑」乃施「豁」，「巫」混「經」旁⓬，「皋」分「澤」片⓭，「獵」化爲「獦」，「寵」變成「竉」，「業」左益「片」⓮，「靈」底著「器」，「率」字自有律音⓯，強改爲別；「單」字自有善音，輒析成異⓰：如此之類，不可不治。吾昔初看《說文》，蚩薄⓱世字，從正則懼人不識，隨俗則意嫌其非，略是不得下筆也。所見漸廣，更知通變，救前之執，將欲半焉。若文章著述，猶擇微相影響者行之，官曹⓲文書，世間尺牘，幸不違俗也。

【注釋】❶是正　是、正同義。《說文》：「是，直也，从日正。」❷㸦　互字的俗體。❸專輒　專擅，專斷。指有所倚恃而妄爲。❹消息　斟酌。已見《風操篇》注。❺尼旁益丘　卽屔字。《說文》：「屔，反頂受水丘也。」❻尸下施几　卽凥字。《說文》：「凥，處也。从尸得几而止。」❼過成鄙俗　過，《少儀外傳》作適。❽亂旁爲舌　卽乱字。❾揖下無耳　王利器《集解》：「徐鯤曰：『案：後魏弔殷比干墓文「揖」作「捐」。所謂「下無耳」者也。』」❿席中加帶　卽蓆字。《文選・上林賦》：「逡巡避蓆。」李善注：「蓆與席古字通。」案：當云形近致誤。⓫惡上安西　卽悪字。⓬

巫混經旁。王利器《集解》：「徐鯤曰：『案：太公呂望碑「巫」作「巠」，而諸碑中「經」字旁多有作「𢀖」者，「巠」與「巫」相似，「𢀖」與「巠」亦相似，故以爲混也。』」⑬皋分澤片　謂將皋字寫成睪字。盧文弨說：「《家語・困誓篇》：『望其壙、睪如也。』《荀子・大略篇》作『皋如也』，如此尙多。」⑭業左益片　卽牒字。《廣韻》：「業，俗作𤖹。」⑮率字自有律音　王利器《集解》：「《御覽・十六》引《春秋元命包》：『律之爲言率也，所以率氣令達也。』又引蔡邕《月令章句》曰：『律，率也。』《廣雅・釋言》：『律，率也。』」⑯單字自有善音輒析成異　王利器《集解》：「郝懿行曰：『案：《篇海》：「單，時戰切，音善，姓也。」《廣韻》：「單，單襄公之後。」然則單、單二文，作字雖異，音訓則同，輒析成異，非通論也。』」⑰蚩薄　輕侮；輕視。⑱官曹　官廳，官府。

【語譯】社會上一般研究文字訓詁的人，不懂得古今文字的遞變，一定根據小篆的結構來校正典籍的文字。其實《爾雅》、《三蒼》、《說文》所載，又豈能完全合於蒼頡造字的本旨呢？也必須隨著時代作調整，自然互有異同。所以西晉以來的字書，豈可一味抹煞，認爲都有問題呢？他們只要體例上有所創新，就沒有必要固守成說了。要評定各書之是非，特別需要斟酌。至於像《孝經》「仲尼居」三個字，其中有兩個不合古體，根據《三蒼》，「尼」的正字「屔」；根據《說文》，「居」的本字作「尻」，像這種地方，怎能採用？古時只要有字可用，就避免另造新字，而且常常假借，像以「中」爲「仲」，以「說」爲「悅」，以「召」爲「邵」，以「閒」爲「閑」，這些地方，也不必麻煩把它一一改過來。其中也有因訛誤而成爲俗字的，像「亂」字寫成「乱」，「揖」字寫成「捐」，「黿」、「鼉」寫成「黿」、「鼉」，「奮」、「奪」寫成「奮」、「奪」，「席」字寫成「席」，「惡」字寫成

「恶」，「鼓」字寫成「皷」，「鑿」字寫成「鑿」，「離」字寫成「離」，「壑」字寫成「壑」，「巫」字寫成「坙」，與「巠」相混，「皋」字寫成「睪」，「獵」字寫成「獦」，「寵」字寫成「竉」，「業」字寫成「𤗪」，「靈」字寫成「𩆜」，「率」字本來就有「律」的音，卻硬要改變，作爲區別；「單」字本來就有「善」的音，卻妄爲分別，成爲異字，像這些地方，不能不加以理會。我從前剛開始讀《說文》，往往輕視及嘲笑一般人所寫的字，採用正確的寫法就怕人不認識，按照世俗的寫法則心裏又嫌它訛誤，考慮這些地方就很難下筆寫字了。後來見識漸漸增廣，就懂得通變，爲了糾正從前固執的態度，我希望這件事能夠分別來看：如果是撰作文章，還應該選擇一些影響較小的俗字來用；如果是官府的文書，社會上往來的信札，希望採用俗體，以使人易於認識。

46. 案：彌亙❶字從二間舟，《詩》云：「亙之秬秠」❷是也。今之隸書，轉舟爲日；而何法盛《中興書》乃以舟在二間爲舟航字，謬也。《春秋說》❸以人十四心爲德，《詩說》以二在天下爲酉，《漢書》以貨泉爲白水眞人❹，《新論》以金昆爲銀❺，《國志》以天上有口爲吳❻，《晉書》以黃頭小人爲恭❼，《宋書》以召刀爲邵❽，《參同契》以人負告爲造❾：如此之例，蓋數術謬語，假借依附，雜以戲笑耳。如猶轉貢字爲項，以叱爲七❿，安可用此定文字音讀乎？潘、陸諸子〈離合詩〉⓫、〈賦〉、《栻卜》⓬、《破字經》⓭，及鮑昭《謎字》⓮，皆取會流俗，不足以形聲論之也。

【注釋】❶彌亙　遠亙。❷詩云亙之秬秠　謂普遍地種植秬秠百穀。秬，黑黍。秠，一稃二米的

作物。亙，今本作恒。語出《詩經・大雅・生民》。❸春秋說緯書的一種。下句《詩說》同。❹漢書以貨泉爲白水眞人　《後漢書・光武帝紀》：「論曰：……及王莽簒位，忌惡劉氏，以錢文有金刀，故改爲貨泉。或以貨泉字文爲『白水眞人』。」❺新論以金昆爲銀　王利器《集解》引龔向農曰：「《御覽・八百一二》引桓譚《新論》：『鈆則金之公，而銀者金之昆弟也。』」❻國志以天上有口爲吳　《三國志・吳書・薛綜傳》：「綜應聲曰：『無口爲天，有口爲吳，君臨萬邦，天子之都。』」❼晉書以黃頭小人爲恭　今二十五史之《晉書》爲唐人所修，之推未及見。故所引應爲當時流傳私修之《晉書》。又《宋書・五行志・二》：「王恭在京口，民間忽云：『黃頭小人欲作賊，阿公在城下，指縛得。』又云：『黃頭小人欲作亂，賴得金刀作蕃扞。』『黃』字上，『恭』字頭也。『小人』，『恭』字下也。尋如謠者言焉。」❽宋書以召刀爲邵　《宋書》云云，未詳所本。《南史・元凶劭傳》：「元凶劭字休遠，文帝長子也。……初命之曰劭，在文爲召刀，後惡焉，改刀爲力。」❾人負告爲造　造字本从辵，俗書作辶，與人字混同，故云。❿以叱爲七　王利器《集解》：「徐鯤曰：『《御覽・九百六五》引《東方朔別傳》：「武帝時，上林獻棗，上以所持杖擊未央殿檻，呼朔曰：『叱叱，先生，來來，先生知此篋中何等物？』朔曰：『上林獻棗四十九枚。』上曰：『何以知之？』朔曰：『呼朔者，上也；以杖擊檻兩木，兩木者，林也；來來者，棗也；叱叱，四十九枚。』」』」⓫潘陸諸子離合詩　潘，潘岳；陸，陸機。《藝文類聚・五六》引潘岳〈離合詩〉：「佃漁始化，人民穴處。意守醇樸，音應律呂。桒梓被源，卉木在野。錫鸞未設，金石拂舉。害咎蠲消，吉德流普。谿谷可安，奚作棟宇。嫣然以憙，焉懼外侮。熙神委命，已求多祜。嘆彼季末，口出擇語。誰能墨識，言喪厥所。壟畝之諺，龍潛巖阻。尠義崇亂，少長失敍。」陸機〈離合詩〉，今已不傳。⓬栻卜　以栻爲卜。大概是占卜一類的書。⓭破字經

破字，即拆字。大概是講拆字的書。⓮謎字　大概是字謎一類的書。

【語譯】「彌亙」的「亙」字从「舟」字在「二」之間，小篆寫作「亙」，《詩經》說：「亙之秬秠」，就用這個字。現在的隸書，把「舟」字轉寫爲「日」，寫作「亘」形，而何法盛的《中興書》竟以爲「舟」字在「二」之間的「亙」字就是「舟航」的「航」字，是錯誤的。緯書《春秋說》以爲「德」字是从人十四心，《詩說》以爲「西」字从二在天下，《漢書》以爲「貨泉」二字是「白水眞人」的合體，《新論》以爲「銀」字从金昆，《三國志》以爲「吳」字是天上有口，《宋書》以爲「邵」字从召刀，《參同契》以爲「造」字是「告」字在「人」字之上，像這些例子，大概都是從數術推衍出來的謬論，假託附會，再摻雜些逗趣的話語而已。就像把「貢」字轉成「項」字，用「叱」來作爲「七」字，怎能根據這些地方決定文字的音讀呢？潘岳、陸機等人所作的〈離合詩〉、〈賦〉、《栻卜》、《破字經》，以及鮑昭的《謎字》等作品，都是迎合世俗而作的，不能從分析文字結構的眼光來看。

47. 河間邢芳語吾云：「〈賈誼傳〉云：『日中必熭❶。』注：『熭，暴也。』曾見人解云：『此是暴疾❷之意，正言日中不須臾❸，卒然便昃❹耳。』此釋爲當乎❺？」吾謂邢曰：「此語本出太公《六韜》❻，案字書，古者暴曬字與暴疾字相似，唯下少異❼，後人專輒加傍日耳。言日中時，必須暴曬，不爾❽者，失其時也。晉灼已有詳釋❾。」芳笑服而退。

【注釋】❶賈誼傳云日中必熭　語出《漢書・賈誼傳》。注引孟康曰：「熭，音衛。日中盛者必暴熭也。」熭，曬乾。❷暴疾　狂急。暴、疾同義。《說文》：「暴，疾有所趣也。」❸日中不須臾　謂日正當中的時刻不會太久。須臾，延遲。❹卒然便昗耳　卒，猝的初文。昗，太陽偏西，同昃、⿸厂⿰亻日。《說文》：「⿸厂⿰亻日，日在西方時，側也。」❺此釋爲當乎　當，適當；正確。音ㄉㄤˋ。❻太公六韜　王利器《集解》：「太公《六韜》，今存六卷。『日中必熭』，語見卷一〈文韜・寸土・七〉。」❼唯下少異　少，稍微。音ㄕㄠˇ。暴曬的暴本从米，暴疾的暴本从夲，故稍異。❽不爾　不然。❾晉灼已有詳釋　晉灼，晉人，官尚書郎。有《漢書集注》十四卷，《漢書音義》十七卷，見《新唐書・藝文志》。

【語譯】河間郡的邢芳對我說：「《漢書・賈誼傳》：『日中必熭。』注解說『熭』是『暴』的意思。我曾聽到有人解釋爲：『這個「暴」字，是「暴急」的意思，是說日中的時刻不會暫延，太陽很快就會偏西。』這種解釋正確嗎？」我對邢氏說：「此說出自太公《六韜》，根據字書，古時『暴曬』的『暴』字與『暴疾』的『暴』字相近，只有下方的偏旁略有不同，後人妄自加上『日』的偏旁而已。說日中的時候，必須趁機會暴曬東西，不然的話，就失去時機了。這種用法，晉灼已經作過詳細的解釋了。」邢芳就心悅誠服地笑著離開了。

【文話】本篇與下篇〈音辭〉，都是顏氏對於當時文字的現象與應用，以及有關文字形、音、義問題的讀書心得或研究觀點。「書」是「文字」的別稱，像《荀子・解蔽》：「好書者眾矣，而倉頡獨傳者，壹也。」《說文解字・敘》：「倉頡之初作書，蓋依類象形，故謂之文。」「書」都指「文字」而言，所以本篇的主旨，是透過相關的資料，來論證有關文字的問題。

全篇約可分爲四十七段，茲將各段要旨說明如下：

第一段：批評河北博士誤以「莧菜」當作《詩經・關雎》的「荇菜」，實則荇菜應是圓葉、細莖、黃花的「接余」。

第二段：比較「荼」與「龍葵」二種苦菜的差別。

第三段：說明《詩經》「有杕之杜」的「杕」字正確的音、義。

第四段：《詩經》「駉駉牡馬」，「牡」一本作「牧」，當以「牡」字爲正。

第五段：說明《禮記・月令》中「荔挺生」的「荔」，卽是「馬薤」，古人以「荔挺」二字連讀，釋爲草名，實誤。

第六段：《詩經》「其將來施施」，《毛傳》、《鄭箋》、《韓詩》及河北本《毛詩》都作「施施」，江南舊本單作「施」字，恐非。

第七段：考證《詩經》「有渰萋萋，興雲祁祁」，「雲」當作「雨」，俗寫致誤。

第八段：指出《禮記》、《離騷》中的「猶豫」有二義：一爲犬隨人側，前後往返無定；一則「猶」爲獸名，聞人聲便爬樹躲避。

第九段：說明《左傳》「齊侯痎，遂痁」之「痎」爲「痎瘧」之義，俗本作「疥」，俗儒以爲是「疥癬」，實誤。

第十段：指出「影」字到晉代才出現，傳世古書中的「影」字，皆當作「景」。

第十一段：考證「陳」字之本義爲「陳列」，古籍假借爲「行陣」之「陣」，到晉世字書，才有「陣」字出現，故不應以「陣」字追改先秦古書。

第十二段：辨明《詩經》「集于灌木」之「灌木」義爲「叢聚之木」，非爲「最高之木」。

第十三段：河北地區的傳本，常將經傳中用作語助詞的「也」字省略，故造成許多誤解。

第十四段：說明有關《易·蜀才注》的「蜀才」的幾種異說。

第十五段：根據《字林》，證成蕭該謂《禮記·王制·鄭注》之「擐」當作「擐」，乃出臂之義。

第十六段：說明《漢書》「田肎賀上」，「肎」江南本作「宵」，非是。

第十七段：論《漢書·王莽傳》「紫色鼃聲」，乃謂王氏並非眞命天子，而非說他皮膚呈紫色。

第十八段：辨正「策」字之形，从竹下施朿，「筞」非正字，並批評裴駰、徐廣、鄒誕生將訛字視爲假借字，更變其讀音，實非。

第十九段：證明虙羲之虙，與伏通。虙誤作宓，故又作「宓羲」。

第二十段：論《史記》「寧爲雞口，無爲牛後」當作「寧爲雞尸，無爲牛從」。

第二十一段：據《風俗通義》所引《史記·刺客列傳》，證明今本「徘徊」當作「伎癢」，乃擁有某種技能而躍躍欲試之義。

第二十二段：論《史記》、《漢書》「姡媚」一詞，當爲「姡媢」，形近致誤。

第二十三段：以出土秦權「乃詔丞相狀、綰」，證明今本《史記·秦始皇本紀》「丞相隗林」當作「丞相隗狀」。

第二十四段：指出《漢書·司馬相如傳》「中外禔福」，江南傳本「禔」字多誤作「提」。

第二十五段：說明「禁中」改爲「省中」的原因。並謂「省」爲「察」義。

第二十六段：解釋《漢書·明帝紀》「四姓小侯」之義。

第二十七段：辨明古書「鱓」、「鱣」二字相假借及相混之例。

第二十八段：論《後漢書・酷吏傳》「乳虎穴」，江南本「穴」誤作「六」。

第二十九段：《後漢書・楊由傳》「風吹削柿」，「柿」爲削下之木皮，或釋爲屏風，實誤。

第三十段：辨明「菾果」之「果」，當作「顆」，江南人士將「果」讀爲「裹結」之「裹」，非是。

第三十一段：辨明「劮」卽「𣪠」字，或作「剞」。

第三十二段：說明「錔」爲豐多富厚之意，《玉篇》作「䵬」，實非。

第三十三段：說明樂府稱丈夫的父親爲「丈人」，當爲「大人」之誤。此外並批評時人對「三婦」的誤解。

第三十四段：說明《百里奚詞》中的「吹」當爲「炊」字之誤。

第三十五段：辨明《通俗文》非服虔作，因爲服虔是漢人，書中竟引述魏人語，疑或另有一「服虔」。

第三十六段：以《山海經》、《爾雅》、《世本》、《蒼頡篇》等爲例，辨明古書中多有後人羼入之處。

第三十七段：說明當時俗字及方言字之泛濫。

第三十八段：考證《東宮舊事》中「罽緩」二字的音義。

第三十九段：考證「宣務山」名字之由來。

第四十段：說明一夜分爲五更的原因。

第四十一段：指出世俗把「薊」字讀如筋肉之「筋」，非是。

第四十二段：說明俗稱「傀儡子」爲「郭禿」的典故。

第四十三段：說明「治獄參軍」被稱爲「長流」的原因。

第四十四段：《說文》以六書及部首貫串全書，有誤則易知，故大致可信，可用以印證古書，然而其中亦有不可信之處。

第四十五段：說明文字隨著時代轉移，故古代字書未必皆是，世俗之字亦未必盡非。大體言之，文章著述，可從古雅；一般使用，則可從俗。

第四十六段：指出前人作品中誤釋文字字形之例。

第四十七段：說明「暴」字有「暴疾」及「暴曬」二義，其本字略有不同。

由上文的分析，可知本篇是採用札記的形式，將作者在文字、校勘等方面之心得，條列而成，因此內容頗爲龐雜，在結構上難以有所呼應，而且與其他各篇並不相協，所以清人黃叔琳說：「此篇純是考據之學，當另爲一書。全刪。」黃氏稱之爲「考據之學」，十分正確，但是我們爲了保存《顏氏家訓》的全貌，卻不能將本篇刪除。

若從內容上來觀察，本篇討論的問題，包括字形、字音、字義各方面，並對古籍也作了校勘、考辨等工作。字形方面，如第十八段討論「策」字，三十一段討論「勬」字等；字音方面，如第三十段辨明江南學士將「蒜果」之「果」讀爲「裹結」之「裹」，四十一段指出世俗將「葪」字誤讀如「筋肉」之「筋」等；字義方面，如第八段說明「猶豫」原有二義，十二段辨明「灌木」非爲「最高之木」等；在校勘古籍方面，如第二十二段論《史記》、《漢書》中「姡媚」一詞，當作「媢媢」，二十三段據秦權校勘《史記》「林」當作「狀」等；在考辨方面，如第二十六段考證「四姓小侯」之義，三十九段考證

「宣務山」名字的由來等，此外，還有像第十三段論及古籍中的語助之辭，第四十段論及一夜分爲五更的制度，第四十五段指出古書中的俗字、訛字等，內容十分廣泛。當然，各類之間也不是截然劃分的，考證字音會涉及字形、字義，校勘字句也會牽涉文字訓詁等，所以上述只是大略的分類，目的是要幫助讀者瞭解而已。

至於篇中所討論及援引的古書，有《詩經》、《尚書》、《周易》、《左傳》、《禮記》、《論語》、《孟子》、《莊子》、《太公六韜》、《漢書》、《後漢書》、《離騷》、《說文》等等，旁及各種字書及經傳音義等作品，可見作者出入經子，精研小學，故能旁徵博引，評古論今。

此外必須一提的，就是本篇第二十三段謂「開皇二年五月，長安民掘得秦時鐵稱權」。這是本書成書時代的上限，換句話說，本書的著成必在隋文帝開皇二年（西元五八二年）五月之後，更由「余被敕寫讀之，與內史令李德林對，見此稱權，今在官庫」數語，可知本書之完成又當在顏氏受命考釋秦權之後。從發現到受命研讀考釋，再到撰作本篇之間，料想將有一段日子。所以本篇的內容非但可作爲研讀古書時的參考，對於《顏氏家訓》的成書年月，也提供了最重要而直接的證據。

卷七

音辭第十八

1. 夫九州之人，言語不同，生民已來，固常然矣。自《春秋》標齊言之傳❶，《離騷》目楚詞之經❷，此蓋其較明之初也。後有揚雄著《方言》❸，其言大備❹。然皆考名物之同異，不顯聲讀之是非也。逮鄭玄注六經❺，高誘解《呂覽》、《淮南》❻，許慎造《說文》，劉熹製《釋名》❼，始有譬況假借以證字音❽耳。而古語與今殊別，其閒輕重清濁，猶未可曉；加以內言外言❾、急言徐言❿、讀若⓫之類，益使人疑。孫叔言創《爾雅音義》⓬，是漢末人獨知反語⓭。至於魏世，此事大行。高貴鄉公⓮不解反語，以爲怪異。自茲厥後，音韻鋒出⓯，各有土風⓰，遞相非笑⓱，指馬之喻⓲，未知孰是。共以帝王都邑，參校方俗，考覈古今，爲之折衷。搉而量之，獨金陵與洛下⓳耳。

【注釋】❶春秋標齊言之傳　此謂《春秋經》的《公羊傳》中標示著齊國人的語言。如《春秋・公羊五年傳》有「登來」，〈桓六年傳〉有「化我」等語，都是古代齊國的語言。❷離騷目楚詞之經　此謂《離騷》中包含了不少楚國人的語言。王逸〈離騷經序〉「經，徑也。言己放逐離別，中心愁思，猶依道徑以風諫君也。」趙曦明《顏氏家訓注》：「逸說非是，經字乃後人所加耳。此言〈離騷〉多楚人之語，如羌字些字等是也。」❸揚雄著方言　揚雄，字子雲，西漢蜀郡成都（今四川省成都市）人，成帝時為給事黃門郎，王莽時為大夫，以辭賦聞名。曾經仿照《論語》作《法言》，仿照《易經》作《太玄》，並且搜集各地的方言，作《方言》一書。❹其言大備　明本及《續家訓》「言」作「書」。❺鄭玄注六經　鄭玄，字康成，東漢北海高密（今山東省高密縣）人。所注解的經典有《周易》、《尚書》、《毛詩》、《儀禮》、《禮記》、《孝經》、《尚書大傳》、《中候》、《乾象歷》等，共百餘萬言。❻高誘解呂覽淮南　高誘，東漢涿郡（今河北省涿縣）人。曾任東郡濮陽令、河東監等官職。以注解古籍著稱，注有《戰國策》、《呂氏春秋》、《淮南子》等書。❼劉熹製釋名　熹，同熙。劉熙為漢末北海（今山東省壽光縣）人。字成國，任安南太守，曾在交州（今越南）講學。著有《禮謚法》、《釋名》等書。❽譬況假借以證音字　運用譬況假借的原理，以證明字音。譬況，比喻形容。假借，用音同義近的字作解釋。其用語，大多以「讀如」、「讀若」等來表示。漢儒注解經典，大多採用此種方式。如鄭玄注《周禮・大宰》「斿讀如囿游之游。」注《禮記・檀弓》「居讀如姬姓之姬。」高誘注《呂覽・功名》「茹讀如船漏之茹。」注《淮南子・原道訓》「悅讀如人空頭扣之扣。」許慎《說文解字》「臤讀若鏗鏘之鏘。」劉熙《釋名》注明字音時，也都以音聲相近的字來注釋。❾內言外言　《續家訓》及各本作「外言內言」。所謂內言、外言，是就字音韻部的洪細而分的。簡單地說，內言指洪

音，卽一、二等韻的字，無i介音；外言指細音，卽三、四等韻的字，有i介音。洪音的產生是因爲口腔共鳴的間隙大；細音的產生是因爲口腔共鳴的間隙小。共鳴的間隙大，字音從口內發出，故稱爲內言；共鳴的間隙小，字音好像從口的末端發出，故稱爲外言。如《漢書．王子侯表．上》「猇節侯起」，晉灼云：「猇音內言號。」何休注《公羊傳．宣八年》「言乃者，內而深；言而者，外而淺。」乃，屬泥母；而，屬日母。乃、而二字，古代聲母屬雙聲，韻母卻有洪細的分別。「乃」爲一等韻，無i介音，屬洪音，卽內言；「而」爲三等韻，有i介音，屬細音，卽外言。（詳見周祖謨著《顏氏家訓彙注》）⑩急言徐言　這也是就字音的韻母洪細而言。凡是韻母有i介音，卽細音的，稱急言，又稱爲急氣言之。如《淮南子．說林篇．注》「鱗讀近鄰，急氣言乃得之也。」韻母無i介音，卽洪音的，稱徐言，又稱爲緩氣言之。如《淮南子．修務篇．注》「駤讀似質，緩氣言之，在舌乃得。」⑪讀若　古代的一種注音方法，也稱讀如。一個字的音讀，取他字比擬，稱爲讀若。讀若和直音相似而不同，讀若只取其近似，直音非準確不可。如《說文》「珣，讀若宣」、「勼，讀若鳩。」⑫孫叔言創爾雅音義　《隋書．經籍志》云：「《爾雅音義》八卷，孫炎撰。」⑬反語　卽反切。也是古代的一種注音方法。其方法是用兩個字去拼注一個字的音。上字取聲，下字取韻和調，拼起來以後，卽得到該字的字音。如：「東，德紅切」，取德字的聲和紅字的韻和調，卽可拼得東字的音。⑭高貴鄉公　姓曹，名髦，字彥士，魏文帝孫，東海定王魏霖的兒子。在位七年，被臣下賈充所弒。見《三國志．魏志．三少帝紀》。⑮音韻鋒出　音辭鋒起。鋒出，卽爭相出現之意。⑯各有土風　土風，指各地固有的風俗格調。《文選．左思．魏都賦》「蓋音有楚、夏者，土風之乖也。」⑰遞相非笑　遞相，互相。非笑，指責和譏笑。⑱指馬之喻　指絕對理念和非絕對理念之間的差異性。《莊子．齊物論》「以指喻指之非指，不若以非指

喻指之非指也；以馬喻馬之非馬，不若以非馬喻馬之非馬也。」⑲金陵與洛下　金陵，即建康，為南朝的都城，即現在的南京市。洛下即洛陽。南北朝的韻書，北人多以洛陽音為主；南人多以建康音為主。

【語　譯】九州的人，語言不同，自從有人民以來，本來就是很平常的事情。從《春秋》經的《公羊傳》中標示著齊國人的語言，〈離騷〉一篇被看作楚詞的經，包含不少楚國人的語言，這是早先比較明顯的例子。後來揚雄撰寫《方言》一書，對各地的語言涵蓋得很完備，但主要都是考訂事物名稱的異同，並不明顯地指出語音或字音的對錯。等到鄭玄注解六經，高誘注釋《呂氏春秋》、《淮南子》，許慎纂述《說文解字》，劉熙撰寫《釋名》，纔有運用譬況假借的原理，以證明字的音讀等方法出現。但是因為古語和今語有分別，其間還有輕音重音，清聲濁聲的分際尚不完全清晰明確。加上內言、外言、急言、徐言，讀若之類的注音方式，更加使人疑惑。孫叔言首先撰寫《爾雅音義》一書，這是漢末的人首先知道用反切的方式來拼注字音的。到了魏代，用反切注音這種事情大為盛行。高貴鄉公因為不懂反切，認為反切這種方法很奇怪。從此以後，有關探討音韻的理論，爭相出現，各自有獨特的鄉土格調，以此互相指責和譏笑對方，有如古人所謂「以指非指，白馬非馬」的比喻，不知道誰纔是正確。能夠共同以帝王都邑的音為正音，參校各地方俗的音，並且考核古今音變的沿革，加以折衷和衡量，只有金陵和洛陽兩地的音為代表。

2. 南方水土和柔，其音清舉而切詣❶，失在浮淺，其辭多鄙俗。北方山川深厚，其音沈濁而鈋鈍❷，得其質直❸，其辭多古語❹。然冠冕君子，南方為優；閭里小人，北方為愈。易服而與之談，南方士庶，數言可辯；隔垣而聽其語，北方朝野，終日難分❺。而

南染吳、越，北雜夷虜，皆有深弊，不可具論。其謬失輕微者，則南人以錢爲涎，以石爲射，以賤爲羨，以是爲舐，北人以庶爲戍，以如爲儒，以紫爲姊，以洽爲狎，如此之例，兩失甚多。至鄴已來❻，唯見崔子約、崔瞻叔姪❼，李祖仁、李蔚兄弟❽，頗事言詞，少爲切正。李季節著《音韻決疑》❾，時有錯失；陽休之造《切韻》❿，殊爲疎野。吾家兒女，雖在孩稚，便漸督正之；一言訛替⓫，以爲己罪矣。云爲品物⓬，未考書記⓭者，不敢輒名，汝曹所知也。

【注釋】❶清舉而切詣　清舉，卽清揚，謂聲音清爽上揚。切詣，卽切至，謂急切。❷沈濁而鈋鈍　沈濁，深沈重濁。鈋鈍，滯濁遲緩。❸質直　正直。《論語・顏淵》「質直而好義。」❹古語　自古相傳下來的語言。卽有源流沿革的語言。陸法言《切韻・序》「吳、楚則時傷輕淺，燕、趙則多傷重濁，秦、隴則去聲爲入，梁、益則平聲似去。」郝懿行曰：「案：北方多古語，至今猶然。市井閭閻，轉相道說，按之雅記，與古不殊，學士老死而不喻，里人童幼而習知。」❺易服至難分六句　此數語在論述南北士庶的語言各有優劣。周祖謨曰：「蓋自五胡亂華以後，中原舊族，多僑居江左，故南朝士大夫所言，仍以北音爲主。而庶族所言，則多爲吳語。故曰：『易服而與之談，南方士庶，數言方辨。』而北方華夏舊區，士庶語音無異，故曰：『隔垣而聽其語，北方朝野，終日難分。』惟北人多雜胡虜之音，語多不正，反不若南方士大夫音辭之彬雅耳。至於閭巷之人，則南方之音鄙俗，不若北人之音爲切正矣。」❻至鄴已來　周祖謨曰：「案：之推入鄴，當在齊天保八年，〈觀我生賦〉自注云：『至鄴便

值陳興。』是也。」❼崔子約崔瞻叔侄　崔瞻，《北史・卷二四》作崔贍。北齊崔㥄之子。《北齊書・崔㥄傳》：「子瞻，字彥通。聰明強學，所與周旋，皆一時名望。叔子約，司空祭酒。」❽李祖仁李蔚兄弟　爲北魏祕書監李諧之子。《北史・卷四三・李諧傳》。「諧長子岳，字祖仁，官中散大夫。岳弟庶，方雅好學，甚有家風。庶弟蔚，少清秀，有襟期倫理，涉觀史傳，專屬文辭，甚有時譽。仕齊，卒於祕書丞。」❾李季節著音韻決疑　「音韻」《續家訓》作「音譜」。李季節見《北史・卷三三・李公緒傳》。公緒，北齊趙郡平棘（今河北省趙縣）人。本傳云：「公緒弟槩，字季節，少好學，然性倨傲。爲齊文襄大將軍府行參軍，後爲太子舍人。撰《戰國春秋》及《音譜》並行於世。」《音譜》或《音韻決疑》一書已亡佚。❿陽休之造切韻　陽休之，字子烈，右北平無終（今河北省薊縣）人。少勤學，愛文藻，仕齊爲尚書右僕射。隋開皇二年亡於洛陽。《隋書・經籍志》云：「《韻略》一卷，陽休之撰。」今已亡佚。⓫訛替　訛誤差替。⓬云爲品物　云爲，即所爲。「品物」《續家訓》作「器物」。⓭未考書記　「考」一本作「可」。

【語　譯】南方的水土環境溫和柔軟，影響所及，南人的口音清爽上揚而急切，它的缺點是浮淺，它的語辭大多鄙俗。北方的山川形勢，高峻深厚，影響所及，北人的口音深沈重濁，凝滯遲緩，有正直的特質，它的語辭大多是從古流傳下來的語言。但是南方的士大夫，他們的音辭比較優美；北方的民間百姓，他們的音辭比較確切雅正。（由於南方的士大夫說話時仍然以北音爲主，而一般的平民所操的是吳語）因此，南方的士大夫和一般平民，即使互換服裝後和人言談，只要說上幾句話，他們的身分便可以被人分辨出來。（北方因爲是華夏的舊地，士大夫和平民的語音沒有什麼差別）在北方，隔著牆垣聽人家在說話，對方的身分究竟是在朝的官員或是在野的平民，即使聽了一整天，也很難分辨出來。但是

南方人染有吳、越的語音，北方人雜有胡人的語音，都有很深的弊端，無法詳細討論。比較輕微的差錯是南方人將「錢」讀為「涎」，「石」讀為「射」，「賤」讀為「羨」，「是」讀為「舐」。北方人將「庶」讀為「戍」，「如」讀為「儒」，「紫」讀為「姊」，「洽」讀為「狎」。像上述這樣的例子，南北兩方都有很多的差誤。從我到鄴以來，只看到崔子約、崔瞻叔姪二人和李祖仁、李蔚兄弟二人，頗為從事言詞的研究，他們的成果稍為確切雅正。李季節著《音韻決疑》一書，內容常有錯誤；陽休之著《切韻》一書，分韻尤其寬緩籠統。我們家中的子女，雖然在孩童時期，便逐漸受到督導糾正，只要有一個字音發生訛誤差錯，我便認為是自己的罪過，所有的行為品物，不能從書記中得到考證的，不敢隨便加以定名，這是你們所知道的。

3. 古今言語，時俗不同；著述之人，楚、夏❶各異。《蒼頡訓詁》❷，反稗為逋賣❸，反娃為於乖❹；《戰國策》音刎為免❺，《穆天子傳》音諫為間❻；《說文》音戛為棘，讀皿為猛❼；《字林》❽音看為口甘反，音伸為辛；《韻集》❾以成、仍、宏、登合成兩韻❿，為、奇、益、石分作四章⓫；李登《聲類》以系音羿⓬，劉昌宗《周官音》讀乘若承⓭：此例甚廣，必須考校。前世反語，又多不切，徐仙民《毛詩音》反驟為在遘⓮，《左傳音》切椽為徒緣，不可依信，亦為眾矣。今之學士，語亦不正；古獨何人，必應隨其譌僻乎⓯？《通俗文》⓰曰：「入室求曰搜。」反為兄侯⓱。然則兄當音所榮反。今北俗通行此音，亦古語之不可用者。璵璠，魯人寶玉，當音餘煩，江南皆音藩屏之藩。岐山

當音爲奇，江南皆呼爲神祇之祇。江陵陷沒⑱，此音被於關中，不知二者何所承案。以吾淺學，未之前聞也。

【注釋】❶楚夏　楚，西周成王所封的國，春秋時稱王，戰國時爲七雄之一。全盛時的領土包括現在的湖南、湖北、安徽、江蘇、浙江等地。其後又成爲湖南、湖北兩省的通稱。夏，禹所建立的國，全盛時的領土包括現在的黃河、長江兩流域及遼寧省等地。❷蒼頡訓詁　書名，東漢杜林所撰，見《舊唐書・經籍志》。❸反稗爲逋賣　周祖謨說：「此音不知何人所加。稗爲逋賣反，逋爲幫母字，《廣韻》作傍卦切，則在並母，清濁有異。顏氏以爲此字當讀傍卦切，故不以《蒼頡訓詁》之音爲然。」❹反娃爲於乖　段玉裁說：「娃，於佳切，在十三佳，以於乖切之，則在十四皆。」❺戰國策音刎爲免　《戰國策》，書名，西漢劉向編，最早有東漢高誘的注解。段玉裁說：「《國策》音當在高誘注內，今缺佚不完，無以取證。」刎字的音讀爲免，大概是青齊一帶的方音。如《釋名・釋形體》云：「吻，免也。」吻、刎同音，所以刎字的音讀爲免。又《儀禮・士喪禮》、《禮記・內則》的《經典釋文》以免字的音讀爲問，而刎、問又同爲一音，只是聲調稍異，所以高誘讀刎爲免。見周祖謨說。❻穆天子傳音諫爲閑　《穆天子傳》，書名，作者不詳。爲記周穆王駕八駿西行的故事，屬神話志怪之作，有晉郭璞的注本傳世。《穆天子傳・三》「道里悠遠，山川閒之。」郭注：「閒音諫。」段玉裁說：「案顏語，知本作『山川諫之』，郭讀諫爲閑，用漢人易字之例，而後義可通也。」又說：「讀諫爲閑，於六書則假借之法。」諫、閒古音相近，故得假借爲用。❼說文句　《說文》云：「戛，戟也。」「戟，有枝兵也，讀若棘。」可見戛、棘同音。《說文》讀皿爲猛，乃因猛从孟聲，孟从皿聲，猛、孟、皿三者音

近。❽字林　書名。晉呂忱著。收字一萬二千八百二十四，依據《說文解字》部首排列，分五百四十部。爲補《說文》漏略而作。唐以前與《說文》並重，後亡佚。清代任大椿有《字林考逸》八卷，陶方琦有《字林考逸》補本一卷。❾韻集　書名。《魏書·江式傳》「呂靜作《韻集》五卷，宮、商、角、徵、羽各爲一篇。」❿成仍宏登合成兩韻　《韻集》將成、仍歸爲一韻，宏、登歸爲一韻，故曰合成兩韻。⓫爲奇益石分作四章　《韻集》將爲、奇分爲兩韻，益、石分爲兩韻，故曰分作四章。在此文中，四章意即四韻。⓬李登聲類以系音羿　李登，魏人，撰有《聲類》一書。《封氏聞見記》「魏李登撰《聲類》十卷，凡一萬一千五百二十字，以五聲命字。」又《隋書·潘徽傳》「李登《聲類》、呂靜《韻集》，始判清濁，纔分宮羽；而全無引據，過傷淺局，詩賦所須，卒難爲用。」考《廣韻》，系，胡計切，喉音，匣母；羿，五計切，牙音，疑母。以系音羿，則喉音與牙音相混。⓭劉昌宗句　劉昌宗撰《周官音》一卷，見《經典釋文·敍錄》。《周禮·夏官》「王行乘石」，《釋文》云：「劉音常烝反。」常烝即承的字音。乘爲牀母，承爲禪母，顏氏以爲二者有別，不宜混同。但是段玉裁說：「《廣韻》乘，食陵切，音同繩；承，署陵切，音同丞。今江浙人語多與劉昌宗合。」⓮徐仙民句　徐邈，字仙民。撰《毛詩音》二卷、《春秋左傳音》三卷。見《隋書·經籍志》。《毛詩音》反驟爲在遘，《左傳音》切椽爲徒緣二語，段玉裁說：「驟字今《廣韻》在四十九宥，鋤祐切；依仙民在遘反，則當入五十侯，與陸、顏不合。《廣韻》椽，直攣切，仙民亦與陸、顏不合。然仙民所音，皆與古音合契；而《釋文》亦俱不取之，驟但載助救、仕救二反，此皆非知仙民者也。」周祖謨說：「徐仙民反驟爲在遘，驟爲有韻字，遘爲候韻字，以遘切驟，韻之洪細有殊，故顏氏深斥其非。」又說：「椽除反爲徒緣者，考《左傳·桓公十四年·釋文》椽音直專反，直專與徒緣本爲一音，但直專爲音和切，徒緣爲類隔切，

顏氏病其疏緩，故云不可依信。」案顏氏對徐仙民的評述，上句論韻，下句論聲。⑮今之學士四句　謂僻，訛誤鄙陋。錢大昕說：「讀此知古音失傳，壞於齊、梁，顏氏習聞周、沈緒言，故多是古非今。」⑯通俗文　書名。漢服虔撰，一卷。見《隋書．經籍志》。又《續通俗文》二卷，李虔撰。見《唐書．經籍志》。二書均已久佚，僅散見於劉昭《續漢志注》、《文選注》及《太平御覽》等書。⑰入室求曰搜反爲兄侯　此句原誤作「入室求日」，搜反爲兄侯。從盧氏《重校正》改，《續家訓》正作「入室求曰搜」。⑱江陵陷沒　梁元帝建都江陵，江陵陷沒指梁朝滅亡。

【語譯】古今的語言，因受時代和習俗的影響而有所不同；從事著作的人，語音也有楚、夏的差異。《蒼頡訓詁》一書，將「稗」字的音注爲「逋賣反」，「娃」字注爲「於乖反」；《戰國策》將「刎」字讀爲「免」；《穆天子傳》將「諫」字讀爲「間」；《說文》將「戛」字讀爲「棘」，「皿」字讀爲「猛」；《字林》將「看」字注爲「口甘反」，「伸」字讀爲「辛」；《韻集》將成、仍合爲一韻，宏、登也合爲一韻；將「爲」、「奇」、「益」、「石」分作四個韻；李登的《聲類》用「系」字注「羿」字的音；劉昌宗撰《周官音讀》，將「乘」字讀若「承」，這種例子很多，必須加以考證校勘。前代以反切注音，又有很多不切合本音，徐仙民撰《毛詩音》，將「驟」字注爲「在遘反」，撰《左傳音》，將「椽」字注爲「徒緣切」；這一類無法令人作依據和取信的例子，也是很多的。當今的讀書人，語音也有不正確的，古人的音讀，爲什麼一定要受今人的影響而變得訛誤乖違呢？《通俗文》說：「進入室內索求叫做搜。」用「兄侯」二字作爲「搜」字的反切，果眞如此，那麼「兄」字的音應當是「所榮反」。當今北方的習俗多通行「搜，兄侯切」這一個音，這也是古語不可採用的例子。「璵璠」是魯國人所通稱的一種寶玉，應當讀作「餘煩」，江南人都將「璠」字讀爲藩屏之「藩」。岐山的

「岐」字，它的音應當是「奇」，江南人在口頭上都呼作神祇的「祇」。江陵淪陷，梁朝滅亡以後，這種音讀傳及關中，不知道這兩者之間應當以何者作爲傳承的依據，以我淺陋的學識，從來沒有聽說過。

4. 北人之音，多以舉、莒爲矩；唯李季節云：「齊桓公與管仲於臺上謀伐莒，東郭牙望見桓公口開而不閉❶，故知所言者莒也❷。然則莒、矩必不同呼❸。」此爲知音矣。

【注釋】❶東郭牙句　開而不閉，《管子・小問篇》作「開而不闔」，《說苑》作「吁而不吟」。❷故知所言者莒也　這一段史事的經過，據《呂氏春秋・重言篇》所記載是這樣的：齊桓公與管仲謀伐莒，謀未發而聞於國，桓公怪之。管仲曰：「國必有聖人也。」桓公曰：「嘻！日之役者，有執柘杵而上視者，意者其是耶？」乃令復役，無得相代。少頃，東郭牙至。管子曰：「此必是已。」乃令賓者延之而上，分級而立。管子曰：「子邪？言伐莒者！」對曰：「然。」管子曰：「我不言伐莒，子何故言伐莒？」對曰：「臣聞君子善謀，小人善意。臣竊意之也。」管仲曰：「子何以意之？」對曰：「臣聞君子有三色：顯然喜樂者，鍾鼓之色也；湫然清淨者，衰絰之色也；艴然充盈，手足矜者，兵革之色也。日者，臣望君之在臺上也，君呿而不唫，所言者莒也；君舉臂而指，所當者莒也。臣竊以慮諸侯之不服者，其惟莒乎！臣故言之。」❸莒、矩必不同呼　據《廣韻》舉、莒二字都是居許切，在八語，屬開口；矩字爲俱兩切，在九麌，屬合口，故說莒、矩不同呼。顏氏舉此例以說明北人對魚、虞二韻，大多無法分辨。

【語譯】北方人的音呼，多將舉、莒讀爲矩；只有李季節說：「齊桓公和管仲在臺上設計要攻伐莒，東郭牙遠遠地望見桓公的嘴形張開而不合攏，所以知道所說的是莒。那麼莒、矩二字一定音呼不

同。」這是眞正知道音呼的。

5. 夫物體自有精麤❶，精麤謂之好惡❷；人心有所去取，去取謂之好惡。此音見於葛洪、徐邈❸。而河北學士讀《尚書》云好生惡殺。是爲一論物體，一就人情，殊不通矣。

【注釋】❶精麤 精細和麤糙。麤的本字爲粗。❷好惡 音ㄏㄠˇ ㄜˋ時，當形容詞用，即美好和粗惡的意思。音ㄏㄠˋ ㄨˋ時，當動詞用，即喜好和厭惡的意思。❸此音見於葛洪、徐邈 葛洪撰有《要用字苑》一卷，見《兩唐志》。徐邈撰有《毛詩音》《左傳音》，見前。用四聲區別字義，漢末已經開始，好惡有二音，應當不是葛洪、徐邈所創，他們的說法一定前有所本。

【語譯】一切的東西都有精麤的差別，精麤叫做好惡（ㄏㄠˇ ㄜˋ）；人心對事物有所取捨，取捨叫做好惡（ㄏㄠˋ ㄨˋ）。這種音讀的差別出現在葛洪、徐邈的作品之中。但是河北的讀書人讀《尚書》的句子卻讀爲「好（ㄏㄠˇ）生惡（ㄜˋ）殺」。這二者之間，一個是論述物體的精粗，一個是表達人情的取捨，本來有很明顯的分際，所以河北讀書人的這種讀法是非常不通的。

6. 甫者，男子之美稱，古書多假借爲父字；北人遂無一人呼爲甫者，亦所未喻。唯管仲、范增之號，須依字讀耳❶。

【注釋】❶唯管仲句 甫、父二字韻同聲異。據《切韻》「甫，方主反；父，扶雨反。」二字皆屬虞韻，但甫屬非母，父屬奉母。故周祖謨說：「北人不知父爲甫之假借，輒依字而讀，故顏氏譏之。」

【語譯】「甫」字，本義是男子的美稱，古書多假借爲「父」字；但是北方人卻沒有一個人稱呼

「父」為「甫」的，這是因為從來不知道這二字有假借的關係。只有管仲號仲父，范增號亞父，他們認為這兩個父字必須按照本音去讀。

7. 案：諸字書，焉者鳥名❶，或云語詞，皆音於愆反。自葛洪《要用字苑》分焉字音訓❷：若訓何訓安，當音於愆反，「於焉逍遙」，「於焉嘉客」❸，「焉用佞」，「焉得仁」❹之類是也；若送句❺及助詞，當音矣愆反，「故稱龍焉」，「故稱血焉」❻，「有民人焉」，「有社稷焉」❼，「託始焉爾」❽，「晉、鄭焉依」❾之類是也。江南至今行此分別，昭然易曉；而河北混同一音，雖依古讀，不可行於今也。

【注釋】❶焉者鳥名 「者」字原誤作「字」，據宋本以下諸本改正。《說文》：「焉鳥，黃色，出於江淮。」❷音訓 以音同或音近的字解釋其義。如天，顛也。戶，護也。門，聞也之類。《晉書．儒林傳．徐邈》：「雖不口傳章句，然開釋文義，標明指趣，撰正《五經》音訓，學者宗之。」❸於焉逍遙於焉嘉客 謂於此優游自得，於此做一位好客人。見《詩．小雅．白駒》。❹焉用佞焉得仁 謂那裏用得著口才？如何能算是仁德？見《論語．公冶長》。❺送句 古人文章，有發句、送句的說法。發句是語首助詞，送句是語尾詞。如：者也、而已、云爾、如斯、焉、矣、耳、乎等都稱為送句。❻故稱龍焉故稱血焉 謂所以稱龍，所以稱血。見《易．坤．文言》。❼有民人焉有社稷焉 謂那裏有人民百姓，有土地五穀。見《論語．先進》。❽託始焉爾 謂於是假託於初始。見《公羊傳．隱公二年》。託，假託。焉爾，於是。❾晉鄭焉依 此言周平王東遷，以晉國、鄭國是依。見《左傳．隱公六年》。焉，是。

【語譯】案：各本字書，「焉」字的本義都解釋爲鳥名，有的字書說「焉」字當作語詞用時，它的音讀是「於愆反」。從葛洪的《要用字苑》開始將「焉」字分爲依音讀而解釋其字義。如「焉」字解釋爲「安」、爲「何」時，它的音讀應當是「於愆反」，古書中的「於焉逍遙」、「於焉嘉客」、「焉用佞」、「焉得仁」這一類都是如此。如「焉」字當語尾詞及助詞用時，它的音讀應當是「矣愆反」，古書中的「故稱龍焉」、「故稱血焉」、「有民人焉」、「有社稷焉」、「託始焉爾」、「晉、鄭焉依」這一類都是如此。江南人到現今還遵行這樣的分別，令人明白而易懂；但是河北人卻混同成一個音，雖然依照古代的音讀，卻不可施行於當今。

8. 邪者，未定之詞❶。《左傳》曰：「不知天之棄魯邪？抑魯君有罪於鬼神邪❷？」《莊子》云：「天邪地邪❸？」《漢書》云：「是邪非邪❹？」之類是也。而北人即呼爲也，亦爲誤矣❺。難者曰：「〈繫辭〉云：『乾坤，《易》之門戶邪❻？』此又爲未定辭乎？」答曰：「何爲不爾！上先標問，下方列德以折之耳。」

【注釋】❶邪者未定之詞　邪字的音讀爲「以遮切」時，其義有二：一爲地名，《說文》：「邪，琅邪郡也。从邑牙聲。」一爲語助詞，表示未定或疑問。音讀爲「似嗟切」時，義爲邪僻不正，爲衺的假借。如《書・大禹謨》：「去邪勿疑。」❷左傳二句　見《左傳・昭公二十六年・傳》。第二句末字不作「邪」，原文作「故及此也。」也字可通邪字。❸莊子云天邪地邪　當作「父邪母邪」。《莊子・大宗師》：「父邪母邪？天乎人乎？有不任其聲而趨舉其詩焉。」❹漢書云是邪非邪　《漢書・外戚傳》：「是邪非

邪？立而望之，偏何姍姍其來遲？」❺北人即呼爲也亦爲誤矣　邪、也二字作語助詞時，古代多通用。如《論語・爲政》：「子張問：十世可知也？」《荀子・正名》：「其求物也？養生也？粥壽也？」這幾個「也」字都作「邪」字用。到後世二字的音韻纔有差異。據《切韻》，邪爲以遮反，在麻韻，也爲以者反，在馬韻；邪爲平聲，也爲上聲。❻繫辭云乾坤易之門戶邪　《易・繫辭・下》：「子曰：乾坤其《易》之門邪？乾，陽物也；坤，陰物也。陰陽合德，而剛柔有體，以體天地之撰，以通神明之德。」

【語　譯】「邪」字被用作表示不確定的詞語，如《左傳》說：「不知天之棄魯邪？抑魯君有罪於鬼神邪？」《莊子》說：「天邪地邪？」《漢書》說：「是邪非邪？」這一類都是。但是北方人卻將「邪」字的音讀爲「也」字，這也是錯誤的。問難的人也許會說：「《繫辭》說：『乾坤，《易》之門戶邪？』這句話中的『邪』字，也是表示不確定的語詞嗎？」我要回答說：「爲什麼不是？《繫辭》上的這一段話是先標舉出一句問句，下面再列出陰陽的德行來說明，以使對方折服。」

9. 江南學士讀《左傳》，口相傳述，自爲凡例，軍自敗曰敗，打破人軍曰敗❶。諸記傳未見補敗反，徐仙民讀《左傳》，唯一處有此音，又不言自敗、敗人之別，此爲穿鑿耳❷。

【注釋】❶軍自敗二句　據敦煌唐寫本《切韻・去聲・十七夬》所載，「敗」的字義作「自敗」解的時候，如《左傳・哀公元年・傳》：「夫先自敗也。」那麼它的音讀爲「薄邁反」；作「破敗他人」解的時候，如《左傳・隱公元年・傳》：「敗宋師于黃。」那麼它的音讀爲「北邁反」。「北邁」和「補敗」音相同，屬幫母字，「薄邁」屬並母字，聲母的清濁有差別。❷此爲穿鑿耳　穿鑿，指道理說不

通，任意牽合，強求其通。這一句話是說徐仙民的《左傳音》中雖然有「補敗反」這一個音讀，卻又沒有說明是自敗之「敗」的音讀，還是敗他之「敗」的音讀，只是隨意牽強附會而已。

【語譯】江南的讀書人研讀《左傳》，是用口來傳述，自己訂凡例的。軍隊自己被人打敗叫敗，攻破別人的軍隊叫敗。（二者在音讀上是有分別的。）可是在各種記傳裏都沒有見到敗字有「補敗反」這一個音讀，徐仙民讀《左傳》（在他的《左傳音》一書中）只有一個地方有這一個音讀。卻又不說明自敗、敗人二者的敗字在音讀上的差別，這也只是隨意牽合附會而已。

10. 古人云：「膏粱難整❶。」以其爲驕奢自足，不能剋勵也❷。吾見王侯外戚，語多不正，亦由內染賤保傅，外無良師友故耳。梁世有一侯，嘗對元帝❸飲謔，自陳「癡鈍」，乃成「颸段」❹，元帝答之云：「颸異涼風，段非干木。」❺謂「郢州」爲「永州」❻，元帝啟報簡文❼，簡文云：『庚辰吳入，遂成司隸❽。』」如此之類，舉口皆然。元帝手教諸子侍讀，以此爲誡。

【注釋】❶膏粱難整　《續家訓》「整」作「正」，與《國語》合。全句謂家世富貴，生活奢華的人，他的品行很難端正。《國語．晉語．七》：「悼公曰：『夫膏粱之性難正也，故使惇惠者教之，使文敏者道之，使果敢者諗之，使鎭靖者修之。』」注：「膏，肉之肥者，粱，食之精者。言食肥美者，率多驕傲，其性難正。」六朝人多以膏粱二字作爲家世富貴的美稱。如柳芳〈論世族〉云：「凡三世有三公者曰膏粱，有令、僕者曰華腴。」❷剋勵　剋，同克，勝的意思。剋勵，謂勝過私欲，奮勵自強。❸元帝　梁元帝，名繹，武帝的兒子，殺豫章王，誅侯景，卽位爲帝，在位三年。❹自陳癡鈍乃成颸段

癡鈍，是癡頑遲鈍。颸段，是癡鈍的誤讀，沒有意義。癡讀爲颸，是聲母的誤讀；鈍讀爲段，是韻母的誤讀。❺颸異涼風段非干木　颸段一詞，本無意義，梁元帝爲了指正說者的錯誤，故意析解成這兩句。颸的原意是急風，故說「颸異涼風」。段干木，戰國時一位淸高耿介的賢者，魏文侯曾經多次請他出仕，他都不接受，文侯非常敬重他。此句是說段不是指段干木其人。❻謂郢州爲永州　郢州故城在湖北省江陵縣，永州故城在湖南省零陵縣，二地相距頗遠。將郢讀成永，聲母、韻母皆誤。❼啟報簡文　啟報，啟奏報告，卽呈請上級指示。簡文，簡文帝，名綱，武帝之子，在位二年，被侯景所廢，由豫章王取代。❽庚辰吳入遂成司隸　庚辰吳入一事，是指春秋魯定公四年，十一月庚午日，蔡侯派吳子到柏舉和楚軍作戰，楚軍戰敗，庚辰日，吳子率軍進入楚國的都會郢。司隸是指東漢的司隸校尉鮑永，爲人耿直，很有名氣，六朝人常喜歡提及他。將郢州讀爲永州，等於是將春秋時吳子所進入的「郢」，讀爲東漢司隸校尉鮑永的「永」，所以簡文帝纔說出「庚辰吳入，遂成司隸」這一句話。

【語譯】古人說：「家世富貴，生活奢華的人，品行很難端正。」因爲這種人驕傲奢侈，自我滿足，不能勝過私欲而勉勵奮發。我見過一些王侯外戚等富貴人物，他們說話時，在遣詞和發音上有很多不正確的地方，這是由於在家中受到鄙陋的師傅所感染，在外又無良師益友來指導的緣故。梁朝有一位侯爺曾經在和元帝飮酒戲謔時，本意是要說自己癡鈍，卻因發音不準，說成了「颸段」，元帝便以嘲弄的口吻析解說：「颸，和涼風不同；段，不是指段干木。」這位侯爺又把「郢州」說成「永州」，元帝將這件事報告給簡文帝知道，簡文帝說：「這如同將『庚辰，吳子入郢』的郢，讀成漢司隸鮑永的永。」像這一類的例子，很多人從嘴裏說出來的都一樣。元帝手諭他的兒子們讀書，都告誡他們不可犯有上述這一類的錯誤。

11. 河北切攻字為古琮，與工、公、功三字不同，殊為僻也❶。比世❷有人名暹，自稱為纖；名琨，自稱為衮；名洸，自稱為汪；名約，自稱為獡。非唯音韻舛錯，亦使其兒孫避諱紛紜矣。

【注釋】❶僻 奇異不常見。❷比世 並世，即當代。一本「比」作「北」，不可從。

【語譯】河北人將「攻」字的音讀拼為「古琮切」，和工、公、功三字的音讀不同，實在非常奇特罕見。當代有人名暹，在音讀上卻自稱為纖；名琨，自稱為衮；名洸，自稱為汪；名約，自稱為獡。這些不只字的音韻有訛誤，也會使他們的子孫在避諱時不知所從。

【文話】所謂「音辭」，是指語音和語辭。人類為了表達內心的意念和情感，自然而然地產生了語言；可是語言無法超越時間和空間的局限，人類於是又發明了文字，用文字以紀錄語言。簡單地說，語言是口說的文字，文字是手寫的語言，它們的關係是二位一體的。

語言和文字是約定俗成的產物，經常隨著時代和社會而有所改變。因此有所謂「古今通塞，南北是非」的問題存在。「古今通塞」是指古語和今語，其發展的線索，有的有脈絡可尋，可以銜接而暢通；有的則因演變的線索難以考查，因而產生了斷層和阻塞。這是指時代的因素，也就是古今音的問題。「南北是非」是指南方人和北方人在發音和語辭的表達方面，經常有顯著的差異，卻各自以己為是，而以彼為非。這是指地理環境的因素，也就是方言的問題。這兩個問題必須借助於大量歷史語言資料的保存，纔能使後代研究語音和語辭的人在詮釋上「持之有故，言之成理。」遺憾的是歷代以來，由於各種因素的限制，常使紀錄語言的資料殘缺不全，甚至訛誤百出。本篇作者生長在南北朝那一個動亂的時

代，當時由於戰爭頻仍，社會擾攘不安，很多珍貴的語言資料，常遭受破壞而顯得殘缺不全。但是作者卻能藉著個人的經驗和學養，將當時的語音語辭，除了拿來和古代的語音語辭作「縱」的辨析之外，還能將南北的語音語辭，作「橫」的比較，更因此而保留了他那一時代的一部分語言眞相。這給後世研究歷史語言的人，提供了相當可貴的資料，實在是一種極大的貢獻。本篇的主旨卽在探討古今語音語辭的演變以及當時江南、江北在語音語辭上的差異。全文共分十一段：

第一段在說明《春秋・公羊傳》載有春秋時齊國人的語言，《離騷》也載有戰國時楚國人的語言。西漢時，揚雄著《方言》一書更收錄了當時中原各地的語言。到了高誘注解《呂氏春秋》和《淮南子》二書，許愼撰寫《說文解字》，劉熙著作《釋名》，他們三人雖然已經注意到對字音的辨析，但是對古語和今語之間，語音的輕重清濁等差別還是沒有交代。魏晉南北朝時，用反切方式拼音的書籍漸多，但是由於南北語音的紛歧差異，於是以國都所在的金陵和洛陽的語音爲標準。

第二段在說明語音語辭因深受地理因素的影響而有所差異。如南方的水土溫和柔軟，南人的口音因而顯得清爽急切，語辭比較鄙俗；北方的山川高峻深厚，北人的口音因而顯得深沉重濁，語辭比較樸質。南方的士大夫因深受北方文化的影響，音辭比較確切雅正，而平民因所操的是吳語，音辭比較鄙俗。北方因爲是華夏的舊地，士大夫和平民的音辭沒有什麼差別，大多比較確切雅正。不過就語音而言，南人染有吳、越的語音，北人雜有胡人的語音，都已經不是純粹的中原語音，所以也都各有缺點。

第三段在說明古今的語言因受時代和習俗的影響而有所不同，從事著書立說的人，其語音也有楚、夏的差異，很多著作對一些文字字音的反切差距很大，常常令人無所適從。

第四段在說明北方人的音呼多將舉、莒等字讀爲和矩字同音，但是李季節卻辨析了莒、矩二字的音

呼不同，可算是一個深明音呼的人。

第五段在說明好惡二字用以表示東西的精麤，卽當作形容詞使用的時候，要讀爲ㄏㄠˇ ㄜˋ；用以表示人心對事物取捨的意願，卽當作動詞使用的時候，要讀爲ㄏㄠˋ ㄨˋ，這二者之間的讀法一向是很容易區別的，但是北方的讀書人卻分不清楚。

第六段在說明本義是男子美稱的甫字，在古書中常被假借爲父字，但是北方人卻不知道二者之間有假借的關係。

第七段在說明「焉」字因用法不同，它的讀音也不同，如當「何」、「安」等疑問詞使用時，它的讀音是「於愆反」；當句末助詞使用時，它的讀音是「矣愆反」。這一種分辨，南方人一向很清楚，但是北方人卻始終將二者混合讀爲「於愆反」一個音。

第八段在說明「邪」字在古書中一向被當作表示意思未定的疑問助詞使用，但是北方人卻將它誤讀爲「也」。

第九段在說明南方人在研讀《左傳》一書時，軍隊被人打敗的「敗」讀爲「薄邁反」，打敗別人的敗讀爲「北邁反」，二者的聲母有清濁的分別，但是大多的書籍都沒有「補敗」（卽「北邁」）這一個反切。徐仙民的《左傳音》一書雖然有這一個反切，卻沒有說明是指「自敗」的敗，還是「敗人」的敗。

第十段在說明當時的達官貴人因爲驕奢成性，又沒有好老師的教導，在說話或讀書時，對文字的讀音常常錯誤百出。如有人將「癡鈍」一詞的音發爲「颸段」，將「郢州」這一個地名的音發爲「永州」。這種現象頗爲普遍。

第十一段在說明與顏之推同時代的人，對文字的音韻常常弄錯，連帶使他們的子孫在避諱的用字上

也發生不少錯亂。

要之，本篇的內容雖然是在論述較爲專門艱深的音辭問題，但是行文造句仍然如其他各篇一般地簡潔流暢，引人入勝，且舉證確鑿，言必有據，凡所論述不但足以令人心服，而且也頗能啟發後進治學的明確方法。

雜藝第十九

1. 眞草書迹❶，微須留意。江南諺云：「尺牘書疏❷，千里面目也。」承晉、宋餘俗，相與事之，故無頓狼狽❸者。吾幼承門業❹，加性愛重，所見法書❺亦多，而翫習功夫頗至❻，遂不能佳者，良由無分❼故也。然而此藝不須過精。夫巧者勞而智者憂，常爲人所役使，更覺爲累❽；韋仲將遺戒❾，深有以也。

【注釋】❶眞草書迹　眞書即隸書，今謂之楷書。《晉書．衛瓘傳》：「子恆，善草隸書，爲四體書勢。」又云：「漢興而有草書，不知作者姓名。」眞草一詞，見褚先生〈補史記三王世家〉：「謹論次其眞草詔書，編於左方。」❷尺牘書疏　泛指書信。漢時將書信寫在一尺長的簡牘上，故稱書信爲尺牘。《漢書．游俠傳》：「陳遵贍於文辭，善書，與人尺牘，主皆藏去以爲榮。」書疏，本指上書、奏疏；也泛指書函，信札。《後漢書．蔡邕傳》：「相見無期，唯是書疏，可以當面。」❸無頓狼狽　沒有狼狽困頓的事情。頓，困頓。狼與狽，皆獸名，二者皆不善行走，必須彼此相倚，才能利於行。比喻人在匆忙困頓中，字跡無法書寫得精善。❹門業　家門素業。即家中所傳下來的學業。❺法書　謂書迹可供人作楷模的。又稱法帖。❻翫習功夫頗至　謂因喜歡學習而下的功夫很深。翫習，喜愛而學習。

功夫，所花的時間或努力。至，深也。❼分　指天分，天生的資質。❽更覺為累　累，音ㄌㄟˋ，連累，或疲累。《紺珠集・四》引作「乃覺累身」。❾韋仲將遺戒　韋仲將訓敕兒孫勿學書法所遺留下來的告戒。韋誕，字仲將，京兆杜陵（今陝西省長安縣）人，善書法，嘗官光祿大夫。《世說新語・巧藝篇》：「韋仲將能書。魏明帝起殿，欲安榜（匾額），使仲將登梯題之。既下，頭鬢皓然（白貌），因敕（告誡）兒孫，勿復學書。」

【語譯】眞書和草書等字迹的寫法，必須稍為留心注意。江南的諺語說：「簡牘書信，是人遠在千里之外所表現的面目。」我們繼承晉、宋所遺留下來的習俗，彼此從事書法這一方面的藝術，所以沒有狼狽困頓的事情發生。我自幼承受家中所傳授的學業，加上個性上的特別喜愛，還有觀賞過很多的法帖，因此在喜愛學習上所花的功夫很深。終於還是不能有佳美的造詣，實在是因為缺乏天分的緣故。但是書法這種藝術不必過於精善。向來巧妙的人辛勞而聰明的人煩憂，常常要受人家差遣驅使，更加覺得是一種累贅。韋仲將所留下來的告誡，實在有很深刻的道理。

2. 王逸少❶風流才士，蕭散名人❷，舉世惟知其書❸，翻以能自蔽❹也。蕭子雲每歎曰：「吾著《齊書》❺，勒成❻一典，文章弘義❼，自謂可觀；唯以筆迹得名，亦異事也。」王褒地胄清華❽，才學優敏，後雖入關，亦被禮遇❾。猶以書工❿，崎嶇碑碣之間，辛苦筆硯之役，嘗悔恨曰：「假使吾不知書，可不至今日邪？」以此觀之，愼勿以書自命。雖然，廝猥之人，以能書拔擢者多矣⓫。故道不同不相為謀也。

【注釋】❶王逸少　王羲之，字逸少。❷蕭散名人　蕭灑閒散的名士。蕭散，蕭（也作瀟）灑閒散。❸舉世惟知其書　全天下的人只知道他書法的精善。舉世，全世界，全天下。《晉書・王羲之傳》：「羲之字逸少，幼訥於言，及長辯贍，以骨鯁稱。尤善隸書，爲古今之冠。論者稱其筆勢，以爲飄若浮雲，矯若驚龍。」❹翻以能自蔽　反而被自己的才能所掩蔽。翻，反而；蔽，掩蔽、遮蓋。王羲之的人品見識極爲高超遠大，世人只就書法一事，把王羲之看成一位風流才子和瀟灑名士，反而忽略了他的人品見識。此句《紺珠集・四》作「是以小技而掩其義」。❺蕭子雲每歎曰吾著齊書　蕭子雲，字景喬，梁朝人，擅長草書、隸書，成爲當代人學習的楷法，自云善效鍾元常、王逸少，而微變字體，著有《晉書》一百十卷。沒有著《齊書》之事，此係誤記。其兄子顯著《齊書》六十卷。見《梁書・蕭子恪傳》。❻勒成　碑石和版木所刻的文字告成。《三國志・魏志・文帝紀》：「自所勒成垂百篇」。勒，是刻的意思。❼文章弘義　文章，卽文采，《史記・禮書》：「刻鏤文章」。弘義，弘深的義理，《後漢書・曹世叔妻傳》：「信天地之弘義」。❽地胄清華　家世清白高貴。地胄，門閥，門第家世。盧思道《勞生論》：「地胄高華」，《通鑑・一一〇・胡三省注》：「地謂門地。」清華，清白高貴。❾後雖入關亦被禮遇　關，關中，指長安。《周書・王褒傳》：「褒字子淵，琅玡臨沂（今山東省臨沂縣）人。自祖儉至父規，並有重名於江左。褒識量淵通，志懷沈靜，博覽史傳，尤工屬文。梁國子祭酒蕭子雲其姑夫也，特善草隸。褒遂相模範，而名亞子雲，並見重於世。江陵城陷，元帝出降。褒與王克等數十人俱至長安。太祖謂褒及克曰：『吾卽王氏甥也。卿等並吾之舅氏，當以親戚爲情，勿以去鄉介意。』俱授車騎大將軍儀同三司，並荷恩眄。」又《北史・儒林・趙文深傳》：「及平江陵之後，王褒入關，貴游等翕然並學褒書，文深之書，遂被遐棄。文深慚恨，形於言色，後知好尚難及，亦改習褒書。」❿書工　《少儀外傳》作「工

書」。⑪廝猥之人句　廝猥，下賤者。此句在指張景仁之流的人物。《北齊書‧張景仁傳》：「張景仁者，濟北（今山東省長清縣）人也。幼孤，家貧，以學書為業，遂工草隸，選補內書生。與魏郡姚元標、潁川韓毅、同郡袁買奴、滎陽李超等齊名。世宗並引為賓客。……自蒼頡以來，八體取進，一人而已。」

【語譯】王逸少是一位風流的才子，蕭灑閒散的名士，全天下的人只知道他書法的精妙，他的人品見識反而被自己（書法上）的才能所遮蓋。蕭子雲常常歎息說：「我撰作《齊書》，繕寫而刻成一部典籍，文采的優美和義理的弘深，自己以為很值得欣賞；卻只以書法而得到名聲，也真是一件怪事。」王褒的家世清白高貴，本身的才華學識聰敏優異。梁朝滅亡後，雖然和一些人進入北周的首都長安，卻也受到朝廷的以禮相待。仍然在方碑圓碣之間過著處境困頓的生涯，辛苦地從事筆硯之間的書寫工作，他曾經悔恨地說：「假使我不懂書法，該不會（淪落）到今天這樣的地步吧！」由此看來，千萬不要因為擅長書法而自我期許。不過，一些卑賤的人因擅長書法而被提拔擢升的也不少。所以各人的理想主張不同，彼此便不可以共同謀事。

3. 梁氏祕閣散逸①以來，吾見二王②真草多矣，家中嘗得十卷；方知陶隱居③、阮交州④、蕭祭酒⑤諸書，莫不得羲之之體⑥，故是書之淵源。蕭晚節所變⑦，乃右軍年少時法⑧也。

【注釋】①梁氏祕閣散逸　謂梁朝內府所珍藏的名畫法書散失亡佚。祕閣，內府，即禁宮中典藏圖書祕記的地方。《漢書‧藝文志》：「諸子傳說，皆充祕府。」散逸，即散佚，謂散失亡佚。此句指侯景之亂時，曾經焚燬梁朝內府珍貴的圖書數百函。其後，江陵被西魏將帥于謹攻陷，元帝將降，乃派

人聚集名畫法書及典籍二十四萬卷，命後閣舍人高善寶加以焚燒，于謹等人從煨燼之中搜到書畫四千餘軸，送歸長安。詳見《歷代名畫記．一》。❷二王　指王羲之及王獻之。獻之爲羲之的兒子。《晉書》本傳謂：「獻之，字子敬。七、八歲時學書，羲之密從後掣其筆，不得，歎曰：『此兒後當復有大名。』嘗書壁爲方丈大字，羲之甚以爲能，觀者數百人。」❸陶隱居　即陶弘景。字通明，南北朝秣陵（今江蘇省江寧縣）人。博覽詩書，擅長草隸，精於琴棋，又喜好道術、陰陽、五行、地理、醫藥等學問。齊高帝時，官拜左衛殿中將軍。入梁，隱居於句曲山，號華陽眞人，其書啟中常有論述王羲之的言語。又其所書寫的〈瘞鶴銘〉一篇，一般人多以爲是王羲之所書寫的，可見其書法深得王羲之的要訣。❹阮交州　即阮研。字文幾（一作文璣），梁陳留人，官至交州刺史。擅長書法，行書草書學習王羲之，隸書學習鍾繇，行草隸書都達到精妙的境界。❺蕭祭酒　即蕭景喬，字子雲。他在梁武帝大同二年擔任員外散騎常侍國子祭酒的官職。❻莫不得羲之之體　指上述陶弘景、阮研、蕭景喬三人的書法，都得到王羲之書體的精妙。張懷瓘《書斷》說：「文璣與子雲齊名，時稱蕭、阮等各得右軍一體。」又論陶弘景，說：「時稱與蕭子雲、阮研各得右軍一體。」❼蕭晚節所變　謂蕭子雲晚年所變更的書體。晚節，謂晚年。《漢書．景十三王．魯恭王傳》：「初好音樂輿車，晚節遴。」所變，指書體的變更。❽右軍年少時法　王羲之曾官拜右軍將軍，世稱王右軍。羲之書體約可分爲二期：年少時迎合時俗，以隸書爲主，如〈蘭亭序〉之類，其後演變爲眞草之體。

【語　譯】從梁朝內府所珍藏的名畫法書散失亡佚以後，我見過很多二王的眞草書帖，我家中曾經有十卷；（看了二王的書體以後）才知道陶隱居、阮交州、蕭祭酒諸人的書法，沒有不是得到王羲之書體的精妙。所以王羲之的書體是他們書法的源頭。蕭子雲晚年所變更的書體，乃是王右軍年少時的書

法。

4. 晉、宋以來，多能書者❶。故其時俗，遞相染尙，所有部帙❷，楷正可觀，不無俗字，非爲大損❸。至梁天監之間，斯風未變；大同之末，訛替滋生❹。蕭子雲改易字體，邵陵王頗行僞字❺；朝野翕然❻，以爲楷式，畫虎不成，多所傷敗。至爲一字，唯見數點❼，或妄斟酌，逐便轉移。爾後墳籍，略不可看。北朝喪亂之餘，書迹鄙陋，加以專輒造字❽，猥拙甚於江南。乃以百念爲憂❾，言反爲變，不用爲罷❿，追來爲歸⓫，更生爲蘇⓬，先人爲老⓭，如此非一，偏滿經傳⓮。唯有姚元標工於楷隸，留心小學，後生師之者眾。洎於齊末，祕書繕寫，賢於往日多矣。

【注釋】❶多能書者　擅長書法的人很多。能，擅長。《禮記·中庸》：「惟聖者能之」。❷部帙　謂書籍。《北史·牛弘傳》：「部帙之間，仍有殘缺。」❸非爲大損　不是大傷害，即所謂無傷大雅。損，傷害。《淮南子·說山訓》：「故小人之譽，人反爲損。」❹訛替滋生　謬誤的事情，產生繁多。訛替，謂謬誤。滋生，產生繁多。《後漢書·和熹鄧皇后紀》：「時俗淺薄，巧僞滋生。」❺邵陵王頗行僞字　邵陵王，指蕭綸。《梁書·邵陵攜王綸傳》：「綸字世調，高祖第六子。少聰穎博學，善屬文，尤工尺牘。」「僞」，一本作「譌」。所謂頗行僞字，如將「前」字的上端寫作艸，「能」字的左邊寫作長。❻翕然　趨捨一致貌。《史記·太史公自序》：「天下翕然」。❼至爲一字唯見數點　「爲」這一個字，只用幾點筆畫來表示。《龍龕手鑑·三·雜部》：「灬，古文，必堯反，今作焱，飛火也。」又「巛，

音立。」顏之推所斥責的，大概是指這一類的文字。❽專輒造字　特地造一些新字。《魏書・世祖紀》：「始光二年，初造新字千餘，頒下遠近，永爲楷式。」❾以百念爲憂　結合百念二字而當作「憂」字，即將「憂」寫作「㥑」。《龍龕手鑑・二・心部》：「㥑，古文，於求反，志也，亦㥑愁也，今作憂，同。」❿不用爲罷　結合不用二字而當作「罷」字，即將「罷」寫作「甭」。《龍龕手鑑・三・不部》：「甭，音弃。」和罷字的音不同。⓫追來爲歸　結合追來二字而當作「歸」字，即將「歸」寫作「𨑩」。《龍龕手鑑・一・來部》：「𨑩，音歸。」⓬更生爲蘇　結合更生二字而當作「蘇」字，即將「蘇」寫作「甦」。甦醒之甦，現在仍然這樣寫。⓭先人爲老　結合先人二字而當作「老」字，即將「老」寫作「⿰先人」。顧炎武《金石文字記・卷二》：「追來爲歸，見穆子容〈太公碑〉，作𨑩；先人爲老，見〈張猛龍碑〉，作⿰先人，更生爲甦，今人猶用之。」⓮如此非一徧滿經傳　謂諸如此類，不止一端，而是徧布在經傳之中。《魏書・江式傳》：「世易風移，文字改變，篆形謬錯，隸體失眞，俗學鄙習，復加虛巧。……追來爲歸，巧言爲辯，小兒爲覺，神龍爲蠶，如斯甚眾，皆不合孔氏古書、史籀大篆、許氏《說文》、《石經》之字也。」

【語　譯】晉、宋以來，擅長書法的人很多。所以由當時的習俗，交相感染，形成了風尚，所有的書籍都繕寫得工整而值得觀覽。雖然仍免不了有俗字，卻也無傷大雅。直到梁武帝天監年間，這種風尚也沒有改變；可是到了大同年間的末期，產生了很多謬誤的事情。蕭子雲擅自更改字體，邵陵王很流行書寫改造過的錯字；政府和民間都將這一類的文字當作標準的模式，就像畫虎沒有畫成，反而弄巧成拙，造成很多的破壞。甚至像「爲」這一個字，卻只用幾點筆畫來表示而已，對其他的一些字，則是胡亂參酌，隨便更改。此後的經典書籍，大都不可觀覽。北朝在動亂以後，字跡變得鄙俗淺陋，加以專造一些標奇立異的文字，字跡的猥賤拙劣比江南還差。竟然結合百、念二字，當作「憂」字；結合言、反

二字，當作「變」字；結合不、用二字，當作「罷」字；結合追、來二字，當作「歸」字；結合更、生二字，當作「蘇」字；結合先、人二字，當作「老」字，像這種情況，比比皆是，不只一端地偏布在經傳裏面。只有姚元標擅長楷書和隸書，留意小學的原理，年輕晚輩向他學習的人很多。到齊朝末年，由朝廷祕書所繕寫的經傳典籍，字跡比從前要精確得多了。

5. 江南閭里間有〈畫書賦〉，乃陶隱居弟子杜道士所為❶；其人未甚識字，輕為軌則❷，託名貴師，世俗傳信，後生頗為所誤也❸。畫繪之工，亦為妙矣；自古名士，多或能之。吾家嘗有梁元帝手畫蟬雀白團扇及馬圖，亦難及也❹。武烈太子偏能寫真❺，坐上賓客，隨宜點染❻，即成數人，以問童孺，皆知姓名矣。蕭賁❼、劉孝先❽、劉靈❾，並文學已外，復佳此法。翫閱古今❿，特可寶愛⓫。若官未通顯，每被公私使令，亦為猥役。

⓬吳縣顧士端出身湘東王國侍郎⓭，後為鎮南府刑獄參軍，有子曰庭，西朝⓮中書舍人，父子並有琴書之藝，尤妙丹青，常被元帝所使，每懷羞恨⓯。彭城劉岳，橐之子也，仕為驃騎府管記⓰、平氏縣令⓱，才學快士，而畫絕倫。後隨武陵王⓲入蜀，下牢之敗⓳，遂為陸護軍⓴畫支江㉑寺壁，與諸工巧㉒雜處。向使三賢都不曉畫，直運素業㉓，豈見此恥乎？

【注釋】 ❶乃陶隱居句 《續家訓》．及各本「乃」上有「此」字。❷軌則 軌範法則。《史記．律書》：「王者制事立法，物度軌則。」❸自江南閭里到頗為所誤 據林罕《字源偏傍小說．序》云：「俗

有隸書賦者，假託許愼爲名，頗乖經據。《顏氏家訓》云：『斯實陶先生弟子杜道士所爲，大誤時俗，吾家子孫，不得收寫。』」所指似就本篇而言。惟本篇作〈畫書賦〉，林文作〈隸書賦〉，本篇中「貴師」係指陶隱居，謂〈畫書賦〉一文，假託陶隱居之名而行世；林文則以爲「假託許愼爲名」而行世。二者所指是否卽爲一事，有待考證。❹梁元帝手畫二句 據《歷代名畫記．七》所載，梁元帝聰慧俊朗，博涉技藝，天生善書畫，嘗畫聖僧及蕃客入朝圖，武帝極爲稱許。又畫職貢圖並序，善畫外國來朝貢之事，可知其畫藝之精善。❺武烈太子偏能寫眞 武烈太子擅長描寫人的肖像。據《歷代名畫記．七》所載，梁元帝長子名方等，字實相，擅長寫眞。後因戰歿，謚忠莊太子，後又改謚武烈世子。寫眞，謂繪畫圖像。❻隨宜點染 隨宜，卽隨意。點染，指畫家點綴景物，渲染彩色。❼蕭賁 字文奐，齊竟陵王子良之孫，昭冑之子，好學，有文才，能書善畫。事梁爲河東太守。❽劉孝先 《梁書．劉潛傳》：「第七弟孝先，武陵王紀法曹主簿。王遷益州，隨府轉安西記室。承聖中，與兄孝勝俱隨紀軍出峽口，兵敗，至江陵，世祖以爲黃門侍郎，遷侍中。兄弟並善五言詩，見重於世。文集値亂，今不具存。」❾劉靈 〈勉學篇〉稱：「思魯等姨夫彭城劉靈」卽其人。❿翫閱古今 宋本作「翫古知今」，今從明本。⓫寶愛 卽珍愛。《後漢書．杜林傳》：「得漆書《古文尙書》一卷，常寶愛之。」⓬猥役 煩雜的差使。猥，冗雜。⓭湘東王國侍郎 《隋書．百官志》：「王國置中尉、侍郎、執事中尉。」⓮西朝 指江陵。梁元帝在此建都。江陵之稱爲西朝，猶〈兄弟篇〉之稱西臺。⓯每懷羞恨 唐初宰相閻立本以丹青馳譽，亦因常受指使而懷羞恨。⓰驃騎府管記 管記，大抵卽記室、掾屬之流，惟《隋書．百官志》所引梁官品中，無管記之稱，則管記一名在梁朝大抵僅指職司而已，非指官稱。⓱平氏縣令 《宋書．州郡志》：「南義陽太守，領縣二，有平氏令，漢舊名，屬南陽。」⓲武陵王 名紀，字世詢，梁武帝第八子。天

監十三年封武陵王，大同三年爲都督，益州刺史。⑲下牢之敗　下牢爲梁宜州舊治，在今湖北宜昌市西北。元刊本《集千家註分類杜工部詩・十・秋風二首・鄭卬注》引《荊州記》：「峽江突起最險處，山複陡下，名下牢關。」陸游《入蜀記・六》：「八日五鼓盡，解船過下牢關。……西望羣山如闕，江出其間，則所謂下牢灘也。」下牢之敗指梁元帝大寶三年四月乙巳，武陵王蕭紀竊位於蜀。八月，紀率巴蜀大眾，連舟東下。元帝遣護軍陸法和屯巴峽以拒之。承聖二年秋七月，紀眾大潰，遇兵死。⑳陸護軍　指陸法和。有法術，能前知。當侯景渡江時，遣部將任約擊梁湘東王於江陵，法和率蠻兵敗任約而擒之，梁元帝以爲都督梁州刺史。後又以護軍屯駐巴峽以拒武陵王之叛軍。《北齊書・三十二》有傳。護軍，官名，秦、漢所置，其職掌歷代略有更易，宋、齊、梁、陳四朝所置護軍將軍掌外軍，資淺者爲中護軍。㉑支江　疑是枝江之異文。《嘉慶一統志・荊州府》云：「枝江故城在今枝江縣東。」又云：「陸法和宅在枝江縣東。」㉒工巧　謂有巧思之工匠。《韓詩外傳・三》：「賢人易爲民，工巧易爲材。」㉓直運素業　只是實行讀書人平素的志業。直，僅，只。運，行使。素業，謂儒素之業，即儒者平素之志業。

【語譯】江南民間流傳了一篇〈畫書賦〉，是陶隱居的弟子杜道士所寫的。杜道士所認識的字不多，卻輕率地寫文章供人作軌範法則，又假託是他的老師（陶隱居）所寫的，世俗的人加以流傳，信以爲眞，後生晚輩受了很大的誤導。畫藝的精巧是很奧妙的；從古以來的知名之士，在這方面多能擅長。我家裏曾經藏有梁元帝親手所畫的蟬雀白團扇和馬的圖畫，他繪畫的才藝，令人很難趕得上。武烈太子很擅長描繪人的肖像，他面對坐席上的賓客，隨意勾勒點綴，渲染色彩，一下子便描繪出好幾個人來，即使向小孩詢問所畫的是誰，他們也都答得出所畫人物的姓名來。蕭賁、劉孝先、劉靈三人除了文學以外，也擅長這種（寫眞）的手法。我把玩欣賞古今的繪畫，覺得這種描寫肖像的圖畫，特別令人珍惜喜

愛。一個人如果官位還沒有顯達，常被公家或私人指使作畫，也是一種煩瑣累贅的差使。吳縣的顧士端是從湘東王國的侍郎職位進身仕途的，後來擔任鎮南府的刑獄參軍，有一個兒子，名字叫做庭，在江陵擔任中書舍人的官職，父子二人都有琴書方面的才藝，繪畫的本領尤其精巧，常常被元帝指使作畫，經常為此感到羞恥悔恨。彭城的劉岳，是劉橐的兒子，官拜驃騎府管記以及平氏縣的縣令，是一位才華卓越、學識淵博的人，繪畫的技藝尤其超絕羣倫。後來跟隨武陵王到益州去上任。武陵王在下牢關戰敗後，劉岳於是被陸護軍指使去繪製支江寺廟中的壁畫，和眾多的工役、藝匠雜居在一起。假使顧士端父子以及劉岳這三位賢士，都不懂得繪畫，只履行讀書人一向的事業，又怎會受到這樣的恥辱呢？

6. 弧矢之利，以威天下❶，先王所以觀德擇賢❷，亦濟身之急務也。江南謂世之常射，以為兵射，冠冕儒生，多不習此；別有博射❸，弱弓長箭，施於準的，揖讓昇降，以行禮焉。防禦寇難，了無所益。亂離之後，此術遂亡。河北文士，率曉兵射，非直葛洪一箭，已解追兵❹，三九讌集❺，常縻榮賜。雖然，要輕禽，截狡獸❻，不願汝輩為之。

【注釋】❶弧矢之利以威天下　弓和箭的勁銳是用以威服天下。弧，弓。利，此指強勁銳利。威，服。《易經．繫辭傳上》：「弦木為弧，剡木為矢，弧矢之利，以威天下。」❷先王所以觀德擇賢　先王用射藝觀察人的德行，選拔賢良的人才。《禮記．射義》：「射者何也？射以觀德也。孔子曰：『射者何以射？何以聽？循聲而發，發而不失正鵠者，其唯賢者乎！』」❸博射　用財物作賭注，以射術較勝負。《南史．柳渾傳》：「惲嘗與琅琊王瞻博射，嫌其皮闊，乃摘梅帖烏珠之上，發必命中，觀者驚駭。」博射猶博弈。❹葛洪一箭已解追兵　葛洪發箭，以解決追兵。葛洪《抱朴子．自敘篇》

云：「昔在軍旅，曾手射追騎，應弦而倒，殺二賊一馬，遂得免死。」❺三九讌集 謂三公九卿聚集飲宴之時。三九謂三公九卿，〈勉學篇〉作三九公讌。❻要輕禽截狡獸 攔截輕捷的飛禽，捕獲狡猾的野獸。要，同邀，攔截；截，捕獲。枚乘〈七發〉云：「逐狡獸，集輕禽。」《三國志・魏書・文帝紀》注引魏文帝《典論・自敍》云：「要狡獸，截輕禽。」

【語 譯】弓箭的強勁銳利本是用來威服天下的。從前的聖王卻利用它來觀察人的德行和選拔賢能的人才；它也是可以用來救助自身的急要事務。江南人將世上一般的射藝都認爲是軍隊作戰時的射藝，因此頭戴冠冕的儒生都不學習。另外有一種專門用來比賽勝負的射藝，（其方式是）將長箭搭在弱弓上，瞄準靶心發射，比賽的雙方，在上下射箭臺時，彼此拱手作揖，謙讓一番，以表示禮貌。（可是它）對防止和抵禦寇賊的作亂卻一點兒益處也沒有。經歷了動亂以後，這種射藝終於亡失。河北的文人大都通曉作戰的射藝，不但能夠像葛洪射出一箭，就解決了前來追擊的敵軍；而且在三公九卿聚集飲宴的場合，也常常（因射藝的精良）獲得光榮的賞賜。不過，要利用射藝去攔截輕捷的飛禽，捕獲狡猾的野獸，這種射獵的行爲，我卻不希望你們去做。

7. 卜筮❶者，聖人之業也；但近世無復佳師，多不能中。古者，卜以決疑❷，今人生疑於卜；何者？守道信謀，欲行一事，卜得惡卦，反令恜恜❸，此之謂乎！且十中六七，以爲上手❹，粗知大意，又不委曲❺。凡射奇偶❻，自然半收❼，何足賴也。世傳云：「解陰陽者，爲鬼所嫉，坎壈❽貧窮，多不稱泰❾。」吾觀近古以來，尤精妙者，唯京

房⑩、管輅⑪、郭璞⑫耳，皆無官位，多或罹災，此言令人益信。儻値世網⑬嚴密，強負名，便有詿誤⑭，亦禍源也。及星文風氣⑮，率不勞爲之。吾嘗學《六壬式》⑯，亦値世間好匠，聚得《龍首》⑰、《金匱》、《玉軨變》、《玉歷》⑱十許種書，討求無驗，尋亦悔罷。凡陰陽之術，與天地俱生，亦吉凶德刑，不可不信；但去聖既遠，世傳術書，皆出流俗，言辭鄙淺，驗少妄多。至如反支不行，竟以遇害⑲，歸忌寄宿，不免凶終⑳：拘而多忌㉑，亦無益也。

【注釋】①卜筮　占卜時，用龜甲稱卜，用蓍草稱筮。其後通稱占卜爲卜筮。《書經・洪範》：「擇建立卜筮人，乃命卜筮。」②卜以決疑　占卜是用來解答人們心中的疑惑。《左傳・桓公十一年》：「卜以決疑，不疑何卜？」③恜恜　恜音ㄔˋ，憂懼不安的樣子。恜，同侙。《集韻》：「侙，《說文》：『惕也。』或从心。」恜恜，《續家訓》作「怏怏」。④上手　謂上等手藝。猶云高手、妙手，即才藝高妙的人。⑤委曲　事情的原委底細。《後漢書・班彪傳》：「細意委曲。」⑥射奇偶　預測事情的吉利或凶險。射，音ㄕˋ，猜測，預測。奇，音ㄐㄧ，指凶險。偶，指吉利。奇偶，指吉凶或順逆。⑦半收　《續家訓》作「一半」。⑧坎壈　困窮不得志。也作坎廩。壈，音ㄌㄢˇ。《楚辭・劉向九歎怨思》：「志坎壈而不違。」⑨稱泰　稱心如意，命運亨通。稱，音ㄔㄥˋ，指稱心，即事情符合自己的心願。泰，謂命運亨通。「稱泰」一本作「通泰」。⑩京房　本姓李，字君明，西漢東郡頓丘人。元帝時爲博士，後爲魏郡太守。師事焦延壽，精研《周易》，善於預測災變，因上書言災異之事，被人所陷，

下獄處死。⑪管輅　輅，音ㄌㄨˋ。字公明，三國魏平原人。精研《周易》及風角占相的方術，善於卜筮。正元初，任少府丞。曾對其弟謂自己的壽命不過四十七、八歲。後來果然在四十八歲去世。⑫郭璞　字景純，東晉山西聞喜人。精研詩賦、陰陽曆算、卜筮五行等學問。明帝時，王敦用他爲記室，爲王敦謀反事占卜，得大凶，被殺。⑬世網　指世俗中的各種禮教規範有如網羅般地束縛人們。嵇康〈答難養生論〉：「奉法循理，不絓世網。」⑭詿誤　因貽誤、牽累而獲罪或受誣害。詿，音ㄍㄨㄚˋ。《史記·文帝本紀》：「詿誤吏民。」⑮星文風氣　星文，星宿羅列的現象。風氣，指古代占候的方法，即根據四方的風候以定吉凶。⑯六壬式　古代的占卜書籍。《隋書·經籍志》：「《六壬式經雜占》九卷，《六壬式兆》六卷。」⑰龍首　占卜書籍名。《道藏》「薑」字之號有《黃帝龍首經》。其序云：「令六壬領吉凶。」注：「言日辰陰陽及所坐所養之御，三陰三陽，故曰六壬也。」⑱金匱玉軨變王歷都是古代占卜的書籍。⑲反支不行竟以遇害　謂因深信陰陽五行的各種禁忌，在反支日當天不敢遠行，反而遇到災害。反支日，指禁忌的日子。其推算法是用月朔爲正，如戌亥朔，則一日反支；申酉朔，則二日反支；午未朔，則三日反支；辰巳朔，則四日反支；寅卯朔，則五日反支；子丑朔，則六日反支。⑳歸忌寄宿不免終凶　謂遇到歸忌日，就寄宿在外，不敢回家，但是也免不了遭遇凶禍。歸忌日，指遠行、歸家、徙居所禁忌的日子。其推算法是指一年中四個孟月的丑日、四個仲月的寅日、四個季月的子日，都是歸忌日。《後漢書·郭躬傳》：「桓帝時，汝南有陳伯敬者，行必矩步，坐必端膝，行路聞凶，便解駕留止，還觸歸忌，則寄宿鄉亭。」㉑拘而多忌　拘守陰陽曆數而使行事有太多的禁忌。《史記·太史公自序》：「竊嘗觀陰陽之術，大詳而衆忌諱，使人拘而多畏。」又《後漢書·方術傳序》：「子長亦云：『觀陰陽之書，使人拘而多忌。』蓋爲此也。」

【語　譯】利用龜甲或蓍草以占卜吉凶，這本是聖人的事業；只是近代不再有良好的占卜師傅，因此占卜時大多不能切中事情的眞相。在古代，占卜是用來解答人們感到疑惑的事，現在的人卻對占卜產生了懷疑；爲什麼呢？因爲原來持守善道，信賴智謀，要去進行一件事情，卻在占卜時，卜得了凶惡的卦象，反而讓人憂懼不安，就是指這樣的情況而說的吧！況且將十次卜中六、七次的人就看成是占卜的高手，其實這種人只是粗略地知道了一些大概，又不能了解事情的原委底細。凡是預卜事情的吉凶順逆，自然正反各占一半，有什麼值得信靠？世俗流傳說：「通曉陰陽妙理的人，會被鬼所嫉妬，命運總是艱困貧窮，大多不能稱心如意，順利亨通。」我觀察了近古以來的占卜者，在造詣上特別精妙的，只有京房、管輅、郭璞而已。他們都沒有官位，都遭遇了災難，（上述）世俗所流傳的這一句話，令人更加覺得可信。假使遇到世俗的禮教規範非常嚴密，勉強具有（精於占卜）這種名譽，便會因受到牽累而獲罪或受刑。占卜這種事，有時也是災禍的根源。對於星象天文占候這種事，大抵不必多費心力去研究它。我曾經研究過《六壬式》的占卜書，也恰好遇到了世間善於占卜的卦匠，搜集到《龍首》、《金匱》、《玉軨變》、《玉歷》等十幾種書，經過研討尋求，所卜之事，都沒應驗，隨卽因後悔而作罷。陰陽的道術是和天地一起存在，也是一種吉凶遞變和五行生剋的道理，不可以不相信；但是我們距離古代的聖哲已經那麼久遠，世上所流傳的術數書籍，又都是由一些鄙俗的人所傳下來的，不但言辭鄙陋膚淺，而且能應驗的很少，錯亂的反而很多。至於（因篤信陰陽五行的各種禁忌）遇到反支日不敢遠行，還是遭受災害，衝犯了歸忌日便寄宿在外，不敢回家，最後仍然免不了凶禍。可見陰陽的學術，讓人行事拘束而且有太多的禁忌，實在沒有什麼益處。

8. 算術亦是六藝要事❶，自古儒士論天道，定律歷者，皆學通之❷。然可以兼明，不可以專業。江南此學殊少，唯范陽祖暅❸精之，位至南康太守。河北多曉此術。

【注釋】❶算術亦是六藝要事　算術也是六藝中的一門重要學問。《周禮・地官・保氏》：「六藝：一曰五禮，二曰六樂，三曰五射，四曰五御，五曰六書，六曰九數。」鄭司農注：「九數：方田、粟米、差分、少廣、商功、均輸、方程、贏不足、旁要。今有重差，句股。」❷自古儒士至皆學通之　如西漢張蒼、東漢鄭玄、蔡邕、張衡諸人，皆通曉算術。❸祖暅　暅，音ㄏㄥˊ。卽祖暅之，字景爍，范陽人，父爲祖沖之，精通天文歷算。暅少傳家業，究極精微，曾將其父所改之何承天歷再加修訂，於梁天監四年，頒行於世。官至太舟卿，著有《天文錄》三十卷。

【語譯】算術也是六藝中的一門重要學問，自古以來，學者談論天道，訂定律歷，都學習而通曉它。但是這一門學問，只可以和其他的學問一起來研究理解，不可將它當作專業。江南研習這種學問的人很少，只有范陽人祖暅精通它，祖氏官位當到南康太守。河北的學者很多人通曉這種學問。

9. 醫方之事，取妙極難，不勸汝曹以自命也。微解藥性，小小和合，居家得以救急，亦爲勝事❶，皇甫謐❷、殷仲堪❸則其人也。

【注釋】❶勝事　佳事，美事，卽可喜之事。❷皇甫謐　晉朝的清高名士，自號玄晏先生。爲人好學不倦，不慕名利。居田里之中，不與權貴往來，能自得其樂。著有醫方之書。《隋書・經籍志》：「皇甫謐、曹歙《論寒食散方》二卷，亡。」又《唐書・藝文志》有皇甫謐《黃帝三部鍼經》十二卷。

❸殷仲堪　晉陳郡人，研治醫術，究其精妙。事親至孝，父病積年，衣不解帶，躬為診治照料。《隋書．經籍志》：「梁有《殷荊州要方》一卷，殷仲堪撰，亡。」

【語譯】醫藥處方的事情，要獲取妙法是非常困難的，因此我不鼓勵你們以通曉這一方面的事情自居。只要能够理解各種藥材的特性，略知將它們適切地調和湊合在一起，平常在家時可以用來解救臨時發生的急病，這樣也是一件好事情。像皇甫謐、殷仲堪就是屬於這樣的人物。

10. 《禮》曰：「君子無故不徹琴瑟❶。」古來名士，多所愛好。洎於梁初，衣冠子孫❷，不知琴者，號有所闕；大同以末，斯風頓盡。然而此樂愔愔雅致❸，有深味哉！今世曲解❹，雖變於古，猶足以暢神情也。唯不可令有稱譽，見役勳貴❺，處之下坐❻，以取殘盃冷炙❼之辱。戴安道❽猶遭之，況爾曹乎！

【注釋】❶君子無故不徹琴瑟　君子沒有重大的事故，不將琴瑟撤離身旁。《禮記．樂記》：「君子不可斯須而去樂，是以琴瑟無故則不徹。」徹，通撤，除也。❷衣冠子孫　指權貴和士紳之家的子孫。古代衣服有表明身分的作用，冠冕有斂束頭髮，整齊儀容的作用，都是權貴者和士紳所不可缺少的裝飾。故衣冠用以代表權貴和士紳。❸愔愔雅致　和悅而具有風雅的意趣。愔，音ㄧㄣ，愔愔，和悅之貌。《文選》嵇康〈琴賦〉：「愔愔琴德。」雅致，謂風雅的意趣。《文選》袁宏〈三國名臣序贊〉：「雅致同趣。」❹曲解　琴曲的歌辭。曲，琴曲歌辭；解，歌辭段數。琴一曲曰曲，一段曰解。❺勳貴　有功勳的達官貴人。《宋史．錢惟演傳》：「出於勳貴，文辭清麗。」❻下坐　卑下的座位。坐，

同座。❼殘杯冷炙 殘杯，沒喝完的剩酒；冷炙，沒吃完的冷肉。杜甫〈奉贈韋左丞文二十二韻〉：「殘盃與冷炙，到處潛悲辛。」❽戴安道 《晉書・隱逸傳》：「戴逵，字安道，譙國人。少博學，善屬文，能鼓琴。武陵王晞使人召之，逵對使者破琴，曰：『戴安道不為王門伶人。』」

【語 譯】《禮記》說：「君子沒有重大的事故，不將琴瑟撤離身旁。」自古以來的名士，對琴瑟大多很愛好。直到梁朝初年，權貴者和仕紳的子孫，不懂琴瑟的，便會被稱為有所闕憾。武帝大同末年，這種愛好琴瑟的風尚完全喪失。但是琴瑟這種樂器的音調，真是和悅高雅而且具有深長的韻味啊！現今琴曲的歌辭雖然是從古代演變而來，仍然足夠用以舒暢人的精神和感情。只是在這一方面不可以使自己有美好的名聲，以免被有功勳的權貴所役使，在宴會時被安排在卑下的座位上，得到被施捨些剩酒冷肉的恥辱。像戴安道那樣的清高之士尚且幾乎遇到這一類的事，何況是你們呢？

11. 《家語》曰❶：「君子不博，為其兼行惡道故也。」《論語》❷云：「不有博弈❸者乎？為之，猶賢乎已。」然則聖人不用博弈為教；但以學者不可常精，有時疲倦，則儻為之，猶勝飽食昏睡，兀然端坐❹耳。至如吳太子以為無益，命韋昭論之❺；王肅、葛洪、陶侃之徒，不許目觀手執❻，此並勤篤之志也。能爾為佳。古為大博則六箸，小博則二煢❼，今無曉者。比世所行，一煢十二棊，數術淺短，不足可翫。圍棊有手談、坐隱❽之目，頗為雅戲，但令人耽憒，廢喪實多，不可常也。

【注 釋】❶家語 此指《孔子家語・五儀解》。❷《論語》 此指《論語・陽貨篇》。❸博弈

博戲和圍棋。博，又稱六博，《說文》：「博，局戲六箸十二棊也。」這是古代一種下棋又投瓊（像近代的骰子）的賭博。其玩法是在棋局上放六根木條（又叫箸或籌），局上棋子六白六黑，一邊一色；下棋子的權力是依投瓊的勝負來做決定，投瓊勝的人，其所持的棋子可以下水（線條外的空間）吃魚，一直吃翻到二條魚，取得六籌，卽算獲勝。又《方言・五》：「圍棊謂之弈。」❹兀然端坐　傻傻地直坐著。兀然，指無知的樣子。劉伶〈酒德頌〉：「兀然而醉。」端坐，謂正坐，卽直直地坐著。《北史・高昂傳》：「誰能端坐讀書，作老博士也。」❺吳太子以爲無益二句　《三國志・吳志・韋曜傳》：「曜字宏嗣，吳郡雲陽人。爲太子中庶子。時蔡穎亦在東宮，性好博弈，太子和以爲無益，命曜論之。」韋曜卽韋昭。所論之文章，卽載於《昭明文選》卷五十二之〈博弈論〉。❻王肅葛洪陶侃之徒三句　王肅斥責博弈的事情，史書未見。葛洪的事，見《抱朴子・自序》：「見人博戲，了不目眄。……此輩末技，亂意思而妨日月，在位有損政事，儒者則廢講誦，凡民則忘稼穡，商人則失貨財。」陶侃指責博弈的事，見《晉中興書》，云：「陶侃爲荆州，見佐吏博弈戲具，投之於江，曰：『圍棊，堯舜以教愚子；博，殷紂所造；諸君並國器，何以此爲？」❼大博六箸小博二焭　鮑宏《博經》云：「博局之戲，各設六箸，行六棊，故云六博。用十二棊，六白六黑。所投骰謂之瓊，瓊有五采，刻爲一畫者謂之塞，兩畫者謂之白，三畫者謂之黑，一邊不刻者，在五塞之間，謂之五塞。」焭，卽瓊，又作⿰扌焭，一名投子。《廣韻》云：「博⿰扌焭子，一名投子。」二焭當卽二投。❽手談坐隱　《世說新語・巧藝篇》：「王中郎以圍棊是坐隱，支公以圍棊爲手談。」

【語　譯】《孔子家語》說：「君子不玩博戲，因爲它含有不善的性質。」《論語》說：「不是有一些玩博戲和下棋的人嗎？幹這種玩藝兒還比飽食終日，無所用心強些。」（話雖如此）但是聖人是不

用博戲和下棋去教導人的。只是研究學問的人無法整天聚精會神，有時身心疲倦，就用它來玩一玩，這還比吃飽飯後昏昏欲睡，或只是呆呆地坐著要強得多。至於三國時，吳國的太子認爲下棋沒有益處，命令韋昭寫了一篇博弈論來批評它；王肅、葛洪、陶侃等人對於下棋一事，不許自己和別人用眼睛去看，用手去觸摸，這些人都是具有勤勞篤厚的心志，作人要能夠這樣纔好。古代的博戲，大博有六個箸，小博有兩個煢，現在已經沒有人懂得這種玩法。當代所流行的是一煢十二個棊，技術和段數都很膚淺，不值得用來玩耍。下圍棋曾經被看作是手談或坐隱的活動，是一種很高雅的遊戲；只是它會使人沈迷心亂，耗費很多的精神，不可常常去玩它。

12. 投壺之禮，近世愈精。古者，實以小豆，爲其矢之躍也❶。今則唯欲其驍❷，益多益喜，乃有倚竿、帶劍、狼壺、豹尾、龍首❸之名。其尤妙者，有蓮花驍。汝南周璝，弘正之子❹，會稽賀徽，賀革之子❺，並能一箭四十餘驍。賀又嘗爲小障，置壺其外，隔障投之，無所失也。至鄴以來，亦見廣寧、蘭陵諸王❻，有此校具，舉國遂無投得一驍者。彈棊亦近世雅戲❼，消愁釋憒，時可爲之。

【注釋】 ❶實以小豆爲其矢之躍也　投壺的時候，在壺中盛著小豆，以防止矢的反彈跳出。《禮記・投壺》：「壺頸修（長）七寸，腹修五寸，口徑二寸半，容斗五升。壺中實小豆焉，爲其矢之躍而出也。」❷唯欲其驍　驍，謂激矢令還。卽投壺時，矢似投入，而又躍出。《西京雜記・下》：「武帝時，郭舍人善投壺，以竹爲矢，不用棘也。古之投壺，取中而不求還。郭舍人則激矢令還，一矢百餘

還，謂之爲驍，言如博之豎梟於掌中爲驍傑也。每爲武帝投壺，輒賜金帛。」❸倚竿帶劍狼壺豹尾龍首　投壺時的各種名目。司馬光《投壺格》：「倚竿，箭斜倚壺口中。帶劍，貫耳不至地者。狼壺，轉旋口上而成倚竿者。龍尾，倚竿而箭羽正向己者。龍首，倚竿而箭首正向己者。」司馬光所稱之龍尾，當卽顏氏所稱之豹尾。❹周璝弘正之子　《陳書·周弘正傳》：「子璝，官至吏部郎。」❺賀徽賀革之子　《梁書·儒林傳》：「賀瑒子革，字文明。少通三禮。及長，徧治《孝經》、《論語》、《毛詩》、《左傳》。」又《南史·賀革傳》：「子徽，美風儀，能談吐，深爲革愛。先革卒，革哭之，因遘疾而卒。」❻廣寧蘭陵諸王　《北齊·文襄六王傳》：「廣寧王孝珩，文襄第二子。愛賞人物，學涉經史，好綴文，有技藝。蘭陵武王長恭，一名孝瓘，文襄第四子。面柔心壯，音容兼美。爲將躬勤細事，每得甘美，雖一瓜數果，必與將士共之。」❼彈棊亦近世雅戲　〈藝經〉：「彈棊二人對局，黑白棊各六枚，先列棊相當，下呼上擊之。」《世說新語·巧藝篇》：「彈棊始自魏宮內，用妝奩戲。文帝於此戲特妙，用手巾角拂之，無不中者。有客自云能，帝使爲之；客著葛巾角，低頭拂棊，妙踰於帝。」傅玄《彈棊賦敍》：「漢成帝好蹴鞠。劉向謂勞人體，竭人力，非至尊所宜御，乃因其體作彈棊。」

【語　譯】投壺這種遊藝的禮法，近代愈來愈精細。古代在玩投壺的遊戲時，壺中都盛有小豆，以防止矢的反彈跳出。現在的玩法，卻要矢從壺中反彈回來，反彈回來的次數愈多，愈令人喜歡。於是有倚竿、帶劍、狼壺、豹尾、龍首等種種名目。其中有一種特別巧妙的玩法，稱爲蓮花驍。汝南人周弘正的兒子周璝，會稽人賀革的兒子賀徽都能憑一矢繼續從壺中彈回來四十幾次。賀徽又曾經設計了一種小屛障安置在壺的外頭，然後隔著屛障投壺，都沒有失誤。自從遷都到鄴以來，也見過廣寧王和蘭陵王等人都有這種用來較量技藝的器具，只是全國始終沒有人能夠用矢投中壺而又彈回來的。彈棊也是近代一

種高雅的遊戲，它可以讓人消除憂愁，排解煩悶。偶爾可以玩一玩。

【文話】我國古代儒家思想中所倡行的教育，是一種文武合一、術德兼修的教育，其教育項目首重六藝，即禮、樂、射、御、書、數。禮、樂、書、數四者，著重在智能的啟發，射、御二者，著重在藝能的傳授。這六者最能訓練人的理性知識和培養人的道德品格。此外如繪畫、卜筮、醫方、博弈、投壺等也是有益身心的藝能活動，因其不在傳統的六藝項目之內，稱為雜藝。在古人的觀念中，雜藝雖然不如六藝的重要，但是孔子說：「雖小道必有可觀者焉。」可見雜藝的產生自然有其必要性和文化性。只是「致遠恐泥」，故除了專門從事雜藝的人之外，一般人應當本著「允執其中」的態度，適可而止，不可過於沈迷，以致影響本身當做的事業。本文的主旨即是在闡釋這個道理。

本文所述說的雜藝，包括：書法、繪畫、射箭、卜筮、算術、醫方、琴瑟、博弈、投壺共九種。其中書法、射箭、算術、琴瑟四者，本屬六藝中書、射、數、樂的範圍，而在本文中皆視之為雜藝，顯然為顏之推的觀點和其前人的觀點有某種程度的出入。或許顏氏認為這四者發展到後代，人們只重視其枝節性的技巧層面，反而遺忘了其根本性的學養內涵。全文約可分為十二段：

第一段在敘述書法是一種很高妙的藝術，可以表現一個人的性格和學養。但是要達到很高的造詣，卻必須下很多的工夫，一般人如果在書法方面耗費太多的心力，就會影響本身的正業。

第二段在敘述世俗的人因重視外在的表現，常憑某人在書法上的成就，去論斷他的一切。如王羲之、蕭子雲、王褒等人都是才華秀出，學養深湛，品格清高的傑出之士，他們的這些優點，常被其書法上的成就所掩蓋，反而被世人所忽視。

第三段在敘述陶弘景、阮文幾、蕭子雲等人的書法，都是學習王羲之而得到王氏書體的精妙。

第四段在敘述南朝到了梁的天監、大同年間，由於一些書法家的隨便更改字體，相沿成習，使文字的形體結構變得面目全非。北朝則是經歷動亂之後，人們喜歡擅自造字，所造出的俗字，大多違背文字的正確結構。

第五段在敘述繪畫的才藝是靈巧且奥妙的，可以令人激賞。但是當一個人的地位尚未顯達，常被政府或有權勢的人當作畫匠一般地驅使時，那也是一種煩瑣累贅的差使。如當時的顧大端、顧庭父子二人以及劉岳等，都有這種遭遇。

第六段在敘述射藝的功用既可以防身禦敵，也可以觀德擇賢。但是江南的儒生都不學習弓箭之事，而河北的文人卻大多精於射藝的表現。以射藝表現武勇是可以取法的，但是若用以捕殺禽獸，卻不值得稱許。

第七段在敘述遠古的聖人利用卜筮以預測吉凶，主要在解決人們的疑惑。但是後代沒有精於此道的人，所以卜筮反而流於迷信一途。因此講求陰陽災異的學術，只會使人的言行受到拘束和充滿禁忌，實在毫無益處。

第八段在敘述算術是一門重要的學問，人們可以利用它測量天象，訂定律法。江南的人研習算術的很少，河北通曉算術的學者卻很多。

第九段在敘述醫藥處方是一門精深的學問，只有專業的人纔能探究它的奥祕。一般的人只要略懂藥材的特性，能調配藥材以救急卽可。

第十段在敘述琴瑟的音調優美悠揚，可以抒發人的感情，使精神舒暢。但是讀書人卻要留意，決不可因擅長琴藝而受權貴者所役使，淪為優伶雜役一般。

第十一段在敘述博戲下棋，雖有調劑心情的作用，但是卻會使人沈迷而耗費精神，凡是心志篤厚專一的人，都不去接近它。

第十二段在敘述投壺、彈棊都是些高雅的遊戲，可以讓人排解憂悶，偶爾玩玩，倒也無傷大雅。

要之，本篇雖然是顏之推對書畫、射箭、卜筮、算術、醫方、琴瑟、博弈、投壺各種雜藝的述評，但是篇中卻敘及一些後世已經失傳的雜藝作品，如王羲之、王獻之父子二人的眞書、草書，梁元帝親手畫在白團扇上的蟬雀圖、馬圖，劉岳和諸畫匠繪製成的支江寺壁圖，卜筮書中的六壬式、龍首、金匱、玉軨變、玉歷等，投壺玩藝中的倚竿、帶劍、狼壺、豹尾、龍首、蓮花驍等花樣，有關這些作品或技藝的敘述，等於為文獻保留了一些彌足珍貴的資料。此外，篇中也敘及南朝和北朝人士在雜藝上所表現的差異，如書法方面，河北的文士，造詣遠遜於江南，又喜擅自造字，故書跡尤其鄙陋。射藝方面，江南的儒生都不學習射箭，河北的文士大多擅長矢藝，南北兩朝武術的強弱，由此可見一斑。在算術方面，江南人多不學習，河北人卻都很精通，南北學術的異趣，也由此顯出其端倪。這些敘述都爲南北朝的社會和文化保留了一些難得的史料，也是篇中饒具價值的紀錄。

終制第二十

1. 死者，人之常分❶，不可免也。吾年十九，值梁家喪亂❷，其間與白刃爲伍者，亦常數輩❸；幸承餘福，得至於今。古人云：「五十不爲夭❹。」吾已六十餘，故心坦然，不以殘年爲念。先有風氣之疾❺，常疑奄然❻，聊書素懷，以爲汝誡。

【注釋】❶常分　定分，卽當然的本分。《梁書・呂僧珍傳》：「汝等自有常分，豈可妄求叨越。」分，音ㄈㄣˋ。❷吾年十九值梁家喪亂　繆鉞曰：「梁武太清三年，之推十九歲。是年三月，侯景陷臺城。五月，武帝崩。」❸數輩　數次。輩猶言人次。《史記・秦始皇本紀》：「高使人請子嬰數輩。」❹五十不爲夭　《三國志・蜀志・先主傳》注：「《諸葛亮集》載先主遺詔勅後主曰：『人五十不稱夭。年已六十有餘，何所復恨？不復自傷，但以卿兄弟爲念。』」❺風氣之疾　指病氣。中風一類的疾病。《史記・扁鵲倉公列傳》：「所以知齊王太后病者，臣意診其脈，切其太陰之口，溼然風氣也。」高適〈途中酬李少府詩〉：「日來知自強，風氣殊未痊。」❻奄然　猶奄忽，指死亡。

【語譯】死是人當然的本分，是無法避免的。我十九歲的時候，恰好遇到梁朝的動亂。其間和亮晃晃的刀劍相接觸的機會也有好多次。僥倖蒙受祖先庇蔭的福氣，能夠活到今天。古人說：「人活到五

十歲就不算短命。」我已經六十多歲了，所以心胸舒坦，不掛念未來的餘生。我以前就罹患有類似中風的疾病，常常懷疑很快就會死，姑且寫下我一向的感想，來告誡你們。

2. 先君先夫人皆未還建鄴舊山❶，旅葬江陵東郭。承聖❷末，已啟求揚都，欲營遷厝❸。蒙詔賜銀百兩，已於揚州小郊北地燒塼❹，便值本朝❺淪沒，流離如此，數十年間，絕於還望。今雖混一❻，家道❼罄窮，何由辦此奉營❽資費？且揚都汙毀，無復孑遺❾，還被下溼❿，未為得計。自咎自責，貫心刻髓⓫。計吾兄弟，不當仕進；但以門衰，骨肉單弱，五服之內，傍無一人，播越⓬他鄉，無復資廕⓭；使汝等沈淪廝役⓮，以為先世之恥；故靦冒⓯人間，不敢墜失⓰。兼以北方政教嚴切，全無隱退者故也。

【注釋】❶建鄴舊山　建鄴，即建康，今日的南京市。舊山，指故鄉。《文選・謝靈運・過始寧墅詩》：「剖竹守滄海，枉帆過舊山。」顏之推的九世祖顏含追隨晉元帝東渡，居於建鄴，故建鄴為顏之推的故鄉。❷承聖　梁元帝的年號。❸遷厝　即遷葬。厝又作措，指靈柩暫置。《文選・寡婦賦》：「又將遷神而安措。」李周翰注：「遷神安措，謂遷柩歸葬也。」❹燒塼　塼，同磚。燒塼指燒製修建墓地所用的磚塊。❺本朝　指梁朝。顧炎武《日知錄》卷十三云：「古人謂所事之國為本朝。」又云：「之推仕歷齊、周及隋，而猶稱梁為本朝；蓋臣子之辭，無可移易。」❻混一　混合一統。指隋文帝滅梁和陳，統一天下。《晉書・恭帝紀》：「混一六合。」《隋書・煬帝紀》：「車書混一。」❼家道　家資，家產。陸士衡〈百年歌〉：「子孫昌盛家道豐。」❽奉營　謂奉祀營葬。❾孑遺　殘存，剩餘。

《詩・大雅・雲漢》：「周餘黎民，靡有孑遺。」⑩下溼　卽卑溼，指地勢低下而潮溼。古人多言江南卑溼，《史記・貨殖列傳》：「江南卑溼。」⑪貫心刻髓　貫穿心中，鏤刻在骨髓裏。比喻感受的深刻。原作貫心達髓。《潛夫論・交際篇》：「精誠相射，心達髓。」⑫播越　謂流亡在外，失去原來的居所。《左傳・昭公二十六年》：「不穀震盪播越，竄在荊蠻。」⑬資廕　因爲父祖的功勳而獲得頒受官爵，稱爲資廕。廕也作蔭。《周書・蘇綽傳》：「今之選舉者，當不限資蔭，唯在得人。」⑭廝役　供人差遣的奴僕。《戰國策・燕策》：「馮几據杖，眄視指使，則廝役之人至。」⑮靦冒　慚愧的意思。《北史・周文帝紀》：「靦冒恩私，遂階榮寵。」⑯墜失　喪失，失誤。《墨子・法儀》：「使墜失其國家。」

【語譯】我先父先母的靈柩都還沒有運回建鄴的家鄉安葬，只是像客旅一般地暫時葬在江陵的城郭東邊。元帝承聖末年，我在揚都向皇上啟奏請求，計畫將先父先母的靈柩遷回家鄉安葬。承蒙皇上下詔賞賜銀子百兩，我已經利用這些銀子在揚州小城郊的北邊燒製墓磚以備建墓。卻又恰巧遭遇本朝的淪亡。像這樣的遷徙流浪，幾十年間，幾乎斷絕了還鄉的希望。現在國家雖然已經統一了，可是我們的家境卻變得很貧窮，有什麼辦法來籌措這些奉祀營葬的費用呢？況且揚都現在污穢殘破，幾乎沒有什麼遺留下來的，將靈柩遷回卑濕的地方安葬，不算是好辦法。爲此我常常責備自己，胸中感到像刺心刻骨般的傷痛。我在想，我的兄弟不應該出來當官任職；只因爲我們家道衰微，兄弟們的身體又單薄虛弱，要找一位在五等孝服之內的親人來依靠，都不太可能。加以流離遷徙到異鄉，更無門第可供庇蔭。讓你們淪落到像供人差遣的僕役一般，使祖先也連帶蒙羞，（內心實在感到不安）所以我才厚著臉皮地活在人間，不敢有所失誤。加上北朝的政治教化嚴厲峻切，凡有官職的人，全都無法辭官退隱。

3. 今年老疾侵，儻然奄忽❶，豈求備禮乎？一日放臂，沐浴而已，不勞復魄❷，殮以常衣。先夫人棄背❸之時，屬世荒饉，家塗空迫❹，兄弟幼弱，棺器率薄，藏內❺無塼。吾當松棺二寸，衣帽已外，一不得自隨，床上唯施七星板❻；至如蠟弩牙、玉豚、錫人之屬❼，並須停省，糧罌明器❽，故不得營，碑誌旒旐❾，彌在言外。載以鼈甲車❿，襯土而下⓫，平地無墳⓬；若懼拜掃不知兆域⓭，當築一堵低牆於左右前後，隨為私記耳。靈筵⓮勿設枕几，朔望祥禫⓯，唯下白粥清水乾棗，不得有酒肉餅果之祭。親友來餟酹⓰者，一皆拒之。汝曹若違吾心，有加先妣，則陷父不孝，在汝安乎？其內典功德⓱，隨力所至，勿刳竭生資⓲，使凍餒也。四時祭祀，周、孔所教，欲人勿死其親⓳，不忘孝道也。求諸內典，則無益焉。殺生為之，翻增罪累⓴。若報罔極之德㉑，霜露之悲㉒，有時齋供，及七月半盂蘭盆㉓，望於汝也。

【注釋】❶奄忽　比喻死亡。《後漢書．趙岐傳》：「自慮奄忽，乃為遺令勑兄子。」❷復魄　喪禮中一種招魂的禮儀。《儀禮．士喪禮》：「復者一人。」注：「復者，有司招魂復魄也。」❸棄背　指死亡。《三國志．魏志．齊王傳》：「烈祖明皇帝以正月棄背天下，臣子永惟忌日之哀。」也作捐背，《文選．寡婦賦》：「良人忽以捐背。」也作見背，李密〈陳情表〉：「生孩六月，慈父見背。」❹家塗空迫　謂家道窮困。空迫，指貧窮。杜甫〈鄭典設自施州歸〉詩：「旅茲殊俗遠，竟以屢空迫。」

❺藏內　墓穴裏面。藏，指壽藏，《後漢書．趙岐傳》：「先自爲壽藏。」注：「壽藏，謂塚壙也；稱壽者，取其久遠之意也，猶如壽宮、壽器之類。」❻七星板　古代棺木中用以墊屍體的板塊。《通典》引《大唐元陵儀注》：「加七星板於梓宮內，其合施於板下者，並先置之，乃加席褥於板上。」❼蠟弩牙玉豚錫人之屬　蠟弩牙，蠟製的弩牙；玉豚，用玉石雕鑿成的小豚，錫人，用錫或鉛鑄成的人形，以上三物都是古時放置在墳墓內作爲陪葬用的明器。❽糧甖明器　糧甖，盛米糧用的陶罌。甖是盛酒漿的瓦器，大腹小口，本作罌，也作甇。明器，是古代放在墳墓中殉葬的器物，卽冥器。明有神明、靈驗的意思。《禮記．檀弓下》：「其曰明器，神明之也。塗車芻靈，自古有之，明器之道也。」古代的明器中，也有盛米糧的陶罌。❾碑誌旒旐　碑誌，碑文和墓誌。大多爲記死者的功德而作。《南史．劉勰傳》：「勰爲文長於佛理，都下寺塔及名僧碑誌，必請勰製文。」旒旐，出殯時擺在靈柩前的幡旗。《世說新語．傷逝》：「庾文康亡何揚州臨葬」注：「庾公上武昌，翩翩如飛鳥；庾公還揚州，白車牽旒旐。」❿鼈甲車　載著靈柩出殯的車子。因其四輪低下，迫地而行，有如鼈的樣子，故稱鼈甲車。又作鼈蓋車，如《太平廣記．四五六》引《列異記》：「夜有乘鼈蓋車從數千騎來。」⓫櫬土而下　墊著泥土而下葬。櫬，是荐或墊的意思。⓬平地無墳　墓地上沒有高起的土堆。《禮記．檀弓上》：「古也墓而不墳。」注：「墓謂兆域，今之封塋也。古謂殷時也。土之高者曰墳。」⓭兆域　墳墓的界域。⓮靈筵　供奉亡靈的几筵。後代又稱爲靈牀或儀牀。⓯祥禫　喪忌的祭名。古時人死後，其神主被移置到和祖先的神位在一起，以供子孫的供奉，這種禮儀叫做祔。祔以後十三月舉行小祥，二十五月舉行大祥，大祥再間隔一個月舉行禫祭，卽除去孝服前的祭祀。⓰餟酹　祭祀時用酒澆地。⓱內典功德　此謂請僧侶以佛教的典籍誦讚死者的功業德行，加以超渡。內典，指佛典。功德，佛家語，指修功所得的善果。《大

乘義章・九》：「功謂功能，善有資潤福利之功，故名為功，此功是其善行家德，名為功德。」⑱刳竭生資　耗盡用以過生活的資產。刳，通枯，刳竭，謂耗盡。生資，指生活所需的資產。元結〈舂陵行〉：「悉使索其家，而又無生資。」《通鑑・二三八》胡三省注：「財物田園，人資以生，謂之資產。」生資義與資產同。⑲勿死其親　不要雙親一死，便將他們忘得一乾二淨。此死字和《左傳・僖公三十二年》：「未報秦施，而伐其師，其為死君乎？」的死字用法相同。⑳殺生為之　翻增罪累　謂宰殺牲畜以祭祀已經去世的祖先，反而會增加他們的罪過。本書〈歸心篇〉：「好殺之人，臨死報驗，子孫禍殃。」㉑罔極之德　無窮盡的恩德。指父母生養子女的無限恩惠。《詩經・小雅・蓼莪》：「欲報之德，昊天罔極。」㉒霜露之悲　謂當霜露下降時，因感想雙親，心情變得悲愴。《禮記・祭義》：「霜露既降，君子履之，必有悽愴之心，非其寒之謂也。」注：「非其寒之謂，謂悽愴及怵惕，皆為感時念親也。」㉓七月半盂蘭盆　舊俗農曆七月十五日，子女以盂蘭齋供祭亡父母。《盂蘭盆經》：「目蓮見其亡母生餓鬼中，即缽盛飯，往餉其母，食未入口，化成火炭，遂不得食。目蓮大叫，馳還白佛。佛言：『汝母罪重，非汝一人所奈何，當須十方眾僧威神之力，至七月十五日，當為七代父母厄難中者，具百味五果，以著盆中，供養十方大德。』佛勅眾僧，皆為施主，祝願七代父母，行禪定意，然後受食。是時，目蓮母得脫一切餓鬼之苦。目蓮白佛：『未來世佛弟子行孝順者，亦應奉盂蘭盆供養。』佛言：『大善。』」又《歲時廣記・三〇》引韓琦〈家祭式〉云：「近俗七月十五日有盂蘭齋者，蓋出釋氏之教，孝子之心不忍違眾而忘親，今定為齋享。」

【語譯】現在我年老又病痛纏身，如果死了，那裏會要求兒孫們用周備的喪禮來料理我的後事呢？一旦我雙臂一伸而過世了，只要將我的身體洗滌乾淨就夠了，不必勞動大家舉行招魂的禮儀；入斂

時也只要給我穿上平常的衣服就可以。我先母去世的時候，各地正在鬧饑荒，我們家裏也很窮困，我的兄弟們又年幼弱小，所以裝殮先母遺體所用的棺木及其他器物都很粗薄簡陋，墓穴裏面也沒有安放磚塊。我的棺木只要用二寸厚的松木製成就可以，棺木內除了我穿戴的衣服帽子以外，其他的東西一樣都不可以陪我埋葬。棺木中只要用七星板做墊襯屍體的床就可以了，至於像蠟弩牙、玉豚、錫人等一類的陪葬品都必須停止使用，盛米糧用的陶罌等明器也不可置放，碑文墓誌和出殯時導引靈柩的幡旗等器物都得省掉，那更不用說了。出殯時只需用鼈甲車載著靈柩，下葬時墓穴內只需用泥土墊著棺木，墓地上也不需要有高起的土堆；如果怕子孫們將來上墓地祭拜和掃除時找不到墓地的範圍，那只要在墓地的前後左右修築一道矮牆圍起來，再作一個私下可辨認的記號就夠了。家中供奉亡靈的筵桌不必擺設枕几，每月初一和十五的祭祀，還有周年的祥祭以及除孝服前的禫祭，只要在靈桌上擺上白粥、清水、乾棗等東西就夠了，不可以用酒肉、餅乾、水果等食物來祭祀。親戚朋友們來祭祀時，若要沿用以酒澆地一類的禮儀，要一概加以婉拒。你們如果違背我的心意，在祭祀我的禮儀上超過我的先母，那就是陷你們父親於不孝的境地了，對你們來說，你們會安心嗎？至於請僧侶來誦佛經讚揚死者的功德這種事，要以你們的力量能辦得到爲限，不可因此而耗盡日常生活所需用的錢財，反而挨凍挨餓。每年按照四季的節日祭祀先人，這是周公、孔子所遺留下來的教化，目的是要人們不可因雙親一死，便將孝道忘得一乾二淨。想從佛典中去尋求超渡是沒有用的；宰殺牲畜來祭祀先人，反而會增加他們的罪過。如果想要報答父母無窮盡的恩德，那麼當霜露下降時，感念雙親的不在，一年四季的節日供奉些齋飯，還有七月十五日盂蘭盆節的齋供，希望你們不要忘記。

4. 孔子之葬親也，云：「古者，墓而不墳。丘東西南北之人也，不可以弗識也。」於是封之崇四尺❶。然則君子應世行道，亦有不守墳墓之時，況為事際❷所逼也！吾今羈旅，身若浮雲❸，竟未知何鄉是吾葬地；唯當氣絕便埋之耳。汝曹宜以傳業揚名為務，不可顧戀朽壞，以取堙沒也。

【注釋】❶古者墓而不墳至封之崇四尺　見《禮記・檀弓上》。東西南北之人，指居無定所的人。識，音ㄓ，記的意思。封，聚土。❷事際　世事繁多的時候，即所謂多事之秋。《齊書・王晏傳》：「高祖雖以事際須宴，而心相疑斥。」❸身若浮雲　比喻行蹤飄忽不定。《論語・述而》：「於我如浮雲。」

【語譯】孔子埋葬雙親的時候說：「古代的墓地上，是不積土堆的，我是一個四處奔波的人，不能不在父母的墓地上做一點記號。」因此就積上了土堆，有四尺高。但是君子為了適應時世而實踐其理想，也有不能夠守護先人墳墓的時候，何況有時還身處多事之秋，被時勢所逼迫哩！我現在旅居他鄉，行蹤像浮雲般地飄忽不定，真不知道那裏是我葬身的地方；只要我一斷氣便埋葬就可以了。你們應當在傳授德業，宏揚聲名等事上盡力，不可以因顧慮父母所葬身的地方，反而埋沒了自己的一切。

【文話】本篇的主旨是顏之推在對他的兒子交代自己死後的詳細喪葬事宜。篇中並敘及之推的父母旅葬在江陵，之推卻無法將其歸葬建鄴故鄉的感歎。同時也敘及了不少六朝時有關喪祭營葬的禮儀和事物。不但是一篇揭示慎終追遠之孝道美德的難得作品，也是一篇提供了不少六朝喪葬儀制的可貴文獻。全篇約可分為四段：

首段敘述自己的年事已高，從前又有中風的病歷，故先寫下自己對身後的一些想法，以告訴子嗣。

第二段敘述自己的父母旅葬在江陵東郭，由於戰亂的緣故，自己未能將其遷回建鄴故鄉安葬，心裏常常感到自責自咎，非常痛苦。

第三段敘述自己死後，子嗣對其斂祭營葬等事應當力求從簡的一些細節。

末段援引孔子安葬雙親的典故，交代自己死後，子嗣簡單加以安葬卽可，也不必爲安葬的地方而耗費心思。立身處世要以傳授德業，宏揚聲名爲要務。

全篇流露出純厚的心思和緜邈的情韻。對父母的遷葬事宜，縈繞心中，念念不忘；對自己身後的從簡，諄諄告誡，鉅細靡遺，是「禮，與其奢也，寧儉；喪，與其易也，寧戚」的最佳註腳。字裏行間，旣表現了眞摯的孝思，也倡導了節葬的美德，對端正世風民俗，具有極大的啟示，可以說是「孝子不匱，永錫爾類」的最佳典範。

附錄

一、顏之推傳（原載《北齊書・文苑傳》）

清盧文弨注釋 抱經堂校定本

顏之推字介琅邪臨沂人也九世祖含從晉元東度官至侍中右光祿西平侯（晉書孝友傳）顏含字宏都琅邪莘人也祖欽給事中父默汝陰太守含少有操行以孝聞元帝過江以爲上虞令歷散騎常侍大司農豫討蘇峻功封西平縣侯拜侍中遷光祿勳以年老遜位成帝美其素行就加右光祿大夫年九十三卒謚曰靖三子髦謙約竝有聲譽 父勰梁湘東王繹鎭西府諮議參軍（梁書文學傳下）顏協字子和七代祖含父見遠博學有志行齊和帝卽位於江陵以爲治書侍御史兼中丞高祖受禪見遠乃不食發憤數日而卒協幼孤養於舅氏少以器局見稱博涉羣書工於草隸釋褐湘東王國常侍又兼府記室世祖出鎭荆州轉正記室感家門事義恆辭徵辟遊於蕃府而已卒年四十二二子之儀之推（補）（案）梁書以含爲協七世祖則是之推之八世祖也史家所紀世數往往不同有從本身數者亦有離本身數者今考顏氏家廟碑含子髦字君道髦子綝字文和綝子靖之字茂宗靖之子騰之字宏道騰之子炳之字叔豹炳之子見遠字見遠見遠子協則梁書離本身數晉書連本身數是以不同勰之與協義相近家廟碑作協與梁書同 世善周官左氏學之推早傳家業年十二値繹自講莊老便預門徒虛談非其所好還習禮傳博覽羣書無不該洽詞情典麗甚爲西府所稱繹以爲其國左常侍加鎭西墨曹參軍好飲酒多任縱不修邊幅謂無容儀也此之推自言云爾見序致篇時論以此少之繹遣世子方諸出鎭郢州以之推掌管記値侯景陷郢州頻欲殺之賴其行臺郎中王則以獲免囚送建鄴景平還江陵時繹已自立以之推爲散騎侍郎奏舍人事後爲周軍所破大將軍李顯重之薦往宏農令掌其兄平陽王慶遠書翰値河水暴長具船將妻子來奔經砥柱之險時人稱其勇決顯祖見而悅

之郎除奉朝請引於內館中侍從左右頗被顧眄天保末從至天池以為中書舍人令中書郎段孝信將敕書出示之推之推營外飲酒孝信還以狀言顯祖乃曰且停由是遂寢河清末被舉為趙州功曹參軍尋待詔文林館除司徒錄事參軍之推聰穎機悟博識有才辯工尺牘應對閑明大為祖珽所重令掌知館事判署文書尋遷通直散騎常侍俄領中書舍人帝時有取索恆令中使傳旨之推稟承宣告館中皆受進止所進文章皆是其封署於進賢門奏之待報方出兼善於文字監校繕寫處事勤敏號為稱職帝甚加恩接顧遇逾厚為勳要者所嫉常欲害之崔季舒等將諫也之推取急還宅故不連署及召集諫人之推亦被喚入勘無其名方得免禍（北齊書崔季舒傳）祖珽受委奏季舒總監內作韓長鸞欲出之屬車駕將適晉陽季舒與張雕議以為壽春被圍大軍出拒信使往還須稟節度兼道路小人或相驚恐云大駕向幷畏避南寇若不啟諫必動人情遂與從駕文官連名進諫趙彥深唐邕段孝言等初亦同心臨時疑貳季舒與爭未決長鸞遂奏云漢兒文官連名總署聲云諫止向幷其實未必不反宜加誅戮帝卽召已署官人集含章殿以季舒張雕劉逖封孝琰裴澤郭遵等為首斬之殿庭　尋除黃門侍郎及周兵陷晉陽帝輕騎還鄴窘急計無所從之推因宦者侍中鄧長顒進奔陳之策仍勸募吳士千餘人以為左右取青徐路共投陳國帝甚納之以告丞相高阿那肱等不願入陳（阿那肱召周軍約生致齊主故也見幼主紀）乃云吳士難信不須募之勸帝送珍寶累重向青州且守三齊之地若不可保徐浮海南度雖不從之推計策猶以為平原太守令守河津齊亡入周大象末為御史上士隋開皇中太子召為學士甚見禮重尋以疾終有文三十卷家訓二十篇並行于世曾撰觀我生賦文致清遠（案）諸本多刪此賦不錄今以顏氏一生涉履備見此中故依史文全錄之

且爲之注

其詞曰仰浮清之藐藐俯沈奧之茫茫(淮南子天文訓)清陽者薄靡而爲天重濁者凝滯而爲地(詩大雅瞻卬)藐藐昊天無不克鞏(傳)藐藐大貌(左氏襄四年傳)虞人之箴曰芒芒禹迹畫爲九州

已生民而立教乃司牧以分疆內諸夏而外夷狄驟五帝而馳三王(公羊成十五年傳)春秋內其國而外諸夏內諸夏而外夷狄(白虎通號篇)鉤命決曰三皇步五帝趨三王馳五霸騖

大道寢而日隱小雅摧以云亡(班孟堅兩都賦序)昔成康沒而頌聲寢王澤竭而詩不作(孟子離婁上)王者之迹熄而詩亡(毛詩序)小雅盡廢則四夷交侵中國微矣

哀趙武之作孽怪漢靈之不祥趙武謂趙武靈王也武靈王胡服騎射事見戰國趙策(續漢書五行志)靈帝好胡服胡帳胡牀胡坐胡飯胡箜篌胡笛胡舞京都貴戚皆競爲之此服妖也其後董卓多擁胡兵塡塞街衢虜掠宮掖發掘園陵

旄頭翫其金鼎典午失其珠囊(史記天官書)昴曰旄頭胡星也一本作髦頭(左氏宣三年傳)楚子伐陸渾之戎遂至于雒觀兵于周疆定王使王孫滿勞楚子楚子問鼎之大小輕重焉對曰在德不在鼎昔夏之方有德也遠方圖物貢金九牧鑄鼎象物使民知神姦桀有昏德鼎遷于商載祀六百商紂暴虐鼎遷于周(蜀志譙周傳)典午忽兮月西沒兮典午者謂司馬也(案)代魏者晉姓司馬氏珠囊當出緯書(孔穎達周易正義序)秦亡金鏡未墜斯文漢理珠囊重興儒雅(初學記引尚書考靈曜)云河圖子提期地留赤用藏龍吐珠(康成注)河圖子劉氏而提起也藏祕也珠寶物喻道也赤漢當用天之祕道故河龍吐之

瀍澗鞠成沙漠神華泯爲龍荒(尚書禹貢)荆河惟豫州伊洛瀍澗既入于河(漢書地理志)瀍水出河南穀城縣替亭北澗水出宏農新安縣(通典州郡七)荆河之州永嘉之亂沒於劉石(詩小雅小弁)踧踧周道鞠爲茂草(漢書蘇建傳)李陵歌曰徑萬里兮度沙幕古沙漠作幕字神華中華也(史記孟子荀卿列傳)騶衍以爲儒者所謂中國者於天下乃八十一分居其一分耳中國名曰赤縣神州(漢書匈奴傳)五月大會龍城祭其先天地鬼神又(敍傳)龍荒幕朔莫不來庭

吾王所以東運我祖於是南翔(自注)晉中宗以琅邪王南度之推琅邪人故稱吾王

去琅邪之遷越宅金陵之舊章金陵本吳地後越滅吳其地遂爲越有故稱越也說金陵者各不同唯張敦頤六朝事迹序爲明析言楚威王因山立號置金陵邑或云以此有王氣故埋金以鎭之或云地接金壇之陵故謂之金陵秦時望氣者云五百年後有天子氣始皇東巡乃鑿鍾阜斷金陵長隴以通流改其地爲秣陵縣(詩大雅卷阿)爾土宇昄章

作羽儀於新邑樹杞梓於水鄉(易漸上九)鴻漸于陸其羽可用爲儀吉(尚書召誥)周公朝至于洛則達觀于新營邑(左氏襄廿六年傳)如杞梓皮革自楚往也(洛陽伽藍記三)蕭衍子西豐侯蕭正德曰下官雖生於水鄉而立身以來未遭陽侯之難

傳清白而勿替守法度而不亡(後漢書楊震傳)轉涿郡太守子孫常蔬食步行故舊長者或欲令爲開產業震不肎曰使後世稱爲清白吏子孫以此遺之不亦厚乎(左氏昭廿九年傳)仲尼曰夫晉國將守唐叔之所受法度

逮微躬之九葉頽世濟之聲芳(左氏文十八年傳)世濟其美不隕其名

問我辰之安在鍾猒惡於有梁我辰安在詩小雅小弁文本作我良者謌養傳翼之飛獸（自注）梁武帝納亡人侯景授其命遂為反判之基（加注）傳讀曰附飛獸飛虎也史臣避唐諱改（周書寤儆解）無虎傳翼將飛入邑擇人而食子貪心之野狼（自注）武帝初養臨川王子正德為嗣生昭明後正德還本特封臨賀王猶懷怨恨徑判入北而還積財養士每有異志也（加注）（史記項羽紀）猛如虎很如羊貪如狼（左氏宣四年傳）諺曰狼子野心初召禍於絕域重發釁於蕭牆（自注）正德求征侯景至新林叛投景景立為主以攻臺城雖萬里而作限聊一葦而可航指金闕以長鎩向王路而蹶張（賈誼書過秦上）鉏耰棘矜不敵於鉤戟長鎩（漢書申屠嘉傳）以材官蹶張（如淳曰）材官之多力能脚踏彊弩張之律有蹶張士（師古曰）今之弩以手張者曰擘張以足踏者曰蹶張勤王踰於十萬曾不解其搤吭（左氏僖廿五年傳）求諸侯莫如勤王（史記劉敬傳）夫與人鬭不搤其肮拊其背未能全其勝也（集解）張晏曰肮喉嚨也（索隱）嗌音厄肮音胡浪反一音胡剛反蘇林以為頸大脈俗所謂胡脈者也（案）肮與吭同漢書作亢嗟將相之骨鯁皆屈體於犬羊（自注）臺城陷援軍竝問訊二宮致敬于侯景也（加注）（史記專諸傳）方今吳國外困於楚而內空無骨鯁之臣是無如我何武皇忽以厭世白日黯而無光既饗國而五十何克終之弗康嗣君聽於巨猾每凛然而負芒（陶潛讀山海經詩）巨猾肆威暴欽鵶違帝旨（漢書霍光傳）宣帝謁見高廟大將軍光從驂乘上內嚴憚之若有芒刺在背自東晉之違難寓禮樂於江湘迄此幾於三百左衽浹於四方詠苦胡而永歎吟微管而增傷世祖赫其斯怒奮大義於沮漳（自注）孝元帝時為荊州刺史（加注）（左氏哀六年傳）江漢雎漳楚之望也授犀函與鶴膝建飛雲及艅艎犀函犀甲也（周禮考工記）燕無函（注）函鎧也孟子曰矢人豈不仁於函人哉又函人為甲犀甲七屬兕甲六屬犀甲壽百年兕甲壽二百年（方言九）矛骹細如鴈脛者謂之鶴厀（初學記）引晉令曰水戰有飛雲船蒼隼船先登船飛鳥船（郭璞江賦）漂飛雲建艅艎艅艎卽左氏傳之餘皇北徵兵於漢曲南發餫於衡陽（自注）湘州刺史河東王譽雍州刺史岳陽王詧竝隸荊州都督府（加注）說文餫野饋也昔承華之賓帝寔兄亡而弟及（自注）太子薨乃立晉安王為太子（加注）（文選陸士衡皇太子宴玄圃詩）弛厥負檐振纓承華（李善注）引洛陽記曰太子宮在大宮東中有承華門（周書太子晉解）王子曰吾後三年將上賓於帝所（史記魯周公世家）叔牙曰一繼一及魯之常也（集解）何休曰父死子繼兄終弟及逮皇孫之失寵歎扶車之不立（自注）嬌皇孫驩出封豫章王而薨（加注）扶車疑是綠車（獨斷）綠車名曰皇孫車天子有孫

乘之閒王道之多難各私求於京邑襄陽阻其銅符長沙閉其玉粒（自注）河東岳陽皆昭明子（加注）（史記孝文本紀）二年初與郡國守相爲銅虎符竹使符（集解）應劭曰銅虎符第一至第五國家當發兵遣使者至郡合符符合乃聽受之（索隱）古今注云銅虎符銀錯書之張晏云銅取其同心也（梁書河東王譽傳）臺城沒譽還湘鎭世祖遣周宏直督其糧前後使三反譽竝不從遽自戰於其地豈大勛之暇集子既損而姪攻昆亦圍而叔襲褚乘城而宵下杜倒戈而夜入（自注）孝元以河東不供船艎乃遣世子方等爲刺史大軍掩至河東不暇遣拒世子信用群小貪其子女玉帛遂欲攻之故河東急而逆戰世子爲亂兵所害孝元發怒又使鮑泉圍河東而岳陽宣言大獵卽擁衆襲荊州求解湘州之圍時襄陽杜岸兄弟怨其見劫不以實告又不義此行率兵八千夜降岳陽於是遁走河東府褚顯族據投岳陽所以湘州見陷也行路彎弓而含笑骨肉相誅而涕泣周旦其猶病諸孝武悔而焉及（漢書武五子傳）戾太子據因江充陷以巫蠱自經上憐太子無辜乃作思子宮爲歸來望思之臺於湖天下聞而悲之方幕府之事殷謬見擇於人羣未成冠而登仕財解履以從軍（自注）時年十九釋褐湘東國右常侍以軍功加鎭西墨曹參軍非社稷之能衞（禮記檀弓下）能執干戈以衞社稷口口口口口口僅書記於陛闥罕羽翼於風雲及荊王之定霸始讎恥而圖雪舟師次乎武昌撫軍鎭於夏汭（自注）時遣徐州刺史徐文盛領二萬人屯武昌蘆州拒侯景將任約又第二子綏寧度方諸爲世子拜中撫軍將軍郢州刺史以盛聲勢（加注）注中綏寧度三字疑譌（左氏閔二年傳）太子曰冢子君行則守有守則從從曰撫軍守曰監國濫充選於多士在參戎之盛列慙四白之調護厠六友之談說（自注）時遷中撫軍外兵參軍掌管記與文珪劉民英等與世子遊處（加注）四白四皓也（史記留侯世家）上欲廢太子留侯畫計曰上有所不能致者天下有四人迎此四人來從太子年皆八十有餘鬚眉皓白衣冠甚偉上怪之問曰彼何爲者四人前對各言名姓曰東園公角里先生綺里季夏黃公上乃大驚曰煩公幸卒調護太子（初學記）引晉公卿禮秩曰愍懷立東宮乃置六傳省尙書事始置詹事丞文書關由六傳時號太子六友雖形就而心和匪余懷之所說音悅緊深宮之生貴矧垂堂與倚衡（漢書袁盎傳）臣聞千金之子不垂堂百金之子不騎衡（如淳曰）騎倚也衡樓殿邊欄楯也（案）顏用倚衡正與如淳說合顏師古乃云騎謂跨之非古義也欲推心以厲物樹幼齒以先聲（自注）中撫軍時年十五（加注）（後漢書光武帝紀）降者更相謂曰蕭王推赤心置人腹中安得不投死乎厲磨厲也（漢書梅福傳）爵祿束帛者天下之底石高祖所以厲世磨鈍也樹立也齒年也（漢書韓信

傳）廣武君曰兵固有先聲而後實者 愾敷求之不器乃畫地而取名（詩曹風下泉）愾我寤歎（箋云）愾歎息之意（釋文）苦愛反（書伊訓）敷求哲人俾輔于爾後嗣不器言不器使也（漢書張湯傳）霍光問千秋戰鬬方略山川形埶千秋口對兵事畫地成圖無所忘失千秋湯子安世長子也 仗禦武於文吏（自注）以虞預爲郢州司馬領城防事 委軍政於儒生（自注）以鮑泉爲郢州行事摠攝州府也 値白波之猝駭逢赤舌之燒城（後漢書獻帝紀）白波賊寇河東（章懷注）薛瑩書曰黃巾郭泰等起於西河白波谷時謂之白波賊（太玄經干次八）赤舌燒城吐水于缾 王凝坐而對寇白詡拱以臨兵（自注）任約爲文盛所困侯景自上救之舟艦弊漏軍饑卒疲數戰失利乃令宋子仙任約步道偸郢州城預無備故陷賊（加注）（梁書鮑泉傳）郢州平元帝以長子方諸爲刺史泉爲長史行府州事不邮軍政唯蒲酒自樂賊騎至百姓奔告方諸與泉方雙陸不信既而傳告者衆始令闔門賊縱火焚之城陷執方諸及泉送之景所景後殺之白當指鮑泉猶言白面書生也詡拱或是翊拱之誤 莫不變蝯而化鵠皆自取首以破腦（抱朴子）周穆王南征久而不歸一軍盡化君子爲猿爲鶴小人爲沙爲蟲鵠與鶴同 將睥睨於渚宮先憑陵於他道（自注）景欲攻荊州路由巴陵（加注）（漢書田蚡傳）辟睨兩宮閒師古曰辟睨旁視也（案）辟睨即睥睨也（左氏文十年傳）子西沿漢泝江將人郢王在渚宮下見之（案）渚宮在荊州正義云當郢都之南（左氏襄廿五年傳）今陳介恃楚衆以馮陵我敝邑 懿永寧之龍蟠（自注）永寧公王僧辯救巴陵城善於守禦景不能進（加注）此龍蟠以喻莫之敢攖耳 奇護軍之電掃（自注）護軍將軍陸法和破任約於赤亭湖景退走大潰（加注）（後漢書皇甫嵩傳）閻忠說嵩曰將軍兵動若神謀不再計摧強易於折枯消堅甚於湯雪旬月之閒神兵電掃 犇虜快其餘毒緤囚膏乎野草（左氏成三年傳）兩釋纍囚以成其好（杜注）纍繫也（案）與緤同（孔安國論語注）緤黑索（文選司馬長卿諭巴蜀檄）肝腦塗中原膏液潤野草（李善注）引春秋攷異郵曰枯骸收胲血膏潤草 幸先主之無勸賴滕公之我保（自注）之推執在景軍例當見殺景行臺郎中王則初無舊識再三救護獲免囚以還都（加注）先主謂蜀先主也舊本作先生譌（魏志呂布傳）布既降生縛之布請曰明公將步布將騎則天下不足定也太祖有疑色劉備進曰明公不見布之事丁建陽及董太師乎太祖頷之於是縊殺布（史記淮陰矦列傳）韓信亡楚歸漢爲連敖坐法當斬其輩十三人已斬次至信信仰視適兒滕公曰上不欲就天下乎何爲斬壯士滕公奇其言乃釋而不斬與語大說之言於上上拜以爲治粟都尉滕公乃夏侯嬰也 剟鬼錄於岱宗招歸魂於蒼昊（自注）時解衣訖而獲全（加注）剟削也（魏文帝與吳質書）徐陳應劉一時俱逝頃撰其遺文都爲一集觀其姓名已爲鬼錄（博物志）援神契曰太山天帝孫也主召人魏東方萬物始故主人生命之長短（古樂府怨詩行）人間樂未央忽然歸東嶽（魏應璩百一詩）年命在桑榆東嶽與我期（楚辭）有招魂（爾雅釋天）春曰蒼天夏曰昊天 荷性命之重賜銜若人以終老賊棄甲而來

復肆觜距之鵰鳶（左氏宣二年傳）宋城華元爲植巡功城者謳曰睅其目皤其腹棄甲而復于思于思棄甲復來（杜注）棄甲謂亡師（張茂先鷦鷯賦）鵰鶡介其觜距（詩小雅四月傳）雕鳶貪殘之鳥也 積假履而弒帝憑衣霧以上天用速災於四月奚聞道之十年（自注）臺城陷梁武曾獨坐歎曰侯景於文爲小人百日天子及景以大寶二年十二月十九日僭位至明年三月十九日棄城逃竄是一百二十日芛天道繼大數故文爲百日言與公孫述但稟十二而旬歲不同（加注）（左氏僖四年傳）賜我先君履（杜注）履所踐履之界衣霧當作依霧（劉勰新論均任篇）夫龍蛇有翻騰之質故能乘雲依霧注中芛字疑 就狄俘於舊壞陷戎俗於來旋慨黍離於淸廟愴麥秀於空廛蠶鼓臥而不考景鐘毀而莫懸（詩王黍離序）閔宗廟也周大夫行役至於宗周過故宗廟宮室盡爲禾黍閔周室之顚覆彷徨不忍去而作是詩也（史記宋微子世家）箕子朝周過故殷虛感宮室毀壞生禾黍箕子傷之欲哭則不可欲泣爲其近婦人乃作麥秀之詩以歌詠之（周禮地官鼓人）以蠶鼓鼓軍事（毛詩傳）考擊也（晉語七）魏顆以其身卻退秦師於輔氏親止杜回其勳銘於景鐘（韋注）景鐘景公鐘 野蕭條以橫骨邑闃寂而無烟疇百家之或在（自注）中原冠帶隨晉渡江者百家故江東有百譜至是在都者覆滅略盡 覆五宗而翦焉（史記五宗世家）孝景皇帝子凡十三人爲王而母五人同母者爲宗親（書五子之歌）覆宗絕祖（杜注成二年左傳）翦盡也 獨昭君之哀奏唯翁主之悲絃（自注）公主子女見辱見讎（加注）（石崇王明君辭序）王明君者本是王昭君以觸文帝諱改之匈奴盛請婚於漢元帝以後宮良家子昭君配焉昔公主嫁烏孫令琵琶馬上作樂以慰其道路之思其送明君亦必爾也（史記大宛傳）烏孫以馬千匹聘漢女漢遣宗室女江都翁主往妻烏孫烏孫王昆莫以爲右夫人（漢書西域傳）公主悲愁自爲作歌曰吾家嫁我兮天一方遠託異國兮烏孫王穹廬爲室兮旃爲牆以肉爲食兮酪爲漿居常土思兮心內傷願爲黃鵠兮歸故鄉 經長干以掩抑（自注）長干舊顏家巷（加注）（劉淵林注吳都賦）建業南五里有山岡其閒平地吏民雜居東長干中有大長干小長干皆相連大長干在越城東小長干在越城西地有長短故號大小長干掩抑意不舒也 展白下以流連（自注）靖侯以下七世墳塋皆在白下（加注）白下一名白下門今江寧縣地流連不能去也 深燕雀之餘思感桑梓之遺虔（禮記三年問）今是大鳥獸則失喪其群匹越月踰時焉則必反巡過其故鄉翔回焉鳴號焉蹢躅焉踟躕焉然後乃能去之小者至於燕雀猶有啁噍之頃焉然後乃能去之（詩小雅小弁）維桑與梓必恭敬止 得此心於尼甫信茲言乎仲宣（王仲宣登樓賦）悲舊鄉之壅隔兮涕橫墜而弗禁昔尼父之在陳兮有歸歟之歎音鍾儀幽而楚奏兮莊舄顯而越吟人情同於懷土兮豈窮達而異心 逷西土之有衆資方叔以薄伐（自注）永寧公以司徒爲大都督（加注）（書牧誓）逖矣西土之人逷與逖同又（秦誓中）西土有衆咸聽朕言（詩小雅采芑）方叔涖止其車三千又（六

月）薄伐玁狁至於太原 撫鳴劍而雷咤振雄旗而雲窣 咤與吒同陟嫁切吒怒也窣當作崒倉沒切危高也 千里追其飛走三載竆於巢窟屠蚩尤於東郡挂郅支於北闕（自注）既斬侯景烹屍于建業市百姓食之至于肉盡齕骨傳首荆州懸于都街（加注）（史記五帝本紀）蚩尤作亂不用帝命於是黃帝乃徵師諸侯與蚩尤戰于涿鹿之野遂禽殺蚩尤（續漢書郡國志）東平國壽張故屬東郡（劉昭注）皇覽曰蚩尤冢在縣闞鄉城中高七丈（漢書陳湯傳）郅支單于殺漢使者湯矯制發城郭諸國兵薄城下單于被創死軍候假丞杜勳斬單于首於是上疏宜縣頭槀街蠻夷邸閒以示萬里 弔幽魂之冤枉掃園陵之蕪沒殷道是以再興夏祀於焉不忽但遺恨於炎崑火延宮而累月（自注）侯景既平我師採穭失火燒宮殿蕩盡也（加注）（書嗣征）火炎崑岡玉石俱焚 指余櫂於兩東 兩東未詳或湘東之譌 侍昇壇之五讓（魏志文帝紀）乃為壇於繁陽王升壇卽阼（漢書袁盎傳）陛下至代邸西鄉讓天子者三南鄉讓天子者再夫許由一讓陛下五以天下讓過許由四矣（案）元帝屢讓王僧辯等勸進表至大寶三年冬始卽位於江陵故云 欽漢官之復覩赴楚民之有望（後漢書光武帝紀）時三輔吏士東迎更始見諸將皆冠幘而服婦人衣諸于繡䗉莫不笑之或有畏而走者及見司隸僚屬皆歡喜不自勝老吏或垂涕曰不圖今日復見漢官威儀由是識者皆屬心焉 攝絳衣以奏言忝黃散於官謗（自注）時為散騎侍郎奏舍人事也（加注）舍人是兼職故曰攝絳衣當是舍人所服（晉書陳壽傳）杜預薦壽于帝宜補黃散（職官志）散騎常侍侍郎與侍中黃門侍郎共平尚書奏事（左氏莊廿二年傳）敢辱高位以速官謗 或校石渠之文（自注）王司徒表送祕閣舊事八萬卷乃詔比校部分為正御副御重雜三本左民尚書周弘正黃門郎彭僧朗直省學士王珪載陵校經部左僕射王襃吏部尚書宗懷正員外郎顏之推直學士劉仁英校史部廷尉卿殷不害御史中丞王孝純中書郎鄧藎金部郎中徐報校子部右衞將軍庾信中書郎王固晉安王文學宗菩業直省學士周確校集部也（加注）（班固兩都賦）又有天祿石渠典籍之府命夫惇誨故老名儒師傅講論乎六藝稽合乎同異啓發篇章校理祕文（後漢書蔡邕傳）昔孝宣會諸儒於石渠（案）石渠議奏載漢書藝文志 時參柏梁之唱（古文苑）漢武帝元封三年作柏梁臺詔群臣二千石有能為七言詩乃得上座帝詩云日月星辰和四時和者自梁孝王而下至東方朔凡二十四人 顧甂甌之不算濯波濤而無量 自言器小而膺大遇也（方言五）甌甂陳魏宋楚之閒謂之題自關而西謂之甂其大者謂之甌 屬瀟湘之負罪（自注）陸納（加注）瀟湘二水名在荆南（梁書元帝紀）大寶三年冬執湘州刺史王琳于殿內琳副將殷宴下獄死林州長史陸納及其將潘烏累等舉兵反襲陷湘州 兼岷峨之自王（自注）武陵王（加注）岷峨蜀二山名武陵王紀為益州刺史蜀地也（紀傳）侯景亂紀不赴援高祖崩後紀乃僭號於蜀將圖荆陝時陸納未平蜀軍復逼世祖憂焉既而納平樊猛獲紀殺之於硤口 竚既定以鳴鸞脩東都

之大壯（自注）詔司農卿黃文超營殿（加注）（元帝紀）承聖二年七月詔曰今八表乂清四郊無壘宜從青蓋之興言歸白水之鄉蓋有意仍都建鄴也（周禮春官巾車疏）引韓詩升車則馬動馬動則鸞鳴鸞鳴則和應（班固西都賦）大輅鳴鑾容與徘徊鑾與鸞同（詩小序）車攻宣王復古也復會諸侯於東都因田獵而選車徒焉（易繫辭傳下）聖人易之以宮室上棟下宇以待風雨蓋取諸大壯

驚北風之復起慘南歌之不暢（自注）秦兵繼來（加注）（元帝紀）承聖三年秦州刺史嚴超達自秦郡圍涇州魏復遣將步六汗薩率衆救涇州九月魏遣其柱國万紐于謹率大衆來寇（左氏襄十八年傳）師曠曰吾驟歌北風又歌南風南風不競多死聲

守金城之湯池轉絳宮之玉帳（自注）孝元自曉陰陽兵法初聞賊來頗為厭勝被圍之後每歎息知必敗（加注）（漢書食貨志）神農之敎曰有石城十仞湯池百步帶甲百萬而亡粟弗能守也（秦州記）凡城皆稱金言其固也故墨子稱金城湯池（案）今墨子此語亡攷絳宮玉帳蓋遯甲六壬之書元帝明於占候見金樓子自序（廣雅釋言）厭鎭也亦作壓謂爲鎭壓之術制之以取勝也

徒有道而師直翻無名之不抗（自注）孝元與宇文丞相斷金結和無何見滅是師出無名（加注）（左氏僖廿八年傳）子犯曰師直爲壯曲爲老（禮記檀弓下）吳侵陳問陳大宰嚭曰師必有名人之稱斯師也者其謂之何（又曰）嚭曰君王討敝邑之罪又從而赦之師與有無名乎（案）宇文丞相謂宇文覺也（周書于謹傳）梁元帝密與齊氏通使將謀侵軼其兄子岳陽王詧以元帝殺其兄譽據襄陽來附仍請王師乃令謹率衆出討旬有六日城陷梁主降尋殺之

民百萬而囚虜書千兩而煙煬溥天之下斯文盡喪（自注）北於墳籍少於江東三分之一梁氏剝亂散逸湮亡唯孝元鳩合通重十餘萬史籍以來未之有也兵敗悉焚之海內無復書府（加注）車一乘曰兩（後漢書吳祐傳）祐父恢爲南海太守欲殺青以寫經書祐諫曰此書若成則載之兼兩

憐嬰孺之何辜矜老疾之無狀（漢書項籍傳）異時諸侯吏卒繇役屯戍過秦中秦中遇之多無狀

奪諸懷而棄艸踣於塗而受掠棄艸句謂嬰孺受掠句謂老疾踣仆也掠笞也

冤乘輿之殘酷軫人神之無狀此兩字誤狀或是伏

載下車以黜喪掠桐棺之藁葬（左氏襄廿五年傳）崔氏側莊公于北郭丁亥葬諸士孫之里四翣不蹕下車七乘不以兵甲又（哀二年傳）桐棺三寸不設屬辟素車樸馬無入于兆下卿之罰也

雲無心以容與風懷憤而憀悢井伯飲牛於秦中子卿牧羊於海上（左氏僖五年傳）晉襲虞滅之執虞公及其大夫井伯以媵秦穆姬此云井伯飲牛蓋以人之誣百里奚者加之以井伯百里奚爲一人也（史記蘇建傳）建中子武字子卿以父任稍遷至栘中廄監使匈奴單于欲降之徙武北海上無人處使牧羝羝乳乃得歸既至海上廩食不至掘野鼠去屮實而食之

留釧之妻人銜其斷絕擊磬之子家纏其悲愴留釧留以爲別也事未詳擊磬之子謂儒生

小臣恥其獨死實有媿於胡顏（曹子建上責躬應詔詩表）忍垢苟全

則犯詩人胡顏之譏（李善注）即胡不遄死之義也牽痾疻而就路（自注）時患腳氣（加注）痾與疴同（玉篇）病也（說文）疻毆傷也策駑蹇以入關（自注）官給疲驢瘦馬下無景而屬蹈上有尋而亟搴嗟飛蓬之日永恨流梗之無還（曹植詩）轉蓬離本根飄颻隨長風何意迴飆舉吹我入雲中（戰國齊策）蘇代謂孟嘗君曰土偶人與桃梗相與語土偶曰子東國之桃梗也刻削子以為人淄水至流子而去則漂漂者將如何耳若乃玄牛之旌九龍之路土圭測影璿璣審度或先聖之規模乍前王之典故與神鼎而偕沒切仙宮之永慕（周書于謹傳）收梁府庫珍寶得宋渾天儀梁日晷銅表魏相風銅蟠螭大玉徑四尺圍七尺及諸轝輦法物以獻軍無私焉（周禮地官大司徒）以土圭之灋測土深正日景以求地中（書舜典）在璿璣玉衡以齊七政（孔傳）璿璣王者正天文之器可運轉者（史記封禪書）秦滅周周之九鼎入於秦或曰宋太邱社亡而鼎沒於泗水彭城下爾其十六國之風教七十代之州壤十六國當以詩有十五國風幷魯數之為十六也或者身已入關舉崔鴻所紀載之十六國為言亦未可定管仲言古封禪之君七十二家今言七十代舉成數也（淮南繆稱訓）泰山之上有七十壇焉接耳目而不通詠圖書而可想何黎氓之匪昔徒山川之猶曩每結思於江湖將取弊於羅網此即終制篇所云計吾兄弟不當仕進所以覼冒人閒亦以北方政教嚴切全無隱遁者故也聆代竹之哀怨聽出塞之嘹朗對皓月以增愁臨芳罇而無賞所謂異方之樂秖令人悲也日太清之內釁彼天齊而外侵始蹙國於淮滸遂壓境於江潯（自注）侯景之亂齊氏深斥梁家土宇江北淮北唯餘廬江晉熙高唐新蔡西陽齊昌數郡至孝元之敗于是盡矣以江為界也（加注）（史記封禪書）齊所以為齊以天齊也（集解）蘇林曰天中中齊獲仁厚之麟角剋儁秀之南金爰衆旅而納主車五百以敻臨（自注）齊遣上黨王渙率兵數萬納梁貞陽侯明為主（加注）（詩周南麟之趾序）雖衰世之公子皆信厚如麟趾之時也麟之角振振公族（晉書薛兼傳）兼少與紀瞻閔鴻顧榮賀循齊名號為五儁初入洛司空張華見而奇之曰皆南金也返季子之觀樂釋鍾儀之鼓琴（自注）梁武聘使謝挺徐陵始得還南凡厥梁臣皆以禮遣（加注）（左氏襄廿九年傳）吳公子札來聘請觀於周樂（成九年傳）晉侯觀於軍府見鍾儀問之曰南冠而縶者誰也有司對曰鄭人所獻楚囚也問其族對曰泠人也使與之琴操南音公重為之禮使歸求成竊聞風而清耳傾見日之歸心試拂蓍以貞噬遇交泰之吉林（自注）之推聞梁人返國故有犇齊之心以丙子歲旦筮東

行吉不遇泰之坎乃喜曰天地交泰而更習坎重險行而不失其信此吉卦也但恨小往大來耳後遂吉也（加注）（易師彖）師貞丈人吉（案）鄭注禮記緇衣周禮天府太卜皆以貞爲問此貞筮亦謂問於筮也漢焦贛崔篆皆著周易林　譬欲秦而更楚假南路於東尋（呂氏春秋首時篇）墨者有田鳩欲見秦惠王留秦三年而弗得見客有言之於楚王者往見楚王楚王說之與將軍之節以如秦至因見惠王告人曰之秦之道乃之楚乎固有近之而遠遠之而近者　乘龍門之一曲歷砥柱之雙岑（尚書禹貢）導河積石至于龍門南至于華陰東至于底柱（水經注四）魏土地記曰梁山北有龍門山大禹所鑿（注又云）砥柱山名也昔禹治洪水山陵當水者鑿之故破山以通河河水分流包山而過山見水中若柱然故曰砥柱亦謂之三門山在虢城東北太陽城東也（公羊文十二年傳）河形千里而一曲（案）河從積石北行又東乃南行至于龍門此所以云一曲也　氷夷風薄而雷呴陽度山載而谷沈（海內北經）從極之淵深三百仞維冰夷恆都焉（郭璞注）冰夷卽馮夷也淮南云馮夷得道以潛大淵卽河伯也薄迫各切（易繫辭上傳）雷風相薄呴許后切嘷也（郭璞江賦）溘流雷呴而電激陽度疑陽侯之譌初學記引博物志大波之神曰陽侯山載猶言戴山古載戴字通　侔挈龜以憑濬類斬蛟而赴深　挈龜事未詳唯毛寶事略相近見（續搜神記）云晉咸康中豫州刺史毛寶戍邾城買一白龜子放之後邾城遭石勒敗衆人越江莫不沈溺寶一同自投既入水覺如隨一石上中流視之乃是先所養白龜既送至東岸出頭視此人徐游而去爾雅濬深也斬蛟博物志載澹臺滅明次非菑邱訢三事（晉書周處傳）處投水搏蛟蛟或沈或浮行數十里而處與之俱經三日三夜果殺蛟而反　昏揚舲于分陝曙結纜於河陰（自注）水路七百里一夜而至（加注）（王逸注楚辭九章）云舲船有窗牖者陝失冉切纜維船索也　追風飇之逸氣從忠信以行吟（列子說符）孔子自衞反魯息駕乎河梁而觀焉有懸水三十仞圜流九十里魚鼈弗能游黿鼉弗能居有丈夫厲之而出孔子問之曰巧乎有道術乎丈夫對曰始吾之入也先以忠信及吾之出也又從以忠信錯吾軀於波流而吾不敢用私所以能入而復出也（說苑雜言篇）（家語致思篇）竝載此事　遭厄命而事旋舊國從於採芑先廢君而誅相訖變朝而易市（自注）至鄴便值陳興而梁滅故不得還南（加注）梁敬帝禪位於陳霸先所誅之相謂王僧辯　遂留滯於漳濱私自怜其何已謝黃鵠之迴集恧翠鳳之高峙　漳濱謂鄴卽北齊所都也怜俗憐字（西京雜記）始元元年黃鵠下太液池上爲歌曰自顧薄德愧爾嘉祥之推自言其至止也視黃鵠之下鳳皇之儀爲有愧也　曾微令思之對空竊彥先之仕　令思華譚字彥先顧榮字（晉書譚傳）廣陵人刺史嵇紹舉譚秀才武帝親策之時九州秀孝策無逮譚者博士王濟於衆中嘲之曰君吳楚之人亡國之餘有何秀異而應斯舉荅曰秀異固產於方外不出於中域也是以明珠文貝生於江鬱之濱夜光之璧出乎荊藍之下故以人求之文王生於東夷大禹生於西羌子弗聞乎濟又曰夫危而不持顚而不扶至於君臣失位國亡無主凡在冠帶將何所取哉荅曰吁存亡有運興衰有期天之所廢人不能

支諒否泰有時豈人事之所能哉濟甚禮之又（榮傳）吳人也弱冠仕吳吳平入洛例拜爲郎齊王回召爲大司馬主簿回擅權驕恣榮懼及禍終日昏酣不綜府事回誅長沙王又以爲長史又敗轉成都王穎丞相從事中郎以世亂還吳屬廣陵相陳敏反假榮右將軍丹楊內史榮數踐危亡之際恆以恭遜自免後與甘卓紀瞻潛謀起兵攻敏事平還吳元帝鎭江東以榮爲軍司朝野甚推敬之

纂書盛化之旁待詔崇文之裏（自注）齊武平中署文林館待詔者僕射陽休之祖孝徵以下三十餘人之推專掌其撰修文殿御覽續文章流別等皆詣進賢門奏之（加注）（唐六典）魏文帝招文儒之士始置崇文館王肅以散騎常侍領崇文館祭酒

珥貂蟬而就列執麾蓋以入齒（自注）將以迎直散騎常侍遷黃門郎也（加注）（獨斷）武官太尉以下及侍中常侍皆冠惠文冠侍中常侍加貂蟬

款一相之故人（自注）故人祖僕射掌機密吐納帝令也

賀萬乘之知已秖夜語之見忌寧懷冣之足恃（韓非內儲說下）靖郭君相齊與故人久語則故人富懷左右◯則左右重久語懷冣小資也猶以成富況於吏勢乎此夜語疑亦久語之譌

諫譖言之矛戟惕險情之山水由重裘以勝寒用去薪而沸止（自注）時武職疾文人之推蒙禮遇每構創痏故侍中崔季舒等六人以獲誅之推爾日鄰禍而免儕流或有毀之推于祖僕射者僕射察之無實所知如舊不忘（加注）諫舊作諫誤諫與刺通（荀子榮辱篇）與人善言煖于布帛傷人之言深于矛戟（莊子列御寇）孔子曰凡人心險於山川難於知天（三國魏志王昶傳）諺曰救寒莫如重裘止謗莫如自修（後漢書董卓傳）臣聞揚湯止沸莫若去新

子武成之燕翼遵春坊而原始唯驕奢之是修亦佞臣之云使（自注）武成奢侈後宮御者數百人食於水陸貢獻珍異至乃厭飽棄于廁中褌衣悉羅纈錦繡珍玉纈成五百一段爾後宮掖遂爲舊事後主之在宮乃使駱提婆母陸氏爲之又胡人何洪珍等爲左右後皆預政亂國焉（加注）（詩大雅文王有聲）詒厥孫謀以燕翼子（傳云）燕安翼敬也（箋云）傳其所以順天下之謀以安其敬事之子孫謂使行之也（案）春坊之名隋書百官志不載唐六典注云北齊有門下坊典書坊龍朔二年改門下坊爲左春坊典書坊爲右春坊據此則唐已前尚未以春坊爲官名以其東宮所在故以春名之是時俗所呼後來卽以爲署名

惜染絲之良質惰琢玉之遺祉用夷吾而治臻昵狄牙而亂起（自注）祖孝徵用事則朝野翕然政刑有綱紀矣駱提婆等苦孝徵以法繩已譖而出之于是教令昏僻至于滅亡（加注）（墨子所染篇）墨子見染絲者歎曰染於蒼則蒼染於黃則黃五人則爲五色故染不可不愼也惰當作墮壞也（禮記學記）玉不琢不成器夷吾管敬仲名狄牙卽易牙謂齊桓公用管仲則霸用狄牙等則亂起也

誡怠荒於度政惋驅除之神速 度政疑是庶政（史記秦楚之際月表）王跡之興起於閭巷合從討伐軼於三代鄉秦之禁適足以資賢者爲驅除難耳

肇平陽之爛魚次太原之破竹（自注）晉州小失利便棄軍還并又不守并州奔走向鄴（加注）平陽晉州太原并州（公羊僖十九年傳）梁亡自亡也其自亡奈何魚爛而亡也（何休注）魚爛從

內發故云爾（晉書杜預傳）今兵威已振譬如破竹數節之後迎刃而解 寔未改於弦望遂口口口口口及都口而昇降懷墳墓之淪覆迷識主而狀人競已棲而擇木（左氏哀十一年傳）鳥則擇木木豈能擇鳥 六馬紛其顛沛千官散於犇逐無寒瓜以療饑靡秋螢而照宿（自注）時在季冬故無此物（加注）（吳越春秋三）越王復伐吳吳王率其群臣遁去晝馳夜走至胥山西坂中得生瓜吳王掇而食之（後漢書靈帝紀）張讓段珪劫少帝陳留王協走小平津帝與陳留王夜步逐熒光行數里得民家露車共乘之熒與螢同 讎敵起於舟中胡越生於輦轂（說苑貴德篇）吳起對魏武侯曰在德不在險若君不修德船中之人盡敵國也（漢書司馬相如傳）嘗從至長楊獵因上疏諫曰今陛下好陵阻險射猛獸卒然遇逸材之獸輿不及還轅人不暇施巧是胡越起於轂下而羌夷接軫也登不殆哉 壯安德之一戰邀文武之餘福屍狼籍其如莽血玄黃以成谷（自注）後主犇後安德王延宗收合餘燼於并州夜戰殺數千人周主欲退齊將之降周者告以虛實故留至明而安德敗也（加注）（左氏哀元年傳）吳日敝於兵暴骨如莽血玄黃見易坤文言天命縱不可再來猶賢死廟而慟哭（三國蜀志後主傳注）漢晉春秋曰後主將從譙周之策北地王諶怒曰若理窮力屈禍敗必及便當父子君臣背城一戰同死社稷以見先帝可也後主不納是日諶哭於昭烈之廟先殺妻子而後自殺 乃詔余以典郡據要路而問津（自注）除之推為平原郡據河津以為犇陳之計 斯呼航而濟水郊鄉導於善鄰（自注）約以鄰下一戰不剋當與之推入陳（加注）（淮南子道應訓）公孫龍在趙之時謂弟子曰人而無能者龍不與之遊有客衣褐帶索而見曰臣能呼公孫龍顧謂弟子曰門下故有能呼者乎對曰無有公孫龍曰與之弟子之籍數日往說王至於河上而航在北使客呼之一呼而航來 不羞寄公之禮願為式微之賓（儀禮喪服傳）寄公者何也失地之君也何以為所寓服齊衰三月也言與民同也（詩小序）式微黎侯寓于衞其臣勸以歸也 忽成言而中悔矯陰疎而陽親（離騷）初既與余成言兮後悔遁而有他 信諂謀於公主競受陷於姦臣（自注）丞相高阿那肱等不願入南又懼失齊主則得罪於周朝故疎閒之推所以齊主留之推守平原城而索船度濟向青州阿那肱求自鎮濟州乃啓報應齊主云無賊勿忽忽遂道周軍追齊主而及之 曩九圍以制命今八尺而由人九圍見詩商頌人身中制七尺今曰八尺言其長也 四七之期必盡百六之數溘屯（自注）趙郡李穆叔調妙占天文算術齊初踐祚計止於二十八年至是如期而滅（加注）（漢書律志）易九戹曰初入元百六陽九（孟康曰）初入元百六歲有戹者則前元之餘氣也又（谷永傳）遭无妄之卦運直百六之災阸（說文）溘奄忽也 予一生而三化備荼苦

而蓼辛（自注）在揚都值侯景殺簡文而篡位於江陵逢孝元覆滅至此而三為亡國之人 鳥焚林而鍛翮魚奪水而暴鱗（左思蜀都賦）鳥鍛翮獸廢足鍛所札切 嗟宇宙之遼曠愧無所而容身夫有過而自訟始發矇於天眞（禮記仲尼燕居）三子者既得聞此言也於夫子昭然若發矇矣 遠絕聖而棄智妄鎖義以羈仁（老子道經）絕聖棄智民利百倍絕仁棄義民復孝慈此言鎖羈猶言束縛 舉世溺而欲拯王道鬱以求申既銜石以塡海終荷戟以入秦（北山經）發鳩之山有鳥名曰精衞是炎帝之少女遊於東海溺而不返常銜西山之木石以堙東海 亡壽陵之故步臨大行以逡巡（莊子秋水篇）壽陵餘子學行於邯鄲未得國能又失其故行矣大行山名 向使潛於艸茅之下甘為畎畝之人無讀書而學劍莫抵掌以膏身（漢書東方朔傳）朔初來上書曰臣朔年十二學書十五學擊劍十六學詩書誦二十二萬言十九學孫吳兵法亦誦二十二萬言（戰國秦策）蘇秦見說趙王於華屋之下抵掌而談趙王大說膏身猶言潤身 委明珠而樂賤辭白璧以安貧堯舜不能榮其素樸桀紂無以汙其淸塵此窮何由而至茲辱安所自臻而今而後不敢怨天而泣麟也（公羊哀十四年傳）西狩獲麟孔子曰孰為來哉孰為來哉反袂拭面涕沾袍 之推在齊有二子長曰思魯次曰慜楚不忘本也之推集在思魯自為序錄

陽湖李兆洛紳琦校字

仁和王士玉嘉客覆校

二、《北史・文苑傳》

顏之推，字介，琅玡臨沂人也。祖見遠，父協，竝以義烈稱。世善周官左氏學，俱南史有傳。之推年十二，遇梁湘東王自講莊老，之推便預門徒。虛談非其所好，還習禮傳，博覽書史，無不該洽，辭情典麗，甚爲西府所稱。湘東王以爲其國右常侍，加鎭西墨曹參軍。好飲酒，多任縱，不修邊幅，時論以此少之。湘東遣世子方諸鎭郢州，以之推爲中撫軍府外兵參軍，掌管記。遇侯景陷郢州，頻欲殺之，賴其行臺郎中王則以免。景平，還江陵。時湘東即位，以之推爲散騎侍郎，奏舍人事。後爲周軍所破，大將軍李穆重之，送往弘農，令掌其兄陽平公遠書翰。遇河水暴長，具船將妻子奔齊，經砥柱之險，時人稱其勇決。文宣見悅之，即除奉朝請，引於內館中，侍從左右，頗被顧眄。後從至天泉池，以爲中書舍人。令中書郎段孝信將勑示之推，之推營外飲酒，孝信還，以狀言。文宣乃曰：且停。由是遂寢。後待詔文林館，除司徒錄事參軍。之推聰頴機悟，博識有才辯。工尺牘，應對閑明，大爲祖珽所重，令掌知館事，判署文書，遷通直散騎常侍，俄領中書舍人。帝時有取索，恒令中使傳旨，之推禀承宣告，館中皆受進止。所進文書，皆是其封署，於進賢門奏之，待報方出，兼善於文字，監校繕寫，處事勤敏，號爲稱職。帝甚加恩接。爲勳要者所嫉，嘗欲害之。崔季舒等將諫也，之推取急還宅，故不連署。及召集諫人，之推亦被喚入，勘無名得免。尋除黃門侍郎。及周兵陷晉陽，帝輕騎還鄴，窘急計無所從。之

推因宦者侍中鄧長顒進奔陳策，仍勸募吳士千餘人，以爲左右，取青徐路共投陳國。帝納之，以告丞相高阿那肱等。阿那肱不願入陳，乃云吳士難信，勸帝送珍寶累重向青州，且守三齊地。若不可保，徐浮海南度。雖不從之推策，然猶以爲平原太守，令守河津。齊亡入周。大象末，爲御史上士。隋開皇中，召爲文學，深見禮重。尋以疾終。有文集三十卷，撰家訓二十篇，竝行於世。之推在齊有二子，長曰思魯，次曰敏楚，蓋不忘本也。之推集，思魯自爲序。

三、顏之推年譜（原載《眞理》雜誌一卷四期）

繆鉞

顏之推，字介，琅玡臨沂人也。九世祖含，從晉元帝東渡，官至侍中、右光祿、西平侯〔北齊書顏之推傳。盧文弨顏之推傳注（附抱經堂本顏氏家訓後）曰：「案梁書以含爲協七世祖，則是之推八世祖也。史家所記世數，往往不同，有從本身數起，亦有離本身數者，（中略）梁書離本身數，晉書（按應作北齊書，蓋盧氏之筆誤。）連本身數，是以不同。」〕卒諡曰靖。生平雅重行實，抑絕浮僞。或問江左羣氏優劣，答曰：「周伯仁之正，鄧伯道之清，卞望之之節，餘則吾不知也。」〔晉書孝友顏含傳〕含子髦，髦子琳，琳子靖之，靖之子騰之，騰之子炳之，炳之子見遠。〔顏氏家廟碑〕見遠卽之推之祖也，仕齊和帝爲治書侍御史兼中丞，正色立朝，有當官之稱。梁武帝簒立，見遠乃不食，發憤，數日而卒。武帝深恨之，謂朝臣：「我自應天從人，何預天下士大夫事，而顏見遠乃至於此」。當時嘉其忠烈，咸稱歎之。〔梁書顏協傳，周書顏之儀傳〕見遠子協，（北齊書之推傳作勰，梁書、周書、北史、顏氏家廟碑均作協。勰協音義同。）字子和，卽之推之父，幼孤，養於舅氏。少以器局見稱，博涉羣書，工於草隸飛白，荊楚碑碣，皆協所書。協家雖貧素，而修飾邊幅，非車馬未嘗出游。舅陳羣謝暕卒，協以有鞠養恩，居喪如伯叔禮，議者甚重焉。又感家門事義，不求顯達，恆辭徵辟，游於藩府而已。〔梁書協傳，南史協傳〕顏氏本琅玡臨沂人，自顏含南渡，卽家建業長干，所居巷名顏家巷，墳墓亦在白下，之推觀我生賦自注所謂「長安舊顏氏巷，靖侯以

下七世墳塋皆在白下」者也。（顏氏家訓終制篇：「先君夫人皆未還建鄴舊山，旅葬江陵東郭。」是之推父協葬江陵，所謂靖侯以下七世墳塋皆在白下者，自含至之推祖見遠恰爲七世也。）宋顏延之爲顏含之曾孫，與之推同族，延之祖約，乃之推七世祖髦（如連本身數則爲八世祖。）之弟。〔宋書顏延之傳〕

梁武帝中大通三年辛亥（西歷紀元五三一），顏之推生。

按北齊書及北史顏之推傳均不載其卒年。顏氏家訓（後簡稱家訓）序致篇：「年始九歲，便丁荼蓼。」殆指喪父而言。之推父卒於梁武帝大同五年，〔梁書協傳〕是年之推九歲，則應生於中大通三年。家訓終制篇又云：「吾年十九，値梁家喪亂。」之推如生於中大通三年，則年十九時乃太清三年，卽侯景陷臺城之歲，所謂「値梁家喪亂」，亦正合也。

梁書顏協傳：「釋褐湘東王國常侍，又兼府記室，世祖出鎭荊州，轉正記室。」按湘東王於普通七年（五二六）出爲荊州刺史，大同五年（五三九）入爲護軍將軍領石頭戍軍事，〔梁書元帝紀〕在荊州凡十三年，而協卽卒於大同五年。協蓋自普通七年卽隨湘東王於荊州，以至於卒，之推殆亦生於江陵也。

梁書顏協傳謂協「有二子，之儀之推」，（南史協傳同）之儀名列於前，蓋之推之兄。周書顏之儀傳：「開皇十一年冬卒，年六十九。」是年之推年六十一，則之儀長之推八歲。之推生時，之儀已九歲矣。北史文苑傳謂之儀爲之推弟，誤也。家訓敍致篇：「每從兩兄，曉夕溫凊。」則除之儀外，之推尚有一兄。盧文弨補注云：「顏氏家廟碑，有名之善者，云之推弟，隋葉縣令，據此則之善亦是之推兄。」之善學業事功蓋無足稱述，故史傳不載也。

大同三年丁巳（五三七），之推七歲。

家訓勉學篇：「吾七歲時，誦魯靈光殿賦。」又敍致篇：「吾家風教，素爲整密，昔在齠齔，便蒙誘誨。每從兩兄，曉夕溫凊，規行矩步，安辭定色，鏘鏘翼翼，若朝嚴君焉。賜以優言，問所好尙，勵短引長，莫不懇篤。」

大同五年己未（五三九），之推九歲。

之推父協卒，年四十二。湘東王甚歎惜之，爲懷舊詩以傷之，其一章云：「弘都多雅度，信乃含賓實。鴻漸殊未昇，上才淹下質。」協所撰晉仙傳五篇、日月災異圖兩卷、文集二十卷，遇火湮滅。〔梁書協傳，南史協傳〕葬江陵東郭。〔家訓終制篇〕

家訓敍致篇：「年始九歲，便丁荼蓼，家塗離散，百口索然。慈兄鞠養，苦辛備至，有仁無威，導示不切。雖讀禮傳，微愛屬文，頗爲凡人之所陶染，肆欲輕言，不修邊幅。」

是年七月，湘東王繹由荆州刺史入爲護軍將軍，領石頭戍軍事。〔梁書武帝紀、元帝紀〕

大同六年庚申（五四〇），之推十歲。

是年十二月，湘東王繹出爲江州刺史。〔梁書武帝紀〕

大同八年壬戌（五四二），之推十二歲。

北齊書本傳：「世善周官左氏學，之推早傳家業，年十二，值繹自講莊老，便預門徒。虛談非其所好，還習禮傳，博覽羣書，無不該洽。」按是年湘東王繹仍爲江東刺史，之推蓋以舊誼隨王在江州也。之推不好莊老虛談，家訓勉學篇中亦言之，曰：「夫老莊之書，蓋全眞養性，不肯以物累己也。故藏名柱史，終蹈流沙，匿迹漆園，卒辭楚相，此任縱之徒耳。何晏王弼，祖述玄宗，遞相誇尙，景附草靡。皆以農黃之化，在乎己身；周孔之業，棄之度外。而平叔以黨曹爽見誅，觸死權之網也；輔嗣以多笑人被疾，臨好勝之穽也。（中略）彼諸人者，並其領袖，玄宗所歸。其餘桎梏塵滓之中，顚仆名利之下者，豈可備言乎？直取其淸談雅論，剖玄析微，賓主往復，娛心悅耳，非濟世成俗之要也。洎于梁世，茲風復闡，莊老周易，總謂三玄。武帝簡文，躬自講論。周弘正奉贊大猷，化行都邑，學徒千餘，實爲盛美。元帝在江荊間，復所愛習，召置學士，親爲教授，廢寢忘食，以夜繼朝；至乃倦劇愁憤，輒以講自釋。吾時頗預末筵，親承音旨，性既頑魯，亦所不好云。」

太淸元年丁卯（五四七），之推十七歲。

是年正月，江州刺史湘東王繹徙爲鎭西將軍荆州刺史。〔梁書武帝紀、元帝紀〕二月，東魏侯景以河南十三州來降。〔梁書武帝紀〕

太淸二年戊辰（五四八），之推十八歲。

是年十月，侯景反，濟江逼京師。〔梁書武帝紀〕

太清三年己巳（五四九），之推十九歲。

是年三月，侯景陷臺城。〔梁書武帝紀〕四月，湘東王繹稱大都督中外諸軍事司徒承制。〔梁書元帝紀〕五月，武帝崩，太子綱立，是爲簡文帝。〔梁書武帝紀、簡文帝紀〕家訓終制篇曰：「吾年十九，値梁家喪亂。」北齊書本傳：「詞情典麗，甚爲西府所稱。繹以爲其國左常侍，加鎭西墨曹參軍。好飮酒，多任縱，不修邊幅，時論以此少之。」據觀我生賦自注：「時年十九，釋褐湘東國右常侍，以軍功加鎭西墨曹參軍。」知之推仕湘東王國在本年。惟自注云「右常侍」，與本傳之「左常侍」不同，自注或較可據。家訓敍致篇：「年十八九，少知砥礪，習若自然，卒難洗盪。」

簡文帝大寶元年庚午（五五〇），之推二十歲。

是年九月，湘東王繹以世子方諸爲中撫軍，出爲郢州刺史。〔梁書元帝紀及貞慧世子方諸傳〕北齊書本傳：「繹遣世子方諸出鎭郢州，以之推掌管記。」觀我生賦自注亦云：「時遷中撫軍外兵參軍，掌管記，與文珪劉民英等與世子游處。」文珪劉民英等無攷。

大寶二年辛未（五五一），之推二十一歲。

是年閏四月，〔梁書簡文帝紀作四月〕侯景遣其將宋子仙任約襲郢州，執刺史蕭方諸。〔梁書元帝紀〕北齊書本傳：「侯景陷郢州，頻欲殺之，賴其行臺郎中王則以獲免，囚送建鄴。」觀我生賦亦云：「幸先生之無勸，賴滕公之我保。剟鬼錄於岱宗，招歸魂於蒼昊。」自注：「之推執在景軍，例當見殺，景行

臺郎中王則初無舊識，再三救護，獲免，囚以還都。」又云：「時解衣訖而獲全。」觀我生賦又云：「就狄俘於舊壤，陷戎俗於來旋。（中略）經長干以掩抑，展白下以流連。深燕雀之餘思，感桑梓之遺虔。」自注：「長干舊顏家巷，靖侯以下七世墳塋皆在白下。」顏氏自南渡後，卽居建康，而之推生於江陵，出仕蕃國，此時因被俘歸京都，始得流連家巷，展敬先塋也。

是年九月，侯景廢帝，立豫章王棟。十月弒帝。廢棟，景自立。〔梁書簡文帝紀、侯景傳〕

元帝承聖元年壬申（五五二），之推二十二歲。

是年三月，王僧辯等平侯景，傳其首於江陵。〔梁書元帝紀〕觀我生賦自注云：「既斬侯景，烹屍於建業市，百姓食之，至於肉盡齕骨，傳首荊州，縣於都街。」又云：「侯景既平，我師採穭失火，燒宮殿蕩盡。」按是時之推在建康，所言蓋出於目擊也。

十一月，元帝卽位於江陵。〔梁書元帝紀〕北齊書本傳：「景平，還江陵，時繹已自立，以之推爲散騎侍郎，奏舍人事。」觀我生賦云：「欽漢官之復覩，赴楚民之有望。攝絳衣以奏言，忝黃散於官謗。或校石渠之文，時參柏梁之唱。」自注：「時爲散騎侍郎，奏舍人事。」又云：「王司徒奏送秘閣舊事八萬卷，乃詔比校部分，爲正御、副御、重雜三本。左民尚書周弘正，黃門侍郎彭僧朗，直省學士王珪，戴陵校經部；左僕射王褒，吏部尚書宗懷正，員外郎顏之推，直學士劉仁英校史部；廷尉卿殷不害，御史中丞王孝純，中書郎鄧藎，金部郎中徐報校子部；右衛將軍庾信，中書郎王固，晉安王文學宗菩業，直省學士周確校集部也。」王司徒卽王僧辯。承聖三年十一月，魏軍卽陷江陵。之推校書之業，蓋在此兩年中也。

周書顏之儀傳：「博涉羣書，好爲詞賦，嘗獻神州頌，（北史之儀傳作荆州頌）辭致雅贍。梁元帝手勅報曰：「枚乘二葉，俱得游梁，應貞兩世，並稱文學，我求才子，鯁慰良深。」之儀蓋亦仕於元帝之朝，至於爲何官，則史傳失載，不可攷矣。

承聖三年甲戌（五五四），**之推二十四歲**。

是年九月，西魏遣萬紐于謹來攻。十月，魏軍至襄陽，蕭詧率眾會之。十一月，魏軍陷江陵，帝被執。十二月，帝遇害。（梁書元帝紀）觀我生賦：「守金城之湯池，轉絳宮之玉帳。徒有道而師直，翻無名之不抗。民百萬而囚虜，書千兩而烟煬。溥天之下，斯文盡喪。」自注云：「孝元自曉陰陽兵法，初聞賊來，頗爲厭勝；被圍之後，每歎息知必敗。」又云：「北於（疑「方」字之誤）墳籍，少於江東三分之一。梁氏剝亂，散逸湮亡，唯孝元鳩合通重十餘萬，史籍以來，未之有也。兵敗悉焚之。海內無復書府。」之推等所校之書，至此蕩然盡矣，牛弘所謂書之五厄也。（隋書牛宏傳，弘請開獻書之路表云：「蕭繹據有江陵，遣將破平侯景，收文德之書及公私典籍，重本七萬餘卷，悉送荆州，故江表圖書，因斯盡萃於繹矣。及周師入郢，繹悉焚之於外城，所收十纔一二，此則書之五厄也。」）

北齊書本傳：「後爲周軍所破，大將軍李穆重之，薦往弘農，令掌其兄陽平公慶遠書翰。」李穆時以太僕卿從征江陵，進位大將軍，見周書卷三十李穆傳。穆兄遠，封陽平郡公，都督義州弘農等二十一防諸軍事，周書卷二十五有傳，此云慶遠，疑「慶」字衍。之推北行之時，蓋頗艱苦。觀我生賦：「小臣恥其獨死，實有媿於胡顏。牽痾痏而就路，策駑蹇以入關。」自注：「時患腳氣。」又云：「官給疲驢瘦馬。」之推兄之儀亦隨例遷長安。（周書之儀傳）

是年十一月，王僧辯陳霸先奉晉安王方智承制。〔梁書敬帝紀〕

敬帝紹泰元年乙亥（五五五），之推二十五歲。

是年二月，晉安王方智卽位於建康，是爲敬帝。三月，齊遣其上黨王渙送貞陽侯蕭淵明來主梁嗣。七月，王僧辯迎淵明，以帝爲太子。九月，陳霸先殺王僧辯，廢淵明，帝復位。〔梁書敬帝紀〕

太平元年丙子（北齊文宣天保七年）（五五六），之推二十六歲。

北齊書本傳：「值河水暴長，具船將妻子來奔，經砥柱之險，時人稱其勇決。顯祖見而悅之，卽除奉朝請，引於內館中，侍從左右，頗被顧眄。」按觀我生賦自注：「齊遣上黨王渙率兵數萬納梁貞陽侯明爲主，梁武聘使謝挺徐陵始得還南，凡厥梁臣，皆以禮遣。之推聞梁人返國，故有奔齊之心。以丙子歲旦筮東行吉不，遇泰之坎，乃喜曰：天地交泰而更習坎，重險行而不失其信，此吉卦也，但恨小往大來耳，後遂吉也。」知之推奔齊在本年。其所以奔齊者，乃聞齊納貞陽侯，放梁使歸國，欲由齊得歸江南，觀我生賦所謂「譬欲秦而更楚，假南路於東尋」，故不憚冒砥柱之險，「水路七百里，一夜而至。」〔觀我生賦自注語〕乃是年至齊，次年陳霸先篡梁，終不得南歸，是則非之推所能逆料矣。之推有從周入齊夜度砥柱詩云：「俠客重艱辛，夜出小平津。馬色迷關吏，雞鳴起戍人。露鮮華劍彩，月照寶刀新。問我將何去，北海就孫賓。」

太平二年丁丑（北齊文宣天保八年）（五五七），之推二十七歲。

是年十月，陳霸先廢敬帝，自立，是爲陳武帝，改元永定。〔陳書武帝紀〕

觀我生賦：「遭厄命而事旋，舊國從於採芑。先廢君而誅相，訖變朝而易市。遂留滯於漳濱，私自怜其何已。」自注：「至鄴，便値陳興而梁滅，故不得還南。」之推北渡之後，不忘故國，觸險奔齊，蓄志南歸，至是絕望，遂留居北齊。又以「北方政教嚴切，全無隱退」，〔家訓終制篇〕故不得已而仕亂朝，事胡主，其遇亦可哀矣。

北齊文宣帝天保九年戊寅（五五八）（自本年後，之推仕北齊，故用北齊年號），之推二十八歲。

是年六月乙丑，帝自晉陽北巡，己巳，至祁連池，戊寅，還晉陽。〔北齊書文宣帝紀〕北齊書本傳：「天保末，從至天池，以爲中書舍人，令中書郎段孝信將敕書出示之推。之推營外飲酒，孝信還，以狀言。顯祖乃曰：且停。由是遂寢。」按天池卽本紀之祁連池也。（胡人呼天曰祁連）故知此事在本年。家訓勉學篇：「吾嘗從齊主幸并州，自井陘關入上艾縣，東數十里，有獵閭村，後百官受馬糧，在晉陽東百餘里亢仇亭側，並不識二所本是何地。博求古今，皆未能曉。及檢字林韻集，乃知獵閭是舊纈餘聚，（原注：「〇音獵也。」）亢仇舊是䃨𣢂亭，（原注：「上音武安反，下音仇。」）悉屬上艾。時太原王劭欲撰鄉邑記注，因此二名，聞之大喜。」蓋卽此年事。

天保十年己卯（五五九），之推二十九歲。

是年十月帝殂，〔北齊書文宣紀〕太子殷立，是爲廢帝。〔北齊書廢帝紀〕

廢帝乾明元年庚辰（五六〇），之推三十歲。

是年八月，常山王演廢帝自立，改元皇建，是爲孝昭帝皇建元年。〔北齊書孝昭紀〕

家訓紋致篇：「三十己（以）後，大過稀焉。每嘗心共口敵，性與情競，夜覺曉非，今悔昨失，自憐無教，以至於斯。」

孝昭帝皇建二年辛巳（五六一），之推三十一歲。

是年十一月，帝殂，弟長廣王湛立，改元太寧，是爲武成帝太寧元年。〔北齊書武成紀〕

北齊書本傳：「河清末，被舉爲趙州功曹參軍。」所謂河清末者，不知確在何時，大抵在河清三四年中。家訓書證篇：「余嘗爲趙州佐，共太原王邵讀柏人城西門內碑。」

後主武平三年壬辰（五七二），之推四十二歲。

是年二月，祖珽爲左僕射。〔北齊書後主紀〕

觀我生賦自注：「齊武平中，署文林館待詔者，僕射陽休之祖孝徵以下三十餘人，之推專掌其撰修文殿御覽，續文章流別等，皆詣進賢門奏之。」此只言武平中，未言在何年。北齊書後主紀謂武平四年二月置文林館，而文苑傳序記其事甚詳，則謂文林館之立在武平三年，乃之推造意，而祖珽奏成之。文苑傳序曰：「後主雖溺於羣小，然頗好諷詠。（中略）後復追齊州錄事參軍蕭慤，趙州功曹參軍顏之推同入撰次，猶依霸朝，謂之館客。放（按謂蕭放）及之推意欲更廣其事。又祖珽輔政，愛重之推，又托

鄧長顒漸說後主，屬意斯文。三年，祖珽奏立文林館，於是更召引文學士，謂之待詔文林館焉。珽又奏撰御覽，詔珽及特進魏收，太子太師徐之才，中書令崔劼，散騎常侍張雕，中書監陽休之監撰。」據觀我生賦自注及文苑傳序，皆立文林館後始修御覽，而後主紀謂武平三年二月，敕撰御覽，八月，御覽成（初名玄洲苑御覽，後改名聖壽堂御覽，書成後復改名修文殿御覽。）則文林館之立，應在三年二月，後主紀誤書於四年二月也。（據文苑傳序，魏收亦爲文林館待詔之一，而收卒於武平三年，〔北齊書・收傳〕若武平四年始立文林館，則魏收無由入待詔矣。此亦文林館之立應在三年之證。）

祖珽上呈修文殿御覽表：〔太平御覽六〇一引三國典略〕「昔魏文帝命韋誕諸人，撰著皇覽，包括羣言，區分義別。陛下聽覽餘日，眷言緗素，究蘭臺之籍，窮策府之文，以爲觀書貴博，博而貴要，省日兼功，期於易簡。前者修文殿令臣等討尋舊典，撰錄斯書，謹罄庸短，登即編次。放天地之數，爲五十部，象乾坤之策，成三百六十卷。昔漢世諸儒，集論經傳，奏之白虎閣，因名白虎通，竊緣斯義，仍曰修文殿御覽。今繕寫已畢，幷目上呈。伏願天鑒，賜垂裁覽。」可見修文殿御覽包羅宏富，卷帙浩繁。又據文苑傳序，祖珽奏請入館撰書者，顏之推蕭放之外，尙有薛道衡，盧思道，李德林等五十餘人，當時操筆之徒，搜求略盡，規模亦頗宏偉也。（北齊書陽休之傳：「鄧長顒顏之推奏立文林館，之推本意不欲令耆舊貴人居之，休之便相附會，與少年朝請參軍之徒同入待詔。」之推蓋有愼選人才之意，而當時朝士以文林館待詔爲榮，遂不免有附會濫入者。）

太平御覽六〇一引三國典略：「初，齊武成令宋士素錄古來帝王言行要事三卷，名爲御覽，置於齊主巾箱，陽休之創意取芳林遍略，（按應作華林遍略）加十六國春秋六經拾遺錄魏史第（疑「等」字之誤）書，以士素所撰之名稱爲玄洲苑御覽，後改爲聖壽堂御覽，至是珽等又改爲修文殿上之。徐之才謂人

曰，此可謂床上之床，屋下之屋也。」記修文殿御覽撰集始末較詳。隋書經籍志著錄聖壽堂御覽三百六十卷。宋太宗太平興國中，詔李昉等編太平御覽，以修文殿御覽，藝文類聚，文思博要諸書爲藍本，〔玉海卷五十四引宋太宗實錄〕則此書在北宋初猶存。後遂不見徵引，殆已（已）亡佚。清光緒中，法國伯希和在敦煌石室中得唐人抄本類書殘卷，存者二百五十九行。羅振玉依影片鈔錄印於國學叢刊中，後又以珂羅版印影本於鳴沙石室佚書中，並審定原本爲修文殿御覽殘卷。後洪業作「所謂修文殿御覽者」一文，辨羅氏之誤，謂此殘卷非修文殿御覽，蓋梁武帝敕撰之華林遍略，並據北齊書文襄紀，知高澄執政時，揚州客至，請賣華林遍略，澄多集書人，寫得其本，祖珽等修文殿御覽時，或以華林遍略爲藍本。（洪氏文見燕京學報第十二期）蓋編撰類書之風，本盛於南朝，北齊重文辭，尚名理，頗染南朝風氣，修類書亦其一例也。

當時文林館事，即由之推主持。北齊書本傳云：「待詔文林館，除司徒錄事參軍。之推聰穎機悟，博識有才辯，工尺牘，應對閑明，大爲祖珽所重，令掌知館事，判審文書。尋遷通直散騎常侍，俄領中書舍人。帝時有取索，恆令中使傳旨，之推禀承宣告，館中皆受進止。所進文章，皆是其封署，於進賢門奏之，待報方出，兼善於文字，監校繕寫，處事勤敏，號爲稱職，帝甚加恩接，顧遇逾厚。」之推篤學洽聞，且精於文字音訓，觀家訓書證音辭諸篇可知，故主持文館撰書之事業，最爲適宜。祖珽雖非正人，而尚有才學，後主亦好文詠，均能愛重之推，之推在此時頗爲得志，故觀我生賦云：「款一相之故人，（自注：「故人祖僕射掌機密，吐納帝令也。」）賀萬乘之知己。」然因此亦招忌，觀我生賦云：「諫譖言之矛戟，惕險情之山水。由重裘以勝寒，用去薪而沸止。」自注：「時武職疾文人，之推蒙禮遇，每構創痏。」本傳亦云：「爲勳者所嫉，常欲害之。」北史李德林傳：「時齊帝留情文雅，召入文林館，

與黃門侍郎顏之推同判文林館事。」據此，則之推判館事已爲黃門侍郎，而本傳則於誅崔季舒等之推免禍之後始書「尋除黃門侍郎。」考觀我生賦：「纂書盛化之旁，待詔崇文之裏。」敍在文林館撰書事，其下卽云：「珥貂蟬而就列，執麾蓋以入齒。」自注：「將以通直散騎常侍遷黃門侍郎也。」與北史李德林傳合，且出之推自言，應最可據。蓋之推是時方蒙君相之知，故升遷頗速，及祖珽被出，季舒譖誅，之推免禍已幸，無由更得美遷，本傳誤也。

武平四年癸巳（五七三），之推四十三歲。

祖珽執政，有心爲治，北齊書珽傳謂：「自和士開執事以來，政體隳壞，珽推崇高望，官人稱職，內外稱美，復欲增損政務，沙汰人物，（中略）又欲黜諸閹豎及羣小輩，推誠延士，爲致治之方。」由是爲宵小穆提婆韓鳳等所嫉，解僕射，被出爲北徐州刺史。珽之被出，珽傳中未記年月。按後主紀，武平四年五月，以領軍穆提婆爲尚書左僕射，則珽之解僕射出爲徐州，必在武平四年五月間也。珽既出，韓鳳等仍積憾於珽黨，故是年十月有崔季舒等之禍，北齊書季舒傳言之甚明。珽雖非端人，而有才學，故能汲引文士，勵精圖治。觀我生賦云：「用夷吾而治臻，昵狄牙而亂起。」自注：「祖孝徵用事，則朝野翕然，政刑有綱紀矣。駱提婆等苦孝徵以法繩己，譖而出珽，於是教令昏僻，至於滅亡。」（駱提婆卽穆提婆，穆提婆本姓駱也。）雖有感知之意，固非盡阿好之言也。

是年十月，殺侍中崔季舒，張雕虎，散騎常侍劉逖，封孝琰，黃門侍郎裴澤，郭遵。（北齊書後主紀）北齊書崔季舒傳：「珽被出，韓長鸞（卽韓鳳，鳳字長鸞。）以爲珽黨，亦欲出之。屬車駕將適晉陽，季舒與張雕（卽張雕虎，北史作張雕武，蓋本名雕虎，唐人避諱，或易虎爲武，或删去虎字也。）議，以爲壽春被

圍，大軍出拒，信使往還，須稟節度。兼道路小人，或相驚恐，云大駕向幷，畏避南寇，若不啓諫，必動人情，遂與從駕文官，連名進諫。時貴臣趙彥深唐邕段孝言等初亦同心，臨時疑貳，季舒與爭未決。長鸞遂奏云：漢兒文官，連名總署，聲云諫止向幷，其實未必不反，宜加誅戮。帝卽召已署表官人集含章殿，以季舒，張雕，劉逖，封孝琰，裴澤，郭遵等爲首，並斬之殿廷。」北齊書之推傳：「崔季舒等之將諫也，之推取急還宅，故不連署。及召集諫人，之推亦被喚入，勘無其名，方得免禍。」觀我生賦自注：「故侍中崔季舒等六人以諫誅，之推爾日鄰禍。」按崔季舒等之得禍，由於武人之嫉文士，及胡人之嫉漢人。自祖珽爲相，立文林館，招人士數十人待詔修書，漢人文人之勢大盛，而珽爲其領袖。（北齊書封隆之傳：「封孝琰嘗謂祖珽云，公是衣冠宰相，異於餘人。近習聞之，大以爲恨。」可見當時衣冠之士奉珽爲魁首，與近習對抗。）武人胡人皆不悅，故先謀出珽，而後借機害季舒等。北齊書韓鳳傳：「祖珽曾與鳳於後主前論事，珽語鳳云：強弓長矟，無容相謝，軍謀國算，何由得爭。鳳答曰：各出意見，豈在文武優劣。」又云：「鳳於權要之中，尤嫉人士。（中略）每朝士諮事，莫敢仰視，動致呵叱，輒詈云：狗漢大不可耐，惟須殺卻。若見武職，雖廝養末品，亦容下之。」皆可見武人之嫉文士。而韓鳳譖崔季舒等云：「漢兒文官連名署職」，詈朝士曰「狗漢」，則亦含有排漢之意。之推本南人，羈旅入齊，以文學顯，爲祖珽所重，則固韓鳳等所深嫉者，得免於禍，亦云幸矣。

隆化元年丙申（五七六），之推四十六歲。

是年八月，帝幸晉陽。十一月，至晉州。十二月，周武帝來救晉州，齊師大敗。帝棄軍還晉陽，憂懼不知所之，留安德王延宗守晉陽，輕騎還鄴。周師尋陷晉陽，帝欲禪位太子。〔北齊書後主紀〕

幼主承光元年丁酉（周武帝建德六年）（五七七），之推四十七歲。

是年正月，太子恆卽皇帝位，尊帝爲太上皇。黃門侍郎顏之推，中書侍郎薛道衡，侍中陳德信等勸太上皇帝往河外募兵，更爲經略，若不濟，南投陳國，從之。太上皇自鄴先趨濟州，周師漸逼，幼主又自鄴東走，太上皇携幼主走青州，爲入陳之計，而高阿那肱召周軍約生致齊主，而屢使人告賊軍在遠，已令人燒斷橋路，太上所以停緩。周軍奄至青州，太上爲周將尉遲綱所獲，幷太后幼主俱送長安。〔北齊書幼主紀〕北齊書之推傳：「及周兵陷晉陽，帝輕騎還鄴，窘急，計無所從。之推因宦者侍中鄧長顒進奔陳之策，仍勸募吳士千餘人，以爲左右，取青徐路，共投陳國。帝甚納之，以告丞相高阿那肱等。阿那肱不願入陳，乃云，吳士難信，不須募之。勸帝送珍寶累重向青州，且守三齊之地；若不可保，徐浮海南度。雖不從之推計策，然猶以爲平原太守，令守河津。齊亡，入周。」觀我生賦自注：「除之推爲平原郡，據河津，以爲奔陳之計。」又云：「約以鄴下一戰，不克，當與之推入陳。」又云：「丞相高阿那肱等不願入南，又懼失齊主，則得罪於周朝，故疏間之推，所以齊主留之推守平原城而索船度向青州，阿那肱求自鎭濟州，乃啟報應齊主云：無賊，勿匆匆。遂道周軍追齊主而及之。」之推至此三爲亡國之人，故觀我生賦云：「予一生而三化，備荼苦而蓼辛。」自注：「在揚都値侯景殺簡文而篡位，於江陵逢孝元覆滅，至此而三爲亡國之人。」

周武平齊之後，之推與陽休之，袁聿修，李祖欽，元修伯，司馬幼之，崔達拏，源文宗，李若，李孝貞，盧思道，李德林，陸乂，薛道衡，元行恭，辛德源，王劭，陸開明等共十八人同徵，隨駕赴長安。〔北齊書陽休之傳〕盧思道陽休之等道中作鳴蟬篇，〔隋書盧思道傳〕之推亦同作。〔見初學記〕

家訓勉學篇：「鄴平之後，見徙入關。思魯嘗謂吾曰：朝無祿位，家無積財，當肆筋力，以申供養。每被課篤，勤勞經史，未知為子，可得安乎。吾命之曰：子當以養為心，父當以學為教。使汝棄學殉財，豐吾衣食，食之安得甘，衣之安得暖。若務先王之道，紹家世之業，藜羹縕褐，吾自安之。」

周武帝建德七年戊戌（五七八），之推四十八歲。

是年六月，帝殂，太子贇立，改元宣政，是為宣帝宣政元年。〔周書宣帝紀〕

宣帝宣政二年己亥（五七九），之推四十九歲。

是年二月，帝傳位於太子闡，自稱天元皇帝。闡立，改元大象，是為靜帝大象元年。〔周書宣帝紀〕

靜帝大象二年庚子（五八〇），之推五十歲。

北齊書本傳：「大象末，為御史上士。」

隋文帝開皇元年辛丑（五八一），之推五十一歲。

是年二月，楊堅廢靜帝而自立，是為隋文帝。〔隋書高祖紀〕

之推子思魯生子籀，卽顏師古也。（舊唐書顏師古傳謂師古卒於貞觀十九年，年六十五，故知生於是年。）

開皇二年壬寅（五八二），之推五十二歲。

隋書音樂志中：「開皇二年，齊黃門侍郎顏之推上言，禮崩樂壞，其來自久，今太常雅樂，並用胡聲，請憑梁國舊事，考尋古典。高祖不從，曰，梁樂亡國之音，奈何遣我用耶。」家訓書證篇：「史記始皇本紀，二十八年，丞相隗林丞相王綰等議於海上。諸本皆作山林之林。開皇二年五月，長安民掘得秦時鐵稱權，旁有銅塗鐫銘二所。（中略）其書兼爲古隸，余被敕寫讀之，與內史令李德林對見此稱權，今在官庫。其丞相狀字乃爲狀貌之狀，爿旁作犬，則知俗作隗林非也，當爲隗狀耳。」

陸法言切韻序：「昔開皇初，有儀同劉臻等八人，同詣法言門宿。夜永酒闌，論及音韻。（中略）因論南北是非，古今通塞，欲更捃選精切，除削疏緩，蕭顏多所決定。」劉臻等八人乃劉臻，顏之推，魏淵，盧思道，蕭該，辛德源，薛道衡。〔見廣韻卷首〕所謂「蕭顏多所決定」，即指蕭該與之推也。之推與陸法言論韻事，法言謂在開皇初，未言何年，姑繫於此。法言乃陸爽之子，爽字開明，仕齊爲通直散騎侍郎，與之推同在文林館待詔撰書，齊亡，與之推同入周。〔隋書陸爽傳〕故之推與法言爲丈人行，法言韻學，亦受之推沾溉。家訓音辭篇云：「韻集以成仍宏登合成兩韻，爲奇益石分作四章」，皆不可依信。今陸韻成在清韻，仍在蒸韻，宏在耕韻，登自爲韻，又爲奇二字皆入支韻，益石二字皆入麥韻，蓋用顏氏之說。〔說本王國維觀堂集林八，六朝人韻書分部說〕

開皇九年己酉（五八九），之推五十九歲。

是年正月滅陳。〔隋書高帝紀〕

開皇十年庚戌（五九〇），之推六十歲。

北齊書本傳：「隋開皇中，太子召為學士，甚見禮重，尋以疾終。」未言卒年。家訓終制篇：「吾已六十餘，故心坦然，不以殘年為念。」則之推卒時，六十餘歲，約在開皇十餘年之時矣。

家訓省事篇：「前在修文令曹，有山東學士與關中太史競歷，凡十餘人，紛紜累歲，內史牒付議官平之。吾執論曰：大抵諸儒所執，四分並減分兩家耳。歷象之要，可以晷景測之。今驗其分至薄蝕，則四分疎而減分密。疏者則稱，政令有寬猛，運行致盈縮，非算之失也。密者則云，日月有遲速，以術求之，預知其度，無災祥也。用疏則藏姦而不信，用密則任數而違經。且議官所知，不能精於訟者，以淺裁深，安有肯服，既非格令所司，幸勿當也。舉曹貴賤咸以為然，有一禮官，恥為此讓，苦欲流連，強加考覈。機杼既薄，無以測量。還復采訪訟人，窺望長短，朝夕聚議，寒暑煩勞，背春涉多，竟無予奪，怨誚滋生，赧然而退，終為內史所迫，此好名之辱也。」按隋書律曆志中，張賓等依何承天法造新曆，開皇四年二月奏上，高祖下詔頒行。「劉孝孫與冀州秀才劉焯並稱其失，言學無師法，刻食不中，所駁凡有六條。于時新曆初頒，賓有寵於高祖。劉暉附會之，被升為太史令。二人叶議，共短孝孫，言其非毀天曆，率意迂怪，焯又妄相扶證，惑亂時人。孝孫焯等竟以他事斥罷。後賓死，孝孫又上，前後為劉暉所詰，事寢不行。仍留孝孫直太史，累年不調，寓宿觀臺，乃抱其書，弟子輿櫬，來詣闕下，伏而慟哭，執法拘以奏之。高祖異焉，以問國子祭酒何妥。妥言其善，卽日擢授大都督，遣與賓曆比校短長。先是信都人張胄玄以算術直太史，久未知名，至是與孝孫共短賓曆，異論鋒起，久之不定。」家訓所謂競曆，殆指此事。關中太史謂劉暉，山東學士謂劉孝孫，劉焯，張胄玄等。之推論曆，家訓未言何年，約在開皇十年前後，姑繫於此。趙曦明注「修文令曹」句，引北齊書之推傳河清末待詔文林館，以為之推在北齊時事，甚誤。蓋北齊一代，既無競曆之事，且內史乃隋代官名也。

家訓勉學篇，吾在益州云云，之推曾游蜀，惟在何時無考。

之推撰文集三十卷，家訓二十篇，〔北齊書本傳〕訓俗文字略一卷，七悟一卷，集靈記二十卷，寃魂志三卷〔隋書經籍志〕，急就章注一卷。〔舊唐書經籍志〕寃魂志，或作還寃志。〔文獻通考，宋史藝文志〕今惟家訓及還寃志存，其餘諸書均佚。

之推兄之儀，自入周後，歷仕麟趾學士，司書上士，小宮尹，封平陽縣男，遷上儀同大將軍御正中大夫，進爵爲公，出爲西疆郡守。隋文帝卽位，徵還京師，進爵新野郡公。開皇五年，拜集州刺史。明年，代還，遂優遊不仕。十一年冬卒，年六十九。〔周書顏之儀傳〕

之推三子，長曰思魯，次曰愍楚，〔北齊書之推傳及隋書張胄玄傳均作敏楚，隋書律曆志作愍楚。按作愍楚者是，蓋「思魯」寄懷舊鄉之情，而「愍楚」志思故國之意，所謂「不忘本」也。〕次曰游秦。思魯隋時仕東宮。〔舊唐書卷六十一溫大雅傳〕唐高祖武德初，爲秦王府記室參軍。〔舊唐書卷七十三顏師古傳〕愍楚仕隋爲通事舍人，於開皇十七年上書論曆曰：「漢時洛下閎改顓頊曆作太初曆，云後當差一日，八百年當有聖者定之。計今相去七百一十年，術者舉其成數。聖者之謂，其在今乎。」〔隋書律曆志，張胄玄傳〕煬帝大業中，愍楚因譴左遷，在南陽，朱粲陷鄧州，引爲賓客。後遭饑餒，合家爲賊所噉。〔舊唐書卷五十六朱粲傳〕愍楚撰證俗音略二卷。〔舊唐書經籍志〕游秦隋時典校秘閣。〔舊唐書溫大雅傳〕唐武德初，爲廉州刺史，撫邺境內，敬讓大行，高祖璽書勞勉之。俄拜鄆州刺史，卒于官。撰漢書決疑十二卷，爲學者所稱。〔舊唐書顏師古傳。又按舊唐書經籍志謂漢書決疑爲顏延年撰，誤。〕思魯子　，字師古，師古弟相時。師古博覽羣書，尤精詁訓，有集六十卷，注漢書及急就章，匡謬正俗八卷。〔舊唐書師古傳〕而顏杲卿顏眞卿皆之推五世孫，均以行誼學術著稱當時，垂名後世，可見顏氏遺澤之遠矣。〔舊唐書卷一二八顏眞卿傳、卷一

八七顏杲卿傳，均謂「五世祖之推」事，而新唐書顏眞卿傳誤以眞卿爲師古之五世從孫，劉因靜修文集卷三跋魯公祭季明姪文眞蹟後已辨之。）

四、繆鉞宋本序跋

1. 顏氏家訓序

北齊黃門侍郎顏之推，學優才贍，山高海深。常雌黃朝廷，品藻人物，爲書七卷，式範千葉，號曰顏氏家訓。雖非子史同波，抑是王言蓋代。其中破疑遺惑，在廣雅之右；鏡賢燭愚，出世說之左。唯較量佛事一篇，窮理盡性也。余曾於官舍，論公製作弘奧。衆或難余曰：「小小者耳，何是爲懷？」余輒請主人紙筆，便錄擘（烏煥反）、撙（宣）、𧢲（歲）、𪎫（藥）、㺚（鑠）、嫕（於計反）、𡰝（𠛬）、㢈（移）、秠（足來反）等九字以示之，方始驚駭。余曰：「凡字以詮義，字猶未識，義安能見？旋云小小，頗亦怱怱。」衆乃謝余，令爲解識。余遂作音義以曉之，豈慚法言之論，定卽定矣；實愧孫炎之侶，行卽行焉云爾。（序中「王言」義未詳。）

盧文弨曰：「此序宋本所有，不著撰人，比擬多失倫，行文亦無法，今依宋本校正，卽不便棄之。有疑『王言蓋代』，未詳所出者。案：家語有王言解，或用此矣。」

宋本校刊名銜

鄉貢士州學正　林憲　同校

迪功郎司戶參軍　趙善惪　監刊

從事郎特添差軍事推官　錢慶祖

從事郎軍事推官　王柟

承直郎軍事判官　崔暠

迪功郎州學教授　史昌祖　同校

承議郎添差通判軍州事　樓鑰

朝請郎通判軍州事　管鈗

朝奉郎權知臺州軍州事　沈揆

錢大昕竹汀先生日記鈔一：「讀顏氏家訓，淳熙刊本凡七卷，前有序一篇，不題姓名，當是唐人手筆。後有淳熙七年二月沈揆跋（云去年春來守天臺郡），及考證一卷；後列『朝奉郎權知臺州軍州事沈揆、朝請郎通判軍州事管鈗、承議郎添差通判軍州事樓鑰、迪功郎州學教授史昌祖同校』；又有『監刊』、『同校』諸人銜，皆以左爲上，蓋臺州公庫本也。而前序後又有長記云：『廉臺田家印』，則是宋槧元印，故于宋諱間有不缺筆者耳。」

又十駕齋養新錄十四：「顏氏家訓七卷，前有序一篇，不題姓名，當是唐人手筆。後有淳熙七年二

月沈揆跋。又有考證一卷，後列『朝奉郎權知臺州軍州事沈揆、朝請郎通判軍州事管銑、承議郎添差通判軍州事樓鑰、迪功郎州學教授史昌祖同校』，又有『監刊』、『同校』諸人銜，皆以左爲上，蓋臺州公庫本也。淳熙中，高宗尚在德壽宮，故卷中『構』字，皆注『太上御名』，而闕其文。前序後有墨長記云：『廉臺田家印。』宋時未有廉訪司，元制乃有之；意者，元人取淳熙本印行，間有修改之葉，則于宋諱不避矣。」

2. 宋本沈揆跋

顏黃門學殊精博。此書雖辭質義直，然皆本之孝弟，推以事君上，處朋友鄉黨之閒，其歸要不悖六經，而旁貫百氏。至辯析援證，咸有根據；自當啟悟來世，不但可訓思魯、愍楚輩而已。揆家有閩本，嘗苦篇中字譌難讀，顧無善本可讎。比去年春，來守天臺郡，得故參知政事謝公家藏舊蜀本；行閒朱墨細字，多所竄定，則其子景思手校也。迺與郡丞樓大防取兩家本讀之，大氐閩本尤謬誤：「五皓」實「五白」，蓋「博名」而誤作「傳」；「元歎」本顧雍字，而誤作「凱」；「喪服經」自一書，而誤作「絰」；馬牝曰「騲」，牡曰「騭」，而誤作「驒駱」。至以「吳趨」爲「吳越」，「桓山」爲「恆山」，「僮約」爲「童幼」，則閩、蜀本實同。惟謝氏所校頗精善，自題以五代宮傅和凝本參定，而側注旁出，類非取一家書。然不正「童幼」之誤；又秦權銘文「鼑」實古「則」字，而謝音制，亦時有此疏舛；讎書之難如此。於是稍加刊正，多釆謝氏書，定著爲可傳。又別列考證二十有三條爲一卷，附於左。若其轉寫甚譌與音訓辭義所未通者，皆存之，以竢洽聞君子。淳熙七年春二月，嘉興沈揆題。

有關沈揆生平事蹟，今人王利器考證如下：中興館閣續錄七：「沈揆，字虞卿，嘉興人，紹興三十年梁克家榜進士出身。治書。淳熙十二年十一月除，十四年五月爲秘閣修撰、江東運判。」赤城志九：「淳熙六年正月二十三日，沈揆以朝奉郎知嘉興，人號儒者之政。官至禮部侍郎，七年十二月一日召。」文淵閣書目十：「沈虞卿野堂集一部（二册完全）。」桑世昌蘭亭考六審定上有沈揆文。俞松蘭亭續考一有沈虞卿題二首，紹熙壬子仲冬四日揆題一首，檇李沈揆題二首，又紹興癸丑正月十日書於姑蘇郡齋一首。

五、四部叢刊景印明遼陽傅氏（太平）刻本序

刻顏氏家訓序

史璧曰：書靡範，曷書也？言靡範，曷言也？言書靡範，雖聯篇縷章，贅焉亡補。乃北齊顏黃門家訓，質而明，詳而要，平而不詭。蓋序致至終篇，罔不折衷今古，會理道焉，是可範矣。璧少時，家君東軒公嘗援引爲訓，俾知嚮方。顧其書雖晦菴小學間見一二；然全帙寡傳，莫獲考見。頃得中祕本，手自校錄。適遼陽傅太平以報政來，就予索古書；予出之觀，且語之故。太平曰：「吾志也。是惡可弗傳諸？」亟持歸刻焉。夫振古渺邈，經殘教荒，馴至于今，變趨愈下。豈典範未嘗究耶？孰謂古道不可復哉？乃若書之傳，以禔身，以範俗，爲今代人文風化之助，則不獨顏氏一家之訓乎爾！茲太平刻書之意也。太平名鑰，以司諫作郡，有治行，今爲浙江副使。嘉靖甲申夏六月望吉。賜進士出身翰林院侍講承德郎經筵國史官南郡陽峯張璧序。

案：此本分上下卷，不提行分段，大題下題「北齊黃門侍郎顏之推撰，明蜀榮昌後學冷宗元校」。

六、明萬曆顏嗣慎刻本序跋

重刻顏氏家訓序

嘗聞之：三代而上，教詳於國；三代而下，教詳於家。非教有殊科，而家與國所繇異道也。蓋古郅隆之世，自國都以及鄉遂，靡不建學，爲之立官師，辨時物，布功令；故民生不見異物，而胥底於善。彼其教之國者，已粲然詳備。當是時，家非無教，無所庸其教也。迨夫王路陵夷，禮教殘闕，悖德覆行者，接踵於世；于是爲之親者，恐恐然慮教勑之亡素，其後人或納於邪也，始丁寧飭誡，而家訓所由作矣。斯亦可以觀世哉！顏氏家訓二十篇，黃門侍郎顏公之推所撰也。公閱天下義理多，以此式穀諸子，後世學士大夫亟稱述焉。顧刻者訛謬相襲，殊乏善本。公裔孫翰博君嗣愼，重加讎校，將託梓以傳，迺來問序。余手是編而三歎，蓋歎顏氏世德之遠也。昔孔子布席杏壇之上，無論三千，即身通六藝者，顏氏有八人焉。無論八人，即杞國、兗國父子，相率而從之游，數畝之田不暇耕，先人之廬不暇守，羸糧于齊、楚、宋、衛、陳、蔡之郊，艱難險阻，終其身而未嘗舍。意其家庭之所教詔，父子之所告語，必有至訓焉，而今不及聞矣。不然，何其家之同心慕誼如此邪？嗣後淵源所漸，代有名德，是知家訓雖成於公，而顏氏之有訓，則非自公始也。乃公當梁、齊、隋易代之際，身嬰世難，間關南北，故幽思極意

而作此編，上稱周、魯，下道近代，中述漢、晉，以刺世事。其識該，其辭微，其心危，其慮詳，其稱名小而其指大，舉類邇而見義遠。其心危，故其防患深；其慮詳，故繁而不容自已。推此志也，雖與內則諸篇並傳可也。或因其稍崇極釋典，不能無疑。蓋公嘗北面蕭氏，飫其餘風；且義主諷勸，無嫌曲證，讀者當得其作訓大旨，茲固可略云。昔子思居衛，衛人曰：「愼之哉！子聖人之後也，四方于子乎觀禮。」顏氏爲復聖後，而翰博君禔身好禮，蓋能守家訓者；乃猶以遏佚爲懼，汲汲欲廣其傳。余由此信顏氏之裔，無復有失禮，而足爲四方觀矣。傳不云乎：「國之本在家。」「人人親其親、長其長而天下平。」若是，則家訓之作，又未始無益於國也。萬曆甲戌仲秋之吉。翰林國史修撰新安張一桂稚圭甫書。

茲家訓一書，予先祖復聖顏子三十五代孫北齊黃門侍郎之推撰也。自唐、宋以來，世世刊行天下。迨我聖朝成化年間，建寧府同知程伯祥、通判羅春等，嘗命工重刊，但未廣其傳耳。今予幸生六十四代宗嫡，叨襲翰林博士，竊念此刻誠吾家之天球河圖也，罔敢失墜，遂夙謁張公玉陽、于公谷峯乞敍其始末，將繡梓以共天下。觀者誠能擇其善者，而各教于家，則訓之爲義，不特曰顏氏而已。時萬曆三年，歲次乙亥，孟春之吉。復聖六十四代嫡孫世襲翰林院博士不肖嗣愼頓首謹識。（以上二首，載原書之首。）

是書歷年既久，翻刻數多，其間字畫，頗有差謬。今據諸書，暨取證於先達李蘭皋諸公。尤有未盡，姑闕以俟知者。（以上載原書之末。）

案：此本分上下二卷，上卷大題下題「北齊黃門侍郎顏之推撰，建寧府同知績溪程伯祥刊」，下卷大題下題「北齊黃門侍郎顏之推撰，建寧府通判廬陵羅春刊」。

顏氏家訓後敍

余觀魯顏氏世諜記，自復聖之先，有爵邑於國者，固十數世矣。迨素王作，及門之徒，顏氏八人焉，斯已盛矣。其後歷晉、宋、隋、唐千餘年，名人碩士，垂聲實載籍者，固不可勝數；北齊顏之推，其著者也。語曰：「芝草無根，醴泉無源。」豈然哉！侍郎博雅閎達，爲六朝人望，所著書甚眾，其逸或不傳，顧獨有家訓二十篇。翰林博士顏君，今所爲奉復聖祀者也，雅重其家遺書，顧此編無藏者。而魯望洋王孫故好積書，嘗購得一帙。博士君造其門請觀，迺其故本，多闕不可讀，博士奉而藏焉，又懼其逸也，於是重加校定，梓之其家以傳。甲戌秋入賀詣闕下，以覩于予曰：「此吾家天球赤刀也，願子綴之一言。」于子受卒業，則嘅曰：嗟淵哉渢渢乎，其有先賢之遺耶！非令德之後，言固不能若是。然其說著者，先儒各往往采摭之矣。夫其言閫以內，原本忠義，章敍內則，是敦倫之矩也；其上下今古，綜羅文藝，類辨而不華，是博物之規也；其論涉世大指，曲而不詘，廉而不劌，有大易、老子之道焉，是保身之詮也；其撮南北風土，儁俗具陳，是考世之資也。統之，有關於世教，其粹者考諸聖人不繆，儒先之慕用其言，豈虛哉？然予嘗竊怪侍郎，當其時，大江以南，踵晉、宋遺風，學士大夫，操盈尺之簡，日夜雕畫其中，窮極綺麗，卽有談說先王，則裂眥扼腕，塞耳而不願聞。江以北，故胡也，民控弦椎髻，王公大人，擁氈裘飲酪者居什五；卽士流名裔，且將裂冠而從之。此何時也！侍郎故遊江南，已

又栖遲關、洛之間，乃能不沒溺于俗，而秉禮樹風，以準繩榘矱，脩之于家，不隕先世之聲問，豈不超然風氣之外者哉？然余竊又以悲其不遇焉。以彼其材，毋論得遊聖人之門，藉令遭統一之主，深謀朝廷，矩範當世，卽漢世諸儒，何多讓焉。然而播越戎馬，羈旅秦、吳，朝綰一紱，夕更一綬，其志何悲也！夫河自龍門、砥柱而下，天下之水皆河也，濟獨以一葦之流，橫貫其中，清濁可望而辨。夫濟固不能不河也，然無失其濟固難矣，侍郎之所遭則是哉！昔虞卿去趙，困于梁，不得意，乃著書以自見。故虞卿非羈旅，其言不傳。侍郎倘亦其指與？抑以察察之跡，而浮游世之汶汶，固將有三閭大夫之憤而莫之宣耶！恨不見其全書，使其志沕沒而不章，竊又以悲其不傳也。侍郎子若孫，則思魯、師古，並以文雅著名；其後眞卿、杲卿兄弟，大節皎皎如日星，至今在人耳，斯又聖賢之澤也。然謂非垂訓之力，烏乎可哉？博士名嗣愼，兗國六十四代裔孫，醇雅而文，通達世故，能世其訓者也。梓不漫矣。萬曆甲戌季秋望日，賜進士翰林院脩撰承務郎同脩兩朝國史魯人于愼行謹敍。

七、明程榮漢魏叢書本序跋

顏氏家訓序

昔我皇祖迪哲，垂範立訓，有典有則，以貽子孫。子孫克遵厥訓，明徵定保，至於今有成法。予小子欽念哉！粵我皇祖邁種德：在齊有黃門侍郎公，在唐有魯國常山公，在宋有潭州安撫公，文章節義，昭回於天壤，揚耿光而垂休裕，用大庇於我後人。而黃門公所著家訓，迪我後人德業尤切，子孫靈承厥志，曰惟我祖之德，是彝是訓，罔敢遏佚前人光，茲予其永保哉！自時厥後，寖微寖昌，子孫有弗若厥訓，亦弗克保厥家，則訓教之不立也。凡民性非有恆，善惡罔不在厥初；圖惟厥初，莫先教訓。詩曰：「螟蛉有子，果蠃負之。教誨爾子，式穀似之。」言子必用教，教必用善也。教之以善，猶懼弗率，況導之以不軌不物，俾惟慆淫是即，其何善之有？故子之在教也，猶金之有鉶，水之有源也；鉶正則正，源清則清，弗可改也已！我黃門祖恭立厥訓，佑啟後人；後人有弗獲覩厥訓，以閑於有家，若瞽之無相，倀倀乎其曷所底止哉？邦大懼祖德之克宣，子孫之弗迪也，爰求家訓善本，重鋟諸梓，俾子孫守焉。是本乃宗人如環同知蘇州時所刻，婁江王太史萬書閣所藏，而出以示余。維時余緝家譜，未獲家訓全書，竊以爲憾。茲得之如獲拱璧。厥惟我顏氏之文獻乎！子孫如是乎有徵焉，罔或失墜，則我顏氏忠

義之家風，與家訓俱存而不泯。茲刻也，維清熙，迄用有成，惟我顏氏之禎祥也，豈曰小補之哉？萬曆戊寅季冬，茶陵平原派三十四代孫顏志邦書於東海佐儲公署。

顏氏家訓序

家訓二十篇，自吾黃門侍郎祖始著，去今蓋九百餘年，失傳已久。吾弟四會掌教士英，嘗有志訪刻而未遂，以囑其子如瓌。正德戊寅，如瓌同知蘇州之三年，獲全本重校刊之，既自識其後矣，復以書來請曰：「祖訓重刊，首序非異人任，吾伯父其成之！」謹按：侍郎既著是訓，繼而其子諱思魯，以博學善屬文，官至校書東宮學士；愍楚直內史；游秦校秘閣；再傳至夔府長史贈虢州刺史諱勤禮、弘文館學士師古、相時、司經校定經史育德，三傳至侍讀曹王屬贈華州刺史諱昭甫，以至濠州刺史贈秘書監元孫、暨通議大夫贈國子祭酒太子少保諱惟貞，遂生我魯國公諱眞卿、常山太守杲卿，與夫司丞春卿、淄川司馬曜卿、胤山令旭卿、犍爲司馬茂曾、杭州參軍缺疑，金鄉男允南、富平尉喬卿、左清道兵曹幼輿、荊南行軍允臧；其後復生彭州司馬威明昆季，佐父破土門，同時爲逆胡所害者八人。建中改元，魯國遷秩之際，子姪同封男者亦八人。又其後魯國五世孫諱翊，爲臺州招討使，詡爲永新令，是皆奕葉重光，聯芳並美，顏氏於斯爲盛。謂非家訓所自，不可也。自是而後，歷宋而元，仕籍雖不乏，而彰顯不逮前，豈非家訓失傳之故歟？迨入國朝，文廟靖內難時，沛縣令伯瑋父子死忠，則我招討使之後自永新徙廬陵之派者也。其猶有魯國、常山之餘烈，而得家訓之墜緒乎！乃今如瓌克繼父志，是訓復續，意者天將復興顏氏乎！書曰：「毋忝爾祖，聿脩厥德。」易曰：「積善之家，必有餘慶。」顏氏之子若孫，

其遵承是訓，而脩德積善，則前日之盛，未必不可復也。是固吾與吾弟若姪之所願望者也。是爲序。正德戊寅冬十二月丙寅。前睢寧學諭八十五翁廣烈拜手謹序。（案：以上載原書卷首。）

顏氏家訓後序

如壞齠年時，受小學於先君，習句讀，至顏氏家訓，請曰：「豈先世所遺？何不授全書？」先君笑曰：「童子能知問此，可教矣。此北齊黃門侍郎祖諱之推所著，世遠書亡，家藏宋本，篇章斷缺。吾每留意訪求全本弗獲；汝能讀書成立，它日求諸好古積書之家，當必得之。」又曰：「侍郎祖五世生魯國公諱眞卿、常山太守諱杲卿，並以忠義大顯于唐，世居金陵。魯國五世生永新令諱詡，與弟招討使諱翊，因家永新。招討十三世生祖諱子文，又自永新徙居安福，流傳至今。自吾去魯國，蓋二十七世，去侍郎，蓋三十一世，具載家譜可考。此書苟得，其重刻之，以承先志，以貽子孫，毋忽！」如瓌謹識不敢忘。既而宦遊南北，雖嘗篤意訪求，亦弗獲。正德乙亥，自陝州轉官姑蘇，遍訪始得宋董正丁續本于都太僕玄敬，繼得宋刻抄本于皇甫太守世庸，乃合先君所藏缺本，參互校訂，而是訓復完。因命工重刻以傳，蓋庶幾少副先君遺志，而於顏氏之後，或有裨焉。序致篇曰：「非敢軌物範世也，業以整齊門內，提撕子孫。」如瓌仰述先君重刻之意，亦此意也。爲顏氏子孫者，其尚愼行之哉！正德戊寅冬十月望日。如瓌謹識。

顏氏家訓小跋

余，楚產也。家訓，楚未有刻也。雖散見諸書旁引，而恆以不獲全書爲憾。余倅東倉，迎家君至養。時王太史鳳洲翁以詩贈，有「家訓傳來舊姓顏」之句，因走弇山園以請，迺出是書，如獲拱璧。閱之，則前以戊寅刻，而今又以戊寅遘也。如環其有以俟我乎！奇矣！奇矣！王太史既出是訓，又貽余以家廟碑，而爲之跋。他日請敍家譜，又云：「家訓未列諸顏及杲卿傳。」而屬余以梓。太史公之益我顏氏，亦遠矣哉！因奉命鋟諸梓，以淑來裔，以永保太史相成之意云。時萬曆戊寅季冬。茶陵顏志邦又言。（案：以上載原書卷末。）

案：此書分上下二卷。大題目下題：「北齊琅琊顏之推著，明新安程榮校」。收入所刻漢魏叢書。

重刊顏氏家訓小引（自此以下二則爲王利器顏氏家訓附錄所引）

星兄弟每侍先人側，先人必舉黃門祖家訓提撕星兄弟曰：「兒輩當以聖賢自命，黃門祖家訓，所以適於聖賢之路也。世間無操行人，口誦經史，舉足便差；總由游心千里之外，自家一個身子，都無交涉，猖狂齷齪，慚負天地，斷送形骸，可爲寒心哉！黃門祖家訓僅二十篇，該括百行，貫穿六藝，寓意極精微，稱說又極質樸。蓋祖宗切切婆心，諄諄誥誡，迄今千餘年，只如當面說話，訂頑起儒，最爲便捷。兒輩於六經子史，豈不當留心？但『同言而信，信其所親；同命而行，行其所服』，黃門祖於家訓

篇首，曾揭是說，以引誘兒孫矣。今日親聽祖宗說話，便要思量祖宗是如何期望我，我如何無憾于祖宗；悚敬操持，不徒作語言文字觀，則六經子史，皆家訓註腳也。念之！念之！」又曰：「兒輩得讀家訓不容易！家訓我世世寶之。正統間，思聰公曾經校刊，以授兒孫。無如兵燹之餘，散軼頗多，苦無善本。戊午春，坐徐認齋書屋，抽架上得家訓全集，喜心翻淚；又以中多訛舛，攜至京師，獲與東魯學山先生，參互考訂，手錄成編，乃得與兒輩共讀之。目前艱於梨棗，待我纂修通譜時，重刻譜端，俾我顏氏一家人，各各奉為寶訓，以無忝厥祖志可也。念之，念之！」嗚呼！先人言猶在耳也，奈何竟齎志以沒哉！余小子風木增悲，堂構滋愧，先人欲成未成之志，余小子未克負荷者多矣，重刻家訓，遑敢遏佚哉！歲辛卯，綜脩通譜，自沔水走吉郡數千里，伯叔昆季出如環公同知蘇州時所得家訓全集，後為吉人公三修譜牒內重加校刊一帙舉似余，證驗符同，相得益彰，迺命梓人將魯公祖事實、文集及東魯陋巷志，俱行刊刻，與家訓同列譜端。星願環家人相與悚敬操持，不徒作語言文字觀，以自棄於聖賢之外。此先人志，即黃門祖志也。時今上御極之五十年，歲在辛卯。三十九裔楚沔陽星識。（案：此為康熙五十年。）

三刻黃門家訓小引

記有之：「太上立德，其次立功，其次立言。」則立言似為末務矣。嗟乎，立言豈易哉！彼夫掞藻摛華，引商刻羽，非勿工麗也，長江大河，一瀉千里，非勿博大也，尺牘寸楮，短兵犀利，非勿遒勁也；然而不出風雲之狀，盡皆月露之形，無益於當時，莫裨於後世，言之者雖為得意，聞之者未足為戒

也。若我三十五世祖黃門子介公之家訓則不然，惟恐後人或懈於克己復禮之功，或愆於視聽言動之準；故不惜繁稱博引之諄諄，庶幾動有法，守克馴，至於道耳。顧或者曰：易奇而法，詩正而葩，春秋謹嚴，左氏浮夸，尙書則紀政治也，戴記則明經典（原誤「曲」）也，誰則非訓萬世者，公之爲此，不亦贅乎？而不知非也。六經之文，非不本末兼該，大小具備；而詞旨深遠，義理蘊奧，必文人學士，日親師友之講論，始能通之。若公之爲訓，則自鄉黨以及朝廷，與夫日用行習之地，莫不有至正之規，至中之矩；雖野人女子，走卒兒童，皆能誦其詞而知其義也。是深之可爲格致誠正之功者，此訓也；淺之可爲動靜語默之範者，此訓也；誰不奉爲暮鼓晨鐘也哉？古所稱立言不朽者，其在斯與！其在斯與！時嘉慶丁丑二十二年仲春月吉旦，潙寧四十三派孫邦城謹識。嗣孫邦特、邦輝、邦耀、懷德、邦昱、振泗、邦屏同刊。

案：此本顏氏通譜列於譜端，三刻小引書口魚尾上方卽標爲顏氏通譜。余所藏本三刻小引首頁有木記，前四行楷書「南省總譜，以『博文約禮』四字編（一行）定號數，每字八十號，總計三百二十（二行）號，外增一號，卽爲僞造。其各房給領（三行）支譜，必於總譜註明通數，以便考驗（四行）。」後爲朱文篆書「源遠流長」四字。木記下有朱字楷書「文字廿一」印記，書眉上有「錫字貳號」朱文楷書印記，蓋支譜編號也。此本先列三刻黃門家訓小引，次列重刻顏氏家訓舊序，卽顏廣烈序，而誤以爲顏志邦序，足以知其魯莽滅裂矣；最後爲顏星之重刊顏氏家訓小引。據顏星文，知正統間尙有顏思聰刻本，今亦不可得見矣。

八、清朱軾評點本序

顏氏家訓序

始吾讀顏侍郎家訓，竊意侍郎復聖裔，於非禮勿視、聽、言、動之義庶有合，可爲後世訓矣，豈惟顏氏寶之已哉？及覽養生、歸心等（朱文端公集卷一載此序「等」作「二」）篇，又怪二氏樹吾道敵，方攻之不暇，而附會之，侍郎實忝厥祖，欲以垂訓可乎？雖然，著書必擇而後言，讀書又言無不擇。軾不自量，敢以臆見，逐一評校，以滌瑕著瑜，使讀者黜其不可爲訓而寶其可爲訓，則侍郎之爲功於後學不少矣。康熙五十八年冬至日，高安後學朱軾序。

王利器云：此本分上下卷，大題下題「北齊顏之推著，後學朱軾評點」。朱序外，尚有于慎行顏氏家訓敍（略）、張一桂重刻顏氏家訓序（略）。此書與嗣後續刻諸書合稱朱文端公藏書十三種。是本爲吳梅手批本，書末有吳氏題記云：「丁丑十一月十四日，霜厓讀訖。時避寇湘潭，東望吳門，公私塗炭，俯仰身世，略似黃門，點朱展卷，悽然無盡。」文末有「靈雉」二字朱文篆書章。又卷首有「五萬卷藏書樓」朱文篆書、「沈氏家藏」白文篆書、「吳梅」白文篆書、「瞿安心賞」朱文篆書、「霜崖手校」白文篆書、「長洲吳氏藏書」白文篆書等章。書藏北京圖書館。

九、清黃叔琳刻顏氏家訓節鈔本序

顏氏家訓節鈔序

人之愛其子孫也，何所不至哉！愛之深，故慮焉而周；慮之周，故語焉而詳。詳於口者，聽過而忘，又不如詳於書者，足以垂世而行遠，此家訓所爲作也。然歷觀古人詔其後嗣之語，往往未滿人意。叔夜家誡，骫骳逢時，已絕巨源交，而又幸其子之不孤；淵明責子，付之天理，但以杯中物遣之；王僧虔慮其子不曉言家口實，徐勉屑屑以田園爲念；杜子美云「詩是吾家事」，「熟精文選理」，其末已甚；卽卓犖如韓退之，亦惟以公相潭府之榮盛，利誘其子，而未及於道義。彼數賢者，豈慮之不周，語之不詳哉？識有所不足，而愛有所偏狥故也。余觀顏氏家訓二十篇，可謂度越數賢者矣。其誼正，其意備。其爲言也，近而不俚，切而不激。自比於傅婢寡妻，而心苦言甘，足令頑秀並遵，賢愚共曉。宜其孫曾數傳，節義文章，武功吏治，繩繩繼起，而無負斯訓也。惟歸心篇闡揚佛乘，流入異端；書證篇、音辭篇，義瑣文繁，有資小學，無關大體；他若古今風習不同，在當日言之，則切近於事情，由今日視之，爲閒談而無當。不揣謭陋，重加決擇，薙其冗雜，擷其菁英，布之家塾，用啟童蒙。蘇子瞻云：「藥雖進於醫手，方多傳於古人。若已經効於世間，不必皆從于己出。」竊謂父兄之教子弟，亦猶是也，以古

人之訓其家者，各訓乃家，不更事逸而功倍乎？此余節鈔是書之微意也。時雍正二年歲次甲辰，仲春既望。北平黃叔琳序。

王利器云：據養素堂刊本。是書分上下二卷，大題下署「北平黃叔琳崑圃編」，書末記「男登賢雲門、登穀挹辛校字」。北京圖書館藏有紀昀手批本，目錄大題下有「獻陵」（朱文篆書）「紀曉嵐」（白文篆書）二印。

十、清盧文弨抱經堂刊本序跋

注顏氏家訓序

士少而學問，長而議論，老而教訓，斯人也，其不虛生於天地間也乎！余友江陰趙敬夫先生，方嚴有氣骨，與余遊處十餘年，八十外就鍾山講舍，取宋本顏氏家訓而爲之注。余奪於他事，不暇相助也。又甚惜其勞，謂姑置其易明者可乎？先生曰：「此將以教後生小子也。人即甚英敏，不能於就傅成童之年，聖經賢傳，舉能成誦；況於歷代之事蹟乎？吾欲世之教子弟者，既令其通曉大義，又引之使略涉載籍之津涯，明古今之治亂，識流品之邪正。他日依類以求，其於用力也亦差省。」書成未幾，而先生捐館矣。余感疇昔周旋之雅，又重先生惓惓啟迪後人之意至深且摯，烏可以無傳？就其孫同華索是書，一再閱之，翻然變余前日尚簡之見，而更爲之加詳，以從先生之志。則是書也，匪直顏氏之訓，亦即趙先生之訓也。先生之學問，先生之議論，不即於是書有可想見者乎？嗚呼！無用之言，不急之辯，君子所弗貴。若夫六經尚矣，而委曲近情，纖悉周備，立身之要，處世之宜，爲學之方，蓋莫善於是書，人有意於訓俗型家者，又何庸舍是而疊牀架屋爲哉？乾隆五十四年歲在己酉，重陽前五日，杭東里人盧文弨書於常州龍城書院之取斯堂。

例言

一，黃門始仕蕭梁，終於隋代，而此書向來唯題北齊。唐人修史，以之推入北齊書文苑傳中。其子思魯旣纂父之集，則此書自必亦經整理，所題當本其父之志可知。今亦仍之。

一，黃門九世祖從晉元南渡，江寧顏家巷，其舊居也，則當為江寧人，而此書向題琅邪。唐人修史，例皆不以土斷，而遠取本望，劉知幾為史官，曾非之，不能革也。故北齊書亦曰琅邪臨沂人，今亦姑仍其舊。

一，此書為江陰趙敬夫注，始余覺其過詳。敬夫以啟迪童子，不得不如是。余甚韙其言，故今又從而補之，凡以成敬夫眞切為人之志，非敢以求勝也。

一，黃門篤信說文，後乃從容消息，始不過於駭俗。然字體究屬審正，歷經轉寫，譌謬滋多。今於甚俗且別者正之，其非說文所有，而為世所常行者，一仍其舊，亦黃門志也。

一，此書音辭篇，辯析文字之聲音，致為精細。今人束髮受書，師授不能皆正；又南北語音各異，童而習之，長大不能變改，故知正音者絕少。近世唯顧寧人、江愼修、戴東原，能通其學，今金壇段若膺，其繼起者也。此篇實賴其訂正云。

一，此書段落，舊本分合不清。今於當別為條者，皆提行，庶幾眉目瞭然。

一，宋本經沈氏訂正，誤字甚少；然俗間通行本，亦頗有是者。今擇其義長者從之，而注其異同於下。後人或別有所見，不敢卽以余之棄取為定衡也。

一，沈氏有考證一卷，繫此書之後；今散置文句之下，取繙閱較便，勿以缺漏爲疑。

一，黃門本傳中，載所作觀我生賦，家國際遇，一生艱危困苦之況，備見於是，此卽其人事蹟，不可略也。句下有自注，盡皆當日情事；其辭所援引，今爲之考其出處，目爲加注，使可識別。但賦中尙有脫文，別無他書補正，意猶缺然。

一，涉獵之弊，往往不求甚解，自謂了然。余於此書，向亦猶夫人之見耳。今再三閱之，猶有不能盡知其出處者。自愧窾啟，尙賴博雅之士，有以教我焉。

一，敬夫先生以諸生終，隱德不曜，余爲作毆江山人傳，今並繫於後（今省），使人得因以想見其爲人。

一，此書經請正於賢士大夫，始成定本；友朋間復互相訂證，厥有勞焉。授梓之際，及門諸子又代任校讎之役；而剞劂之費，深賴眾賢之與人爲善，故能不數月而訖功。今於首簡各載姓名，以見懿德之有同好云。抱經氏識，時年七十有三。

顏氏家訓注

鑒定　嘉定錢大昕莘楣　仁和孫志祖怡谷　滄州李廷敬寧圃

參訂　金壇段玉裁懋堂　孝感程明愫蔌園　新會譚大經敷五　仁和潘本智鏡涵　江陰周宗學象成

讎校　江陰楊敦厚仲偉　江陰陳宏度師儉　江陰王　璋秉政　江陰湯　裕岵瞻（趙門人）

江陰沙照耀滄（趙門人） 武進臧鏞堂在東 武進丁履恆基士

甌江孫趙同華俊章校梓

（以上載卷首，以下載卷末。）

壬子年重校顏氏家訓

向刻在己酉年，但就趙氏注本增補，未及取舊刻本及鮑氏所刻宋本詳加比對，致有譌脫。今既省覺，不可因循，貽誤觀者。故凡就向刻改正者，與夫爲字數所限不能增益者，以及字畫小異，咸標明之，庶已行之本，尚可據此訂正；注有未備，兼亦補之。七十六叟盧文弨識。

趙 跋

北齊黃門侍郎顏公，以堅正之士，生穢濁之朝，播遷南北，他不暇念，唯繩祖詒孫之是切，爰運貫穿古今之識，發爲布帛菽粟之文，著家訓二十篇。雖其中不無疵累，然指陳原委，愷切丁寧，苟非大愚不靈，未有讀之而不知興起者。謂當家置一編，奉爲楷式。而是書先有姚江盧檠齋之分章辨句，金壇段懋堂之正誤訂譌；區區短才，遂不揣鄙陋，取而註釋之。年當耄耋，前脫後忘，必多缺略，第令儉於腹笥者，不至迷於援據，退然自阻，則亦不爲無益。至於補厥挂漏，俾臻完善，不能無望於將伯之助云。乾隆五十一年歲次丙午冬十月十日，甌江山人趙曦明書於容膝居，是年八十有二。

王利器引「翁方綱復初齋文集卷十六書盧抱經刻顏氏家訓注本後」

同年盧弓父學士以其友趙君所注顏氏家訓校正精槧，其益人神智，頗有出宋本上者。然如第六卷內詔內下，沈校宋本空格，此云沈氏不空；䚪字注作𧣾，此云作𧣾，則疑弓父所見沈校宋本者，特偶見一鈔本，而非原本耳。沈氏攷證二十三條，自爲一卷，而盧刻皆散置文句之下，雖於學者繙閱較便，然愚謂古書當存其舊式；卽如沈氏攷證內「孟子曰：『圖景失形。』」一條，盧刻竟刪去之，雖於義無害，然古書之面目，竟不存矣。又沈跋前一紙，係於末一行緊貼跋語書「朝奉郎知臺州軍事沈揆」，又前一行「通判軍州事管鈗」，又前一行「添差通判樓鑰」，皆又低一格書之，又再前又低一格，則「教授、判官、推官、參軍」，其最前最低格書者，則「鄉貢進士州學正林憲同校」，凡九人，前七行皆總書「同校」，後二行則曰「監刊」，又曰「同校」，乃是鋟木時之覆校耳。愚攷宋時牒後系銜，皆自後而前，官尊者在後，卑者在前，此其式也。以今所傳影宋槧本，如說文卷末雍熙三年進狀後，徐鉉在句中正前，其牒尾平章事李昉在參知政事呂蒙正、辛仲甫之前；又如羣經音辨載寶元二年牒後，平章事二人，亦在最前也。必宜依其原樣，末尾一行緊貼跋語書之，乃可依次自後而前讀之耳。今盧本將沈跋另刻於前紙，而又自起一紙，題曰「宋本校刊名銜」，則疑於自前而後者，殊乖其式矣。乃先曰「同校」，次曰「監刊」，又次以七人「同校」，則最前之「同校」二字，爲不可通矣。昔弓父校李雁湖王荊公詩注，將其卷尾所謂「補注」者，皆移置於本詩之下；及予攷其補注，乃別是臨川曾景建所爲，非出雁湖之

手；以語弓父，弓父始追悔，而已無及矣。今校閱此書，故縷縷及之，以爲古書刊式不可更動之戒。沈揆，字虞卿，見桑澤卿蘭亭攷。錢遵王讀書敏求記云：「沈君讐勘此書，當時爲宋人名筆，繕寫精妙，古香襲人者也。未谷進士從其友某君家借觀，是影寫宋槧之本，前後有汲古毛氏諸印。予因得轉假，詳校一遍，附識於此。

十一、四庫全書本提要及辨證

顏氏家訓二卷（江西巡撫採進本）

舊本題北齊黃門侍郎顏之推撰。考陸法言切韻序，作於隋仁壽中，所列同定八人，之推與焉，則實終於隋。舊本所題，蓋據作書之時也。

余嘉錫四庫總目提要辨證曰：「謹案：北齊書文苑傳有之推傳，云：『隋開皇中，太子召爲學士，甚見禮重。尋以疾終。』北史文苑傳同。陳書文學阮卓傳云：『至德元年，聘隋。隋主夙聞其名，遣河東薛道衡、琅玡顏之推等，與卓談宴賦詩。』南史文學傳略同。然則之推終於隋，史傳且有明文；不知提要何以捨正史不引，而必旁徵切韻也。考切韻序末，雖題大隋仁壽元年，然其序云：『昔開皇初，有儀同劉臻等八人，同詣法言門宿。夜永酒闌，論及音韻，蕭、顏多所決定（蕭該、顏之推也），魏著作（著作郎魏淵）謂法言曰：「向來論難處悉盡，何不隨口記之？」法言卽燭下握筆，略記綱紀。十數年間，未遑修集。今返初服，私訓諸弟子。凡有文藻，卽須明聲韻。屛居山野，交游阻絕，疑惑之所，質問無從。亡者則生死路殊，空懷可作之歎；存者則貴賤禮隔，以報絕交之旨。遂取諸家音韻，古今字書，以前所記者定之，爲切韻五卷。』是則法言之書，雖作於仁壽元年，而其與之推等論韻，實在開皇之初。本傳云：『開皇中，太子召爲學士，

壽以疾終。』法言亦有『亡者生死路殊』之語，蓋之推卽卒於開皇時。（錢大昕疑年錄卷一云：「顏之推，六十餘，生梁中大通三年辛亥，卒隋開皇中。」自注云：「本傳不書卒年，據家訓序致篇云：『年始九歲，便丁荼蓼。』以梁書顏協卒年證之，得其生年。又終制篇云：『吾已六十餘。』則其卒蓋在開皇十一年以後矣。」）提要乃云：『切韻序作於仁壽中，所列同定八人，之推與焉。』一若之推至仁壽時尚存者，亦誤也。切韻序前所列八人姓名，有內史顏之推（古逸叢書本作「外史」），內史之官，本傳不書。史通正史篇云：『齊天保二年勑祕書監魏收勒成一史，成魏書百三十卷，世薄其書，號爲穢史。至隋開皇，勑著作郎魏澹，與顏之推、辛德源，更撰魏書，矯正收失，總九十二篇。』此亦之推入隋後逸事之可見者。唐顏眞卿撰顏氏家廟碑云：『北齊給事黃門侍郎、待詔文林館、平原太守、隋東宮學士諱之推，字介，著家訓二十篇，寃魂志三卷，證俗音字五卷，文集三十一卷，事具本傳。』（據拓本，亦見金石萃編卷一百一。）又顏勤禮神道碑亦云：『祖諱之推，北齊給事黃門郎、隋東宮學士，齊書有傳。』（此碑僅見於集古錄，他家皆不著錄，近時始復出土。）敍之推官職，皆與史合；提要謂：『舊本題北齊黃門侍郎，爲據作書之時。』考家訓屢敍齊亡時事，其終制篇云：『先君先夫人，皆未還建鄴舊山；今雖混一，家道罄窮，何由辦此奉營經費。』則家訓實作於隋開皇九年平陳之後。提要以爲作於北齊，蓋未嘗一檢原書，姑以臆說耳。顏眞卿所撰殷夫人顏氏碑云：『北齊黃門侍郎之推。』（據拓本，「齊」字「推」字泐，亦見萃編卷一百）與家以訓署銜同。家廟碑雖書隋官，而下又云『黃門兄之推』，仍舉齊官爲稱；豈非之推在齊頗久，且官位尊顯耶？新唐書顏籀傳云：『祖之推，終隋黃門郎。』其以官黃門爲隋時事固誤，然亦可見從來舉之推官爵必署黃門矣。隸釋卷九司隸校尉魯峻碑跋云：『漢人所書碑誌，或以所重隸權

之官揭之。司尊而職清，非列校可比；亦猶馮緄捨廷尉而用車騎也。』余謂唐人之以黃門稱之推，亦從所重言之耳。盧文弨補家訓趙曦明注例言曰：『黃門始仕蕭梁，終於隋代，而此書向來惟題北齊，唐人修史，以之推入北齊書文苑傳中。其子思魯既纂其父之集，則此書自必亦經整理，所題當本其父之志。』此言是也。然則此書之題北齊黃門侍郎，不關作書之時，亦明矣。」

陳振孫書錄解題云：「古今家訓，以此爲祖；然李翺所稱太公家教，雖屬僞書，至杜預家誡之類，則在前久矣。特之推所撰，卷帙較多耳。」

余氏辨證曰：「案：李翺文公集卷六答朱載言書云：『其理往往有是者，而詞意不能工者，有之矣，劉氏人物志、王氏中說、俗傳太公家教是也。』並未嘗指爲齊之太公所作，更未言其眞僞，四庫既不著錄，作提要者未見其書，何從知其爲僞書耶？宋王明清玉照新志卷三云：『世傳太公家教，其書極淺陋鄙俚，然見之唐李習之文集，至以文中子爲一律，觀其中猶引周、漢以來事，當是有唐村落間老校書爲之。太公者，猶曾高祖之類，非謂渭濱之師臣明矣。』然則此所謂太公，並非呂望，宋人辨之甚明，提要不考，而以爲僞書，誤矣。考八旗通志阿什坦傳云：『阿什坦翻譯大學、中庸、孝經及通鑑總論、太公家教等書刊行之。當時翻譯者，咸奉爲準則。卽僅通滿文者，亦得藉爲考古資。』是其書清初尚存，其後不知何時佚去。宣統間，敦煌石室千佛洞發現古寫本書中，有太公家教一卷，上虞羅氏得之，影印入鳴沙石室古佚書中，其書開卷卽云：『代（此句上缺五字），長値危時。望鄉失土，波迸流離，只欲隱山居住，不能忍凍受飢，只欲揚名後代，復無晏嬰之機，才輕德薄，不堪人師，徒消人食，浪費人衣，隨緣信業，且逐時之隨。輒以討其墳典，簡擇詩、書，依傍經史，約禮時宜，爲書一卷，助幼兒童，用傳於後，幸願思之。』

觀其自序，眞明明清所謂『村落間老校書』也，何嘗有僞託古人之意哉？王國維跋云（在本卷後，亦見觀堂集林卷二十一）：『原書有云：「太公未遇，釣漁水，（原注：「『水』上疑脫『渭』字。」）相如未達，賣卜於市，□天（嘉錫案：「此字似脫上半，恐非『天』字。」）居山，魯連海水，孔鳴（原注：「『明』字之誤。」）盤桓，候時而起。」書中所用古人事止此，或後人取太公二字冠其書，未必如王仲言曾高祖之說也。』嘉錫案：古人摘字名篇，多取之第一句，否則亦當在首章之中。今王氏所引，在其書之後半，未必摘取以名其書。且其前尚有『唐、虞雖聖，不能化其明主；微子雖賢，不能諫其暗君；比干雖惠，（「惠」字疑是「忠」字之誤）不能自免其身』云云，亦是用古人事，不獨太公數句也。名書之意，仍當以王明清說爲是。要之，無論如何，絕非僞託爲齊太公所撰，則可斷言也。」

晁公武讀書志云：「之推本梁人，所著凡二十篇，述立身治家之法，辨正時俗之謬，以訓子孫。」今觀其書，大抵於世故人情，深明利害，而能文之以經訓，故唐志、宋志俱列之儒家。然其中歸心等篇，深明因果，不出當時好佛之習；又兼論字畫音訓，並考正典故，品第文藝，曼衍旁涉，不專爲一家之言，今特退之雜家，從其類焉。又是書隋志不著錄，唐志、宋志俱作七卷，今本止二卷，錢曾讀書敏求記載有宋鈔淳熙七年嘉興沈揆本七卷，以閩本、蜀本及天台謝氏所校五代和凝本參定，末附考證二十三條，別爲一卷，且力斥流俗並爲二卷之非。今沈本不可復見，（器案：明萬曆間何鏜刊漢魏叢書，卽用七卷本，清康熙間武林何允中覆刻之，稱爲廣漢魏叢書，此非罕見之書，何云不可復見也！）無由知其分卷之舊，姑從明人刊本錄之。然其文既無異同，則卷帙分合，亦爲細故。惟考證一卷，佚之可惜耳。（此則錄自王利器顏氏家訓集解附錄一）

十二、關中叢書第三集本序

右顏氏家訓二卷，北齊顏之推撰。之推先世居瑯琊臨沂，舊唐書謂其入周卽家關中，爲長安人。其自署皆云瑯琊者，不忘本也。之推博通古今，歷經世變，知無才不足成名，肆才又不足保身，乃著家訓二十篇，反復告誡，以貽子孫。固宜代有傳人。常山魯公更以忠義大節，震轢千古。是書流澤，可謂遠矣。按崇文書目書本七卷，嘉定錢侗謂今本二卷。敏求記亦言七卷，流俗本止二卷。宋淳熙七年，嘉定沈揆又取各本互爲參定，始稱善本。自時厥後，傳刻寖夥。玆用顏氏明萬歷本付印，訛字則取沈本校正。沈注所謂一本作某云云，以證此本，適與吻合。雖分上下二卷，而篇目仍爲二十，所不同者，字句閒有增損，大意不致懸殊。敏求記以爲近代庸妄淆亂，不亦過歟？世衰俗頹，變亂相踵，卽就治家、勉學、止足、誡兵等篇讀之，國本在家，家本在身，一以貫之矣。此又所以亟欲印行之意也。民國二十四年一月校。

長安宋聯奎
蒲城王　健
渭南武樹善

十三、郝懿行顏氏家訓斠記序跋

山左經業之盛，三百年來，蓋與江浙爭雄。蘭皐先生尤爲卓絕。迹其浮沈郎署，白首不遷，無日不以箸書爲事，蓋古之所謂沈冥者。歿後數十年，遺書始次第刊布。然通人讀書，展卷卽見癥結，隨手訂正，皆關學問。計先生平日校勘之書多矣，若仿何義門姚南青之例，掇次爲書，于後學未云無補也。玉如從太原市上，得先生所校顏黃門家訓，首尾不具名姓，且無印記，而考索校語，確定爲先生眞蹟無疑。余閱之亦以爲然也。家訓善本，清代凡有數刻，其有廉臺田家琴式長印者，原出宋槧，尤號爲善。先生此校，但據程榮本，發疑正讀，皆自以他書證之，不復引及諸刻也。先生與高郵王伯申尙書爲同年，曾從伯申尊人懷祖給事問故。其作爾雅義疏，自謂本之高郵。高郵校書，雖不廢宋元舊刻，而大旨主以羣籍展轉發明，與盧抱經顧千里等家法不同；先生固有所受之也。吾嘗謂使不學人得善本書，益以助其不學。何則？彼固恃所藏者不誤，不須再勞心手也。使學人得劣本書，則誤書思之，更是一適，訂正一過，朽腐亦化神奇矣。然非有先生之學，此事亦殊未易言。以義門之識，尙見笑於兪理初；況孫月峯鍾伯敬一輩妄人耶？批點家與校讎家異趣，而校讎僅列同異者，亦微傷迂拘寂寥。惟高郵一宗，得其中流，先生眞其冢嗣哉！玉如以先生文孫聯薇所刊遺書不及家訓校語，爰排比諸條，以爲一書，刊而布之，甚盛舉也。近世樸學墜地，北方尤爲衰微，人人自詡心得，而鄙視此等書爲瑣碎。山左聖人之鄉，

異說滋出，求如孔郝桂王諸老實事求是，渺乎難再矣。此正黃門之所歎息于九京者也。家訓舊有盧抱經趙敬夫校本，有能合此諸校，重刊黃門之書，其於冥行擿埴之徒，當有挽回之力，卽以玉如此刊爲嚆矢可也。辛酉四月，晉城郭象升序。

（法高案：以上載原書之首，以下載原書之末。）

右郝蘭皋先生顏氏家訓斠記一卷，陽城田君玉如得其手跡於太原書肆。原用漢魏叢書本校記於眉端，前後均無款識，惟記內自稱某某名者三，又與牟默人商搉數事，均可信其爲郝先生也。書證篇引詩「參差荇菜」「誰謂荼苦」二條，荇非蓴也，茆乃是蓴，蓴葉如馬蹏，荇圓如蓮錢，有大小之異。又證以大觀本草，苦蘵比苦蒧差小。長嘗參考先生所箸爾雅義疏，其說與此書所記符合，益信斠記出於郝先生無疑矣。顏黃門之學，得力一誠字，嘗曰「巧僞不如拙誠」，故其歸心釋氏，標明宗旨，不作一毫欺人之語，而能潛研古義，破疑遣惑，鏡賢燭愚，精博乃遠邁後之陽儒陰釋者。其製作弘奧，浩浩乎若無津涯，以深寧之淹贍，且以訓中「曾子七十乃學」之語，不能詳所出。先生於劉字之有昭音，亦反復商訂，而後瞭然。究其中疑義數十事，得先生一一勘斠，眞如撥雲霧而睹青天。是書沈薶蓋數十年，茲玉如得茲瑰寶，殷懃收拾，謀授梓以餉來學，誠盛業也。玉如壯年氣盛，其網羅放失，日進靡已，長愛之重之。異日如復得前賢名箸如此書之比者，幸仍不煩余告，長日翹首望之。辛酉浴佛日，武昌張長識。

顏氏家訓斠記，棲霞郝蘭皋先生撰。先生精研故訓，湛深經術，生平行略，具載國史，所箸各書，亦已次第刊布，風行海內矣。此册原校著於明程榮漢魏叢書本，爲先生手稿，茲卽從程本迻錄，故卷第亦皆仍之。其中糾摘疏失，是正文字，類證據鑿鑿，確乎其不可易；卽黃門有知，亦當軈然笑曰：吾言固如是，特爲後人所亂耳。尙有疑涉錯簡，未敢逕改，則寧從蓋闕之義，鉤乙以識其旁；益可見先生之

精審詳慎，不肯輕改古書，彼鹵莽從事者，直自欺之人焉爾。辛酉莫春，得此書太原書肆，狂喜者累日。排此成册，得百二十餘條，將以付之手民。時晉城郭允叔夫子象升適由京返晉，武昌張損菴先生長亦潛縱此邦，同志諸君，若龍門喬笙侶鶴仙，瀋陽曾望生遐，同里閻伯儒裕珍，皆夙精比勘之學者。平陸張貫三夫子籟藏書甚夥，又屢以異本相叚，始知所鉤乙者，他本固未嘗誤，因盡削去，此層疑以傳疑，固不足爲先生累也。良師益友，惠我實多，相與商榷數四，始行付印。將見黃門遺箸，召弓敬夫而外，又得一斠補考證之善本，諒亦海內人士所爭先樂睹者。辛酉五月，陽城後學田九德跋於山西省立圖書館。

右顏氏家訓斠記一卷，清郝懿行撰。懿行字恂九，號蘭皋，山東棲霞人，嘉慶己未進士，官戶部主事，著有郝氏遺書。此爲其讀書時評注眉端而未經付刻者。陽城田九德得手稿，條錄排印，而流傳未廣，校讎亦多舛譌。今略爲校正，俾可循誦。據郭象升序，謂此校但據明程榮本，不復引及諸刻；田自跋亦謂即從程本迻錄。今以程本勘之，殊不相應，而多合於鮑氏知不足齋重刊宋七卷本。書證篇「於祀主祀」，音辭篇「孫叔然」二處，與程鮑兩本，又皆不合，不知更據何本；未覩原書，殊難臆定。黃門之學，前人謂爲深通音韻訓詁，其書證音辭二篇，於文字之誤，辨證尤多。今此書糾其千慮之失，如書證篇云：「後漢書鸛雀銜三鱓魚，多假借爲鱣鮪之鱣。」今據大戴禮、山海經注、玉篇諸書，謂鱣本作䱇，俗人妄增爲鱣，非鱓鱣可以假借。又云：「果當作魏顆之顆，北土通呼物一凷，改爲一顆。」今據莊子逍遙遊「腹猶果然」釋文：「果，徐如字，又苦火反。」是果有顆音，不須改字。音辭篇譏戰國策音刎爲免爲非，今據禮記檀弓釋文：「刎，勿粉反；徐，亡粉反。」其免字唐韻亡辨反，而檀弓及內則釋文並有問音，則古音通轉，未爲大失。又謂：「甫者，男子美稱，古書多假借爲父字，惟管仲范增之

號，當依字讀。」今據詩正義，以尙父之父亦男子之美稱推之，則仲父亞父及魯哀公誄孔子曰尼父，父與甫音義並同，不得彊爲區別。皆證佐分明，確然無疑。蓋郝氏熟精小學，所撰爾雅義疏，爲經苑不刊之作；故偶然涉筆，絕無模糊影響之談。余先得穆天子傳補注，重刊入學禮齋叢書。聞其他未刊遺稿，今在清華大學，他日得一一餉世，跂余望之矣。歲戊寅孟冬，吳縣王大隆跋。

十四、李詳顏氏家訓補注序

抱經堂校定本顏氏家訓注七卷，盧氏例言云：「涉獵之弊，往往不求甚解，自謂了然。余於此書，向亦猶夫人之見耳。今再三閱之，猶有不能盡知其出處者，自愧窾啟，尚賴博雅之士，有以教我焉。」趙敬夫先生後跋云：「年登耄耋，前脫後忘，必多闕略。至於補厥挂漏，俾臻完善，不能無望於後之君子。」時盧先生年已七十有三，敬夫年八十餘矣。炳燭之明，猶復治此，刊行於世，其意尚有未盡。故余不揣固陋，據其所見爲補注，略不數番。今特錄出，以質海內君子。其所不知，則仍效兩先生云待後人矣。李詳審言記。

十五、嚴式誨顏氏家訓補校注序

抱經堂刻顏氏家訓注，最稱善本。刊成後，召弓學士自爲補注重校者再，嘉定錢辛楣少詹又爲補正十餘事。仁和孫頤谷侍御讀書脞錄，海寗錢廣伯明經讀書記，亦續有校補。興化李審言復爲補注。而余所見遵義鄭子尹徵君父子校本，又有出諸家外者。近榮縣趙堯生侍御，成都龔向農、華陽林山腴兩舍人，皆篤嗜是書，各有箋識。戊辰孟春，余重刊盧本，凡學士補注重校各條，悉散入本文，據以改補。又纂錢孫諸家之說，錄爲一卷。咫聞所及，亦坿載之。又宋沈揆本、明程榮本、遼陽傅太平本，文字異同，有可兼存而原本未採者，亦掇錄一二。於抱經所謂不能盡知出處者，補苴不能十一，亦冀博雅之士，有以教我也。庚午八月，渭南嚴式誨記。

十六、劉盼遂顏氏家訓校箋及補證題記

周法高云：「劉氏校箋及補證，二文均無序跋，但有一條而先後三易其稿者，可見其用力之勤，茲特表而出之。」

正足篇：「顏俊以據武威見殺。」注：「未詳。」

盼遂按：俊當爲竣，形近音同，故爾致誤。南史顏竣傳：「宋孝武帝發尋陽，竣出入臥內，斷決軍機。踐阼後，歷侍中右衛將軍。義宣臧質反，兼領右將軍。後以懷怨免官，竣頻啟謝罪，上愈怒。及竟陵王誕爲逆，因賜死。」此竣倚恃武功見殺之事也，世人少見竣字，遂改作俊，注家因而束手矣。（校箋頁一一）

補正　戒兵篇顏俊一條

盼遂按：資治通鑑卷十三，「建安二十四年，武威顏俊、張掖和鸞、酒泉黃華、西平麴演等，各據其郡，自號將軍，更相攻擊。俊遣使送母及子詣魏王操，爲質，以求助。操問張既，既曰：俊等外假國威，內生傲悖，計定勢足，後即反耳。今方事定蜀，且宜兩存而鬬之，猶卞莊子之刺虎，坐收其敝也。王曰：善。歲餘，鸞遂殺俊，武威王祕又殺鸞。」此正家訓所謂顏俊據威武見殺之事也。曩者謂俊爲竣之誤字，遂不經矣。庚午六月望，記于日下邱祖胡同。（校箋頁二〇，二一）

顏俊據武威見殺

盼遂按：三國志魏志卷十五張既傳云：「是時武威顏俊、張掖和鸞、酒泉黃華、西平麴演等，並舉郡反，自號將軍。更用攻擊。俊遣使送母及子詣太祖爲質，求助。太祖問既。既曰：俊等外假國威，內生傲悖。計定勢足，後卽反耳。今方事定蜀，且宜兩存而鬭之。猶卞莊子之刺虎，坐收其斃也。太祖曰：善。歲餘，鸞遂殺俊。武威王祕又殺鸞。」此黃門所本。資治通鑑繫此事於漢獻帝建安二十四年，盼遂前考家訓時，據以爲證。及檢國志，又須改削。信乎校書之難，如掃落葉，隨掃隨生也。辛未暮春立夏日。（補證頁七）

十七、楊樹達讀顏氏家訓書後序

顏黃門博學多通，浮沈南北，飫嘗世味，廣接名流。既以身丁荼蓼，思欲貽訓子孫，乃本見聞，條其法戒。言必有徵，理無虛設，故能親切有味，亹亹動人。篇中凡有褒贊，必具姓名；貶復譏訶，恒從諱避。夫彰善隱惡，固君子之用心；而即事求眞，又學者之先務也。往讀杭大宗諸史然疑，謂省事篇所譏「性多營綜略無成名」之兩士者爲徐之才、祖珽，輒嘆其用心之密。余教授之餘，喜披陳簡，效顰道古，略得數端。以爲盧（紹弓）趙（敬夫）郝（蘭臯）李（審言）諸君之所未具；聊復述之，以貽始學云爾。

十八、周祖謨顏氏家訓音辭篇注補序

顏氏家訓，舊有趙曦明注，其中疏舛甚多。及經盧抱經爲之增補，始臻完密。惟音辭一篇，盧氏不能盡解，頗賴段若膺爲之參定。而段氏者，則又精於考古，疏於審音，故箋校雖繁，猶未盡切。然黃門此製，專爲辨析聲韻而作，斟酌古今，掎摭利病，具有精義，實乃研求古音者所當深究；則舊注之闕誤者，豈可存而不論？故謹就所知，略加綴輯，發其隱奥，疏其滯疑，以爲談音韻者之一助。至如論內言外言之義，說文讀若之旨，皆有憑藉，非逞玄想。故不嫌宂贅，並著於篇。蓋方聞之士，或亦有取乎是也。民國三十二年七月，周祖謨識。

十九、王重民勤讀書抄題記

（載巴黎敦煌殘卷敍錄第二輯卷二）

勤讀書抄二六〇七

卷端有書題，作「勤讀書抄示頵等」，蓋隨手劄記，以示其子孫者也。卷中基字缺筆，似猶出於中唐人之手。所引有論語疏義、顏氏家訓、墨子、風俗通、抱朴子之類，望而知爲博雅之士，與俗子不同。開端引論語「吾嘗終日不食」節，並引疏義云：「以思無益，於天下之至理，唯學益人，餘事皆無益，故不如學也」，與皇疏知不足齋刻本微不同，然當以此所引爲正。又所引家訓勉學篇獨多，茲以家訓無善本，爲校於朱氏藏書本上，因客中未見抱經堂本也。二十七年九月十一日。（以上十二～十九等八條，錄自周法高先生顏氏家訓彙注附錄㈢）

二十、民國王利器顏氏家訓集解敍錄

自從隋文帝楊堅統一南北朝分裂的局面以來，在漫長的封建社會裏，顏氏家訓是一部影響比較普遍而深遠的作品。王三聘古今事物考二寫道：「古今家訓，以此爲祖。」袁衷等所記庭幃雜錄下寫道：「六朝顏之推家法最正，相傳最遠。」這一則由於儒家的大肆宣傳，再則由於佛教徒的廣爲徵引❶，三則由於顏氏後裔的多次翻刻；於是泛濫書林，充斥人寰，「由近及遠，爭相矜式」❷，豈僅如王鉞所說的「北齊黃門顏之推家訓二十篇，篇篇藥石，言言龜鑑，凡爲人子弟者，可家置一册，奉爲明訓，不獨顏氏」❸而已！

唯是此書，以其題署爲「北齊黃門侍郎顏之推撰」，於是前人於其成書年代，頗有疑義。尋顏氏於序致篇云：「聖賢之書，教人誠孝。」勉學篇云：「不忘誠諫。」省事篇云：「賈誠以求位。」養生篇云：「行誠孝而見賊。」歸心篇云：「誠孝在心。」又云：「誠臣殉主而棄親。」這些「誠」字，都應當作「忠」，是顏氏爲避隋諱❹而改；風操篇云：「今日天下大同。」終制篇云：「今雖混一，家道罄

❶道宣廣弘明集、道世法苑珠林、法琳辨正論、祥邁辨僞錄、法雲翻譯名義集等都徵引顏氏家訓。
❷陸奎勳陸堂文集三訓家恆語序。
❸王鉞讀書叢殘。
❹隋文帝楊堅父名忠，見隋書高祖紀上。

窮。」明指隋家統一中國而言；書證篇「贏股肱」條引國子博士蕭該說，國子博士是該入隋後官稱❺；又書證篇記：「開皇二年五月，長安民掘得秦時鐵稱權」；這些，都是入隋以後事。而勉學篇言：「孟勞者，魯之寶刀名，亦見廣雅。」書證篇引廣雅云：「馬薤，荔也。」又引廣雅云：「晷柱挂景。」其稱廣雅，不像曹憲音釋一樣，爲避隋煬帝楊廣諱而改名博雅。然則此書蓋成於隋文帝平陳以後，隋煬帝卽位之前，其當六世紀之末期乎。

此書既成於入隋以後，爲何又題署其官職爲「北齊黃門侍郎」呢？尋顏之推歷官南北朝，宦海浮沉，當以黃門侍郎最爲清顯。陳書蔡凝傳寫道：「高祖嘗謂凝曰：『我欲用義興主壻錢肅爲黃門郎，卿意何如？』凝正色對曰：『帝鄉舊戚，恩由聖旨，則無所復問；若格以僉議，黃散之職，故須人門兼美，唯陛下裁之。』高祖默然而止。」這可見當時對於黃散之職的重視。之推在梁爲散騎侍郎，入齊爲黃門侍郎，故之推於其作品中，一則曰：「忝黃散於官謗」❻，再則曰：「吾近爲黃門郎」❼，其所以如此津津樂道者，大概也是自炫其「人門兼美」吧。然則此蓋其自署如此，可無疑義。不特此也，隋書音樂志中記載：「開皇二年，齊黃門侍郎顏之推上言云云。」而直齋書錄解題十六又著錄：「稽聖賦三卷，北齊黃門侍郎琅邪顏之推撰。」則史學家、目錄學家也都追認其自署，而沒有像陸法言切韻序前所列八人姓名，稱其入隋以後之官稱爲「顏內史」❽了。

---

❺ 隋書儒林何妥傳：「蘭陵蕭該者，梁鄱陽王恢之孫也。……梁荊州陷，與何妥同至長安。……開皇初，賜爵山陰縣公，拜國子博士。」

❻ 觀我生賦。

❼ 止足篇。

❽ 據澤存堂本廣韻，古逸叢書本則作「顏外史」。

在這南北朝分裂割據的年代裏，長江既限南北，鴻溝又判東西，戰爭頻繁，兵連禍結，民生塗炭，水深火熱。於斯時也，一般封建士大夫是怎樣生活下去的呢？王儉褚淵碑文寫道：「既而齊德龍興，順皇高禪，深達先天之運，匡贊奉時之業，弼諧允正，徽猷弘遠，樹之風聲，著之話言，亦猶稷、契之臣虞、夏，荀、裴之奉魏、晉，自非坦懷至公，永鑑崇替，孰能光輔五君，寅亮二代者哉！」[9]這是當時一般士大夫的寫照。當改朝換代之際，隨例變遷，朝秦暮楚，「自取身榮，不存國計」[10]者，滔滔皆是；而之推殆有甚於焉。他是把自己家庭的利益——「立身揚名」[11]，放在國家、民族利益之上的。他從憂患中得著一條安身立命的經驗：「父兄不可常依，鄉國不可常保，一旦流離，無人庇廕，當自求諸身耳。」[12]他一方面頌揚「不屈二姓，夷、齊之節」[13]；一方面又強調「何事非君，伊、箕之義也。自春秋已來，家有奔亡，國有吞滅，君臣固無常分矣。」[14]一方面宣稱「生不可惜」[15]，「見危授命」[16]；一方面又指出「人身難得」[17]，「有此生然後養之，勿徒養其無生也」[18]。因之，他雖「播越他鄉」，

---

[9] 文選卷五八。
[10] 姚思廉陳書後主紀史臣曰。
[11] 序致篇。
[12] 勉學篇。
[13] 文章篇。
[14] 文章篇。
[15] 養生篇。
[16] 勉學篇。
[17] 歸心篇。
[18] 養生篇。

還是「靦冒人間，不敢墜失」⑲。「一手之中，向背如此」⑳，終於像他自己所說的那樣，「三爲亡國之人」㉑。然而，他還在向他的子弟強聒：「泯軀而濟國，君子不咎。」㉒甚至還大頌特頌梁鄱陽王世子謝夫人之罵賊而死㉓，北齊宦者田敬宣之「學以成忠」㉔，而痛心「侯景之難，……賢智操行，若此之難」㉕；大罵特罵「齊之將相，比敬宣之奴不若也」㉖。當其興酣落筆之時，面對自己之「予一生而三化」㉗，「往來賓主如郵傳」㉘者，吾不知其將自居何等？如此訓家，難道像他那樣，擺出一副問心無愧的樣子，說兩句「未獲殉陵墓，獨生良足恥」㉙，「小臣恥其獨死，實有媿於胡顏」㉚，就可以「爲汝曹後車」㉛嗎？然而，後來的封建士大夫卻有像陸奎勳之流，硬是胡說什麼「家訓流傳者，莫善於北齊之顏氏，……是皆修德於己，居家則爲孝子，許國則爲忠臣」㉜。這難道不是和顏之推一樣，無可奈

---

⑲ 終制篇。
⑳ 勉學篇。
㉑ 觀我生賦自注。
㉒ 養生篇。
㉓ 養生篇。
㉔ 勉學篇。
㉕ 養生篇。
㉖ 勉學篇。
㉗ 觀我生賦。
㉘ 全唐詩詹敦仁勸王氏入貢寵予以官作辭命篇。
㉙ 顏之推古意。
㉚ 觀我生賦。
㉛ 序致篇。
㉜ 陸奎勳陸堂文集三訓家恆語序。

何地故作自欺欺人之語嗎？

顏之推的悲劇，也是時代的悲劇。唐人崔塗曾有一首讀庾信集詩寫道：「四朝十帝盡風流，建業長安兩醉游；唯有一篇楊柳曲，江南江北為君愁。」㉝我們讀了這首詩，就會自然而然地聯想到顏之推；因為，他二人生同世，行同倫，他們對於「朝市遷革」㉞所持的態度，本來就是伯仲之間的。他們一個寫了一篇哀江南賦，一個寫了一篇觀我生賦，對於身經亡國喪家的變故，痛哭流涕，慷慨陳辭，實則都是為他們之「競己棲而擇木」㉟作辯護，這正是這種悲劇的具體反映。姚範跋顏氏家訓寫道：「昔顏介生遭衰叔，身狎流離，宛轉狄俘，阽危鬼錄，三代之悲，劇於荼蓼，晚著觀我生賦云：『向使潛於草茅之下，甘為畎畝之民，無讀書而學劍，莫抵掌以膏身，委明珠而樂賤，辭白璧以安貧，堯、舜不能辭其素樸，桀、紂無以汙其清塵，此窮何由而至？茲辱安所自臻？』玩其辭意，亦可悲矣。」㊱他「生於亂世，長於戎馬，流離播越，聞見已多」㊲，於是他掌握了一套庸俗的處世祕訣，說起來好像頭頭是道，面面俱圓，而內心實則無比空虛，極端矛盾。他在序致篇寫道：「每常心共口敵，性與情競，夜覺曉非，今悔昨失，自憐無教，以至於斯。」這是他由衷的自白。紀昀在他手批的黃叔琳節鈔本一再指出：「此自聖賢道理。然出自黃門口，則另有別腸——除卻利害二字，更無家訓矣。此所謂貌似而神

㉝ 才調集卷七。唐詩紀事卷六一云：「塗，字禮山，光啟進士也。」全唐詩收入無名氏卷一，未知何據。
㉞ 勉學篇。
㉟ 觀我生賦。
㊱ 援鶉堂文集卷二。
㊲ 慕賢篇。

離。」㊳「極好家訓，只末句一個費字，便差了路頭。楊子曰：『言，心聲也。』蓋此公見解，只到此段地位，亦莫知其然而然耳。」㊴「老世故語，隔紙捫之，亦知爲顏黃門語。」㊵紀氏這些假道學的庸言，卻深深擊中了這位眞雜學㊶的要害。當日者，顏氏飄泊西南，間關陝、洛，可謂「仕宦不止車生耳」㊷了。他爲時勢所迫，往往如他自己所說那樣，「在時君所命，不得自專」㊸。梁武帝蕭衍好佛，小名命曰阿練㊹，後又捨身同泰；顏氏亦嚮風慕義，直至歸心。梁元帝蕭繹崇玄，「至乃倦劇愁憤，輒以講自釋」㊺；顏氏雖自稱「亦所不好」，然亦「頗預末筵，親承音旨」㊻。當日者，梁武之餓死臺城，梁元之身爲俘虜，玄、釋二教作爲致敗之一端，都爲顏氏所聞所見，他卻無動於中，執迷不悟，這難道不是像他所諷刺的「眼不能見其睫」㊼嗎？他徘徊於玄、釋之間，出入於「內外兩教」㊽之際，又

㊳ 教子篇。
㊴ 治家篇。
㊵ 文章篇。
㊶ 顏氏家訓舊列入儒家，直齋書錄解題始歸之雜家，而述古堂藏書目及淸修四庫全書從之。
㊷ 太平御覽四九六引漢官儀，又七七三引異語。
㊸ 文章篇。
㊹ 一切經音義卷十四大寶積經第八十二卷：「阿練兒：梵語廣質不妙；舊云阿蘭，唐云寂靜處也。」
㊺ 勉學篇。
㊻ 勉學篇。
㊼ 涉務篇。
㊽ 歸心篇。

想成爲「專儒」[49]，又要「求諸內典」[50]。當日者，梁武帝手勅江革寫道：「世間果報，不可不信。」[51]王褒著幼訓寫道：「釋氏之義，見苦斷身，證滅循道，明因辨果，偶凡成聖，斯雖爲數等差，而義歸汲引。」[52]因果報應之說，風靡一時，於是顏之推也推波助瀾地倡言：「今人貧賤疾苦，莫不怨尤前世不修功業；以此而論，安可不爲之作地乎？」[53]又勸誘他的子弟：「汝曹若顧俗計，樹立門戶，不棄妻子，未能出家；但當兼修戒行，留心誦讀，以爲來世津梁。人身難得，勿虛過也。」[54]他這一席話，難道僅僅是在向他的子弟「勸誘歸心」[55]而已嗎？不是的，他的最終目的是在「偕化黔首，悉入道場」[56]。何孟春就曾經指出：「是雖一家之云，而豈姁姁私焉爲其子孫計哉？」[57]南宋時，黃震在曉諭新城縣免饑殺榜寫道：「人生難得，中土難生。」[58]這八個字，不是這個理學家平白無故地捃摭前人牙慧，而是封建統治階級的代言人，爲要熄滅如火如荼的階級鬪爭，而使用的釜底抽薪的亙古心傳。馬克思曾一針見血地指出：「宗教是人民的鴉片，宗教是苦難世界的靈光圈。」[59]恩格斯也尖銳地指出：「在歷

---

[49] 勉學篇。
[50] 終制篇。
[51] 梁書江革傳。
[52] 梁書王規傳。
[53] 歸心篇。
[54] 歸心篇。
[55] 歸心篇。
[56] 歸心篇。
[57] 餘冬敍錄卷四十五。
[58] 黃氏日鈔卷七十九。
[59] 《馬克斯恩格斯全集》中文版第一卷，頁四五三。

史上各個時期中，絕大多數的人民都不過是以各種不同形式充當了一小撮特權者發財致富的工具。但是所有過去的時代，實行這種吸血的制度，都以各種各樣的道德、宗教和政治的謬論來加以粉飾的；牧師、哲學家、律師和國家的活動家總是向人民說，為了個人幸福，他們必定要忍饑挨餓，因為這是上帝的意旨。」[60]顏之推正是這樣的哲學家。

顏氏此書，雖然乍玄乍釋，時而說「神仙之事，未可全誣」[61]，時而說「歸周、孔而背釋宗，何其迷也」[62]，而其「留此二十篇」[63]之目的，還是在於「務先王之道，紹家世之業」[64]。這是封建時期一般士大夫所以訓家的唯一主題。但是，今天我們整理此書，誠能「剔除其封建性的糟粕，吸收其民主性的精華」[65]，則此畫仍不失為中國文化遺產中一部較為有用的歷史資料。

此書涉及範圍，比較廣泛。那時，河北、江南，風俗各別，豪門庶族，好尚不同。顏氏對於佛教之流行，玄風之復扇[66]，鮮卑語之傳播[67]，俗文字之盛興[68]，都作了較為翔實的紀錄。至如梁元帝之「民百萬而囚虜，書千兩而煙煬」[69]，使寶貴的文化遺產，蒙受歷史上最大的一厄[70]；以及「齊之季世，多

---

[60]《馬克斯恩格斯全集》中文版第七卷，頁二六九～二七〇。
[61]養生篇。
[62]歸心篇。
[63]序致篇。
[64]勉學篇。
[65]〈新民主主義論〉，《毛澤東選集》橫排本第二卷，頁六六八。
[66]勉學篇。
[67]教子篇。
[68]雜藝篇。
[69]觀我生賦。
[70]隋書牛弘傳。

以財貨託附外家，諠動女謁」[71]；以及當時的「貴遊子弟，多無學術，至於諺云：『上車不落則著作，體中何如則秘書。』」[72]以及俗儒之迂腐，至於「鄴下諺云：『博士買驢，書劵三紙，未有驢字。』」[73]這些，都是很好的歷史文獻，提供我們知人論世的可靠依據，外此其餘，顏氏對於研討中國豐富的文化遺產，亦作出了一定的貢獻。

第一，此書對於研究南北諸史，可供參考。顏氏作品，除觀我生賦自注外，像風操篇所言「梁武帝問一中土人，……何故不知有族」，這個人就是夏侯亶[74]；勉學篇所言「江南有一權貴」，以羊肉爲蹲鴟，這個人就是王翼[75]；文學篇言「幷州有一士族，好爲可笑詩賦」，這個人就是姜質[76]；省事篇所言「近世有兩人，朗悟士也，性多營綜」，這兩個人就是祖珽、徐之才[77]。這些，都可以補證南北諸史。教子篇所說的高儼[78]，兄弟篇所說的劉瓛[79]，治家篇所說的房文烈[80]和江祿[81]，風操篇所說的裴之禮[82]，

---

71. 省事篇。
72. 勉學篇。
73. 勉學篇。
74. 梁書夏侯亶傳。
75. 梁書王翼傳。
76. 魏書成淹傳。
77. 杭世駿諸史然疑、繆荃蓀雲自在龕隨筆俱以爲指祖珽、徐之才二人。
78. 北齊書武成十二王琅邪王儼傳。
79. 南史劉瓛傳。
80. 北史房法壽傳。
81. 南史江夷傳。
82. 南史裴邃傳。

勉學篇所說的田鵬鸞[83]和李恕[84]，文章篇所說的劉逖[85]，名實篇所說的韓晉明[86]，歸心篇所說的王克[87]，雜藝篇所說的武烈太子蕭方等[88]：這些，都可與南北諸史參證。而風操篇所說的臧逢世[89]，慕賢篇所說的丁覘，涉務篇所說的「梁世士大夫不能乘馬云云」[90]：這些，更足補梁書之闕如。慕賢篇所說的張延雋[91]，勉學篇所說的姜仲岳：這些，更足補北齊書之俄空。又如雜藝篇所說常射與博射之分，則提供我們弄通南史柳惲傳所言博射之事。

第二，此書對於研究漢書，可供參考。舊唐書顏師古傳寫道：「父思魯，以學藝稱。……叔父游秦，……撰漢書決疑十二卷，爲學者所稱；後師古注漢書，亦多取其義。」大顏、小顏之精通漢書，或多或少地都受了家訓的影響。如書證篇言「猶豫」之「猶」爲獸名，漢書高后紀師古注即以猶爲獸名；同篇引太公六韜以說賈誼傳之「日中必熭」，師古注亦引六韜爲說；同篇又引司馬相如封禪書「導一莖六穗于庖」，而訓導爲擇，師古注亦從鄭氏說，訓導爲擇。這些地方，師古都暗用之推之說，尤足考見其遵循祖訓，墨守家法，步趨惟謹，淵源有自也。

---

[83] 北齊書、北史傳伏傳。
[84] 李慈銘謂「李恕」當作「李庶」，見北史李崇傳。
[85] 北齊書文苑劉逖傳。
[86] 北齊書韓軌傳。
[87] 北周書王褎傳。
[88] 南史梁元帝諸子傳。
[89] 梁書文苑臧嚴傳。
[90] 資治通鑑卷一百九十二本此。
[91] 資治通鑑卷一百二十七本此。

第三，此書對於研究經典釋文，可供參考。經典釋文是研究儒、道兩家代表作品的重要參考書。纂寫經典釋文的陸德明，是顏之推商量舊學的老朋友，他們的意見，往往在二書中可考見其異同。如書證篇言「杕杜，河北本皆爲夷狄之狄，此大誤也」；詩唐風杕杜釋文則云：「本或作夷狄之狄，非也。」書證篇言「左傳『齊侯痎，遂痁』……世間傳本多以痎爲疥，……此臆說也」；釋文則引梁元帝之改疥爲痎，此尤足考見他們君臣間治學的相互影響之處。書證篇引王制「贏股肱」鄭注之「擐衣」，謂：「蕭該音宣是，徐爰音患非。」釋文則云：「擐舊音患，今宜讀宣，依字作揎，字林云：『揎臂也，先全反。』是。」音辭篇言：「物體自有精麤，精麤謂之好惡；人心有所去取，去取謂之好惡。」釋文敍錄條例則云：「質有精麤，謂之好惡；心有愛憎，謂之好惡。」至如書證篇言：詩「黃鳥于飛，集于灌木。」傳：「灌木，叢木也。」「近世儒生，改菆爲㝡」，而有徂會、祖會之音之失，更可訂正釋文所下徂會、祖會、亦外等反的錯誤。

第四，此書對於研究文心雕龍，可供參考。如文章篇云：「夫文章者，原出六經：詔命策檄，生於書者也；序述論議，生於易者也；歌詠賦頌，生於詩者也；祭祀哀誄，生於禮者也；書奏箴銘，生於春秋者也。」文心雕龍宗經篇則云：「故論說辭序，則易統其首；詔策章奏，則書發其源；賦頌歌讚，則詩立其本；銘誄箴祝，則禮統其端；記傳盟檄(從唐寫本)，則春秋爲根。」與顏氏說可互參，這是古代主張文章原本五經的代表作。同篇又云：「自古文人，多陷輕薄：屈原露才揚己，顯暴君過；宋玉體貌容冶，見遇俳優；東方曼倩滑稽不雅；司馬長卿竊貲無操；王褒過章僮約；揚雄德敗美新；李陵降辱夷虜；劉歆反覆莽世；傅毅黨附權門；班固盜竊父史；趙元叔抗竦過度；馮敬通浮華擯壓；馬季長佞媚獲誚；蔡伯喈同惡受誅；吳質詆訶鄉里；曹植悖慢犯法；杜篤乞假無厭；路粹隘狹已甚；陳琳實號麤

疎；繁欽性無檢格；劉楨屈強輸作；王粲率躁見嫌；孔融、禰衡誕傲致殞；楊修、丁廙扇動取斃；阮籍無禮敗俗；嵇康凌物凶終；傅玄忿鬪免官；孫楚矜誇凌上；陸機犯順履險；潘岳乾沒取危；顏延年負氣摧黜；謝靈運空疎亂紀；王元長凶賊自貽；謝玄暉侮慢見及。凡此諸人，皆其翹秀者，不能悉記，大較如此。」文心雕龍程器篇則云：「略觀文士之疵：相如竊妻而受金；揚雄嗜酒而少算；敬通之不循廉隅；杜篤之請求無厭；班固諂竇以作威；馬融黨梁而黷貨；文舉傲誕以速誅；正平狂憨以致戮；仲宣輕脆以躁競；孔璋偬恫以麤疎；丁儀貪婪以乞貨；路粹餔啜而無恥；潘岳詭譸於愍、懷；陸機傾仄於賈、郭；傅玄剛隘而詈臺；孫楚狠愎而訟府。諸有此類，並文士之瑕累。」顏氏論證，與之大同。同篇又云：「文章當以理致爲心腎，氣調爲筋骨，事義爲皮膚，華麗爲冠冕。」文心雕龍附會篇則云：「夫才量學文，宜正體製，必以情志爲神明，事義爲骨髓，辭采爲肌膚，宮商爲聲色；然後品藻玄黃，摛振金玉，獻可替否，以裁厥中：斯綴思之恆數也。」他們所持的文學理論，都以思想性爲第一，藝術性爲第二。不過，之推所謂事義偏重在事，彥和所謂事義偏重在義，故一爲皮膚，一爲骨髓，非有所牴牾也。蕭統文選序寫道：「事出於沉思，義歸乎翰藻。」很好地說明了二者的具體內容及其相互關係。

第五，音辭一篇，尤爲治音韻學者所當措意。周祖謨顏氏家訓音辭篇注補序寫道：「黃門此製，專爲辨析聲韻而作，斟酌古今，掎摭利病，具有精義，實爲研求古音者所當深究。」[92]外此其餘，在重道輕器的封建歷史時期，他對於祖暅之的算術[93]，陶弘景[94]、皇甫謐、殷仲堪[95]的

---

[92] 輔仁學誌十二卷一、二合期，一九四三年。
[93] 雜藝篇。
[94] 養生篇。
[95] 雜藝

醫學，都給予應有的重視，也是難能而可貴的。

這部集解，是以盧文弨抱經堂校定本爲底本，而校以宋本、董正功續家訓[96]、羅春本[97]、傅太平本[98]、顏嗣愼本[99]、程榮漢魏叢書本[100]、胡文煥格致叢書本[101]、何允中漢魏叢書本[102]、朱軾朱文端公藏書十三種本[103]、黃叔琳顏氏家訓節鈔本[104]、文津閣四庫全書本[105]、鮑廷博知不足齋叢書本[106]、屏山聶氏汗青簃刊本[107]。我所見到的還有嘉慶丁丑二十二年南省顏氏通譜本，以其所據爲顏本，無所異同，且間有新出訛謬之處，故未取以讎校。其它援引各書，亦頗夥頤，不復一一覼縷了。

此書在唐代，卽有別本流傳，如歸心篇「儒家君子」條以下，廣弘明集卷二十八引作「誡殺、家訓」，而法苑珠林卷一百十九且著錄之推誡殺一卷；則唐代且以此單行了。同篇之「高柴、折像」，廣

---

96 今卽稱續家訓。

97 成化刊本上卷題署爲「建寧府同知續溪程伯祥刊」，下卷爲「建寧府通判廬陵羅春刊」，而日本寬文二年壬寅三月吉日村田莊五郎刊行本，則上下卷俱題爲「建寧府通判廬陵羅春刊」，兩本前後俱無序跋，取其與程榮本有別，故簡稱羅本。

98 今簡稱傅本。

99 今簡稱顏本。

100 今簡稱程本。

101 今簡稱胡本。

102 萬曆壬辰臘月何允中據何鏜本刻入漢魏叢書者，改署「東海屠隆緯眞甫纂」，故或稱屠本，今則簡稱何本。

103 今簡稱朱本。

104 今簡稱黃本。

105 今簡稱文津本。

106 據述古堂影宋本重雕，今簡稱鮑本。

107 光緒間刻，蓋從鮑本出，今簡稱汗青簃本。

弘明集「折像」作「曾晳」，原注云：「一作『折像』。」凡此都是唐代有別本之證。而廣弘明集卷三引歸心篇「欲頓棄之乎（今本『乎』作『哉』）」句下，尚有「故兩疎得其一隅，累代詠而彌光矣」兩句，則本書尚有佚文；這當是顏書之舊，固非郭爲崍所引風操篇「班固書集亦云家孫」之下，尚有「戴逯稱安道則家弟」一句[108]之比——此乃郭氏妄爲竄入，因爲乾隆時人所見家訓，不會多於今本。宋淳熙臺州公庫本，今所見者，係元廉臺田氏補修重印本，故間有不避宋諱之處。此本頗有影鈔傳世者，知不足齋叢書卽據述古堂鈔本重刻（無校刊名銜），光緒間，汗青簃又據以重刻。盧文弨校定本所據宋本，蓋亦鈔本，故與宋本時有出入，翁方綱譏其未見宋本[109]，是也。我所據的，尚有海昌沈氏靜石樓藏影宋鈔本及秦曼君校宋本。此外，又得見董正功續家訓宋刻殘本卷六至卷八共三卷，此書除全引顏氏原文可供校勘外，頗時有疏證顏書之處，今亦加以甄錄。惜錢遵王讀書敏求記所載之七卷本半宋刻半影鈔者[110]，今亦不可得而見矣。外此其餘，如敦煌卷子本勤讀書鈔（伯·二六〇七）、劉淸之戒子通錄[111]、胡寅崇正辨[112]、呂祖謙少儀外傳、曾慥類說[113]等，亦頗引顏書，多爲前人所未見或未及徵引，今皆得而讎校之，於以是正文字，實已不無小補，不知能免於顏氏所譏之「妄下雌黃」[114]否也？

[108] 咫聞集稱名篇。
[109] 復初齋文集卷十六書盧抱經刻顏氏家訓注本後。
[110] 顏如瓌曾見董書於都穆處，已取以參互校訂矣，見所撰後序。
[111] 文津閣四庫全書本。
[112] 成化刊本。
[113] 明刊本。
[114] 勉學篇。

為了更全面地了解顏之推其人，除了把他的這部著作從事集解之外，我還把顏之推傳和他流傳下來的作品，統統收輯在一起，加以校注，以供研究者參考。本書脫稿後，承楊伯峻先生撥冗審閱，謹此致謝。

一九五五年五月初稿
一九七八年三月五日重稿

教育理念與教育問題	李錫津	著	松山商職校長
比較國民教育	雷國鼎	著	臺灣師大
中等教育	司琦	著	政治大學
中國教育史	胡美琦	著	文化大學
中國現代教育史	鄭世興	著	臺灣師大
中國大學教育發展史	伍振鷟	著	臺灣師大
中國職業教育發展史	周談輝	著	臺灣師大
社會教育新論	李建興	著	臺灣師大
中國社會教育發展史	李建興	著	臺灣師大
中國國民教育發展史	司琦	著	政治大學
中國體育發展史	吳文忠	著	臺灣師大
中小學人文及社會學科教育目標研究總報告	教育部人文及社會學科教育指導委員會	主編	
中小學人文學科教育目標研究報告	教育部人文及社會學科教育指導委員會	主編	
中小學社會學科教育目標研究報告	教育部人文及社會學科教育指導委員會	主編	
教育專題研究　第一輯	教育部人文及社會學科教育指導委員會	主編	
教育專題研究　第二輯	教育部人文及社會學科教育指導委員會	主編	
教育專題研究　第三輯	教育部人文及社會學科教育指導委員會	主編	
選文研究——中小學國語文選文之評價與定位問題	教育部人文及社會學科教育指導委員會	主編	
英國小學社會科課程之分析	張玉成	著	教育部人指會
	教育部人文及社會學科教育指導委員會	主編	
如何寫學術論文	宋楚瑜	著	
論文寫作研究	段家鋒、孫正豐、張世賢	主編	政治大學

三民大專用書書目——教育

教育哲學	賈馥茗 著	臺灣師大
教育哲學	葉學志 著	前彰化教院
教育原理	賈馥茗 著	臺灣師大
教育計畫	林文達 著	政治大學
普通教學法	方炳林 著	前臺灣師大
各國教育制度	雷國鼎 著	臺灣師大
清末留學教育	瞿立鶴 著	
教育心理學	溫世頌 著	傑克遜州立大學
教育心理學	胡秉正 著	政治大學
教育社會學	陳奎憙 著	臺灣師大
教育行政學	林文達 著	政治大學
教育行政原理	黃昆輝主譯	陸委會
教育經濟學	蓋浙生 著	臺灣師大
教育經濟學	林文達 著	政治大學
教育財政學	林文達 著	政治大學
工業教育學	袁立錕 著	彰化教院
技術職業教育行政與視導	張天津 著	臺北工專校長
技職教育測量與評鑑	李大偉 著	臺灣師大
高科技與技職教育	楊啟棟 著	臺灣師大
工業職業技術教育	陳昭雄 著	臺灣師大
技術職業教育教學法	陳昭雄 著	臺灣師大
技術職業教育辭典	楊朝祥編著	臺灣師大
技術職業教育理論與實務	楊朝祥 著	臺灣師大
工業安全衛生	羅文基 著	國立編譯館
人力發展理論與實施	彭台臨 著	臺灣師大
職業教育師資培育	周談輝 著	臺灣師大
家庭教育	張振宇 著	淡江大學
教育與人生	李建興 著	臺灣師大
教育即奉獻	劉真 著	臺灣師大
人文教育十二講	陳立夫等著	國策顧問
當代教育思潮	徐南號 著	臺灣大學

促膝長談
今注新譯叢書

- 新譯列子讀本／莊萬壽注譯
- 新譯老子讀本／余培林注譯
- 新譯孫子讀本／吳仁傑注譯
- 新譯荀子讀本／王忠林注譯
- 新譯墨子讀本／李生龍注譯
- 新譯莊子讀本／黃錦鋐注譯
- 新譯易經讀本／郭建勳注譯
- 新譯新序讀本／葉幼明注譯
- 新譯三略讀本／傅　傑注譯
- 新譯楚辭讀本／傅錫壬注譯
- 新譯三字經／黃沛榮注譯
- 新譯四書讀本／謝冰瑩、賴炎元、邱燮友、劉正浩、李　鍌、陳滿銘注譯
- 新譯古文觀止／謝冰瑩、應裕康、邱燮友、黃俊郎、左松超、傅武光注譯
- 新譯東萊左氏博議／李振興、簡宗梧注譯
- 新譯孝經讀本／賴炎元、黃俊郎注譯
- 新譯顏氏家訓／李振興、黃沛榮、賴明德注譯
- 新譯千家詩／邱燮友、劉正浩注譯
- 新譯六韜讀本／鄔錫非注譯
- 新譯新語讀本／王　毅注譯
- 新譯尚書讀本／吳　璵注譯
- 新譯吳子讀本／王雲路注譯

國立中央圖書館出版品預行編目資料

新譯顏氏家訓／李振興，黃沛榮，賴明德
注譯. --初版. --臺北市：三民，民82
面；　　公分. --（古籍今注新
譯叢書）
ISBN 957-14-1925-7（精裝）
ISBN 957-14-1926-5（平裝）

1. 顏氏家訓-註釋

123.7　　　　82004961

新譯顏氏家訓

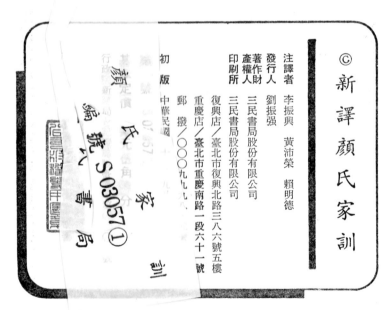

注譯者　李振興　黃沛榮　賴明德
發行人　劉振強
著作財產權人　三民書局股份有限公司
印刷所　三民書局股份有限公司
復興店／臺北市復興北路三八六號五樓
重慶店／臺北市重慶南路一段六十一號
郵　撥／〇〇〇九九九八
初　版　中華民國
編　號　S 03057
基本定價　元　角　分
行政院新聞局

ISBN 957-14-1925-7（精裝）

李振興
黃沛榮注譯
賴明德

新譯顏氏家訓

三民書局印行